KLASSIKER DES ROMANS
Herausgegeben von Edgar Bracht

Wilkie Collins
Basils Liebe

Der Roman einer großen Obsession

Aus dem Englischen übertragen
von Ursula Walther

Mit einem Nachwort
von Stefan Bauer

BASTEI
LÜBBE

BASTEI LÜBBE TASCHENBUCH
Band 13 983

Erste Auflage: Juni 1998

Originaltitel: Basil
Lektorat: Dr. Edgar Bracht
Titelbild: Archiv für Kunst und Geschichte
(Corot: La dame en bleu, 1874)
Umschlaggestaltung: Karl Kochlowski
Satz: KCS GmbH, Buchholz / Hamburg
Druck und Verarbeitung: 42421
Groupe Hérissey, Évreux, Frankreich
Printed in France
ISBN 3-404-13983-4

Das Buch

Der Roman ›Basil. A Story of Modern Life‹ erschien 1852 in drei Bänden in London im Verlag Richard Bentley. Wilkie Collins überarbeitete und straffte den Roman sorgfältig und brachte ihn 1862 in einer neuen verbesserten Auflage unter dem Titel ›Basil‹ heraus. Unsere neue und vollständige Übersetzung folgt dieser Ausgabe. Es ist die erste seit 1890, als der Roman in Deutschland unter dem Titel ›Blinde Liebe‹ erschien, bereits 1862 war die Übersetzung von C. W. Whistling in Leipzig unter dem Titel ›Die Heirath im Omnibus‹ veröffentlicht worden.
Der Roman erzählt im ersten Teil die Geschichte einer Obsession, die Züge des Grotesken trägt: Der Titelheld verliebt sich Hals über Kopf in die junge – und gesellschaftlich weit unter ihm stehende – Margaret Sherwin: Ihr Vater, ein gerissener Leinenhändler, diktiert Basil die Hochzeitsbedingungen: Unter anderem verpflichtet der Bräutigam sich dazu, Margaret während der ein Jahr währenden ›Probezeit‹ nach der Heirat nie allein sehen oder sprechen zu dürfen. Basil verheimlicht diese Ehe vor seiner Familie, weil er zu Recht drakonische Strafen seines standesbewußten Vaters fürchtet. Der Zwang zur Geheimhaltung treibt ihn immer mehr in die Enge und schließlich sogar zu einem Verbrechen: So nimmt der in der Ich-Form und im Stil einer großen Konfession erzählte Roman im zweiten Teil immer mehr die Form eines Kriminalromans an, um im dritten Teil und im Tagebuch kraft der unheimlichen Züge von Basils Gegenspieler Assoziationen an die Schauerromantik der ›gothic novel‹ zu wecken.

Der Autor

Wilkie Collins (1824–1889) war der Sohn des berühmten Landschaftsmalers William Collins; er studierte Jura, ergriff später aber keinen juristischen Beruf, sondern widmete sich früh der Malerei und vor allem der Literatur. Er war seit 1851 eng mit Charles Dickens befreundet, für dessen Zeitschrift ›Household Words‹ er zahlreiche Beiträge schrieb. Collins lebte lange mit Caroline Graves zusammen, die das Vorbild seiner berühmten ›The Woman in White‹ (1860) war, hatte aber von Martha Rudd drei Kinder.

BASTEI LÜBBE

Inhalt

Basils Liebe – Roman

Teil 1
Teil 2
Teil 3
Basils Tagebuch
Briefe zum Schluß

Anhang
Anmerkungen zum Romantext
Nachwort

Teil 1

1

Was werde ich jetzt schreiben?

Die Geschichte von Vorkommnissen, die sich in etwas mehr als zwölf Monaten meines vierundzwanzigjährigen Lebens ereigneten.

Weshalb lasse ich mich auf eine solche Aufgabe ein?

Vielleicht weil ich denke, daß meine Erzählung Gutes bewirken wird; weil ich hoffe, daß sie eines Tages als Warnung dienen kann. Ich mache mich daran, die Geschichte eines Irrtums zu schildern – harmlos zu Beginn, schuldbeladen im Verlauf der Zeit, fatal im Ergebnis; und ich bin guten Mutes, daß mein schlichter und wahrheitsgemäßer Bericht zeigen wird, daß der Irrtum nicht ganz ohne Rechtfertigung begangen wurde. Wenn diese Seiten nach meinem Tod gefunden werden, können sie möglicherweise mit Gelassenheit gelesen und freundlich beurteilt werden als Relikte, die durch den versöhnlichen Schatten des Grabes Erhabenheit erlangten. Vielleicht empfindet man dann Reue darüber, daß man ein so hartes Urteil über mich gefällt hat; möglicherweise lehrt man die Kinder der nächsten Generation unseres Hauses, meiner nachsichtig zu gedenken; und mögen sie sich oft aus eigenem Antrieb freundlich in den besinnlichen Nachtstunden an mich erinnern.

Getrieben von diesen Motiven und anderen, die ich fühle, aber nicht analysieren kann, mache ich mich jetzt an die selbstauferlegte Aufgabe. Versteckt inmitten der Hügel im fernen Westen Englands, umgeben nur von wenigen einfachen Bewohnern eines Fischerdorfes an der Küste Cornwalls, besteht kaum die Gefahr, daß ich von meinem Vorhaben abgelenkt werde; genausowenig steht zu befürchten, daß Trägheit meinerseits eine rasche Vollendung verzögern könnte. Über meinem Leben schwebt drohend eine Feindseligkeit, die sich möglicherweise auf mich herabsenkt und mich überwältigt – ich weiß nicht, wie bald oder auf welche Art. Ein entschlossener, todbringender Feind, der geduldig Tage oder Jahre auf seine Gelegenheit wartet, belauert mich in der Dunkelheit. Während ich meine neue Tätigkeit beginne, kann ich nicht sagen, wie lange Zeit mir noch bleibt, ob ich in der nächsten Stunde noch Herr meiner selbst oder am Abend noch am Leben sein werde.

Folglich beginne ich meine Erzählung nicht, um meine freie Zeit aufzufüllen – und ich beginne sie an meinem Geburtstag! Heute vollende ich mein vierundzwanzigstes Lebensjahr; das erste neue Jahr in meinem Leben, das nicht von einem freundlichen Wort oder einem liebevollen Glückwunsch begrüßt wurde. Aber ein Anblick des Willkommens dringt dennoch in meine Einsamkeit – das wunderschöne Morgengewand der Natur, das ich jetzt vom Fenster meines Zimmers aus sehen kann. Heller und heller scheint die tatkräftige Sonne durch die violetten Wolkentürme; Fischer breiten ihre Netze am Fuß der Felsen zum Trocknen aus; Kinder spielen zwischen den Booten, die man auf den Strand gezogen hat; der Seewind weht frisch und rein aufs Land – alle Gegenstände leuchten, alle Geräusche sind angenehm, während meine Feder die ersten Zeilen skizziert, die die Geschichte meines Lebens eröffnen.

2

Ich bin der zweite Sohn eines sehr wohlhabenden englischen Gentlemans. Unsere Familie ist, glaube ich, eine der ältesten des Landes. Väterlicherseits läßt sie sich bis in die Zeit vor der normannischen Eroberung zurückverfolgen; die Linie meiner Mutter ist nicht so alt, dafür sind ihre Vorfahren nobler. Abgesehen von einem älteren Bruder habe ich noch eine Schwester, die jünger ist als ich. Meine Mutter starb kurz nach der Geburt ihres jüngsten Kindes.

Gewisse Umstände, die ich im folgenden noch schildern werde, haben mich gezwungen, den Namen meines Vaters abzulegen. Aus Gründen der Ehre sah ich mich genötigt, darauf zu verzichten; und aus Gründen der Ehre nehme ich

Abstand davon, ihn hier zu erwähnen. Daher habe ich an den Anfang dieser Seiten lediglich meinen Vornamen gesetzt – ich halte es für unnötig, den Nachnamen hinzuzufügen, den ich inzwischen angenommen habe und den ich möglicherweise in nicht allzu ferner Zeit erneut zu wechseln gezwungen sein werde. Mit dieser Erklärung habe ich, wie ich hoffe, von Anfang an verständlich gemacht, weshalb ich bei der Erwähnung meines Bruders und meiner Schwester lediglich die Vornamen angebe, warum eine Lücke erscheint, wo der Name meines Vaters stehen sollte, und wieso mein eigener dem Leser dieser Erzählung und der Welt verborgen bleibt.

In meiner Kindheit und Jugend ereignete sich wenig, was von Interesse wäre – nichts, was in irgendeiner Weise neu oder ungewöhnlich war. Ich wurde erzogen wie Hunderte andere meines Standes. Zuerst wurde ich in einer Privatschule unterrichtet, dann ging ich ins College, um das zu vollenden, was als ›liberale Erziehung‹ bezeichnet wurde.

Mit meinem Leben im College verbinde ich nicht eine einzige angenehme Erinnerung. Dort lernte ich Speichelleckerei als Prinzip des Handelns kennen; Prahlerei mit Würdenzeichen des Adels auf den Straßen; Erhabenheit auf dem Podium im Speisesaal. Man zeigte mir den gelehrtesten Studenten des Colleges – den Mann, dessen Lebensführung beispielhaft und dessen Kenntnisse ungeheuerlich bewundernswert waren; er saß wie alle Bürgerlichen auf dem niedrigsten Platz. Der Erbe einer Grafschaft, der die letzten Examina nicht bestanden hatte und auf den man mich wenige Minuten später ebenfalls hinwies, dinierte in einsamer Erhabenheit an einem erhöhten Tisch über jenen geistlichen Gelehrten, denen er sich während der letzten Prüfungen als Dummkopf präsentiert hatte. Ich war gerade in der Universität eingetroffen, und man hatte mich zum ›Eintritt in ein ehrwürdiges Seminar der Gelehrsamkeit und der Religion‹ beglückwünscht.

So alltäglich und banal dies auch sein mag, erwähne ich doch die Umstände meiner Einführung ins College, weil dies der erste Anlaß war, der meinen Glauben an die Institution schwächte, der ich fortan angehörte. Bald war ich so weit, mein Studium nur noch als eine Art notwendiges Übel zu betrachten, das ich geduldig über mich ergehen lassen mußte. Ich war nicht auf Auszeichnungen aus und schloß mich keinem speziellen Personenkreis an. Ich studierte französische, italienische und deutsche Literatur, erweiterte meine klassische Bildung gerade so weit, daß ich meine Examina bestand, und verließ das College ohne eine andere Reputation als die, träge und verschlossen zu sein.

Als ich nach Hause zurückkehrte, wurde es als notwendig erachtet, daß ich einen Beruf erlerne, da ich als jüngerer Sohn die Ländereien der Familie nicht erben würde – es sei denn, mein Bruder würde kinderlos sterben. Mein Vater hatte die Schirmherrschaft über einige Einrichtungen, in denen man sich seinen ›Lebensunterhalt‹ verdienen konnte, und unterhielt gute Beziehungen zu etlichen Mitgliedern der Regierung. Man bot mir zur Wahl die Kirche, die Armee, die Marine und als letzte Möglichkeit das Unterhaus als künftige Wirkungsstätte an. Ich entschied mich für das Unterhaus.

Mein Vater schien ein wenig erstaunt über meine Wahl zu sein, doch er gab keinen Kommentar dazu ab; er wies mich lediglich darauf hin, daß das Unterhaus ein gutes Trittbrett für das Parlament sei. Meine wahre Ambition war jedoch nicht, mir einen Namen im Parlament zu machen – ich wollte als Literat bekannt werden. Ich hatte mich bereits in den harten, aber Ruhm verheißenden Dienst der Feder gestellt und war fest entschlossen, auch weiterhin zu schreiben. Ich war bereit, mich dem Beruf zuzuwenden, der mir die größten Möglichkeiten bot, diese Ambitionen weiterzuverfolgen. Daher fiel meine Wahl auf das Unterhaus.

Ich trat mit den besten Aussichten ins Leben. Obwohl ich nicht der Erstgeborene war, wußte ich doch, daß mir der Reichtum meines Vaters – auch ohne die Ländereien – ein Einkommen sichern würde, das meine Bedürfnisse weit überstieg. Ich hatte keine extravaganten Gewohnheiten, keine Vorlieben, die ich nicht ohne Umschweife befriedigen konnte, keine Verpflichtungen oder Verantwortlichkeiten. Ich mochte meinen Beruf ausüben oder auch nicht – ganz wie ich wollte. Ich konnte mich voll und ganz der Literatur widmen in dem Wissen, daß in meinem Fall der Kampf um Ruhm niemals gleichbedeutend – schrecklich, aber auch herrlich gleichbedeutend – mit dem Kampf ums tägliche Brot sein würde. Für mich war der Morgenhimmel des Lebens strahlendblau und von keinem einzigen Wölkchen getrübt.

An dieser Stelle könnte ich den Versuch unternehmen, meinen Charakter, wie er damals war, zu beschreiben. Aber was kann ein Mensch über sich selbst sagen? Soll er die Tiefen seiner Laster ausloten und die Höhen seiner Tugenden preisen? Und kann man seinen Worten Glauben schenken? Ich denke, wir sind nicht imstande, uns selbst richtig kennenzulernen oder zu beurteilen; andere mögen urteilen, aber sie kennen uns nicht: Gott allein kennt und beurteilt uns. Mein Charakter wird – sofern überhaupt ein menschlicher Charakter auf dieser Welt vollständig zutage tritt – in meinen Taten während der ereignisreichen Lebensspanne deutlich, die ich beschreiben werde und die die Grundlage dieser Geschichte bildet. Vorerst halte ich es jedoch für nötig, mehr über die Mitglieder meiner Familie zu erzählen. Zumindest zwei von ihnen spielen eine entscheidende Rolle im Verlauf der Geschehnisse, die diese Seiten füllen sollen. Ich versuche nicht, ihre Charaktere zu werten: Ich beschreibe lediglich – ob richtig oder falsch, das weiß ich nicht –, wie sie sich *mir* zeigten.

3

Ich hielt meinen Vater immer – ich spreche von ihm in der Vergangenheitsform, weil wir jetzt ein für allemal getrennt sind; weil er für mich von nun an so tot ist, als hätte sich die Grabplatte tatsächlich über ihm geschlossen –, ich hielt meinen Vater immer für den stolzesten Menschen, den ich je kennengelernt hatte; für den stolzesten Mann, von dem ich je gehört hatte. Sein Hochmut war allerdings nicht von der herkömmlichen Art, die oft gern in einer steifen, herrschaftlichen Haltung, in starren Gesichtszügen, in einem harten, strengen

Tonfall, in Redeweisen, die Verachtung für Armut und Lumpen beinhalten, und in überschwenglichen Prahlereien, was Rang und Herkunft betrifft, zum Ausdruck gebracht wird. Dem Stolz meines Vaters haftete nichts dergleichen an; es war vielmehr ein stiller, ablehnender, höflicher, angeborener Dünkel, der nur durch aufmerksamste Beobachtung entdeckt werden konnte; dem flüchtigen Betrachter blieb er gänzlich verborgen.

Wer ihn im Gespräch mit einem seiner Pächter erlebte, wer sah, wie er seinen Hut lüftete, wenn er zufällig der Frau eines dieser Pächter begegnete, wem auffiel, wie herzlich er einen Mann des Volkes begrüßte, wenn dieser Mann Geist und Begabung besaß – wer Zeuge all dessen wurde, könnte ihn niemals als herablassend einschätzen. Bei Gelegenheiten wie diesen war ihm kein Stolz anzumerken, falls er überhaupt vorhanden war. Aber ihn zu sehen, wenn er beispielsweise einen Schriftsteller und einen erst kürzlich in den Adelsstand erhobenen Mann ohne Ahnenreihe gleichzeitig in unserem Haus empfing – nur zu beobachten, auf welch vollkommen unterschiedliche Art er die Hände der beiden Männer schüttelte, und zu bemerken, daß er all seine zuvorkommende Herzlichkeit dem Mann des Wortes widmete, der sich nicht mit ihm, was Rang und Stand anging, messen konnte, während er dem adeligen Herrn lediglich mit formeller Höflichkeit begegnete –, solche Momente offenbarten, wie stolz er in Wahrheit war. Das war sein schwacher Punkt. Der neue Adel war seiner Ansicht nach neben der Aristokratie, die lange Ahnenreihen und vornehme Vorfahren aufweisen konnte, bedeutungslos – für *ihn* war das kein Adel. Er mißtraute diesen Leuten; er haßte sie. Obwohl er Mitglied des Unterhauses war, betrachtete er sich selbst als gesellschaftlich höherstehend als alle anderen – angefangen von einem Baronet bis zum Herzog –, deren Familien nicht so altehrwürdig waren wie seine eigene.

Ich könnte viele Begebenheiten anführen, in denen der ihm eigene Dünkel zutage trat, aber ich erinnere mich besonders an eine, die charakteristisch genug ist, um als Musterbeispiel für alle anderen zu gelten. Der Zwischenfall ereignete sich, als ich noch ein kleines Kind war, und einer meiner inzwischen verstorbenen Onkel erzählte mir davon. Er war damals selbst dabeigewesen und hat die Geschichte bis zu seinem Tode immer gern zum besten gegeben.

Ein steinreicher Kaufmann, der kürzlich die Peerswürde erhalten hatte, besuchte uns einmal in unserem Landhaus. Seine Tochter, mein Onkel und ein italienischer Abbé waren außer ihm die einzigen Gäste. Der Kaufmann war wohlbeleibt und rotgesichtig, und er stellte seinen neu erworbenen Adel mit einer eigenartigen Mischung aus unechter Aufgeblasenheit und natürlicher Gutmütigkeit zur Schau. Der Abbé war zwergenhaft und verunstaltet, dürr und bleich, hatte ein hageres Gesicht mit stechenden blauen Vogelaugen und eine tiefe, klare Stimme. Er war ein politischer Flüchtling, angewiesen auf das Brot, das man ihm gab, und das Geld, das er beim Unterrichten von Fremdsprachen verdiente. Er hätte ein Bettler von der Straße sein können, und mein Vater hätte ihn doch wie einen Ehrengast im Hause behandelt, und zwar nur aus einem einzigen Grund, der ihm jedoch vollauf ausreichte: Der Abbé war ein direkter Nachkomme einer der ältesten berühmten römischen Familien, deren Name untrennbar mit der Geschichte des Bürgerkrieges in Italien verbunden war.

Am ersten Tag vor dem bewußten Dinner versammelte sich die Gesellschaft, die aus der Kaufmannstochter, meiner Mutter, einer alten Lady, die früher ihre Gouvernante gewesen war und seit Mutters Hochzeit bei uns lebte, dem neuen Grafen, dem Abbé, meinem Onkel und meinem Vater bestand. Als verkündet wurde, daß das Mahl serviert sei, näherte sich der Graf mit frisch erblühter Würde meiner Mutter, um ihr wie selbstverständlich seinen Arm anzubieten. Das blasse Gesicht meines Vaters lief von einem Moment zum anderen hochrot an. Er faßte den fabelhaften Kaufmann-Grafen am Arm und deutete mit einer Verbeugung auf die altersschwache Lady, die ehemalige Gouvernante meiner Mutter. Dann durchquerte er den Raum und ging zu dem mittellosen Abbé, der in einer Ecke in ein Buch vertieft war, und führte den kleinen, verunstalteten, hinkenden Sprachlehrer, der eine lange, fadenscheinige Kutte trug, feierlich zu meiner Mutter (der Abbé reichte ihr nicht einmal bis zur Schulter); er hielt dem ungleichen Paar eigenhändig die Tür auf, damit sie als erste den Speisesaal betreten konnten; anschließend lud er den frischgebackenen Adelsherrn, der halb gelähmt vor Verwirrung und Erstaunen verharrte, höflich ein, den beiden mit der wankenden alten Lady am Arm zu folgen; schließlich wandte er sich um, um die Tochter des Grafen persönlich zur Tafel zu führen. Erst als sich der kleine Abbé – der erbärmliche, fast verhungerte Repräsentant eines Adelsgeschlechts, das in den alten Zeiten Macht besessen hatte – an der Stirnseite neben meiner Mutter niedergelassen hatte, nahmen die Miene meines Vaters und sein Verhalten wieder normale Formen an.

Unter solchen eher unwesentlichen Umständen kam ans Licht, wie tief der Stolz meines Vaters gründete. Er prahlte nie mit seinen Vorfahren – ja, er sprach nicht einmal von ihnen, es sei denn, jemand stellte ihm eine diesbezügliche Frage –, aber er vergaß sie nie. Sie waren sein Lebenselixier, die Gottheiten seiner gesellschaftlichen Verehrung, die Familienschätze, die mehr als alle Ländereien und all der Reichtum, alle Ambitionen und Ehrungen bewahrt werden mußten – natürlich auch von seinen Kindern und Kindeskindern bis zum Ende seines Geschlechts.

Zu Hause kam er seinen Pflichten der Familie gegenüber rechtschaffen, gewissenhaft und auf freundliche Art nach. Ich glaube, er liebte uns alle auf seine eigene Weise, aber wir, seine Nachkommen, mußten seine tiefe Zuneigung für die Ahnen teilen – diese waren gleichermaßen Bestandteile des Haushalts wie seine Kinder. Jede Freiheit, die nicht aus dem Rahmen fiel, wurde uns gewährt, und wir wurden mit Nachsicht behandelt, solange wir nicht über die Stränge schlugen. Er zeigte niemals Mißtrauen oder unangemessene Strenge. Wir wurden nach seinen Anweisungen unterrichtet, und man brachte uns bei, daß es nur ein folgenschweres Verbrechen gab, das niemals vergessen oder vergeben werden konnte – und dieses Verbrechen war, der Familie Schande in Worten oder Taten zu machen. Wir wurden, unter seiner Oberaufsicht, in Religion unterwiesen und lernten die Bedeutung von

Ehrgefühl und Fleiß kennen; der Rest wurde unserem eigenen moralischen Empfinden, unserer eigenen Auffassung von den Pflichten und Privilegien unseres Standes überlassen. Nichts in seinem Verhalten uns gegenüber gab uns Anlaß zur Klage, und dennoch fehlte immer etwas in unserer Beziehung zu ihm.

Es mag einigen Personen unverständlich, vielleicht sogar lächerlich erscheinen, nichtsdestotrotz entspricht es der Wahrheit, daß keiner von uns jemals vertrauten Umgang mit ihm pflegte. Damit meine ich, daß er uns zwar ein Vater war, aber niemals ein Kamerad. In seinem Auftreten, seiner stillen, unveränderlichen Art, lag etwas, das uns beinahe unbewußt Einhalt gebot. In meinem ganzen Leben fühlte ich mich nicht so unwohl – damals wußte ich nicht, warum – wie zu den wenigen Gelegenheiten, bei den ich allein mit ihm bei Tische saß. Als Junge vertraute ich ihm niemals meine Pläne für die Freizeit an, genausowenig sprach ich als junger Mann mit ihm über meine hochstrebenden Hoffnungen. Dabei hätte er solche vertraulichen Mitteilungen gewiß nicht mit Spott oder Strenge quittiert – dazu war er nicht imstande –, aber er stand einfach über all diesen Dingen; er war unfähig, sich damit abzugeben, zu sehr mit seinen eigenen Gedanken befaßt und zu weit entfernt von unseren Ideen und Vorhaben. Daher berieten wir mit den alten Dienstboten, was wir an den freien Tagen unternehmen sollten; deshalb gab ich, als ich die Anfangsschritte als Schriftsteller versuchte, die ersten Seiten meines Manuskriptes meiner Schwester zum Lesen und wagte mich niemals ins Arbeitszimmer meines Vaters.

Seine ruhige, gefaßte Art, Mißfallen über meinen Bruder oder mich zu bekunden, hatte etwas Schreckliches, etwas, das wir nie vergaßen und das wir fürchteten wie das schlimmste Unglück, das über uns kommen könnte.

Wann immer wir als Jungen ein kindliches Vergehen begangen hatten, zeigte er niemals offen Ärger – er veränderte lediglich sein Verhalten uns gegenüber. Wir wurden nicht lautstark zurechtgewiesen oder ungestüm bedroht oder in irgendeiner Weise bestraft, aber sobald wir in seine Nähe kamen, behandelte er uns mit kalter, geringschätziger Höflichkeit (besonders wenn unser Fehltritt eine Tendenz zur Niedertracht offenbart hatte oder eines Gentlemans unwürdig war), die uns ins Herz schnitt. Bei diesen Anlässen wurden wir nicht mit unseren Namen angesprochen; wenn wir ihm zufällig außerhalb des Hauses begegneten, wandte er sich wortlos ab, damit sich unsere Wege nicht kreuzten; wenn wir eine Frage stellten, beantwortete er sie so knapp wie möglich, als wären wir vollkommen Fremde. Sein ganzes Verhalten drückte mehr als alle Worte aus: Ihr habt euch als unwürdig erwiesen, mit eurem Vater gesellschaftlich zu verkehren; und er wird euch eure Unwürdigkeit spüren lassen, wie er selbst sie empfindet. Man ließ uns tagelang, manchmal sogar Wochen in diesem häuslichen Purgatorium schmoren. Für unsere kindlichen Gemüter (besonders für meines) gab es keine schlimmere Beschimpfung oder Schande als diese.

Ich weiß nicht, welcher Art der Umgang meines Vater mit meiner Mutter war. Meine Schwester behandelte er immer mit der altmodischen, liebevollen Galanterie vergangener Zeiten. Er schenkte ihr dieselbe Aufmerksamkeit, die er der höchsten Lady des Landes gezollt hätte. Er führte sie ins Speisezimmer, wenn wir allein waren, genau wie er eine Herzogin zu einem Bankett geleitet hätte. Er erlaubte uns Jungen, den Frühstückstisch zu verlassen, ehe er selbst dazu bereit war, aber wir durften niemals vor meiner Schwester aufstehen. Wenn ein Dienstbote *ihm* gegenüber seine Pflichten vernachlässigt hatte, wurde ihm meist vergeben; falls es jedoch einer wagte, *sie* zu enttäuschen, wurde der Betreffende unverzüglich fortgeschickt. Seine Tochter war in den Augen meines Vaters die Repräsentantin ihrer Mutter, ebenso Hausherrin wie sein Kind. Es war eigenartig, sein Verhalten zu beobachten, das eine Mischung aus erlesener Höflichkeit und väterlicher Liebe war, wenn er sanft mit den Lippen ihre Stirn berührte oder sie am Morgen zum erstenmal sah.

Mein Vater war nur mittelgroß, sehr schlank und zierlich; sein Kopf war klein, seine Stirn breiter als hoch, und sein Teint einzigartig blaß – außer in Momenten heftiger Erschütterungen oder Gemütsbewegungen. Dann schoß ihm, wie ich bereits schilderte, das Blut ins Gesicht. Seine großen, grauen

Augen hatten etwas Gebieterisches an sich; sie verliehen seinen Zügen eine gewisse unveränderliche Entschlossenheit und Größe, der man nicht oft begegnete. Der Blick verriet seinen Stand und die Abstammung, die Voreingenommenheiten seiner Ahnen und sein ritterliches Ehrgefühl. Es erforderte in der Tat all die maskuline Energie, die in der oberen Gesichtshälfte sichtbar wurde, um die zarten, weiblichen normannischen Züge der unteren wettzumachen. Sein Lächeln war bemerkenswert süß – es war beinahe wie das Lächeln einer Frau. Auch beim Sprechen bebten seine Lippen oft wie die einer Frau. Falls er jemals gelacht hatte – als junger Mann vielleicht –, mußte sein Lachen sehr klar und melodiös geklungen haben; aber soweit ich mich erinnere, habe ich es nie gehört. In seinen glücklichsten Augenblicken, in der fröhlichsten Gesellschaft, habe ich bloß sein Lächeln gesehen.

Es gibt noch andere Eigentümlichkeiten in der Veranlagung und im Verhalten meines Vaters, die ich erwähnen könnte, aber sie werden vielleicht später in Zusammenhängen, die sie hervorrufen, deutlicher zutage treten.

4

Wenn eine Familie ausgedehnte Ländereien besitzt, ist das Mitglied eben dieser Familie, das am wenigsten Interesse am Wohl des Besitzes zeigt, das am wenigsten Liebe zum Heim und am wenigsten Sympathien für die Verwandtschaft hegt, am wenigsten bereit ist, seine Pflichten zu erlernen oder sich den Verantwortungen zu beugen, oft gerade der Sprößling, der eines Tages das Erbe antreten wird – der älteste Sohn.

Mein Bruder Ralph war in dieser Hinsicht keine Ausnahme. Wir wurden zusammen erzogen. Nachdem wir unsere Studien beendet hatten, bekam ich ihn allerdings nur noch für kurze Zeitspannen zu Gesicht. Einige Jahre nachdem er das College verlassen hatte, hielt er sich hauptsächlich auf dem Kontinent auf. Und als er endgültig nach England zurückkehrte, lebte er nicht mit uns unter einem Dach. Sowohl in der Stadt als auch auf dem Land war er unser Besucher, nicht unser Hausgenosse.

Ich entsinne mich an ihn als Schüler – er war stärker, größer und hübscher als ich, übertraf mich bei weitem, was die Beliebtheit in der kleinen Gemeinschaft, in der wir lebten, anging, war stets der erste, der sich auf ein gewagtes Unternehmen einließ, und der letzte, der es wieder aufgab. Er war einmal einer der Schlechtesten der Klasse, dann wieder unter den Besten – ganz der lebenslustige, ausgelassene, gutaussehende, draufgängerische Junge, nach dem sich alte Menschen instinktiv mit einem Lächeln umdrehten, wenn sie ihm bei ihrem Mogenspaziergang begegneten.

Auf dem College gehörte er zu den besten Ruderern und Cricketspielern, war bekannt als guter Pistolenschütze und Stockfechter. Kein Weinfest in der Universität war so wie seine Weinfeste; Kaufleute überließen ihm immer die erste Wahl von allen Neuheiten; die jungen Damen der Stadt verliebten sich zu Dutzenden in ihn; junge Tutoren mit Hang zum Dandyhaften kopierten die Schnitte seiner Kleidung und seine Krawattenknoten; selbst die gräßlichen Direktoren der Institution betrachteten seine Pflichtvergessenheit und seine Fehltritte mit Nachsicht. Der fröhliche, wagemutige, hübsche junge Gentleman hatte einen Charme, dem sich alle unterwarfen. Obwohl ich sowohl in der Schule als auch im College die bevorzugte Zielscheibe für seinen Spott war, zankte ich mich nie im Leben mit ihm. Ich duldete still, daß er sich über meine Kleidung, meine Manieren und Gewohnheiten auf seine sorglose, verwegene Art lustig machte, als wäre es sein Privileg als Erstgeborener, mich so oft auszulachen, wie es ihm gefiel.

Bis dahin hatte mein Vater keine größeren Sorgen mit ihm als seine Vergnügungssucht und die oft hohen Spielschulden. Aber sobald er nach Hause zurückkam – nachdem alle Schulden bezahlt waren und es für notwendig erachtet wurde, seine ungezähmten, unbekümmerten Kräfte zu drillen und ihm so etwas wie Disziplin beizubringen –, begannen für meinen Vater die Schwierigkeiten.

Es war unmöglich, Ralph beizubringen, daß er seinem gesellschaftlichen Rang einen gewissen Tribut zollen mußte. Der Verwalter gab verzweifelt bald jeden Versuch auf, ihn über das Ausmaß und den Wert des großen Gutes, das Ralph einmal erben sollte, ins Bild zu setzen. Man unternahm lebhafte Anstrengungen, seine Ambitionen zu wecken und ihn ins Parlament zu bringen. Er lachte über diese Idee. Als nächstes machte man ihm das Angebot auf eine Offiziersstelle in der Garde. Er schlug es aus, weil er sich nie in einen roten Rock knöpfen lassen und sich nie irgendwelchen Zwängen unterwerfen würde – weder den Zwängen der Mode noch denen des Militärs – und weil er, kurz gesagt, entschlossen war, sein eigener Herr zu sein. Mein Vater sprach stundenlang mit ihm über seine Pflichten und Aussichten, seine Geisteshaltung und seine beispielhaften Vorfahren, doch alles Reden war umsonst. Ralph gähnte und zappelte ungeduldig, wann immer man die reich verzierten Ahnentafeln seiner Familie vor ihm ausbreitete.

Auf dem Lande kümmerte er sich um nichts anderes als um die Jagd und das Schießen – er war schwerlich dazu zu bewegen, auf eine große Abendgesellschaft oder in die Kirche zu gehen. In der Stadt besuchte er häufig die Theater – hinter den Kulissen wie davor –, amüsierte sich mit den Schauspielern und Schauspielerinnen in Richmond, stieg in Vauxhall[1] in Ballons auf, zog mit Polizeidetektiven herum, lernte das Leben von Taschendieben und Einbrechern kennen. Er war Mitglied eines Whistclubs, eines exklusiven Nachtclubs, eines Gesangsvereins, einer sogenannten Picknickgesellschaft und einer Laienspielgruppe. Kurz gesagt, er führte ein so leichtsinniges, geselliges Leben, daß mein Vater, zutiefst empört über die Verletzung der Familienehre und die Mißachtung der Kultiviertheit seines Geschlechts, kaum noch ein Wort mit ihm wechselte und ihm, soweit es möglich war, aus dem Wege ging. Hin und wieder versöhnte sie die Vermittlung meiner Schwester für kurze Zeit; ihr Einfluß, so sanft sie ihn auch einsetzte, war immer mächtig genug, Gutes zu bewirken, aber sie konnte die Natur meines Bruders nicht verändern. So eindringlich sie auch auf ihn einredete, und sosehr sie ihn auch anflehte, er verwirkte jedesmal aufs neue die Gunst unseres Vaters, nur wenige Tage nachdem er sie wiedererlangt hatte.

Schließlich erreichten die Unstimmigkeiten durch Ralphs unpassendes Liebesabenteuer mit der Tochter eines unserer Pächter ihren Höhepunkt. Mein Vater handelte bei dieser Gelegenheit mit der für ihn typischen Entschiedenheit. Er entschloß sich zu einer drastischen Maßnahme und schickte seinen störrischen ältesten Sohn ins Ausland, damit er sich in Freiheit die Hörner abstoßen und austoben konnte, bis er das lockere Leben satt hatte und als solider, gesetzter Herr nach Hause zurückkehren würde. Demzufolge verschaffte er meinem Bruder einen Posten als Attaché in einer Botschaft im Ausland und bestand darauf, daß er England unverzüglich verließ. Ausnahmsweise zeigte sich Ralph fügsam. Er wußte nichts über die Diplomatie und scherte sich auch nicht darum, aber ihm gefiel der Gedanke, auf dem Kontinent zu leben. Bereitwillig nahm er Abschied von zu Hause. Mein Vater sah ihn mit schlecht verhohlener Unruhe und Besorgnis ziehen, obwohl er vortäuschte, überzeugt zu sein, daß Ralph, so flatterhaft und müßig er auch sein mochte, niemals imstande sei – selbst nicht in seinen leichtsinnigsten Momenten –, die Familie wissentlich in Verruf zu bringen.

In der folgenden Zeit hörten wir nur wenig von meinem Bruder. Seine Briefe trafen spärlich ein, waren kurz und endeten im allgemeinen mit einer Bitte um Geld. Die wichtigen Neuigkeiten über ihn erreichten uns hingegen über öffentliche Kanäle.

Er erwarb sich im Ausland einen einschlägigen Ruf – einen Ruf, bei dessen bloßer Erwähnung mein Vater zusammenzuckte. Ralph focht ein Duell aus; er führte einen neuen Tanz aus Ungarn ein; es gelang ihm, den kleinsten Stallburschen zu bekommen, der jemals hinter einem Einspänner gesehen wurde; er eroberte die schönste Operntänzerin und stach alle Rivalen aus; ein berühmter französischer Koch kreierte ein Gericht und benannte es nach Ralph; es hieß, er sei der ›unbekannte Freund‹, dem eine Literatin, eine polnische Komteß, ihre ›Briefe gegen die Beschränkungen in einer Ehe‹ gewidmet hatte; eine deutsche Metaphysikerin, sechzig Jahre alt, hatte sich (platonisch) in ihn verliebt und begann in ihrem fortgeschrittenen Alter, erotische Romane zu schreiben. Dieser Art waren die Gerüchte, die meinem Vater über seinen Sohn und Erben zu Ohren kamen.

Nach langer Abwesenheit stattete uns Ralph zu Hause einen Besuch ab. Wie gut ich mich noch an das Erstaunen erinnere, in das er den gesamten Haushalt versetzte! Er war in Aussehen und Benehmen ein Fremder geworden. Er trug einen prächtigen Schnauzbart; Miniaturspielzeug aus Gold und Edelsteinen hing zuhauf an seiner Uhrkette; seine Hemdbrust bestand aus filigraner Spitze und feinem Damast. Er brachte Kisten mit seinen bevorzugten Likören und Parfums, seinen eigenen smarten, unverschämten französischen Kammerdiener und einen Reisebücherschrank voller französischer Romane[2] mit, den er mit einem goldenen Schlüssel öffnete. Am Morgen trank er nur Schokolade; er führte lange Gespräche mit der Köchin und revolutionierte unseren Speiseplan. Ein Londoner Agent schickte ihm regelmäßig alle französischen Zeitungen zu. Er änderte die Einrichtung in seinem Zimmer, und kein Dienstbote außer seinem eigenen Kammerdiener durfte es jemals betreten. Die Familienporträts, die dort hingen, wurden zur Wand gedreht, und man klebte Porträts von französischen Schauspielerinnen und italienischen Sängerinnen auf die Rückseiten der Leinwände. Dann ersetzte er eine wunderschöne kleine Ebenholztruhe, die sich seit dreihundert Jahren im Familienbesitz befand, durch einen zypriotischen Miniaturtempel mit Kristalltüren, hinter denen Haarlocken, Ringe, kleine Briefe auf roten Papierbögen und andere Liebespfänder wie Relikte ausgestellt waren. Ralphs Einfluß durchdrang uns alle. Er schien die Veränderung – vom leichtlebigen, ausschweifenden jungen Engländer in den ausgesprochen gepflegten fremdländischen Dandy –, die sich in ihm selbst vollzogen hatte, auf das Haus zu übertragen. Es war, als hätte sich die hitzige, überschäumende Atmosphäre der Boulevards von Paris dreist Zugang zu dem alten englischen Herrenhaus verschafft und als würde sie die ruhige, natürliche Luft bis in die abgelegensten Winkel durcheinanderwirbeln und infizieren.

Mein Vater war eher bestürzt als verstimmt über die neuen Gewohnheiten und Manieren meines Bruders – der älteste Sohn war jetzt weiter denn je von dem Ideal eines würdigen Erben entfernt. Was unsere Freunde und Nachbarn betraf – sie fürchteten Ralph und entwickelten eine aufrichtige Abneigung gegen ihn, noch bevor er eine Woche im Haus war. Er hatte eine ironisch geduldige Art, ihren Unterhaltungen zuzuhören, zerpflückte in ironisch respektvoller Manier ihre altmodischen Ansichten und korrigierte die kleinsten Verfehlungen, was sie insgeheim mehr verärgerte, als sie ertragen konnten. Alles wurde noch schlimmer, als sich mein Vater in seiner Verzweiflung bemühte, ihn zu einer Eheschließung zu verleiten, sozusagen als letzten Versuch, eine entscheidende Wende herbeizuführen. Er lud allein Ralph zuliebe die Hälfte aller heiratsfähigen jungen Damen aus unserem Bekanntenkreis zu uns nach Hause ein.

Ralph hatte noch nie eine große Vorliebe für die heimische weibliche Gesellschaft gehegt. Im Ausland lebte er so vornehm, wie es ihm möglich war, und umgab sich mit Frauen, deren Charaktere von mysteriös und zweifelhaft bis berüchtigt reichten. Die wohlerzogenen, kultivierten, hochgebildeten englischen Schönheiten hatten in seinen Augen keinen Reiz. Er durchschaute auf Anhieb die Familienverschwörung, deren Opfer er werden sollte. Er kam oft nachts hinauf in mein Schlafzimmer, und während er sich damit amüsierte, spöttisch meine schlichten Kleider und meine einfachen Toilettegegenstände zu beäugen, während er in seiner alten unbekümmerten Art über meine ruhigen Gewohnheiten und mein eintöniges Leben lachte, ließ er beiläufig alle möglichen sarkastischen Bemerkungen über unsere jungen weiblichen Gäste fallen. Er fand ihre Umgangsformen schrecklich fade, ihre Unschuld bezeichnete er als Heuchelei der Erziehung. Ein reiner Teint und regelmäßige Gesichtszüge seien ja schön und gut, sagte er, was das Äußere beträfe, doch wenn ein Mädchen nicht richtig gehen könne, wenn es einem Mann mit kalten Fingern die Hand drückte, wenn es schöne Augen habe, aber keinen stimulierenden Gebrauch von ihnen machen könne, dann sollten der reine Teint und die regelmäßigen Züge wieder in das Kinderzimmer verbannt werden, aus dem sie kamen. Er, für *seinen* Teil, vermisse die Konversation der geistreichen polnischen Komteß und sehne sich nach einem Mitternachtssoupé mit seinen begehrten *grisettes**.

Bald wurde offenbar, daß das letzte Experiment meines Vaters mit Ralph zum Scheitern verurteilt war. Wachsame und erfahrene Mütter argwöhnten, daß die Flirtmethoden meines Bruders gefährlich, und seine Art, Walzer zu tanzen, unanständig seien. Ein oder zwei besonders vorsichtige Mütter, die entsetzt über seine lockeren Manieren und zweifelhaften Ansichten waren, brachten ihre Töchter in Sicherheit und nahmen, so gut es ging, Abstand von weiteren Besuchen. Andere beschränkten sich nur noch auf die absolut unvermeidlichen Begegnungen.

Plötzlich entdeckte mein Vater, daß sich Ralph zu auffallend für eine junge verheiratete Frau interessierte, die für einige Zeit in unserem Haus weilte. Am selben Tag hatte er eine lange private Unterhaltung mit meinem Bruder. Was zwischen ihnen vorgefallen war, weiß ich nicht, aber es muß etwas Ernstes gewesen sein. Ralph kam sehr blaß und still aus dem Arbeitszimmer meines Vaters, ordnete an, daß seine Koffer sofort gepackt werden sollten, und am nächsten Morgen reiste er mit seinem französischen Kammerdiener und seinen Siebensachen ab.

Es verstrich eine längere Zeitspanne, bis er uns wieder einen Kurzbesuch abstattete. Er hatte sich nicht verändert. Vater litt sehr unter dieser zweiten Enttäuschung. Er wurde gereizter und wortkarger und nahm auch an kleineren Unregelmäßigkeiten mehr Anstoß als sonst. Ich erwähne diese Gemütsveränderung, weil sie später fatale Folgen für mich selbst zeitigen sollte.

Bei dieser letzten Gelegenheit kam es zu einer erneuten ernsthaften Auseinandersetzung zwischen Vater und Sohn;

* französisch: leichtfertiges, junges Mädchen (Anmerkung des Übersetzers)

und Ralph verließ England auf dieselbe Art wie beim erstenmal.

Kurz nach seiner zweiten Abreise hörten wir, daß er seine Lebensart geändert hatte. Er konzentrierte seine Zuneigung und Gunst – was nach den Moralbegriffen auf dem Kontinent als Verbesserung gelten mochte – nur noch auf eine einzige Frau, die älter als er war und die, als er sie kennenlernte, von ihrem Mann getrennt lebte. Sie hatte sich das hohe Ziel gesetzt, ihm Mentor und Geliebte zugleich zu sein! Und sie bewies bald, daß sie bestens qualifiziert für dieses gewagte Unternehmen war. Zur Überraschung aller, die Ralph kannten, wurde er mit einemmal sparsam; und kurze Zeit später gab er tatsächlich seinen Posten in der Botschaft auf, um den Versuchungen aus dem Wege zu gehen!

Mittlerweile ist er nach England zurückgekehrt, sammelt hingebungsvoll Schnupftabaksdosen und lernt Violine spielen; er führt jetzt ein ruhiges Leben in einem Randbezirk von London und steht nach wie vor unter der Aufsicht der resoluten Missionarin, die für seine Bekehrung verantwortlich war.

Es wäre sinnlos, wenn ich Spekulationen darüber anstellen würde, ob er jemals der hochgesinnte englische Gentleman mit strengen Grundsätzen wird, zu dem mein Vater ihn so sehnsüchtig machen wollte. Ich werde vermutlich nie wieder einen Fuß auf den Landsitz setzen, den er erben wird. Die Residenzen, in denen er eines Tages der Herr sein wird, werden mir nie wieder Obdach bieten. Lassen Sie mich jetzt das Kapitel über meinen älteren Bruder abschließen, damit ich mich einem Thema zuwenden kann, das mir mehr am Herzen liegt; es ist mir lieb und teuer, da es die letzte Erinnerung daran ist, daß ich lieben kann, und in meiner Einsamkeit und meinem Exil ist es mir wertvoller als alle Schätze der Welt.

Meine Schwester! – ich zögere, deinen geliebten Namen in einem Bericht wie diesem zu erwähnen. Es wird nicht mehr lange dauern, bis mich die Dunkelheit des Verbrechens und der Trauer umhüllt; hier leuchtet die Erinnerung an dich wie ein reines Licht vor meinen Augen – doppelt rein im Kontrast zu dem, was dahinter liegt. Mögen *deine* freundlichen Augen die ersten sein, die diese Seiten erblicken, wenn der Schreiber für immer von ihnen getrennt sein wird. Möge *deine* zarte Hand die erste sein, die diese Blätter berührt, wenn meine eigene Hand erkaltet ist! Wann immer ich im bisherigen Verlauf meiner Erzählung Clara, meine Schwester, beiläufig erwähnte, zitterte meine Feder und stand für einen Augenblick ganz still. An dieser Stelle, an der all meine Erinnerungen an dich ungehindert auf mich einstürmen, sammeln sich die Tränen in meinen Augen und geraten außer Kontrolle, und zum erstenmal, seit ich diese Aufgabe in Angriff genommen habe, verlassen mich mein Mut und meine Ruhe.

Es ist zwecklos fortzufahren. Meine Hand zittert, meine Augen werden trüber und trüber. Ich muß für heute meine Arbeit beenden und auf den Hügeln, von denen man das Meer überblicken kann, neue Kräfte und Entschlossenheit für den morgigen Tag sammeln.

5

Meine Schwester Clara ist vier Jahre jünger als ich. Die Gesichtsform, den Teint und die Züge – bis auf die Augen – hat sie unverkennbar von meinem Vater geerbt. Doch ihr Ausdruck muß dem meiner Mutter sehr ähnlich sein. Wann immer ich sie in ihren stillen, nachdenklichen Momenten betrachtete, schien ihr Anblick meine vage, kindliche Erinnerung an unsere verstorbene Mutter aufzufrischen und sogar zu verstärken. Ihre Augen haben diesen Schimmer von Melancholie und diese ganz spezielle Sanftmut, die man nur in blauen Augen sehen kann. Ihre Gesichtshaut ist blaß wie die meines Vaters, solange Clara weder spricht noch sich bewegt, hat eine noch viel stärkere Neigung zum Erröten als seine, und zwar nicht nur, wenn sie etwas tief bewegt, sondern sogar wenn sie geht oder über ein Thema redet, das ihr am Herzen liegt. Ohne diese Besonderheit wäre ihre Blässe ein Mangel. Dank dieser Blässe kann sie in den Augen mancher vermutlich auch keinen Anspruch auf Schönheit erheben. Und eine Schönheit ist sie vielleicht tatsächlich nicht – zumindest nicht im herkömmlichen Sinne.

Die untere Gesichtshälfte ist zu klein im Vergleich zur oberen, ihre Gestalt zu schmächtig, die Empfindsamkeit ihres Nervensystems zu deutlich erkennbar in ihrem Handeln und ihrer äußeren Erscheinung. Sie würde nie die Aufmerksamkeit oder Bewunderung in einer Opernloge auf sich ziehen; nur sehr wenige Männer würden sich auf der Straße umdrehen und ihr nachsehen; wenige Frauen würden ihr den leicht wachsamen Blick schenken, der abschätzend prüft und den eine atemberaubende Schönheit so oft von ihren weniger begünstigten Geschlechtsgenossinnen empfängt (und oft mit Triumph auf sich fühlt). Der größte Reiz meiner Schwester kommt aus ihrem Inneren und zeigt sich nicht an der Oberfläche.

Wenn man sie wirklich kannte und sie frei mit einem sprach wie mit einem Freund, dann war man unbeschreiblich beeindruckt von der Anmut ihrer Stimme, ihres Lächelns und ihres Verhaltens. Das geringfügigste Wort und die alltäglichsten Taten weckten Teilnahme und bereiteten Freude, und man wußte selbst nicht, weshalb. Ihre Schönheit lag in ihrer bescheidenen Einfachheit, ihrer natürlichen – exquisit natürlichen – Herzenswärme, und Worte und Taten, welcher Art auch immer, übten trotz aller rivalisierender Eindrücke eine eigene unaufdringliche Wirkung auf andere aus. Man vermißte sie und dachte an sie, wenn man gerade die Gesellschaft der schönsten und brillantesten Frauen verlassen hatte. Man erinnerte sich an ein paar freundliche, angenehme Worte von ihr, sobald man den Witz der geistreichsten Frauen, das Wissen der gelehrtesten vergaß. Der Einfluß, den meine Schwester auf jedermann ausübte, unbewußt ausübte, mit dem sie in Kontakt kam – besonders auf Männer –, kann, denke ich, mit wenigen Sätzen erklärt werden.

Wir leben in einem Zeitalter, in dem zu viele Frauen danach streben, sich der Gesellschaft in Hinsicht auf die Moral geschlechtslos zu präsentieren; allzuoft ahmten sie die Sprache und das Betragen der Männer nach, speziell dieses erbärmliche moderne, dandyhafte Benehmen, das darauf abzielt, jedes Anzeichen von Herzlichkeit zu unterdrücken und Begeisterung über was auch immer auf keinen Fall zu offenbaren; ein Verhalten, bei dem man, kurz gesagt, alle Anstrengungen unternimmt, mit dem so sehr in Mode gekommenen gelangweilten Gesichtsausdruck glaubwürdig die vermeintlich vornehme Unerschütterlichkeit des Gemüts zur Schau zu stellen. Frauen dieser exklusiven modernen Schicht lassen gern Slang-Ausdrücke in die Unterhaltung einfließen, nehmen eine pseudomaskuline Schroffheit im Verhalten und eine ebenso pseudomaskuline Freiheit in ihren Ansichten an; sie neigen dazu, sich über das Zeigen von Gefühlen lustig zu machen, das man allgemein als ›Sentimentalität‹ verteufelt. Nichts beeindruckt, bewegt, amüsiert oder erfreut sie auf eine tiefempfundene, für Frauen natürliche Weise. Mitgefühl wirkt wie Ironie, falls es sich überhaupt ausdrückt. Liebe scheint eine Sache der Berechnung oder des Hohns oder des geringschätzigen Erduldens zu sein, wenn sie denn jemals empfunden wird.

Meine Schwester Clara bildete zu Frauen wie diesen den größten Kontrast, den man sich denken kann. Und gerade darin liegt das Geheimnis ihrer Wirkung, der freimütigen Hochachtung, Liebe und Bewunderung, die ihr folgten, wohin sie auch ging.

Nur wenige Männer haben niemals ihre heimlichen Momente tiefer Empfindungen – das sind die Momente, in denen ihnen bei all den jämmerlichen Banalitäten und Heucheleien dieser modernen Gesellschaft eine frische, unschuldige, sanftmütige und aufrichtige Frau ganz deutlich vor Augen steht; ihnen schwebt das Bild einer Frau vor, deren Empfindungen noch warmherzig, deren Zuneigung und Mitgefühl noch in ihrem Tun offenbar werden und die ihre Gedanken beflügelt; eine Frau, der wir tiefes Vertrauen entgegenbringen können, als wären wir noch Kinder; deren Nähe wir verzweifelt suchen, um den Härten der Welt entfliehen zu können, obwohl wir kaum zu hoffen wagen, sie jemals zu finden – es sei denn in einsamen, abgelegenen ländlichen Gegenden, an Plätzen, die von Wiesen, Wäldern und Hügeln umgeben sind. Jede Frau, die einem solchen Bild entspricht oder beinahe nahekommt, übt einen so mächtigen Einfluß aus wie keine ihrer Konkurrentinnen. Nur ihnen gebührt wahrhaft der aufrichtige Respekt und die Bewunderung der Männer, auf der die Stärke und Macht des weiblichen Geschlechts basiert – die Macht, die so viele für sich beanspruchen, die aber in Wahrheit nur wenige in sich haben.

Meine Schwester gehörte zu diesen wenigen. Folglich stellte sie, ohne jede Absicht oder Ehrgeiz zu glänzen, wo immer sie sich auch befand, all die Frauen in den Schatten, die ihr an Schönheit, Bildung, sicherem Auftreten und Redegewandtheit überlegen waren. Sie eroberte die Herzen ohne jede Waffe, abgesehen von dem reinen weiblichen Charme all dessen, was sie äußerte und tat.

Ihr Charakter entfaltete sich nicht inmitten des Frohsinns und der Pracht einer Londoner Saison aufs vorteilhafteste. Sondern dort, wo sie sich am liebsten aufhielt – in dem alten Landhaus unter alten Freunden und Dienstboten, von denen jeder einzelne hundert Tode um ihretwillen gestorben wäre: Nur dort konnte man sie richtig kennen- und liebenlernen. Dann übte der Reiz des freundlichen, sanften, glücklichen englischen Mädchens, das am Schicksal aller Menschen Anteil nehmen konnte und dankbar war für jede Zuneigung, die größte und reinste Wirkung aus. Auf Picknicks, Gartenfesten, kleinen ländlichen Gesellschaften aller Art verbreitete sie stets auf ihre ganz eigene stille, natürliche Art allgemeines Wohlbefinden und eine freundschaftliche Atmosphäre. Ihre ungekünstelte Fröhlichkeit lockerte sogar die steifen Gesetze des Anstands, die bei Landgesellschaften eigentlich strikt eingehalten wurden. Es gelang ihr jedesmal – kein Mensch wußte, wie –, die sittenstrengsten Menschen dazu zu verleiten, ihre Förmlichkeit zu vergessen und sich für den Rest des Tages ungezwungen zu verhalten. Sogar ein schwerfälliger, wortkarger Squire konnte sich diesem Einfluß nicht entziehen. Es gelang ihr, ihn so weit zu bringen, daß er sich wohl fühlte, auch wenn sonst niemand daran denken würde, die Aufgabe, ihn zu unterhalten, in Angriff zu nehmen: Sie konnte geduldig seinen verworrenen Tiraden über Hunde, Pferde und den Reifegrad des Getreides zuhören, während andere Konversationen führten, für die sie weit mehr Interesse gehabt hätte; sie nahm jede seiner kleinen dankbaren Aufmerksamkeiten entgegen, gleichgültig, wie unbeholfen oder unpassend sie auch sein mochten, – sie akzeptierte sie als Huldigung für ihr Geschlecht, nicht als ein Recht, das ihr persönlich zustand.

Auch glückte es ihr, die lange Liste der bedauerlichen Kränkungen und kleinen Verstöße zu verkürzen, die eine so entscheidende Rolle in dem sozialen Drama der Landgesellschaft spielte. Mit Hingabe verschrieb sie sich der Versöhnung, und wo sie sich auch immer hinwandte, vertrieb sie den Dämon der Verbitterung bei Armen und Reichen gleichermaßen. Unser guter Pfarrer pflegte sie seine freiwillige Helferin zu nennen, und er erklärte, daß sie mit einem Wort zur rechten Zeit oder einem flehenden Blick mehr Frieden stiften konnte als die ausgefeilteste Sonntagspredigt.

Mit dieser unermüdlichen Güte und diesem entschlossenen Eifer, alle glücklich zu machen, denen sie nahekam, verband sich eine unbeschreibliche Ausstrahlung, die sie unumstößlich vor jedem falschen Verdacht schützte, den selbst die argwöhnischsten Menschen ersinnen könnten. Ich habe nie jemanden kennengelernt, der waghalsig genug gewesen wäre, sich – mit Worten oder Blicken – Freiheiten ihr gegenüber herauszunehmen. Sie umgab etwas, das sowohl Hochachtung als auch Liebe auslöste. Mein Vater, der über diesen Punkt seine eigenen Ansichten hegte, meinte stets, man könne in ihren Augen die edle Abstammung und in ihren Manieren die Überlegenheit ihrer Ahnen erkennen, und das flöße den Mitmenschen Respekt ein. Meine Begründung ist einfacher und vielleicht auch besser: Es gibt eine Herzensgüte, die einen Schild der Reinheit über die freigebig verschenkte Liebenswürdigkeit hält; und gerade von dieser Art war ihre Güte.

Meinem Vater bedeutete sie, wie ich denke, mehr, als er selbst ahnte oder jemals wissen wird – es sei denn, er würde sie eines Tages verlieren. Er war oft gekränkt, tief verletzt, wenn andere ihm seinen Dünkel übelnahmen und seine Kultiviertheit verkannten, aber er konnte sich immer darauf verlassen, daß *sie* ersteres respektierte und letzteres mit ihm teilte. Er konnte auf Claras bedingungslose Loyalität vertrauen und war sich gewiß, daß sie nicht nur willens, sondern auch in der Lage war, seine häuslichen Probleme mit ihm zu teilen und sie ihm zu erleichtern. Wenn er weniger verärgert über das Betragen seines ältesten Sohnes gewesen wäre; wenn er in weiser Voraussicht seiner eigenen Überredungskunst und seiner Kraft, Menschen zu bessern, mißtraut und statt dessen Clara gestattet hätte, ihren Einfluß auf Ralph dauerhafter und intensiver auszuüben, so wäre mein Bruder nach meiner Überzeugung inzwischen – oder sogar schon längst – zu jenem pflichtbewußten Menschen geworden, den Vater sich wünschte.

Die starken und tiefen Empfindungen, die in der Natur meiner Schwester verankert waren, lagen tief unter der Oberfläche – zu tief für eine Frau. Leid war für sie stilles, verborgenes, langes Dulden – oft ohne jedes äußerliche Anzeichen. Ich erinnere mich nicht, sie jemals, es sei denn bei seltenen, schwerwiegenden Anlässen, in Tränen gesehen zu haben. Jeder, der sie nicht genau beobachtete, mußte glauben, jeder gewöhnliche Kummer und alltägliche Sorgen könnten ihr wenig anhaben. In solchen Momenten trübten sich ihre Augen ein wenig und waren weniger lebhaft als sonst; ihre Blässe trat noch deutlicher zutage; ihre Lippen preßten sich zusammen und zitterten unwillkürlich – aber das war alles: Es gab kein Seufzen, kein Klagen, nicht einmal ein einziges Wort. Und dennoch litt sie in solchen Augenblicken sehr. Die Tiefe ihrer Gefühle drückte sich in Stille und Schweigsamkeit aus. Ich – gerade ich, der sich schuldig gemacht hat, das reine Herz, das mich liebte, mit meinem Schmerz vergiftet zu haben – muß das am besten wissen!

Wie lange könnte ich dabei verweilen, alles aufzuzählen, was sie für *mich* getan hat! Je näher ich den Seiten komme, die meine fatale Geschichte enthüllen werden, desto mehr lockt mich die Versuchung, mich länger mit diesen schöneren und unbefleckten Erinnerungen an meine Schwester aufzuhalten, die jetzt meinen Geist beherrschen. Die ersten kleinen Geschenke – unschuldige, mädchenhafte Geschenke –, die sie mir heimlich in die Schule schickte; die ersten süßen Tage unseres ungestörten Umgangs, als ich nach dem Collegeabschluß mein häusliches Leben wiederaufnahm; ihr unschätzbares Verständnis für meine Prahlereien mit meiner gerade erst aufkeimenden Schriftstellerei – all das drängt sich mit Macht in meine Gedanken, während ich hier sitze und schreibe.

Aber diese Erinnerungen müssen beschwichtigt und in die Schranken verwiesen werden. Ich muß mich sammeln und unvoreingenommen meine Erzählung beginnen – und wenn es nur dem Zweck dient, das Geschehene ungeschminkt und wahrhaft wiederzugeben, ohne etwas zu unterdrücken oder zu übertreiben. Das bin ich ihr schuldig.

Es ist bei weitem nicht alles, was ich Clara schulde, aber das einzige, was ich ihr jetzt noch geben kann. Obwohl ich sie vermutlich nie wiedersehen werde, außer in meinen Gedanken, beeinflußt, tröstet und erheitert sie mich nach wie vor, und sie macht mir Hoffnung, als wäre sie bereits der Schutzgeist des kleinen Cottages, in dem ich jetzt lebe. Selbst in den schlimmsten Augenblicken der Verzweiflung kann ich mein Gemüt noch damit besänftigen, daß Clara an mich denkt und sich um mich sorgt: Ich empfinde diesen Gedanken wie eine unsichtbare, gnädige Hand, die mich stützt, wenn ich falle, die mich aufrichtet, die mich möglicherweise sicher und behutsam bis ans Ende meiner beschwerlichen Reise führt.

6

Ich bin am Ende der einführenden Bemerkungen über meine nächsten Verwandten angelangt, die zwangsläufig auf diesen Seiten vorgestellt werden müssen, und kann jetzt zum eigentlichen Inhalt meiner Erzählung übergehen.

Stellen Sie sich vor, daß mein Vater und meine Schwester für einige Monate in unserem Londoner Stadthaus gelebt haben und daß ich mich nach der Rückkehr von einer Reise auf den Kontinent zu ihnen gesellte.

Mein Vater wird von seinen Pflichten im Parlament in Anspruch genommen. Wir sehen ihn nur selten. Die Vormittage verbringt er in Ausschußsitzungen, die Abende bei Debatten. Wenn er sich gelegentlich einen Tag Muße gönnen kann, hält er sich in seinem Arbeitszimmer auf und widmet sich seinen persönlichen Angelegenheiten. Er begibt sich nur selten in Gesellschaft anderer – hie und da ein politisches Dinner oder eine Zusammenkunft von Wissenschaftlern, das sind die einzigen Zerstreuungen, die ihn verlocken.

Meine Schwester führt ein Leben, das kaum ihren schlichten Vorlieben entspricht. Sie reibt sich gänzlich bei Bällen, Opernbesuchen, Blumenschauen und all den anderen Londoner Vergnügungen auf und sehnt sich von Herzen danach, mit ihrem eigenen kleinen Pony-Wagen Ausfahrten durch grüne Wiesen und Wälder machen und in der Sonntagsschule des Pfarrers Rosinenkuchen an die Kinder verteilen zu können. Aber die Freundin, die bei ihr zu Besuch weilt, liebt die Aufregung, und mein Vater erwartet von ihr, daß sie die Einladungen annimmt, die er selbst gezwungen ist auszuschlagen; deshalb stellt sie ihre eigenen Bedürfnisse und Neigungen wie üblich zurück und geht in die heißen Räume, in denen sich die vornehmen Menschen drängen, hört sich Abend für Abend dieselben oberflächlichen Komplimente und dieselben höflichen Fragen an, bis sie, so duldsam sie auch ist, von Herzen wünscht, daß all ihre eleganten Freunde auf der anderen Seite des Erdballs leben würden – je weiter weg, um so besser.

Meine Ankunft ist für sie das willkommenste aller Ereignisse. Sie verleiht ihrem Londoner Aufenthalt einen neuen Sinn und gibt dem Alltag neue Impulse.

Ich bin damit beschäftigt, einen historischen Roman[3] zu schreiben – genaugenommen habe ich mich hauptsächlich im Ausland aufgehalten, um die Lokalitäten des Landes zu studieren, in dem mein Roman spielt. Clara hat die ersten sechs fertigen Kapitel des Manuskripts gelesen und prophezeit meinem Opus einen wundervollen Erfolg, wenn es veröffentlicht wird. Sie hat entschieden, eigenhändig in meinem Arbeitszimmer für Ordnung zu sorgen, meine Bücher abzustauben und meine Papiere zu sortieren. Sie weiß, daß ich schon jetzt sehr heikel bin, was meine literarischen Schätze und mein Eigentum betrifft, und ungehalten werde, sobald die Hausmädchen mit Staubwedeln meiner Bibliothek zu Leibe rücken – fast so als wäre ich ein altgedienter Schriftsteller, der seit zwanzig Jahren höchstes Ansehen genießt. Sie ist entschlossen, mir in dieser Hinsicht jede Befürchtung zu ersparen, indem sie selbst Ordnung schafft und den Schlüssel für mein Arbeitszimmer bei sich behält, solange ich abwesend bin.

Wir nehmen auch an den Londoner Vergnügungen teil und erfüllen unsere Aufgaben. Aber die angenehmste Freizeitbeschäftigung von allen bieten uns die Pferde. Wir reiten jeden Tag aus – manchmal mit Freunden, manchmal zu zweit. Bei letzteren Gelegenheiten lenken wir unsere Pferde meistens weg von den Parks und suchen all die ländlichen Gegenden auf, die wir in der unmittelbaren Umgebung von London finden können. Am liebsten reiten wir in nördliche Richtung.

Manchmal kommen wir so weit, daß wir in einem kleinen Gasthof, der mich an die Gasthöfe in der Nähe unseres Landhauses erinnert, Rast machen und unsere Pferde füttern. Ich sehe dieselben mit Sand gescheuerten Wirtsstuben mit denselben alten Jagdszenen an den Wänden und denselben abgenutzten dunklen Mahagonitischen und denselben Stühlen aus poliertem Ulmenholz – all das erinnert mich an unseren eigenen Dorfgasthof. Clara findet im Freien und im Dorf Ähnlichkeiten mit *unserem* Dorf und einen Baum, der aussieht, als wäre er eilends nur für sie aus *unserem* Park hierher verpflanzt worden.

Diese Ausflüge halten wir vor allen geheim, wir wollen sie ganz allein genießen. Wenn außerdem mein Vater ahnen würde, daß seine Tochter die frische Milch der Wirtin und sein Sohn das alte Ale des Wirtes in der Schankstube eines Gasthofs an der Straße trinkt, würde er, wie ich glaube, den schlimmen Verdacht hegen, daß wir beide den Verstand verloren haben.

Die Abendgesellschaften besuche ich beinahe so selten wie

mein Vater. Sowohl er als auch ich nehmen Claras Gutmütigkeit in Anspruch und bitten sie, diese Aufgaben für uns wahrzunehmen. Die vielen Verpflichtungen lassen ihr nur wenig Zeit für sich. Alte Damen – Verwandte und Bekannte – sind immer bereit, sie in ihre Obhut zu nehmen, und dulden keine Entschuldigung, die ihr ein Daheimbleiben ermöglichen würde. Manchmal bin ich beschämt und nehme mir vor, sie häufiger zu begleiten, aber es dauert nie lange, bis mich meine alte Trägheit, was offizielle Anlässe betrifft, wieder einholt. Ich habe die schlechte Angewohnheit angenommen, nachts zu schreiben – tagsüber lese ich beinahe unablässig. Nur meine Vorliebe fürs Reiten bringt mich dazu, meine Studien zu unterbrechen.

Solcher Art waren also meine häuslichen Gewohnheiten, meine Arbeit und meine Vergnügungen, als ein bloßer Zufall meine Ziele und mein Leben veränderte und mich zu dem machte, der ich jetzt bin.

Es geschah so:

7

Ich hatte gerade den vierteljährlichen Wechsel für mein Taschengeld erhalten und war in die Stadt gefahren, um den Scheck beim Bankier meines Vaters einzulösen.

Nachdem ich das Geld ausbezahlt bekommen hatte, überlegte ich einen Moment, wie ich am besten wieder nach Hause kommen konnte. Zuerst zog ich einen Spaziergang in Erwägung, dann eine Fahrt mit der Droschke. Während ich noch über diese Nebensächlichkeit nachdachte, fuhr ein von Pferden gezogener Omnibus[4] in westlicher Richtung an mir vorbei. Einem Impuls der Trägheit folgend, hielt ich das Vehikel an und stieg ein.

Im Grunde war nicht nur Trägheit meine Triebfeder. Wenn ich zu dieser Zeit auch keine andere Qualifikation zu der Schriftstellerkarriere, die ich gerade antrat, aufweisen konnte, so hatte ich gewiß diese eine – eine Begabung, Charakterzüge in anderen zu entdecken. Die natürliche Folge war eine nie versiegende Freude daran, Charaktere aller Art zu studieren, wo immer ich mit Menschen zusammentraf.

Ich war schon öfter mit Omnibussen gefahren und hatte mich damit vergnügt, die Leute zu beobachten. Ein Omnibus war mir immer schon wie ein Ausstellungsraum für die Verschrobenheiten der menschlichen Natur erschienen. Ich kenne keinen anderen Bereich, in dem Personen aller Schichten und aller Temperamente so bunt zusammengewürfelt und miteinander konfrontiert werden. Allein schon zuzusehen, wie die verschiedenen Menschen einsteigen und ihre Plätze einnehmen, stellt ein umfassendes Studium der unendlichen Vielfalt der menschlichen Charaktere dar, die ebenso unterschiedlich sind wie die Gesichter.

Ich hatte also auch mein Vergnügen im Sinn, als ich das öffentliche Verkehrsmittel anhielt und die Zahl der Passagiere um einen erhöhte.

Fünf Personen saßen in dem Omnibus, als ich einstieg. Zwei Ladies mittleren Alters, angetan in Samt und Seide, mit strohfarbenen Glacéhandschuhen und stark duftenden Taschentüchern, saßen abseits auf den hintersten Plätzen und versuchten, den Eindruck zu erwecken, als würden sie nur unter Protest dieses Vehikel benutzen. Sie bewahrten feierlichsten Ernst und Schweigen. Augenscheinlich waren sie der Ansicht, daß ihre äußere Pracht an einem unwürdigen Ort und in einer ausgesprochen unpassenden Gesellschaft zur Schau gestellt wurde.

Eine Bank nahe der Tür war von einem hageren, verwitterten alten Mann besetzt, der sehr schäbig in Schwarz gekleidet war und ständig etwas zwischen seinen zahnlosen Kiefern zermalmte. Hin und wieder wischte er sich sehr zum Abscheu der beiden feinen Damen mit einem zerfetzten blauen Taschentuch, das er unter seinem Hut aufbewahrte, über den kahlen Schädel und die runzlige Stirn.

Dem Greis gegenüber saßen ein würdevoller Gentleman und ein krankhaft teilnahmslos wirkendes kleines Mädchen. Jedes kleinste Ereignis dieses Tages hat sich derart unauslöschlich in mein Gedächtnis eingebrannt, daß ich mich nicht nur an das pompöse Aussehen und aufgeblasene Gehabe des Mannes erinnere, sondern sogar an die Worte, die er an das bedauernswerte, bleiche Wesen an seiner Seite richtete. Als ich das Gefährt betrat, erklärte er dem Mädchen mit lauter Stimme, wie sie die Falten ihres Kleides anordnen und wohin sie die Füße setzen sollte, wenn Leute ein- oder ausstiegen. Dann schärfte er ihr für die Zukunft, wenn sie älter war, ein, daß es sehr wichtig sei, immer das Fahrgeld bereitzuhalten, ehe es verlangt wurde, um einer unnötigen Verzögerung vorzubeugen. Nachdem er seine guten Ratschläge losgeworden war, begann er zu summen und klopfte mit seinem Malaccastock[5] den Takt auf den Boden. Er vergnügte sich noch auf diese Weise – nun ja, in Wahrheit sonderte er die unmusikalischsten Laute ab, die ich jemals gehört habe –, als der Omnibus anhielt, um zwei Damen einzulassen. Die erste, die einstieg, war eine ältere Frau – blaß und niedergeschlagen –, offenbar stand es mit ihrer Gesundheit nicht zum besten. Die zweite war ein junges Mädchen.

Unter den Vorgängen unseres geheimen Innenlebens, die wir zwar empfinden, aber nicht erklären können, gibt es wohl keinen einschneidenderen als diesen mysteriösen, in der eigenen Moral begründeten Impuls, der Anziehung oder Abscheu auslöst, wenn wir einem anderen Menschen begegnen. Wie erschreckend, wie unwiderstehlich ist diese Kraft in den einfachsten sowie in den bedeutsamsten Situationen des Lebens! Wie oft ahnen oder fühlen wir angenehm berührt oder voller Schmerz, daß uns ein anderer ansieht, bevor wir uns mit eigenen Augen davon überzeugen! Wie oft prophezeien wir uns selbst zutreffend, daß sich ein Freund oder ein Feind nähert, noch ehe er tatsächlich zu sehen ist! Auf welch sonderbare Weise sind wir häufig schon beim ersten Kennenlernen gewiß, daß wir die eine Person insgeheim lieben, die andere verabscheuen werden, bevor uns die Erfahrung leiten kann und uns auch nur ein einziger Charakterzug dieser Person offenbar wird!

Ich habe bereits erwähnt, daß die beiden Passagiere, die in das Gefährt zustiegen, in dem ich saß, eine ältere Lady und ein junges Mädchen waren. Sobald sich letztere beinahe mir gegenüber an der Seite ihrer Begleiterin niederließ, spürte ich die Wirkung, die sie auf mich ausübte – eine Wirkung, die ich nicht beschreiben kann –, eine Wirkung, die ich nie zuvor in meinem Leben erfahren hatte und die ich nie wieder erfahren werde. Ich war ihr beim Einsteigen behilflich, als sie an mir vorbeiging, hatte ihren Arm für einen flüchtigen Augenblick kaum wirklich berührt. Aber wie lange meine Sinne diese Berührung noch nachempfanden! Ich fühlte, wie sie mich durchdrang – in jedem Nerv vibrierte und in jedem schnellen Herzschlag widerhallte.

Hatte ich dieselbe Wirkung auf sie? Oder war ich nur der Empfangende und sie diejenige, die dieses Signal aussandte? Es war mir bestimmt, dieses Rätsel zu lösen, aber nicht zu diesem Zeitpunkt – sondern erst sehr, sehr viel später.

Ihr Schleier verhüllte das Gesicht, als mein Blick zum erstenmal auf sie fiel. Daher konnte ich ihre Züge und den Ausdruck nur schemenhaft erkennen. Ich hatte lediglich den vagen Eindruck, daß sie jung und schön war; aber abgesehen davon konnte ich, obwohl ich mir viel vorgestellt haben mochte, nur wenig sehen.

Von dem Zeitpunkt ihres Eintretens in den Omnibus an fehlt mir jede Erinnerung an das, was um mich herum geschah. Ich weiß auch nicht mehr, ob andere Passagiere zu- oder ausstiegen. Meine Beobachtungsgabe, die bis dahin sehr aktiv gewesen war, hatte mich jetzt vollkommen verlassen. Eigenartig! daß der launische Zufall unsere Talente beherrschen sollte! – daß eine Bagatelle den ganzen komplizierten Mechanismus ihrer Ausübung in Gang und eine andere Bagatelle ihn außer Kraft setzen sollte.

Wir fuhren eine kleine Weile weiter, als die Begleiterin des Mädchens ihr eine Beobachtung mitteilte. Sie verstand nicht genau und lüftete ihren Schleier, während die Worte wiederholt wurden. Wie schmerzhaft mein Herz klopfte! Ich konnte die Schläge beinahe hören, als ihr Gesicht zum erstenmal ungehindert und unverhüllt zu sehen war.

Sie war dunkel. Ihr Haar, die Augen und der Teint waren dunkler als gewöhnlich bei Engländerinnen. Die Form des Gesichts, das Aussehen an sich, auch das, was ich von ihrer Gestalt erkennen konnte, gaben mir Anlaß zu der Vermutung, daß sie etwa zwanzig Jahre alt sein mußte. Eine gewisse Reife zeigte sich in ihren Zügen, aber der Ausdruck war noch mädchenhaft, unfertig, unbestimmt. In ihren Augen glomm ein verborgenes Feuer, wenn sie sprach. Die sehnsüchtige Melancholie, wenn sie schwieg – die sinnliche Sehnsucht schwarzer Augen –, war noch vergänglich und unbeständig. Das Lächeln, das ihre vollen Lippen (in Kombination mit anderen Augen wären sie möglicherweise *zu* voll gewesen) umspielte, bemühte sich, beredt zu wirken, wagte es jedoch noch nicht ganz. An Frauen scheint immer etwas unvollständig zu bleiben – als fehlte eine moralische Schaffenskraft, die der physischen Erscheinung erst zur Vollkommenheit verhilft – zu der Vollkommenheit, die allein die Liebe zum Vorschein bringt und die, wenn sie einmal zu knospen beginnt, durch die Mutterschaft zur vollen Blüte gelangt. Als ich das Mädchen betrachtete, dachte ich, wie strahlend eine leichte Röte diese runden, olivfarbenen Wangen erblühen ließe; wie beredt der Ausdruck, der noch zauderte, sich ganz zu offenbaren, eines Tages sein würde und daß sich die Schönheit im vollen Glanz präsentieren würde, wenn sie die ersten Liebesworte hörte, den ersten Kuß empfing von dem Mann, den sie liebte!

Während ich sie noch immer ansah und sie mit ihrer Begleiterin sprach, begegneten sich unsere Blicke. Es war nur ein kurzer Moment – aber die Empfindung eines einzigen Augenblicks bestimmt oft ein ganzes Leben; und dieser eine winzige Augenblick beseelte mein Herz. Sie zog sofort ihren Schleier herunter; dabei bewegten sich unfreiwillig ihre Lippen. Ich glaubte, durch den Spitzenstoff erkennen zu können, daß die Bewegung zu einem Lächeln reifte.

Trotz der neuerlichen Verhüllung gab es noch genug, was ich betrachten konnte – genug, was mich entzückte. Ein kleiner Saum aus feinster Spitze umgab den hübschen dunklen Hals; der Schal war ein Stück verrutscht, und ich erahnte ihre schlanke, dennoch gut entwickelte und köstlich geschmeidige Figur; die Taille schien nicht geschnürt zu sein und hatte ihre normale Form und Größe; sie trug keinen modischen Firlefanz an sich und nur wenig Schmuck – schlichte und alltägliche Stücke, und dennoch war jedes einzelne wunderschön, jedes einzelne ein Schatz – an *ihr*! An all dem konnte ich mich trotz des Schleiers weiden, mich ergötzen. Der Schleier! Wie wenig er doch von einer Frau für den Mann verbarg, der sie wirklich liebte!

Wir hatten die Endstation des Omnibusses fast erreicht, als sie und ihre Begleiterin ausstiegen. Ich folgte ihnen vorsichtig und in einiger Entfernung.

Sie war großgewachsen, zumindest für eine Frau. Nicht viele Menschen hielten sich auf der Straße auf, durch die wir gingen, aber selbst bei größerem Getümmel und aus dem Abstand, den ich sorgsam einhielt, hätte ich sie nie aus den Augen verloren und niemanden mit ihr verwechselt. Schon jetzt, obwohl wir uns vollkommen fremd waren, hatte ich das Gefühl, sie aus jeder Entfernung an ihrem Gang zu erkennen.

Sie gingen, bis wir zu einer Siedlung am Stadtrand gelangten. Zwischen den Häusern befanden sich halb bebaute Grundstücke oder Ödland. Unfertige Straßen, unfertige Plätze, unfertige Läden, unfertige Gärten umgaben uns. Schließlich hielten sie auf einem neuen Platz und betätigten die Klingel an einem der allerneuesten Häuser. Es war keine Nummer zu sehen, doch ein Schild wies das Haus als North Villa aus. Der Platz – unvollendet wie alles andere in dieser Gegend – trug den Namen Hollyoak Square.

Zu diesem Zeitpunkt nahm ich nichts anderes von dem Platz zur Kenntnis, das Neue und und die Trostlosigkeit stießen mich ab. Meine Bedürfnisse waren gestillt – ich hatte herausgefunden, wo sich ihr Haus befand, und wußte, daß es ihr Heim war. Denn ich hatte mich nahe genug herangewagt, um zu hören, wie das Mädchen, als die Tür geöffnet wurde, fragte, ob während ihrer Abwesenheit jemand seine Aufwartung gemacht habe. Für den Moment war mir das genug. Meine Empfindungen brauchten eine Ruhepause, meine Gedanken wollten geordnet werden. Ich verließ den Hollyoak Square und schlenderte in den Regent's Park – in den nördlichen Teil, der von dort aus zugänglich war.

War ich verliebt? – verliebt in ein Mädchen, das ich durch Zufall in einem Omnibus getroffen hatte? Oder gab ich bloß einer augenblicklichen Laune nach – der hitzigen, überstürzten Schwärmerei eines jungen Mannes, den ein schönes Gesicht verzaubert hatte? Dies waren Fragen, auf die ich damals keine Antwort finden konnte. Meine Vorstellungen waren in hellster Verwirrung, meine Gedanken auf Abwegen. Ich spazierte weiter und träumte am hellichten Tag. Von der Umgebung prägte sich mir nichts ein, ich sah nur immer die fremde Schönheit vor mir. Je mehr ich versuchte, mich zu sammeln, die sorglose, ausgeglichene Stimmung wiederzuerlangen, in der ich am Morgen von zu Hause aufgebrochen war, um so weniger Gewalt hatte ich über mich. Es gibt zwei Ausnahmezustände, in denen der weiseste Mann versucht, sich selbst gut zuzureden, um einer plötzlichen Regung zu entsagen und zu seinen Prinzipien zurückzukehren – und die Versuche sind vergeblich: Der eine ist, wenn eine Frau ihn zum erstenmal in ihren Bann gezogen hat; der andere, wenn sie ihn, auch zum erstenmal, gekränkt hat.

Ich weiß nicht, wie lange ich in mich versunken, ohne wirklich zu denken, durch den Park ging, doch plötzlich schlug die Uhr einer benachbarten Kirche dreimal; das erinnerte mich daran, daß ich mich mit meiner Schwester um zwei Uhr zu einem Ausritt verabredet hatte. Der Heimweg würde mich noch eine weitere knappe halbe Stunde kosten! Niemals zuvor hatte ich eine Verabredung mit Clara vergessen! Die Liebe hatte mich noch nicht selbstsüchtig gemacht wie alle Männer und die meisten Frauen. Gleichermaßen bekümmert wie beschämt über die Nachlässigkeit, der ich mich schuldig gemacht hatte, eilte ich nach Hause.

Der Stallbursche führte, mit unaussprechlich überdrüssiger und unzufriedener Miene, noch immer mein Pferd vor dem Haus auf und ab. Das Pferd meiner Schwester hatte man in den Stall zurückgebracht. Ich ging ins Haus und hörte, daß Clara, nachdem sie eine Stunde auf mich gewartet hatte, mit einigen Bekannten ausgegangen war und vor dem Dinner nicht zurückerwartet wurde.

Niemand außer den Dienstboten hielt sich im Haus auf. Die Räume wirkten düster, leer und unsäglich trostlos auf mich; das Rumpeln der Kutschen auf den umliegenden Straßen klang unheilvoll; das Öffnen und Schließen der Türen im Wirtschaftsteil des Hauses erschreckte und irritierte mich; die Londoner Luft erschien mir schwüler als jemals zuvor, und ich hatte Mühe, zu Atem zu kommen. Ich marschierte in einem Zimmer gereizt und unentschlossen auf und ab. Einmal lenkte ich meine Schritte in Richtung Arbeitszimmer, ging aber denselben Weg zurück, bevor ich die Tür aufmachte. An Lesen oder Schreiben war im Moment nicht zu denken.

Ich spürte, wie insgeheim die Neigung in mir wuchs, zum Hollyoak Square zurückzukehren, zu versuchen, noch einen Blick auf das Mädchen zu erhaschen oder mich zumindest kundig zu machen, wer sie war. Ich kämpfte – ja, ich kann ehrlich sagen, daß ich erbittert gegen die Sehnsucht ankämpfte. Ich bemühte mich, darüber zu lachen und sie als unnütz und lächerlich abzutun, an meine Schwester zu denken, an das Buch, das ich schrieb, an alles, nur nicht an die Person, die sich um so stärker in mein Bewußtsein drängte, je mehr ich mich dagegen wehrte. Der Zauber der Sirene[6] hielt mich gefangen. Ich ging aus und redete mir heuchlerisch ein, daß mich lediglich eine kapriziöse Neugier dazu trieb, den Namen des Mädchens in Erfahrung zu bringen, und daß ich, sobald diese Neugier befriedigt sei, in dieser Angelegenheit Ruhe finden und über meine eigene Torheit lachen könne, wenn ich wieder daheim eintreffen würde.

Als ich vor dem Haus stand, waren die Jalousien an den Vorderfenstern heruntergelassen, um die Sonne abzuhalten. Der schmale Streifen Garten war verlassen – die Hitze brannte Risse in die Erde. Der Platz war still und öde, wie es nur ein Vorstadtplatz sein kann. Ich schlenderte auf dem heißen Bürgersteig auf und ab, entschlossen, ihren Namen herauszufinden, ehe ich diese Gegend wieder verließ. Während ich mir noch im unklaren war, wie ich das bewerkstelligen sollte, weckte ein schriller Pfiff, der in der ruhigen Umgebung doppelt durchdringend klang, meine Aufmerksamkeit.

Ein Laufbursche – einer dieser frühreifen, listigen Bengel, dieser hartnäckigen, unverschämten Störenfriede, wie sie nur große Städte hervorbringen – trat mit einem leeren Tablett unter dem Arm näher. Ich rief ihn zu mir, weil ich mit ihm sprechen wollte. Offenbar lebte er in der Nachbarschaft und konnte mir daher von Nutzen sein.

Seine erste Antwort auf meine Erkundigungen verriet mir, daß sein Meister im Haushalt der North Villa Dienst tat. Ein zugesteckter Shilling weckte sofort sein Interesse an den wenigen, aber bedeutenden Fragen, die ich ihm noch zu stellen wünschte. Ich erfuhr, daß der Hausherr der North Villa ›Sherwin‹ hieß und daß die Familie lediglich aus Mr. und Mrs. Sherwin und der jungen Lady, ihrer Tochter, bestand.

Meine letzte Frage an den Jungen war die wichtigste von allen. Kannte er Mr. Sherwins Profession, wußte er, womit er sich beschäftigte?

Die Antwort machte mich sprachlos. Mr. Sherwin führte ein großes Leinen- und Tuchgeschäft in einer der Hauptstraßen von London! Der Bursche nannte die Hausnummer und erklärte, auf welcher Straßenseite sich das Geschäft befand – dann erkundigte er sich, ob ich noch mehr wissen wollte. Ich konnte ihm nur mit einer Geste verständlich machen, daß ich ihn nicht mehr brauchte und daß ich genug gehört hatte.

Genug? Wenn der Junge die Wahrheit gesagt hatte, dann hatte ich zuviel gehört.

Ein Leinen- und Tuchgeschäft! Die Tochter eines Leinenhändlers! War ich noch immer verliebt? – ich dachte an meinen Vater; ich dachte an den Namen, den ich trug –, und diesmal wagte ich es nicht, diese Frage zu beantworten, obwohl ich möglicherweise dazu in der Lage gewesen wäre.

Aber vielleicht irrte sich der Junge. Vielleicht hatte er mir aus reiner Boshaftigkeit einen Bären aufgebunden. Ich beschloß, die Adresse, die er genannt hatte, aufzusuchen und mich selbst von der Wahrheit zu überzeugen.

Ich kam auf die Straße: Da war das Geschäft, und der Name ›Sherwin‹ stand an der Tür. Eine Möglichkeit blieb noch: Dieser Sherwin und der Sherwin vom Hollyoak Square waren nicht ein und dieselbe Person.

Ich betrat den Laden und kaufte etwas. Während der Verkäufer das Paket verschnürte, erkundigte ich mich, ob der Besitzer am Hollyoak Square lebte. Er sah mich ein wenig erstaunt an und bejahte.

»Ich kannte einmal einen Mr. Sherwin«, sagte ich und schmiedete mit diesen Worten das erste Glied der langen Kette von Lug und Betrug, die mich später fesseln und erniedrigen sollte – »einen Mr. Sherwin, der jetzt, wie ich gehört habe, in der Nähe des Hollyoak Square wohnt. Er war Junggeselle – ich weiß nicht, ob mein Freund und Ihr Herr und Meister derselbe ist.«

»Liebe Güte, nein, Sir! Mein Herr ist ein verheirateter Mann, und er hat eine Tochter – Miss Margaret –, die als sehr schöne, feine junge Lady gilt, Sir!« Und der Verkäufer grinste beim Sprechen – ein Grinsen, das mich anekelte und schockierte.

Ich hatte endlich alles herausgefunden. Margaret! – ich kannte jetzt auch ihren Namen. Margaret! – der Name hatte bis dahin nie zu jenen gehört, die mir besonders gut gefielen. Jetzt ertappte ich mich voller Entsetzen dabei, wie ich ihn wiederholte und eine neue und ungeahnte Poesie in dem Klang entdeckte.

Konnte das Liebe sein? – die reine, erste Liebe für eine Kaufmannstochter, die ich eine Viertelstunde in einem öffentlichen Gefährt gesehen hatte und der ich eine weitere Viertelstunde gefolgt war? Das war unmöglich. Und dennoch verspürte ich einen seltsamen Widerwillen, nach Hause zu gehen und meinen Vater und meine Schwester zu sehen.

Ich zog langsam los und schlenderte ziellos durch die Straßen, als ich einen alten College-Freund meines Bruders in Begleitung von einem meiner Bekannten traf – einem unbekümmerten, gutmütigen, lustigen Burschen. Er begrüßte mich mit stürmischer Herzlichkeit und bestand darauf, daß ich mit ihm in seinem Club essen sollte.

Falls die Gedanken, die noch immer schwer auf meinem Gemüt lasteten, nur morbide, phantastische Vorstellungen waren, dann war er der richtige Mann, in dessen Gesellschaft ich Zerstreuung finden würde. Ich entschied, das Experiment zu versuchen, und nahm seine Einladung an.

Beim Essen strengte ich mich an, ihn mit meinen Scherzen und meiner Fröhlichkeit zu übertreffen; ich trank mehr Wein als gewöhnlich – aber es war zwecklos. Der kraftlose Frohsinn kam nicht von Herzen, und die Worte tropften wie tot von meinen Lippen. Der Wein erhitzte, aber belebte mich nicht. Nach wie vor beherrschte das Bild der dunklen Schönheit meinen Geist – noch immer hielt die Wirkung vom Morgen, mit einemmal finster und verführerisch, mein Herz fest im Griff.

Ich gab den Kampf auf. Ich sehnte mich danach, wieder allein zu sein. Mein Freund erkannte rasch, daß meine erzwungene gute Laune nachließ; er versuchte, mich wieder aufzuheitern, redete für zwei, bestellte mehr Wein, aber es nützte alles nichts. Schließlich gähnte er unverhohlen und schlug einen Theaterbesuch vor.

Ich entschuldigte mich, schützte Unwohlsein vor, deutete an, daß der Wein zuviel für mich gewesen sei. Er lachte gutmütig, aber auch mit einer Spur Verachtung und ging, um sich ohne mich zu amüsieren. Augenscheinlich war er überzeugt, daß ich noch immer ein so schlechter Gefährte war wie vor Jahren im College.

Sobald wir uns getrennt hatten, atmete ich erleichtert auf. Ich zögerte, ging ein paar Schritte zurück, kehrte wieder um; dann beschwichtigte ich all meine Zweifel und überließ es meinen Neigungen, mich zu führen – ich wandte meine Schritte zum drittenmal an diesem Tag zum Hollyoak Square.

Der heitere Sommerabend strebte der Dämmerung entgegen; die Sonne stand feurig und tief am wolkenlosen Horizont; der letzte Liebreiz des letzten stillen Tageslichts verblaßte am violetten Himmel, als ich auf den Platz kam.

Ich näherte mich dem Haus. Sie stand am Fenster – es war weit geöffnet. Ein Vogelkäfig hing ziemlich weit oben am Fensterrahmen. Sie stand vor dem Käfig und spielte mit dem armen gefangenen Kanarienvogel, indem sie ihm ein Stück Zucker hinhielt und rasch wieder wegzog, bald auf dieser

Seite des Gitters, bald auf der anderen. Der Vogel hüpfte und flatterte in seinem Gefängnis umher, um nach dem Zucker zu picken, und er zwitscherte, als würde er sich daran erfreuen, seinen Teil zu dem Spiel mit seiner Herrin beizutragen. Wie hübsch sie aussah! Ihr dunkles Haar war über den Wangen zurückgekämmt – so blieb nur der untere Teil der Ohren sichtbar – und am Hinterkopf zu einem schlichten, dicken Knoten ohne Spange oder Schmuck geschlungen. Sie trug ein einfaches, hochgeschlossenes weißes Kleid, das in unzähligen kleinen Fältchen über den Busen herabfiel. Der Käfig hing gerade hoch genug, daß sie zu ihm aufschauen mußte. Sie lachte munter wie ein Kind und bewegte den Zucker blitzschnell hin und her. Ihr Hals und Kopf drehten sich anmutig mal hierhin, mal dorthin, und jeden Moment veränderte sie ihre Position ein wenig, so daß ich die Vollkommenheit ihrer Gestalt bewundern konnte. Die letzte Glut der Abendsonne beleuchtete sie – der Abschiedsgruß des Tageslichts an die Schönheit und die Jugend.

Ich hielt mich hinter einer Säule des Gartentors versteckt und sah sie an; ich wagte kaum, mich zu rühren oder Atem zu holen, da ich fürchtete, sie würde sofort vom Fenster weggehen, wenn sie mich entdeckte oder etwas hörte. Nach einigen Minuten gelang es dem Kanarienvogel, den Zucker mit dem Schnabel zu berühren.

»Gut, Minnie!« rief sie lachend, »du hast den Zucker, diesen Ausreißer, endlich gefangen, und jetzt sollst du ihn auch behalten.«

Einen Moment stand sie still da und betrachtete den Vogel; dann stellte sie sich auf die Zehenspitzen und spitzte zärtlich schmeichelnd die Lippen, bevor sie im Zimmer verschwand.

Die Sonne ging unter; die Schatten der Dämmerung breiteten sich über den trostlosen Platz aus; die Gaslampen wurden nach und nach entzündet; die Leute, die einen Spaziergang gemacht hatten, um frische Luft zu schnappen, bummelten einzeln oder zu zweien auf ihrem Heimweg an mir vorbei – und ich drückte mich noch immer in der Nähe des Hauses herum, in der Hoffnung, sie noch einmal am Fenster zu sehen, aber sie blieb meinen Blicken verborgen. Schließlich brachte ein Diener Kerzen in ihr Zimmer und ließ die venezianischen Jalousien herunter. Da es sinnlos gewesen wäre, noch länger auf dem Platz zu verharren, machte ich mich auf den Weg.

Ich marschierte frohen Mutes nach Hause. Was ich soeben von ihr hatte sehen können, machte das Bild komplett, das ich mir beim ersten Zusammentreffen gemacht hatte. Der Eindruck, den der Anblick hinterließ, machte mich sowohl empfindungslos für die Zeit und alle unheilvollen Überlegungen als auch derart unbedacht, daß ich mir keinerlei Zurückhaltung mehr auferlegte. Ich übergab mich ganz dem Zauber, der auf mich einwirkte. Vernunft, Pflichtbewußtsein, das Andenken an die Familie und die Wertvorstellungen waren vergessen oder gedämpft von der Liebe – der Liebe, die ich selbst begünstigt, in die ich mich im ersten Überschwang der Empfindungen selbst immer tiefer verstrickt hatte.

Ich betrat das Haus meiner Familie, dachte an nichts anderes als an Margaret, als daran, wie ich sie am folgenden Tag ansprechen konnte, und murmelte ihren Namen vor mich hin, sogar noch während ich die Hand auf die Türklinke meines Arbeitszimmers legte. In dem Moment, da ich ins Zimmer trat, überlief mich unwillkürlich ein Schauer, und ich blieb sprachlos stehen. Clara war da! Ich erschrak nicht nur; ein kaltes, bedrückendes Gefühl überkam mich. Beim ersten Blick auf meine Schwester fühlte ich mich, als hätte man mich bei einem Verbrechen ertappt.

Sie war über meinen Schreibtisch gebeugt und hatte gerade die losen Blätter meines Manuskripts, die bis dahin wirr durcheinander in der Schublade gelegen hatten, zusammengebunden. Heute abend sollte ein großer Ball stattfinden, zu dem sie erscheinen würde. Sie trug ein blaßblaues Kleid (meine Lieblingsfarbe an *ihr*) aus Seide. Eine weiße Blüte steckte in ihrem hellbraunen Haar. Sie stand im sanften, ruhigen Licht meiner Lampe, sah von dem Manuskript auf und schaute zur Tür. Ihre schlanke Gestalt wirkte noch zierlicher als sonst in dem zarten Stoff, der sie umhüllte. Ihre Haut war blaß: Das Gesicht wirkte in seiner Reinheit und Ruhe fast wie das einer Statue. Was für ein Gegensatz zu dem anderen lebhaften Bild, das ich bei Sonnenuntergang gesehen hatte!

Als Clara lächelte und mir das geordnete Manuskript hinhielt, damit ich es ansehen konnte, fiel mir siedendheiß die Verabredung ein, die ich nicht eingehalten hatte. Mit dieser Erinnerung kamen finsterer denn je die drohenden Zweifel, die mich seither bedrückt hatten. Ich versuchte, meine Stimme ruhig zu halten, und hörte selbst, daß ich scheiterte, als ich sagte:

»Kannst du mir verzeihen, Clara, daß ich dich heute um deinen Ausritt gebracht habe? Ich fürchte, ich habe nur eine schlechte Entschuldigung ...«

»Dann bringe sie nicht vor, Basil, oder warte, bis Papa die Sache auf ordentliche parlamentarische Weise regeln kann, sobald er heute abend aus dem Unterhaus kommt. Sieh mal, was ich mit deinen Papieren gemacht habe; sie lagen ganz durcheinander. Ich hatte wirklich Angst, daß einige dieser Blätter verlorengehen könnten.«

»Weder diese Seiten noch der Schreiber verdienen die Mühe, die du dir mit ihnen machst, aber es tut mir aufrichtig leid, daß ich unsere Abmachung gebrochen habe. Ich traf einen alten College-Freund – zudem hatte ich am Morgen etwas zu erledigen –, wir aßen zusammen: Er hätte eine Absage nicht akzeptiert.«

»Basil, wie bleich du bist! Bist du krank?«

»Nein; die Hitze hat mir ein bißchen zugesetzt, das ist alles.«

»Ist etwas geschehen? Ich frage nur ... wenn ich dir irgendwie helfen kann, wenn du möchtest, daß ich zu Hause bleibe ...«

»Nein, bestimmt nicht, Liebes. Ich wünsche dir viel Erfolg und alles Vergnügen auf dem Ball.«

Sie schwieg einen Moment und richtete den klaren, freundlichen Blick auf mich – ihre Augen wirkten ernster und besorgter als üblich. Erforschte sie mein Herz und entdeckte die neue Liebe, die bereits den Platz erobert hatte, den die Zuneigung zu ihr zuvor beherrscht hatte?

Liebe! Die Liebe zu einer Kaufmannstochter! Dieser Gedanke erwachte, als sie mich ansah!, und mit ihm eine Maxime, die ich oft aus dem Munde seines Vaters, an Ralph gerichtet, gehört hatte: »Vergiß niemals, daß dein Rang nicht dein Eigentum ist, mit dem du nach Belieben verfahren kannst. Er gehört uns und deinen Kindern. Du mußt ihn für sie erhalten, wie ich ihn für dich erhalten habe.«

»Ich dachte«, fuhr Clara leiser als zuvor fort, »ich sehe erst noch in deinem Zimmer nach dem Rechten, ehe ich zu dem Ball aufbreche, für den Fall, daß du heute abend schreiben willst; ich hatte gerade Zeit, ein bißchen Ordnung zu machen, während meine Tante, die mich begleiten wird, oben ihre Toilette macht. Aber vielleicht verspürst du ja gar keinen Hang zum Schreiben?«

»Ich werde es zumindest versuchen.«

»Kann ich noch etwas für dich tun? Soll ich dir mein Sträußchen hierlassen? Die Blumen riechen so frisch. Ich kann mir leicht andere besorgen. Sieh dir die Rosen an, meine Lieblingsrosen, weiße – sie erinnern mich an meinen Garten in dem schönen alten Park!«

»Danke, Clara, aber ich denke, das Sträußchen paßt besser in deine Hand als auf meinen Tisch.«

»Gute Nacht, Basil.«

»Gute Nacht.«

Sie ging zur Tür, drehte sich noch einmal um und lächelte, als wollte sie noch etwas sagen, besann sich jedoch eines anderen und sah mich nur einen Moment an. In diesem Augenblick verflüchtigte sich ihr Lächeln und wich einem ernsten, besorgten Ausdruck. Sie ging leise hinaus. Ein paar Minuten später rollte die Kutsche an, die sie und ihre Begleiterin zum Ball bringen würde. Das Geräusch wurde schwächer und erstarb dann ganz. Ich war allein im Haus – allein an diesem Abend.

8

Mein Manuskript lag vor mir, geordnet von Claras sorgsamer Hand. Ich blätterte langsam Seite für Seite um, und mein Blick fiel unweigerlich auf die Schrift. Erst ein Tag ist vergangen, und wieviel Ehrgeiz, wieviel Hoffnung, wie viele meiner innigsten Herzensempfindungen und meiner edelsten Gedanken enthalten diese kümmerlichen Papierbögen, diese kleinen mit Feder und Tinte gekritzelten Zeilen! Jetzt kann ich sie mit größerem Gleichmut betrachten – fast wie ein Fremder. Die Tage der ruhigen Studien, der mühseligen Überlegungen schienen für immer dahin zu sein. Mitreißende Vorstellungen, Kenntnisse, die geduldig angesammelt worden waren, Wunschbilder von besseren Möglichkeiten, als diese Welt sie bieten kann, werfen ein unverfälschtes, sonniges Licht auf die Seiten meines ersten Buches; all das war vergangen und vorbei – ausgedörrt vom heißen Atem der Sinne – verdammt durch ein jämmerliches Verhängnis, das einem puren Zufall an einem harmlosen Tag entkeimte!

Hastig legte ich das Manuskript beiseite. Mein unerwartetes Gespräch mit Clara hatte den Gefühlsaufruhr des Abends besänftigt, aber der schicksalhafte Reiz der dunklen Schönheit tat weiterhin seine Wirkung. Wie konnte ich schreiben?

Ich setzte mich ans offene Fenster. Es befand sich auf der Rückseite des Hauses, und ich überblickte ein Stück vom Garten – ein Londoner Garten – ein abgeschlossener Kerker für die Natur, in dem verkümmerte Bäume und welke Blumen sichtlich nach frischer Luft und Sonnenlicht dürsteten und einen erbitterten Überlebenskampf in ihrem von Ziegelmauern umgrenzten, staubig-schmutzigen Gefängnis führten. Aber das Stückchen Land bot Raum genug, daß ein Luftzug hereinwehen konnte, und es schuf Abstand zum Tumult der belebten Straßen. Der Mond stand am Himmel, umgeben von einem dunstigen blaßgelben Lichtschein; ansonsten zeigte sich kein Stern in der unendlichen Weite des Himmels; ein dunkler, wolkenloser Glanz schimmerte ohne ein Wölkchen über der Welt.

Eine Vorahnung erfaßte mich, die in dieser stillen, einsamen Stunde den maßgeblichen, letzten Kampf, den ich mit mir selbst ausfocht, beeinflußte. Ich spürte, daß die Gefahren der Nacht über Wohl und Wehe meines Herzens entschieden.

Diese neue Liebe, die mein Inneres aufwühlte, dieses übermächtige Gefühl, das während nur eines Tages zur vollen Blüte wachsen konnte, war meine erste Liebe. Bis dahin war ich ungebunden und frei gewesen. Ich hatte nichts gewußt von der Leidenschaft, die alles verschlingt. Keine Frau hatte jemals zwischen mir und meinen Ambitionen, meinem Streben, meinen harmlosen Vergnügungen gestanden. Keine Frau hatte jemals diese Empfindungen in mir ausgelöst, die ich jetzt spürte.

Bei dem Versuch, meine Lage zu ergründen, drängte sich mir eine Frage auf: War ich noch stark genug, der Versuchung zu widerstehen, die mir der Zufall in den Weg geschleudert hatte? Es gab einen Ansporn, fest zu bleiben: Die Überzeugung, daß ich, sollte ich nachgeben und die Erwartungen meiner Familie enttäuschen, ein ruinierter Mann wäre.

Ich kannte den Charakter meines Vaters gut und wußte, bis zu welchem Ausmaß seine Zuneigung und seine Sympathien in gewissen Fällen Oberhand über die vorgefaßten Ansichten – sogar festen Grundsätze – behalten würden; und gerade dieses Wissen machte mir bewußt, daß eine unstandesgemäße Ehe, geschlossen von seinem Sohn, entsetzliche Folgen haben würde – fatale zumindest für einen, vielleicht für uns beide. Jede andere Regelwidrigkeit – selbst jeden anderen Verstoß – konnte er unter Umständen früher oder später verzeihen, *dieses* Fehlverhalten, *diese* Schmach allerdings nie, niemals, obwohl es ihm das Herz brechen würde. Ich war mir dessen so sicher wie meiner Existenz in diesem Augenblick.

Ich liebte sie! Alles, was ich fühlte, alles, was ich wußte, war in diesen wenigen Worten zusammengefaßt. So verderblich sich meine Leidenschaft auch auf meine geistigen Kräfte, auf meine Aufrichtigkeit und mein Pflichtbewußtsein im Umgang mit meiner Familie auswirken mochte, sie war ein reines Gefühl *ihr* gegenüber. Das ist die Wahrheit. Wenn ich zum gegenwärtigen Zeitpunkt auf meinem Totenbett liegen würde und wüßte, daß ich am Jüngsten Tag über Wahrheit oder Unwahrheit dieser Zeilen Zeugnis ablegen muß, könnte ich mit meinem letzten Atemzug sagen: So war es; laßt diese Worte bestehen.

Aber was bedeutete meine Liebe für sie? Gleichgültig, wie würdig sie dieser Liebe auch sein mochte, ich hatte meine Gefühle auf die falsche Person gerichtet, weil der Zufall – derselbe Zufall, der mich mit Rang und Namen ausgestattet hatte – sie weit, zu weit, unter meine Familie stellte. Als Tochter eines ›Gentlemans‹ würde mein Vater sie willkommen heißen und ihr Zuneigung entgegenbringen, wenn ich sie als meine Frau nach Hause führen würde. Als Tochter eines Kaufmanns wären ihr der Zorn meines Vaters, sein Schmerz und mein Ruin als Mitgift für diese Ehe sicher. Wieso diese unterschiedliche Bewertung? Sie lag allein in gesellschaftlichen Vorurteilen begründet. Ja: Aber diese Vorurteile waren seit jeher ein Prinzip – nein, mehr noch, eine Religion – in unserem Hause gewesen.

(Seltsam, wie der Weitblick der Liebe die Zukunft heraufbeschwören kann! Ich dachte an sie als an meine Frau, noch bevor sie ahnen konnte, zu welcher Leidenschaft sie mich inspiriert hatte – ich beunruhigte mein Herz, zermarterte mir das Gehirn, bevor ich auch nur ein einziges Wort an sie gerichtet hatte, fast so als wären wir bereits verheiratet und müßten fürchten, daß unsere Eheschließung aufgedeckt würde. Ich habe seither oft gedacht, wie unnatürlich mir das vorkäme, wenn ich dies in einem Buch lesen würde.)

Wie konnte ich am besten die Sehnsucht, sie zu sehen, sie am nächsten Morgen zu sprechen, bewältigen? Sollte ich London verlassen, England verlassen, der Versuchung entfliehen, gleichgültig, wohin oder welches Opfer es mich kostete? Oder sollte ich Zuflucht in meinen Büchern suchen – in der Ruhe, bei meinen beständigen alten Freunden meiner frühesten Stunden am häuslichen Kamin? Hatte ich genügend Entschlußkraft, um mein Herz bei mühseligen, ernsthaften Studien zum Schweigen zu bringen? Wenn ich London am Morgen den Rücken kehrte, konnte ich dann in meinem tiefsten

Inneren sicher sein, daß ich nicht am folgenden Tag wieder zurückkehren würde?

Während ich in den Nachtstunden vergeblich um Fassung rang, in aller Stille mit mir selbst zu Rate ging, kam mir ein grundlegender Gedanke, der manch anderem Mann in meiner Lage durchaus eingefallen wäre, nicht in den Sinn: Wieso sollte ich das Mädchen heiraten, nur weil ich es liebte? Warum sollte ich, mit meinem Geld, meinem Rang, meinen Möglichkeiten, hartnäckig Liebe und Ehe als zusammengehörig betrachten und mich in eine gefährliche Lage manövrieren, obwohl gar keine Notwendigkeit dazu bestand? Wäre mir ein Gedanke wie dieser, und sei es auch nur als schemenhafte, nebulöse Vorstellung, durch den Kopf gegangen, wäre ich davor, ja, vor mir selbst voller Entsetzen zurückgeschreckt. Welch neue Erniedrigungen mir auch noch bevorstehen mögen, dieses eine tröstliche, sündenreine Andenken bleibt mir erhalten. Meine Liebe zu Margaret Sherwin war der reinsten und vollkommensten Frau würdig, die Gott je geschaffen hatte.

Die Nacht sank hernieder – die Geräusche von den Straßen drangen schwach an mein Ohr und ebbten nach und nach ab – meine Lampe flackerte und verlöschte – ich hörte die Kutsche, die Clara von dem Ball zurückbrachte – die ersten Wolken des Tages stiegen auf und verdeckten den blasser werdenden Mond – die Morgenfrische kühlte die Luft ab; die Erde war gewaschen vom Tau – und ich saß immer noch am offenen Fenster, wehrte mich erbittert gegen die brennende Liebe zu Margaret; mühte mich redlich, meine Gedanken zu sammeln und auf Zweckdienliches zu richten – ließ davon ab, um kurz darauf den Kampf neu anzugehen. Stunden um Stunden quälte ich mich, und all meine Anstrengungen waren vergeblich.

Schließlich wurden meine Gedanken immer verschwommener – noch ein paar Augenblicke länger, und ich versank in einen rastlosen, fiebrigen Schlummer. Dann begann eine andere, noch bedrohlichere Tortur für mich – das Martyrium der Träume. Die Gedanken und Empfindungen, die mit jeder wachen Stunde schwächer und zahmer geworden waren, tobten jetzt zügellos und frei von jeglicher Beschränkung in meinem Inneren.

Folgendes träumte ich:

Ich stand auf einer weiten Ebene. Auf einer Seite wurde sie von einem dichten Wald begrenzt, dessen dunkle, geheimnisvolle Tiefen dem Betrachter unergründlich erschienen, auf der anderen von Hügeln, die sich höher und höher erhoben, bis sich die Gipfel in hellen, wundervoll weißen Wolken verloren, die im strahlenden Sonnenlicht leuchteten. Über dem Wald schwebte eine dunkle, dunstige Wolke. Es schien, als würde der schwere Atem der Bäume nach oben steigen und sich über diesem Abschnitt der Szenerie über das Firmament ausbreiten.

Während ich ganz still auf der Ebene stand und mich umschaute, sah ich eine Frau aus dem Wald auf mich zukommen. Sie war großgewachsen; ihr schwarzes Haar umflutete sie ungehindert; ihr Gewand hatte dieselbe braungraue Färbung wie der neblige Dunst, der über den Bäumen hing, und fiel ihr in dunklen großen Falten bis auf die Füße. Sie näherte sich mir behende und lautlos, huschte über den Erdboden wie ein Wolkenschatten über ein reifes Kornfeld oder ein ruhiges Gewässer.

Ich blickte zur anderen Seite, zu den Hügeln, und dort stieg eine andere Frau von den gleißenden Gipfeln herab; ihre Robe war weiß, rein und funkelnd. Ihr helles Gesicht war vom Licht erhellt und leuchtete wie der Mond; und als sie den Abhang herunterkam, hinterließen ihre Schritte eine Spur, die glitzerte wie die Sterne an einem Winterhimmel, wenn es klar und kalt ist. Sie gelangte zu der Stelle, wo der Hügel in die Ebene überging. Dort blieb sie stehen, und ich wußte, daß sie mich aus der Ferne beobachtete.

In der Zwischenzeit war die Frau aus dem finsteren Wald näher gekommen, ohne, wie die Frau vom Hügel, innezuhalten. Und jetzt konnte ich ihr Gesicht deutlich sehen. Ihre Augen glänzten und waren betörend wie die Augen einer Schlange – gleichzeitig groß, dunkel und sanft wie die eines Rehs. Ihre Lippen waren zu einem trägen Lächeln geteilt; sie strich das lange Haar zurück, das ihre Wangen, den Nacken und ihren Busen bedeckte, während ich sie betrachtete.

Mit einemmal kam es mir vor, als würde ein Licht von der

anderen Seite auf mich scheinen. Ich wandte mich um, und da war die Frau von den Hügeln. Sie winkte mir zu und bedeutete mir, mit ihr hinaufzusteigen zu der strahlenden Wolke. Ihr Arm schimmerte, als sie ihn ausstreckte, und von der erhobenen Hand gingen bebende Lichtstrahlen aus, die bis zu der Stelle drangen, an der ich stand – sie kühlten und beruhigten mich, als sie mich berührten.

Aber die Frau aus dem Wald kam näher und näher, bis ich ihren heißen Atem in meinem Gesicht spürte. Ihre Augen blickten in meine und betörten mich, als sie die Arme ausbreitete, um mich zu umfassen. Ich griff nach ihrer Hand, und im Augenblick der Berührung durchlief mich ein Feuer von Kopf bis Fuß. Ohne die wild funkelnden Augen von mir zu wenden, schlang sie den anderen Arm um meinen Hals und zog mich ein paar Schritte mit sich in Richtung Wald.

Ich fühlte die Lichtstrahlen, mit denen die winkende Hand des anderen Wesens nach mir tastete, als ich ihr den Rücken gänzlich zukehrte; und ich blickte noch einmal zurück zu der Frau von den Hügeln. Sie stieg wieder zu den leuchtenden Wolken empor, hin und wieder blieb sie stehen, drehte sich um und rang mit gesenktem Kopf die Hände wie in bitterer Verzweiflung. Das letzte Mal, als ich ihren Blick auf mir spürte, war sie den Wolken schon ganz nahe. Sie bedeckte das Gesicht mit ihrem Gewand und kniete nieder. Danach nahm ich nichts mehr von ihr wahr. Die Frau aus dem Wald umklammerte mich noch fester als zuvor und drückte ihre warmen Lippen auf meine; und es war, als würde ihr langes Haar uns beide einhüllen – es legte sich über meine Augen wie ein Schleier, um ihnen den Blick zu den fernen Hügeln und der Frau, die auf die leuchtenden Wolken zuging, zu verwehren.

Die dunkle Frau zog mich in die Arme, mein Blut kochte, und ich konnte kaum atmen, bis wir die geheimnisvollen, unergründlichen Tiefen des Waldes erreicht hatten. Dort legte sie die Falten ihres Gewandes um mich, schmiegte ihre Wange an meine und summte mir inmitten der mitternächtlichen Stille und Finsternis eine mysteriöse Melodie ins Ohr. Jeder Gedanke, auf die Ebene zurückzukehren, hatte sich in nichts aufgelöst – ich hatte die Frau von den Hügeln vergessen, hatte mich selbst aufgegeben; mein Herz, meine Seele und mein Körper gehörten jetzt der Frau aus dem dunklen Wald.

Hier endete der Traum, und ich erwachte.

Es war hellichter Tag. Die Sonne schien strahlend, der Himmel war wolkenlos. Ich schaute auf meine Uhr; sie war stehengeblieben. Kurz danach schlug die Uhr in der Halle sechs.

Der Traum hatte sich lebhaft in mein Gedächtnis eingeprägt, besonders sein letzter Teil. War es eine Vorwarnung auf die kommenden Ereignisse, die sich mit drastischen Bildern in meinem Schlaf andeuteten? Doch was bezweckte dieser Traum – oder überhaupt irgendein Traum? Warum war er unvollendet geblieben und zeigte mir nicht die visionären Folgen meiner visionären Handlungen? Welch abergläubische Frage! Was für eine Vergeudung, einer solchen Banalität wie einem Traum Aufmerksamkeit zu schenken!

Dennoch hatte diese Banalität nachhaltige Folgen. Damals wußte ich es noch nicht, im Gegensatz zu heute. Als ich in das erquickende, beruhigende Sonnenlicht schaute, fiel es mir leicht, die Absicht der beiden schattenhaften Traumgestalten, der Urtypen zweier realer lebender Wesen, deren Namen beinahe von meinen bebenden Lippen ausgesprochen wurden, als lächerlich abzutun und aus meinem Bewußtsein zu verdrängen; aber die Phantasiebilder der Liebe, die der Traum meinen Sinnen vorgegaukelt hatte, konnte ich nicht aus meinem Herzen verbannen. Diese nächtlichen Vorstellungen hallten in mir nach, wuchsen mit jeder Minute und gewannen an Kraft.

Wenn man mir vorausgesagt hätte, wie sehr mich der bloße Anblick des Morgens wiederbeleben und ermutigen würde, hätte ich die Prophezeiung als zu unerhört und frevelhaft, um überhaupt in Erwägung gezogen zu werden, zurückgewiesen. Das Tageslicht vertrieb die trübsinnigen und unheilvollen Überlegungen, löschte die Furcht und den Kampf der finsteren Stunden aus. Allein die liebevollen Gedanken an Margaret waren geblieben – jetzt ohne düstere Schatten des Zweifels oder der Selbstbeschränkung. Hatte sich mein

Schuldbewußtsein verflüchtigt wie der nächtliche Dunst vor der wiedererwachenden Sonne? Ich wußte es nicht. Ich war jung, und jeder Morgen ist in der Jugend wie der Anfang eines neuen Lebens, wie ein neues Leben der Natur.

Ich verließ mein Arbeitszimmer und ging aus. Ich dachte nicht mehr an die Konsequenzen meines Tuns – mochten sie kommen, wie und wann sie wollten. Es war, als hätte ich jeden schwermütigen Gedanken von mir abgeschüttelt und in meinem Zimmer zurückgelassen, als würde mein Herz kräftiger schlagen als je zuvor, nachdem die Last, die sich während der Nacht auf mich gelegt hatte, abgeworfen war. Freude an der Gegenwart, Hoffnung auf die Zukunft und Vertrauen auf das Glück und das Schicksal bis in alle Ewigkeit! Das war mein Credo, als ich in die Straße einbog, wild entschlossen, Margaret wiederzusehen und ihr meine Liebe zu gestehen, bevor dieser Tag zur Neige ging. In der Heiterkeit der frischen Luft und dem Frohsinn des Sonnenscheins lenkte ich meine Schritte zum Hollyoak Square, fast so unbeschwert wie ein Junge, der die Schule für diesen Tag hinter sich hat. Beim Gehen zitierte ich freudig Shakespeares Zeilen:

Hoffnung ist Liebesstab; zieh hin mit ihm
Er sei dir gegen die Verzweiflung Stütze[7]

9

London regte sich in allen Winkeln und erwachte zu seinem morgendlichen Leben, als ich durch die Straßen ging. Die Läden wurden von den Fenstern der Kneipen entfernt: Die Trink-Vampire, die das Leben aus London gesaugt hatten, öffneten beizeiten die Augen, um nach den Opfern an diesem neuen Tag Ausschau zu halten! Die Besitzer der einzigen Tabak- und Lebensmittelläden in schäbigen Gegenden, der kleinen schmuddeligen Eßlokale, die nach Fett stinkenden Dampf ausstießen und in deren Fenster fleckige und von Fliegen heimgesuchte Speisekarten von gestern hingen, gingen bereits ihrem Gewerbe nach oder machten sich für die Tagesarbeit bereit. Hier eilte ein Arbeiter, der zu spät dran war, vorbei; dort brach ein rüstiger alter Gentleman zu seinem Morgenspaziergang vor dem Frühstück auf. Ein Marktwagen, bereits entladen, rollte auf seinem Weg zurück aufs Land an mir vorbei; eine mit Gepäck und blassen, verschlafenen Menschen beladene Droschke rumpelte durch die Straße, um den Morgenzug oder das Dampfschiff zu erreichen. Ich erlebte, wie sich die Vitalität der großen Stadt erneuerte, und verspürte ein ungewohntes Interesse an alledem. Mir war, als würden alle Vorgänge um mich herum den Zustand meines Herzens widerspiegeln.

Aber die Ruhe und die Apathie der Nacht hingen noch über dem Hollyoak Square. Die fade Umgebung schien ihre Trostlosigkeit behaupten zu wollen, indem sie sich als letzte zu etwas aufschwang, was an Betriebsamkeit und Leben erinnerte. In der North Villa rührte sich nichts. Ich ging daran vorbei bis über die letzten Häuser hinaus über die staubigen Wiesen Londons und versuchte, mir zurechtzulegen, wie ich es anstellen sollte, Margaret sehen und sprechen zu können, bevor ich den Heimweg wieder antreten würde. Nach mehr als einer halben Stunde kehrte ich auf den Platz zurück; einen speziellen Plan hatte ich nicht, dennoch war ich entschlossen, meine Absicht in die Tat umzusetzen.

Das Gartentor vor der North Villa war jetzt offen. Eine der Dienerinnen des Hauses stand davor, um frische Luft zu schnappen und sich umzusehen, ehe sie die Tagesarbeit begann. Ich ging mit dem festen Vorhaben auf sie zu, mir ihre Hilfe zu sichern, wenn Geld und Überredungskunst das vermochten.

Sie war jung (das sprach zu meinen Gunsten!) – mollig, mit blühender Gesichtsfarbe und offensichtlich keineswegs gleichgültig, was ihre äußere Erscheinung betraf (ein weiterer Vorteil). Als sie mich auf sich zukommen sah, lächelte sie und wischte sich hastig mit der Schürze über das Gesicht, polierte es sorgfältig, bevor ich es inspizieren konnte.

»Stehen Sie bei Mr. Sherwin in Diensten?« fragte ich, als ich das Gartentor erreichte.

»Als Küchenmädchen, Sir«, antwortete das Mädchen, während es sich ein letztes Mal energisch mit dem Schürzenzipfel über das Gesicht rieb.

»Wären Sie sehr überrascht, wenn ich Sie um einen großen Gefallen bitten würde?«

»Na ja – wirklich, Sir – Sie sind ein Fremder für mich – ich weiß nicht so recht ...« Sie hielt inne und fuhr jetzt mit der Schürze über ihre Arme.

»Ich hoffe, wir werden nicht lange Fremde bleiben. Vielleicht kann ich rascher mit Ihnen Bekanntschaft schließen, wenn ich Ihnen sage, daß Sie hübscher aussehen würden mit helleren Bändern für Ihr Häubchen, und Sie bitte, welche zu kaufen, nur damit Sie sich selbst überzeugen können, ob ich recht habe.«

»Das ist sehr freundlich von Ihnen, Sir, und ich danke Ihnen. Aber das Häubchen und die Bänder kann ich auf keinen Fall selbst kaufen, solange ich in *diesem* Haushalt arbeite. Der Master bestimmt darüber – und auch die Missus; er bringt uns fast zur Raserei, weil er so einen Wirbel um die Häubchen und Bänder macht. Er ist so streng, daß er uns niemals erlauben würde, selbst die Häubchen und Bänder auszusuchen. Es ist schon schlimm genug, wenn sich die Missus einmischt und bestimmt, welche Bänder die Dienstboten tragen müssen, aber wenn der Master selbst in die Küche kommt und ... Aber es ist nicht recht, daß ich Ihnen das erzähle, Sir – und – und, Sir, danke trotzdem für das, was Sie mir gegeben haben.«

»Ich hoffe, dies ist nicht das letzte Mal, daß ich Ihnen ein Geschenk machen werde. Und jetzt muß ich auf den Gefallen zu sprechen kommen, um den ich Sie bitten will. Können Sie ein Geheimnis bewahren?«

»Das kann ich, Sir! Ich habe schon viele Geheimnisse für mich behalten, seit ich bei anderen Leuten in Diensten stehe.«

»Nun, mir wäre es lieb, wenn Sie mir eine Gelegenheit nennen könnten, zu der ich mit Ihrer jungen Lady sprechen kann.«

»Mit Miss Margaret, Sir?«

»Ja. Ich suche nach einer Möglichkeit, sie zu sehen und ein

privates Gespräch mit ihr zu führen – und sie darf zuvor kein Wort davon erfahren.«

»Guter Gott, Sir! Das würde ich nicht wagen!«

»Aber, aber! Können Sie sich nicht denken, warum ich Ihre junge Lady sehen und was ich ihr sagen möchte?«

Das Mädchen lächelte spitzbübisch und schüttelte den Kopf. »Vielleicht sind Sie in Miss Margaret verliebt, Sir! Aber ich darf so etwas nicht tun. Ich würde es nicht wagen!«

»Schön, aber Sie können mir doch zumindest verraten, ob Miss Margaret jemals ausgeht, um einen Spaziergang zu machen.«

»O ja, Sir, beinahe jeden Tag.«

»Begleiten Sie sie manchmal, um auf sie achtzugeben, wenn sonst niemand abkömmlich ist?«

»Fragen Sie mich nicht – bitte, Sir, tun Sie das nicht!« Sie zerknüllte die Schürze zwischen ihren Händen und sah mich kläglich und bestürzt an. »Ich kenne Sie nicht, und Miss Margaret kennt Sie auch nicht, da bin ich mir sicher – ich kann nicht, Sir, ehrlich, ich darf das nicht.«

»Sehen Sie mich genau an! Meinen Sie wirklich, ich würde Ihrer jungen Lady ein Leid antun? Wirke ich so gefährlich, daß man mir nicht trauen könnte? Würden Sie mir glauben, wenn ich Ihnen mein Wort gebe?«

»Ja, Sir, das würde ich bestimmt. Sie sind so freundlich und höflich, sogar zu *mir*!« Sie rückte ihr Häubchen zurecht.

»Angenommen, ich würde Ihnen zuallererst mein Wort geben, Miss Margaret nichts davon zu sagen, daß ich mit Ihnen über sie geredet habe. Und angenommen, ich würde Ihnen weiterhin versprechen, daß ich – vorausgesetzt, Sie verraten mir, wann Sie mit Miss Margaret ausgehen – nur mit ihr spreche, solange Sie sich in Sichtweite aufhalten, und in dem Augenblick gehe, in dem Sie es wünschen. Meinen Sie nicht, Sie könnten das Risiko eingehen, mir zu helfen, wenn ich Ihnen all das verspreche?«

»Na ja, Sir, es wäre schon etwas anderes, wenn ich sicher sein könnte. Aber ich habe Angst vor dem Master – könnten Sie nicht zuerst mit dem Master sprechen, Sir?«

»Wenn Sie an Miss Margarets Stelle wären, würde es *Ihnen*

dann gefallen, wenn sich Ihnen ein Mann mit der Erlaubnis Ihres Vaters zärtlich nähert, ohne daß man Sie vorher nach Ihren Wünschen gefragt hat? Wäre Ihnen ein Heiratsantrag angenehm, der Ihnen durch Ihren Vater wie eine Botschaft übermittelt wird? Sagen Sie mir aufrichtig, würden Sie sich damit abfinden?«

Sie lachte und schüttelte vielsagend den Kopf. Ich wußte um die Stärke meines Argumentes und wiederholte: »Nehmen Sie an, Sie wären an Miss Margarets Stelle.«

»Schsch! Sprechen Sie nicht so laut«, flüsterte das Mädchen verschwörerisch. »Ich bin überzeugt, daß Sie ein Gentleman sind. Ich würde Ihnen gern helfen – wenn ich es nur wagen könnte, würde ich es wirklich tun.«

»Sie sind ein braves Mädchen«, sagte ich. »Vertrauen Sie mir jetzt an, wann Miss Margaret heute ausgeht und wer sie begleitet?«

»Liebe Güte! – es ist nicht richtig, wenn ich das sage, aber ich muß. Sie wird mit mir auf den Markt gehen, heute vormittag um elf Uhr. Sie hat das letzte Woche schon gemacht. Der Master will es nicht, aber die Missus hat gebettelt und gefleht, daß sie doch mitgehen darf; sie sagt, daß Miss Margaret nicht heiratsfähig ist, wenn sie nichts über die Haushaltsführung lernt, die Preise nicht kennt und nicht weiß, was gutes und was schlechtes Fleisch ist, und all so was.«

»Ich danke Ihnen tausendmal! Sie haben mir wirklich die Hilfe gegeben, die ich mir wünsche. Ich werde kurz vor elf hier sein und darauf warten, daß Sie das Haus mit ihr verlassen.«

»Oh, bitte, tun Sie das nicht, Sir – ich wünschte, ich hätte Ihnen das nicht gesagt – ich hätte das nicht tun dürfen, ehrlich nicht!«

»Keine Angst – es wird Ihnen nicht zum Schaden gereichen, daß Sie mir das anvertraut haben: Ich gebe Ihnen mein Wort, daß ich alle Versprechen, die ich vorhin vorgebracht habe, auch einhalten werde – leben Sie wohl. Und denken Sie daran: kein Wort zu Miss Margaret, bis ich sie gesprochen habe!«

Als ich davoneilte, hörte ich, daß mir das Mädchen ein paar

Schritte nachlief; schließlich blieb sie stehen, kehrte zurück und schloß leise das Gartentor. Augenscheinlich hatte sie sich erneut an Miss Margarets Stelle versetzt und den Gedanken an weiteren Widerstand aufgegeben.

Wie sollte ich die Stunden bis elf Uhr verbringen? Die Hinterlist raunte: *Geh nach Hause; vermeide auch nur den Hauch eines Verdachts, indem du wie gewöhnlich mit der Familie dein Frühstück einnimmst.* Und ich hielt mich an den Ratschlag der Hinterlist.

Ich entsinne mich nicht, daß Clara jemals freundlicher und bereitwilliger all die kleinen fürsorglichen Aufmerksamkeiten verteilt hätte, die soviel Anmut und Liebreiz in sich bergen – besonders wenn eine Schwester sie dem Bruder anbietet –, als an diesem Tag, während wir mit meinem Vater am Frühstückstisch saßen. Jetzt erinnere ich mich voller Scham daran, wie gedankenlos ich an diesem Morgen ihr gegenüber war, wie wenig ich mit ihr gesprochen habe; daß ich ohne Zögern oder Selbstvorwürfe Ausflüchte machte, um einer Verabredung zu entgehen, die sie mit mir für diesen Tag zu treffen wünschte. Mein Vater war zu sehr in seine eigenen Angelegenheiten vertieft; mit *ihm* konnte sie nicht sprechen. Deshalb richtete sie an mich all die üblichen Fragen und Bemerkungen. Ich hörte ihr kaum zu, antwortete unachtsam und knapp. In dem Augenblick, da das Frühstück beendet war, verließ ich ohne ein Wort der Erklärung in aller Hast das Haus.

Während ich die Treppe hinunterlief, warf ich zufällig einen Blick durch das Fenster ins Speisezimmer. Clara sah mir nach. Auf ihrem Gesicht zeigte sich derselbe besorgte Ausdruck wie am Abend zuvor, bevor sie mich verlassen hatte. Sie lächelte, als sich unsere Blicke trafen – es war ein trauriges, mattes Lächeln, das ihr ein ganz ungewohntes Aussehen verlieh. Aber in diesem Moment hinterließ es keinerlei Eindruck auf mich: Ich hatte für nichts Interesse außer für das bevorstehende Gespräch mit Margaret. Mein Leben pulsierte und brannte nur für die Frage, wie ich mich ihr nähern konnte; für alles andere war ich gefühllos, gleichgültig und stumpf.

Ich gelangte fast eine Stunde vor der verabredeten Zeit

zum Hollyoak Square. In der Ungewißheit und Ungeduld dieser langen Zeitspanne war es mir unmöglich, auch nur einen Moment stillzustehen. Ich ging unaufhörlich auf dem Platz auf und ab und machte in der Nachbarschaft die Runden, hörte die Kirchturmuhr jede Viertelstunde schlagen und beschleunigte unwillkürlich meine Schritte, je näher der bewußte Zeitpunkt rückte. Endlich hörte ich den ersten Glockenschlag der elften Stunde. Noch bevor der letzte Ton verhallte, hatte ich meine Position bezogen, von der aus ich das Gartentor der North Villa im Blick hatte.

Fünf Minuten verstrichen – zehn –, und niemand erschien. In meiner Ungeduld hätte ich um ein Haar die Klingel betätigt und das Haus betreten, gleichgültig, was mich dort erwartet hätte oder was das Ergebnis gewesen wäre. Die Kirchturmuhr schlug Viertel nach elf, und im selben Moment hörte ich, wie die Tür aufging, und sah, daß Margaret und das Küchenmädchen, mit dem ich geredet hatte, die Treppe herunterkamen.

Sie passierten gemächlich das Gartentor, gingen über den Platz und entfernten sich mehr und mehr von der Stelle, an der ich stand. Das Mädchen nahm meine Anwesenheit mit einem bedeutsamen Blick zur Kenntnis, während sie ihren Weg fortsetzten. Ihre junge Herrin schien mich nicht zu bemerken. Im ersten Augenblick war meine Aufregung so übermächtig, daß ich nicht imstande war, mich von der Stelle zu rühren. Nach einer Weile hatte ich mich einigermaßen gefaßt und beeilte mich, sie einzuholen, bevor sie in belebtere Straßen gelangten.

Als ich mich ihr näherte, drehte sich Margaret plötzlich um und sah mich verärgert und erstaunt an. Gleich darauf zog eine tiefe, glühende Röte über ihr hübsches Gesicht; sie ließ den Kopf ein wenig sinken, zögerte einen Augenblick, dann beschleunigte sie abrupt ihre Schritte. Hatte sie mich wiedererkannt? Allein die entfernte Möglichkeit verlieh mir Zuversicht: Ich …

Nein! Ich kann die Worte nicht niederschreiben, die ich zu ihr sagte. Bei der Erinnerung an das Ende, zu dem unsere verhängnisvolle Unterhaltung führte, schrecke ich schon vor dem Gedanken zurück, den Wortlaut, mit dem ich ihr meine Liebe gestand, anderen zu offenbaren oder in irgendeiner Form der Nachwelt zu erhalten. Es mag Stolz sein – jämmerlicher, nutzloser Stolz –, der diese Scheu hervorruft, aber ich bin nicht in der Lage, ihn zu überwinden. Die Erinnerung beschämt mich derart, daß ich nicht schreiben, mir nicht einmal ins Gedächtnis rufen möchte, was ich bei der ersten Unterredung mit Margaret Sherwin gesagt habe. Ich kann Ihnen keinen plausiblen Grund für die Empfindungen nennen, die mich jetzt durchdringen, kann sie nicht analysieren und würde es auch nicht tun, selbst wenn ich dazu imstande wäre.

Es soll genügen, wenn ich sage, daß ich alles aufs Spiel setzte und sie ansprach. Meine Worte, verworren wie sie waren, sprudelten mir feurig, ungeduldig und ausdrucksvoll direkt aus dem Herzen. Im Zeitraum von wenigen Minuten gestand ich ihr alles und mehr als das, was ich hier mühsam auf vielen Seiten erzählt habe. Ich machte Gebrauch von meinem Namen und meinem Rang – selbst jetzt noch brennen meine Wangen, wenn ich daran denke –, um das Mädchen zu blenden und es dazu zu bringen, mir um meines gesellschaftlichen Standes willen zuzuhören, wenn schon nicht wegen meines Anliegens, wie ehrenhaft es auch vorgebracht wurde. Nie zuvor hatte ich die Niedertracht besessen, mich auf meine gesellschaftliche Überlegenheit zu verlassen, wenn ich fürchtete, mir selbst nichts zutrauen zu können. Es stimmt, daß Liebe erhabener ist als jede andere Leidenschaft, aber sie kann auch niedriger als jede andere sein.

Ihre Erwiderungen auf meine eindringlichen Worte waren wirr, gewöhnlich und ausgesprochen ernüchternd. Ich habe sie überrascht – ihr Angst eingejagt – es sei ausgeschlossen, daß sie sich solche Redensarten von einem völlig Fremden anhöre – es sei unrecht von mir, sie anzusprechen, und von ihr, stehenzubleiben und mir zuzuhören – ich solle mich darauf besinnen, was sich für einen Gentleman gezieme, und dürfe ihr nie wieder derartige Avancen machen – ich könne nicht das geringste über sie wissen – es sei unmöglich, daß ich in so kurzer Zeit Zuneigung zu ihr gefaßt habe – sie müsse wirklich bitten, ihren Weg ungehindert fortsetzen zu können.

Während sie das sagte, blieb sie abwechselnd still stehen oder hastete ein paar Schritte vorwärts. Sie mochte ihren Standpunkt ernst und ärgerlich deutlich gemacht haben, aber nichts, was sie hätte äußern können, minderte die Faszination, die ihre Gegenwart auf mich ausübte. Ich sah ihr Gesicht – sie war hübscher denn je in ihrer Verwirrung und in dem raschen Wechsel der Gefühle, der sich in ihrer Miene widerspiegelte. Ich sah ihre ausdrucksvollen Augen, die ein oder zweimal in meine blickten, sich jedoch sofort wieder abwandten. Solange ich sie anschauen konnte, war es mir gleichgültig, was ich zu hören bekam. Sie sprach nur das aus, was die Erziehung ihr nahelegte; und ich suchte nicht in ihren Worten einen Hinweis auf ihre Gedanken und Gefühle, sondern im Tonfall, in ihrem Blick, in ihrem Gesichtsausdruck. All das enthielt eine Botschaft, die mir Mut machte. Ich versuchte alles, was der Respekt erlaubte und die Überredungskunst vermochte, um ihre Zustimmung zu einem weiteren Zusammentreffen zu erhalten, doch sie wiederholte nur immer wieder ihre Einwände und ging rasch weiter. Das Küchenmädchen, das sich bis dahin einige Schritte abseits gehalten hatte, eilte ihrer jungen Herrin zur Seite und warf mir einen strengen Blick zu, als müßte sie mich an mein Versprechen erinnern. Ich murmelte ein paar Abschiedsworte und ließ sie davonziehen: Ich hätte zuviel aufs Spiel gesetzt, wenn ich sie bei dieser ersten persönlichen Begegnung länger aufgehalten hätte.

Das Küchenmädchen drehte sich noch einmal zu mir um und nickte lächelnd, als wollte sie mir versichern, daß ich durch die Zurückhaltung, die ich zu guter Letzt doch noch an den Tag gelegt hatte, nichts verloren hatte. Margaret hingegen schaute weder zurück, noch zauderte sie. Aber auch dieser letzte Beweis von Sittsamkeit und Anstand wirkte nicht im geringsten entmutigend auf mich; im Gegenteil, ich fühlte mich dadurch noch stärker zu ihr hingezogen als zuvor. Nach einer ersten Unterhaltung war dies das schicklichste Betragen, das sie zur Schau stellen konnte. Die Liebe, die ich bis dahin im Herzen getragen hatte, schien nichts zu sein im Vergleich zu der Liebe, die ich in diesem Augenblick, in dem sie mich verließ – ohne einen Abschiedsblick verließ –, verspürte.

Wie sollte ich weiter verfahren? Konnte ich erwarten, daß Margaret, nach allem, was sie geäußert hatte, am nächsten Morgen zur selben Stunde ausgehen würde? Nein – sie würde die Sittsamkeit und Zurückhaltung, die sie bei diesem Zusammentreffen an den Tag gelegt hatte, nicht so schnell aufgeben. Wie konnte ich wieder mit ihr ins Gespräch kommen? Wie konnte ich am geschicktesten den ersten günstigen Eindruck unterstreichen, den ich auf sie gemacht hatte – und meine Eitelkeit schmeichelte mir, daß ich tatsächlich einen guten Eindruck hinterlassen hatte? Ich beschloß, ihr zu schreiben.

Wie anders war es doch, diesen Brief zu verfassen, als die einst so wertgeschätzten Seiten meines Romans, den ich jetzt für immer aufgab, zu füllen! Wie langsam und bedächtig war ich in meinem Manuskript zu Werke gegangen, wie behutsam und zaghaft hatte ich Satz für Satz gebildet und zweifelnd hier einen Punkt gesetzt, dort einen Abschnitt mühselig ausgeschmückt, mir einen Namen als Schriftsteller zu machen. Jetzt, da ich mich in den Dienst der Liebe stellte, huschte meine Feder rasch über das Papier; um wieviel freier und flüssiger die Sehnsucht des Herzens in Worte zu fassen war als die vom Verstand ersonnenen Gedanken! Komposition und Satzkonstruktion entsprangen jetzt dem Instinkt, nicht der Kunst. Ich konnte gewandt schreiben, ohne innezuhalten, um über einen Ausdruck oder ein passendes Wort nachzugrübeln. Es war ein langsames Fortkommen bergan, wenn ich beim Schreiben nach Ruhm strebte, und ein geschwinder (zu geschwinder) Galopp bergab, wenn ich aus Liebe schrieb.

Es besteht keine Notwendigkeit, den Inhalt meines Briefes an Margaret wiederzugeben; im großen und ganzen bekräftigte ich lediglich noch einmal das, was ich ihr bereits persönlich zu verstehen gegeben hatte. Ich betonte mehrmals und nachdrücklich die Ehrenhaftigkeit meiner Absichten und schloß den Brief mit der inständigen Bitte um eine Antwort und um die Erlaubnis, sie wiedersehen und noch einmal mit ihr sprechen zu dürfen.

Der Brief wurde ihr von dem Küchenmädchen überbracht. Ein weiteres Geschenk, noch mehr Überredungskunst und vor allem der Hinweis darauf, daß ich meine Versprechen getreulich eingehalten hatte, gewannen das Herz der Bediensteten für mein Anliegen. Sie war bereit, mir in jeder Hinsicht zu helfen, solange ihre Machenschaften vor dem Herrn des Hauses geheimgehalten werden konnten.

Ich wartete einen Tag auf Antwort, aber kein Brief traf ein. Die Dienstbotin konnte mir das Schweigen nicht erklären. Ihre junge Herrin hatte mich ihr gegenüber mit keinem Wort erwähnt seit dem Morgen, an dem ich mich ihr genähert hatte. Noch immer nicht entmutigt, schrieb ich ein zweites Mal. Dieser Brief enthielt die Drohungen eines Liebenden, aber auch flehentliche Bitten, und er tat seine Wirkung – ich erhielt eine Antwort.

Es war eine kurze, mit eiliger, zitternder Hand verfaßte Nachricht, die schlicht besagte, daß sie der Standesunterschied zwischen mir und ihr sie zu der Bitte verpflichte, daß ich mich nie wieder durch Worte oder Briefe an sie wenden möge.

Der ›Standesunterschied‹ – das war zu diesem Zeitpunkt das einzige Hindernis! Und sie fühlte sich ›verpflichtet‹ – also wies sie mich nicht aus innerem Antrieb zurück! Ein so junges Wesen, und doch so nobel in der Selbstaufopferung, so standhaft und rechtschaffen! Ich beschloß, ihr Verbot zu mißachten und sie wiederzusehen. Mein Stand! Was bedeutete mir schon mein gesellschaftlicher Rang? Das war etwas, was ich Margaret zu Füßen werfen würde, damit sie ihn zertreten konnte!

Wieder einmal suchte ich die Hilfe meiner getreuen Verbündeten, des Küchenmädchens. Nach Verzögerungen, die mich beinahe um den Verstand brachten, so unbedeutend sie auch waren, konnte es das Mädchen einrichten, daß sich meine Wünsche erfüllten. Eines Nachmittags, als Mr. Sherwin geschäftlich unterwegs und seine Frau ausgegangen war, gewährte mir die Bedienstete Zugang zu dem hinteren Teil des Gartens, in dem Margaret mit Blumengießen beschäftigt war.

Sie erschrak, als sie mich entdeckte, und drehte sich um, um ins Haus zu fliehen. Ich nahm ihre Hand und hielt sie zurück. Sie zog ihre Hand weg, zeigte jedoch keinerlei Anzeichen von Schroffheit oder Ärger. Während sie noch zögerte, ob sie bleiben oder den Rücktritt antreten sollte, ergriff ich die Gelegenheit und wiederholte, was ich schon bei unserer ersten Unterhaltung zu ihr gesagt hatte (was ist die Sprache der Liebe anderes als eine Sprache der Wiederholungen?). Sie erwiderte mir das, was sie mir in ihrem Brief geschrieben hatte: Der Standesunterschied verpflichte sie dazu, mich zu entmutigen.

»Aber wenn es diesen Unterschied nicht gäbe?« wandte ich ein. »Wenn wir beide derselben Schicht angehörten, Margaret ...«

Sie sah erst rasch zu mir auf, aber als ich sie mit ihrem Vornamen anredete, wich sie einen oder zwei Schritte zurück.

»Fühlen Sie sich gekränkt, weil ich Sie jetzt schon Margaret nenne? Wenn ich an Sie *denke*, sind Sie nicht Miss Sherwin für mich, sondern Margaret – verletze ich Ihre Gefühle, wenn ich rede, wie ich denke?«

Nein – sie könne so etwas weder mir noch sonst jemandem übelnehmen.

»Angenommen, es gäbe diesen Standesunterschied nicht, den Sie so grausam gegen mich verwenden, würden Sie mir dann ebenso kalt wie jetzt raten, mir keine Hoffnungen zu machen und Sie nie wieder anzusprechen?«

Das dürfe ich sie nicht fragen – es sei sinnlos – der Standesunterschied *existiere* nun mal.

»Vielleicht bin ich Ihnen zu spät begegnet? Vielleicht haben Sie bereits ...?«

»Nein! O nein!« Sie hielt jäh inne, nachdem ihr die Worte über die Lippen gekommen waren. Jene liebreizende Röte, die ich schon einmal gesehen hatte, stieg ihr ins Gesicht. Augenscheinlich war sie der Ansicht, daß sie unbedacht zuviel gesagt hatte; daß sie mir eine Antwort gegeben hatte, auf die ich nach den Gesetzen des weiblichen Kodex keinerlei Anrecht erheben konnte. Mit ihren nächsten Worten beschuldigte sie mich – allerdings mit sehr leiser, gebrochener Stimme –, mich ihr in einer Weise aufgedrängt zu haben, die für einen Gentleman in meiner Position unpassend sei.

»Ich werde dafür sorgen, daß Sie eine bessere Meinung von mir gewinnen«, sagte ich, der ich ganz begierig war, ihren Vorwurf möglich günstig für mich zu deuten. »Vor unserem nächsten Zusammentreffen und bei allen folgenden werde ich die Erlaubnis Ihres Herrn Vaters einholen. Ich werde ihm heute noch schreiben und ihn um eine private Unterredung bitten. Ich werde ihm all das erklären, was ich Ihnen bereits gesagt habe: Ich werde ihm sagen, daß Sie den höchsten Stand einnehmen, was Schönheit, Anstand und Herzensgüte angeht, und daß dies der höchste Rang in diesem Land ist, der den meinen bei weitem übertrifft und der einzige ist, den ich mir ersehne.« (Ein Lächeln, das sie vergeblich zu unterdrücken suchte, stahl sich auf ihre bezaubernden Lippen.) »Ja, genau das werde ich tun: Ich werde ihn nicht verlassen, bevor er mir keine positive Antwort gegeben hat – wie wird dann die Ihre lauten? Ein Wort, Margaret, bitte, nur ein einziges Wort, bevor ich gehe ...«

Ich versuchte, ihre Hand ein zweitesmal zu ergreifen, aber sie riß sich los und lief ins Haus.

Was konnte ich mir mehr wünschen? Welch größere Zugeständnisse konnte ein sittsames, schüchternes Mädchen machen?

Sobald ich zu Hause angekommen war, verfaßte ich ein Schreiben an Mr. Sherwin. Der Brief war überschrieben mit ›persönlich‹, und ich bat ihn lediglich um eine Unterredung in einer dringlichen Angelegenheit – zu jeder Stunde, die er vorschlage. Da ich das Gesuch nicht der Post anvertrauen wollte, schickte ich einen Boten – nicht einen unserer eigenen Bediensteten, das verbot die Vorsicht – und instruierte den Mann, auf Antwort zu warten; falls sich Mr. Sherwin außer Haus aufhalten würde, sollte der Bote bleiben, bis er heimkam.

Nach langem Warten – lang für *mich*, da meine Ungeduld die Minuten zu Stunden ausdehnte –, traf die Antwort ein. Auf goldumrahmtem Briefpapier entbot mir Mr. Sherwin handschriftlich – mit etlichen vulgären Schnörkeln und Floskeln – die respektvollsten Grüße und betonte, er würde sich glücklich schätzen, die Ehre zu haben, mich, falls es mir genehm wäre, um fünf Uhr am morgigen Nachmittag in der North Villa willkommen zu heißen.

Ich faltete den Brief sorgsam zusammen – er war mir fast so kostbar wie ein Brief von Margaret selbst. Die Nacht verbrachte ich schlaflos und ließ mir jeden nur erdenklichen Kurs, den ich bei dem Gespräch einschlagen konnte, durch den Kopf gehen. Es würde ein schwieriges, delikates Unterfangen werden. Ich wußte nichts über Mr. Sherwins Charakter, dennoch mußte ich ihm ein Geheimnis anvertrauen, das ich meinem eigenen Vater nicht zu offenbaren wagte. Jede Bitte, seiner Tochter meine Aufwartung machen zu dürfen, mußte zwangsläufig seinen Argwohn wecken. Was konnte ich über eine Eheschließung sagen? Eine öffentliche, allgemein bekannt gemachte Hochzeit war unmöglich: der Vorschlag, die Trauung ganz im Privaten zu vollziehen, könnte einen anmaßenden Eindruck auf ihn machen, wenn er nicht ganz und gar verhängnisvolle Folgen nach sich zog. Selbst nach sorgfältigsten Überlegungen fiel mir keine bessere Lösung ein, als das Wagnis auf mich zu nehmen und freimütig und offen mit ihm zu reden. Ich konnte aufrichtig sein, solange es meinen Zwecken diente.

Erst am folgenden Tag, als der verabredete Zeitpunkt näher rückte, konnte ich mich dazu aufraffen, mich mit den Dingen zu befassen, die man von einem Mann meines Standes erwartet. Entschlossen, durch meine äußerliche Erscheinung soviel Eindruck zu machen, wie ich nur konnte, wandte ich besondere Sorgfalt auf, als ich mich ankleidete; und ich tat noch mehr: Ich bat einen Freund, auf den ich mich verlassen konnte und der keine unnötige Fragen stellen würde – ich schreibe dies voller Scham und Kummer, aber ich schreibe die Wahrheit, obwohl es mir wie eine schwere Strafe erscheint –, ich bat also einen Freund, mir eine seiner Kutschen auszuleihen, die mich zur North Villa bringen sollte; ich scheute das Risiko, mir die Kutsche meines Vaters oder die meiner Schwester zu borgen – ich wußte, daß Männer wie Mr. Sherwin dazu neigten, vermögende Menschen mit Rang und Namen mit Verehrung zu überhäufen und schäbigerweise den größten Profit aus der Bekanntschaft herauszuschlagen. Mein Freund stellte mir die Kutsche bereitwillig zur Verfügung. Nach meinen Anweisungen holte sie mich vor einem Geschäft, dessen Stammkunde ich war, zur verabredeten Zeit ab.

10

Bei meiner Ankunft in der North Villa wurde ich in einen Raum geführt, den ich für den Salon hielt.

Alles war bedrückend neu. Die glänzend lackierte Tür krachte wie ein Pistolenschuß, als man sie mir öffnete; die Tapete mit dem grellen Muster aus Vögeln, Gitterwerk und Blumen in Gold, Rot und Grün auf weißem Grund sah aus, als wäre der Leim gerade erst getrocknet; die weißen und himmelblauen Vorhänge und der rot-gelbe Teppich stachen ins Auge, es schien, als wären sie erst gestern vom Geschäft angeliefert worden; der runde Rosenholztisch war auf Hochglanz poliert; die ledergebundenen Bildbände, die darauf lagen, waren sicher seit ihrem Erwerb nicht mehr in die Hand genommen oder auch nur einmal aufgeschlagen worden; kein einziges Notenblatt auf dem Klavier war abgegriffen oder hatte Eselsohren. Niemals hatte ein prächtig möblierter Raum unbehaglicher und trostloser auf mich gewirkt als dieser – wenn man sich umsah, schmerzten einen die Augen. Nirgendwo konnten sie Ruhe finden. Der Druck eines Porträts der Königin[8] hing einsam an der Wand. Sie funkelte den Betrachter aus dem schweren Goldrahmen mit großer Krone am oberen Rand an: Die Tapete, die Vorhänge, der Teppich funkelten einen an; die Bücher, die Wachsblumen in den Glasbehältern, die Stühle mit den schrillen Chintzbezügen, die Porzellantafeln an der Tür, die blauen und rosafarbenen Vasen und Tassen, die auf dem Kaminsims standen, die reich verzierten Chiffonieren mit Tonbridge-Spielzeug[9] und langhalsigen Riechfläschchen im obersten Fach – all das funkelte einen an. Es gab in diesen vier grellen Wänden nichts Dunkles, keinen Zufluchtsort in einer Nische oder in einem heimeligen Winkel, in den man sich zurückziehen könnte. Alle Gegenstände schienen einem erschreckend nah vor Augen zu stehen; viel näher, als sie es tatsächlich waren. Dieses Zimmer hätte einem nervenschwachen Mann Kopfschmerzen verursacht, bevor er sich auch nur eine Viertelstunde hier aufgehalten hatte.

Man ließ mich nicht lange warten. Ein neuerliches Knallen der Tür kündigte den Eintritt von Mr. Sherwin persönlich an.

Er war ein großer, dünner Mann: ziemlich schmale Schultern und dünne Knie, die er mit einer weiten Hose zu kaschieren versuchte. Er trug eine weiße Krawatte und einen absurd hohen Hemdkragen. Seine Gesichtsfarbe war fahl; die Augen waren klein, schwarz, glänzend und ständig in Bewegung – tatsächlich waren seine Gesichtszüge eine einzige Bewegung: Nervöse Kontraktionen und Spasmen wirkten unaufhörlich auf die Stirn, die in alle Richtungen zuckte, den Mund und die Wangenmuskeln ein. Sein Haar war wohl früher einmal schwarz gewesen, hatte jetzt jedoch eine eisengraue Färbung; es war strohig, drahtig und üppig, und eine Strähne bedeckte fast horizontal die obere Hälfte der Stirn. Mr. Sherwin hatte die Angewohnheit, die Strähne in diese Richtung zu ziehen, indem er sie von Zeit zu Zeit hektisch mit den Fingern glatt kämmte. Seine Lippen waren schmal und farblos und von unzähligen, tiefen Falten umgeben. Wäre ich ihm unter normalen Umständen begegnet, hätte ich ihn als engstirnigen Kleinkrämer eingestuft, tyrannisch gegenüber den von ihm abhängigen Menschen, schmarotzerhaft gegenüber denen, die über ihm standen – als einen großen Pedanten, was Anstand und Ehrbarkeit betraf, und als einen Mann, der fest an seine eigene Unfehlbarkeit glaubte. Aber er war Margarets Vater, und ich war entschlossen, ihn zu mögen.

Er machte einen tiefen, ziemlich unterwürfigen Bückling – dann schaute er zum Fenster und sah die Kutsche, die vor der Tür auf mich wartete, verbeugte sich wieder und bestand darauf, mir eigenhändig meinen Hut abzunehmen. Nachdem er das erledigt hatte, hüstelte er und erkundigte sich, was er für mich tun könne.

Ich hatte einige Mühe, ihm meine Angelegenheit zu eröffnen. Aber es war nun einmal dringend erforderlich, daß ich mit ihm sprach – ich begann mit einer Entschuldigung.

»Ich fürchte, Mr. Sherwin, daß dieses Eindringen eines vollkommen Fremden ...«

»Sie sind mir nicht vollkommen fremd, Sir, wenn Sie gestatten, daß ich das sage.«

»Tatsächlich?«

»Ich hatte das große Vergnügen, Sir, und den Vorzug und – und, in der Tat, das Privileg, im letzten Jahr durch Ihr Stadthaus geführt zu werden, als die Familie nicht in London weilte. Ein wunderschönes Haus – ich bin zufällig mit dem Verwalter Ihres geschätzten Herrn Vaters bekannt: Er war so freundlich, mir zu erlauben, durch die Räume zu gehen. Ein Genuß; ein regelrechter intellektueller Genuß – die Möbel, Wandbehänge und Vorhänge und so weiter. Alles so geschmackvoll und zurückhaltend arrangiert – und die Bilder, einige davon sind die exquisitesten Stücke, die ich je gesehen habe – ich war entzückt, in der Tat, hoch entzückt.«

Er sprach mit gedämpfter Stimme und legte eine besondere Betonung auf gewisse Worte und Redewendungen, die ihm besonders lieb waren – wie beispielsweise ›in der Tat‹. Nicht nur seine Augen, sein ganzes Gesicht schien in der Zeit, in der er mit mir redete, nervös zu zwinkern und zu blinzeln. Da ich zu diesem Zeitpunkt ohnehin schon mit Verlegenheit und Angst zu kämpfen hatte, machte mich diese Marotte zappliger und konfuser, als ich beschreiben kann. Ich hätte alles darum gegeben, wenn er mir den Rücken gekehrt hätte, bevor ich das Wort wieder ergriff.

»Freut mich zu hören, daß Ihnen meine Familie und mein Name nicht unbekannt sind, Mr. Sherwin«, setzte ich neu an. »Unter diesen Umständen sollte ich weniger Bedenken oder Schwierigkeiten haben, Ihnen den Zweck meines Besuches zu nennen.«

»Nur zu. Darf ich Ihnen etwas anbieten? – ein Glas Sherry, ein ...«

»Nichts, danke. Zunächst, Mr. Sherwin, habe ich Gründe, den Wunsch zu äußern, daß dieses Gespräch, zu welchem

Ergebnis es auch führen mag, als streng vertraulich betrachtet wird. Ich darf doch sicher sein, daß ich mich in diesem Punkt auf Ihre Gefälligkeit verlassen kann?«

»Selbstverständlich – natürlich – absolute Diskretion – ich bitte Sie, fahren Sie fort.«

Er rückte seinen Stuhl ein Stück näher an meinen heran. Hinter all dem Zwinkern und Blinzeln erkannte ich den unterschwelligen Ausdruck von Gerissenheit und Neugier in seinen Augen. Er hatte meine Karte in der Hand, rollte sie nervös zusammen und strich sie wieder glatt, ohne auch nur einen Moment in der Bewegung innezuhalten, so erpicht war er darauf zu hören, was ich ihm zu sagen hatte.

»Des weiteren möchte ich Sie darum bitten, sich erst ein Urteil zu bilden, wenn Sie mich zu Ende angehört haben. Möglicherweise verspüren Sie anfänglich die Neigung, das, was ich vorbringe – sagen wir –, in einem ungünstigen Licht zu sehen. Kurz gesagt, Mr. Sherwin, und ohne weitere Vorreden: der Sinn meines Besuches hat mit Ihrer Tochter zu tun, mit Miss Margaret Sherwin ...«

»Meine Tochter! Du meine Güte – Gott sei meiner Seele gnädig, ich kann mir wirklich nicht vorstellen ...«

Beinahe außer Atem brach er mitten im Satz ab, beugte sich näher zu mir und knüllte meine Karte so fest zusammen, wie es nur ging.

»Vor etwas mehr als einer Woche«, fuhr ich fort, »begegnete ich Miss Sherwin zufällig in einem Omnibus, in Begleitung einer Lady, die älter als sie war ...«

»Meine Frau, Mrs. Sherwin«, sagte er und wedelte ungeduldig mit der Hand, als wäre ›Mrs. Sherwin‹ lediglich ein unbedeutendes Hindernis für diese Konversation, in die er so rasch wie möglich Klarheit bringen wollte.

»Wahrscheinlich sind Sie nicht überrascht zu hören, daß ich überwältigt war von Miss Sherwins außergewöhnlicher Schönheit. Der Eindruck, den sie auf mich machte, war jedoch stärker – ich empfand mehr als nur ein momentanes Gefühl der Bewunderung. Offen gesagt, ich fühlte – Sie haben sicher schon von Liebe auf den ersten Blick gehört. Mr. Sherwin?«

»So etwas gibt es in Büchern, Sir.« Er tippte mit dem Finger auf einen der ledergebundenen Bände auf dem Tisch und lächelte – ein eigenartiges Lächeln, halb respektvoll, halb sarkastisch.

»Sie werden lachen, nehme ich an, wenn ich Sie bitte, mir zu glauben, daß es auch *außerhalb* von Büchern so etwas wie Liebe auf den ersten Blick gibt. Aber ohne näher darauf einzugehen, ist es dennoch meine Pflicht, Ihnen in aller Offenheit und Aufrichtigkeit zu gestehen, daß der Eindruck, den Miss Sherwin bei mir hinterlassen hat, in mir den Wunsch weckte, das Privileg zu haben, mit ihr bekannt zu werden. Geradeheraus gesagt, ich fand heraus, wo sie wohnt, indem ich ihr bis zu diesem Haus folgte.«

»Meiner Seel, das ist die außergewöhnlichste Vorgehensweise, die …!«

»Bitte, hören Sie mich bis zum Ende an, Mr. Sherwin: Ich denke, Sie werden mein Betragen nicht verdammen, wenn Sie alles gehört haben.«

Er murmelte etwas Unverständliches; seine Gesichtshaut verfärbte sich gelblich; er ließ meine Karte fallen, die er mittlerweile in kleine Fetzen zerrissen hatte, und fuhr sich ein paarmal rasch mit der Hand über die Haare, bis sie glatt wie ein Vordach über seiner Stirn lagen – dabei blinzelte er ständig und beobachtete mich mit finsterer Miene. Ich merkte, daß es zwecklos war, mit ihm umzugehen, wie ich mit einem Gentleman umgegangen wäre. Augenscheinlich deutete er mein Zartgefühl und mein Zögern auf die niederträchtigste, schmutzigste Weise. Daher änderte ich meinen Plan und kam unverzüglich zur Sache – ›zum Geschäft‹, wie er es ausdrücken würde.

»Ich hätte mich klarer ausdrücken sollen, Mr. Sherwin. Vielleicht hätte ich nicht so viele Worte machen und Ihnen gleich von Anfang an sagen sollen, daß ich hier bin, um …« (ich war kurz davor ›um die Hand Ihrer Tochter zu bitten‹ zu sagen, aber der Gedanke an meinen Vater schoß mir in diesem Moment durch den Kopf, und die Worte kamen mir nicht über die Lippen).

»Nun, Sir? um was?«

Der Ton, in dem er das von sich gab, war harsch genug, um

mich aufzurütteln. Ich gewann augenblicklich die Fassung zurück.

»Um Sie um die Erlaubnis zu bitten, Miss Sherwin meine Aufwartung machen zu dürfen – oder, um es, wenn Sie wünschen, noch deutlicher zu sagen, Sie um die Hand Ihrer Tochter zu bitten.«

Die Worte waren ausgesprochen. Selbst wenn ich es gekonnt hätte, ich hätte sie nicht zurücknehmen wollen; dennoch zitterte ich, als ich in schlichten, offenen Worten das äußerte, was ich mir bis dahin in meiner stürmischen Leidenschaft ausgemalt und Margaret feinsinnig angedeutet hatte.

»Grundgütiger Gott!« rief Mr. Sherwin aus, richtete sich kerzengerade auf seinem Stuhl auf und starrte mich so überrascht an, daß seine nervösen Gesichtszuckungen für einen Moment ganz aufhörten. »Grundgütiger Gott, das ist etwas ganz anderes. Äußerst erfreulich, erstaunlich – ausgesprochen schmeichelhaft, ganz gewiß, sehr schmeichelhaft, in der Tat, mein teurer Sir! Sie dürfen nicht glauben, daß ich auch nur einen Augenblick an Ihren ehrenhaften Empfindungen gezweifelt habe. Junge Gentlemen Ihres Standes lassen es manchmal an Respekt Frauen und Töchtern gegenüber fehlen, die – kurz gesagt –, die nicht ganz so hochstehend wie sie selbst sind. Aber das ist hier nicht der Fall – was für ein Mißverständnis – ausgesprochen dumm von mir, wirklich. *Bitte*, lassen Sie mich Ihnen ein Glas Wein anbieten!«

»Keinen Wein, danke, Mr. Sherwin. Ich muß Ihre Aufmerksamkeit noch ein wenig länger in Anspruch nehmen und Ihnen, im Vertrauen, darlegen, in welcher Lage ich mich befinde, was den Antrag angeht, den ich gerade gemacht habe. Es gibt gewisse Umstände …«

»Ja – ja?«

Er beugte sich wieder eifrig zu mir und wirkte wißbegieriger und listiger denn je.

»Ich muß eingestehen, Mr. Sherwin, daß ich Mittel und Wege gefunden habe, mit Ihrer Tochter zu sprechen – ich habe zweimal mit ihr geredet. Ich habe mich ihr auf respektvolle Weise genähert, und sie nahm meine Avancen mit einer Sittsamkeit und mit einem Widerstreben entgegen, die ihr zur

Ehre gereichen – die jeder Lady, selbst der höchsten Lady des Landes, zur Ehre gereichen würden.« (Mr. Sherwin warf einen ehrfürchtigen Blick auf das Bild der Königin, dann sah er mich wieder an und verbeugte sich feierlich.) »Nun, obwohl sie mich ausdrücklich abgewiesen und entmutigt hat – es gebührt ihr, daß ich das besonders erwähne –, denke ich doch, ohne jede eitle Hoffnung sagen zu können, daß sie das eher aus Pflichtbewußtsein als aus Neigung tat.«

»Ah – ja, ja! Ich verstehe. Sie würde natürlich nichts ohne meine Zustimmung tun, nicht wahr?«

»Das war zweifellos einer der Gründe, warum sie mich so zurückhaltend behandelt hat, aber sie hatte noch einen anderen Grund, den sie mir ganz offen darlegte – den Standesunterschied.«

»Ah! Das hat sie gesagt, ja? Genau so – sie sah eine Schwierigkeit darin? Ja – ja! Hohe Prinzipien, Sir – hohe Prinzipien, Gott sei Dank!«

»Ich brauche Ihnen kaum zu sagen, Mr. Sherwin, welch tiefe Empfindungen dieses feinsinnige Ehrgefühl, das dieser Einwand Ihrer Tochter beweist, in mir ausgelöst hat. Sicher können Sie sich vorstellen, daß dieser Einwand für *mich* persönlich gegenstandslos ist. Mein Lebensglück liegt in Miss Sherwins Händen; ich ersehne mir keine höhere Ehre und kann mir kein größeres Glück vorstellen, als der Ehemann Ihrer Tochter zu werden. Das habe ich ihr gesagt, und ich kündigte ihr auch an, daß ich mich Ihnen gegenüber erklären würde. Sie äußerte keine Bedenken; und daher ist, wie ich meine, die Überlegung gerechtfertigt, daß sie meinen Aufwartungen mit weniger Zurückhaltung begegnen könnte, wenn Sie ihr erlaubten, die Skrupel, die sie jetzt auszeichnen, fallenzulassen, und mir gestatteten, ihr den Hof zu machen.«

»Sehr anständig – eine sehr passende Vorgehensweise. Zweckmäßig, wenn ich das sagen darf. Und jetzt, mein teurer Sir, zum nächsten Punkt: Wie steht es mit Ihrer eigenen ehrenwerten Familie, eh?«

»Genau darin liegt die Schwierigkeit. Mein Vater, auf den ich als jüngerer Sohn angewiesen bin, ist voreingenommen –

er hat sehr strenge Grundsätze, sollte ich wohl eher sagen –, was gesellschaftliche Unterschiede betrifft.«

»Tatsächlich – das ist nur natürlich; äußerst schicklich, in der Tat, für einen hochgeschätzten Mann wie Ihren Vater. Ich respektiere seine Grundsätze. Solch ein Besitz, diese Häuser, eine solche Familie wie seine – soviel ich weiß, bestehen verwandtschaftliche Beziehungen zum höchsten Adel, besonders von seiten Ihrer bedauernswerterweise verstorbenen Mutter. Mein teurer Sir, ich wiederhole mit Nachdruck, die Prinzipien Ihres Vaters gereichen ihm zur Ehre; ich respektiere sie im selben Maße, wie ich ihn respektiere; das tue ich in der Tat.«

»Ich bin froh, daß sie die Ansichten, die mein Vater über gesellschaftliche Gegensätze hegt, in einem so günstigen Licht betrachten, Mr. Sherwin. In diesem Fall werden Sie nicht sehr überrascht sein, wenn ich Ihnen eröffne, wie sehr sie mich beeinträchtigen bei dem Schritt, den ich zu unternehmen entschlossen bin.«

»Er mißbilligt Ihre Entscheidung natürlich – sehr heftig, vielleicht. Nun, obwohl mein liebes Kind würdig ist, jeden Rang zu bekleiden, und ein Mann wie ich, der kaufmännische Interessen verfolgt, sich überall hocherhobenen Hauptes als eine der Stützen dieses handeltreibenden Landes blicken lassen kann« (er fuhr sich hastig mit den Fingern durchs Haar und bemühte sich, einen selbstbewußten Eindruck zu machen) »bin ich durchaus bereit, einzugestehen, daß unter all den Umständen – ich sage, unter all den Umständen –, seine Mißbilligung nur natürlich ist. Und es war zu erwarten, daß er diese Haltung einnimmt und sein Mißfallen zum Ausdruck bringt – in der Tat.«

»Er hat sein Mißfallen nicht zum Ausdruck gebracht, Mr. Sherwin.«

»Was Sie nicht sagen!«

»Ich habe ihm keine Gelegenheit dazu gegeben. Ich habe die Begegnungen mit Ihrer Tochter vor ihm geheimgehalten und vor jedem anderen Mitglied meiner Familie; und die Angelegenheit muß auch ein Geheimnis bleiben. Ich kenne meinen Vater sehr gut, und es ist nicht übertrieben, wenn ich sage, daß ich mir kaum ein Mittel vorstellen kann, das er nicht eingesetzt hätte, um meine Absichten zu durchkreuzen und diesen Besuch bei Ihnen zu vereiteln, wenn ich ihm davon erzählt hätte. Er war mir der freundlichste und beste Vater, aber ich glaube fest daran, daß all mein Flehen und das derer, die zu mir gehören, ihn nicht dazu bewegen könnten, der Ehe, die ich Ihrer Tochter anbiete, seinen Segen zu geben.«

»Meine Güte! Das ist sehr bedenklich – da Sie auf ihn angewiesen sind, und all das. Oh, was, um alles in der Welt, können wir tun?«

»Wir müssen sowohl mein Werben als auch die Ehe geheimhalten.«

»Geheim! Gütiger Gott, ich kann mir nicht denken …«

»Ja, geheim – es darf kein Mensch davon erfahren, bis ich eine günstige Gelegenheit finde und meinem Vater alles enthüllen …«

»Aber, Sir, ich weiß nicht, wie ich das bewerkstelligen soll. Günstige Gelegenheit! Welche günstige Gelegenheiten kann es schon geben, nach allem, was Sie mir erzählt haben?«

»Mehrere Möglichkeiten wären denkbar. Ich könnte zum Beispiel, wenn die Trauung vollzogen ist, Ihre Tochter mit meinem Vater bekannt machen – ohne aufzudecken, daß sie meine Frau ist – und es ihr überlassen, nach und nach seine Zuneigung und seinen Respekt für sich zu gewinnen (mit ihrer Schönheit, Eleganz und ihrem Liebreiz wird ihr das ganz sicher gelingen), während ich abwarte, bis der geeignete Augenblick kommt, ihm alles zu beichten. Wenn ich dann zu ihm sage: ›Diese junge Lady, die Sie so gefesselt und erfreut hat, ist meine Frau‹, meinen Sie, daß er uns bei diesem starken Argument dann noch seine Vergebung verweigern kann? Wenn ich andererseits nur sagen könnte: ›Diese junge Lady wird bald meine Frau‹, würden ihm seine Grundsätze verbieten, seine Zustimmung zu geben, selbst wenn er den besten Eindruck von Ihrer Tochter gewonnen hätte. Kurz gesagt, Mr. Sherwin, vor der Trauung wäre es unmöglich, seine Einwilligung zu bekommen – nach der Trauung, wenn jeder Widerstand nutzlos ist, sähe die Sache hingegen ganz anders aus: Wir könnten sicher sein, früher oder später Erfolg zu haben.

Deshalb wäre es eine absolute Notwendigkeit, unsere Eheschließung zunächst mit äußerster Diskretion zu behandeln.«

Damals war es mir schleierhaft – und heute wundere ich mich sogar noch mehr darüber –, daß es mir gelang, das alles so ruhig und ohne zu zögern vorzubringen, obwohl mich mein Gewissen bei jedem Wort, das ich äußerte, der Lüge bezichtigte.

»Ja, ja; ich verstehe – o ja, ich verstehe!« sagte Mr. Sherwin im Zustand der höchsten Verwirrung und spielte klimpernd mit dem Schlüsselbund in seiner Tasche, »aber das ist eine heikle Angelegenheit, wissen Sie – eine sehr sonderbare und heikle Sache, in der Tat. Einen Gentleman Ihrer Herkunft als Schwiegersohn zu haben ist selbstverständlich ... aber da ist noch die Geldfrage zu klären. Angenommen, Sie haben nicht den gewünschten Erfolg bei Ihrem Vater, und er ist mit der Ehe *nicht* einverstanden – also mit *meiner* Unterstützung können Sie nicht rechnen – *ich* kann Ihnen nicht helfen. Auf mein Wort, Sie haben mich da in eine Lage gebracht, in der ich noch niemals war.«

»Ich habe einflußreiche Freunde, Mr. Sherwin, in verschiedenen Positionen – es gibt Stellungen, gute Stellungen, die mir offenstehen würden, sobald ich Interesse anmelde. Ich werde Vorkehrungen in dieser Hinsicht treffen, falls mein Plan scheitern sollte.«

»Ah, gut – ja. Da ist was dran, ganz gewiß.«

»Ich kann Ihnen versichern, daß meine Verbindung zu Miss Sherwin nicht wegen finanzieller Erwägungen auseinanderbrechen kann. Ich spreche in unser aller Interesse, wenn ich sage, daß uns eine nicht öffentliche Trauung alle Möglichkeiten für die Zukunft offenhält und daß sich Gelegenheiten ergeben werden, das Geheimnis nach und nach zu lüften. Ich mache Ihnen diesen Antrag vielleicht nicht unter den günstigsten Voraussetzungen, da ich, mit Ausnahme eines kleinen Einkommens, das mir die Hinterlassenschaft meiner Mutter bietet, momentan keine gesicherten Aussichten vorweisen kann. Aber ich denke wirklich, daß mein Angebot auch einige Vorteile hat, die alles andere aufwiegen ...«

»Gewiß! Ganz entschiedene Vorteile. Ich bin nicht unempfänglich, mein teurer Sir, für die großen Vorteile und die Ehre und so fort. Aber die ganze Angelegenheit ist sehr ungewöhnlich. Wie würde ich empfinden, wenn Ihr Vater seine Ansichten nicht ändert und mein gutes Kind aus der Familie verstoßen wird? Nun gut, das wird wohl kaum geschehen, denke ich – bei ihrer Kultiviertheit, Bildung und ihren Manieren – bemerkenswert, obwohl ich das vielleicht nicht sagen sollte. Margarets Schulausbildung allein hat mich hundert im Jahr gekostet, Sir – ohne all die Sonderausgaben …«

»Ich bin sicher, Mr. Sherwin …«

»… Eine Schule, Sir, die es sich zur Regel gemacht hat, nur Töchter von Männern in höheren Berufsständen aufzunehmen. Sie haben diese Regel nur in meinem Fall aufgehoben – vielleicht die vornehmste Schule in ganz London! Einen Tag in der Woche hatten sie Anstandsunterricht – die Mädchen mußten lernen, wie man einen Raum würdevoll und doch unbefangen betritt oder verläßt – sie hatten das Modell einer Kutsche mit Tür und Stufen im Salon stehen, damit die Mädchen üben konnten (mit dem Lakaien des Instituts als Helfer), damenhaft ein- und auszusteigen! Keine Herzogin hat eine bessere Erziehung genossen als *meine* Margaret …«

»Gestatten Sie, daß ich Ihnen ernsthaft versichere, Mr. Sherwin …«

»Und dann ihre Fremdsprachenkenntnisse – ihr Französisch und Italienisch und Deutsch, und sie hat ihre Studien in den Ferien nie unterbrochen oder nach dem Schulabschluß beendet (sie hat die Schule ja erst kürzlich verlassen), sondern verbessert ihre Kenntnisse ständig und lernt unter der freundlichen Anleitung von Mr. Mannion …«

»Darf ich fragen, wer Mr. Mannion ist?« Der Ton, in dem ich diese Frage stellte, kühlte seinen Enthusiasmus über die Ausbildung seiner Tochter augenblicklich ab. Er antwortete förmlich und mit einer Verbeugung:

»Mr. Mannion ist mein Vertrauter und Mitarbeiter, Sir – ein sehr feiner, gebildeter Mann, sehr begabt und belesen und all das.«

»Ist er ein junger Mann?«

»Jung! Liebe Güte, nein! Mr. Mannion ist vierzig oder ein,

zwei Jahre älter – ein bewundernswerter Geschäftsmann und ein großer Gelehrter. Er hält sich momentan in Lyon auf, um Seide für mein Geschäft einzukaufen. Sobald er zurückkommt, würde ich mich freuen, Ihnen Mr. Mannion vorstellen zu …«

»Ich bitte um Verzeihung, aber ich denke, wir schweifen ein wenig vom Thema ab.«

»Oh, ich bitte *Sie* um Verzeihung – Sie haben recht. Nun, mein teurer Sir, geben Sie mir ein oder zwei – sagen wir zwei Tage –, um in Erfahrung zu bringen, welche Gefühle meine Tochter hegt, und um über Ihren Antrag nachzudenken, der für mich doch sehr überraschend war, wie Sie vielleicht selbst bemerkt haben. Aber ich kann nur beteuern, daß ich mich sehr geschmeichelt und geehrt fühle und sehr besorgt bin …«

»Ich hoffe, Sie werden auch *meine* Besorgnis in Betracht ziehen, Mr. Sherwin, und mich das Ergebnis Ihrer Überlegungen so bald wie möglich wissen lassen.«

»Unverzüglich, verlassen Sie sich darauf. Mal sehen: Sagen wir, daß wir uns in zwei Tagen um dieselbe Zeit wiedersehen, falls Sie mich nochmals mit Ihrem Besuch beehren wollen?«

»Natürlich.«

»Und bis dahin verpflichten Sie sich, nicht mit meiner Tochter in Kontakt zu treten?«

»Ich verspreche, es nicht zu tun, Mr. Sherwin – weil ich glaube, daß Ihre Antwort positiv ausfallen wird.«

»Ah, gut – gut! Liebende, sagt man, sollten nie die Hoffnung verlieren. Ein bißchen Nachdenken und eine kleine Unterredung mit meiner lieben Tochter – aber jetzt, vielleicht ändern Sie doch noch Ihre Meinung und trinken ein Glas Sherry? Nein? Schön, dann sehen wir uns übermorgen um fünf Uhr.«

Mit einem lauteren Knall als vorher öffnete er mir die brandneue Salontür, und kaum war das Geräusch verhallt, hörte man das Rascheln eines Seidenkleids, und eine andere Tür auf der gegenüberliegenden Seite des Flurs wurde zugeschlagen. Hatte jemand gelauscht? Wo war Margaret?

Mr. Sherwin stand am Gartentor, um meine Abfahrt zu

beobachten und sich zum letzten Mal zu verbeugen. Ich schwebte auf einer Wolke der Illusionen und schauderte unwillkürlich, als ich seinen Abschiedsgruß erwiderte und an ihn als an meinen Schwiegervater dachte!

11

Je näher ich unserer Haustür kam, um so mehr widerstrebte es mir, die kurze Zeit zwischen meinem ersten und dem zweiten Zusammentreffen mit Mr. Sherwin daheim zu verbringen. Als ich das Haus betrat, steigerte sich das Widerstreben beinahe zum Grauen. Ich fühlte mich nicht imstande, den Blicken meiner nächsten und liebsten Verwandten zu begegnen. Mir fiel ein Stein vom Herzen, als ich hörte, daß sich mein Vater nicht zu Hause aufhielt. Meine Schwester allerdings war daheim; der Diener sagte, sie sei gerade in die Bibliothek gegangen, und wollte wissen, ob er ihr meine Rückkehr melden solle. Ich bat ihn, sie nicht zu stören, da ich ohnehin beabsichtige, gleich wieder auszugehen.

Ich ging in mein Arbeitszimmer und schrieb eine kurze Nachricht an Clara; ich teilte ihr lediglich mit, daß ich die nächsten zwei Tage auf dem Land zu tun haben würde. Ich hatte den Brief versiegelt und auf den Tisch gelegt, damit der Diener ihn ihr später übergeben konnte, und wollte gerade den Raum verlassen, als ich hörte, wie die Tür zur Bibliothek aufging. Ich zog mich augenblicklich zurück und drückte meine eigene Tür wieder halb zu. Clara hatte das gewünschte Buch gefunden und nahm es mit in ihren Salon. Ich wartete, bis sie außer Sichtweite war, dann verließ ich das Haus. Zum ersten Mal ging ich meiner Schwester aus dem Weg – meiner Schwester, die nie in ihrem Leben eine Frage gestellt oder ein Wort geäußert hatte, das mich verärgert hätte; meiner Schwester, die mir all ihre kleinen Geheimnisse anvertraut hatte, seit wir Kinder waren. Während ich darüber nachdachte, was ich getan hatte, fühlte ich eine Demütigung, die mich beinahe genügend für die Gemeinheit, der ich mich schuldig gemacht hatte, bestrafte.

Ich ging zu den Ställen und ließ mein Pferd satteln. Allerdings hatte ich nicht die geringste Ahnung, wohin ich mich wenden sollte. Ich war nur entschlossen, die zwei quälenden Tage der Ungewißheit nicht zu Hause hinter mich zu bringen, sondern weit genug weg, um sicherzustellen, daß ich mein Versprechen, Margaret nicht zu sehen, einhalten würde. Kurz nach dem Aufbruch überließ ich dem Pferd die Führung und gab mich den Gedanken und Erinnerungen hin, die mir nach und nach in den Sinn kamen. Das Pferd schlug den Weg ein, den ich während meines Aufenthaltes in London am häufigsten benutzt hatte – die nördliche Straße.

Erst als ich die Randbezirke der Stadt hinter mir gelassen und etwa eine halbe Meile weit geritten war, sah ich mich um und entdeckte, zu welchem Teil des Landes ich unterwegs war. Ich straffte die Zügel und lenkte mein Pferd wieder zurück nach Süden. Der bevorzugten Straße zu folgen, die ich so oft mit Clara entlanggeritten war, vielleicht an irgendeinem Platz anzuhalten, an dem ich mit ihr gewesen war – dazu hatte ich gegenwärtig weder den Mut noch die Gemütsruhe.

Ich ritt bis Ewell[10] und machte dort halt: Die Dunkelheit war über mir hereingebrochen, und es wäre sinnlos gewesen, mein Pferd zu ermüden und eine noch größere Strecke zurückzulegen. Am nächsten Morgen war ich kurz nach Sonnenaufgang auf und beschäftigte mich den größten Teil des Tages damit, durchs Dorf und über Wege und Wiesen – wohin der Zufall mich führte – zu gehen. Während der Nacht kehrten viele Gedanken zurück, die ich in der letzten Woche verbannt hatte, die Gedanken an eine böse Vorahnung, unter der das Gemüt litt genau wie der Körper unter einem dumpfen, starken Schmerz, den wir nicht genau lokalisieren können oder dessen Ursache wir nicht kennen. Weit entfernt von Margaret hatte ich kein Mittel gegen die Niedergeschlagenheit, die mich jetzt erfaßte. Ich konnte mich nur bemühen, sie zu lindern, indem ich mich ständig in Bewegung hielt; indem ich spazierenging oder ritt, Stunde um Stunde, in dem vergeblichen Versuch, durch körperliche Erschöpfung Gemüt und

Geist zu beruhigen. Die Besorgnis, daß Mr. Sherwin mein Werben ablehnen könnte, hatte nichts mit der unbestimmten Schwermut zu tun, die jetzt meine Gedanken überschattete; dafür beschäftigten sie sich zu sehr mit meiner häuslichen Situation. Zudem hatte mir das Verhalten von Margarets Vater, besonders gegen Ende unserer Unterhaltung, deutlich genug gezeigt, daß er bestrebt gewesen war, sein Verlangen, unmittelbaren Profit aus meinem Antrag zu schlagen, hinter übertriebener Verwunderung und vorgetäuschter Unschlüssigkeit zu verbergen; meine Offerte, welche Bedingungen auch immer damit verknüpft sein mochten, bot unendlich mehr Vorteile in gesellschaftlicher Hinsicht, als er sich vernünftigerweise jemals erhoffen konnte. Nicht sein Zögern, meinen Antrag anzunehmen, lastete schwer auf meinem Herzen, sondern die Täuschung, die Fesseln der Geheimhaltung, die ich mir aufzuerlegen genötigt war.

Am Abend verließ ich Ewell und ritt wieder zurück bis Richmond, wo ich über Nacht und den folgenden Morgen blieb. Ich erreichte London am Nachmittag und begab mich zur North Villa – ohne vorher zu Hause haltzumachen – etwa um fünf Uhr.

Noch immer war ich gedrückter Stimmung. Selbst der Anblick des Hauses, in dem Margaret lebte, konnte mich nicht ermuntern oder aufrichten.

Bei dieser Gelegenheit erwarteten mich Mr. und Mrs. Sherwin, als ich in den Salon geführt wurde. Auf dem Tisch stand der Sherry, der mir bei der letzten Unterhaltung so beharrlich aufgedrängt worden war, und daneben ein frischer Früchtekuchen. Mrs. Sherwin schnitt den Kuchen an, als ich hereintrat, während der Mann ihr Tun mit kritischen Augen beobachtete. Die schwachen weißen Finger der armen Frau zitterten, als sie das Messer unter der gestrengen Aufsicht des Gatten führte.

»Bin sehr glücklich, Sie wiederzusehen – sehr glücklich, in der Tat, mein teurer Sir«, sagte Mr. Sherwin, als er mit einem Willkommenslächeln und ausgestreckter Hand auf mich zu trat. »Erlauben Sie, daß ich Ihnen meine bessere Hälfte vorstelle, Mrs. S.«

Seine Frau erhob sich hastig, ließ das Messer im Kuchen stecken und knickste. Mr. Sherwin bedachte sie mit einem strafenden Blick, zog das Messer ostentativ heraus und legte es klirrend auf die Platte.

Arme Mrs. Sherwin! Ich hatte sie an dem Tag, als sie mit ihrer Tochter in den Omnibus gestiegen war, kaum zur Kenntnis genommen – mir war, als würde ich sie jetzt zum erstenmal sehen. Weibliche Emotionen haben von Natur aus den Drang, sich mitzuteilen. Eine glückliche Frau verströmt unmerklich Glück; sie hat eine Wirkung, die der eines sonnigen Tages gleicht. Die Melancholie einer melancholischen Frau ist gleichermaßen ansteckend, wenn auch auf stillere Art, und Mrs. Sherwin war eine Frau der letzten Kategorie. Ihre bleiche, kränkliche, feucht aussehende Haut, ihre großen, milden, wäßrigen, hellblauen Augen, der nervöse, furchtsame Gesichtsausdruck, die Mischung aus sinnlosem Zaudern und unfreiwilliger Betriebsamkeit in allem, was sie tat – all das waren deutliche Hinweise auf ein Leben in ständiger Angst und Beschränkung, auf den Hang zur Anspruchslosigkeit und Unterwürfigkeit, die so weit ausgenutzt wurde, daß die Ärmste es nicht mehr wagte, ihre Rechte geltend zu machen, und kein Licht mehr sah. In ihrem milden, glanzlosen Gesicht – in dieser qualvollen Hektik und den fahrigen Bewegungen, in der bebenden, schwachen Stimme –, darin erkannte ich eine dieser gespenstischen Herzenstragödien, die sich immer und immer wieder, Szene für Szene, Jahr um Jahr im verborgenen Theater des Familienkreises abspielen; Tragödien, die stets vom schwarzen Vorhang überschattet sind, der mit jedem Tag ein Stückchen tiefer sinkt, der fällt, bis schließlich alles von der Hand des Todes verhüllt wird.

»Hatten wir in letzter Zeit nicht wundervolles Wetter, Sir?« sagte Mrs. Sherwin beinahe unhörbar und blickte dabei ängstlich zu ihrem Mann, um sich zu vergewissern, ob es ihr gestattet war, sogar eine derart banale Äußerung von sich zu geben. »Sehr schönes Wetter, ohne Zweifel«, setzte die bedauernswerte Frau schüchtern wie ein kleines Kind hinzu, das man dazu angehalten hatte, seine erste Lektion in Gegenwart eines Fremden noch einmal zu wiederholen.

»Herrliches Wetter, Mrs. Sherwin. Ich habe es in den letzten zwei Tagen auf dem Land genossen – in einem Teil von Surrey (in der Nachbarschaft von Ewell), den ich bis dahin noch nicht kannte.«

Es entstand ein unbehagliches Schweigen. Mr. Sherwin räusperte sich; augenscheinlich war dies ein eheliches Warnsignal, das schon oft ertönt war, denn Mrs. Sherwin zuckte erschrocken zusammen und sah zu ihm auf.

»Als Gastgeberin, Mrs. S.[11], scheint mir, solltest du einem Besucher wie diesem Gentleman Kuchen und Wein anbieten, oder hast du deine Manieren ganz vergessen?«

»Oh, du meine Güte! Ich bitte um Verzeihung! Es tut mir unendlich leid, ganz bestimmt …« Sie goß mit so zittrigen Händen Wein in ein Glas, daß die Karaffe klirrend ans Glas stieß. Obwohl ich weder Hunger noch Durst verspürte, begann ich unverzüglich aus Rücksicht auf Mrs. Sherwins Verlegenheit zu trinken und zu essen.

Mr. Sherwin schenkte sich selbst ein Glas ein – hielt es bewundernd ins Licht – sagte: »Auf Ihr Wohl, Sir, auf Ihre gute Gesundheit.« Er trank den Wein mit der Attitüde eines Kenners, indem er sich vielsagend die Lippen leckte und schmatzte. Seine Frau (der er nichts anbot) sah ihn mit ehrerbietiger Aufmerksamkeit an.

»Sie nehmen sich selbst ja gar nichts, Mrs. Sherwin«, sagte ich.

»Mrs. Sherwin, Sir«, warf ihr Mann ein, »trinkt niemals Wein und kann Kuchen nicht verdauen. Ein schlechter Magen – ein sehr schlechter Magen. Aber nehmen Sie doch noch ein Glas, ich bitte Sie – nein? Wirklich nicht? Dieser Sherry kostet mich sechs Shilling die Flasche – für diesen Preis muß es schon erstklassiger Wein sein, und das ist er auch. Nun, wenn ich Ihnen nichts nachschenken darf, sollten wir zum Geschäftlichen kommen. Ha, ha! *Ich* nenne es Geschäft, für *Sie* ist es, wie ich hoffe, Vergnügen.«

Mrs. Sherwin hustete – es war ein mattes Husten, das sie halb im Keim erstickte.

»Siehst du!« Er wandte sich ihr grimmig zu. »Du hustest schon wieder! Sechs Monate in ärztlicher Behandlung – eine Rechnung über sechs Monate, die ich aus meiner Tasche bezahle – und es hat nichts genützt – nicht das geringste, Mrs. S.«

»Oh, es geht mir viel besser, danke – es war nur ein kleines …«

»Nun, Sir, nach Ihrem Aufbruch neulich abend hatte ich, wie man es nennen könnte, eine kleine Aussprache mit meiner lieben Tochter. Sie war natürlich ein wenig verwirrt und – und verlegen, in der Tat. Es ist selbstverständlich eine ernste Angelegenheit – eine derartige Entscheidung in ihrem Alter, und so kurzfristig; schließlich hängt das Glück ihres ganzen Lebens davon ab.«

Mrs. Sherwin preßte das Taschentuch an ihre Augen – lautlos; zweifellos hatte sie es sich in langen Jahren zur Gewohnheit gemacht, im stillen zu weinen. Dennoch warf ihr Mann ihr einen raschen, keineswegs mitfühlenden Blick zu.

»Guter Gott, Mrs. S.! Was hat es für einen Sinn, wieder damit anzufangen?« sagte er ungehalten. »Was gibt es da zu weinen? Margaret ist nicht krank oder unglücklich – was, um alles in der Welt, ist jetzt schon wieder? Lieber Himmel, das ist wirklich ausgesprochen ärgerlich – und noch dazu vor einem Gast! Du solltest es lieber mir allein überlassen, die Angelegenheit zu besprechen – du warst immer schon so, wenn es um Geschäfte ging, und meiner Ansicht nach wirst du dich nie ändern.«

Mrs. Sherwin machte sich ohne ein Wort des Protestes bereit, das Zimmer zu verlassen. Ich empfand aufrichtiges Mitleid mit ihr, aber ich konnte mich schwerlich für sie einsetzen. Einer plötzlichen Eingebung folgend, erhob ich mich, um ihr die Tür aufzuhalten – und bereute die Tat augenblicklich. Meine Geste der Hilfsbereitschaft machte sie so verlegen, daß sie mit dem Fuß gegen den Stuhl stieß und einen unterdrückten Schmerzensschrei ausstieß, als sie hinausging.

Mr. Sherwin goß sich ein zweites Glas Wein ein, ohne auch nur die geringste Notiz von dem Vorfall zu nehmen.

»Ich hoffe, Mrs. Sherwin hat sich nicht verletzt«, sagte ich.

»Liebe Güte, nein! Es lohnt sich wirklich nicht, daran auch nur einen Gedanken zu verschwenden – Ungeschicklichkeit und Nervosität, nichts weiter – sie war immer schon nervös – die Ärzte (allesamt Quacksalber) können nichts für sie tun – es ist sehr traurig, in der Tat, sehr traurig, aber man kann ihr nicht helfen.«

Mittlerweile war er (trotz meines festen Vorsatzes, ihm als Margarets Vater einigen Respekt entgegenzubringen) in meiner Achtung beträchtlich gesunken.

»Nun, mein werter Sir«, fuhr er fort, »kehren wir zu dem Punkt zurück, an dem uns Mrs. S. unterbrochen hat. Mal überlegen: Ich sagte, daß mein liebes Kind ein wenig verwirrt war und so fort. Selbstverständlich habe ich all die Vorteile dargelegt, die eine Verbindung, wie Sie sie vorgeschlagen haben, bietet, gleichzeitig erwähnte ich einige der unangenehmen Umstände – die heimliche Hochzeit, Sie verstehen, und all das –, zudem machte ich ihr klar, daß in einer Ehe, falls sie zustande kommt, gewisse Einschränkungen zu beachten wären, auf denen ich als Vater aus Pflichtgefühl bestehen muß und die ich Ihnen im folgenden mit knappen Worten darlegen möchte. Als Mann von Welt, mein teurer Sir, wissen Sie so gut wie ich, daß junge Damen nicht gern eindeutig Auskunft geben, welchem Gentleman ihre Gunst gilt. Doch ich habe genügend aus ihr herausbekommen, um sagen zu können, daß Sie Ihre Zeit sehr gut genutzt haben – es besteht also kein Anlaß, den Mut zu verlieren, verstehen Sie? Ich überlasse es *Ihnen*, sich ihr deutlich zu erklären; das liegt Ihnen mehr als mir, sehr viel mehr. Jetzt lassen Sie uns zum geschäftlichen Teil der Transaktion kommen. Dazu habe ich nur folgendes zu sagen: Wenn Sie meine Vorschläge akzeptieren, akzeptiere ich Ihre. Ich denke, das ist nur anständig, wie?«

»Sehr anständig. Mr. Sherwin.«

»Ganz recht. Also: zunächst ist meine Tochter noch zu jung, um sich jetzt schon zu verheiraten. Sie ist erst siebzehn.«

»Sie versetzen mich in Erstaunen! Ich hätte sie um mindestens drei Jahre älter eingeschätzt.«

»Jeder hält sie für älter, als sie ist – jeder, werter Sir –, und sie sieht auch gewiß älter aus. Sie ist weiter entwickelt, möchte ich behaupten, als die meisten Mädchen ihres Alters. Das ist jedoch nicht der springende Punkt. Tatsache ist, daß sie zu jung für eine Ehe ist – zu jung in moralischer Hinsicht; zu jung, was ihre Ausbildung und Erziehung betrifft; insgesamt zu jung. Nun, Fazit ist, daß ich Margaret meine Zustimmung zu einem ehelichen Leben nicht geben kann, ehe nicht ein Jahr vergangen ist – sagen wir ein Jahr von heute an. Ein Jahr der Werbung, damit sie ihre Bildung vervollkommnen und ihr Wesen festigen kann – Sie verstehen, zur Stärkung ihrer seelischen Verfassung.«

Ein Jahr warten! Im ersten Moment erschien mir diese Probezeit zu lang, als daß ich sie hätte ertragen können, als eine Prüfung, die man mir nicht auferlegen durfte. Aber schon im nächsten Augenblick sah ich den Zeitaufschub in einem anderen Licht. Wäre es nicht ein köstliches Privileg, Margaret oft zu sehen, vielleicht jeden Tag, vielleicht mehrere Stunden täglich? Wäre es nicht ein großes Glück, jede neue Entwicklung ihres Charakters zu beobachten, ihre erste jungfräuliche Liebe zu mir voll auszukosten, mit jeder Begegnung mehr und mehr Vertrauen zu gewinnen und den Reifeprozeß aus nächster Nähe zu verfolgen? Während ich daran dachte, erwiderte ich Mr. Sherwin, ohne zu zögern:

»Das wird meine Geduld auf eine schwere Probe stellen«, sagte ich, »meine Beständigkeit jedoch nicht erschüttern oder meine Zuneigung schwächen – ich werde das Jahr abwarten.«

»Recht so«, pflichtete Mr. Sherwin bei. »Eine solche Freimütigkeit und Vernunft war von einem Gentleman wie Ihnen zu erwarten. Und jetzt komme ich auf eine große Schwierigkeit in diesem Geschäft zu sprechen – genaugenommen muß ich eine kleine Bedingung stellen.«

Er brach ab und fuhr sich mit den Fingern in allen Richtungen durchs Haar; seine Gesichtsmuskeln zuckten und verzerrten sich bedenklich, während er mich ansah.

»Bitte erklären Sie sich, Mr. Sherwin. Ihr Schweigen, gerade in diesem besonderen Moment, bereitet mir größtes Unbehagen.«

»Natürlich – ich verstehe: Sie müssen mir versprechen, nicht verärgert zu sein – gekränkt, sollte ich wohl eher sagen – über die Bedingung, die ich stelle.«

»Das bin ich gewiß nicht.«

»Gut, dann – es mag Ihnen eigentümlich erscheinen, doch unter diesen Umständen – das heißt, soweit dieser Fall Sie persönlich betrifft – möchte ich, daß Sie und meine Tochter sofort heiraten und dennoch ein Jahr lang keine richtige Ehe führen. Ich weiß nicht, ob Sie mich verstehen.«

»Ich muß gestehen, das tue ich nicht.«

Er hüstelte verlegen, wandte sich zum Tisch und goß sich noch einen Sherry ein – seine Hand zitterte ein bißchen dabei. Er trank das Glas in einem Zug leer, räusperte sich drei- oder viermal, dann ergriff er wieder das Wort.

»Nun, um es noch deutlicher auszudrücken, die Dinge stehen so: Wenn Sie ein Mitglied unseres Standes wären und Sie Margaret mit dem vollen Einverständnis und der Billigung Ihres Herrn Vaters den Hof machen würden, wäre es damit getan und besiegelt; der Handel wäre für beide Seiten bindend und endgültig. Aber in der Lage, in der Sie sich befinden, kann ich es, wenn ich ganz sichergehen will, nicht dabei bewenden lassen – ich meine, ich kann zu einem solchen Verlöbnis nicht so ohne weiteres meine Zustimmung geben.«

Offenbar spürte er, daß der Wein ihn zu einem gewandteren Redner machte, deshalb bediente er sich an diesem heiklen Punkt unseres Gesprächs noch einmal.

»Sie werden verstehen, worauf ich hinaus will, mein teurer Sir«, fuhr er fort. »Angenommen, Sie machen meiner Tochter ein Jahr den Hof, wie verabredet, und angenommen, Ihr Vater findet es heraus – selbstverständlich können wir es absolut geheimhalten, aber dennoch – Geheimnisse werden manchmal aufgedeckt, kein Mensch weiß, wie. Angenommen, Ihr Vater bekommt Wind von der Sache und die Verlobung wird gelöst – was wäre dann mit Margarets gutem Ruf? Falls etwas dergleichen mit jemandem unserer eigenen Gesellschaftsschicht geschehen würde, könnten wir plausible Erklärungen finden, die man uns glaubt; was würden die Leute jedoch sagen, wenn jemand Ihres Rangs einen Rückzieher macht? Würde die Welt glauben, daß Sie jemals aufrichtig die Absicht hatten, sie zu heiraten? Das ist die Frage – genau das ist der springende Punkt.«

»Aber so etwas könnte niemals geschehen – ich bin überrascht, daß Sie das überhaupt für möglich halten. Ich habe Ihnen bereits gesagt, daß ich mündig bin.«

»Korrekt ausgedrückt – äußerst korrekt, in der Tat. Aber wenn Sie sich entsinnen – Sie sagten mir auch, als ich das erste Mal das Vergnügen hatte, mit Ihnen zusammenzutreffen, daß Ihr Vater, wenn er von dieser Verbindung wüßte, vor keinem Mittel haltmachen würde – *vor keinem* –, um eine Ehe zu verhindern. Ich erinnere mich, daß Sie genau das sagten. Da ich das weiß, teurer Sir – obgleich ich vollstes Vertrauen zu *Ihrer* Ehrenhaftigkeit und *Ihrer* Entschlossenheit, das Verlöbnis einzulösen, habe –, kann ich nicht darauf bauen, daß Sie gewappnet sind, sich allem zu widersetzen, was Ihr Vater unternehmen könnte, falls er etwas erfährt; Sie selbst wissen ja nicht, was er ins Feld führen oder auf welche Art er Einfluß auf Sie nehmen könnte. Sie werden sagen, daß derartige Komplikationen unwahrscheinlich sind, aber es besteht die Möglichkeit – in einem Jahr ist vieles möglich –, und, bei Gott, Sir, ich muß Vorkehrungen gegen Zufälle jedweder Art treffen, meiner Tochter zuliebe – das muß ich in der Tat.«

»Um Himmels willen, Mr. Sherwin, übergehen Sie all Ihre Bedenken und lassen Sie mich hören, was Sie letztendlich vorschlagen.«

»Sachte, teurer Sir! Sachte, sachte, sachte! Zunächst schlage ich vor, daß Sie meine Tochter heiraten – eine geheime Hochzeit, und zwar in einer Woche. Ich bitte Sie, fassen Sie sich!« (Ich starrte ihn in sprachlosem Staunen an.) »Bewahren Sie Ruhe, ich bitte Sie! Angenommen, die Hochzeit findet nach meinem Plan statt, dann stelle ich eine Bedingung. Ich fordere Sie auf, mir Ihr Ehrenwort zu geben, daß Sie die Braut am Kirchenportal verlassen und im Verlauf des folgenden Jahres keinen Versuch unternehmen, sie zu sehen, es sei denn in Gegenwart einer dritten Person. Im Gegenzug verpflichte ich mich, Ihnen Margaret am Ende dieser Frist zu übergeben, dann ist sie sowohl rechtmäßig als auch dem Namen nach Ihre Frau. Also, was sagen Sie dazu?«

Ich war so verblüfft, so überwältigt, daß ich momentan gar nichts sagen konnte.

Mr. Sherwin fügte hinzu: »Mein Plan trägt allem Rechnung, verstehen Sie? Falls *irgend etwas* Unvorhergesehenes geschieht und wir entdeckt werden, kann Ihr Vater die Verbindung durch nichts mehr auflösen, weil die Ehe bereits geschlossen sein wird. Und zugleich kann ich sicher sein, daß sie ein Jahr Aufschub bekommt, um ihren Charakter zu festigen und ihre Bildung zu vervollkommnen, und so fort. Was für eine Gelegenheit für Sie, so nah am Wind zu segeln, wie Sie möchten, die Sache Ihrem Vater nach und nach beizubringen, ohne die Konsequenzen fürchten zu müssen, falls er trotz allem heftige Einwände erhebt. Bei meiner Ehre, werter Sir, ich denke, ich verdiene Lob dafür, daß ich diesen Plan ersonnen habe – alles ist rechtens, und die Wünsche aller Beteiligten werden berücksichtigt! Ich brauche wohl kaum zu erwähnen, daß Ihnen jede Möglichkeit offensteht, Margaret zu sehen, unter Einschränkungen – unter Einschränkungen, Sie verstehen. Die Leute mögen über Ihre Besuche reden, aber mit einer Heiratsurkunde und dem Wissen, daß alles seine Ordnung hat, kümmert mich das nicht. Nun, was meinen Sie? Lassen Sie sich Zeit zum Überlegen, wenn Sie es wünschen – vergessen Sie nur nicht, daß ich größtes Vertrauen in Ihr Ehrgefühl setze und daß ich nur aus väterlichen Gefühlen zum Besten meines lieben Kindes handle!« Er hielt inne, um nach dieser außergewöhnlich wortreichen Tirade Luft zu holen.

Manchen Männern, die welterfahrener und weniger von der Liebe beherrscht waren als ich, wäre an meiner Stelle in dieser Abmachung eine ungerechtfertigte Forderung auf Selbstbeherrschung, vielleicht auch eine unbillige Demütigung aufgefallen. Andere hätten die selbstsüchtigen Motive durchschaut und das niederträchtige Mißtrauen meinen lauteren Absichten, meiner Rechtschaffenheit und Beständigkeit gegenüber erkannt. Mir kam nichts dergleichen in den Sinn. Sobald ich mich von der ersten Überraschung erholt hatte, sah ich in dem eigenartigen Plan, der mir dargelegt worden war, lediglich eine sichere Garantie – gleichgültig, welche Opfer, welche Risiken oder welche Fristen diese Vorgehensweise in sich barg –, ich hatte die Versicherung, daß meine Liebe letztendlich triumphieren würde. Als Mr. Sherwins Redefluß versiegte, entgegnete ich ohne Zögern:

»Ich akzeptiere Ihre Bedingungen – ich akzeptiere sie aus tiefstem Herzen.«

Er war kaum auf eine so vollkommene und prompte Einwilligung in all seine Bedingungen vorbereitet und zeigte sich im ersten Augenblick perplex. Doch er gewann sein Selbstbewußtsein rasch wieder zurück – sein verschlagenes, ›geschäftsmäßiges‹ Selbstbewußtsein; er sprang auf und schüttelte mir ungestüm die Hand.

»Erfreut – sehr erfreut, geschätzter Sir, daß wir uns so rasch verständigen konnten und daß wir so harmonieren. Wir müssen noch ein Glas trinken; zum Henker, das müssen wir wirklich! Einen Toast, wissen Sie; Sie können es nicht ablehnen, auf das Wohl … Ihrer zukünftigen Frau zu trinken! Ha, ha! – Jetzt habe ich Sie! Meine liebe, liebe Margaret, Gott segne sie!«

»Wir können also davon ausgehen, daß alle Schwierigkeiten ausgeräumt sind«, sagte ich in dem Bestreben, die Unterredung mit Mr. Sherwin so schnell wie möglich zu einem Ende zu bringen.

»Ganz entschieden. Alles erledigt und bestens arrangiert, will ich meinen. Wir werden eine kleine Versicherung auf Ihr Leben abschließen, als deren Nutznießerin ich Sie bitte, Margaret eintragen zu lassen; und vielleicht setzen wir eine Vereinbarung auf, in der Sie einen bestimmten Prozentsatz des Eigentums, das Sie möglicherweise einmal besitzen werden, auf Margaret und ihre Kinder überschreiben. Sie sehen, ich freue mich schon auf meine Tage als Großvater! Aber das kann bis später warten – sagen wir, wir erledigen das in ein, zwei Tagen.«

»Ich nehme an, Sie haben keine Einwände, wenn ich Miss Sherwin jetzt sehen möchte?«

»Aber keineswegs – unverzüglich, wenn Sie wollen. Hier entlang, mein werter Sir; hier entlang, wenn ich bitten darf.« Er führte mich auf die andere Seite des Korridors ins Speisezimmer.

Dieser Raum war weniger luxuriös eingerichtet, dafür jedoch mit noch schlechterem Geschmack (falls das überhaupt möglich war) als der Salon, den wir gerade verlassen hatten. Margaret saß am Fenster – es war dasselbe Fenster, an dem ich sie am Abend nach unserer Begegnung im Omnibus, als ich auf dem Platz herumgewandert war, gesehen hatte. Der Käfig mit dem Kanarienvogel hing an demselben Platz. Mir fiel auf, daß Mrs. Sherwin sehr weit weg von ihrer Tochter in einer Ecke des Raums saß – das überraschte mich. Ich selbst nahm neben Margaret Platz. Sie war in Blaßgelb gekleidet – eine Farbe, die ihrer dunklen Haut und ihrem prachtvollen dunklen Haar einen neuen Glanz verlieh. Wieder einmal schwanden all meine Zweifel, und die Selbstvorwürfe verstummten; an ihre Stelle traten ein unermeßliches Glücksgefühl, glühende Freude, Hoffnung und Liebe, die mein Herz in dem Moment, in dem ich sie ansah, zu überfluten schien.

Mr. Sherwin blieb etwa fünf Minuten, dann flüsterte er seiner Frau etwas zu und verließ uns. Mrs. Sherwin behielt Platz, aber sie sagte nichts und drehte sich höchstens ein- oder zweimal zu uns, um nach uns zu schauen. Vielleicht war sie mit ihren eigenen Gedanken beschäftigt; möglicherweise veranlaßte sie auch ihr Feingefühl dazu, nicht den Eindruck erwecken zu wollen, daß sie ihre Tochter oder mich beobachtete. Welche Empfindungen auch immer sie beseelten, ich machte mir nicht die Mühe, Spekulationen darüber anzustellen. Mir genügte es vollauf, daß ich das Privileg genoß, ungestört mit Margaret sprechen und ihr endlich ohne Zaudern und Zurückhaltung meine Liebe gestehen zu können.

Wieviel hatte ich ihr zu sagen, und wie wenig Zeit blieb mir an diesem Abend! Die Stunde war zu kurz, um ihr von all den Gedanken zu erzählen, die sie in den letzten Tagen in mir wachgerufen hatte, von all den Opfern, die ich um ihretwillen bereitwillig auf mich nehmen wollte, von all den Erwartungen auf zukünftiges Glück, das ich nur noch mit ihr in Zusammenhang bringen konnte und die ihren Lebensodem nur von der Aussicht auf ihre Liebe erhielten! Sie sagte nur wenig, doch es war eine Wonne, selbst das wenige zu hören. Sie lächelte, erlaubte, daß ich ihre Hand ergriff, und unternahm keinen Versuch, sie zurückzuziehen. Der Abend schritt voran; die Dunkelheit hüllte uns rasch ein. Die reglose, tödlich stille Gestalt von Mrs. Sherwin, immer am selben Platz, immer in derselben Haltung, verblaßte mehr und mehr vor unseren

Augen. Aber ich dachte weder an die Zeit noch an mein Zuhause. Ich hätte die ganze Nacht mit Margaret am Fenster sitzen können, ohne die Stunden mitzuzählen, die vergingen.

Es dauerte jedoch nicht lang, bis Mr. Sherwin das Zimmer wieder betrat, und mich zum Aufstehen zwang, indem er auf uns zu kam und mich ansprach. Ich merkte, daß ich mich lange genug in seinem Haus aufgehalten hatte und daß man uns an diesem Abend nicht mehr länger zusammensein ließ. Daher verabschiedete ich mich, nachdem ich einen Zeitpunkt für meinen Besuch am folgenden Tag festgesetzt hatte. Mr. Sherwin begleitete mich feierlich hinaus. Kurz bevor ich mich von ihm trennte, berührte er meinen Arm und sagte in vertraulichem Ton:

»Kommen Sie morgen eine Stunde früher, dann können wir zusammen losgehen und die Heiratserlaubnis holen. Dagegen haben Sie doch nichts einzuwenden, wie? Und die Hochzeit – sagen wir, sie findet heute in einer Woche statt? Ganz, wie es *Ihnen* beliebt, müssen Sie wissen – ich will nicht den Eindruck erwecken, daß ich Ihnen etwas vorschreibe. Ah, auch dagegen gibt es keine Einwände, genausowenig wie von Margarets Seite, dafür verbürge ich mich. Es herrscht also einmütige Zustimmung, was die Hochzeit betrifft, stimmt's? Gute Nacht. Gott segne Sie!«

12

An diesem Abend ging ich ohne den Widerwillen und die Vorahnungen, die mir bei der letzten Gelegenheit, als ich mich unserer Haustür näherte, so zu schaffen gemacht hatten. Das zukünftige Glück, das mir die Ereignisse des Nachmittags versprachen, verlieh mir Selbstbewußtsein, das ich vorher nicht empfunden hatte. Ich traute mir zu, alle heiklen Fragen zu lösen. Es war mir gleichgültig, wie bald oder wie lange ich mich in Claras Gesellschaft oder in der meines Vaters aufhalten würde. Meine Gemütsverfassung sollte mir helfen, mein Geheimnis zu bewahren, denn als ich die Tür zu meinem Arbeitszimmer öffnete, war ich erstaunt, beide dort vorzufinden.

Clara maß mit einem Stück Schnur eines meiner überquellenden Bücherregale aus, als ich eintrat. Offenbar hatte sie vor, die Breite mit dem freien Platz an der Wand daneben zu vergleichen. Sobald sie mich bemerkt hatte, hielt sie inne und wandte sich mit einem bedeutsamen Blick zu meinem Vater um, der mit Papieren in der Hand in ihrer Nähe stand.

»Basil, vermutlich bist du überrascht über unser Eindringen in dein Territorium«, sagte er in ausnehmend liebenswürdigem Ton. »Aber du mußt dich an diese Stelle dort, an die Premierministerin des Haushalts, wenden ...«, er deutete auf Clara, »wenn du eine Erklärung haben willst. Ich bin nur das Werkzeug einer häuslichen Verschwörung, die deine Schwester angezettelt hat.«

Clara wußte anscheinend nicht, ob sie reden sollte oder nicht. Es war das erste Mal, daß ich einen solchen Gesichtsausdruck bei ihr entdeckte.

»Wir sind entdeckt, Papa«, sagte sie nach einem Moment des Schweigens, »und wir müssen uns rechtfertigen, aber Sie wissen, daß ich es, so oft ich kann, Ihnen überlasse, etwas zu erklären.«

»Schön«, sagte mein Vater lächelnd, »in diesem Fall fällt mir diese Aufgabe nicht schwer. Deine Schwester hat mich, als ich mich auf dem Weg in mein eigenes Zimmer befand, abgefangen und hierhergeführt, damit ich sie wegen eines neuen Bücherregals für dich berate, obwohl ich mich eigentlich mit meinen eigenen finanziellen Angelegenheiten beschäftigen müßte. Claras Idee war, dieses Regal insgeheim anfertigen zu lassen und es eines Tages, wenn du nicht zu Hause bist, als Überraschung hier aufzustellen. Da du sie jetzt jedoch in flagranti beim Ausmessen – das sie so geschickt beherrscht wie ein Schreinermeister und mit dem Ungestüm einer energischen jungen Lady, die den Oberbefehl in diesem Hause hat, ausführt – ertappt hast, ist die weitere Geheimhaltung wohl unangemessen. Wir müssen also aus der Not eine Tugend machen und alles gestehen.«

Arme Clara! Dies war ihre einzige Antwort auf zehn Tage der Vernachlässigung – und sie hatte sogar Angst gehabt, mir selbst davon zu erzählen. Ich ging auf sie zu und bedankte mich – nicht sehr herzlich, wie ich fürchte, denn ich war zu bestürzt, um mich unbefangen ausdrücken zu können. Es erschien schicksalhaft. Je ruchloser ich im Verborgenen handelte, je mehr ich gegen die Ehre und Prinzipien der Familie verstieß, um so mehr Gutes erfuhr ich von eben dieser ahnungslosen Familie durch die Hand meiner Schwester.

»Ich erhebe selbstverständlich keine Einwände gegen das geplante Bücherregal«, fuhr mein Vater fort. »Es ist tatsächlich mehr Platz vonnöten für die vielen Bände, die du ansammelst, aber ich habe vorgeschlagen, die Ausführung des Projekts ein wenig aufzuschieben. Das Regal wird allenfalls erst in fünf Monaten geliefert. Heute in einer Woche kehren wir aufs Land zurück.«

Unwillkürlich fuhr mir der Schreck in die Glieder. Dies war eine Komplikation, die ich hätte voraussehen müssen. Doch unerklärlicherweise hatte ich keinen Gedanken daran verschwendet, obwohl wir gewohnheitsgemäß jedes Jahr um diese Zeit London den Rücken kehrten. Heute in einer Woche! Das war genau der Tag, den Mr. Sherwin für meine Hochzeit festgesetzt hatte!

»Ich fürchte, Sir, ich kann Sie und Clara nicht so früh, wie Sie vorschlagen, begleiten. Ich habe den Wunsch, noch einige Zeit in London zu bleiben.« Dies sagte ich mit gesenkter Stimme, ohne einen Blick auf meine Schwester zu wagen. Aber ihren Ausruf und den Ton, in dem sie ihn ausstieß, konnte ich nicht überhören.

Mein Vater trat einen oder zwei Schritte auf mich zu und musterte mein Gesicht mit dem festen, eindringlichen Blick, der für ihn so charakteristisch war.

»Dieser Entschluß erscheint mir ungewöhnlich«, sagte er – seine Stimme und seine Haltung wirkten mit einemmal bedrohlich. »Schon deine unvorhergesehene Abwesenheit in den letzten beiden Tagen kam mir eigentümlich vor, aber dein Vorhaben, allein in London zu bleiben, ist mir gänzlich unverständlich. Welche Verpflichtungen halten dich hier?«

Ein Vorwand – nein! Nicht ein Vorwand. Ich will die Dinge auf diesen Seiten beim richtigen Namen nennen –, eine *Lüge* drängte sich auf meine Lippen, doch mein Vater gebot mir Einhalt, ehe ich sie aussprechen konnte. Er erkannte meine Verlegenheit sofort, sosehr ich mich auch bemühte, sie zu verbergen.

»Halt«, sagte er kalt, während ihm die Röte, die so viel bedeutete, wenn sie *seine* Wangen überzog, zum erstenmal ins Gesicht stieg. »Halt! Wenn du nach Ausflüchten suchen mußt, Basil, dann darf ich keine Fragen stellen. Du hast ein Geheimnis, das du mir nicht preisgeben willst, und ich bitte dich, es *auch weiterhin* für dich zu behalten. Es gehörte nie zu meinen Gewohnheiten, meine Söhne anders zu behandeln als jeden anderen Gentleman, mit dem ich Umgang pflege. Keinesfalls mische ich mich in die Privataffären eines Gentleman. Mein Vertrauen in sein Ehrgefühl ist meine einzige Garantie gegen Betrug und Täuschung, aber diese Garantie ist unter Ehrenmännern ausreichend. Bleib hier, solange du willst: Wir werden glücklich sein, dich auf dem Land willkommen zu heißen, wenn du in der Lage bist, die Stadt zu verlassen.«

Er wandte sich an Clara. »Ich nehme an, meine Liebe, du brauchst mich nicht mehr. Während ich meine Geschäftsangelegenheiten regle, kannst du mit deinem Bruder die Sache mit dem Bücherregal besprechen. Wie immer du dich entscheidest, ich werde mich freuen, deinen Wünschen zu entsprechen.« Er verließ den Raum, ohne mir noch einen Gruß oder einen Blick zu gönnen. Ich sank auf einen Stuhl. Die letzten Worte, die er an mich gerichtet hatte, hatten mich tief beschämt. *Mein Vertrauen in dein Ehrgefühl ist meine einzige Garantie gegen Betrug und Enttäuschung.* Als ich an diese Erklärung dachte, schien sich jede einzelne Silbe in mein Gewissen einzubrennen und mein Herz als das eines Heuchlers zu brandmarken.

Ich drehte mich zu meiner Schwester um. Sie stand ein Stück entfernt von mir, schweigend und blaß, und drehte mechanisch die Schnur, die sie noch immer in den zitternden Händen hielt. Ihre Augen sahen mich so liebevoll, so traurig an, daß es gänzlich um meine Fassung geschehen war, als ich sie anschaute. In diesem Augenblick vergaß ich anscheinend alles, was sich seit dem Tag ereignet hatte, da ich Margaret zum erstenmal begegnet war, und ich hielt es sogar einen Moment lang für möglich, meinen alten Lebensstil und meine Gewohnheiten wieder aufzunehmen. Mein Kopf sank auf die Brust, und ich spürte, wie mir heiße Tränen in die Augen traten.

Clara trat ruhig an meine Seite, setzte sich schweigend neben mich und schlang den Arm um meinen Hals.

Sobald ich ruhiger wurde, sagte sie:

»Ich war sehr besorgt um dich, Basil, und vielleicht habe ich meine Unruhe mehr gezeigt, als ich es hätte tun sollen. Möglicherweise habe ich mich zu sehr daran gewöhnt, zuviel von dir zu verlangen – du warst immer bereit, mir zu Gefallen zu sein. Aber ich habe deine Anwesenheit so lange genossen, und es gibt sonst niemanden, mit dem ich so reden kann wie mit dir. Papa ist sehr freundlich, doch er kann mir nicht das sein, was du für mich bist; Ralph lebt momentan nicht bei uns, und er hätte, fürchte ich, auch nicht viel für mich übrig, wenn er hier wäre. Ich habe Freunde, aber Freunde sind nicht ...«

Sie brach ab; ihre Stimme versagte. Einen Augenblick kämpfte sie um Selbstbeherrschung – kämpfte, wie nur Frauen es können – und hatte Erfolg. Sie umarmte mich fester, aber ihr Tonfall war gefaßter und klarer, als sie hinzufügte:

»Es wird mir nicht leichtfallen, unsere Ausritte und Spaziergänge auf dem Land und unsere Abendgespräche aufzugeben, die wir bei Einbruch der Dämmerung immer in der alten Bibliothek am Park geführt haben. Aber ich denke, ich kann auf all das verzichten und mit Papa allein abreisen, ohne deine Stimmung durch ein trauriges Abschiedswort oder sonst etwas zu belasten, wenn du mir eines versprichst: Falls du in Schwierigkeiten bist, laß mich dir helfen. Ich glaube, ich kann dir immer von Nutzen sein, weil mir alles, was dich betrifft, sehr am Herzen liegt. Ich will nicht in dich dringen und dir dein Geheimnis entlocken, doch wenn dir dieses Geheimnis jemals Unbilden oder Kummer bereitet (ich hoffe und bete, daß dies nie der Fall sein wird), wünsche ich mir, daß du auf mich und auf meine Hilfe vertraust und daran glaubst, daß wir gemeinsam jedes Mißgeschick meistern. Laß mich aufs Land fahren, Basil, mit dem Wissen, daß du *mir* nach wie vor vertraust, selbst wenn einmal eine Zeit kommen sollte, in der du sonst niemandem vertrauen kannst – bitte, gib mir diese Gewißheit, *bitte*!«

Ich beteuerte ihr von ganzem Herzen, daß ich mich stets auf sie verlassen würde. Mit ein paar schlichten Worten schien es ihr zu gelingen, wieder den alten Einfluß auf mich auszuüben. Ich überlegte sogar, ob ich ihr nicht in meiner Dankbarkeit sofort mein Geheimnis anvertrauen sollte; ich wußte, daß es bei ihr sicher aufgehoben wäre, obwohl sie die Enthüllung erschrecken oder schmerzen würde. Ich glaube, ich hätte ihr tatsächlich alles erzählt, wenn mich nicht der bloße Zufall – ein Klopfen an der Tür – davon abgehalten hätte.

Einer der Dienstboten trat ein. Mein Vater wünschte Clara zu sehen, um etwas, was mit der bevorstehenden Abreise in Zusammenhang stand, mit ihr zu besprechen. Sie war kaum imstande, seiner Aufforderung zu diesem Zeitpunkt Folge zu leisten, ordnete aber dennoch tapfer wie immer ihre eigenen Empfindungen den Wünschen derer, die sie liebte, unter und gehorchte augenblicklich der Aufforderung, die ihr vom Diener übermittelt worden war. Ein kurzer Moment des Schweigens; ein leichtes Beben, das unverzüglich unterdrückt wurde; ein Abschiedskuß für mich; folgende aufmunternden Worte an der Tür: »Sei nicht traurig über das, was Papa gesagt hat; *mich* hast du glücklich gemacht, Basil, und ich werde auch *ihn* glücklich machen.« Und Clara war fort.

Die Unterbrechung hatte die Gelegenheit, mein Geheimnis zu offenbaren, zunichte gemacht. Sobald meine Schwester aus dem Zimmer war, kehrte meine frühere Abneigung, mich einem Familienmitglied anzuvertrauen, zurück und blieb mir während des langen Jahrs der Prüfung, zu dem ich mich verpflichtet hatte, erhalten. Aber das spielte keine große Rolle. Selbst wenn ich Clara alles erzählt hätte, wäre das Ende, wie die späteren Ereignisse erweisen sollten, dasselbe gewesen, das Unheil hätte sich im selben Maße über mich gesenkt.

Kurz nachdem meine Schwester mich verlassen hatte, ging ich aus. Es war mir unmöglich, mich für den Rest des Abends zu Hause zu beschäftigen. Während ich durch die Straßen schlenderte, brachen sich bittere Gedanken gegen meinen Vater Bahn – bittere Gedanken gegen seinen unumstößlichen Familienstolz, der mich zur Geheimniskrämerei zwang und in die Bedrängnis brachte, unter der ich bereits so viel gelitten hatte – bittere Gedanken gegen die gesellschaftliche Tyrannei, die keinen Platz für Mitgefühl oder Liebe ließ und die mein Vater jetzt in meiner Vorstellung ganz und gar verkörperte. Allmählich führten diese Überlegungen zu anderen, die mir angenehmer waren. Ich dachte wieder an Clara und tröstete mich mit der Überzeugung, daß ich mich – gleichgültig wie mein Vater die Nachricht von meiner Hochzeit aufnehmen würde – voll und ganz darauf verlassen konnte, daß Clara meine Frau um meinetwillen lieben und freundlich zu ihr sein würde. Dieser Gedanke führte mein Herz zurück zu Margaret und erweckte die zärtlichen und glücklichen Empfindungen zu neuem Leben. Ich ging nach Hause; ich hatte meine Ruhe und Gelassenheit zurückgewonnen, zumindest für den Rest dieser Nacht.

Die Ereignisse der folgenden Woche, die so bedeutungsschwanger für die Zukunft meines Lebens war, zogen mit beängstigender Geschwindigkeit vorüber.

Die Heiratserlaubnis wurde beigebracht; alle nötigen Vorbereitungen, auf die Mr. Sherwin bestand, wurden getroffen; ich sah Margaret täglich und ließ mich rückhaltlos von ihrem Charme verzaubern, der mich mit jedem Gespräch mehr in ihren Bann schlug. Zu Hause herrschte die übliche Betriebsamkeit vor der Abreise; Abschiedsbesuche fanden statt; die vielfältigen kleinen Arrangements, die dem Aufbruch vorangingen, schienen die Stunden schneller und schneller voranzutreiben, während der Tag der Abreise für Clara und mein Hochzeitstag unaufhaltsam näher rückten. Ständige Störungen verhinderten jede längere oder private Unterhaltung mit meiner Schwester; und mein Vater war kaum länger als fünf Minuten am Stück verfügbar – selbst nicht für diejenigen, die ihn ausdrücklich zu sprechen wünschten. Nichts in der häuslichen Geschäftigkeit brachte mich in dieser Zeit in Verlegenheit oder aus der Fassung.

Der bewußte Tag brach an. Ich hatte die Nacht zuvor kein Auge zugetan und stand zeitig auf, um einen Blick hinaus zu werfen.

Eigenartig, wie oft der instinktive Glaube an Omen und Vorherbestimmung, den wir respektlos als Aberglauben abtun, gerade in Momenten großer Ereignisse sein natürliches Vorrecht sogar in Gemütern fordert, die gelernt haben, ihn zurückzuweisen. Ich glaube, so etwas ist schon vielen Menschen widerfahren, auch wenn es die meisten nicht eingestehen wollen; und auch ich blieb nicht davon verschont. In jeder früheren Periode meines Lebens hätte ich über die bloße Unterstellung gelacht, auch nur eine ›abergläubische‹ Regung könnte meinen Geist durchdringen. Aber jetzt, als ich den Himmel betrachtete, die schwarzen Wolken, die das ganze Firmament bedeckten, und den strömenden Regen sah, sank mir das Herz. In den letzten zehn Tagen hatte beinahe ununterbrochen die Sonne geschienen – mit dem Tag meiner Hochzeit zogen Wolken, Dunst und Regen auf. Ich versuchte, die Vorahnung, die diese Beobachtung mit sich brachte, mit einem Lachen abzutun, aber der Versuch mißlang.

Man hatte beschlossen, die Fahrt aufs Land zu einer frühen Stunde anzutreten. Wir frühstückten alle zusammen in ungemütlicher Hast und bedrückendem Schweigen. Mein Vater schrieb fast während der ganzen Mahlzeit Anweisungen oder überprüfte die Geschäftsbücher des Verwalters, und Clara war offenbar nicht imstande, auch nur ein einziges Wort über die Lippen zu bringen, ohne ihre Selbstbeherrschung zu verlieren. Die Stille, die uns einhüllte, als wir am Tisch saßen, war so vollkommen, daß das Trommeln des Regens (der mit dem fortschreitenden Morgen sanfter, aber auch dichter geworden war) und die Schritte der Diener, die durchs Zimmer liefen, schmerzhaft deutlich zu hören waren. Die Beklommenheit, die unser letztes gemeinsames Frühstück in London in diesem Jahr beherrschte, löste eine Niedergeschlagenheit in mir aus, die ich weder beschreiben noch vergessen kann.

Die Stunde des Abschieds nahte. Clara schien zu fürchten,

daß sie die Fassung verlieren würde, wenn sie mich auch nur ansah. Sobald die Ankunft der Kutsche angekündigt wurde, zog sie hastig ihren Schleier herunter. Mein Vater schüttelte mir ziemlich abweisend die Hand. Ich hatte gehofft, daß er zumindest zum Abschied ein paar Worte für mich übrig haben würde, aber er gönnte mir nur ein schlichtes, knappes »Lebe wohl«. Mir wäre es lieber gewesen, er hätte im Zorn zu mir gesprochen, statt mich mit kalter Zurückhaltung zu behandeln und sich auf die allgemein üblichen Höflichkeitsfloskeln zu beschränken Dennoch gab es eine weitere Kränkung, die er mir antun konnte, und er ersparte sie mir nicht. Während sich meine Schwester von mir verabschiedete, wartete er an der Tür, um Clara hinunterzubegleiten, als würde er instinktiv ahnen, daß dies der letzte kleine Gefallen war, den ich hoffte, ihr vor unserer Trennung erweisen zu können.

Clara flüsterte (so leise und bebend, daß ich es kaum verstehen konnte):

»Erinnere dich an das, was du mir in deinem Arbeitszimmer versprochen hast, Basil, wann immer du an *mich* denkst. Ich werde dir oft schreiben.«

Als sie den Schleier für einen Augenblick lüftete und mich küßte, spürte ich Claras Tränen auf meiner Wange. Ich folgte ihr und meinem Vater die Treppe hinunter. Wir erreichten die Straße, und sie gab mir ihre Hand – sie war kalt und kraftlos. Ich wußte, daß sie die Kraft verließ, die sie zu zeigen versprochen hatte, obwohl sie sich bemühte, die Haltung zu wahren; ließ ich sie rasch die Kutsche besteigen, ohne sie mit einem letzten Wort aufzuhalten. Im nächsten Augenblick rollte die Kutsche an, und sie und mein Vater entfernten sich rasch von unserer Tür.

Ich betrat das Haus, und ein Blick auf meine Uhr verriet mir, daß ich noch eine Stunde warten mußte, ehe es Zeit war, zur North Villa zu gehen.

Zwischen den Gefühlen, die die Abschiedsszenen heraufbeschworen hatten, und der Erwartung dessen, was auf mich zukam, durchlitt ich in dieser einen Stunde so viele innere Konflikte wie vielleicht manch anderer Mann während seines ganzen Lebens. Es schien, als ob ich in dieser kurzen Frist all meine Empfindungen durchleben würde und als müßte mein Herz stehenbleiben, wenn sie vorüber war. Meine Rastlosigkeit war die reinste Tortur, und dennoch konnte ich sie nicht bezwingen. Ich wanderte durchs Haus, von Zimmer zu Zimmer, ohne irgendwo stehenzubleiben. In der Bibliothek nahm ich ein Buch nach dem anderen aus den Regalen, öffnete sie, um zu lesen, und stellte sie im nächsten Moment zurück. Wieder und wieder ging ich zum Fenster, um mich mit den Vorgängen auf der Straße abzulenken, und jedesmal war ich außerstande, länger als eine Minute zu verharren. Ich ging in die Gemäldegalerie, betrachtete die Wände und wurde mir nicht einmal bewußt, was ich sah. Schließlich betrat ich das Arbeitszimmer meines Vaters – den einzigen Raum, den ich noch nicht aufgesucht hatte.

Ein Porträt meiner Mutter hing über dem Kamin. Ich richtete den Blick darauf, und zum erstenmal gelang es mir, länger an einem Ort zu verweilen. Das Gemälde wirkte beruhigend auf mich, aber ich war mir kaum bewußt, was mich derart beeinflußte. Vielleicht führte das Bild meinen Geist zu dem Geist empor, der von uns gegangen war – vielleicht sprachen die geheimen Stimmen zu mir, die nur die Seele zu hören vermag. Meine Erinnerungen drifteten Jahre zurück in die Zeit, in der ich als Kind eine lange Krankheit überstehen mußte. Mein kleines Bett wurde neben das meiner Mutter geschoben, und sie saß an den trüben Abenden bei mir, beschwichtigte meine Furcht und wiegte mich in den Schlaf. Das Andenken an diese Zeit weckte die hehre Vorstellung in mir, daß sie jetzt von ihrem Platz bei den Engeln aus meinen Geist beschwichtigte. Stille und Ehrfurcht erfaßten mich, und ich verbarg mein Gesicht in den Händen.

Die Standuhr schlug die volle Stunde und riß mich in die Wirklichkeit zurück. Ich verließ das Haus und ging geradewegs zur North Villa.

Margaret, ihr Vater und ihre Mutter befanden sich im Salon, als ich eintrat. Ich sah sofort, daß die Eltern den Vormittag nicht in gefaßter Ruhe verbracht hatten. Das bevorstehende Ereignis wühlte sie ebenso auf wie mich. Mrs. Sherwins Gesicht war aschfahl bis zu den Lippen: Sie brachte nicht ein einziges Wort hervor. Mr. Sherwin strengte sich an, ein Selbstbewußtsein, das er offenbar keineswegs fühlte, zur Schau zu stellen, indem er forschen Schrittes auf und ab schritt und unaufhörlich redete – er stellte die alltäglichsten Fragen und machte die alltäglichsten Scherze. Margaret zeigte zu meiner Überraschung weit weniger Anzeichen von Aufregung als ihre Eltern. Außer einer leichten Verfärbung ihrer Wangen, die kam und ging, konnte ich keinen Beweis von Gefühlsregung an ihr erkennen.

Die Kirche befand sich ganz in der Nähe. Als wir uns auf den Weg machten, regnete es heftig, und der morgendliche Dunst hatte sich zu Nebel verdichtet. Wir mußten in der Sakristei auf den Geistlichen warten, der die Trauung vornehmen sollte. Die ganze Finsternis und Feuchtigkeit des Tages schien sich in diesem Raum zu sammeln – ein düsterer, kalter, trübsinniger Ort mit nur einem Fenster, das Ausblick auf den in der Nässe dampfenden Friedhof bot. Der Regen trommelte monoton auf das Straßenpflaster. Während Mr. Sherwin ein paar Worte über das Wetter mit dem Kirchendiener (einem großgewachsenen, dürren Mann in schwarzem Gewand) wechselte, saß ich schweigend neben Mrs. Sherwin und Margaret und betrachtete dumpf das weiße Chorhemd, das vor mir in dem halboffenen Schrank hing, die Wasserflasche, das Glas und die großen, in braunes Leder gebundenen Bücher, die auf dem Tisch lagen. Ich war in der Zeit des Wartens unfähig, etwas zu sagen – unfähig, etwas zu denken.

Endlich traf der Geistliche ein, und wir gingen in die Kirche – in die Kirche mit den vielen menschenleeren Bankreihen und der bedrückenden, kalten Alltagsatmosphäre. Als wir uns vor dem Altar aufstellten, überwältigte grenzenlose Verwirrung all meine Sinne. Mit jeder Minute nahm ich den Ort, an dem ich mich befand, und sogar den Verlauf der Zeremonie, an der ich teilnahm, verschwommener und undeutlicher wahr. Während des ganzen Gottesdienstes war ich geistesabwesend. Ich stammelte und verhaspelte mich, als ich die Ehegelübde nachsprach. Ein- oder zweimal ertappte ich mich dabei, daß ich ungeduldig wurde, weil die Zeremonie so lange dauerte – mir erschien die Prozedur doppelt, ja dreimal so lange wie eine gewöhnliche Trauung. Mit diesem Eindruck vermischte sich ein anderer, ungestüm und ungeheuerlich, als wäre er einem Traum entsprungen. Ich hatte plötzlich das Gefühl, mein Vater hätte mein Geheimnis entdeckt und hielte sich jetzt an einem dunklen Platz in der Kirche versteckt, um mich zu beobachten und die Trauung zu verfolgen und mich am Ende in aller Öffentlichkeit anzuprangern und zu verstoßen. Die morbide Vorstellung wurde mächtiger und mächtiger, bis die Zeremonie beendet war, bis wir die Kirche verließen und wieder in der Sakristei standen.

Die Gebühr wurde beglichen; wir schrieben unsere Namen in die Bücher und auf die Urkunde; der Geistliche wünschte mir in aller Ruhe Glück; der Kirchendiener folgte feierlich seinem Beispiel; das Mädchen, das bei normalen Gottesdiensten den Gemeindemitgliedern die Plätze zuwies, lächelte und knickste; Mr. Sherwin hielt eine kleine Gratulationsrede, küßte seine Tochter, schüttelte mir die Hand, warf seiner Frau einen tadelnden Blick zu, weil sie Tränen vergoß, und führte Margaret schließlich aus der Sakristei. Es regnete immer noch, als sie in die Kutsche stiegen. Der Nebel war noch dichter geworden, und ich stand mutterseelenallein vor dem Kirchenportal und versuchte zu begreifen, daß ich jetzt ein verheirateter Mann war.

Verheiratet! Der Sohn des stolzesten Mannes von England, der Erbe eines Namens, der in der Urkunde der Battle Abbey[12] erwähnt war, verheiratet mit der Tochter eines Leinen- und Tuchhändlers! Was für eine Ehe! Welche Konditionen daran geknüpft waren! Ein ganzes Probejahr stand mir bevor. Wieso hatte ich mich so ohne weiteres auf Mr. Sherwins Vorschläge eingelassen? Hätte er nicht nachgegeben, wenn ich resolut genug gewesen wäre, auf meinen eigenen Bedingungen zu bestehen?

Wie sinnlos es war, sich jetzt noch diese Fragen zu stellen! Ich war eine Verpflichtung eingegangen, nun mußte ich die Bedingungen frohen Mutes erfüllen, bis das Jahr vorüber und Margaret für immer die meine war. Diese Gewißheit mußte mir für die nächste Zukunft genügen. Keine weiteren Grübeleien, keine weiteren Prophezeiungen, welche Auswirkungen die Aufdeckung meines Geheimnisses auf die Familie haben würde – der Schritt in ein neues Leben war getan, und wohin er mich auch bringen mochte, es war ein Schritt, der nie mehr rückgängig gemacht werden konnte.

Mr. Sherwin hatte mit jener unerbittlichen Hartnäckigkeit, die alle geistesschwachen Menschen bei der Bewältigung wichtiger Angelegenheiten auszeichnet, darauf bestanden, daß die erste Klausel unserer Abmachung (daß ich meine Frau am Portal der Kirche verließ) buchstabengetreu eingehalten wurde. Als Wiedergutmachung für diese Härte sollte ich am Abend in der North Villa dinieren. Wie sollte ich mir die Zeit bis dahin vertreiben?

Ich ging nach Hause und ließ mein Pferd satteln. Ich war nicht dazu aufgelegt, in einem leeren Haus zu warten oder Freunde zu besuchen – ich war zu nichts anderem fähig als zu einem Galopp durch den Regen. Die aufreibenden Empfindungen und zermürbenden Gedanken des Tages hatten mich in einen Zustand äußerster körperlicher und geistiger Erregung versetzt. Als das Pferd vorgeführt wurde, nahm ich freudig zur Kenntnis, daß der Stallbursche es kaum halten konnte. »Geben Sie gut acht, Sir, und halten Sie ihn an der Kandare«, empfahl der Mann, »der Hengst hatte drei Tage keine Bewegung.« Ich war genau in der richtigen Stimmung für einen Ausritt, wie diese Warnung mir versprach.

Und in der Tat, was für ein Ritt war es, als ich London hinter mir ließ, sich der Nebel lichtete und die glatte, verlassene Straße vor mir lag! Der schnelle Galopp durch den Regen, der nach wie vor niederging; die kraftvollen, langen Schritte des Pferdes unter mir; die erregende Einheit von Tier und Mensch; das Vorbeijagen an Karren und Kutschen; das Gebell der Hunde; die vorbeifliegenden Bierschenken mit den grölenden Jungen und den halbbetrunkenen Männern, deren Stimmen mir einen kurzen Moment folgten und sich dann in der Ferne verloren – das war genau die Ablenkung, die ich mir erhofft hatte, um die trägen, einsamen Stunden an meinem Hochzeitstag zu vertreiben.

Durchnäßt bis auf die Haut, kehrte ich nach Hause zurück, aber mein Körper glühte nach der Anstrengung, und ich war erfüllt von neuem, fiebrigen Elan. Als ich in der North Villa eintraf, versetzte die Veränderung in meinem Auftreten jedermann in Erstaunen. Beim Dinner brauchte mich niemand dazu zu nötigen, von dem Sherry zu nehmen, den Mr. Sherwin so leidenschaftlich anpries, oder von dem Port, den er nach dem Essen zutage förderte und nach einem ausführlichen Bericht über den Jahrgang des Weins und den Preis für jede Flasche ausschenkte. Meine gute Laune, so gekünstelt sie auch war, ließ nicht nach. Jedesmal, wenn ich Margaret ansah, stimulierte mich der Anblick aufs neue. Sie schien in Gedanken versunken zu sein und war ungewöhnlich schweigsam, aber ihre Schönheit und Sinnlichkeit gehörten zu der Sorte, die in der Stille am betörendsten waren. Nie hatte ihr Reiz eine stärkere Wirkung auf mich ausgeübt als jetzt.

Im Salon wurde Margarets Verhalten mir gegenüber familiärer und vertraulicher, als es je zuvor gewesen war. Sie sprach in einem herzlicheren Ton und bedachte mich mit liebevolleren Blicken. Hundert kleine Nebensächlichkeiten zeichneten unseren Hochzeitstag aus – Banalitäten, die die Liebe wie einen Schatz bewahrt und die mir noch immer im Gedächtnis sind. Und zumindest eines dieser Vorkommnisse wird mir auch bis in alle Ewigkeiten unvergeßlich bleiben: Ich küßte meine Frau an diesem Abend zum erstenmal.

Mr. Sherwin war aus dem Zimmer gegangen; Mrs. Sherwin befand sich am anderen Ende des Raums und goß die Pflanzen, die auf dem Fenstersims standen; Margaret zeigte mir auf Geheiß ihres Vaters einige seltene Kunstdrucke. Sie reichte mir ein Vergrößerungsglas, durch das ich die besonderen Details eines Kupferstichs, der als Meisterstück der feinen Kunstfertigkeit galt, bewundern sollte. Statt das Vergrößerungsglas auf den Stich zu richten, der mir vollkommen gleichgültig war, betrachtete ich lachend Margarets Gesicht. Ihr schönes, leuchtendes schwarzes Auge schien mich durch die Lupe anzublitzen; ihre warmen, raschen Atemzüge spielten auf meiner Wange – es war nur ein kurzer Augenblick, und in diesem Augenblick küßte ich sie zum erstenmal. Welchen Aufruhr dieser eine Kuß damals in mir verursachte! Welche Erinnerung mir daran jetzt noch geblieben war!

Daß ich bis dahin nie gewagt hatte, dieses Privileg der Liebe, nach dem ich mich so sehr gesehnt hatte und das ich durchaus hätte fordern können, für mich in Anspruch zu nehmen, war ein weiterer Beweis dafür, wie zärtlich, wie rein meine Liebe zu ihr war. Männer mögen meine Haltung vielleicht nicht verstehen, Frauen hingegen schon, wie ich glaube.

Die Stunde des Abschieds nahte; die unausweichliche Stunde, in der ich mich am Abend meiner Hochzeit von meiner Frau trennen mußte. Soll ich gestehen, was ich bei dieser ersten Erfüllung meines unbesonnenen Versprechens, zu dem mich Mr. Sherwin gezwungen hatte, fühlte? Nein: Ich verschwieg damals Margaret meine Empfindungen, und ich werde sie auch hier nicht offenbaren.

Ich verabschiedete mich so hastig und abrupt von ihr wie möglich – sonst hätte ich nicht garantieren können, daß ich sie überhaupt allein gelassen hätte. Sie hatte es so eingerichtet, daß sie in der dunkelsten Ecke des Raumes stand, so daß ich beim Abschied ihr Gesicht nur schwach erkennen konnte.

Ich begab mich unverzüglich nach Hause. Als ich mich zum Schlafen niederlegte, begann die Qual, auf die ich mich bereits den ganzen Tag über unbewußt vorbereitet hatte. Die Nerven in meinem Körper, von denen jeder einzelne seit dem frühen Morgen bis zum Zerreißen angespannt gewesen war, lösten sich mit einemmal. Meine Glieder zitterten so sehr, daß ich sogar spürte, wie das Bett unter mir bebte. Die Schwermut und das Grauen, die kein Gedanke heraufbeschworen hatte und die keinen Gedanken hervorbrachten, hielten mich fest im Griff. Mein Denkvermögen schien ganz und gar betäubt zu sein. Die physische und geistige Reaktion war nach dem Fieber und der Erregung des Tages so plötzlich und vehement, daß mich schon das leiseste Geräusch von der Straße in Schrecken versetzte – ja, ich war vollkommen verängstigt. Als der Wind, der nach Sonnenuntergang aufgefrischt hatte, um die Hausecken pfiff, schnellte ich mit wild klopfendem Herzen in meinem Bett in die Höhe – das Blut gefror mir in den Adern. Wenn kein Laut zu hören war, lauschte ich atemlos auf die kommenden Geräusche und wagte es nicht, mich zu rühren. Schließlich marterten mich meine erschöpften Nerven mehr, als ich ertragen konnte – ich litt mehr als ein Kind, das sich ängstigt, mutterseelenallein durch die Dunkelheit zu gehen. Schon im ersten Moment, in dem ich mich ins Bett gelegt hatte, war ich wie betäubt von dem Entsetzen, ganz allein in diesem Teil des Hauses schlafen zu müssen. Ich erhob mich, tastete mich bis zum Tisch und zündete die Kerze an, dann wickelte ich mich in meinen Morgenrock und setzte mich schaudernd in die Nähe des Lichts, um die qualvollen Stunden bis zum Morgen zu durchwachen.

Und das war meine Hochzeitsnacht! Auf diese Weise endete der Tag, der mit meiner Trauung mit Margaret Sherwin begonnen hatte!

Teil 2

1

Ein Markstein in meiner Geschichte ist erreicht. Bis zu meiner Eheschließung war ich als tatkräftiger Urheber der Ereignisse, die ich geschildert habe, in Erscheinung getreten. Nach diesem Wendepunkt veränderte sich mein Leben, und ich war – bis auf ein oder zwei Ausnahmen – zur Passivität verurteilt.

In diesem Jahr kam es zu gewissen Vorfällen, von denen einige meine Neugier weckten, aber keine große Befürchtung hervorriefen; manche bereiteten mir vorübergehend Enttäuschungen, aber nicht ein einziger erregte auch nur den leisesten Argwohn. Wenn ich heute auf diese Zeit zurückblicke, entdecke ich viele frühe Warnzeichen, die ich seinerzeit fatalerweise nicht beachtet habe. In Wahrheit jedoch setzt sich die Geschichte des langen Jahres, in dem ich darauf wartete, auf Margaret Anspruch als auf meine Frau erheben zu können, aus derlei Begebenheiten zusammen. Sie markieren weitreichend und deutlich die Zeitspanne; und auf sie muß ich mich nun, so ausschließlich es auch erscheinen mag, in diesem Abschnitt meiner Erzählung beschränken.

Dennoch ist es zunächst erforderlich, daß ich den Umgang schildere, den ich in diesem Probejahr nach der Hochzeit mit Margaret pflegte.

Mr. Sherwin war bestrebt, meine Besuche in der North Villa auf das geringste Maß zu beschränken; offenbar fürchtete er die Folgen, wenn ich seiner Tochter zu oft meine Aufwartung machte. Doch in diesem Punkt war ich energisch genug, meine eigenen Interessen durchzusetzen und seinen Widerstand zu durchbrechen. Ich verlangte von ihm das Recht, Margaret jeden Tag zu sehen, wobei ich es ihm überließ, den Zeitpunkt meiner Besuche zu bestimmen. Nach den zu erwartenden Protesten fügte er sich widerstrebend meiner Forderung. Ich hatte keine anderweitigen Verpflichtungen, die die Anzahl meiner Zusammentreffen mit Margaret hätten begrenzen können; und ich ließ ihn gleich von Anfang an spüren, daß ich nun meinerseits geneigt war, ihm Bedingungen zu stellen, wie er es zuvor mit mir getan hatte.

Folglich wurde vereinbart, daß ich täglich mit Margaret zusammensein würde. Gewöhnlich sah ich sie am Abend. Von dieser Gewohnheit wich ich nur ab, wenn es galt, ein Zusammentreffen mit Bekannten und Freunden von Mr. Sherwin zu vermeiden.

Die Stunden des Tages oder Abends, die ich mit Margaret verbrachte, vergingen nur selten im elysischen[13] Müßiggang der Liebe. Mr. Sherwin gab sich nicht damit zufrieden, daß er schon bei unserem ersten Gespräch die schulischen Leistungen seiner Tochter aufgezählt hatte, sondern prahlte bei jeder sich bietenden Gelegenheit auch jetzt noch damit und erlaubte Margaret sogar, mir einige Kostproben ihrer Fremdsprachenkenntnisse vorzuführen, für die er, wie er nie vergaß, uns ins Gedächtnis zu rufen, freigebig aus eigener Tasche bezahlt hatte. Bei einer dieser Vorführungen kam mir die Idee, mir eine neue Art des Vergnügens in Margarets Gesellschaft zu bereiten, indem ich mich bemühte, ihr die Literatur, die sie bis dahin augenscheinlich nur, weil es Pflicht gewesen war, studiert hatte, nahezubringen und ihre Freude daran zu wecken. Meine Phantasie schwelgte in Vorfreude auf all die Wonnen, die ein solches Vorhaben verhieß. Es wäre, als würde man die Geschichte von Abelard und Heloïse noch einmal nachempfinden und all die Poesie und romantischen Abenteuer, mit denen die unsterblichen Studenten der Liebe begonnen hatten, neu beleben, ohne die Schuld und das Elend, das ihr Ende verdüstert hatte, auf sich nehmen zu müssen.

Zudem verfolgte ich eine ganz bestimmte Absicht mit dem Wunsch, Margarets Studien in eine Richtung zu lenken. Wenn jemals das Geheimnis meiner Ehe entdeckt werden sollte, wollte ich meine gebildete, kultivierte Frau voller Stolz präsentieren und allen zeigen, daß ich ausreichende Entschuldigung für jede Dummheit hatte, die ich um ihretwillen begangen haben mochte. Ich war entschlossen, gerade meinem Vater jedes Argument gegen sie, bis auf das ihrer niedrigen Geburt, zu nehmen – ihm vor Augen zu führen, daß die Schönheit ihres Geistes ebenso wie all ihre anderen Vorzüge des höchsten Standes, den die Gesellschaft bieten konnte, würdig waren. Dieser Gedanke begeisterte mich noch mehr für mein Vorhaben; ich widmete mich unverzüglich meinen neuen Pflichten und erfüllte sie mit einem Glücksgefühl, das niemals auch nur für einen Moment nachließ.

Von den Gefühlen, die ein Mann in der Gesellschaft der Frau, die er liebt, empfinden kann, gibt es wohl kein erhabeneres als das, zusammen mit ihr im selben Buch zu lesen. Bei welcher anderen Gelegenheit dauert die süßeste Vertrautheit der süßesten Zweisamkeiten so lange, ohne unangenehm zu werden, und wann sonst findet ein so natürlicher, delikater, unerschöpflicher Austausch eben dieser Vertrautheit zwischen ihm und ihr statt? Wann ist dein Gesicht dem ihren so beständig so nahe? – Wann kannst du dein Haar mit ihren Locken vereinen, mit deiner Wange die ihre berühren, ihrem Blick begegnen, so oft du willst? Diese Stunden sind die einzigen, in denen du dieselbe Luft mit ihr atmen, die geringste Hitze, die ihr in die Wangen steigt, an deiner Seite fühlen, jedes leichte Beben ihres Busens und jedes gehauchte Seufzen spüren kannst, als würde *ihr* Herz mit deinem schlagen, *ihr* Leben mit deinem glühen. Bestimmt erkennen wir dann – falls überhaupt jemals – in uns selbst die Liebe der ersten beiden Menschen auf Erden und erwecken diese Liebenden, die über dieselben Pfade wie die Engel gewandelt und deren reine Herzen noch nicht von der Frucht der Erkenntnis vergiftet waren, beinahe zu neuem Leben.

Abend um Abend verging – einer glücklicher als der andere – bei dem, was Margaret und ich unsere Lektionen nannten. Nie ähnelten Literaturstunden mehr den Lektionen der Liebe! Meistens lasen wir die leichteren italienischen Dichter – wir studierten die Poesie der Liebe, geschrieben in der Sprache der Liebe. Doch was die Aufgabe, die ich mir gesetzt hatte, betraf, nämlich Margarets Geist zu verfeinern, scheiterte ich kläglich – ohne, daß ich selbst es merkte, stahl sich die Entschlossenheit auf trügerische Weise aus meinem Herzen, als hätte sie nie existiert. Die kleinen ernsten Belehrungen, die ich anfangs versuchte, führten zu jämmerlichen Resultaten. Vielleicht beeinträchtigte der Liebende in mir den Tutor, der ich sein wollte, zu sehr; vielleicht hatte ich die Fruchtbarkeit der Anlagen, die ich kultivieren wollte, überschätzt – aber ich sorgte mich nicht deswegen, und ich dachte damals auch nicht daran, mich zu fragen, bei wem die Schuld lag. Ich gab mich rückhaltlos den köstlichen Empfindungen hin, die die bloße Tatsache, daß Margaret und ich dieselbe Buchseite betrachteten, in mir auslöste; und mir wurde weder bewußt, noch wollte ich es wahrhaben, daß immer ich die schwierigen Passagen las und es Margaret überließ, sich lediglich an ein paar wenigen einfachen Zeilen zu versuchen.

Glücklich über meine Duldsamkeit, mit der ich die Prüfung ertrug, die mir seine strikten Einschränkungen und mein Versprechen auf Gehorsam auferlegt hatten, bestimmte Margarets Vater im allgemeinen Mrs. Sherwin dazu, mit uns im selben Zimmer zu bleiben. Niemand hätte die undankbare Aufgabe, Aufsicht zu führen, feinfühliger und taktvoller ausfüllen können als sie.

Sie hielt sich meist so weit entfernt von uns auf, daß sie nicht hören konnte, wenn wir miteinander flüsterten. Wir ertappten sie auch nur selten dabei, daß sie uns ansah. Sie saß stundenlang mit uns in einem Raum, ohne jemals ihre Haltung zu verändern, ohne sich mit irgend etwas zu beschäftigen, ohne ein Wort zu äußern oder ein Seufzen von sich zu geben. Schon bald kam ich dahinter, daß sie während dieser Zeitspannen nicht ihren eigenen Gedanken nachhing (wie ich zuerst angenommen hatte), sondern in eine eigenartige körperliche und geistige Lethargie versunken war, in einen trostlosen wachen Trancezustand, in den sie aus reiner physischer Kraftlosigkeit verfiel und der mir erschien wie die Geistesabwesenheit und Schwäche in der Genesungszeit nach einer langen Krankheit. Sie war immer gleich – sah nie besser oder schlechter aus. Ich sprach sie oft an: Ich bemühte mich sehr, ihr meine Sympathie zu zeigen und ihr Vertrauen und ihre Freundschaft zu gewinnen. Die bedauernswerte Lady war stets dankbar und antwortete zuvorkommend und freundlich, aber kurz auf meine Anfragen. Sie erzählte mir nie, welcher Art ihr Leiden und ihr Kummer waren. Die Geschichte dieses einsamen, siechen Lebens war ein undurchdringliches Mysterium für ihre eigene Familie – für ihren Mann und ihre Tochter ebenso wie für mich. Es war ein Geheimnis, das sie nur mit Gott teilte.

Mit Mrs. Sherwin als Anstandsdame, die über Margarets Tugend wachen sollte, läßt sich leicht vorstellen, daß die Schwere der Beschränkungen nicht allzusehr auf mir lastete. Daß sie als dritte Person immer bei uns sein mußte, hinderte mich nicht an den kleinen Zärtlichkeiten und den kosenden Worten, zu denen mich unsere abendlichen Lektionen beflügelten, doch sie reichte aus, um dem unschuldigen Austausch der Gefühle den Charakter der Verstohlenheit zu verleihen, und gerade das machte ihn mir noch kostbarer. Mrs. Sherwin erfuhr nie – und auch ich erkannte es erst sehr viel später –, daß meine unendliche Geduld, die ich während des Probejahres bewies, hauptsächlich auf ihrem Verhalten, während sie mit Margaret und mir zusammensaß, gründete.

In der Abgeschiedenheit, in der ich jetzt schreibe – unter den veränderten Lebensumständen, die mir aufgezwungen wurden, und nach dem Verlust aller Hoffnungen und Freuden –, überläuft mich ein Schauder, wenn ich an die Abende in der North Villa zurückdenke. Noch jetzt sehe ich den Raum vor mir – wie in einem Traum – mit dem kleinen runden Tisch, der Leselampe und den aufgeschlagenen Büchern. Margaret und ich sitzen zusammen; ihre Hand liegt in der meinen; mein Herz ist bei ihrem. Liebe und Jugend und Schönheit – die sterbliche Dreifaltigkeit der weltlichen Verehrung – sind in diesem schwach erleuchteten Raum, aber sie sind nicht allein. Ein Stück entfernt im trüben Licht hinter uns sitzt eine einsame Gestalt – immer traurig, immer reglos. Es ist die Gestalt einer Frau; aber wie ausgezehrt und schwach! – es ist das Gesicht einer Frau; aber wie geisterhaft und unveränderlich mit diesen blicklosen Augen, den bewegungslosen Lippen, den blutleeren Wangen, die die Frische der Gesundheit und des Glücks nie wieder berühren würde! Eine jammervolle, mahnende Gestalt, die Kummer und Schmerz stillschweigend erduldet, bildet den Hintergrund für das Bild der Liebe und Schönheit und Jugend!

Aber ich schweife ab. Lassen Sie mich mit meiner Geschichte fortfahren: Ihr Verlauf beginnt sich rasch zu verdunkeln, während ich schreibe.

Die Unsicherheit und Verlegenheit, die anfangs von den

seltsamen Bedingungen verursacht wurden, unter denen meine Frau und ich zusammen lebten, schwanden mit der Häufigkeit meiner Besuche in der North Villa. Bald unterhielten wir uns mit jener Ungezwungenheit und unbedachten Freimütigkeit, die eine lange vertraute Beziehung mit sich bringt. Margarets Beiträge zur Konversation dienten im allgemeinen nur dazu, die Gespräche in eine ganz bestimmte Richtung zu lenken. Sie wurde nie müde, mich dazu zu verführen, über meine Familie zu sprechen. Sie hörte mit allen Anzeichen des Interesses zu, während ich ihr von meinem Vater, meiner Schwester oder meinem älteren Bruder erzählte; aber wann immer sie mich direkt nach einem von ihnen fragte, lenkte sie von ihren Charakteren und Veranlagungen ab und kam auf ihre äußeren Erscheinungen, ihre täglichen Gewohnheiten, ihre Kleidung, ihren Umgang mit der feinen Gesellschaft, die Dinge, für die sie Geld ausgaben, und andere Themen ähnlicher Natur zu sprechen.

Zwar lauschte sie aufmerksam, wenn ich vom Charakter meines Vaters und den Prinzipien, die sein Leben bestimmten, sprach – sie schien sogar geneigt zu sein, Nutzen aus den Instruktionen zu schlagen, die ich ihr vorab erteilte, und sich einzuprägen, wie sie seinen Eigenheiten begegnen mußte, wenn sie ihm eines Tages vorgestellt würde –, aber bei all diesen Gelegenheiten zeigte sie viel mehr Interesse daran, wie viele Diener für sein Wohl sorgten, wie oft er bei Hofe war, wie viele Lords und Ladies er kannte, wie er die Dienstboten behandelte oder was er zu ihnen sagte, wenn sie einen Fehler gemacht hatten, ob er jemals ärgerlich wurde, wenn seine Kinder ihn um Geld baten, und ob er eine bestimmte Anzahl von neuen Kleidern festgesetzt hatte, die sich meine Schwester im Verlauf eines Jahres machen lassen durfte.

Wann immer die Sprache auf Clara kam, wenn ich ihre Herzensgüte, Sanftmut und Freundlichkeit und ihre gewinnende Art beschrieb, konnte ich sicher sein, daß ich unweigerlich dazu verleitet wurde, über ihre Größe, ihre Figur, ihren Teint und die Machart ihrer Kleider zu sprechen. Letzteres beschäftigte Margaret am meisten; sie stellte mir Fragen über Fragen nach Claras Garderobe. Was trug Clara gewöhnlich am Morgen? Wie frisierte sie ihr Haar? Wie sahen ihre Abendkleider aus? Machte sie Unterschiede zwischen einer Dinnerparty und einem Ball? Welche Farben bevorzugte sie? Welchen Schneider beschäftigte sie? Trug sie viele Juwelen? Was gefiel ihr am besten als Haarschmuck, und was war mehr in Mode – Blumen oder Perlen? Wie viele neue Kleider bekam sie in einem Jahr, und stand ihr mehr als ein Mädchen zur Verfügung, das ihr persönlich zu Diensten war?

Und immer weiter: Hatte Clara eine eigene Kutsche? Welche Ladies nahmen sie unter ihre Fittiche, wenn sie ausging? Tanzte sie gern? Welche Tänze waren in den Häusern vornehmer Herren in Mode? Übten die jungen Ladies in der großen Welt oft am Pianoforte? Wie viele Heiratsanträge hatte man meiner Schwester schon gemacht? Wurde sie auch wie mein Vater bei Hof empfangen? Worüber sprach sie mit einem Gentleman, und was sagte der Gentleman zu ihr? Wenn sie sich mit einem Herzog unterhielt, wie oft sagte sie dann ›Euer Gnaden‹? Und rückte der Herzog ihr einen Stuhl zurecht oder holte ihr Eis oder bediente sie, wie jeder Gentleman ohne Titel eine Lady bediente, wenn sie sich bei einer Gesellschaft begegneten?

Meine Antworten auf diese und hundert ähnliche Fragen wurden von Margaret mit größter Wißbegier aufgenommen. Was ihren Lieblingsgesprächsstoff, Claras Kleider, betraf, waren meine Erläuterungen eine nie versiegende Quelle der Heiterkeit und Freude für sie. Besonderen Spaß hatte sie daran, meine ungeschickten und umständlichen Beschreibungen von Schals, Kleiderschnitten und Hüten richtig zu interpretieren; und sie brachte mir die richtige Sprache der Putzmacherinnen und Modeexperten bei, die ich verwenden sollte – dabei stellte sie eine triumphierende Miene zur Schau und zeigte eine burleske Ernsthaftigkeit, die mich jedesmal aufs neue entzückte. Zu dieser Zeit klang jedes Wort, das sie über die Lippen brachte, gleichgültig wie frivol oder leichtfertig es auch sein mochte, wie die süßeste aller Melodien in meinen Ohren. Erst durch die bittere Analyse der späteren Ereignisse lernte ich, ihre Konversation wenigstens rückblickend richtig zu deuten. Manchmal, wenn ich nicht bei ihr war, nahm ich mir vor, ihre mädchenhafte Neugier auf erhabenere Dinge zu lenken, aber sobald ich sie wiedersah, verblaßte dieser Ehrgeiz; ich ergötzte mich daran, sie einfach sprechen zu hören, ohne daß ich darauf achtete, was sie sagte, oder darüber nachdachte, worüber sie redete.

Dies waren die Tage, in denen ich glücklich und gedankenlos im hellen Sonnenschein der Freude lebte, mit der mich die Liebe überschüttete – meine Augen waren geblendet; mein Verstand war betört! Ein- oder zweimal zog eine drohende Wolke auf, verdeckte die hellen, wärmenden Strahlen und ließ mich frösteln, doch die Wolke zog vorüber, und die Sonne kam erneut zum Vorschein – für *mich* mit der gleichen Leuchtkraft wie zuvor.

2

Die erste Veränderung, die die ruhige Einförmigkeit des Lebens in der North Villa beeinflußte, vollzog sich folgendermaßen:

Eines Tages, als ich den Salon betrat, vermißte ich Mrs. Sherwin und stellte zu meiner großen Enttäuschung fest, daß es sich ihr Mann offenbar für den Abend dort bequem gemacht hatte. Er machte einen aufgeregten Eindruck und war rastloser als gewöhnlich. Seine ersten Worte, die er an mich richtete, setzten mich von einem Ereignis in Kenntnis, das von äußerster Wichtigkeit für ihn zu sein schien.

»Neuigkeiten, mein lieber Sir!« sagte er. »Mr. Mannion ist zurück – mindestens zwei Tage früher, als ich ihn erwartet hatte.«

Im ersten Moment war ich versucht zu fragen, wer Mr. Mannion sei und welche Konsequenzen seine Rückkehr für mich haben könne. Doch dann erinnerte ich mich, daß Mr. Mannions Name während meiner ersten Unterredung mit dem Tuch- und Leinenhändler schon einmal gefallen war, und mir fiel auch wieder ein, daß er als ›Vertrauter‹ und ›Mitarbeiter‹, etwa vierzig Jahre alter, gebildeter Mann beschrieben worden war, der seine Belesenheit genutzt hatte, um Margarets in der Schule erworbenen Kenntnisse aufzubessern. Mehr als das wußte ich nicht über ihn, und meine Neugier war nicht groß genug, um Mr. Sherwin weitere Fragen über ihn zu stellen.

Margaret und ich nahmen wie üblich vor unseren Büchern Platz.

Ihre Begrüßung wirkte ein wenig gehetzt und schroff, und als wir zu lesen begannen, war sie mit den Gedanken nicht bei der Sache; sie schaute einige Male zur Tür. Mr. Sherwin wanderte im Zimmer umher und unterbrach seine rastlosen Rundgänge nur, um mir zu eröffnen, daß Mr. Mannion an diesem Abend in sein Haus kommen würde; er hoffte, mir sei es recht, einer Person vorgestellt zu werden, die ›beinahe zur Familie gehörte und belesen genug ist, um einen großen Literaturfreund wie mich zu erfreuen‹. Ich fragte mich ziemlich ungehalten, wer dieser Mr. Mannion war, daß seine Ankunft im Haushalt seines Arbeitgebers einen derartigen Aufruhr verursachte. Als ich Margaret etwas in dieser Hinsicht zuflüsterte, lächelte sie einigermaßen unsicher und schwieg.

Endlich ertönte die Türglocke. Margaret zuckte bei dem Geräusch ein wenig zusammen. Mr. Sherwin ließ sich nieder und nahm eine sorgfältig einstudierte Haltung an – die Tür ging auf, und Mr. Mannion trat herein.

Mr. Sherwin begrüßte seinen Angestellten wortreich, wie es einem überlegenen Vorgesetzten angemessen war, doch sein Tonfall und sein Gehabe straften ihn Lügen – Margaret erhob sich eilfertig und setzte sich wieder, während der Besucher respektvoll ihre Hand ergriff und die üblichen Höflichkeitsfragen stellte. Anschließend wurde er mir vorgestellt; dann schickte man Margaret weg, um ihre Mutter herunterzurufen. Solange meine Ehefrau nicht im Raum war, gab es nichts, was meine Aufmerksamkeit von Mr. Mannion ablenkte. Ich musterte ihn mit einer Neugier und einem Interesse, das ich mir zunächst selbst nicht erklären konnte.

Falls regelmäßige Gesichtszüge allein ausreichen, um einen Mann als ansehnlich gelten zu lassen, dann war Mr.

Sherwins Vertrauter und Mitarbeiter sicherlich einer der bestaussehenden Männer, die ich jemals vor Augen hatte. Betrachtete man sein Gesicht, ohne den Kopf miteinzubeziehen (der sowohl vorn als auch hinten ziemlich groß war), zeigte es eine beinahe perfekte Symmetrie in den Proportionen. Seine hohe Stirn war glatt und wuchtig wie ein Marmorklotz; die Augenbrauen und die schmalen Augenlider hatten ebenfalls die Festigkeit und Unbeweglichkeit von Marmor und erschienen genauso kalt; seine fein geformten Lippen hielt er, wenn er nicht sprach, immer geschlossen und so reglos, als würde nie ein Atemzug über sie streichen. In diesem Gesicht gab es nicht eine einzige Falte oder Linie. Aber aufgrund seiner Kahlheit vorn und des grauen Haars am Hinterkopf und an den Seiten war es unmöglich, das Alter des Mannes zu schätzen.

Damit habe ich die meßbaren Formen seines Gesichtes beschrieben, aber in dem, was unsere Unsterblichkeit nach außen hin erkennbar macht – im Ausdruck –, entdeckte ich nichts als Leere. Nie zuvor hatte ich ein menschliches Antlitz wie seines gesehen, das den Betrachter derart narrte und eine genauere Erforschung der inneren Werte unmöglich machte. Keine Maske hätte ausdruckslos genug sein können, um ihm zu gleichen, und dennoch sah es nicht aus wie eine Maske. Es verriet einem nichts über seine Gedanken, wenn er das Wort ergriff, nichts über seine Veranlagung oder Neigungen, wenn er schwieg. Es half einem auch nicht weiter, seine kalten grauen Augen eingehend zu studieren. Der ruhige, direkte Blick war immer derselbe, ob er sich nun auf Margaret richtete oder auf mich, auf Mrs. Sherwin oder auf Mr. Sherwin, ob der Mann redete oder zuhörte, ob er über unbedeutende oder wichtige Dinge sprach. Wer war er? Was war er? Sein Name und Beruf konnten allenfalls unzulängliche Antworten auf diese Fragen bieten. War er von Natur aus gefühlskalt und bis in die Tiefen seines Herzens unempfänglich? Oder hatte eine glühende Leidenschaft, ein schrecklicher Kummer das Leben in ihm verwüstet und es für alle Zeiten abgetötet? Es war unmöglich, darüber Vermutungen anzustellen. Man sah dieses unergründliche, absolut ausdruckslose Gesicht – das so nichtssagend war, daß es nicht einmal geistesabwesend wirkte – vor Augen, ein unerforschliches Mysterium, und wußte, daß es etwas verbarg: Ob Tugend oder Laster, konnte wohl niemand beurteilen.

Er war so unaufdringlich wie möglich gekleidet, ganz in Schwarz, und gerade mittelgroß. Sein Auftreten war das einzige, was dem Betrachter etwas über ihn verriet. Angesichts seiner Stellung machte sein Betragen (unauffällig, wie es war) den Eindruck, als stünde er im Grunde weit über der Position, die er tatsächlich einnahm. Ihm waren die Gelassenheit und die Selbstbeherrschung eines Gentlemans zu eigen. Er behielt seine respektvollen Manieren immer bei, ohne das kleinste Anzeichen von unterwürfiger Schmeichelei, und bewies sowohl in Worten wie in Taten eine Entschlossenheit, die niemals als Eigensinn oder übertriebenes Selbstvertrauen mißdeutet werden konnte. Noch ehe ich fünf Minuten in seiner Gesellschaft verbracht hatte, war ich fest davon überzeugt, daß er von einer höheren Stellung auf diejenige gesunken sein mußte, die er jetzt einnahm.

Als man ihn mit mir bekannt machte, verbeugte er sich wortlos. Während er mit Mr. Sherwin sprach, fehlte seinem Tonfall ebenso die Ausdruckskraft wie seinen Zügen: Seine Stimme war ziemlich tief, die Aussprache allerdings bemerkenswert deutlich. Er äußerte sich besonnen, legte jedoch keine Betonung auf spezielle Worte und zögerte auch nie, nach den richtigen Begriffen zu suchen.

Als Mrs. Sherwin herunterkam, beobachtete ich ihr Verhalten ihm gegenüber. Sie konnte ein nervöses Zurückschrecken nicht unterdrücken, als er sich ihr näherte und einen Stuhl für sie zurechtrückte. Während sie auf seine Anfragen nach ihrer Gesundheit antwortete, sah sie ihn kein einziges Mal an, sondern fixierte die ganze Zeit Margaret und mich mit einem traurigen, furchtsamen Blick, den ich nicht beschreiben kann, der mir aber noch länger im Gedächtnis haften bleiben sollte. Die Ärmste wirkte in Gegenwart ihres Mannes immer mehr oder weniger verschreckt, doch Mr. Mannion schien ihr regelrecht Respekt einzuflößen.

In Wahrheit war ich nach dieser ersten Begegnung mit dem

sogenannten Mitarbeiter überzeugt, daß er der eigentliche Herr in der North Villa war und daß er in seiner stillen, unauffälligen Art das Zepter führte. Der Charakter dieses Mannes, aus welchen Elementen er sich auch immer zusammensetzen mochte, war der Charakter eines Herrschenden. Das erkannte ich nicht an seinem Gesicht oder in seinen Worten, sondern an den Blicken und dem Benehmen seines Brotherren und der Familie, als er sich an denselben Tisch wie sie setzte. Margaret vermied den Blick auf ihn weit weniger als ihre Eltern, doch er erwiderte ihn nur selten – er sah sie überhaupt nur dann an, wenn es die Höflichkeit erforderte.

Wenn mir irgend jemand vorher erzählt hätte, daß ich meine übliche Abendbeschäftigung mit meiner jungen Frau vernachlässigen würde, nur um den Mann zu beobachten, der uns dabei gestört hatte – einen Mann, der Mr. Sherwins Angestellter war –, hätte ich allein schon über die Vorstellung gelacht. Und dennoch war es so. Unsere Bücher lagen unbeachtet auf dem Tisch – unbeachtet von mir, vielleicht auch von Margaret –, nur weil sich Mr. Mannion im selben Raum aufhielt.

Seine Gesprächsbereitschaft gab mir, zumindest bei dieser Gelegenheit, ebenso viele Rätsel auf wie sein Gesicht. Ich bemühte mich, ihn in eine Unterhaltung zu verwickeln. Er antwortete mir, das war alles; er erwies mir Respekt und drückte sich intelligent und gewählt aus, doch seine Erwiderungen waren knapp. Mr. Sherwin und er besprachen einige Angelegenheiten, die mit Mr. Mannions Geschäftsreise nach Lyon und dem Einkauf von Seidenstoffen zusammenhingen; anschließend stellte der Tuchhändler ihm Fragen über Frankreich und die Franzosen, die von einer grotesken Ahnungslosigkeit über Land und Leute zeugten. Mr. Mannion setzte ihn ins Bild, ohne sich in Details zu ergehen. Nicht der leiseste Unterton von Sarkasmus färbte seine Stimme, nicht einmal ein Anflug von Spott trübte seinen Blick, während er redete. Als wir anderen uns unterhielten, schwieg er und wartete ruhig, bis er wieder direkt angesprochen wurde. Damals kam mir der Verdacht, daß er meinen Charakter genauso erforschte, wie ich vergeblich versuchte, den seinen zu erforschen; und ich wandte mich ihm oft unvermittelt zu, um zu sehen, ob er mich beobachtete. Das war nie der Fall. Seine harten, kalten Augen waren nicht auf mich gerichtet und auch nicht auf Margaret, ruhten vielmehr häufig auf Mrs. Sherwin, die stets vor seinem Blick zurückzuschrecken schien.

Er blieb etwas länger als eine halbe Stunde, dann erhob er sich, um zu gehen. Während Mr. Sherwin darauf drängte, daß er noch ein wenig blieb, umrundete ich den großen Tisch und ging in das andere Eck des Zimmers, wo das Buch lag, das Margaret und ich an diesem Abend hatten lesen wollen. Ich stand schon neben dem Tischchen, als Mr. Mannion kam, um sich von mir zu verabschieden. Er warf einen kurzen Blick auf das Buch unter meiner Hand und sagte so leise, daß die anderen ihn nicht hören konnten:

»Ich hoffe, meine Ankunft hat Ihre abendliche Tätigkeit nicht gestört, Sir. Mr. Sherwin, der sich sehr wohl bewußt ist, welches Interesse ich an der Familie meines Dienstherrn habe, dem ich seit etlichen Jahren diene, hat mich im Vertrauen – ein Vertrauen, das ich zu respektieren und zu bewahren weiß – über Ihre Hochzeit mit seiner Tochter und über die besonderen Umstände, unter denen diese Ehe geschlossen wurde, in Kenntnis gesetzt. Ich erlaube mir, der jungen Lady zu der Wende in ihrem Leben zu gratulieren, die ihr Glück bringen muß und die, wie ich sehe, bereits Einfluß auf ihre geistigen Talente und die Art ihrer Vergnügungen nimmt.« Er verbeugte sich und deutete auf das Buch.

»Ich glaube, Mr. Mannion«, sagte ich, »daß Sie eine große Hilfe waren, indem Sie die Grundlage für die Studien geschaffen haben, auf die Sie sich, wie ich annehme, beziehen.«

»Ich habe mich bemüht, mich auf diesem Gebiet nützlich zu machen, Sir, wie auf allen anderen, soweit mein Dienstherr es wünschte.« Er verneigte sich wieder, während er so sprach; dann ging er hinaus, gefolgt von Mr. Sherwin, der in der Halle eine kurze Unterredung mit ihm führte.

Was hatte er zu mir gesagt? Nur ein paar in tadellos respektvoller Art hervorgebrachte, höfliche Worte. Nichts in seinem Ton oder in seiner Miene hatte seinen Bemerkungen Bedeutung verliehen. Dennoch stellte ich schon in dem

Moment, in dem er mir den Rücken kehrte, Spekulationen darüber an, ob seine Worte nicht doch einen versteckten Sinn enthalten hatten; ich versuchte, mich an irgendeinen Hinweis in seiner Stimme oder seiner Art zu erinnern, der mich zu einer möglichen eigentlichen Aussage führen könnte. Es schien, als wäre meine Neugier angestachelt worden durch die eigenartige Erfahrung, daß es unmöglich war, hinter die steinerne Fassade dieses Mannes zu blicken.

Ich fragte Margaret nach ihm. Sie konnte mir auch nicht mehr über ihn verraten, als ich ohnehin schon wußte. Er sei immer sehr nett und hilfsbereit; er sei ein kluger Mann und habe manchmal, wenn ihm danach zumute war, eine Menge zu sagen; er habe ihr in einem Monat mehr in den Fremdsprachen und in Literatur beigebracht, als sie in der Schule in einem Jahr gelernt hatte. Mir fiel damals nicht auf, daß sie all das in einer ungewöhnlich hastigen Art vorbrachte und dabei nervös die Bücher hin und herschob, die auf dem Tisch lagen. Meine Aufmerksamkeit galt vielmehr Mrs. Sherwin. Ich beobachtete voller Überraschung, wie sie sich eifrig zu Margaret beugte und ihren Blick prüfend an das Gesicht ihrer Tochter heftete. Ich hätte niemals vermutet, daß eine Person, die normalerweise so schwach und kraftlos war, zu einer solch heftigen Reaktion fähig wäre. Ich zog in Erwägung, meine Fragen über Mr. Mannion an sie zu richten, aber in dem Augenblick betrat ihr Mann wieder den Raum. Ich versuchte ihm Auskünfte über seinen Angestellten zu entlocken.

»Aha!« rief Mr. Sherwin aus und rieb sich triumphierend die Hände. »Ich wußte, daß Ihnen Mr. Mannion gefallen würde. Ich habe es vorausgesagt, werter Sir, falls Sie sich erinnern – noch bevor er herkam. Er sieht eigenartig aus, nicht wahr?«

»So seltsam, daß ich mit Fug und Recht behaupten kann, noch nie in meinem Leben ein Gesicht vor Augen gehabt zu haben, das auch nur im entferntesten dem seinen ähneln würde. Ihr Angestellter, Mr. Sherwin, ist ein wandelndes Rätsel, das ich gern lösen möchte. Margaret kann mir nicht viel dabei helfen, fürchte ich. Als Sie hereinkamen, war ich schon kurz davor, Mrs. Sherwin um ihre Unterstützung zu bitten.«

»Tun Sie das nicht! Das würde Sie kein bißchen weiterbringen. Mrs. S. schmollt jedesmal, wenn Mannion und ich zusammensitzen. So wie sie sich ihm gegenüber benimmt, ist es wirklich ein Wunder, daß er so höflich bleiben kann.«

»Was können Sie mir über ihn erzählen, Mr. Sherwin?«

»Zumindest kann ich behaupten, daß kein Geschäftshaus in ganz London einen solchen Mitarbeiter hat wie ihn: Er ist mein Faktotum – kurz gesagt, meine rechte Hand und genaugenommen auch meine linke. Er versteht meine Art, Geschäfte zu machen, und regelt alle Angelegenheiten in erstklassigem Stil. Liebe Güte, er ist sein Gewicht in Gold wert, schon allein weil er die jungen Verkäufer in meinem Laden so blendend bei der Stange hält. Die armen Teufel! Sie wissen selbst nicht, wie er das macht, aber ein Blick von Mr. Mannion scheint fast so schlimm zu sein wie eine Deportation oder eine Hinrichtung am Galgen. Ich gebe Ihnen mein Wort darauf, daß er, seit er bei mir ist, noch nie auch nur einen Tag krank war oder einen einzigen Fehler gemacht hat. Er ist ein stilles, verläßliches Arbeitstier – ja, genau das ist er. Und so entgegenkommend in vielen Dingen. Man braucht nur zu ihm zu sagen: ›Margaret ist für die Ferien nach Hause gekommen‹ oder ›Margaret ist in diesem oder jenem Unterrichtsfach nicht ganz auf der Höhe und könnte in diesem Halbjahr ein wenig Hilfe gebrauchen – wie wär's mit ein paar Nachhilfestunden? Ich kann nicht die Schule und noch dazu eine Gouvernante bezahlen (ohnehin eine üble Gesellschaft, diese Gouvernanten).‹ – Ich brauchte nur das zu sagen, und Mannion ließ seine Bücher stehen und liegen, die er abends an seinem Kamin liest – und das heißt schon etwas für einen Mann seines Alters –, und wurde zum Tutor für meine Tochter – gratis! Und er war ein erstklassiger Tutor! Er ist eine richtige Perle. Und obwohl er schon Jahre bei uns ist, möchte Mrs. S. nichts mit ihm zu tun haben. – Ich würde viel darum geben, wenn sie oder irgend jemand sonst mir verraten könnte, warum oder weshalb das so ist.«

»Wissen Sie, wo oder bei wem er beschäftigt war, bevor er zu Ihnen kam?«

»Ah! jetzt haben Sie ins Schwarze getroffen – in diesem

Punkt ist er, wie Sie sagen, wirklich ein Rätsel. Ich kann Ihnen beim besten Willen nicht verraten, was er getan hat, bevor ich ihn kennengelernt habe. Er kam zu mir mit einem ausgezeichneten Empfehlungsschreiben und der Bürgschaft eines Gentlemans, den ich kannte und der selbst äußerst respektabel ist. Ich hatte eine Stelle im Büro frei und probierte es mit ihm. In kürzester Zeit wurde mir klar, wieviel er wert ist – ich kann wohl ohne Übertreibung behaupten, daß ich in dieser Hinsicht eine gute Menschenkenntnis besitze. Trotzdem wollte ich, bevor ich mich an sein eigenartiges Gesicht und seine stille Art gewöhnt hatte, unbedingt mehr über ihn und seine Verbindungen erfahren. Zuerst erkundigte ich mich bei seinem Freund, der ihn mir empfohlen hatte – dieser Freund war nicht berechtigt, meine Neugier zu befriedigen, er konnte mir nur versichern, daß Mannion absolut zuverlässig und vertrauenswürdig sei. Dann befragte ich Mannion selbst. Er erwiderte mir lediglich, daß er Gründe habe, seine Familienangelegenheiten für sich zu behalten – nichts weiter –, aber Sie kennen ja mittlerweile seine Art; und, verdammt, er hat weiteren Fragen augenblicklich einen Riegel vorgeschoben. Ich konnte es nicht riskieren, den besten Mitarbeiter, den ein Kaufmann je hatte, zu verlieren, nur weil ich hinter seine Geheimnisse kommen wollte. Sie beeinträchtigten die Geschäfte nicht, und sie hatten auch keine Auswirkungen auf mich persönlich, deshalb überwand ich meine Neugier. Ich weiß nichts über ihn, nur daß er meine rechte Hand und der ehrlichste Bursche ist, dem ich je begegnet bin. Selbst wenn er der Großmogul in Verkleidung wäre, wäre es mir gleichgültig! Kurz gesagt, *Sie* mögen vielleicht mehr über ihn herausfinden, teurer Sir, *ich* kann es jedenfalls nicht.«

»Für mich scheinen die Aussichten auch nicht besonders gut zu ein, Mr. Sherwin, nach allem, was Sie sagen.«

»Nun, da bin ich mir nicht so sicher – es gibt viele Möglichkeiten, wissen Sie? Sie werden ihn oft genug sehen: Er wohnt ganz in der Nähe und kommt abends des öfteren hier vorbei. Wir besprechen gemütlich in meinem Arbeitszimmer Geschäftsangelegenheiten, für die wir in den Arbeitsstunden keine Zeit haben. Genaugenommen ist er beinahe ein Familienmitglied; behandeln Sie ihn als solches und versuchen Sie, etwas aus ihm herauszubekommen – je mehr, um so besser, soweit es das angeht. Ah! Mrs. S., du kannst mich ruhig anstarren, Ma'am, aber ich sage es noch einmal: Er gehört zur Familie; möglicherweise wird er eines Tages mein Partner – du wirst dich an ihn gewöhnen müssen, ob du es willst oder nicht.«

»Noch eine Frage, Mr. Sherwin: Ist er verheiratet oder alleinstehend?«

»Alleinstehend, das ist mal ganz sicher – ein eingefleischter alter Junggeselle, wenn es jemals einen gegeben hat.«

Während dieses Gesprächs behielt uns Mrs. Sherwin mit einem Ernst und einer Wachsamkeit im Auge, die sie nie zuvor gezeigt hatte. Sogar ihre übliche Mattigkeit schien einer lebhaften Neugier zu weichen, die, wie ich meinte, hauptsächlich der starken Abneigung Mr. Mannion gegenüber entsprang. Margaret hatte ihren Stuhl in den Hintergrund gerückt, während ihr Vater redete. Offenbar interessierte sie sich nicht übermäßig für das Thema, und bei der ersten Gelegenheit klagte sie über Kopfschmerzen und bat um die Erlaubnis, sich in ihr Zimmer zurückziehen zu dürfen.

Nachdem sie uns verlassen hatte, verabschiedete ich mich, da mir Mr. Sherwin augenscheinlich nichts Nennenswertes mehr über seinen Angestellten zu berichten hatte. Auf dem Heimweg beschäftigte ich mich in Gedanken in erster Linie mit Mr. Mannion. Die Vorstellung, das Geheimnis zu lüften, das ihn umgab, gefiel mir – ein solches Vorhaben versprach, ungewöhnlich spannend und aufregend zu werden. Ich beschloß, eine kleine private Unterhaltung mit Margaret über ihn zu führen und sie zu meiner Verbündeten bei diesem neuen Projekt zu machen. Falls es tatsächlich eine unglückliche Romanze in Mr. Mannions früherem Leben gegeben hatte – falls dieses eigentümliche, bemerkenswerte Gesicht tatsächlich ein versiegeltes Buch war, das eine geheimnisvolle Geschichte enthielt – was für ein Triumph und was für ein Vergnügen wäre es dann, wenn Margaret und ich gemeinsam dieses Geheimnis aufdecken würden!

Als ich am nächsten Morgen erwachte, war es mir selbst schleierhaft, wie der Angestellte eines Kaufmanns meine Neugier derart hatte aufschrecken können, daß er am Abend zuvor mehr Raum in meinen Gedanken eingenommen hatte als meine junge Frau. Und dennoch rief er dieselben Empfindungen aufs neue in mir wach, als ich ihm das nächste Mal begegnete.

3

Einige Wochen verstrichen; Margaret und ich nahmen unsere üblichen Beschäftigungen und Vergnügungen wieder auf; das Leben in der North Villa verlief so reibungslos und verborgen wie gewöhnlich – und noch immer hatte ich nicht mehr über Mr. Mannions Geschichte oder seinen Charakter in Erfahrung gebracht. Er kam oft abends ins Haus, zog sich jedoch meist mit Mr. Sherwin zu einer Besprechung zurück und akzeptierte nur selten die beharrlichen Einladungen seines Dienstherrn, sich der Gesellschaft im Salon anzuschließen. Bei den raren Gelegenheiten, zu denen wir ihn zu Gesicht bekamen, waren seine Erscheinung und seine Umgangsformen genauso wie bei unserer ersten Begegnung; er redete wenig und widerstand entschieden, aber respektvoll meinen unermüdlichen Bemühungen, ihn in ein ungezwungenes Gespräch zu verwickeln. Falls er absichtlich versucht hätte, mein Interesse zu wecken, hätte er dies nicht wirksamer als auf seine zurückhaltende Art tun können. Ich fühlte mich in seiner Gegenwart, als wäre ich in einem Labyrinth, in dem jeder Fehlversuch, den Mittelpunkt zu finden, nur die Entschlossenheit stärkte, einen neuen Vorstoß zu unternehmen.

Margaret brachte meiner frisch erwachten Wißbegier keinerlei Sympathie entgegen. Ihr schien, zu meinem großen Erstaunen, Mr. Mannion vollkommen gleichgültig zu sein, und sie lenkte jede Unterhaltung in eine andere Richtung, wann immer ich auf ihn zu sprechen kam.

Mrs. Sherwin hingegen teilte die Gleichgültigkeit ihrer Tochter keineswegs, wenn ich mit ihr über Mannion redete. Sie hörte mir immer aufmerksam zu, doch ihre Erwiderungen fielen unverändert kurz aus und waren verworren, ja sogar bisweilen gänzlich zusammenhanglos. Nur unter größten Schwierigkeiten gelang es mir, sie zu dem Geständnis zu verleiten, daß sie Mr. Mannion nicht mochte. Worin sie diese Abneigung begründete, konnte sie mir nicht sagen. Argwöhnte sie etwas? Auf diese Frage antwortete sie stets mit ein paar gestammelten Worten, zitterte, wandte den Blick ab und murmelte so etwas wie: »Wie kann ich einen Verdacht haben? Das wäre falsch, und ich hätte keinen Grund dazu ... Ich darf keinen Verdacht hegen, und natürlich tue ich das auch nicht.«

Aufschlußreichere Erklärungen bekam ich nie aus ihr heraus. Ich schrieb ihre Konfusion der Nervenschwäche zu, die sie mehr oder weniger bei jeder Unterhaltung beeinträchtigte, und unterließ bald jeden weiteren Versuch, sie zu einer genaueren Erklärung zu bewegen. Ich beschloß, Hinweise auf Mr. Mannions Charakter zu suchen, ohne die Hilfe anderer in Anspruch zu nehmen.

Schließlich bot mir der Zufall die Gelegenheit, etwas mehr über seine Gewohnheiten und seine Ansichten zu erfahren.

Eines Abends traf ich ihn in der North Villa, als er nach einer geschäftlichen Beratung mit Mr. Sherwin zur selben Zeit das Haus verließ wie ich. Wir traten gemeinsam ins Freie. Der Himmel war außergewöhnlich schwarz, die Luft schwül und drückend. Das Grollen des entfernten Donners, der von allen Seiten näher zu kommen schien, wirkte bedrohlich. Am Horizont zuckten Blitze auf, die das dunkle Firmament wie einen dicken Schleier aussehen ließen, der unablässig fiel und wieder gehoben wurde, nur um für kurze Momente einen grell erleuchteten Himmel zu zeigen. Die wenigen Fußgänger, die an uns vorbeikamen, hasteten heimwärts, da bereits die ersten dicken Regentropfen fielen. Auch wir beschleunigten unsere Schritte, doch noch bevor wir hundert Meter weit gekommen waren, strömte ein heftiger Regenguß auf uns hernieder, und der Donner dröhnte fürchterlich direkt über unseren Köpfen.

»Mein Haus ist ganz in der Nähe«, sagte mein Begleiter gleichmütig und beiläufig wie immer – »bitte treten Sie ein, und seien Sie mein Gast, bis das Unwetter vorüber ist.«

Ich folgte ihm durch eine Nebenstraße; er öffnete eine Tür mit einem eigenen Schlüssel; und im nächsten Augenblick fand ich Schutz unter Mr. Mannions Dach.

Er führte mich direkt in einen Raum im Erdgeschoß. Das Feuer im Kamin loderte; ein Sessel mit Buchständer stand daneben; die Lampe brannte; Teegeschirr wartete auf dem kleinen Tisch; die schweren dunklen Vorhänge vor dem Fenster waren zugezogen; und eine große schwarze Katze lag auf dem Teppich und räkelte sich wohlig im warmen Schein des Feuers, als hätte man eigens für mich das Bild der Behaglichkeit kreiert. Während Mr. Mannion hinausging, um seinem Hausmädchen, wie er sagte, einige Anweisungen zu geben, hatte ich die Gelegenheit, mir den Raum genauer anzusehen. Das Wohnzimmer eines Menschen zu studieren kommt oft beinahe dem Studium seines Charakters gleich.

Der Gegensatz zwischen Mr. Sherwin und seinem Angestellten war schon bemerkenswert genug, aber nichts hätte diesen Kontrast deutlicher darstellen können als die Ausmaße und die Möblierung der Räume, in denen sie lebten. Das Zimmer, in dem ich jetzt stand, war etwa halb so groß wie der Salon in der North Villa. Die Tapete an den Wänden war dunkelrot, die Vorhänge hatten dieselbe Farbe; der Teppich war braun, und falls er überhaupt ein Muster hatte, dann war es so ruhig, daß man es bei Kerzenschein nicht erkennen konnte. Eine Wand wurde vollkommen von einem Bücherregal aus Mahagoni bedeckt; die Fächer standen voll mit Büchern – die meisten waren billige Ausgaben klassischer Werke der alten und modernen Literatur. An der gegenüberliegenden Wand hingen Bilder von modernen englischen und französischen Malern in Rahmen aus Ahornholz. All die kleineren Einrichtungsgegenstände waren schlicht und geschmackvoll – sogar die weiße Teekanne und die Tasse auf dem Tisch hatten kein Muster und keine Farbe. Es konnte wirklich keinen größeren Gegensatz zu dem Salon in der North Villa geben!

Als Mr. Mannion zurückkam, stand ich am Tisch und betrachtete sein Teeservice. »Ich fürchte, Sir, ich muß bekennen, daß ich Epikureer und Verschwender in zweierlei Hinsicht bin«, sagte er; »ein Epikureer, wenn es um Tee geht, und ein Verschwender (zumindest für eine Person in meiner Position), was Bücher betrifft. Jedenfalls bekomme ich ein großzügiges Salär und kann meinen Neigungen Genüge tun und dennoch ein bißchen Geld sparen. Was darf ich Ihnen anbieten, Sir?«

Da schon alles vorbereitet war, bat ich um Tee. Mir fiel eine Besonderheit an Mr. Mannion auf, während er mit mir redete. Nahezu alle Männer verändern instinktiv ihr Verhalten zumindest geringfügig, sobald sie an ihrem eigenen Kamin in ihrem eigenen Haus stehen: Die verbissensten Menschen entspannen sich ein wenig, die kältesten tauen am heimischen Feuer auf. Bei Mr. Mannion war das anders. Er verhielt sich in seinem eigenen Haus genauso wie im Haus von Mr. Sherwin.

Er hätte mir nicht zu gestehen brauchen, daß er ein Epikureer war, wenn es um Tee ging; die Art, wie er ihn zubereitete, hätte ihn in jedem Fall verraten. Er nahm die dreifache Menge Teeblätter, die üblicherweise als ausreichend für zwei Personen galten, und goß den Tee beinahe sofort, nachdem er die Kanne mit dem kochenden Wasser aufgefüllt hatte, in die Tassen – auf diese Weise blieben das Aroma und der exquisite Geschmack der Blätter erhalten, ohne sich mit den Bitterstoffen zu vermengen. Als wir ausgetrunken hatten, schüttete er den Satz nicht in einen Behälter und brühte ihn auch nicht mit frischem Wasser auf. Eine adrette und unauffällige Dienerin mittleren Alters trat herein und brachte das Tablett weg, um kurz darauf mit gespülten Tassen und einer sauberen Kanne wieder zu erscheinen, damit Mr. Mannion neuen Tee zubereiten konnte. Dies mochten unbedeutende Kleinigkeiten gewesen sein, aber ich dachte an andere Angestellte von Kaufleuten, die vergnügt mit Wasser verdünnten Gin tranken – zu Hause oder in einer Taverne –, und Mr. Mannion war mit einemmal ein noch größeres Mysterium für mich.

Unsere Unterhaltung drehte sich zunächst um Triviales und wurde von mir kaum mitgetragen – gewisse Besonderheiten meiner gegenwärtigen Lage stimmten mich nachdenklich. Bald versiegte unser Gespräch gänzlich, und gerade in diesem Moment erreichte das Unwetter seinen Höhepunkt. Hagel vermischte sich mit dem Regen und prasselte gegen das Fenster. Der Donner polterte mit jedem Mal lauter und lauter und schien das Haus in seinen Grundfesten zu erschüttern. Als ich auf das schreckliche Krachen und Tosen lauschte, das die gesamte Atmosphäre in Aufruhr brachte, und dann in das ruhige, tödlich ruhige, Gesicht des Mannes an meiner Seite blickte, der nicht das geringste Anzeichen einer menschlichen Regung zeigte, beschlichen mich eigenartige, unaussprechliche Gefühle; unser Schweigen wurde bedrückend und unheimlich; ich wünschte, ohne selbst so recht zu wissen, weshalb, eine dritte Person würde sich mit uns im selben Raum aufhalten – irgend jemand, den ich ansehen und mit dem ich reden konnte.

Er war der erste, der das Gespräch wieder aufnahm. Ich hätte es für unmöglich gehalten, daß ein Mensch, während ein derartiger Donner über dem Haus tobte, an etwas anderes denken konnte als an das Unwetter. Und doch sprach Mannion von nichts anderem als von jenem Tag, an dem man uns in der North Villa miteinander bekannt gemacht hatte. Der mächtige Tumult der Elemente schien ihn so wenig abzulenken oder zu beeindrucken, als würde nur ein leises Murmeln die Stille der Nacht durchdringen.

»Darf ich fragen, Sir«, begann er, »ob ich recht in der Annahme gehe, daß Ihnen mein Benehmen seit unserem ersten Zusammentreffen in Mr. Sherwins Haus seltsam, vielleicht sogar unhöflich vorgekommen ist?«

»In welcher Hinsicht, Mr. Mannion?« fragte ich ein wenig erschrocken über die unvermittelte Frage.

»Ich bin mir durchaus bewußt, Sir, daß Sie mir freundlicherweise bei so vielen Gelegenheiten sozusagen die Hand reichten, um unsere Bekanntschaft zu vertiefen. Wenn jemand Ihres Standes jemandem wie mir ein solches Angebot macht, sollte es unverzüglich und prompt angenommen werden.«

Warum hielt er inne? Wollte er mir klarmachen, er habe entdeckt, daß meine Annäherung lediglich auf dem Bestreben gründete, mehr über ihn zu erfahren, als er preisgeben wollte? Ich wartete darauf, daß er fortfuhr.

»Ich«, setzte er hinzu, »habe es lediglich an der Höflichkeit und Dankbarkeit, die Sie von mir erwarten können, mangeln lassen, weil ich nach allem, was ich über Ihre Beziehung zu Mr. Sherwins Tochter weiß, befürchtete, daß Ihnen, Sir, jede Einmischung meinerseits nicht so akzeptabel erscheinen mochte, wie Sie mich in Ihrer Freundlichkeit glauben zu machen versuchten.«

»Ich darf Ihnen versichern«, entgegnete ich erleichtert, daß meine wahren Motive nicht aufgedeckt worden waren, und aufrichtig beeindruckt von seinem Feingefühl –, »ich darf Ihnen versichern, daß ich *Ihre* Rücksichtnahme sehr zu schätzen weiß ...«

Gerade als ich die letzten Worte aussprach, krachte ein fürchterlicher Donner unmittelbar über dem Haus. Ich sagte nichts mehr: Der Lärm hatte mich zum Schweigen gebracht.

»Da meine Erklärung Sie zufriedengestellt hat, Sir«, fuhr er fort; seine klaren und bedachten Äußerungen übertönten disharmonisch das langgezogene, immer leiser werdende Grollen des letzten Donnerschlags – »darf ich mich dazu berechtigt fühlen, Ihre derzeitige Position im Hause meines Dienstherrn mit einiger Offenheit anzusprechen? Ich meine, mit der Offenheit eines Freundes, falls es Sie nicht kränkt, wenn ich das sage.«

Ich bat ihn, so freimütig zu sein, wie er es wünschte, und sehnte mich danach, er wäre es wirklich; zudem hegte ich die Absicht, ihn dazu zu verführen, alle Vorbehalte fallenzulassen, weil ich nur so die Chance erhalten würde, mehr über ihn zu erfahren. Der profunde Respekt und die gewählte Ausdrucksweise, die er – ein Mann seines Alters mir gegenüber – bis dahin unter Beweis gestellt hatte, bereiteten mir Unbehagen. Höchstwahrscheinlich war er mir, was seine Kenntnisse und seine Erziehung betraf, ebenbürtig: Er hatte die Manieren und den Geschmack eines Gentlemans und mochte durchaus auch als solcher auf die Welt gekommen sein. Der einzige Unterschied zwischen uns bestand in der Stellung, die wir derzeit in der Gesellschaft einnahmen. Ich hatte nicht den ausgeprägten Dünkel meines Vaters, um zu glauben, daß ein Mann, der beinahe doppelt so alt war wie ich und dessen Wissen meines vermutlich übertraf, so mit mir reden sollte, wie Mr. Mannion es bis zu diesem Zeitpunkt getan hatte.

»Dann darf ich Ihnen sagen«, begann er von neuem, »daß ich, während ich darauf bedacht bin, mich Ihnen in Ihren Stunden in der North Villa nicht ungebührlich aufzudrängen, gleichzeitig den Wunsch verspüre, etwas mehr als nur ein harmloser Bekannter für Sie zu sein. Ich möchte Ihnen wirklich gern von Nutzen sein, so gut ich kann. Meiner Ansicht nach hat Ihnen Mr. Sherwin ziemlich harte Bedingungen auferlegt – er stellt die Zurückhaltung eines Mannes Ihres Alters und Ihres Standes ein wenig zu hart auf die Probe, wie ich finde. Daher hege ich den ernsthaften Wunsch, meine Verbindung und meinen Einfluß, den ich auf die Familie habe, einzusetzen, um Ihnen die Prüfung, die Sie bestehen müssen, so gut wie möglich zu erleichtern. Mir stehen mehr Mittel zur Verfügung, das zu bewerkstelligen, als Sie vielleicht annehmen, Sir.«

Sein Angebot überraschte mich. Ich fühlte mich beschämt, weil ich Aufrichtigkeit und Wärme als letztes von ihm erwartet hatte. Meine Aufmerksamkeit schweifte unmerklich vom Unwetter ab, um sich mehr und intensiver auf Mannion zu richten, als er fortfuhr:

»Ich bin mir durchaus im klaren, daß ein Vorschlag, wie ich, ein beinahe Fremder, ihn Ihnen jetzt mache, Anlaß zum Erstaunen und möglicherweise zunächst sogar zum Argwohn geben könnte. Meine einzige Erklärung kann nur die Bitte an Sie sein, sich daran zu erinnern, daß ich die junge Lady seit ihrer Kindheit kenne und daß ich mich, da ich behilflich war, ihren Verstand zu formen und ihren Charakter zu entwickeln, beinahe fühle wie ihr zweiter Vater; daher habe ich auch ein natürliches Interesse an dem Gentleman, der sie sich zur Frau erwählt hat.«

War da ein Beben in dieser sonst unveränderlichen Stimme? Ich glaubte es und musterte ihn eingehend, um den entsprechenden Schimmer eines Ausdrucks zu erhaschen, der jetzt zum erstenmal seine Züge abmildern und die glatte

Reglosigkeit beleben könnte. Falls eine Regung sichtbar geworden war, dann hatte ich sie verpaßt. Während ich ihn beobachtete, bückte er sich, um im Feuer zu stochern. Sobald er sich mir wieder zuwandte, war sein Gesicht undurchdringlich wie immer, sein Blick hart, beständig und ausdruckslos wie zuvor.

»Außerdem«, fügte er hinzu, »muß ein Mann etwas im Leben haben, dem er seine Zuneigung widmen kann. Ich selbst habe weder Frau noch Kind oder mir nahestehende Verwandte – ich habe nichts, abgesehen von meiner Arbeit am Tage und meinen Büchern an meinem einsamen Kamin an den Abenden. Unser Leben ist an sich nicht viel, aber es wurde für ein bißchen mehr als das geschaffen. Meine ehemalige Schülerin in der North Villa ist jetzt nicht mehr meine Schülerin. Ich kann nicht umhin, es als eine Art Lebensinhalt zu betrachten, mich in den Dienst des Glücks zweier junger Menschen in der Blüte ihrer Jugend und der ersten Liebe zu stellen, die sich darauf verlassen, daß ich ihnen zu Wonnen verhelfe – gleichgültig wie gering mein Beitrag auch sei. All dies mag Ihnen eigenartig oder unverständlich erscheinen. Aber wenn Sie, Sir, in meinem Alter und in meiner Position wären, könnten Sie meine Intentionen nachvollziehen.«

War es möglich, daß er derlei Dinge aussprach, ohne seinen Ton eine Spur zu senken oder seinen Blick ein wenig abzumildern? Ja: ich betrachtete ihn eingehend und hörte ihm aufmerksam zu, konnte jedoch nicht die geringste Veränderung erkennen – an seiner äußeren Erscheinung deutete nichts darauf hin, ob er fühlte, was er sagte, oder nicht. Seine Worte hatten in meiner Phantasie ein so drastisches Bild von Einsamkeit und Verzweiflung heraufbeschworen, daß ich meine Hand mechanisch ein wenig hob, um seine zu ergreifen; aber sein Anblick, als er endete, unterdrückte diese Regung genauso schnell, wie sie erwacht war. Mr. Mannion schien weder meine unwillkürliche Geste noch den plötzlichen Rückzug wahrzunehmen und fuhr fort:

»Ich habe vielleicht mehr gesagt, als ich sollte. Falls es mir nicht gelungen sein sollte, meine Erklärung so verständlich, wie ich es mir wünschte, vorzubringen, wechseln wir das

Thema und kommen nicht mehr darauf zurück, bis Sie mich ein wenig länger kennen.«

»Wir werden keineswegs das Thema wechseln. Mr. Mannion«, sagte ich; ich wollte auf gar keinen Fall den Eindruck erwecken, daß ich ihm mißtraute. »Ich weiß Ihr freundliches Angebot und das Interesse, das Sie an Margaret und mir nehmen, zutiefst zu schätzen. Und ich bin überzeugt, daß wir beide Ihre Vermittlung bald in Anspruch nehmen werden ...«

Ich brach ab. Das Unwetter hatte ein wenig nachgelassen, aber jetzt lenkte mich der Sturm ab, der aufgekommen war, sobald der Donner und der Regen an Heftigkeit verloren hatten. Wie schaurig der Wind durch die Straße heulte! Für einen Moment erschien es mir, als würde er *mich* beklagen, alle sterblichen Dinge beweinen! Die eigentümlichen Gefühle trieben mich dazu, schweigend zu lauschen, doch ich unterdrückte sie und ergriff erneut das Wort.

»Wenn ich nicht so reagiert habe, wie ich es hätte tun sollen, müssen Sie die Schuld daran zum Teil dem Unwetter zuschreiben – das, wie ich gestehen muß, meine Gedanken doch ziemlich in Unordnung gebracht hat – und zum Teil meiner Überraschung – einer törichten Überraschung, räume ich ein –, daß Sie nach wie vor eine derart starke Sympathie für die Belange hegen, die im allgemeinen als nur für die Jungen von Bedeutung erachtet werden.«

»Nur in ihrem Mitgefühl können Männer in meinen Jahren ihre Jugend noch einmal durchleben, und sie tun es auch«, erwiderte er. »Es überrascht Sie vielleicht, den Angestellten eines Kaufmanns in dieser Art reden zu hören, aber ich war nicht immer das, was ich jetzt bin. Ich habe Wissen angesammelt und dabei viel gelitten. Ich bin vor meiner Zeit gealtert – meine vierzig Jahre sind wie fünfzig für andere Männer ...«

Mein Herz schlug schneller – war er dabei, ungefragt das Geheimnis zu enthüllen, das so offensichtlich sein früheres Leben umgab? Nein: Er ließ das Thema sofort fallen, als er weitersprach. Ich hätte ihn liebend gern gebeten, es wiederaufzunehmen, aber das konnte ich nicht. Ich fürchtete dieselbe Zurückweisung, die Mr. Sherwin hatte hinnehmen müssen, und schwieg.

»Was ich war«, sagte er, »ist unerheblich, die Frage ist vielmehr, was ich für Sie tun kann? Und Hilfestellung kann ich geben, wenn auch nur kleine, doch vielleicht ist sie trotzdem von Nutzen. Sie waren zum Beispiel neulich, wenn ich mich nicht getäuscht habe, ein wenig verletzt, weil Mr. Sherwin seine Tochter auf eine Gesellschaft mitgenommen hat, zu der die Familie eingeladen war. Das war nur zu verständlich. Sie konnten nicht dort sein, um in Ihrer tatsächlichen Eigenschaft über sie zu wachen, ohne ein Geheimnis preiszugeben, das gewahrt werden muß; und Sie konnten nicht wissen, welchen jungen Männern sie dort begegnen würde, wer sie noch für Miss Sherwin hielt und sich ihr gegenüber entsprechend benahm. Nun, ich denke, in solchen Fällen kann ich hilfreich sein. Ich habe einigen Einfluß – vielleicht sollte ich strikt bei der Wahrheit bleiben und sagen: großen Einfluß – auf meinen Dienstherrn; und wenn Sie es wünschen, nutze ich diesen Einfluß, um den Ihren zu stärken und Mr. Sherwin dazu zu bringen, in Zukunft darauf zu verzichten, seine Tochter zu gesellschaftlichen Anlässen mitzunehmen, es sei denn, Sie wünschen es. Des weiteren denke ich, ich nehme zu Recht an, Sie bevorzugen eher Mrs. Sherwins Anwesenheit als Mr. Sherwins während Ihrer gemeinsamen Stunden mit der jungen Lady.«

Woher wußte er das? Jedenfalls hatte er recht, und das bekannte ich offen.

»Diese Vorliebe erscheint mir in vielerlei Hinsicht nur natürlich«, sagte er, »doch wenn Sie es auf sich nehmen, das Mr. Sherwin spüren zu lassen, könnte das unliebsame Konsequenzen nach sich ziehen. Ich wäre in der Lage, in diesem Punkt einzugreifen, ohne einen Verdacht zu erregen; ich habe viele Möglichkeiten, ihn an den Abenden vom Salon fernzuhalten, und ich kann sie nutzen, falls Sie es wünschen. Und mehr als das – ich könnte auch bewirken, daß Sie häufiger in der North Villa vorsprechen und sich länger dort aufhalten dürfen, sofern Sie das wünschen. Ich erwähne nicht, was ich in dieser und in anderen Angelegenheiten unternehmen könnte, und möchte mich keineswegs geringschätzig über den Einfluß äußern, den Sie, Sir, auf Mr. Sherwin ausüben. Aber eines weiß ich: Mein Arbeitgeber *hat* in allen Belangen, die mit Ihrem Umgang mit seiner Tochter in Zusammenhang stehen, meinen Rat erbeten, und er *wird* es auch weiterhin tun – sozusagen aus Gewohnheit und weil er sich in anderen Dingen auch mit mir bespricht. Bis heute habe ich es abgelehnt, Empfehlungen in den Sie betreffenden Fällen abzugeben, aber ich werde meine Haltung zu Ihren Gunsten und der jungen Lady zuliebe ändern, sobald es Ihnen und ihr genehm ist.«

Ich dankte ihm – doch nicht in der herzlichen Art, die ich an den Tag gelegt hätte, wenn ich auch nur ein schwaches Lächeln auf seinem Gesicht entdeckt oder eine geringfügige Veränderung seines gleichbleibenden Tonfalls wahrgenommen hätte. Während mich seine Worte für ihn einnahmen, stieß mich seine äußere Unerschütterlichkeit unwillkürlich ab.

»Noch einmal muß ich Sie bitten«, setzte er hinzu, »das, was ich bereits gesagt habe, zu berücksichtigen, wenn Sie die Motive meines Angebots beurteilen. Falls Sie dennoch der Ansicht sind, daß ich mich auf ungebührliche Weise in Ihre Angelegenheiten einmische, brauchen Sie nur daran zu denken, daß ich Ihre Erlaubnis, freimütig zu sprechen, schamlos mißbraucht habe, und mir so zu begegnen, als hätte diese Unterhaltung nie stattgefunden. In diesem Fall werde ich mich über Ihre Behandlung nicht beklagen und mich bemühen, sie nicht als ungerechtfertigt zu betrachten.«

Eine solche Bitte konnte ich nicht gut abschlagen, und ich antwortete ihm prompt und vorbehaltlos. Welches Recht hatte ich, häßliche Schlüsse aus den Gesichtszügen, der Stimme und dem Betragen eines Mannes zu ziehen, nur weil mir all das außergewöhnlich erschien? Woher wollte ich wissen, ob nicht ein angeborenes Gebrechen, ein unbekannter Kummer oder ein Leiden die Besonderheiten, die mich so in Staunen versetzten, verursacht hatten? Er hätte jedes Recht, mir Ungerechtigkeit vorzuwerfen – und zwar aufs heftigste –, wenn ich seine Freundlichkeit nicht erwiderte.

»Mr. Mannion, ich bin nicht imstande«, entgegnete ich, »Ihr Angebot anders als mit größter Dankbarkeit zu betrachten. Und das werde ich Ihnen beweisen, indem ich Ihre Dienste für Margaret und mich in vollstem Vertrauen in Anspruch nehmen werde – vielleicht schon früher, als Sie jetzt ahnen.«

Er verneigte sich und äußerte ein paar herzliche Worte, die ich nur undeutlich hörte, da der Sturm noch grimmiger durch die Straße fegte als vorher, vehement am Fensterladen rüttelte und mit einem tiefen, traurigen Laut, der klang wie das verzweifelte Lamento eines Gespenstes, wieder erstarb.

Als Mannion nach einem flüchtigen Moment der Stille erneut das Wort ergriff, gab er der Unterhaltung eine neue Wendung. Er sprach von Margaret – schwärmte in höchsten Tönen eher von ihren persönlichen als von ihren moralischen Vorzügen. Er sprach von Mr. Sherwin und erwähnte Charakterstärken und einnehmende Eigenschaften, die ich bis jetzt noch nicht kennengelernt hatte. Was er über Mrs. Sherwin zu sagen hatte, schien gleichfalls von Mitgefühl und Respekt geprägt zu sein – er spielte sogar auf ihre kalte Zurückhaltung ihm gegenüber an, führte diese Eigenwilligkeit jedoch auf ihre Nervenschwäche und ihren bedauerlichen Gesundheitszustand zurück. Seine Ausdrucksweise war bei diesem Gesprächsstoff genauso unbeteiligt wie immer.

Es wurde allmählich spät. Hin und wieder erklang noch ein gedämpftes, fernes Donnergrollen, und der Wind schien nicht abzuflauen, doch der Regen hatte hörbar nachgelassen. Es gab kaum noch eine Entschuldigung, länger zu bleiben, und ich wollte es auch nicht. Ich kannte Mr. Mannion mittlerweile gut genug, um zu wissen, daß jeder Versuch meinerseits, ihm trotz seiner Zurückhaltung Hinweise auf das Geheimnis, das vermutlich sein früheres Leben überschattete, zu entlocken, fruchtlos sein würde. Falls ich mir ein Urteil über ihn bilden mußte, dann nur aufgrund von Erfahrungen der Gegenwart, nicht aufgrund seiner Vergangenheit. Ich hatte nur Gutes über ihn aus dem Munde seines gewieften Brotgebers gehört, der ihn am besten kennen mußte und ihn am längsten beobachten konnte. Er hatte großes Taktgefühl, was meine Empfindungen betraf, bewiesen und seinem Wunsch, mir zu Diensten zu sein, glaubhaft Ausdruck verliehen – ich hätte ihm seine Zuvorkommenheit schlecht vergolten, wenn ich mich von der Neugier dazu hätte verleiten lassen, in seinen Privatangelegenheiten zu spionieren.

Ich erhob mich, um zu gehen. Er unternahm keinerlei Anstrengungen, mich zurückzuhalten; dafür bemerkte er schlicht, nachdem er den Laden entriegelt und aus dem Fenster gesehen hatte, daß der Regen beinahe aufgehört habe und daß mein Regenschirm mir gegen die letzten Tropfen genügend Schutz bieten würde. Er folgte mir durch den Flur, um mir den Weg hinaus zu leuchten. Als ich mich auf den Stufen zur Haustür noch einmal zu ihm umdrehte, um ihm für seine Gastfreundschaft zu danken und ihm eine gute Nacht zu wünschen, stieg in mir der Gedanke auf, daß ihm meine Reaktion abweisend und gefühlskalt vorkommen könnte – besonders, nachdem er mich gebeten hatte, Gefälligkeiten von ihm zu akzeptieren. Falls ich tatsächlich diesen Eindruck erweckt hatte, mußte er glauben, ich wollte ihn erniedrigen, und es wäre grausam gewesen, ihn in diesem Glauben zu lassen. Ich bemühte mich, mein Versäumnis beim Abschied wiedergutzumachen.

»Ich möchte noch einmal beteuern«, sagte ich, »daß mich keine Schuld trifft, wenn ich nicht sofort dankbar auf das Angebot eingegangen bin, das Sie mir und Margaret machen – und das ich als Angebot eines wohlmeinenden Freundes betrachte.«

Das Wetterleuchten, das jetzt in langen Abständen den Himmel erhellte, blitzte gerade in dem Augenblick auf, in dem ich ihn ansprach, und das grelle Licht zuckte über sein Gesicht. Es verlieh ihm eine gräßliche Färbung, und für einen kurzen Moment wirkten seine Züge schauerlich verzerrt wie die eines grinsenden Dämons. Ich mußte mir beinahe gewaltsam die Gelassenheit seines üblichen Ausdrucks ins Gedächtnis rufen, um mich selbst davon zu überzeugen, daß mich nur eine durch den Blitz verursachte optische Täuschung für einen kurzen Augenblick verwirrt hatte.

Als es wieder dunkel um uns war, wünschte ich ihm eine gute Nacht und wiederholte noch einmal mechanisch das, was ich kurz zuvor gesagt hatte, mit beinahe denselben Worten.

Ich ging, tief in Gedanken versunken, nach Hause. Der Abend hatte mir reichlich Stoff zum Nachdenken gegeben.

4

Etwa zu der Zeit, als mir Mr. Mannion vorgestellt wurde – oder, um genauer zu sein, in der Zeit vor und nach diesem Ereignis – wurden mir gewisse Eigenheiten in Margarets Charakter und ihren Manieren durch bloße Zufälle offenbar und bereiteten mir ein wenig Unbehagen, sogar Mißvergnügen. Keines dieser Gefühle war von langer Dauer, da die Zwischenfälle, die sie wachgerufen hatten, lediglich Bagatellen waren. Dennoch sind sie mir jetzt, da ich dies schreibe, noch lebhaft im Gedächtnis. Ich werde nur zwei dieser Vorkommnisse als Beispiele schildern, und die nachfolgenden Ereignisse werden zeigen, daß sie in diesem Abschnitt meiner Erzählung durchaus ihren Platz haben.

An einem schönen Herbstmorgen sprach ich früher als zu der verabredeten Zeit in der North Villa vor. Als mir die Dienerin das Gartentor öffnete, kam ich auf den Gedanken, Margaret zu überraschen und den Salon unangemeldet und mit einem Sträußlein, gepflückt von ihrem eigenen Blumenbeet, in der Hand zu betreten. Ich bat die Dienerin, meinen Besuch nicht anzukündigen, ging ums Haus und durch das kleine Tor, das in den hinteren Garten führte. Um die Blumen zu pflücken, mußte ich die Rasenfläche unter den Salonfenstern, die einen Spalt offenstanden, betreten. Die Stimmen meiner Frau und ihrer Mutter drangen bis zu mir, und ich hörte unbeabsichtigt ihre Unterhaltung mit an.

»Ich sage dir, Mama, ich muß und werde das Kleid haben, ob es Papa gefällt oder nicht.«

Einen so schrillen und resoluten Ton hatte ich nie zuvor aus Margarets Mund vernommen.

»Bitte – bitte, mein Liebes, sprich nicht so«, erwiderte die schwache, brüchige Stimme von Mrs. Sherwin, »du weißt, daß du schon mehr Kleider bekommen hast, als er dir üblicherweise in einem Jahr zugesteht.«

»Ich lasse es mir nicht gefallen, daß ich mich einschränken muß. *Seine* Schwester kann sich so viele Kleider kaufen, wie sie nur will. Wieso sollte das bei mir anders sein?«

»Mein Liebes, das ist doch etwas ganz anderes ...«

»Gewiß nicht, schließlich bin ich jetzt seine Frau. Eines Tages werde ich in meiner eigenen Kutsche fahren genau wie seine Schwester. *Er* läßt mir in allem meinen Willen, und das solltest du auch tun!«

»Es geht nicht nach *mir*, Margaret; wenn ich etwas tun könnte, würde ich es bestimmt tun, aber ich kann deinen Papa wirklich nicht um ein weiteres Kleid für dich bitten, nachdem er dir in diesem Jahr schon so viel geschenkt hat.«

»Es ist immer dasselbe mit dir, Mama – du kannst dies nicht, du kannst das nicht – du bist unglaublich ermüdend. Aber ich werde dieses Kleid haben, davon lasse ich mich nicht abbringen. Er sagt, daß seine Schwester abends hellblaue Seide trägt, und ich werde auch ein hellblaues Seidenkleid haben, du wirst schon sehen! Ich hole es mir selbst aus dem Laden. Papa achtet nie darauf, was ich anhabe, und er braucht gar nicht zu erfahren, daß es nicht mehr im Laden ist, bis sie ›Inventur machen‹, oder wie immer das heißt. Und dann, wenn er einen seiner Wutanfälle bekommt ...«

»Du liebe Güte, du solltest wirklich nicht so von deinem Papa sprechen – das ist nicht richtig, Margaret. Was würde wohl Mr. Basil sagen, wenn er dich jetzt so hören könnte?«

Ich war fest entschlossen, unverzüglich ins Haus zu gehen und Margaret zu sagen, daß ich alles mit angehört hatte – gleichzeitig wollte ich Strenge zeigen und ihr zu ihrem eigenen Besten eine Rüge erteilen, weil mich das, was sie geäußert hatte, böse überrascht hatte. Bei meinem unerwarteten Eintreten, erschrak Mrs. Sherwin und wirkte verängstigter denn je. Margaret hingegen schritt mit dem gewohnten Lächeln auf mich zu und hielt mir anmutig wie immer die Hand zum Gruß entgegen. Ich sagte nichts, bis wir uns in unsere Ecke zurückgezogen hatten und im üblichen Flüsterton unterhielten. Dann begann ich mit meinem Tadel – sehr behutsam und so leise wie möglich. Sie wandte genau die richtige Methode an, die mir trotz meiner Entschlossenheit Einhalt gebot. Ihre schönen Augen füllten sich mit Tränen – es waren die ersten Tränen, die ich jemals in diesen Augen gesehen hatte, und meine Worte hatten sie hervorgerufen! Dann murmelte sie traurig ein paar Worte und beklagte sich, daß es grausam sei, wenn ich böse mit ihr sei, nur weil sie mir gefallen und sich wie meine Schwester kleiden wolle. Ihre Tränen machten den Entschluß zunichte, den ich nur wenige Augenblicke zuvor gefaßt hatte. Den Rest des Vormittags verbrachte ich damit, sie zu trösten und zu besänftigen. Muß ich erwähnen, wie die Sache endete? Ich habe die Sprache nie wieder auf diesen Vorfall gebracht und ihr das Kleid geschenkt.

Einige Wochen nach dieser kleinen Unstimmigkeit, von der ich soeben berichtet habe, wurde ich Zeuge einer anderen häuslichen Auseinandersetzung, bei der Margaret die Hauptrolle spielte. Bei dieser Gelegenheit ging ich auf das Haus zu (wieder an einem Morgen) und fand die Tür weit geöffnet. Ein Eimer stand auf den Stufen vor dem Haus, und ich nahm an, daß das Dienstmädchen sie gescheuert hatte, bei der Arbeit unterbrochen worden war und dadurch vergaß, die Tür zu schließen. Sobald ich die Halle betrat, wurde mir klar, welcher Art die Unterbrechung gewesen war.

»Um Gottes willen, Miss!« rief das Mädchen im Speisezimmer aus. »Um Gottes willen, legen Sie den Schürhaken aus der Hand! Die Missus wird gleich hier sein, und es ist *ihre* Katze!«

»Ich werde dieses gemeine Scheusal töten! Ich werde diese gräßliche Katze töten! Es ist mir egal, wem sie gehört. – Mein armer lieber, lieber, lieber Vogel!« Das war Margarets Stimme. Zunächst war sie wütend gewesen, jetzt brach sie in hysterisches Schluchzen aus.

»Armer Vogel«, erwiderte das Mädchen beschwichtigend, »es tut mir ehrlich leid für ihn und für Sie auch, Miss. Aber, oh! Bitte, erinnern Sie sich, daß Sie selbst den Käfig auf den Tisch, in die Reichweite der Katze, gestellt haben …«

»Halt den Mund, du niederträchtiges Ding! Wie kannst du es wagen, mich festzuhalten? Laß mich sofort los!«

»Oh, das dürfen Sie nicht – Sie dürfen das nicht tun! Die Katze gehört der Missus, vergessen Sie das nicht – die arme Missus, die immerzu krank ist und sonst nichts hat, was ihr Freude macht.«

»Das ist mir egal! Die Katze hat meinen Vogel getötet, und

dafür muß sie sterben! Ich werde sie töten! Ich tu's! Ich tu's!!! Ich rufe einen Jungen von der Straße herein, der soll sie einfangen und hängen. Laß mich los! Ich werde es tun!«

»Erst lasse ich die Katze frei, Miss, so wahr mein Name Susan ist.«

Im nächsten Moment flog die Tür auf; die Katze machte einen Satz an mir vorbei und entfloh der drohenden Gefahr. Gleich darauf folgte das Mädchen, das erschrak und bestürzt nach Luft schnappte, als es mich in der Halle stehen sah. Ich ging ins Speisezimmer.

Auf dem Boden lag der Vogelkäfig mit dem toten Kanarienvogel darin (es war derselbe Kanarienvogel, mit dem meine Frau am Abend nach unserer ersten Begegnung gespielt hatte). Die mörderischen Krallen der Katze hatten den Kopf des Vogels durch die gebogenen Stäbe des Käfigs gezerrt. Margaret stand neben dem Kamin, der Schürhaken, den sie bei meinem Eintreten fallengelassen hatte, lag auf dem Boden. Nie zuvor war sie mir schöner erschienen als in diesem Augenblick, in dem sie von leidenschaftlichem Zorn beseelt war. Ihre großen schwarzen Augen blitzten durch den Tränenschleier, ihre hochroten Wangen glühten, ihre Lippen waren geteilt, als würde sie um Atem ringen. Eine Hand war zur Faust geballt und lag auf dem Kaminsims; die andere preßte sie auf ihren Busen, während sich die Finger krampfhaft in den Kleiderstoff krallten. So bestürzt ich über ihren Gefühlsausbruch war, konnte ich doch nicht umhin, sie zu bewundern, als mein Blick auf sie fiel. Selbst die Wut an sich war hübsch anzusehen in diesem reizenden Gesicht.

Sie rührte sich nicht, als sie mich entdeckte. Erst bei meinem Näherkommen sank sie neben dem Käfig auf die Knie, schluchzte heftig und stieß einen Schwall von Racheschwüren gegen die Katze aus. Mrs. Sherwin kam herunter und machte in dem Bedürfnis, Zartgefühl und Umsicht zu zeigen, alles noch schlimmer. Kurz gesagt, die Szene endete mit einem hysterischen Anfall.

An diesem Tag war es unmöglich, so mit Margaret zu sprechen, wie ich es mir vorgenommen hatte. Und es war auch später zwecklos, die Sprache auf den Tod des Kanarienvogels bringen zu wollen. Wenn ich auch nur – selbstverständlich nachdem ich ihr mein vollstes Mitgefühl für den Verlust des Vogels ausgesprochen hatte – eine behutsame Andeutung machte, welchen Kummer mir ihr vehementer Ausbruch bereitet und wie sehr es mich erstaunt hatte, sie in einem solchen Zustand zu erleben, war die einzige Reaktion eine Flut von Tränen – und das war genau die Reaktion, die mich immer wieder zum Schweigen brachte. Wäre ich wirklich schon in jeder Hinsicht ihr Ehemann gewesen, wäre ich ihr Vater, Bruder oder Freund gewesen, so hätte ich zunächst ihren Gefühlen nachgegeben, um sie dann ernsthaft zur Rede zu stellen. Aber ich war noch immer Margarets Geliebter, und in meinen Augen machten ihre Tränen sogar die größten Fehler zu Tugenden.

Vorfälle wie diese ereigneten sich hin und wieder und bildeten die einzige Unterbrechung unseres ansonsten ruhigen und glücklichen Beisammenseins. Wochen vergingen, ohne daß auch nur ein hitziges oder böses Wort zwischen uns fiel. Auch mein Umgang mit Mr. Sherwin verlief, nachdem wir die anfänglichen Meinungsverschiedenheiten ausgeräumt hatten, reibungslos. Doch der häusliche Frieden in der North Villa war weniger auf seine Nachsicht oder auf meine zurückzuführen als vielmehr auf die Vermittlung von Mr. Mannion.

Einige Tage nach meiner Unterhaltung mit Mr. Sherwins Angestelltem in seinem eigenen Haus nahm ich noch davon Abstand, seine angebotenen Dienste in Anspruch zu nehmen. Ich war mir der Gründe für dieses Haltung selbst nicht bewußt. Alles, was gesagt worden und am Abend des Unwetters geschehen war, hatte einen starken und dennoch vagen Eindruck auf mich gemacht. So seltsam es auch anmuten mag, ich konnte nicht entscheiden, ob das kurze, aber außergewöhnliche Erlebnis mit meinem neuen Freund mich für ihn einnahm oder abstieß. Ich verspürte eine starke Neigung, mich in eine Lage zu bringen, in der ich ihm zu Dank verpflichtet sein würde – und diese Abneigung hatte ihre Ursache nicht in Stolz, falschem Taktgefühl, Verdrossenheit oder

Argwohn; es war ein unerklärlicher Widerwille, der der Furcht entsprang, eine folgenschwere Verantwortung auf mich zu nehmen, aber welcher Natur diese Verantwortung sein könnte, hätte ich nicht sagen können. Ich zögerte und hielt mich instinktiv zurück, und Mr. Mannion seinerseits unternahm auch keine weiteren Annäherungsversuche. Seine Umgangsformen und für ihn charakteristischen Gewohnheiten im Haus der Familie Sherwin waren dieselben wie vor meinem Besuch bei ihm. Er erwähnte bei keiner unserer Begegnungen das Gespräch, das wir am Abend des Unwetters geführt hatten.

Margarets Verhalten, wenn ich ihr gegenüber Mr. Mannions Bereitschaft, uns beiden von Nutzen zu sein, erwähnte, verstärkte meine Unsicherheit, ob ich sein Angebot annehmen oder ausschlagen sollte.

Ich konnte Margaret nicht dazu verleiten, auch nur das kleinste Interesse an Mr. Mannion zu zeigen. Weder sein Haus noch seine äußere Erscheinung, weder seine besonderen Gewohnheiten noch seine Geheimniskrämerei in bezug auf seine Vergangenheit – kurz, nichts, was mit ihm in Zusammenhang stand – schien ihre Neugier im mindesten zu erregen. Am Abend nach seiner Rückkehr vom Kontinent hatte sie seiner Ankunft in der North Villa allerdings doch einige Bedeutung beigemessen und ihm ihre Aufmerksamkeit geschenkt, als er sich zu uns gesellt hatte. Jetzt schien sie ihre Einstellung zu ihm komplett geändert zu haben. Sie reagierte manchmal sogar gereizt, wenn ich Mr. Mannion beharrlich zum Gesprächsthema machte – es war, als würde sie es ihm übel nehmen, daß er neben ihr Raum in meinen Gedanken einnahm. Die schwierige Frage, ob wir auf seine Offerte eingehen sollten oder nicht, schien sie als zu belanglos zu erachten, um überhaupt darüber zu diskutieren.

Es dauerte jedoch nicht lange, bis mich die Umstände zwangen, mich an Mr. Mannion zu wenden.

Einer von Mr. Sherwins reichen Geschäftsfreunden gab einen Ball, und Mr. Sherwin bekundete die Absicht, Margaret dorthin mitzunehmen. Abgesehen von der Eifersucht, die mir – was in meiner Situation nur natürlich war – die Vorstellung einflößte, daß meine Frau als Miss Sherwin ausging und in der Rolle eines unverheirateten Mädchens mit jedem jungen Gentleman tanzte, der ihr vorgestellt wurde, verspürte ich den starken Wunsch, Margaret von der Gesellschaft ihrer eigenen Klasse fernzuhalten, bis mein Probejahr vorüber war und ich hoffen durfte, sie in meinen Bekanntenkreis einführen zu können. Ich hatte ihr gegenüber meine Ansichten über diesen Punkt schon einmal erwähnt und herausgefunden, daß sie voll und ganz mit mir übereinstimmte. Ihr Bestreben war es, in die höchsten Gesellschaftsschichten aufzusteigen, und sie begann bereits den Umgang, den der eigene Stand ihr bot, mit kritischeren Augen zu betrachten.

Mr. Sherwin konnte ich mich nicht anvertrauen, ich konnte lediglich ganz allgemein Einwände dagegen erheben, daß er Margaret ausführte, wenn weder sie noch ich es wünschten. Er erklärte mir, daß sie Parties liebte – wie alle Mädchen–, daß sie nur mir zuliebe vorgeben würde, nicht gern hinzugehen. Zudem hätte er sich nie verpflichtet, sie meinetwegen ein ganzes Jahr zu Hause Trübsal blasen zu lassen. Gerade bei diesem speziellen Ball war er fest entschlossen, seinen Willen durchzusetzen; und das machte er mir schonungslos klar.

In meiner Verärgerung über seine Halsstarrigkeit und darüber, daß er sich strikt weigerte, meine Hilflosigkeit in Betracht zu ziehen, vergaß ich alle Zweifel und Skrupel; ich ersuchte Mr. Mannion, seinen Einfluß, wie er es mir versprochen hatte, zu meinem Gunsten geltend zu machen.

Das Ergebnis zeigte sich augenblicklich und war überzeugend. Schon am nächsten Abend kam Mr. Sherwin mit einem Briefchen zu uns, das er gerade geschrieben hatte, und informierte mich, daß dies eine Entschuldigung für Margarets Nichterscheinen bei dem Ball sei. Er nannte Mr. Mannions Namen nicht, sondern erklärte nur schmollend und knapp, er habe gründlich über die Angelegenheit nachgedacht und seine Entscheidung aus persönlichen Gründen revidiert.

Nachdem ich den ersten Schritt in diese neue Richtung gemacht hatte, zögerte ich in der Folgezeit nicht mehr, weitere zu unternehmen. Wann immer ich wünschte, öfter als einmal am Tag der North Villa einen Besuch abzustatten, brauchte ich nur Mr. Mannion Bescheid zu sagen, und am nächsten Morgen erhielt ich die ersehnte Erlaubnis. Dieselbe geheimnisvolle Maschinerie ermöglichte es mir, Mr. Sherwins Ein- und Ausgehen nach Belieben zu regulieren, wenn Margaret und ich am Abend zusammen waren. Jetzt konnte ich beinahe sicher sein, daß sich niemals eine andere Person als Mrs. Sherwin mit uns im Salon aufhielt, es sei denn, ich äußerte andere Wünsche, was, wie sich leicht vorstellen läßt, äußerst selten der Fall war.

Mein neuer Verbündeter setzte sich in aller Stille und wie selbstverständlich für meine Belange ein. Ich erfuhr nie, wie oder wann er seinen Arbeitgeber überzeugte, und Mr. Sherwin seinerseits ließ mir gegenüber niemals ein Wort über Mr. Mannions Einflußnahme verlauten. Er räumte mir die zusätzlich geforderten Privilegien ein, als würde er aus eigenem Antrieb handeln, und argwöhnte wohl kaum, wie gut ich darüber unterrichtet war, welche Kraft ihn lenkte.

Die Diskretion, mit der Mr. Mannion vorging, beschwichtigte meine Bedenken, ihn um Gefälligkeiten gebeten zu haben. Er ließ es nicht einmal zu – anscheinend dachte er selbst nicht einmal daran –, daß ich mich ihm verpflichtet fühlte. Er erlaubte sich keinerlei Vertraulichkeiten mit mir; sein Verhalten blieb immer gleich; er bestand nach wie vor darauf, sich an den Abenden nicht zu uns zu gesellen, es sei denn, ich lud ihn mit Nachdruck ein; und wenn ich in irgendeiner Weise auf die Vorteile hinwies, in deren Genuß ich nur wegen seines Einsatzes kam, erwiderte er lediglich auf seine knappe, zurückhaltende Art, daß er selbst sich glücklich schätzen könne, da es ihm vergönnt sei, Margaret und mir von Nutzen zu sein.

Ich hatte Mr. Mannion beim Abschied am Abend des Unwetters gesagt, daß ich sein Angebot als Angebot eines Freundes betrachten würde; und ich hatte Wort gehalten – früher und rückhaltloser, als ich es zu dem Zeitpunkt beabsichtigt hatte.

5

Der Herbst ging zu Ende; der Winter – ein kalter, trüber Winter – kam. Beinahe fünf Monate waren vergangen, seit Clara und mein Vater aufs Land abgereist waren. Wie hielt ich mit ihnen in dieser Zeit Verbindung?

Persönliche Begegnungen gab es mit keinem von beiden – Briefe wechselte ich nur mit meiner Schwester. Clara schrieb mir oft, vermied jedoch geschickt jedes Wort, das an einen Tadel für meine lange Abwesenheit erinnerte, und beschränkte sich statt dessen fast ausschließlich auf die Einzelheiten des Landlebens, von denen sie annahm, daß sie mich interessierten. Der Ton der Briefe war liebevoll wie immer – nein, sofern möglich, noch liebevoller als sonst, aber Claras Fröhlichkeit, die sie üblicherweise als Korrespondentin zeigte, und der stille Humor waren geschwunden. Mein Gewissen verriet mir nur zu rasch und zu unmißverständlich, wer für diesen Wandel verantwortlich war – mein Gewissen sagte mir, wer den Schreibstil meiner Schwester verändert hatte, indem er all die lieb gewordenen Gewohnheiten und Vergnügungen des Landlebens aufgegeben hatte.

Ich war in dieser Zeitspanne meines Lebens selbstsüchtig genug, mich meinen eigenen Leidenschaften und Interessen hinzugeben, doch ich war nicht gänzlich abgestumpft gegen den Einfluß, der mich seit meiner Kindheit gelenkt hatte, und konnte mich nicht von allen Gedanken an Clara, meinen Vater und das altehrwürdige Haus lösen, das den Hintergrund meiner frühsten und glücklichsten Erlebnisse bildete. Gelegentlich, selbst in Margarets bezaubernder Gegenwart, verdrängte die Erinnerung an Clara jede andere Überlegung. Und manchmal – wenn der Schlaf mich ins Vergessen stürzte und meine Heirat sowie all die neuen Reize, die mein Leben jetzt überfluteten, aus dem Bewußtsein löschte – träumte ich in dem einsamen Londoner Haus von einem Ausritt mit meiner Schwester und von den beschaulichen Gesprächen in der alten gotischen Bibliothek. Unter Eindrücken wie diesen nahm ich mir fest vor, Wiedergutmachung für meine lange

Abwesenheit zu leisten und mich zu Schwester und Vater aufs Land zu gesellen, wenn auch nur für ein paar Tage – und jedesmal versiegte meine Entschlußkraft wieder. Bei der zweiten Gelegenheit hatte ich immerhin so viel Standhaftigkeit bewiesen, bis zum Bahnhof zu gehen; und erst im letzten Moment verließ mich der Mut. Ich hatte den Kampf, den es mich kostete, mich für längere Zeit von Margaret zu trennen, schon gewonnen, aber die Vorstellung – so lebhaft wie vage –, daß ihr in meiner Abwesenheit irgend etwas – ich wußte nicht, was – zustoßen könnte, lenkte meine Schritte wieder zurück. Ich empfand tiefe Scham wegen meiner eigenen Schwäche, und doch gab ich ihr nach.

Schließlich traf ein Brief von Clara mit einem Aufruf ein, dem ich mich nicht widersetzen konnte.

»Ich habe Dich nie gebeten«, schrieb sie, »mir zuliebe herzukommen und uns zu sehen, da ich Deine Vorhaben und Pläne nicht durchkreuzen wollte, aber jetzt bitte ich Dich, um Deinetwillen herzukommen – nur für eine Woche, nicht länger, es sei denn, Du selbst wirst den Wunsch verspüren zu bleiben. Du erinnerst Dich, wie Papa Dir in Deinem Zimmer in London sagte, er glaube, Du würdest etwas vor ihm geheimhalten. Ich fürchte, dieser Gedanke läßt ihn nicht in Ruhe: Deine lange Abwesenheit schürt seine Zweifel an Dir. Er äußert sich nicht dazu, aber er läßt Dir nie etwas ausrichten, wenn ich schreibe; und sobald ich von Dir spreche, wechselt er unverzüglich das Thema. Bitte, komm her und zeig Dich für ein paar Tage – Dir werden keine Fragen gestellt, das sei Dir versichert. Es würde so viel Gutes bewirken und eine ernsthafte Entfremdung zwischen Papa und Dir – die, wie ich hoffe und bete, niemals entstehen möge – verhindern. Denk dran, Basil, in einem Monat oder sechs Wochen kommen wir in die Stadt zurück, und dann ist die Gelegenheit vertan.«

Als ich diese Zeilen las, entschied ich, sofort abzureisen, solange die Wirkung der Worte mir noch frisch im Gedächtnis haftete. Als ich Abschied von Margaret nahm, sagte sie nur, daß sie mich gern begleiten würde – »es wäre ein großes Erlebnis für mich, einen so großen Herrensitz zu sehen wie unseren!« Mr. Sherwin lachte wie üblich derb über das Aufheben, das ich machte, nur weil ich seine Tochter für eine Woche allein lassen mußte. Mrs. Sherwin empfahl mir sehr ernst und, wie ich damals dachte, auf eigentümliche Art, keinen Tag länger wegzubleiben, als ich es mir vorgenommen hatte. Mr. Mannion beteuerte mir, ich könne mich während meiner Abwesenheit von der North Villa ebenso auf ihn verlassen, wie ich es während meiner Anwesenheit getan hatte. Es war seltsam, daß mir ausgerechnet *seine* Abschiedsworte die Abreise von London erleichterten und meine Bedenken beschwichtigten.

Der Winternachmittag wurde mit der Abenddämmerung trüber, als ich auf das Landhaus zufuhr. Eine verschneite Landschaft hatte mich immer fröhlich gestimmt, und ich wünschte mir einen solchen Anblick für meine Ankunft zu Hause, aber in der Woche zuvor hatte Tauwetter geherrscht. Überall war Matsch und Wasser – Nieselregen lag in der Luft – ein rauher, feuchter Wind blies – Nebel kam auf, als der Abend voranschritt – und die uralten, kahlen Ulmen an der Parkallee ächzten und krachten unheimlich über mir, als ich mich dem Haus näherte.

Mein Vater begrüßte mich förmlicher, als mir lieb war. Seit meiner frühesten Kindheit wußte ich, was es hieß, wenn er sich entschied, nur noch höflichen Umgang mit seinem eigenen Sohn zu pflegen. Wie er meine lange Abwesenheit und die Beharrlichkeit, mein Geheimnis für mich zu behalten, deutete, wußte ich nicht, aber es war nicht zu übersehen, daß ich in seiner Wertschätzung gesunken war, und zwar so tief, daß ein einwöchiger Besuch nicht ausreichte, seine Achtung zurückzugewinnen. Die Entfremdung zwischen uns, die meine Schwester befürchtet hatte, war bereits eingetreten.

Die öde, graue Landschaft drückte auf meine Stimmung, und der Empfang meines Vaters verstärkte die Trostlosigkeit und Melancholie, die auf meinem Gemüt lastete. Die herzliche Wärme, mit der mich Clara willkommen hieß, war bitter nötig – auch der aufrichtige Dank für meine prompte Bereitschaft, ihrem Rat zu folgen, den sie mir ins Ohr flüsterte, als sie mich küßte –, um meinen Gleichmut wiederherzustellen. Doch nachdem sich die erste Aufregung und Wiedersehensfreude gelegt hatte, entdeckte ich trotz ihrer lieben Worte und der zärtlichen Blicke etwas in ihrem Gesicht, was mich betrübte. Sie schien dünner geworden zu sein, und ihre angeborene Blässe war auffallender als sonst. Sorgen und Ängste hatten augenscheinlich an ihr gezehrt – war ich die Ursache dieses Kummers?

Das Dinner an diesem Abend verlief in bedrückender, düsterer Atmosphäre. Mein Vater sprach nur über Allgemeines und Nichtigkeiten, als bewirte er einen flüchtigen Bekannten an seiner Tafel. Als sich meine Schwester zurückzog, verließ auch er den Raum, um sich mit einem Besucher, der gerade eingetroffen war, über geschäftliche Angelegenheiten zu beraten. Ich konnte es nicht über mich bringen, den Abend in Gesellschaft einer Flasche Wein zu verbringen, deshalb folgte ich Clara.

Anfangs unterhielten wir uns über das, womit sie sich beschäftigt hatte, seit sie hier war; ich wollte nicht über meinen langen Aufenthalt in London reden, und auch Clara nahm Abstand davon, daran zu rühren. Zwischen uns herrschte eine gewisse Spannung, und keiner von uns beiden hatte den Mut, sie zu durchbrechen. Dennoch dauerte es nicht lang, bis mich ein banaler Zufall zwang, offener zu sein, und es ihr ermöglichte, freimütiger über das zu sprechen, was ihr am meisten am Herzen lag.

Ich saß Clara gegenüber am Kamin und spielte mit meinem Lieblingshund, der mir bis in dieses Zimmer nachgetrottet war. Während ich mich zu dem Tier hinunterbeugte, rutschte das Medaillon, das eine Locke von Margaret enthielt, aus seinem angestammten Platz unter meiner Weste und schwang an der Kette, mit der ich es um den Hals befestigt hatte, vor den Augen meiner Schwester hin und her. Ich versteckte es sofort wieder, aber Clara hatte das billige Schmuckstück mit dem Scharfblick einer Frau als etwas Neues erkannt und zog die richtigen Schlüsse, welchem Verwendungszweck es diente.

Ein Ausdruck der freudigen Überraschung huschte über ihr Gesicht; sie erhob sich, legte die Hände auf meine Schultern, als wollte sie mich an dem Platz halten, den ich einnahm, und musterte mich eingehend.

»Basil!« rief sie aus, »solange *das* das Geheimnis ist, das du uns nicht preisgibst, bin ich ja froh! Ich wäre keine echte Frau, wenn ich ein neues Medaillon aus der Weste meines Bruders fallen sähe –« fuhr sie fort, als ihr bewußt wurde, daß ich viel zu verwirrt war, um etwas zu erwidern, »– und wenn ich beobachte, wie eine tiefe Röte in seine Wangen steigt und er das Medaillon hastig wieder versteckt, ohne meine Schlüsse daraus zu ziehen und unverblümt darauf zu sprechen zu kommen.«

Ich unternahm einen Versuch – einen armseligen Versuch –, alles mit einem Lachen abzutun. Ihre Miene wurde ernst und nachdenklich, während sie mich noch immer forschend betrachtete. Sie nahm sanft meine Hand und flüsterte mir ins Ohr: »Wirst du heiraten, Basil? Werde ich meine neue Schwester so lieben, wie ich dich liebe?«

In diesem Moment trat ein Diener herein und brachte Tee. Die Störung bot mir ein paar Minuten Zeit zum Überlegen. Sollte ich ihr alles erzählen? Der innere Antrieb drängte mich dazu, mein Verstand sagte nein. Hätte ich meine wahre Situation aufgedeckt, hätte ich Clara bei nächster Gelegenheit mit Margaret bekannt machen müssen. Dazu hätte ich meine Schwester heimlich in Mr. Sherwins Haus bringen und ihr all die demütigenden Umstände und Verbote darlegen müssen, die das Leben mit meiner Frau bestimmten. Eine eigenartige Mischung unterschiedlicher Gefühle, von denen Stolz das übermächtigste war, geboten mir Einhalt, diesen Schritt zu wagen. Zudem hätte ich meine Schwester mit der Enthüllung des Geheimnisses unabsehbaren Konsequenzen ausgesetzt, für den Fall, daß unser Vater davon erfahren hätte. Ich durfte nicht einmal daran denken, sie zur Teilhaberin der Verantwortung zu machen, die ich allein tragen sollte. Sobald wir wieder allein waren, sagte ich:

»Wirst du nicht das Schlimmste vermuten, Clara, wenn ich es dir überlasse, deine eigenen Schlüsse aus dem, was du gesehen hast, zu ziehen, und wenn ich dich bitte, absolutes Stillschweigen gegenüber jedermann zu bewahren? Ich kann nicht sprechen, Liebes, wie ich es mir wünschte: Eines Tages wirst du erfahren, warum, und sagen, daß meine Zurückhaltung richtig war. Bis dahin sollte dich die Versicherung zufriedenstellen, daß du die erste sein wirst, der ich mein Geheimnis anvertraue, wenn die richtige Zeit gekommen ist.«

»Da du meine Neugier ganz und gar nicht gestillt hast, Basil«, sagte Clara lächelnd, »und mir jede Hoffnung genommen hast, sie im Augenblick zu befriedigen, denke ich, ich bin Frau genug, deinen Wünschen zu entsprechen. Ernsthaft, Basil«, setzte sie hinzu, »dieses verräterische Medaillon hat meine düsteren Vorstellungen aufgehellt, so daß ich jetzt in glücklicher Erwartung leben kann, ohne dein Geheimnis noch einmal zu erwähnen, bis du es mir erlaubst.«

In diesem Moment betrat mein Vater das Zimmer, und wir sagten nichts mehr. Sein Verhalten mir gegenüber hatte sich seit dem Dinner nicht verändert, und es blieb während meines ganzen einwöchigen Aufenthalts auf dem Land gleich. Eines Morgens, als wir allein waren, nahm ich all meinen Mut zusammen und beschloß, das gefährliche Terrain ein wenig zu sondieren, indem ich auf die Zukunft zu sprechen kam, doch ich hatte kaum begonnen, meinen langen Aufenthalt in London zu erwähnen und eine Entschuldigung dafür vorzubringen, als er mich zum Schweigen brachte.

»Ich habe dir bereits vor einigen Monaten gesagt«, unterbrach er mich ernst und abweisend, »daß ich zu sehr an dein Ehrgefühl glaube, um mich in die Angelegenheiten einzumischen, die du für dich behalten möchtest. Bevor du nicht ausreichend Vertrauen zu mir gefaßt hast und offen sprechen kannst, will ich kein Wort hören. Noch hast du dieses Vertrauen nicht – du zögerst, wenn du mich ansprichst – dein Blick begegnet dem meinen nicht offen und mutig. Ich wiederhole noch einmal: Ich will nichts hören, was mit so fadenscheinigen Entschuldigungen beginnt, wie du sie soeben vorgebracht hast. Entschuldigungen führen zu Ausflüchten und Ausflüchte zu etwas – nein, ich will dich nicht beleidigen, indem ich mir vorstelle, wozu sie in *deinem* Fall möglicherweise führen können. Du bist volljährig und mußt deine eigene sowie meine Verantwortung kennen. Entscheide dich jetzt, ob du mir gar nichts oder alles offenbaren willst.«

Er wartete einen Augenblick, dann verließ er den Raum.

Wenn er doch nur geahnt hätte, wie sehr ich in diesem Moment unter der Notwendigkeit der Geheimhaltung litt, vielleicht hätte ich es dann über mich gebracht, ihm alles zu gestehen; und er hätte Erbarmen mit mir haben müssen, selbst wenn er mir nie verziehen hätte.

Dies war mein erster und letzter Versuch, meinem Vater durch vage Hinweise und Halbgeständnisse mein Geheimnis zu enthüllen. Eine beherzte Beichte, redete ich mir spitzfindig ein, würde nichts Gutes bewirken, sondern nur Schaden anrichten. Bis ich endlich das Eheglück, auf das ich schon so lange wartete und noch Monate warten mußte, genießen konnte, war es da nicht besser, geziemendes Stillschweigen über meine Heirat zu bewahren, solange es ging? – War es nicht am günstigsten, Abstand von einem offenen Gespräch mit meinem Vater zu nehmen, bis es nicht mehr zu umgehen war oder mich die Umstände dazu einluden? Meine Neigungen verführten mich dazu, diese Fragen zu bejahen; und eine Entscheidung, egal welcher Art und ob richtig oder falsch, genügte zu dieser Zeit, um mir Ruhe zu bringen.

Soweit es meinen Vater betraf, hatte meine Reise aufs Land ihren Zweck verfehlt. Ich hätte schon am Tag nach meiner Ankunft wieder nach London zurückkehren können, ohne seine Meinung von mir beeinflußt zu haben, aber ich blieb um Claras willen die ganze Woche.

Trotz der Freude, die mir die Gesellschaft meiner Schwester machte, war mein Besuch sehr schmerzlich für mich. Die selbstsüchtige Sehnsucht, wieder bei Margaret zu sein, die ich nicht gänzlich unterdrücken konnte, die Gefühlskälte meines Vaters und der trübe, regnerische Winter, der uns zwang, die meiste Zeit im Haus zu verbringen – all das verhinderte, daß ich mich wohl und entspannt fühlen konnte. Zu diesen Gründen meines Unbehagens gesellte sich noch der Verdruß, daß ich mich zum erstenmal wie ein Fremder in meinem Elternhaus fühlte.

Nichts im Haus oder im Park sah für mich so aus wie in früheren Jahren. Die Zimmer, die alten Dienstboten, die Spazierwege und Aussichten, die Haustiere – alles kam mir verändert vor oder schien etwas verloren zu haben, seit ich sie das letzte Mal gesehen hatte. Die Zimmer, in denen ich mich früher besonders gern aufgehalten hatte, erschienen mir jetzt unbehaglich, besondere Gewohnheiten, die ich einst bei meinen Aufenthalten auf dem Land gepflegt hatte, konnte ich nur noch mit einer Anstrengung aufnehmen, die mich beunruhigte und verärgerte. Es war, als ob mein Leben inzwischen in andere Bahnen gelenkt worden wäre und als würde es sich meinem Befehl widersetzen, den alten Kurs wieder einzuschlagen. Mein Elternhaus war nur noch dem Namen nach meine Heimat.

Als die Woche vorüber war, trennte sich mein Vater von mir genauso, wie er mich begrüßt hatte. Clara enthielt sich bei meinem Aufbruch jeder Anspielung auf die Kürze meines Besuchs und sagte lediglich, daß wir uns bald in London wiedersehen würden. Augenscheinlich hatte sie gespürt, daß der Aufenthalt meine Gemütsverfassung ein wenig beeinträchtigt hatte, und war entschlossen, dem Abschied einen so fröhlichen und hoffnungsvollen Charakter wie möglich zu verleihen. Wir verstanden uns jetzt von Grund auf, und das war ein gewisser Trost, als ich sie verließ.

Gleich nach meiner Rückkehr nach London begab ich mich in die North Villa.

Nichts, wurde mir berichtet, habe sich während meiner Abwesenheit ereignet, aber ich nahm an Margaret eine Veränderung wahr. Sie wirkte blaß und war schweigsamer, als ich sie je erlebt hatte. Auf meine Fragen gab sie als Grund für ihre derzeitige Verfassung das schlechte Winterwetter an, das ihren Gesundheitszustand ein wenig beeinträchtigt und sie gezwungen habe, die ganze Zeit im Haus zu verbringen. Aber sie wechselte schnell das Thema. Sonst bemerkte ich auch keinerlei Abweichungen von der üblichen Alltagsroutine im Haushalt. Wie gewöhnlich saß Mrs. Sherwin auf ihrem Posten im Salon, während ihr Mann bei seinem unverzichtbaren alten Port im Speisezimmer die Abendzeitung las. Schon fünf Minuten nach meiner Ankunft nahm ich das alte Leben in Mr. Sherwins Haus wieder auf, als wäre ich keinen einzigen Tag weg gewesen. Künftig würde dort, und nur dort, wo sich meine junge Frau aufhielt, *mein* Zuhause sein!

Spät am Abend traf Mr. Mannion mit einigen Geschäftsbriefen ein, die Mr. Sherwin durchsehen sollte. Ich schickte nach ihm und bat ihn in die Halle, bevor ich den Heimweg antrat. Seine Hand war nie warm, doch als ich sie jetzt ergriff, um ihn zu begrüßen, war sie kalt wie die eines Toten, und ich spürte, wie mich ein Schauer durchlief. Er beglückwünschte mich auf seine übliche Art zu meiner sicheren Rückkehr und versicherte mir, daß während meiner Reise nichts Außergewöhnliches vorgefallen sei. Doch als er diese wenigen Worte äußerte, bemerkte ich zum erstenmal eine Veränderung in seinem Ton: Seine Stimme war tiefer, und er sprach schneller als sonst. Dies, in Verbindung mit der eisigen Kälte seiner Hand, veranlaßte mich zu der Frage, ob er unwohl sei. Ja, auch er sei krank gewesen, als ich weg war – zuviel harte Arbeit habe ihm zu schaffen gemacht, sagte er. Dann entschuldigte er sich, da er sich mitten in einer Geschäftsbesprechung mit Mr. Sherwin befinde und nicht viel Zeit für mich erübrigen könne, und kehrte ins Speisezimmer zurück – mit einer Hast, die mir an ihm bei früheren Gelegenheiten noch nie aufgefallen war.

Vor meiner Abreise waren Margaret und Mr. Mannion beide wohlauf gewesen – bei meiner Rückkehr waren beide krank. Ganz bestimmt war das etwas, was während meiner Abwesenheit geschehen war, auch wenn mir alle versicherten, es habe sich nichts ereignet. Aber geringfügigen Gesundheitsstörungen schien man in der North Villa keine große Bedeutung beizumessen – vielleicht, weil dort eine ernsthafte Erkrankung in der Person von Mrs. Sherwin allgegenwärtig war.

6

Etwa sechs Wochen nachdem ich den Herrensitz verlassen hatte, trafen Clara und mein Vater in London ein.

Ich habe nicht die Absicht, mich länger mit der Schilderung meines Lebens zu Hause oder in der North Villa während des

Frühjahrs und des Sommers aufzuhalten. Ich würde doch nur bereits Gesagtes wiederholen. Es ist ratsamer, sofort zur Endphase meines Probejahres voranzueilen, zu einer Periode, die meiner Entschlossenheit zu schreiben, stark zusetzt. Noch wenige Wochen Mühen mit meiner Erzählung, und die erbärmliche Buße ist getan!

Stellen Sie sich vor, der letzte Tag des langen Jahres der Erwartung steht bevor: morgen würde Margaret, um deretwillen ich so viele Opfer gebracht und gelitten hatte, endlich und tatsächlich die Meine werden.

Die Beziehungen, die ich zu den unterschiedlichen Menschen unterhielt, mit denen ich am Abend vor der großen Wende in Verbindung stand, können folgendermaßen skizziert werden:

Mein Vater behandelte mich auch nach seiner Rückkehr nach London ebenso unpersönlich und kühl wie zuvor. Ich meinerseits achtete sorgfältig darauf, in seiner Gegenwart kein Wort zu äußern, das auch nur im entferntesten auf meine wirkliche Situation hinwies. Obwohl wir bei unseren Begegnungen nach außen hin das übliche Verhalten von Vater und Sohn zeigten, war die Entfremdung zwischen uns unüberbrückbar.

Clara nahm die Spannungen wahr und grämte sich insgeheim. Andere und glücklichere Gefühle wurden allerdings in ihr wach, als ich ihr andeutete, daß die Zeit, da ich ihr mein Geheimnis enthüllen würde, nicht mehr fern war. Sie war beinahe so aufgeregt wie ich selbst, obwohl aus ganz anderen Gründen – sie konnte an nichts anderes mehr denken als an meine Erklärungen und an die Überraschung, die auf sie wartete. Manchmal fürchtete ich fast, ich könnte Clara nicht länger im ungewissen lassen, und bereute, überhaupt jemals ein Wort über meine neuen Lebensverhältnisse verloren zu haben, bevor ich in der Position war, alles leichten Herzens zu gestehen.

Mr. Sherwin und ich pflegten in letzter Zeit keinen sehr herzlichen Umgang miteinander. Er war unzufrieden mit mir, weil ich meine Ehe nicht mutig bei meinem Vater zur Sprache gebracht hatte; er meinte, meine Gründe für eine weitere Geheimhaltung würden einer krankhaften Angst entspringen und das Bedürfnis nach übertriebener Sicherheit verraten. Andererseits sah er sich trotz dieser Unterlassung meinerseits dazu genötigt, anzuerkennen, daß ich mich all seinen übrigen Bedingungen unterworfen hatte. Ich hatte eine Lebensversicherung zu Margarets Gunsten abgeschlossen und alles arrangiert, unverzüglich ins Unterhaus berufen zu werden, damit ich mich für andere passende Stellungen qualifizieren konnte. Mein Eifer, Margarets und meine Zukunftsaussichten gegen jede Unbill, die uns drohen könnte, abzusichern, übte nicht die gewünschte Wirkung auf Mr. Sherwin aus, wie es bei einem weniger selbstsüchtigen Mann der Fall gewesen wäre. Aber immerhin verboten ihm die Vorsichtsmaßnahmen, über meine Zurückhaltung meinem Vater gegenüber zu murren. Er schmollte zwar, wahrte jedoch die Höflichkeit mir gegenüber, und das war mir weit weniger unangenehm als seine eher lästige Herzlichkeit, die immer mit langweiligen Unterhaltungen und noch langweiligeren Scherzen verbunden war.

Während des Frühjahrs und Sommers schien Mrs. Sherwin immer schwächer, ihr Gesundheitszustand immer schlechter zu werden. Gelegentlich gaben ihre Worte und Handlungen – zumal im Umgang mit mir – Anlaß zu der Besorgnis, daß ihre geistigen Kräfte ebenso nachließen wie ihre körperlichen. Beispielsweise eilte sie bei einer Gelegenheit, als Margaret für wenige Minuten das Zimmer verließ, zu mir, sah mich voller Spannung an und flüsterte ängstlich: »Geben Sie acht auf Ihre Frau – denken Sie daran, wachen Sie über sie und halten Sie alle schlechten Menschen von ihr fern! *Ich* habe es versucht – tun Sie es auch, ich bitte Sie!« Ich bat um eine Erklärung für diese außergewöhnliche Forderung, aber sie murmelte nur etwas über die Sorgen und Ängste einer Mutter, dann flüchtete sie sich an ihren angestammten Platz. Es war unmöglich, sie dazu zu bewegen, deutlicher zu werden, so sehr ich es auch versuchte.

Margaret rief ein- oder zweimal meine Bestürzung und Besorgnis hervor, als ein gewisser Wankelmut und eine Launenhaftigkeit in ihrem Verhalten kurz nach meiner Rückkehr vom Lande offenbar wurden. Einmal wurde sie plötzlich und ohne ersichtlichen Grund mürrisch und schweigsam – ein anderes Mal reizbar und mißmutig. Dann wieder änderte sich ihre Stimmung unvermittelt, und sie war die Liebenswürdigkeit in Person, las mir jeden Wunsch von den Augen ab und war dankbar für jede noch so kleine Aufmerksamkeit, die ich ihr schenkte. Diese unberechenbare Sprunghaftigkeit verwirrte und beunruhigte mich unbeschreiblich. Ich liebte Margaret zu sehr, um die Unvollkommenheit ihres Charakters philosophisch zu betrachten; ich wußte, daß ich ihr keinen Grund für die häufigen Stimmungsschwankungen bot, und wenn sie sich nur aus Koketterie launisch gab, dann war Koketterie, wie ich ihr einmal sagte, keine weibliche Tugend, die mich bei einer Frau entzückte, die ich wirklich liebte. Dennoch waren die Ursachen dieses Verdrusses und des Bedauerns – ihre Launen und meine Vorhaltungen – vergessen, als das Ende meiner Verpflichtung Mr. Sherwin gegenüber nahte. Margaret zeigte sich von ihrer besseren und liebreizenderen Seite. Gelegentlich beobachtete ich an ihr Anzeichen von Verwirrung oder eine ungewohnte Nachdenklichkeit, aber in solchen Momenten dachte ich daran, wie nah der Tag war, an dem unsere Liebe frei sein würde, und betrachtete ihre Verlegenheit als einen neuen Reiz, als eine neue Zierde für die Schönheit meiner unschuldigen Frau.

Mr. Mannion war – soweit es meine Interessen betraf – derselbe hilfsbereite und zuverlässige Freund wie immer, doch in anderer Hinsicht hatte er sich verändert. Die Krankheit, über die er vor Monaten, als ich nach London zurückkam, geklagt hatte, schien sich verschlimmert zu haben. Sein Gesicht war nach wie vor dieselbe undurchdringliche Maske, die bei unserem ersten Zusammentreffen einen so tiefen Eindruck auf mich gemacht hatte, doch sein Auftreten, das bis dahin unauffällig und beherrscht gewesen war, schien jetzt eher schroff und unbeständig. Bisweilen, wenn er uns im Salon in der North Villa Gesellschaft leistete, verstummte er plötzlich, wenn wir drei oder vier Worte gewechselt hatten, murmelte etwas von einem Krampfanfall und Schwindelgefühlen – mit einer Stimme, die seiner normalen kaum ähnelte – und verließ den Raum. Diese Anfälle waren ebenso geheimnisvoll wie alles andere, was mit ihm in Zusammenhang stand: Sie riefen keinerlei äußere Anzeichen, die Krämpfe normalerweise mit sich brachten, hervor, sein Gesicht wurde um keine Spur blasser, und niemand hätte sagen können, ob er Schmerzen litt oder wo sich diese Schmerzen bemerkbar machten. In der letzten Zeit versagte ich es mir, ihn aufzufordern, sich uns anzuschließen, da seine unvermittelten Krankheitsschübe ihre Wirkung bei Margaret hinterließen und sie für den Rest des Abends aus der Fassung brachten. Wann immer ich ihm während der letzten Wochen meines Probejahres zufällig begegnete, stellte ich fest, daß auch das wunderschöne Sommerwetter keine Besserung seines Zustandes bewirkte. Mir fiel auf, daß seine kalte Hand, die mir an dem rauhen Winterabend meiner Ankunft in London einen Schauer über den Rücken gejagt hatte, auch an den warmen Sommertagen, die dem Ende meines Probejahres vorangingen, eisig war.

So standen die Dinge für mich zu Hause und in Mr. Sherwins Familie, als ich mich auf den Weg machte, um Margaret ein letztes Mal unter den alten Voraussetzungen zu sehen. Es war nur noch ein Abend, der uns von der Zweisamkeit trennte.

Ich hatte den ganzen Tag in einem Cottage, das ich für einen Monat in einem abgelegenen Landstrich abseits von London gemietet hatte, zugebracht und Vorbereitungen für den Empfang getroffen. Ein Monat ungestörten Glücks mit Margaret, weit weg vom Alltag und allen weltlichen Belangen, war das Paradies auf Erden, auf das sich alle Hoffnungen und Erwartungen des vergangenen Jahres gerichtet hatten – und jetzt, jetzt endlich sollte sich meine Sehnsucht erfüllen! Ich hatte alle notwendigen Arrangements in dem Cottage getroffen und war rechtzeitig genug fertig, um noch vor der üblichen Dinnerstunde nach Hause zurückzukehren. Während der Mahlzeit ergriff ich geeignete Maßnahmen, um meinem Vater meine bevorstehende Abwesenheit von London zu erklären. Ich sagte ihm, daß ich beabsichtige, einen

Monat bei einem Freund auf dem Lande zu verbringen. Er hörte mich unbeteiligt wie gewöhnlich an, und erkundigte sich, wie ich es vorausgesehen hatte, nicht einmal nach dem Namen meines Freundes. Nach dem Dinner kündigte ich Clara bei einem vertraulichen Gespräch an, daß ich am folgenden Morgen vor der Abreise mein Versprechen erfüllen und ihr mein lange gehütetes Geheimnis aufdecken würde, von dem jedoch abgesehen von ihr niemand sonst etwas erfahren dürfe. Danach brach ich eilends auf, um der North Villa zwischen neun und zehn Uhr einen letzten halbstündigen Besuch abzustatten. Ich konnte selbst kaum glauben, daß meine Lage in nur wenigen Stunden eine vollkommen andere sein würde, und konnte mein Glück und meine Freude nicht fassen.

Eine Enttäuschung stand mir bevor. Margaret erwartete mich nicht zu Hause; sie war zu einer Abendgesellschaft ausgegangen, die eine unverheiratete Tante von ihr gab. Diese Tante war sehr reich und wurde dementsprechend von der Familie umworben und bei Laune gehalten.

Ich war gleichermaßen verärgert wie enttäuscht über ihre Abwesenheit. Daß man Margaret ausgerechnet an diesem so bedeutsamen Abend zu einer Party geschickt hatte, zeigte eine Rücksichtslosigkeit uns beiden gegenüber, die mich empörte. Mr. und Mrs. Sherwin saßen im Salon, als ich eintrat; und ich machte ihm unmißverständlich und schonungslos klar, was ich von diesem Betragen hielt. Mr. Sherwin litt unter einer heftigen Kopfschmerzattacke, war ausgesprochen schlechter Stimmung und antwortete mir so gereizt, wie er es wagen konnte.

»Mein guter Sir!« sagte er in scharfem, verdrossenem Ton. »Erlauben Sie mir zumindest dieses eine Mal, selbst zu beurteilen, was das beste für meine Tochter ist. Sie werden morgen *Ihren* Willen bekommen – lassen Sie mir *meinen* für diesen letzten Abend. Ich kann wohl sagen, daß Sie sich oft genug durchgesetzt und Margaret von Gesellschaften ferngehalten haben, und wir wären auch heute Ihren Wünschen nachgekommen; aber dann traf ein zweiter Brief von der alten Lady ein, worin sie zum Ausdruck brachte, daß sie ernsthaft

Anstoß nehmen würde, wenn Margaret heute abend nicht zu ihren Gästen zählte. Ich konnte wegen meiner Kopfschmerzen nicht zu ihr gehen und persönlich mit ihr über die Angelegenheit reden. Zum Henker! Es ist nur in ihrem eigenen Interesse, daß sich Margaret mit ihrer Tante gut stellt; meine Tochter wird einmal das ganze Geld der alten Frau erben, wenn sie nur ihre Karten geschickt ausspielt. Deshalb habe ich sie auf diese Party geschickt – in nicht allzu ferner Zeit wird sich dieser eine Abend für Sie und Margaret auszahlen, und zwar mit einigen Tausendern. Margaret kommt um halb eins oder noch früher zurück. Wir wandten uns an Mannion, und obwohl er gesundheitlich nicht ganz auf der Höhe ist, hat er sich bereit erklärt, sie zu begleiten und nach Hause zu bringen. Ich garantiere Ihnen, daß sie früh zu Hause sein wird, solange *er* auf sie acht gibt. Sie sehen, es gibt nicht das geringste, worüber Sie sich aufregen müßten.«

Es war eine gewisse Erleichterung zu hören, daß Mr. Mannion Margaret unter seine Fittiche genommen hatte. Er war meiner Ansicht nach wesentlich besser für eine solche Aufgabe geeignet als ihr eigener Vater. Von allen Gefälligkeiten, die er mir erwiesen hatte, hielt ich diese für die dankenswerteste – aber dennoch wäre ich ihm wesentlich verbundener gewesen, wenn er verhindert hätte, daß Margaret zu dieser Gesellschaft ging.

»Ich muß es noch einmal wiederholen«, fuhr Mr. Sherwin noch ärgerlicher fort, als ich ihm nicht sofort antwortete, »es gibt keinen vernünftigen Grund, sich aufzuregen. Ich habe nur in Ihrem und Margarets Interesse gehandelt – sie wird um kurz nach zwölf zurück sein, und Mr. Mannion hat ein Auge auf sie. Ich weiß wirklich nicht, was Sie dagegen haben könnten – es ist teuflisch, daß sich ein kranker Mann wie ich solche Vorhaltungen anhören muß – wahrhaft teuflisch!«

»Tut mir leid, daß Sie sich nicht gut fühlen, Mr. Sherwin, und ich zweifle nicht an Ihren guten Absichten, und ganz gewiß ist es ein Vorzug, daß sich Mr. Mannion bereit erklärt hat, Margaret heute abend unter seine Obhut zu nehmen; trotzdem bin ich enttäuscht, daß sie ausgerechnet heute abend ausgegangen ist.«

»Ich habe ihr gesagt, daß sie nicht ausgehen darf, gleichgültig, was ihre Tante dazu meint – *ich* habe ihr das gesagt!«

Dieser kühne Einwurf kam aus Mrs. Sherwins Munde! Ich hatte nie zuvor erlebt, daß sie ihre Meinung in Gegenwart ihres Mannes äußerte – so ein Ausbruch von *ihr* war schlichtweg unerklärlich. Die Worte drängten rasch und mit ungewohnter Heftigkeit aus ihr heraus, während mich ihr eigenartig gehetzter Blick die ganze Zeit fixierte.

»Verdammt, Mrs. S.!« brüllte ihr Mann wütend, »wirst du wohl deinen Mund halten? Was ist über dich gekommen, daß du *deine* Ansichten von dir gibst, wenn dich niemand danach gefragt hat? Du lieber Himmel, ich glaube wirklich allmählich, daß du ein bißchen übergeschnappt bist. In letzter Zeit mischst du dich in alles ein und machst nur Scherereien – ich weiß beim besten Willen nicht, welcher Teufel dich reitet. Ich will Ihnen mal eins sagen, Mr. Basil«, setzte er hinzu und wirbelte zu mir herum, »Sie sollten lieber zusehen, daß Sie Ihre Aufregung beschwichtigen und selbst zu dieser Party gehen. Die alte Lady hat mir erzählt, daß sie zu wenige Herren kennt und gern mehr eingeladen hätte; sie würde sich sicher freuen, einen Freund von mir, den ich ihr schicke, willkommen zu heißen. Sie brauchen lediglich meinen Namen zu nennen: Mannion wird die Aufgabe übernehmen, Sie mit ihr bekannt zu machen. Hier! Hier ist ein Umschlag mit ihrer Adresse – kein Mensch auf dieser Gesellschaft wird wissen, wer oder was Sie sind – Sie tragen einen schwarzen Anzug und sind bereit für eine Party. Um Himmels willen, gehen Sie hin! Ich hoffe, dann sind Sie zufrieden!«

Ich zögerte, seinen Vorschlag anzunehmen. Während ich noch im Zweifel war, ergriff Mrs. Sherwin die Gelegenheit, als sich ihr Mann kurz abwandte, um mir vielsagend zuzunicken. Offensichtlich hegte sie den dringenden Wunsch, daß ich mich Margaret bei dieser Gesellschaft anschloß – aber wieso? Was hatte ihr Verhalten zu bedeuten?

Es war zwecklos, Fragen zu stellen. Das lange körperliche Leiden und ihre schlechte Konstitution hatten eine nur zu deutliche Geistesschwäche verursacht. Was sollte ich tun? Ich war fest entschlossen, Margaret noch heute abend zu sehen, aber die Aussicht, hier in der North Villa zwei oder drei Stunden in der Gesellschaft ihres Vaters und ihrer Mutter auf sie zu warten, war mir unerträglich. Ich beschloß, zu der Party zu gehen. Niemand dort wußte etwas über mich. Diese Leute lebten in einer anderen Welt als ich, und möglicherweise amüsierte es mich, ihre Manieren und Gewohnheiten zu studieren. Jedenfalls konnte ich auf diese Art ein oder zwei Stunden mit Margaret zusammensein und selbst die Aufgabe übernehmen, sie sicher nach Hause zu bringen. Daher nahm ich ohne weitere Bedenken das Kuvert mit der Adresse an mich und wünschte Mr. und Mrs. Sherwin eine gute Nacht.

Es schlug zehn, als ich die North Villa verließ. Der Mond, der meinen Weg hierher hell erleuchtet hatte, ließ sich nur noch hin und wieder sehen; immer dickere Wolken türmten sich auf und bedeckten den Himmel.

7

Mein Weg führte mich weg von Mr. Sherwins Villa in Richtung der dicht bewohnten Gegend westlich der Edgeware Road. Als ich in die angegebene Straße einbog, bereitete es mir keinerlei Schwierigkeiten, das Haus von Margarets Tante schon von weitem ausfindig zu machen. Alle Fenster waren hell erleuchtet, die Klänge von Tanzmusik wehten zu mir herüber, und eine Gruppe von Droschkenkutschern und Fackelträgern[14] sowie ein paar Schaulustige hatten sich vor der Tür versammelt. Augenscheinlich war es eine große Gesellschaft. Ich blieb zaudernd vor dem Haus stehen.

Ich war nicht in der rechten Stimmung, höfliche Konversation mit Fremden zu treiben, und hatte das Gefühl, daß ich meine fiebrige Vorfreude und die hohen Erwartungen, die ich mit dem morgigen Tag verknüpfte, nicht angemessen verbergen würde. Konnte ich in Margarets Gegenwart meine Rolle als bloßer Freund der Familie glaubhaft spielen? Und zwar ausgerechnet in dieser besonderen Nacht? Viel wahrscheinlicher war, daß mein Verhalten, wenn ich zu dieser Party ging, alles verraten würde. Ich entschied, in der Nachbarschaft spazierenzugehen, bis es zwölf Uhr schlug; dann wollte ich im Haus vorsprechen und Mr. Mannion meine Karte mit der Nachricht, daß ich unten wartete, um mich ihm und Margaret auf dem Weg zur North Villa anzuschließen, zukommen lassen.

Ich überquerte die Straße und betrachtete vom gegenüberliegenden Bürgersteig aus das Haus. Ich verweilte einen Augenblick, lauschte der Musik, die aus den Fenstern drang, und stellte mir vor, was Margaret gerade tat. Dann wandte ich mich ab und schlenderte in östliche Richtung davon, ohne darauf zu achten, wohin meine Schritte mich führten.

Ich verspürte Ungeduld und war kein bißchen müde, da ich wußte, daß ich meine Frau in weniger als zwei Stunden wiedersehen würde. Bis dahin hatte die Gegenwart keinerlei Bedeutung für mich – ich lebte in der Vergangenheit und in der Zukunft. Gedankenverloren wanderte ich durch verlassene Gassen und belebte Hauptstraßen. Von den vielen Sehenswürdigkeiten, deren Anblick man bei einem Nachtspaziergang in einer großen Stadt genießen kann, nahm ich keine einzige zur Kenntnis. Ohne auf die Umgebung zu achten spazierte ich – weder betrübt noch übermäßig aufgeregt – durch die funkelnden Straßen von London. Die nächtlichen Geräusche wurden von der Melodie meiner Liebesgefühle übertönt; die glitzernden Lichter verblaßten vor dem strahlenden Traum von meinem Eheglück. In welcher Welt bewegte ich mich in diesem Moment? Sie war nur auf das Cottage beschränkt, das uns am nächsten Tag in Empfang nehmen würde. Wo waren die Geschöpfe dieser Welt? Sie waren zu einem einzigen Wesen verschmolzen – Margaret.

Manchmal schweiften meine verträumten, sinnlichen Vorstellungen zu jenem Tag zurück, an dem ich ihr zum erstenmal begegnet war. Dann wieder erinnerte ich mich an die Sommerabende, an denen wir zusammengesessen und gemeinsam ein Buch gelesen hatten; und mir war wieder, als würde ich dieselbe Luft wie sie atmen, dieselben Hoffnungen und Sehnsüchte hegen wie in diesen Tagen. Aber die meiste

Zeit beschäftigte sich mein Verstand mit dem, was morgen sein würde. Der erste Traum eines jeden jungen Mannes – der Traum von einem Leben in grenzenloser Verzückung mit der jungen Frau, die er liebte, abgeschieden und weit weg von Freunden und Fremden – war jetzt auch mein Traum, der in wenigen Stunden Wirklichkeit werden würde, den ich gleich nach dem Erwachen, das nun nicht mehr fern war, in die Tat umsetzen konnte.

In der letzten Viertelstunde mußte ich unbewußt den Weg zurück zum Haus von Margarets Tante eingeschlagen haben. Es schob sich wieder in mein Blickfeld, als die benachbarte Kirchturmuhr elf schlug und mich aus meiner Versunkenheit weckte. Inzwischen standen noch mehr Droschken auf der Straße, eine größere Menschenmasse hatte sich vor der Haustür angesammelt. Was hatte diese Geschäftigkeit zu bedeuten? Kamen neue Gäste an, oder brachen einige auf? Löste sich die Gesellschaft zu einer Stunde auf, in der üblicherweise die Feierlichkeiten erst richtig begannen? Ich näherte mich dem Haus, um mich zu vergewissern, ob die Musik verstummt war.

Ich trat dicht genug heran, um zu hören, daß die Harfen- und Pianoklänge so fröhlich wie vorher ertönten. Plötzlich schwang die Haustür auf, und eine Lady und ein Gentleman traten ins Freie. Das Licht von der Halle erleuchtete ihre Gesichter ... und zeigte mir Margaret und Mr. Mannion.

Sie gingen schon jetzt nach Hause! Eineinhalb Stunden vor der festgesetzten Zeit! Warum?

Es konnte nur einen Grund für diesen frühen Aufbruch geben. Margaret dachte an mich und daran, wie ich mich fühlen mußte, wenn ich in der North Villa vorsprach und gezwungen war, bis nach Mitternacht auf sie zu warten. Ich lief weiter vor, um sie anzusprechen, als sie die Stufen hinunterkamen, aber in diesem Augenblick wurde meine Stimme von anderen übertönt, und mein Weg wurde von den Menschen auf dem Bürgersteig blockiert. Ein Mann behauptete, man habe ihm seine Tasche gestohlen; andere brüllten, sie hätten den Dieb erwischt. Es kam zu einem Handgemenge – die Polizei traf ein – ich war von allen Seiten von kreischendem und raufendem Mob umringt, der im Nu zusammengeströmt war.

Bevor ich mich aus der Menschenmenge befreien und auf die Straße entkommen konnte, stiegen Margaret und Mr. Mannion eilends in eine Droschke. Ich sah gerade noch, wie die Kutsche losfuhr, als ich mich aus der Masse löste. Eine leere Droschke wartete in der Nähe – ich sprang hinein und trug dem Kutscher auf, das andere Gefährt einzuholen. Nachdem ich so lange geduldig gewartet hatte, wollte ich es keinesfalls zulassen, daß mich ein unglücklicher Zwischenfall um das Vergnügen brachte, Margaret nach Hause zu begleiten. Ich war erhitzt und wütend nach meinem Kampf mit der Menge und hätte das Kutschpferd lieber eigenhändig ausgepeitscht, statt mein Vorhaben aufzugeben.

Wir verringerten den Abstand, und ich streckte den Kopf aus dem Fenster, um sie anzurufen und meinen Kutscher zu bitten, ebenfalls zu rufen – gerade in dem Moment bog ihre Droschke unvermittelt in eine Seitenstraße ein, die in die der North Villa entgegengesetzte Richtung führte.

Was hatte das zu bedeuten? Weshalb fuhren sie nicht auf direktem Weg nach Hause?

Der Kutscher erkundigte sich, ob er sie nicht mit einem Schrei aufhalten sollte, ehe sie sich zu weit von uns entfernten; mit dieser Frage gestand er freimütig, daß sich sein Pferd nicht mit dem der anderen Droschke messen konnte. Mechanisch, ohne eine bestimmte Absicht zu verfolgen, lehnte ich sein Angebot ab und bat ihn, dem anderen Gefährt, so gut er konnte, zu folgen. Während mir diese Worte über die Lippen kamen, befiel mich ein eigenartiges Gefühl: Es schien mir, als wäre ich nichts anderes als das Sprachrohr eines Fremden. Mit einemmal wich die Hitze, in die mich die Bewegung gebracht hatte, gänzlich aus meinem Körper. Eine unerklärliche Kälte sickerte in mein Inneres, und ich war kaum fähig, auch nur einen Muskel zu rühren. Was hatte diese seltsame Starre verursacht?

Meine Droschke hielt an. Ich schaute aus dem Fenster und sah, daß das Pferd gestürzt war. »Wir haben eine Menge Zeit, Sir«, sagte der Kutscher, als ich ausstieg, »sie sind ein

Stück weiter vorn stehengeblieben.« Ich gab ihm Geld und machte mich unverzüglich zu Fuß auf den Weg, um sie einzuholen.

Es war eine verlassene Gegend – eine Ansammlung halb fertiger Straßen und erst kürzlich bezogener oder noch unbewohnter Häuser, die in der Nähe eines großen Bahnhofs gebaut worden waren. Ich hörte den schrillen Pfiff einer Lokomotive und das schwere Stampfen, als sie losfuhr, während ich auf einen düsteren Platz gelangte. Die Droschke, der ich gefolgt war, stand an einer Biegung, die auf eine lange Straße führte, an deren Ende sich einige Läden befanden, auf meiner Seite war sie offenbar nur von Privathäusern gesäumt. Margaret und Mr. Mannion verließen hastig ihre Kutsche, ohne nach rechts oder links zu schauen, und eilten die Straße entlang. Vor dem neunten Haus blieben sie stehen. Ich kam gerade noch rechtzeitig näher, um zu hören, wie eine Haustür hinter ihnen ins Schloß fiel.

Ein schrecklicher Verdacht, den ich selbst kaum als das erkennen konnte, was er war, verursachte mir eine Gänsehaut – und kroch langsam zusammen mit einer tödlichen Kälte in mein Herz. Ich sah zu dem Haus auf. Es war ein Hotel – ein verwahrlostes, düsteres Gebäude, das einen verlassenen Eindruck machte. Noch immer handelte ich mechanisch, wurde getrieben von einem vagen Impuls, den ich nicht erkannte, nur fühlte. Nichts hatte mehr Bestand, nur der unerschütterliche Entschluß, ihnen in dieses Haus so zu folgen, wie ich ihnen bereits durch die Straßen gefolgt war. Ich ging zur Tür und betätigte die Klingel.

Ein Portier, kaum älter als ein Junge, öffnete mir und begrüßte mich. Als das Licht aus dem Flur auf mein Gesicht fiel, verstummte er und wich ein paar Schritte zurück. Ohne mich mit Erklärungen aufzuhalten, trat ich ein, schloß die Tür hinter mir und sagte:

»Eine Lady und ein Gentleman sind vor kurzem in dieses Hotel gegangen.«

»Was geht Sie das an?« – Er zögerte und fügte in gemäßigterem Ton hinzu: »Ich meine, was wollen Sie von ihnen, Sir?«

»Ich möchte, daß Sie mich in einen Raum bringen, in dem

ich ihre Stimmen hören kann – nichts weiter. Hier ist ein Sovereign[15] für Sie, wenn Sie tun, worum ich Sie bitte.«

Sein gieriger Blick heftete sich auf die Goldmünze, die ich ihm vor die Nase hielt. Er schlich auf Zehenspitzen ein Stück weiter und blieb am Ende des Flurs stehen. Ich hörte nichts außer meinen eigenen hämmernden Herzschlägen. Der Junge kam zurück und murmelte vor sich hin: »Der Master ist unten beim Essen und für eine Weile aus dem Weg – ich werde es riskieren! Sie müssen mir aber versprechen, sofort wieder zu gehen«, setzte er im Flüsterton an mich gewandt hinzu, »und die Leute im Haus nicht aufzuschrecken. Wir sind ein ruhiges Hotel und können keinen Aufruhr gebrauchen. Versprechen Sie mir, daß Sie sich still verhalten und kein Wort sagen werden?«

»Ich verspreche es.«

»Dann kommen Sie hier entlang, Sir – und vergessen Sie nicht, ganz leise zu sein.«

Eine eigenartige Ruhe und eisige Gefühllosigkeit befielen mich – es war, als wäre ich von einer unsichtbaren Macht besessen, der ich mich nicht widersetzen konnte und die mich immer weiter vorantrieb, als ich dem Jungen die Treppe hinauf folgte. Er führte mich lautlos in ein leeres Zimmer, deutete auf eine Wand und flüsterte: »Es ist nur eine tapezierte Bretterwand.« Er wartete und beobachtete mit ängstlichem Blick jede meiner Bewegungen.

Ich lauschte und hörte Stimmen hinter der dünnen Trennwand – *ihre* Stimme und *seine* Stimme. *Ich hörte, und ich wußte alles* – ich erkannte die Demütigung und das gesamte Ausmaß der Greueltat, ich erkannte meinen Irrtum in seinem ganzen grausigen Umfang. Namenloses Entsetzen erfaßte mich. Er hatte sich in Geduld geübt und insgeheim frohlockt, während er ein abscheuliches Komplott geschmiedet und seine wahren Ziele Monate um Monate verschleiert hatte, um sein schändliches Vorhaben zum Erfolg zu führen, nur wenigen Stunden vor dem großen Augenblick, an dem ich Anspruch auf meine Frau erheben durfte – auf eine Frau, die ebenso verdorben und niederträchtig war wie er selbst!

Ich war nicht imstande, mich von der Stelle zu rühren, und

mir stockte der Atem. Das Blut brauste in meinen Ohren und schoß mir ins Gehirn; mein Herz krampfte sich schmerzhaft zusammen; grenzenloser Zorn kochte in mir hoch und drängte danach, sich Luft zu machen. Jahre gräßlichster geistiger und körperlicher Qualen konzentrierten sich in diesem einen Augenblick der Verzweiflung und unsäglicher Pein, dennoch raubte mir das Leid nicht das Bewußtsein. Ich hörte den Portier wispern: »Mein Gott! Er stirbt!« Ich spürte, wie er meine Krawatte lockerte – wußte, daß er mich mit kaltem Wasser bespritzte, mich aus dem Zimmer zerrte, das Fenster im Flur öffnete und mich so festhielt, daß mir die kühle Nachtluft ins Gesicht blasen konnte. Das alles wußte ich, und ich spürte, wie sich die Erstarrung löste, der Zorn wich und nichts hinterließ als Hilflosigkeit und Verzweiflung. Ich zitterte am ganzen Körper.

Allmählich kehrte mein Denkvermögen zurück.

Elend, Scham und Entsetzen sowie die sinnlose Sehnsucht, mich vor allen menschlichen Blicken verstecken zu können, um mir das Leben aus dem Leib zu weinen, übermannten mich. Als diese Empfindungen abflauten, nahm nur noch *ein einziger Gedanke* ihren Platz ein – er erhob sich und riß alle Barrieren nieder, die mein Gewissen, die Grundsätze meiner Erziehung, die Sorge um die Zukunft, die Erinnerung an die Vergangenheit, der nachlassende Einfluß des gegenwärtigen Schmerzes, die Familienbande und die Angst um einen guten Ruf im Laufe meines Lebens errichtet hatten. In diesem Augenblick war mir egal, was mir bevorstehen würde – das Gift dieses einen Gedanken tötete alle anderen – ob gut oder schlecht – im Nu ab. Während er Gestalt annahm, spürte ich, wie meine körperlichen Kräfte zurückkehrten; neue Energie pulsierte heiß in meinen Adern. Ich drehte mich um und schaute zu dem Raum, den wir gerade verlassen hatten – im Geiste warf ich einen Blick in das Zimmer dahinter, in das Zimmer, in dem *sie* waren.

Der Portier stand noch immer neben mir und beobachtete mich mit Argusaugen. Plötzlich wich er zurück, wurde blaß und starrte mich fassungslos an, ehe er auf die Treppe nach unten deutete.

»Gehen Sie!« flüsterte er. »Gehen Sie sofort! Sie sind wieder wohlauf – ich habe Angst, Sie noch länger hier zu lassen. Ich habe Ihren Blick gesehen – diesen furchtbaren Blick auf diese Zimmertür! Sie haben für Ihr Geld gehört, was Sie hören wollten – gehen Sie unverzüglich! Oder ich schreie Zeter und Mordio – auch wenn ich meine Stellung deswegen verliere – und wecke das ganze Haus. Und eines will ich Ihnen sagen: So wahr es einen Gott im Himmel gibt, ich werde die beiden warnen, bevor sie vor die Tür gehen.«

Ich hörte seine Worte, achtete aber nicht auf ihn, und verließ das Haus. Keine Stimme der Welt hätte mich jetzt noch von dem Kurs abbringen können, den ich eingeschlagen hatte. Der Portier sah mir wachsam nach, als ich auf die Straße trat. Um seinen Blicken zu entgehen, schlug ich einen weiten Bogen, bevor ich zu der Stelle zurückging, wo, wie ich es gehofft hatte, die Droschke, die sie hergebracht hatte, noch auf sie wartete.

Der Kutscher schlief. Ich weckte ihn auf und sagte ihm, man habe mich geschickt, um ihm auszurichten, daß seine Dienste heute nacht nicht mehr gebraucht würden. Ich bezahlte ihm, was er verlangte, damit er auch wirklich das Weite suchte. Er fuhr weg – das erste Hindernis auf dem fatalen Pfad, den ich fest entschlossen eingeschlagen hatte, war aus dem Weg geräumt.

Als die Droschke aus meinem Blickfeld verschwunden war, schaute ich zum Himmel. Er wurde immer schwärzer. Die dunklen Wolkentürme – phantastische, klar umrissene Gebilde –, die den Mond bereits verhüllten, zogen sich rasch zu einer formlosen, bedrohlichen Masse zusammen. Ich ging zurück in die Straße und bezog in einem stockfinsteren Durchgang, der zu einem Pferdestall führte und dem Hotel gegenüberlag, Posten.

In der Dunkelheit, in der ich wartete und beobachtete, und während des plötzlichen Stillstands der Ereignisse, drang mir der eine Gedanke auf die Lippen und formte sich zu Worten. Leise flüsterte ich vor mich hin: *Ich werde ihn töten, wenn er auf die Straße kommt.* Mein Verstand wich niemals auch nur um einen Deut von diesem Gedanken ab – ich dachte nicht einen

Augenblick an mich oder an *sie.* Die Pein betäubte mein Herz; der Kummer betäubte die bewußte Wahrnehmung meines Leids. Der Tod dämpfte jede Empfindung, und der Tod und mein Gedanke waren eine Einheit.

Die quälende Spannung während der Wartezeit zerrte schmerzhaft an meinen Nerven.

Ich hatte die Zeit vorausberechnet, wann sie das Hotel verlassen mußten, um rechtzeitig zur festgesetzten Stunde in der North Villa einzutreffen. Jetzt hörte ich, wie sich langsame, schwere, gleichmäßige Schritte auf der Straße näherten. Es war ein Polizist auf seinem Rundgang durch den Bezirk. Vor dem Durchgang zum Pferdestall blieb er stehen, gähnte und streckte die Arme, dann pfiff er leise eine Melodie. Wenn Mannion herauskam, solange der Polizist in der Nähe war, was dann? Mir stockte das Blut in den Adern, als mir klar wurde, daß das durchaus möglich war. Plötzlich hörte der Mann auf zu pfeifen, sah aufmerksam die Straße hinauf und hinunter und überprüfte, ob die Tür des Nachbarhauses verschlossen war – dann ging er wieder ein paar Schritte auf mich zu, blieb erneut stehen – murmelte verschlafen vor sich hin: »Hier scheint alles sicher zu sein; ich hab' die andere Straße vergessen.« Er drehte sich um und trottete denselben Weg zurück, den er gekommen war. Ich starrte unverwandt und mit schmerzenden Augen auf die Hoteltür, während sich die Schritte des Polizisten immer weiter entfernten, bis sie schließlich gar nicht mehr zu hören waren. Alles war wieder still wie vorher – der Mann, nach dessen Leben ich trachtete, hatte sich noch nicht blicken lassen.

Zehn Minuten später – nach meiner Schätzung – wurde die Tür des Hotels geöffnet, und ich vernahm Mannions Stimme und die Stimme des Burschen, der mich ins Haus gelassen hatte. »Sehen Sie sich um, ehe Sie hinausgehen«, empfahl der Portier, »die Straßen sind nicht sicher für Sie.« Mannion, der offenbar nicht glauben konnte, was er hörte, unterbrach den Jungen ungehalten und versicherte der Komplizin seiner Missetaten, daß die Warnung nichts anderes als ein Versuch sei, ihm Geld als Belohnung für die Wachsamkeit zu entlocken. Der Junge entgegnete trotzig, daß ihm das

Geld des Gentlemans gleichgültig sei, genau wie der Gentleman selbst. Gleich darauf schlug die innere Tür des Hotels zu, und ich wußte, daß Mannion seinem Schicksal überlassen war.

Einen Augenblick herrschte absolute Stille, dann hörte ich, wie er seiner Komplizin klarmachte, daß er allein zur Kreuzung gehen und nach der Droschke sehen würde, während sie lieber ins Haus zurückgehen und hinter der Tür auf seine Rückkehr warten solle. Sie befolgte seinen Rat, und er trat auf die Straße. Es war kurz nach zwölf. Kein Laut außer Mannions Schritten war zu hören – keine Menschenseele hielt sich in der Nähe auf, um den bevorstehenden Kampf zu verhindern oder mit anzusehen. Sein Leben gehörte mir. Der Tod folgte ihm, so schnell mich meine Füße trugen. Ich schlich ihm nach.

Er blickte die Straße hinauf und hinunter und hielt nach der Droschke Ausschau. Als ihm klar wurde, daß sie nicht mehr wartete, wirbelte er herum, um zurückzulaufen. In diesem Augenblick stand ich ihm von Angesicht zu Angesicht gegenüber. Bevor ein Wort gesprochen, ja noch ehe wir einen Blick wechseln konnten, lagen meine Hände an seiner Kehle.

Er war größer und schwerer als ich, und er wehrte sich gegen meinen Angriff in dem Wissen, daß er um sein Leben kämpfte. Es gelang ihm nicht, mich abzuschütteln, aber er zerrte mich mit sich – acht oder zehn Meter die Straße entlang. Die röchelnden, erstickten Atemzüge aus seinem weit aufgerissenen Mund streiften heiß meine Stirn. Er schwankte heftig vor und zurück und von einer Seite zur anderen; er schlug nach mir und schwang drohend seine Fäuste über dem Kopf. Ich blieb unerschütterlich stehen und hielt ihn auf Armlänge von mir weg. Als ich meine Füße fest gegen den Boden stemmte, um das Gleichgewicht nicht zu verlieren, hörte ich die Steine unter meinen Sohlen knirschen – offenbar hatte man die Straße erst kürzlich mit Granitsteinen ausgebessert. Plötzlich gab eine grimmige Zielstrebigkeit meinem tödlichen Entschluß, von dem ich besessen war, neue Nahrung. Ich preßte ihm eine Hand in den Nacken, hielt ihn mit der anderen am Kragen seiner Jacke fest, dann schleuderte ich ihn mit all der Wucht, die der Zorn in mir freigesetzt hatte, mit dem Gesicht zuerst auf die Steine.

In dem wahnsinnigen Triumph des Augenblicks beugte ich mich über den bewußtlosen Mann, um ihn hochzuheben, erneut auf die Steine zu werfen und nicht nur das Leben, sondern auch jede Ähnlichkeit mit einem menschlichen Wesen aus ihm herauszuprügeln; in der tödlichen Stille, die dem Kampf folgte, hörte ich, daß sich die Tür des Hotels öffnete. Ich ließ den Mann liegen und lief – warum oder zu welchem Zweck, wußte ich selbst nicht – zurück in mein Versteck.

Auf der Schwelle des verfluchten Hotels stand die Frau, mit der mich ein Geistlicher im Angesicht Gottes vor einem Jahr vermählt hatte.

Scham und Verzweiflung durchbohrten mir das Herz, als ich sie dort stehen sah, und rissen meinen Verstand mit einem schmerzhaften Ruck aus dem Trancezustand. Tausende und Abertausende Gedanken wirbelten mir in völliger Konfusion durch den Kopf – Gedanken, die brennende Feuerspuren nach sich zogen – Gedanken, die mir höllische Qualen bereiteten und mir die Sprache verschlugen gerade in dem Moment, in dem ich zusammen mit meiner Lebenskraft die Stimme zurückgewonnen hatte. Stumm und mit brennenden, trockenen Augen ging ich auf sie zu, ergriff ihren Arm und zog sie fort von diesem Haus. Währenddessen formte sich in mir der vage Entschluß, sie festzuhalten und auch nicht einen Zentimeter von meiner Seite weichen zu lassen, ehe ich gewisse Worte ausgesprochen hatte. Welche Worte das sein sollten oder wann ich sie äußern würde, hätte ich in diesem Moment nicht sagen können.

Das Flehen um Gnade lag ihr auf den Lippen, aber als sich unsere Blicke trafen, verlor es sich in langen, hysterischen Klagelauten. Ihre Wangen waren gespenstisch bleich, ihre Züge wie versteinert, und ihre Augen funkelten wie die einer Wahnsinnigen; Schuldbewußtsein und die nackte Angst hatten ihr Gesicht zu einer häßlichen Fratze verzerrt.

Ich zog sie ein paar Schritte in Richtung Platz, doch als ich mich an die Gestalt erinnerte, die dort reglos mit dem Gesicht nach unten auf der Straße lag, blieb ich stehen. Die rohen

Kräfte, die mich noch vor wenigen Minuten beseelt hatten, waren geschwunden, als ich sie zum erstenmal gesehen hatte. Ich geriet aus schierer physischer Schwäche ins Wanken. Ihr Keuchen und Schaudern, als sie jämmerlich und unartikuliert um Gnade winselte, jagten mir einen übernatürlichen Schrecken ein. Meine Finger, die ihren Arm umklammerten, zitterten, der Schweiß tropfte von meinem Gesicht wie Regen; ich hielt mich an dem Geländer neben mir fest, um nicht umzufallen. Sie nutzte die Gelegenheit und riß sich so mühelos von mir los, als wäre ich ein kleines Kind. Mit einem Hilfeschrei floh sie ans andere Ende der Straße.

Immer noch drängte mich der eigentümliche Instinkt, sie nicht loszulassen. Ich folgte ihr taumelnd wie ein Betrunkener. Einen Augenblick darauf war sie außer Reichweite, und dann außer Sicht. Dennoch stolperte ich weiter und immer weiter – wohin, das wußte ich nicht. Ich verlor jede Vorstellung von Zeit und Entfernung. Manchmal ging ich im Kreis und kam immer wieder durch dieselben Straßen, dann wieder lief ich nur in eine Richtung – immer geradeaus. Wo immer ich mich auch hinwandte, hatte ich das Gefühl, sie direkt vor mir zu haben, daß *ihr* Weg derselbe war wie *mein* Weg, daß ich sie nur kurz losgelassen und sie die Flucht gerade erst angetreten hatte.

Ich erinnerte mich, in einer der größeren Straßen an zwei Männern vorbeigekommen zu sein. Beide blieben stehen, drehten sich nach mir um und gingen mir ein paar Schritte nach. Einer lachte mich aus und schimpfte mich einen Trunkenbold; der andere befahl ihm streng, still zu sein, weil er mich nicht für betrunken, sondern für verrückt hielt – er hatte mein Gesicht im Schein der Gaslaterne gesehen und wußte, daß ich verrückt war.

›*Verrückt!*‹ – dieses Wort hallte in mir wider wie ein Urteilsspruch. ›*Verrückt!*‹ – eine Furcht befiel mich, die trotz ihrer schrecklichen Kompliziertheit in diesem einen Wort Ausdruck fand; eine Furcht, die für den Mann, der sie empfindet, schlimmer ist als die Angst vor dem Tod, die keine menschliche Sprache jemals in ihrer grausamen Realität vermittelt hat oder vermitteln wird. Ich hatte mich bis hierhergeschleppt, weil mich eine Vision geführt hatte – ein lockender Schatten, der noch dunkler als die Nacht vor mir geflüchtet war. Auch jetzt noch lief ich weiter, aber nur, weil ich Angst hatte, stehenzubleiben.

Ich hatte keine Ahnung, wie weit ich gekommen war, als mich meine Kräfte im Stich ließen und ich hilflos an einer einsamen Stelle auf den Erdboden sank. Ich sah nur verschwommen in der Dunkelheit ein paar weit verstreute Häuser, Bäume, Wiesen und Felder. Ich verbarg das Gesicht in den Händen und versuchte mir einzureden, daß ich noch im Besitz meiner Sinne war. Ich rang hart mit mir, meine Gedanken zu ordnen, eine Erinnerung von anderen zu unterscheiden, eine Vorstellung – egal welche – aus dem Chaos zu lösen, und scheiterte kläglich. Bei dem grausamen Kampf um die Herrschaft über meinen Verstand verblaßte alles andere, all die Schrecken dieser fürchterlichen Nacht zu einem Nichts. Ich hob den Kopf, sah mich um und bemühte mich, meine geistigen Kräfte auf die einfachsten Dinge zu konzentrieren – ich zählte sogar die Häuser, die ich von meinem Standort aus sehen konnte. Die Dunkelheit verwirrte mich. Dunkelheit? War es denn dunkel? Oder brach dort drüben am entfernten trüben Horizont im Osten der Tag an? Wußte ich, was ich sah? Sah ich immer dasselbe, wenn ich meinen Blick eine Weile auf einen Gegenstand richtete? Was war das unter mir? Gras? Ja – kaltes, weiches, feuchtes Gras. Ich zog mich auf die Knie, beugte mich vor, um meine Stirn zu kühlen, und unternahm einen letzten Versuch, im Gebet meine Geisteskräfte zu stabilisieren; ich mußte herausfinden, ob ich die Worte des Gebetes, das ich seit meiner Kindheit kannte und jeden Tag wiederholt hatte, noch wußte – das Vaterunser. Die göttlichen Worte fielen mir nicht ein – nein! Ich richtete mich auf. Ein gespenstisch lodernder Sonnenstrahl blitzte vor meinen Augen auf; ein grelles Höllenfeuer – Millionen von Dämonen prasselten auf meinen Kopf hernieder; im nächsten Moment hüllte mich vollkommene Finsternis ein – die Finsternis der Blinden – endlich schenkte mir Gott die Gnade des Vergessens.

Als ich das Bewußtsein wiedererlangte, lag ich auf der Couch in meinem Arbeitszimmer. Mein Vater stützte mich, um das Kissen zu glätten; der Doktor fühlte mir den Puls, und ein Polizist erzählte, wo man mich gefunden und wie man mich nach Hause gebracht hatte.

Teil 3

1

Wenn sich der Blinde einer Operation unterzogen hat, die sein Sehvermögen wiederherstellen soll, schließt dieselbe helfende Hand, die ihm die sichtbare Welt eröffnet hat, die helle Aussicht sofort wieder für eine gewisse Zeit aus. Eine Bandage wird über die Augen gelegt, damit das neu erwachte Sinnesorgan in der ersten Empfindsamkeit nicht überfordert wird. Der plötzliche Wechsel von Dunkelheit zu Licht würde sich fatal auswirken. Doch zwischen der furchterregenden Finsternis bei völliger Blindheit und der lediglich vorübergehend verschleierten Sehkraft besteht ein gewaltiger Unterschied. In dem Moment, in dem das Sehvermögen eines ehemals Blinden wiederhergestellt ist und der Patient einen kurzen Eindruck vom Licht hat, kann selbst der dickste Verband die überwältigende gleißende Helligkeit nicht mehr gänzlich auslöschen. Die neue Dunkelheit gleicht in nichts der leeren Finsternis von ehedem; sie ist voll mit wechselnden Visionen von leuchtenden Farben und sich ständig verändernden Formen, die sich erheben, sinken, wirbeln, sich mit jeder Sekunde hierhin und dorthin bewegen. Selbst wenn das Tuch über die Augen ganz fest gebunden ist, sehen die operierten Blinden viel mehr als zuvor.

Genauso verhielt es sich mit meinem geistigen Wahrnehmungsvermögen. Nach dem völligen Vergessen und der Schwärze der tiefen Ohnmacht blitzte das Bewußtsein wie ein Licht in meinem Geist auf, als ich in der Gegenwart meines Vaters zu mir kam. Aber beinahe schon in demselben Moment, in dem ich erwachte und die verwirrende Umgebung wahrnahm, senkte sich eine neue Dunkelheit über meine Sinne – eine Dunkelheit diesmal, die mir nicht das völlige Vergessen brachte; diese Dunkelheit war voll mit Bildern wie die des ehemals Blinden mit Augenbinde.

Ich hatte Empfindungen, ich hatte Gedanken, ich hatte Visionen – doch all dies spielte sich in der schrecklichen Ichbezogenheit des Deliriums ab. Die Zeit, der Verlauf der Ereignisse, der Wechsel von Tag und Nacht, die Menschen, die sich um mich herum bewegten, die Worte, die sie sagten, die Fürsorge, die sie mir angedeihen ließen – all dies war ausgelöscht, sobald ich meine Augen wieder schloß, nachdem ich meinen Vater in meinem eigenen Arbeitszimmer gesehen hatte.

Das erste, was ich fühlte (wie bald, nachdem ich nach Hause gebracht wurde, weiß ich nicht), war eine fürchterliche Hitze; eine gleichbleibende, glühende Hitze, die die ganze kleine Welt um mich herum auszudörren und zu versengen schien; mir kam es vor, als würde mich diese Hitze niemals ganz verzehren, sondern dem schlimmsten Leid überlassen. Danach quälten mich rastlose, nie verstummende düstere Gedanken – sie regten sich immer in derselben finsteren Sphäre, drehten sich immer um denselben unergründlichen Anlaß, und nie führten sie zu einem greifbaren oder auch nur vagen Ergebnis. Es war, als wäre irgend etwas in meinem Kopf gefangen, das sich hin und her bewegte, sich jedoch nicht befreien konnte.

Bald nahmen diese Gedanken Formen an, die ich erkennen konnte.

In der Gluthitze des siedenden Fiebers, das weder im Schlaf noch in den Wachphasen von einem frischen Lufthauch gelindert wurde, durchlebte ich immer wieder aufs neue, was sich ereignet hatte, doch diesmal hatte meine Rolle einen eigenartig veränderten Charakter. Statt anderen bedingungslos zu vertrauen, wie ich es getan hatte, statt alle Anzeichen und Warnsignale, die im Laufe der Zeit sichtbar geworden waren, zu übersehen, war ich von Anfang an argwöhnisch – ich mißtraute Margaret, ihrem Vater, ihrer Mutter, Mannion und allen Dienstboten in der North Villa. In den abscheulichen Trugbildern von meinem eigenen Unglück, die ich jetzt vor mir sah, nahm ich eine völlig andere Position ein als in der Wirklichkeit. Jedes Vorkommnis dieses verfluchten Probejahres erlebte ich neu. Doch das eigentliche Verhängnis, die nächtlichen Schrecken, die ich durchgemacht hatte, waren zur Gänze aus meinem Gedächtnis gelöscht. Diese verlorene Erinnerung marterte meinen rastlosen Geist, aber es gelang mir nicht, sie zurückzugewinnen. Niemand, der nicht gelitten hat, wie ich gelitten habe, kann sich vorstellen, mit welch sengender, rasender Entschlossenheit ich in meinem Delirium die vergangenen Ereignisse erforschte, eins nach dem anderen, tage- und nächtelang; ich folgte ihnen, um das Ende zu sehen, das, wie ich wußte, jenseits all dessen lag, das ich aber nie sehen konnte, nicht einmal flüchtig.

Obwohl sich meine Visionen veränderten, was den Verlauf betraf, begannen sie doch immer mit dem Abend, an dem Mannion von seiner Reise auf den Kontinent in die North Villa zurückkehrte. Ich stand wieder im Salon; ich sah ihn hereinkommen; ich bemerkte Margarets Verlegenheit, und augenblicklich erwachten meine Zweifel. Mir fiel auf, daß er es vermied, ihren oder meinen Blicken zu begegnen; ich betrachtete die unheimliche Reglosigkeit in seinem Gesicht und mißtraute ihm. Von diesem Moment an schwand die Liebe, und Haß trat an ihre Stelle. Ich begann, alles genau zu beobachten, die kleinen Hinweise zu sammeln, die meinen Verdacht bestätigten, und wartete listig auf den Tag, an dem ich alles aufdecken, die beiden gemeinen Übeltäter richten und bestrafen konnte – auf den Tag der Enthüllung und Vergeltung, der niemals kam.

Hin und wieder saß ich noch einmal mit Mannion am Abend des Unwetters in seinem Haus. Ich erkannte in jedem Wort, das er von sich gab, den Köder, der mich in die Falle locken und dazu verführen sollte, ihm eher wie einem zweiten Vater als wie einem bloßen Freund zu vertrauen. Ich vernahm im Heulen des Sturms, das manchmal auf unheimliche Weise verstummte oder von meinen Antworten begleitet wurde, übernatürliche Stimmen, die mich jedesmal vor meinem Feind warnten, wenn ich das Wort an ihn richtete. Immer wieder sah ich das triumphierende Grinsen auf seinem Gesicht, als ich mich vor der Haustür von ihm verabschiedete; diesmal deutete ich es jedoch nicht als optische Täuschung, die mir der Blitz vorgegaukelt, sondern als grausige Realität, die der Blitz offenbart hatte.

Bisweilen stand ich auch wieder im Garten der North Villa und hörte zufällig die Unterhaltung zwischen Margaret und ihrer Mutter mit an – hörte, daß sie bereit war, einen Betrug zu begehen, nur um ein neues Kleid zu bekommen –, dann ging ich in den Salon und sah, wie sie bei der Begrüßung ihr übliches Verhalten zur Schau stellte, als wären die Worte, die ich einen Moment zuvor belauscht hatte, nie über ihre Lippen gekommen. Oder ich sah sie an diesem anderen Morgen, als sie den Tod ihres Vogels rächen und eigenhändig die Katze, die ihrer Mutter gehörte, töten wollte. Jetzt machte mich keine großherzige, vertrauensvolle Liebe blind gegen die wahre Bedeutung von Vorfällen wie diesen. Statt sie als kleine Schwächen der Schönheit oder als Irrtümer der Jugend zu betrachten, dienten sie mir als rechtzeitige Warnung, die mich am Tag der Rache daran erinnern sollte, daß beim Aushecken des frevelhaften Plans die Frau ebenso schändlich vorgegangen war wie der Mann.

Gelegentlich machte ich mich wieder auf den Weg zur North Villa nach meinem einwöchigen Aufenthalt auf dem Land. Ich sah erneut die Veränderung an Margaret – die Blässe, die Verlegenheit, die innere Unruhe. Ich drückte Mannion die Hand, zuckte zurück, als ich die tödliche Kälte fühlte, und registrierte die eigenartige Wandlung in seinem Benehmen. Wenn sie behaupteten, sie seien beide während der einen Woche krank gewesen, durchschaute ich diese Ausflüchte sofort als Lüge; ich wußte, daß sie teuflischen Nutzen aus meiner Abwesenheit gezogen hatten, daß das Komplott gegen mich rasch dem Ziel entgegenstrebte und daß es selbst diese beiden niederträchtigen Menschen, die Schande über mich zu bringen gedachten, im Angesicht ihres Opfers nicht fertigbrachten, äußere Anzeichen des schlechten Gewissens zu unterdrücken.

Mrs. Sherwins Gestalt tauchte ebenfalls vor meinem geistigen Auge auf, und ihr fahles, erschöpftes Gesicht sah mich gespenstisch traurig an. Auch sie beobachtete ich, und ich hörte ihr zu, doch jetzt mit atemloser Wißbegier. Mir entging nicht, wie sie schauderte, als sich Mannions kalter Blick auf sie richtete, wie sie Margaret und mich ängstlich forschend musterte, wie sie mir widerwillig verworrene Antworten gab, wenn ich die Ursache ihrer Abneigung gegen den Angestellten, zu dem ihr Mann das größte Vertrauen hatte, zu erkunden versuchte. Ich hörte ihre unvermittelte, unerklärliche Forderung: ›Geben Sie acht auf Ihre Frau und halten Sie alle schlechten Menschen von ihr fern!‹ All diese Einzelheiten durchlebte ich noch einmal so klar wie in der Wirklichkeit, doch diesmal redete ich mir nicht wie seinerzeit ein, daß Mrs. Sherwins Geisteszustand ebenso geschwächt war wie ihre körperliche Konstitution. Ich begriff sofort, daß sie Mannion mißtraute und es nicht wagte, ihren Verdacht offen auszusprechen; mir wurde klar, daß sie in ihrer stillen Art, zu der sie die Geringschätzung ihrer Mitmenschen zwang, wachsamer gewesen war und mehr beobachtet hatte als alle anderen; ich erkannte in jeder ihrer mißachteten Gesten, in jedem Blick und in jedem gestammelten Wort dieselbe versteckte Warnung; mir war bewußt, daß es den beiden nicht gelungen war, *sie* zu täuschen, und ich wollte verhindern, daß es ihnen gelingen würde, *mich* zu täuschen.

Sobald ich an diesem Punkt angelangt war, schreckte mein Erinnerungsvermögen meistens vor der undurchdringlichen Finsternis zurück, die es mir verwehrte, weiter zu schauen – den letzten Abend, die fatale Nacht, noch einmal zu erleben. Immer und immer wieder wurde ich zurückgeworfen, und ich plagte und quälte mich von neuem von Beginn an durch den Lauf der Dinge – auf der Suche nach dem Ende. Wie oft meine fiebrigen Gedanken auf ihrem nie enden wollenden Weg dieser Spur gefolgt sind, weiß ich nicht mehr, es kam jedoch eine Zeit, in der sie mich weniger folterten, in der die schwere Last, die mein Gemüt niedergedrückt hatte, von mir fiel, in der mich neue Kraft und neuer Zorn beseelten und ich tief in der unermeßlichen Dunkelheit versank, um in einer Welt mit flammend hellem Tageslicht wieder aufzutauchen. Millionen riesiger Geisterscheinungen, die in der rötlich gefärbten Luft weiß strahlten wie grelle Blitze, scharten sich um mich und stürzten rasend schnell auf mich herab. Ihre Schwingen fächelten mir eine heftige kühle Brise zu, und das Echo ihrer donnernden Stimmen klang wie das Ächzen und Bersten bei einem Erdbeben, als sie mich in ihrem wirbelwindartigen Flug mit sich rissen.

Weg! In eine Stadt der Paläste, der unzähligen Herrenhäuser, der Bogengänge und Kathedralen, die immer höher in den Himmel ragen, bis sich die rubinroten Turmspitzen und Dächer in der flammenden Weite über uns verlieren. Weiter! zwischen den hohen Gebäuden hindurch, in die zahllosen von unheimlichen Säulen, die glühen wie geschmolzene Lava, gesäumten Korridore. Weit unten in den Korridoren fliegen andere Geistgestalten – immer im selben Abstand zu uns –, ihre rasenden Stimmen schallen wie das Hämmern aus tausend Schmieden durch die Luft. Immer weiter und schneller, Tage, Jahre, Jahrhunderte hindurch, bis ein schleichender Schatten langsam auf uns zukommt – ein gewaltiger, verstohlener, schwebender Schatten –, der erste dunkle Fleck, der auf die gleißende Welt fällt! Er kommt näher – leise immer näher, bis er die ersten Reihen der Geisterscheinungen berührt. Im nächsten Augenblick hält er an; das donnernde Tosen unseres Marsches verstummt; die rasenden Stimmen schweigen; eine schauerliche Stille umgibt uns – und als der Schatten langsam weiterkriecht, bis er vor und hinter uns ist, schaudern wir in der Eiseskälte unter dem flammenden Himmel und inmitten der glühenden Lavasäulen, die uns von allen Seiten umgeben. Es ist eine Stille, die niemals jemand auf Erden vernommen hat; ein finsterer Schatten, schwärzer als die schwärzeste Nacht im dichtesten Wald – eine Atempause – dann ein Geräusch, als würde sich die schwere Luft in Stücke spalten; zwei Gestalten tauchen aus dem Schatten auf – zwei Ungeheuer, die ihre schwieligen gelben Klauen nach uns ausstrecken, um uns zu packen; sie ziehen eine grün schimmernde, faulig stinkende Spur hinter sich her.

Die Geisterscheinungen, in deren Mitte ich stand, zerfielen zu formlosen Gebilden, während sich die Ungeheuer näherten. Sie kamen dicht an mich heran; ich allein von den Myriaden Wesenheiten um mich herum veränderte mich nicht in ihrer Gegenwart. Sie legten je eine Klaue auf meine Schultern – beide lüfteten ihre Schleier, die aus häßlichen, sich windenden Würmern bestanden. Ich erkannte in der grausigen Fäulnis, die ihre Gesichter befallen hatte, wer sie waren – die Lasterhaftigkeit und Niedertracht waren in diesen ekelerregenden Ungeheuern zu Fleisch geworden; die satanischen

Seelen zeigten sich in satanischen Gestalten – Margaret und Mannion!

Nur noch einen Moment, und ich war ganz allein mit diesen Kreaturen! Nicht ein einziger der Millionen Geister war geblieben; die gewaltige Stadt, die leuchtenden Korridore, das feuerhelle Strahlen waren verschwunden. Wir standen in der Wildnis, vor uns ein ruhiger, schwarzer See mit totem Wasser; ein weißes, schwach dunstiges Licht umgab uns. Verstreut über den widerlichen Grund lagen die Ruinen eines Hauses, das bis auf die Grundmauern niedergerissen war. Die dämonischen Gestalten rechts und links von mir ließen mich nicht aus den Augen und zogen mich langsam zu den eingestürzten Mauern und deuteten auf zwei Leichname, die zwischen den Steinen lagen.

Mein Vater! – meine Schwester! – beide kalt und reglos und weißer als das weiße Licht, das die Ungeheuer ausstrahlten. Sie streckten ihre krüppeligen Klauen aus und befahlen mir, neben meinem Vater auf die Knie zu gehen und Claras fahles Gesicht zu küssen, bevor ich mich der Folter ergab. Sie schlugen mich, ohne sich von der Stelle zu rühren, und enthüllten wieder ihre Gesichter, um mir ihr höhnisches, triumphierendes Grinsen zu zeigen. Sogleich erhob sich das schwarze Wasser des Sees, spülte über uns hinweg und saugte uns in einem mächtigen Strudel in die endlose Tiefe, die kein Lichtstrahl durchdrang, wirbelte uns herum, und mit jeder Drehung sanken wir noch tiefer. Ich spürte die kalte Berührung meines toten Vaters und meiner toten Schwester. Ich streckte die Arme aus, um sie festzuhalten und mit ihnen zu versinken. Doch die Dämonen glitten zwischen uns und trennten mich von ihnen. Der vergebliche Kampf, mich meinen verstorbenen Lieben anzuschließen, begann mit jeder weiteren Berührung in dem unendlichen Sog aufs neue und endete immer auf dieselbe Weise. Getrennt wurden wir in die schwarzen Abgründe des Sees gezogen; immer noch sah ich kein Licht, hörte keinen Laut, nahm keine Veränderung wahr, und wurde immer weiter herumgewirbelt – dies war die Ewigkeit, die Ewigkeit der Hölle!

Das war eine von vielen Traumvisionen, die mich heimsuchten. Es muß in dieser Phase gewesen sein, daß man Wachen an mein Bett setzte, die mich Tag und Nacht unter Beobachtung hielten (wie ich später hörte), um mich im Bett festzuhalten, wenn ich in einem Anfall Kräfte freisetzte, die eine Gefahr für mich selbst und für alle anderen in meiner Nähe sein konnten. Zu derselben Zeit erklärten die Ärzte, daß das Fieber mein Gehirn befallen habe und sie nichts mehr dagegen tun könnten – es *muß* in dieser Periode gewesen sein.

Aber obwohl sie mich und mein Leben aufgaben, starb ich nicht. Irgendwann entließ mich das zehrende Fieber aus seinem eisernen Griff; eines Morgens erwachte ich geschwächt zu einem neuen Dasein – zu dem zarten, hilflosen Leben eines Neugeborenen.

Ich war zu entkräftet, um mich zu bewegen, zu sprechen, meine Augen zu öffnen oder meine körperlichen und geistigen Fähigkeiten, die ich nach wie vor besaß, auch nur im geringsten Maße zu erproben. Der erste meiner Sinne, den ich mir wieder zunutze machen konnte, war mein Gehör; und der erste Laut, den ich wiedererkannte, waren leise Schritte, die sich geheimnisvoll näherten, innehielten und sich sachte wieder vor die Tür meines Zimmers zurückzogen. Dieses Geräusch war meine erste Freude, das Hoffen auf eine Wiederholung, die erste Quelle glücklicher Erwartung, seit ich krank geworden war. Wieder näherten sich Schritte – verharrten eine kurze Weile – schienen sich wie letztes Mal abzuwenden, doch dann kamen sie langsam wieder zurück. Ein schwaches, bebendes Seufzen und ein Flüstern, dessen Sinn ich noch nicht erkennen konnte, drangen an mein Ohr – danach herrschte Stille. Ich wartete (oh, wie glücklich und ruhig!), das Flüstern noch einmal zu hören und es besser zu verstehen, wenn es das nächste Mal ertönte. Es dauerte nicht lang, bis die Schritte zum drittenmal auf mich zukamen und die geflüsterten Töne erneut laut wurden. Jetzt hörte ich, daß die Stimme meinen Namen hauchte – einmal, zweimal, dreimal – ganz leise und flehend, als bitte sie um eine Antwort, die ich zu geben noch zu geschwächt war. Aber ich erkannte die Stimme: Ich wußte, daß es Claras war. Noch lange nachdem die Laute verklungen waren, hallten sie in meinen Ohren nach wie ein Schlaflied, das mich wechselweise in den Schlummer wiegte und in der realen Welt willkommen hieß. Es schien mich sanft zu durchdringen und zu beleben wie vor Wochen ein Sonnenstrahl, wenn ich am Morgen zum erstenmal ins Freie ging.

Das nächste Geräusch, das in meinem Zimmer hörbar wurde – bisweilen hörbar wurde –, ertönte ganz in der Nähe meines Kissens. Es war das einfachste Geräusch, das man sich denken kann: das leise Rascheln eines Kleides. Und dennoch hörte ich es in unendlich vielen Variationen, in süßer Abwandlung und in langen Intervallen, die ich nicht einschätzen konnte. Es gelang mir nur kurz, die Augen offenzuhalten, und selbst dann war es mir verwehrt, den Blick fest auf etwas zu richten; trotzdem wußte ich, daß es Claras Kleid war, dessen Rascheln ich vernahm. Neue Empfindungen durchströmten mich, während ich dem Geräusch lauschte, das mir verriet, daß sie sich im selben Zimmer wie ich aufhielt. Ich fühlte die frische Sommerluft auf meinem Gesicht, genoß den süßen Duft von Blumen, der mich mit dieser Luft umwehte, und einmal, als die Verandatür für eine Weile offenstand, klang mir das Zwitschern der Vögel aus der Voliere im Garten köstlich und klar in den Ohren. Auf diese Weise gewann ich meine Fähigkeiten zurück, Stunde um Stunde ein klein wenig mehr. Nach und nach unterschied ich – wie es bei den Schritten und dem Flüstern der Fall gewesen war – mehr Laute.

Eines Abends erwachte ich aus einem ruhigen, traumlosen Schlaf und sah Clara an meinem Bett sitzen. Ich wisperte ihren Namen und bewegte meine schlaffe Hand, um die ihre zu berühren. Als ich – im letzten traurigen Schein der Abendsonne und im sanften Lufthauch, der ins Zimmer wehte – das ruhige, vertraute Gesicht, das sich über mich beugte, und die angstvollen Augen, die mich zärtlich und liebevoll betrachteten, sah, als mich meine Schwester in die Arme schloß, mich von meinem Kissen hob, um es zu glätten, und mich bat, *ihr* zuliebe, noch eine Weile still und geduldig liegenzubleiben, überwältigte mich die Erinnerung an mein Verderben und die

Schande, die Erinnerung an meine Liebe, die zur Infamie verkommen war, und an die Hoffnungen eines kurzen Jahres, die zu nichts anderem geführt hatten als zu einem jämmerlichen Leben voller Verzweiflung – diese Erinnerungen senkten sich düster in mein Herz. Die roten Strahlen des Sonnenuntergangs verweilten einen kurzen Moment auf meinem Gesicht, und Clara kniete sich neben mein Bett, um mit ihrem Taschentuch meine Augen gegen das Licht abzuschirmen. »Gott hat uns dich zurückgegeben, Basil«, flüsterte sie, »um uns glücklicher denn je zu machen.« Bei diesen Worten brach sich der Kummer, der so lange in mir verschlossen gewesen war, Bahn; heiße Tränen tropften schwer aus meinen Augenwinkeln. Ich weinte zum erstenmal seit der Nacht der Schrecken, die mich bis zu diesem Tag noch nicht losgelassen hatten – ich weinte an diesem friedlichen Abend in den Armen meiner Schwester um die verlorene Ehre, um die verlorenen Hoffnungen, um das verlorene Glück, das mich in meinen jungen Jahren für immer verlassen hatte!

2

Düster und träge schleppten sich die Tage während meiner Genesungszeit dahin. Nach den ersten bitteren Tränen, die ich an dem Abend vergossen hatte, als ich meine Schwester an meinem Bett erkannte und ihren Namen murmelte, versank ich in einen tiefen, teilnahmslosen Trancezustand, den der seelische Schmerz mit sich brachte.

Ich wage nicht zu schildern, welche Gedanken über die verruchte Frau, die mich betrogen und vernichtet hatte, in dieser Zeit durch meinen Verstand schwirrten und mein Herz vergifteten. Meine körperlichen Kräfte lebten nach und nach wieder auf, doch meine geistigen Energien zeigten keinerlei Anzeichen der Erholung. Die besonnene Nachsicht meines Vaters und Claras sorgenvolle Rücksicht, die sie davon abhielt, auf die Ursache meiner langen Krankheit oder die heftigen Worte, die ich im Delirium ausgestoßen hatte, zu sprechen zu kommen, gemahnten mich unaufdringlich daran, daß der Zeitpunkt der Buße für Versäumtes und eine umfassende Beichte bei der Familie, der ich Schande bereitet hatte, unaufhaltsam näher rückte; noch hatte ich aber nicht den Mut oder die Entschlußkraft, die Folgen eines Bekenntnisses zu erdulden. Das unsägliche Elend, das die Vergangenheit über mich gebracht hatte, verstellte mir den Blick auf die Gegenwart und die Zukunft – meine Seelenstärke und Geisteskraft schienen hoffnungslos und für immer zerstört zu sein.

Es gab Momente – meistens am frühen Morgen, wenn der bleierne Schlaf meine wachen Sinne noch beschwerte –, in denen ich das Unglück, das mich befallen hatte, kaum fassen konnte, in denen es mir vorkam, als hätte ich den Schauplatz des Verbrechens nur im nächtlichen Traum vor mir gesehen und als hätte ich die seelische Not und die schwere Heimsuchung niemals in Wirklichkeit durchlebt. Welch rätselhafte Macht *mußte* Mannion über Margaret Sherwin haben – mochte sie auch die Schändlichste aller Schändlichen sein –, wenn er sie verführen und dazu zwingen konnte, mich für ihn zu opfern? Sogar das Verbrechen an sich war nicht abscheulicher und unerhörter als das Geheimnis, das seine teuflischen Motive und die noch teuflischere Art, wie er seinen Plan in die Tat umgesetzt hatte, nach wie vor verschleierte.

Mannion! Die eigenartige Nachwirkung der geistigen Krankheit, unter der ich gelitten hatte, war, daß ich mir, obwohl der Gedanke an Mannion mittlerweile unentwirrbar mit jedem Gedanken an Margaret verknüpft war, nie überlegte und tagelang nach meiner Genesung nicht einmal daran dachte, mich zu fragen, welche Folgen unser Kampf für *ihn* gehabt hatte. In der ersten Verzweiflung, die mich befiel, als mir nach den verworrenen Fieberphantasien richtig klarwurde, in welches Elend meine Frau mich gestürzt hatte – als ich in meinem Unglück zum erstenmal die Margaret, der ich vorbehaltlos mein Herz geschenkt hatte, mit der Margaret, die das Geschenk ebenso wie den Schenkenden mit Füßen getreten hatte, eindeutig in Zusammenhang bringen konnte –, traten all die unbedeutenderen Vorstellungen, Gefühle, Rachegelüste oder Ängste, die mich persönlich betrafen, weit in den Hintergrund. Doch es dauerte nicht lang, bis die Frage nach Mannions Schicksal zum alles beherrschenden Gedanken wurde – der Gedanke, der meinem Geist die Wachsamkeit und meinem Herzen die Mannhaftigkeit zurückgab.

Eines Abends saß ich allein in meinem Zimmer. Mein Vater hatte Clara zu einem kleinen Spaziergang überredet, damit sie frische Luft und Bewegung bekam, und unser Diener war auf meinen Wunsch hin weggegangen. In diesen ruhigen, einsamen Momenten, in denen die Dunkelheit rasch hereinbrach, die Aussicht aus meinem Fenster trübselig wie nie war und mein Verstand, während der matte Tag der Nacht wich, immer teilnahmsloser und verwirrter wurde – in dieser Stimmung blitzte plötzlich und unerklärlich der Gedanke in meinem Kopf auf: Hatte man Mannion als Toten oder Lebenden von den Steinen aufgehoben, auf die ich ihn geschleudert hatte?

Unwillkürlich sprang ich auf – für einen Augenblick durchströmte mich dieselbe Vitalität, die ich vor meiner Krankheit empfunden hatte –, wiederholte die Frage und spürte, als ich unbewußt die Worte laut vor mich hin murmelte, daß ich noch Ziele und Verantwortung in meinem Leben hatte, Prüfungen bestehen und Aufgaben erfüllen mußte. Wie konnte ich mir unverzüglich Klarheit über die Frage verschaffen, die mir eben zum erstenmal in den Sinn gekommen war?

Einen Augenblick überlegte ich fieberhaft, im nächsten lief ich hinunter in die Bibliothek, wo die Tageszeitungen auslagen und zum Nachschlagen aufbewahrt wurden. Vielleicht würde ich hier eine Meldung finden, welche die fatale Ungewißheit vertrieb. In meiner übermächtigen Angst und Ungeduld konnte ich die Seiten kaum in Händen halten oder die Buchstaben entziffern, als ich bis zum richtigen Datum blätterte – bis zu dem Tag (oh, welch qualvolle Erinnerung!), an dem ich Anspruch auf Margaret Sherwin als meine rechtmäßige Frau erheben durfte!

Endlich fand ich die Ausgabe, die ich suchte, aber die eng

bedruckten Zeilen verschwammen mir vor den Augen. Ein Glas Wasser stand auf dem Tisch neben mir – ich tauchte mein Taschentuch ein und kühlte meine brennenden Augen. Mein zukünftiges Schicksal konnte von der Entdeckung abhängen, die ich im Begriff war zu machen!

Ich schloß die Tür ab, um jeder Störung vorzubeugen, dann widmete ich mich wieder meiner wichtigen Aufgabe und überflog Absatz für Absatz, Artikel für Artikel die Zeitung.

Auf der letzten Seite fast ganz unten las ich:

MYSTERIÖSER VORFALL

Heute morgen gegen ein Uhr fand ein Polizist bei seinem Rundgang auf dem Westwood Square einen Gentleman vor, der mit dem Gesicht nach unten mitten auf der Straße lag. Allem Anschein nach hatte er nachts den Tod gefunden. Der Mann war auf einem Straßenabschnitt, der kürzlich mit frischem Granitschotter aufgefüllt wurde[16]*, zu Fall gekommen und hatte sich dabei furchtbare Verletzungen im Gesicht zugezogen. Der Polizist transportierte den Verunglückten ins benachbarte Hospital, wo man feststellte, daß er noch am Leben war, und sofort geeignete Rettungsmaßnahmen ergriffen wurden. Nach Aussage des behandelnden Arztes konnte sich der Patient die schweren Verwundungen unmöglich bei einem einfachen Sturz zugezogen haben; es steht viel eher zu vermuten, daß er entweder durch ein vorbeikommendes Fahrzeug angefahren oder von einer oder mehreren unbekannten Personen angegriffen und gewaltsam auf die Straße geschleudert wurde. In letzterem Fall konnte Raub nicht das Motiv für den Überfall gewesen sein, da das Opfer seine Uhr, die Geldbörse und einen Ring noch bei sich hatte. Man fand weder eine Karte noch irgendwelche Briefe mit Adresse in seinen Taschen, und in seine Wäsche und das Taschentuch war lediglich der Buchstaben M gestickt. Er trug einen Abendanzug in Schwarz. Wegen der entstellenden Verletzungen im Gesicht ist eine Personenbeschreibung gegenwärtig nicht möglich. Wir warten gespannt auf weitere Informationen, die Licht in diese mysteriöse Angelegenheit bringen können, und hoffen, daß der Patient das Bewußtsein bald wiedererlangt. Unser Reporter konnte noch im*

Hospital in Erfahrung bringen, daß der Arzt glaubt, das Leben des Patienten und die Sehkraft eines Auges retten zu können. Das andere Auge ist angeblich so verletzt, daß es für immer blind bleiben wird.

Mit einem Gefühl des Entsetzens, das ich damals genausowenig analysieren konnte wie heute, blätterte ich die Zeitung des nächsten Tages durch, ohne fündig zu werden. Erst in der Ausgabe des übernächsten Tages wurde der Verletzte wieder erwähnt.

Der Vorfall, der sich auf dem Westwood Square ereignete, wird immer mysteriöser. Der Verunglückte hat das Bewußtsein wiedererlangt, ist fähig, Worte, die man an ihn richtet, zu verstehen und sich zu artikulieren, seine Äußerungen geben jedoch keinerlei Aufschlüsse. Die Verantwortlichen des Hospitals waren wie wir der Ansicht, daß er Angaben machen könne, was den Unfall, den er erlitten hat, verursachte, sobald er aus der Ohnmacht erwacht. Doch zur Überraschung aller weigert er sich zu berichten, wie er sich die schrecklichen Verletzungen zugezogen hat, und beantwortet keine diesbezüglichen Fragen. Ebenso unerklärlich ist seine Verschwiegenheit, was seinen Namen, Wohnsitz und die Namen seiner Freunde betrifft, die über seinen Zustand in Kenntnis gesetzt werden sollten. Jeder Versuch, ihn nach dem Grund dieses Verhaltens zu befragen, ist zwecklos – er scheint ein ungewöhnlich entschlossener Mann mit festen Grundsätzen zu sein, so daß seine Weigerung, nähere Angaben zu machen, offensichtlich nicht einer bloßen Laune des Augenblicks zugeschrieben werden kann. Seine Haltung legt den Schluß nahe, daß ein Verbrechen aus Rache an ihm verübt wurde und daß gewisse Personen in den Vorfall verwickelt sind, die er dem Haß der Öffentlichkeit nicht aussetzen will – allerdings läßt sich über den Grund seiner Diskretion keinerlei Vermutung anstellen. Wie verlautet, erduldet er die starken Schmerzen mit einer Mannhaftigkeit, die jedermann in Erstaunen versetzt – kein Wort der Klage, nicht einmal ein Stöhnen kommt über seine Lippen. Er zeigte keinerlei Gefühle, selbst dann nicht, als ihm der Arzt eröffnete, daß die Sehkraft des einen Auges für immer verloren ist; statt dessen bat er, als man ihm sagte, daß das andere Auge gerettet werden kann, lediglich darum, daß man ihm Schreibutensilien zur Verfügung stelle, sobald er in der Lage sei, sie zu benutzen. Des weiteren erklärte er, wie man uns berichtete, daß ihm Mittel zur Verfügung stünden, das Hospital, die Ärzte und Helfer für alle Mühen, die er verursacht, zu entschädigen – er kündigte an, dem Haus, sobald er als geheilt entlassen würde, eine Spende zukommen zu lassen. Die Gelassenheit, mit der er das Leid erträgt, das die meisten anderen Menschen zumindest vorübergehend um den Verstand bringen oder ihnen die Sprache rauben würde, ist ebenso bemerkenswert wie seine unerschütterliche Verschwiegenheit – eine Verschwiegenheit, die wir, wenigstens im Augenblick, nicht durchdringen können.

Ich legte die Zeitungen weg. Schon damals befiel mich die böse Vorahnung, daß Mannions unerklärliche Zurückhaltung Unheil für mich bedeutete. Mir standen noch mehr Schwierigkeiten, Gefahren und Grauen bevor, als ich bis dahin schon zu bewältigen hatte. Der Morast von Erniedrigung und Elend, in den ich gesunken war, hielt das Schlimmste noch für mich bereit.

Je tiefer diese Überzeugung mein Bewußtsein durchdrang, um so mehr schwächte sich die Auswirkung ab, die der schändliche Betrug, dem ich zum Opfer gefallen war, auf mein Gemüt ausgeübt hatte; die Quelle der bitteren Tränen, die ich tagelang insgeheim vergossen hatte, versiegte, und ich spürte, daß mit der Erkenntnis, weitere Heimtücke überstehen zu müssen, die Seelenstärke und Widerstandskraft zu mir zurückkehrten. Ich verließ die Bibliothek und ging wieder in mein Zimmer hinauf. In einem Korb auf meinem Tisch lagen etliche ungeöffnete Briefe, die während meiner Krankheit eingetroffen waren. Als ich die Kuverts hastig durchsah, fielen mir zwei ins Auge, deren Inhalt mir Aufklärung über Mannions verruchte Komplizin versprach.

North Villa, Hollyoak Square

Werter Sir,

gepeinigt von Seelenqualen, von denen sich allenfalls ein Vater – und ich will hinzufügen, ein zärtlich liebender Vater – einen Begriff machen kann, wende ich mich betreffs der Greueltat, die der verräterische Schurke Mannion beging, an Sie. Sie werden erkennen, daß ich und meine unschuldige Tochter – ebenso wie Sie – Opfer des gemeinsten Betrugs geworden sind, der je an ehrbaren und ahnungslosen Menschen verübt wurde.

Darf ich Sie, Sir, bitten, sich vorzustellen, in welchem Gefühlsaufruhr ich mich an dem Abend der unglückseligen Gesellschaft befand, als meine geliebte Margaret, statt wie sonst leise das Haus zu betreten, in einem Zustand, der an Raserei grenzte, in den Salon stürmte und mir die furchtbarste Geschichte erzählte, die je an das Ohr eines Vaters gedrungen ist. Der heuchlerische Schuft (ich bin nicht mehr imstande, seinen Namen noch einmal in den Mund zu nehmen) hat, wie ich voller Scham bekennen muß, versucht, die Unschuld und das Vertrauen meiner Tochter – unser aller Unschuld und Vertrauen, möchte ich hinzufügen – aufs schändlichste zu mißbrauchen, aber meine liebe Margaret bewies Tugendhaftigkeit und einen Mut, der nur selten bei Mädchen ihres Alter zu finden ist – das Resultat ihrer frommen Grundsätze und der moralischen Erziehung, die ich ihr von der Wiege an angedeihen ließ. Muß ich erwähnen, was das Ergebnis ihrer bewundernswerten Haltung war? Die Tugend triumphierte, wie es die wahre Tugend stets zu tun pflegt, und der Bösewicht ließ von ihr ab. Sie floh, um sich im Schoß ihrer Familie in Sicherheit zu bringen, und auf dieser Flucht stieß sie, soweit ich es verstanden habe, durch einen äußerst bemerkenswerten Zufall auf Sie. Als Mann von Welt werden Sie sich denken können, in welchem Aufruhr sich eine junge Frau unter derart schockierenden Umständen befunden haben muß. Zudem war, wie mir berichtet wurde, Ihr Auftreten so furchteinflößend und sonderbar, daß meine arme Margaret in ihrem Zustand einen zweiten heimtückischen Angriff befürchtete, vollends die Fassung verlor und sich, wie ich schon einmal erwähnte, in den Schoß der Familie flüchtete.

Sie ist noch immer sehr erregt und unglücklich; sie befürchtet,

Sie könnten nur allzu bereit sein, dem äußeren Anschein nach zu urteilen, aber ich weiß es besser. Ihre Erklärung wird Sie von ihrer Unschuld überzeugen, wie sie mich überzeugt hat. Wir mögen in Bagatellfällen unsere Meinungsverschiedenheiten gehabt haben, aber wir beide empfinden, dessen bin ich gewiß, dasselbe Vertrauen – Sie zu Ihrer Frau, ich zu meiner Tochter.

Ich sprach sofort am Morgen nach den für alle Beteiligten ausgesprochen bedrückenden Ereignissen im Herrenhaus Ihres hochgeschätzten Herrn Vaters vor, um mich Ihnen ausführlicher zu erklären, als ich es schriftlich zu tun imstande bin. Man setzte mich von Ihrer ernsthaften Erkrankung in Kenntnis, und ich bitte Sie, meine besten Genesungswünsche entgegenzunehmen. Anfangs zog ich in Erwägung, an Ihren geschätzten Herrn Vater zu schreiben und ihn um eine private Unterredung zu bitten. Doch nach reiflicher Überlegung hielt ich es für unklug, einen solchen Schritt zu wagen, während Sie, der Hauptbeteiligte, krank zu Bett liegen und keine Möglichkeit haben, in die Diskussion einzutreten und mir den Rücken zu stärken. Ich war, wie Sie feststellen werden, bestrebt, sowohl in Ihrem als auch im Interesse meiner geliebten Tochter zu handeln; natürlich ist mir bewußt, daß sich die Heiratsurkunde in meinem Besitz befindet und daß ich sie als Beweis vorlegen kann, falls es nötig sein sollte, ich zum äußersten gezwungen werde und genötigt bin, in dieser Angelegenheit einen eigenen Kurs einzuschlagen. Doch, wie ich bereits sagte, ich vertraue als Vater und Freund darauf, daß Sie wie ich von der makellosen Unschuld meines Kindes überzeugt sind. Daher werde ich diese Möglichkeit nicht weiter verfolgen.

Entschlossen, das Ende Ihrer Krankheit so geduldig, wie es mir unter diesen Umständen gegeben ist, abzuwarten, halte ich meine liebe Margaret dazu an, sich nur in der Abgeschiedenheit unseres Heims aufzuhalten (wozu ich, wie Sie mir zugestehen werden, keineswegs verpflichtet bin, da sie Ihre rechtmäßig angetraute Frau ist), bis es Ihr Gesundheitszustand erlaubt, an die Öffentlichkeit zu treten und ihr vor unserer und Ihrer eigenen Familie Gerechtigkeit widerfahren zu lassen. Ich habe es bis heute nicht verabsäumt, mich täglich nach Ihrem Befinden zu erkundigen, und werde das auch weiterhin bis zu Ihrer Gesundung tun, die, wie ich aufrichtig hoffe, bald eintreten wird. Unglücklicherweise sehe ich mich gezwungen,

Ihnen mitzuteilen, daß Ihre erste Unterhaltung mit mir und meiner Tochter nicht in der North Villa stattfinden kann, sondern an einem anderen Ort, den ich Sie bitte, selbst zu bestimmen. Tatsächlich läßt der bedenkliche Gesundheitszustand meiner Frau, der uns seit Jahren Verdruß und Unannehmlichkeiten bereitet, keine weiteren Aufregungen zu – zu meinem großen Kummer hat sie nach den tragischen Vorfällen den Verstand vollends verloren. Ich bedauere, sagen zu müssen, daß sie dazu imstande ist, uns bei einer Unterhaltung hier auf die für alle Beteiligten lästigste Weise zu stören, daher die Bitte, daß unser erstes glückliches Zusammentreffen nicht in meinem Haus stattfinden möge.

Im Vertrauen darauf, daß dieser Brief jedwede Vorbehalte und Mißhelligkeiten Ihrerseits beseitigen konnte und daß ich in Kürze von Ihnen hören werde, verbleibe ich, werter Sir, mit den besten Wünschen zur Genesung

Ihr getreuer und ergebener
Stephen Sherwin

P.S. – Es ist mir nicht gelungen, in Erfahrung zu bringen, wo der Halunke Mannion Zuflucht gesucht hat; falls Sie es wissen oder einen Verdacht hegen, möchte ich Ihnen – als Beweis dafür, daß meine Entrüstung über seine Schurkerei ebenso groß ist wie die Ihre – versichern, daß ich bereit und begierig darauf bin, ihn mit aller Härte des Gesetzes zu verfolgen und, falls er gefaßt werden kann, alle Ausgaben aus eigener Tasche zu bestreiten, um ihn einer gerechten Bestrafung zuzuführen und ihn für den Rest seines Lebens zu ruinieren. Wenn nötig, werde ich alle Gerichtshöfe des Landes beanspruchen, um dieses Ziel durchzusetzen! – S. S.

So hastig ich diesen niederträchtigen, abscheulichen Brief auch überflog, ich entdeckte sofort, daß die Betrügerin eine neue Intrige gesponnen hatte, um mich weiterhin zu täuschen, um mich ungestraft auch in Zukunft mit Kränkungen zu überhäufen. Sie wußte nicht, daß ich ihr ins Hotel gefolgt war und ihren und Mannions Verrat mit eigenen Ohren mit angehört hatte – sie hielt mich nach wie vor für ahnungslos, und in dieser Gewißheit hatte sie die erbärmliche Lüge ersonnen, die ihr Vater in diesem Brief niedergeschrieben hatte. Glaubte er ihr, oder machte er sich zu ihrem Komplizen bei diesem Betrug? Es war nicht der Mühe wert, dieser Frage nachzugehen. Die schlimmste Entdeckung, die zu machen mir bestimmt war, war bereits offenkundig: Margaret war eine Lügnerin und Heuchlerin durch und durch.

Und ein einziger Blick dieser Frau war mir einstmals wie der funkelnde Stern, der mein Leben erhellte, erschienen! Wegen dieser Frau hatte ich meine Familie hintergangen – allein der Gedanke daran erfüllte mich mit Abscheu –, hatte ich mutig den Folgen entgegengesehen, die der Zorn meines Vater auf mich nach sich ziehen mochte, und frohen Herzens den Verlust all dessen in Kauf genommen, was mir meine Geburt und das Schicksal geschenkt hatten! Warum hatte ich mich überhaupt von meinem Krankenlager erhoben? Es wäre besser, weit besser, gewesen, wenn mich der Tod ereilt hätte!

Aber das Leben war mir geblieben, und es wäre sinnlos, vor den Prüfungen und Qualen, die es für mich noch bereit hielt, zurückzuscheuen. Es gab noch einen anderen Brief, der darauf wartete, geöffnet zu werden, und damit noch mehr Gemeinheiten, denen ich mich stellen mußte.

Mr. Sherwins zweiter Brief war wesentlich kürzer als der erste und offenbar erst vor ein oder zwei Tagen verfaßt worden. Auch der Ton war ein anderer: Mr. Sherwin kroch nicht mehr vor mir zu Kreuze, sondern begann, mir zu drohen. Den Berichten unserer Dienstboten zufolge, so teilte er mir mit, sei ich seit Tagen gesund und wieder auf den Beinen, und er erkundigte sich, weshalb ich ihm unter diesen Umständen nicht geschrieben hatte. Des weiteren warnte er mich, daß mir mein Schweigen nur Nachteile bringen würde und daß er, sollte es noch länger andauern, den Fall seiner Tochter lautstark publik machen und nicht nur meinem Vater, sondern aller Welt zu Gehör bringen würde. Der Brief endete mit einer Fristsetzung von drei Tagen – nach Ablauf dieser Zeit würde schonungslos alles enthüllt.

Für einen Moment war meine Entrüstung so groß, daß ich aufstand, um sofort zur North Villa zu gehen und die Schufte zu demaskieren, die noch immer glaubten, nach Belieben mit mir umspringen zu können. Doch kaum hatte ich die Tür meines Zimmers geöffnet, besann ich mich eines Besseren. Meine erste und höchste Pflicht war es, meinem Vater unverzüglich ein umfassendes Geständnis abzulegen; und ich mußte in Erfahrung bringen, welchen Stand ich zukünftig in der eigenen Familie haben würde, ehe ich andere zur Rede stellte und verurteilte. Ich ging zurück zum Tisch und sammelte die Briefe ein, die dort verstreut waren. Mein Herz schlug schnell, und in meinem Kopf ging alles durcheinander, aber mein Entschluß stand fest: Ich mußte meinem Vater unter allen Umständen die Geschichte meiner Erniedrigung erzählen, die ich auf diesen Seiten festgehalten habe.

In der Stille und Einsamkeit wartete ich, bis es draußen fast ganz dunkel war. Der Diener brachte Kerzen herein. Warum konnte ich ihn nicht fragen, ob mein Vater und Clara schon zu Hause waren? Geriet meine Entschlossenheit ins Schwanken?

Kurz darauf hörte ich Schritte auf der Treppe und ein Klopfen an meiner Tür. – Mein Vater? Nein! Clara. Ich bemühte mich, unbefangen zu sein, als sie hereinkam.

»Liebe Güte, Clara, euer Spaziergang hat bis in die Dunkelheit gedauert!«

»Wir waren nur im Park – weder Papa noch ich haben bemerkt, wie spät es wurde. Wir unterhielten uns über etwas, was uns beiden sehr am Herzen liegt.«

Sie schwieg eine Weile und senkte den Blick, dann kam sie rasch auf mich zu und zog sich einen Stuhl an meine Seite. Ein seltsam trauriger, besorgter Ausdruck lag auf ihrem Gesicht, als sie fortfuhr:

»Ahnst du, worüber wir gesprochen haben? Über dich, Basil. Papa kommt gleich zu dir, um mit dir zu reden.«

Wieder hielt sie inne. Ihre Wangen röteten sich leicht, während sie sich angelegentlich damit beschäftigte, die Bücher, die auf dem Tisch lagen, ordentlich aufeinander zu stapeln. Mit einemmal ließ sie die Hände sinken; das Blut wich aus ihrem Gesicht; es war sehr blaß, als sie erneut das Wort ergriff mit einer Stimme, die ich kaum als die ihre wiedererkannte.

»Basil, du hast lange Zeit etwas vor uns geheimgehalten;

und du hast mir versprochen, daß ich die erste sein würde, der du dich anvertraust, aber ich ... ich habe mich anders besonnen. Ich möchte es nicht wissen, Lieber. Ich würde es vorziehen, wenn wir nie darüber sprechen würden.« Sie wurde rot und zögerte wieder, dann setzte sie schnell und ernst hinzu: »Aber ich hoffe, du wirst Papa alles erzählen: Er kommt her, um dich danach zu fragen – o Basil! Sei aufrichtig zu ihm und sag ihm alles; laß uns alle einander wieder das sein, was wir vor etwas mehr als einem Jahr waren! Du hast nichts zu befürchten, wenn du nur ganz offen mit ihm sprichst, denn ich habe ihn angefleht, sanftmütig und verständnisvoll zu sein, und du weißt ja, daß er mir nichts abschlägt. Ich bin nur hergekommen, um dich darauf vorzubereiten, um dich zu bitten, ehrlich und geduldig zu sein. Schsch! ich höre Schritte auf der Treppe. Sprich dich aus, Basil, um *meinet*willen – bitte, bitte, sprich dich mit ihm aus und überlasse alles andere mir.«

Sie eilte hinaus, und gleich darauf trat mein Vater ins Zimmer.

Vielleicht gaukelte mir mein schlechtes Gewissen etwas vor, aber ich hatte das Gefühl, daß er mich betrübter und ernster ansah als je zuvor. Auch seine Stimme klang besorgt. Zeichen, die bei *ihm* viel bedeuteten.

»Ich bin hier, um mit dir über etwas ganz Bestimmtes zu reden«, sagte er. »Es wäre mir lieber gewesen, du hättest dieses Thema von dir aus angesprochen.«

»Ich denke, Sir, ich weiß, worauf Sie hinweisen. Ich ...«

»Ich muß dich bitten, mir so geduldig, wie du kannst, zuzuhören«, unterbrach er mich. »Ich habe nicht viel zu sagen.«

Er zögerte und seufzte schwer. Ich bildete mir ein, daß er mich etwas freundlicher als zuvor anschaute. Mir wurde das Herz schwer; am liebsten wäre ich ihm in die Arme gesunken, um den Tränen, die mich zu ersticken drohten, freien Lauf zu lassen, um mich an seiner Brust auszuweinen und ihm zu gestehen, daß ich es nicht wert war, als sein Sohn bezeichnet zu werden. Oh, wäre ich doch diesem Impuls gefolgt!

»Basil«, fuhr mein Vater schwer und traurig fort, »ich hoffe und glaube, daß ich mir nur wenig vorzuwerfen habe, was meine Haltung dir gegenüber angeht. Ich denke, ich kann mit Fug und Recht behaupten, daß nur wenige Väter so an ihren Söhnen gehandelt hätten wie ich im letzten Jahr oder länger an dir. Oft habe ich mich wegen der Heimlichtuerei, die uns einander entfremdete, gegrämt; ich habe dir sogar durch mein Verhalten gezeigt, wie sehr sie mich verstimmt hat, aber ich habe niemals meine Autorität eingesetzt, um dich zu einer Erklärung zu zwingen, die du mir nicht freiwillig zu geben bereit warst. Ich vertraute bedingungslos auf das Ehrgefühl und die Rechtschaffenheit meines Sohnes und glaubte fest daran, daß dieses Vertrauen gerechtfertigt war, und das hat mich, wie ich fürchte, dazu verleitet, die Pflicht einer gründlichen Befragung zu vernachlässigen, obwohl eine solche nur deinem eigenen Wohl und meiner Verantwortung, die ich für dich trage, gedient hätte. Jetzt bin ich hier, um das Versäumnis wiedergutzumachen – die Umstände lassen mir keine andere Wahl. Als Vater liegt es mir sehr am Herzen und als Oberhaupt dieser Familie habe ich das Recht zu erfahren, welches Unglück (und ich kann mir nichts anderes als einen schlimmen Unglücksfall vorstellen) dir widerfahren ist, das dich bewußtlos auf offener Straße niedergestreckt und eine Krankheit über dich gebracht hat, die deinen Verstand und dein Leben gleichermaßen bedrohte. Mittlerweile bist du soweit genesen, um mir Rede und Antwort stehen zu können; die Autorität, die ich über meine Kinder habe, ermächtigt mich dazu, von dir eine rückhaltlose Aufklärung zu fordern. Falls du allerdings darauf bestehst, weiterhin Stillschweigen zu bewahren, wird sich das Verhältnis zwischen uns auf immer ändern.«

»Ich bin bereit, ein Geständnis abzulegen, Sir. Ich bitte Sie lediglich, mir zu glauben, daß ich, falls ich mich gegen Sie versündigt habe, schon schwer für meine Vergehen bestraft wurde. Ich fürchte, Ihre Ahnungen können Sie unmöglich gegen das wappnen, was ...«

»Die Dinge, die du im Fieberwahn sagtest – Worte, die ich gehört habe, nach denen ich mir jedoch kein Urteil bilden möchte –, rechtfertigen die schlimmsten Vermutungen.«

»Meine Krankheit hat mir den schwersten Teil einer schrecklichen Prüfung erspart, Sir, wenn sie Sie auf mein Bekenntnis vorbereitet hat; falls Sie vermuten ...«

»Ich *vermute* nicht – ich bin mir nur allzu *sicher*, daß du, mein zweiter Sohn, von dem ich weit Besseres erwartet hatte, insgeheim den lasterhaften Lebenswandel deines älteren Bruders nachgeahmt – ich fürchte, sogar übertroffen – hast.«

»Mein Bruder! – Dieselben Verfehlungen wie mein Bruder? Ralph!«

»Ja, Ralph. Es ist meine einzige Hoffnung, daß du dir auch an Ralphs Aufrichtigkeit und Offenheit ein Beispiel nimmst, nachdem dir bereits seine schlechten Eigenschaften als Vorbild gedient haben.«

Kälte sickerte in mein sinkendes Herz. Ralphs Verfehlungen! Ralphs lasterhafter Lebenswandel! – Auswüchse des Leichtsinns und des Müßiggangs! – Laster, die niemanden fürs Leben brandmarken! – Entschuldbare Verfehlungen, die Männer von Welt mit einem Grinsen beobachten und niemanden zu einem Leben in Schande verdammen. Wie ahnungslos – wie schrecklich ahnungslos – mein Vater über die wirklichen Geschehnisse war! Ich versuchte, ihm zu antworten, aber die Angst vor der lebenslangen Demütigung und dem Kummer, die mein Geständnis ihm – der nicht im entferntesten imstande zu sein schien, sich auch nur den geringsten Teil der Schande, die ich über mich und die Familie gebracht hatte, vorzustellen – aufbürden würde, machte mich sprachlos. Als er nach längerem Schweigen erneut das Wort ergriff, war sein Tonfall streng; er musterte mich mit erbarmungslos forschenden Blicken.

»Eine Person namens Sherwin hat in diesem Haus vorgesprochen«, sagte er, »und täglich nach deinem Befinden gefragt. Welche Beziehung unterhältst du zu diesem *mir* gänzlich Fremden, der sich offenbar berechtigt fühlt, sooft es ihm beliebt, in unser Haus zu kommen und Erkundigungen in einer derart vertraulichen Weise einzuziehen, die alle Diener befremdete, die ihm bei den verschiedenen Gelegenheiten die Tür öffneten? Wer ist dieser Mr. Sherwin?«

»Sir, ich denke, ich kann meine Beichte nicht gut mit ihm beginnen. Ich muß zurückgehen ...«

»Du müßtest, fürchte ich, noch weiter zurückgehen, als es dir momentan gelingen kann. Du solltest zu der Zeit zurückkehren, in der du nichts vor mir zu verbergen hattest und mit der Offenheit und Klarheit eines Gentlemans mit mir sprechen konntest.«

»Ich flehe Sie an, haben Sie Geduld mit mir, Sir; gönnen Sie mir ein paar Minuten, damit ich mich sammeln kann. Es kostet mich eine große Überwindung und Selbstbeherrschung, Ihnen alles zu erzählen.«

»Alles? Dein Tonfall verrät mehr als deine Worte – *der* zumindest ist aufrichtig! Ich habe das Schlimmste angenommen, aber reichen meine Befürchtungen vielleicht nicht aus? Basil! – hörst du mich, Basil? Du zitterst ja so sonderbar, du bist kreidebleich!«

»Ich sollte besser gleich zur Sache kommen, Sir. Ich fürchte, ich bin nicht annähernd so stark, wie ich dachte. Vater! Ich bin ein an Herz und Seele gebrochener Mann: Üben Sie Nachsicht mit mir, sonst kann ich nicht sprechen.«

Ich glaubte, Tränen in seinen Augen zu sehen. Er schirmte sie für einen Moment mit der Hand ab und seufzte wieder – es war derselbe, tiefe, bebende Seufzer, den ich zuvor schon einmal gehört hatte.

Ich erhob mich von meinem Stuhl und warf mich vor meinem Vater auf die Knie. Er deutete die Geste falsch und hielt mich am Arm fest, weil er glaubte, ich hätte das Bewußtsein verloren.

»Für heute ist es genug, Basil«, erklärte er hastig, aber sanft. »Wir sprechen morgen weiter – bis dahin kein Wort mehr über diese Angelegenheit.«

»Ich kann sprechen, Sir; es ist besser, wenn ich mir gleich jetzt alles von der Seele rede.«

»Nein. Du bist zu erregt. Du bist noch geschwächter, als mir bewußt war. Morgen in der Früh, wenn dir die Nachtruhe neue Kraft geschenkt hat. Nein! Ich will nichts mehr hören. Geh zu Bett; ich werde deine Schwester bitten, dich heute abend nicht mehr zu stören. Morgen wirst du mir alles enthüllen und auf deine Weise, ohne Unterbrechung, sprechen. Gute Nacht, Basil, gute Nacht.«

Ohne mir die Hand zu geben, eilte er zur Tür, als wollte er die Sorgen und die Ängste, die ihn augenscheinlich überwältigt hatten, vor mir verbergen. Doch ehe er den Raum verließ, zögerte er, wandte sich zu mir um und sah mich kummervoll an, dann kam er zurück, ergriff meine Hand, drückte sie wortlos und ging.

Würde er mir seine Hand jemals wieder reichen, wenn der morgige Tag vorüber war?

3

Der Morgen, der alles zwischen meinem Vater und mir entscheiden sollte, der Morgen, von dessen Verlauf mein zukünftiges Leben abhing, war der strahlendste und schönste, den ich jemals gesehen hatte. Ein wolkenloser Himmel, die milde Luft, der Sonnenschein – so fröhlich und blendend, daß die alltäglichsten Gegenstände wunderschön in diesem Licht aussahen –, sie schienen mich zu verhöhnen, als ich am Fenster stand und mir das Herz bleischwer in der Brust lag, während ich an die Pflicht, die es heute zu erfüllen galt, und an das harte Urteil dachte, das über mich verhängt werden würde, bevor ein neuer Tag anbrach.

Ich hatte mir in der Nacht keinen Plan zurechtgelegt, wie ich die ungeheuerliche Enthüllung vollziehen sollte – das Ausmaß meiner Not beraubte mich jeglicher Kraft, mich darauf vorzubereiten. Ich dachte an den Charakter meines Vaters, an die anerzogenen Prinzipien und die starre Ehrauffassung, die beinahe an Fanatismus grenzte; ich dachte an seinen Standesdünkel, der so unauffällig war, so selten in lediglich angedeuteten Worten Ausdruck fand und doch so fest in seinem Wesen verwurzelt und unentwirrbar mit jeder seiner Emotionen, seinem ganzen Trachten und Streben, seinen schlichtesten Gefühlen und Vorstellungen verbunden war;

ich dachte an seine fast weibliche Empfindsamkeit, die ihn bei jeder Erwähnung von Unmoral zurückschrecken ließ, während andere Männer ohne Bedenken darüber sprechen oder herzhaft lachen konnten. All das ging mir durch den Kopf, und als ich mir ins Gedächtnis rief, daß ich einem so aufrechten Mann gestehen mußte, daß ich in aller Heimlichkeit eine infame Ehe geschlossen hatte, verließ mich jede Hoffnung auf väterliches Verständnis und Zuneigung; die Vorstellung, ich könnte an seine ritterliche Großzügigkeit appellieren, war eine Illusion, und es wäre Wahnsinn gewesen, wenn ich auch nur einen Augenblick auf diese Möglichkeit vertraut hätte.

Die Beobachtungsgabe ist im allgemeinen geschärft, wenn das Denkvermögen von quälender Ungewißheit beeinträchtigt wird. Während ich allein in meinem Zimmer wartete, schlugen mich die banalsten Geräusche im Haus, die mir nie zuvor aufgefallen waren, in ihren Bann. Es schien, als würden die Schritte, das Echo von Stimmen, das Öffnen und Schließen der Türen an diesem für mich schicksalhaften Tag ein mysteriöses Verhängnis, eine eigenartige Entdeckung, eine geheimnisvolle Verschwörung gegen mich bereithalten; doch ich wußte nicht, welches neue Elend mir drohte oder wer mich ins Unglück stürzen würde. Zwei- oder dreimal ertappte ich mich dabei, wie ich zur Treppe schlich und aufmerksam lauschte – mit welcher Absicht, hätte ich selbst nicht sagen können. Gerade bei diesen Gelegenheiten schien sich plötzlich eine tödliche, vielsagende Stille über das ganze Haus zu senken. Clara kam nicht zu mir, und ich erhielt keine Nachricht von meinem Vater; die Türglocke blieb stumm; die Dienerschaft schien ihre Pflichten im oberen Stockwerk zu vernachlässigen. Ich kehrte jedesmal in mein Zimmer zurück – so leise, als müßte ich befürchten, daß das verborgene Unheil über mich hereinbrach, wenn ich auch nur einen Laut verursachte.

Würde mich mein Vater in meinem eigenen Zimmer aufsuchen, oder würde er nach mir schicken? Es dauerte nicht lange, bis sich diese Frage klärte. Einer der Diener klopfte an meine Tür – der Diener, dem man die Aufgabe übertragen hatte, während meiner Krankheit für mich zu sorgen. Am liebsten hätte ich die Hand des Mannes ergriffen und ihn um Mitgefühl und Beistand angefleht, als er mich ansprach.

»Sir, Ihr Herr Vater läßt Ihnen durch mich bestellen, daß er Sie in seinem Zimmer zu sehen wünscht, wenn es Ihr Befinden zuläßt.«

Ich stand auf und folgte dem Diener – ohne zu zögern. Auf dem Weg kamen wir an Claras Salon vorbei – die Tür ging auf, meine Schwester trat heraus und legte die Hand auf meinen Arm. Sie lächelte, als ich sie ansah; doch dabei standen dicke Tränen in ihren Augen, und ihr Gesicht war leichenblaß.

»Vergiß nicht, was ich dir gestern abend gesagt habe, Basil«, flüsterte sie, »und wenn harte Worte fallen, denk an *mich*. Alles, was unsere Mutter für dich tun würde, wenn sie noch bei uns wäre, werde *ich* tun. Du darfst den Mut nicht sinken lassen und die Hoffnung nicht verlieren!«

Sie huschte in ihr Zimmer, und ich ging die Treppe hinunter. In der Halle wartete der Diener mit einem Brief in der Hand auf mich.

»Dies hier wurde vor einer Weile für Sie abgegeben, Sir. Der Bote, der den Brief brachte, hatte nicht den Auftrag, auf eine Antwort zu warten.«

Jetzt war nicht der rechte Zeitpunkt, Briefe zu lesen – die Unterredung mit meinem Vater stand bevor. Ich steckte den Brief in die Tasche, ohne mir die unregelmäßige, mir unbekannte Handschrift auf dem Umschlag genauer anzusehen.

Ich betrat unverzüglich das Arbeitszimmer meines Vaters.

Er saß am Tisch und schnitt die Bogen von neuen Büchern auf, als ich hereinkam. Er deutete auf den Stuhl ihm gegenüber, erkundigte sich knapp nach meiner Gesundheit und fügte dann leiser hinzu:

»Nimm dir die Zeit, die du brauchst, um deine Gedanken zu sammeln, Basil. Meine Zeit an diesem Vormittag gehört nur dir.«

Er wandte sich ein wenig von mir ab und fuhr fort, die Buchseiten aufzuschneiden. Noch immer war ich nicht imstande, mich in irgendeiner Weise auf die Beichte, die man von mir erwartete, vorzubereiten; ohne Vorstellungen, Hoffnung oder Empfindungen jedweder Art, abgesehen von einer vagen Dankbarkeit für den kurzen Aufschub, den man mir gewährte, ehe ich zum Sprechen aufgefordert wurde, schaute ich mich im Raum um, als stünde das Urteil, das man gegen mich verhängen würde, bereits an die Wand geschrieben oder als zeichnete es sich in den Gesichtern der Vorfahren ab, deren Porträts über dem Kamin hingen.

Wer hat jemals erlebt, daß all seine geistigen Kräfte vom schlimmsten Elend, das sie beschäftigen kann, in Anspruch genommen wurden? Selbst in Momenten größter Gefahr kann der Verstand trotz der gegenwärtigen Bedrohungen aus eigenem Antrieb in die Vergangenheit schweifen – in Augenblicken bitterster Not können sich die Gedanken auf alltägliche Geringfügigkeiten richten. Während ich jetzt im Arbeitszimmer meines Vaters saß, kamen mir unvermittelt längst vergessene Erinnerungen an meine Kindheit in den Sinn; erschreckend war, daß sich die Bilder auf die seltsamste Weise verselbständigten und sich jeder Kontrolle entzogen, die meine gegenwärtige Erregung und Anspannung eigentlich über sie ausüben müßten. Gerade die Erinnerungen, die zu dieser Zeit unmittelbar vor meiner schlimmsten Stunde am wenigsten erwachen sollten, drängten sich mir auf.

Niedergeschlagen und mit schmerzenden Augen betrachtete ich die Wände. Dort in der Ecke war die rote Tapetentür, die in die Bibliothek führte. Wie oft hatten Ralph und ich als Kinder vor der nur wenig geöffneten Tür gestanden und neugierig durch den Spalt gespäht, um zu sehen, was unser Vater in seinem Arbeitszimmer machte, und herauszufinden, warum er so viele Briefe schreiben und so viele Bücher lesen mußte. Was für Angst wir ausgestanden hatten, als er uns einmal entdeckte und ausschalt! Und wie glücklich wir Augenblicke später waren, nachdem wir ihn um Verzeihung gebeten und er uns mit einem wunderschönen Bilderbuch – zum Zeichen, daß er uns vergeben hatte – zurück in die Bibliothek schickte! Und da, vor dem Fenster, die hohe, alte Druckerpresse aus Mahagoni mit demselben großen illustrierten Folianten über das jüdische Altertum darauf, den wir, Clara und ich, vor vielen Jahren hin und wieder, wenn wir uns eine ganz besondere Belohnung verdient hatten, an den Sonntagnachmittagen anschauen durften und den wir mit nie enden wollendem Entzücken immer wieder aufs neue durchblätterten. Wir standen nebeneinander auf zwei Stühlen, um die dicken vergilbten Blätter erreichen und sehen zu können. Und dort, in der Nische zwischen zwei Bücherschränken, stand noch der uralte Schreibtisch mit den vielen kleinen Schubladen mit Einlegearbeiten, und auf der Konsole darüber die alte französische Uhr, die einmal meiner Mutter gehört hatte und die die Stunden mit heiteren Klängen verkündete. Vater hatte immer an diesem Tisch gesessen, wenn Ralph und ich nach den Ferien wieder in die Schule mußten, er sich von uns verabschiedete und unser Taschengeld aus einer der kleinen Schubladen holte, um es uns zu übergeben. Clara – damals ein kleines, rosiges Mädchen – stand mit ernstem Gesicht und ihrer Puppe im Arm daneben und wartete traurig darauf, uns ein letztes Mal Lebewohl zu sagen. Jedesmal hatte sie uns angefleht, bald zurückzukommen und nie wieder wegzugehen. Ich wandte mich abrupt ab und sah zum Fenster – die Erinnerungen, die dieser Raum in mir wachrief, waren mehr, als ich ertragen konnte.

Draußen, in dem trübseligen kleinen Garten, raschelte sanft das Laub der kümmerlichen, dunklen Bäume, als ob die Brise, die sie in Bewegung brachte, über eine Wiese oder von der gekräuselten Oberfläche eines Baches unter die Äste wehen würde. Von fern, aber noch gut zu hören, drang der fröhliche Lärm einer Hauptstraße herüber – die mächtige Stimme von London. Näher, in der Seitenstraße neben dem Haus, ertönten die Klänge einer Drehorgel – sie spielte eine Walzermelodie, zu der ich in den Ballsälen so oft getanzt hatte. Wie mich die Erinnerungen im Haus und die Geräusche von draußen verhöhnten und das Geständnis ankündigten und begleiteten, das ich notgedrungen ablegen mußte!

Minute um Minute verstrich unerbittlich schnell; und ich brachte immer noch kein Wort hervor. Ängstlich richtete ich den Blick auf meinen Vater.

Er saß von mir abgewandt am Tisch und schnitt Buchseiten auf. Selbst bei dieser belanglosen Tätigkeit wurden die starken Gefühle, die er zu verbergen suchte, offenbar. Seine gewöhnlich so ruhige, umsichtige Hand zitterte sichtlich, und das Papiermesser schnitt immer schneller und schneller durch die Blätter, riß sie schief und krumm auseinander, als gelte es, die Seiten zu zerstören. Ich glaube, er *fühlte*, daß ich ihn ansah, denn unvermittelt unterbrach er seine Arbeit, drehte sich zu mir und sagte:

»Ich habe entschieden, dir Zeit zu lassen, und möchte von diesem Entschluß nicht abweichen – ich bitte dich lediglich, daran zu denken, daß jede Minute Verzögerung die Ungewißheit und das Leid, das ich deinetwegen erdulde, verstärkt.« Er schlug ein Buch auf und setzte leiser und gefaßter hinzu: »Wenn Ralph an *deiner* Stelle wäre, hätte er längst gesprochen.«

Mein Bruder – schon wieder führte er das Beispiel meines Bruders an! Ich durfte nicht länger schweigen.

»Die Verfehlungen, die mein Bruder gegen Sie und die Familie begangen hat, gleichen in nichts den meinen, Sir«, begann ich. »Ich habe seinen Lebenswandel *nicht* angenommen; ich habe gehandelt, wie er *niemals* handeln würde. Und dennoch werden die Folgen meines Vergehens, mit Ihren Augen betrachtet, weit erniedrigender, sogar unehrenhafter und schändlicher erscheinen als die Auswirkung von Ralphs Verfehlungen.«

Als ich die Worte ›unehrenhaft‹ und ›schändlich‹ aussprach, sah er mir unvermittelt ins Gesicht. Seine Augen blitzten kalt, und seine blassen Wangen röteten sich drohend.

»Was soll das heißen ›unehrenhaft‹?« erkundigte er sich harsch. »Was hat es zu bedeuten, wenn du derartige Worte wie *schändlich* im Zusammenhang mit deinem Betragen benutzt – im Zusammenhang mit dem Verhalten eines meiner Söhne?«

»Ich muß etwas weiter ausholen, um Ihre Frage zu beantworten, Sir«, fuhr ich fort. »Sie haben mich gestern abend gefragt, wer dieser Mr. Sherwin ist, der so oft hier vorgesprochen hat …«

»Und ebendies frage ich heute wieder. Es gibt noch andere Dinge, die ich wissen möchte – du hast außerdem im Fieberwahn ständig den Namen einer Frau gerufen. Zunächst wiederhole ich die Frage von gestern abend: Wer ist Mr. Sherwin?«

»Er lebt ...«

»Ich will nicht wissen, wo er lebt. Wer ist er? Was ist er?«

»Mr. Sherwin ist Leinen- und Tuchhändler ...«

»Du schuldest ihm Geld? – Du hast dir Geld von ihm geliehen? Warum hast du mir das nicht schon viel früher gesagt? Du hast Schande über mein Haus gebracht, indem du es zugelassen hast, daß ein Mann, der – ich weiß das – den Charakter eines Wucherers hat, mit dir in Verbindung steht. Er hat dich als ›Freund‹ bezeichnet, wie ich von den Dienstboten erfahren mußte. Dieser Geldverleiher und Kaufmann, dein *Freund*! Wenn mir zu Ohren gekommen wäre, daß dich der ärmste Arbeiter auf meinem Land seinen Freund nennt, hätte ich es für eine Ehre gehalten, weil ein aufrechter Mann damit seine Zuneigung und Dankbarkeit zum Ausdruck bringt. Wenn ich hingegen höre, daß dich ein Händler und Geldverleiher so bezeichnet, muß ich annehmen, daß du mit Betrug in Berührung gekommen bist. Du hattest recht – das *ist* in der Tat schändlich. Wieviel schuldest du ihm? Wo sind die schändlichen Wechsel? Auf welche Weise hast du *meinen* Namen und *mein* Ansehen mißbraucht? Sag es mir unverzüglich – ich bestehe darauf.«

Die verächtlichen Worte kamen rasch über seine Lippen, und als er geendet hatte, erhob er sich und ging ungeduldig auf und ab.

»Ich schulde Mr. Sherwin kein Geld, Sir – ich schulde niemandem Geld.«

Er blieb abrupt stehen. »Du schuldest niemandem Geld?« wiederholte er langsam und nachdenklich. »Du hast von Schande gesprochen. Kann es eine schlimmere Schande geben als die, daß du Wechsel bei einem Wucherer unterschrieben und mir deine Schulden verschwiegen hast?«

In diesem Moment ertönten Schritte auf dem Korridor vor der Tür. Mein Vater drehte sich auf dem Absatz um und verschloß die Tür, ehe er fortfuhr:

»Sprich! Und sei offen und ehrlich, wenn du kannst. Wie hast du mich betrogen und getäuscht? Der Name einer Frau kam oft über deine Lippen, als der Fieberwahn am schlimmsten war. Deine Ausdrucksweise war höchst seltsam, und das meiste davon war gänzlich unverständlich, aber du hast genug gesagt, um mir zu enthüllen, daß sie eine liederliche Person ist und daß ich *dir* ihre Zügellosigkeit – es ist abscheulich, über so jemanden reden zu müssen – anlasten muß. Ich bestehe darauf zu erfahren, wie sehr du dich mit dieser lasterhaften Frau eingelassen und dein Ansehen geschädigt hast.«

»Sie hat mich betrogen – grausam und gemein betrogen ...« Mehr konnte ich nicht sagen. Ich ließ den Kopf auf die Brust sinken, als die Scham mich übermannte.

»Wer ist sie? Du hast sie während deiner Krankheit Margaret genannt – wer ist diese Margaret?«

»Sie ist Mr. Sherwins Tochter ...« Die Worte, die ich als nächstes auszusprechen gezwungen war, schienen mich zu ersticken. Wieder verfiel ich in Schweigen.

Ich hörte, wie mein Vater leise murmelte: »Die Tochter *dieses* Mannes! – ein noch abscheulicherer Köder als Geld!«

Er beugte sich vor und musterte mich forschend. Im nächsten Moment wich jede Farbe aus seinem Gesicht.

»Basil!« rief er, »in Gottes Namen, antworte mir augenblicklich! Was ist Mr. Sherwins Tochter für *dich*?«

»Sie ist meine Frau.«

Ich bemerkte keine Reaktion – hörte kein Wort, nicht einmal ein Seufzen. Meine Augen waren blind vor Tränen, den Kopf hielt ich nach wie vor gesenkt, deshalb sah ich zuerst nichts. Als ich den Blick hob und mir die Tränen aus den Augen wischte, gefror mir das Blut in den Adern.

Mein Vater lehnte an einem der Bücherschränke und preßte die Hände auf die Brust. Der Kopf war zurückgeneigt; die weißen Lippen bewegten sich, brachten jedoch keinen Laut hervor. In seinem nach oben gewandten Gesicht hatte sich eine gespenstische Wandlung vollzogen, so unbeschreiblich wie die Veränderung im Tod.

Ich stürzte, vom Entsetzen gepackt, an seine Seite und versuchte, seine Hand zu ergreifen. Er richtete sich auf und stieß mich zornig von sich, ohne ein Wort zu sagen. In diesem entsetzlichen Augenblick durchdrangen die Geräusche von draußen qualvoll deutlich und heiter die fürchterliche Stille in diesem Raum. Das angenehme Rascheln des Laubs vermischte sich harmonisch mit dem gedämpften, monotonen Rollen der Kutschen, die Drehorgel, die jetzt eine lebhafte Melodie spielte, übertönte beides klar und vergnügt, und die Töne strömten durch die Fenster wie der pure Sonnenschein.

Ein paar Minuten standen wir uns gegenüber, und keiner von uns rührte sich oder sagte etwas. Nach einer Weile beobachtete ich, wie mein Vater sein Taschentuch hervorholte und sich das Gesicht damit abwischte; er atmete schwer und mühsam und sank erneut gegen den Bücherschrank. Als er das Taschentuch wegsteckte und mich noch einmal ansah, wußte ich, daß der scharfe Schmerz und die erste Seelenpein nachgelassen hatten, daß der letzte erbitterte Kampf zwischen väterlicher Zuneigung und seinem Familienstolz vorbei war; eine große Kluft, die uns fortan voneinander trennen würde, hatte sich zwischen uns aufgetan.

Mit einer gebieterischen Geste bedeutete er mir, meinen Platz wieder einzunehmen, aber er selbst ging nicht zu seinem Stuhl zurück. Ich gehorchte und sah, wie er den Bücherschrank aufschloß und die Hand auf einen der Bände, die darin standen, legte. Ohne das Buch herauszunehmen, ohne sich mir zuzuwenden oder mich anzusehen, erkundigte er sich, ob ich ihm noch etwas zu sagen hätte.

Der eisig ruhige Tonfall, die Frage an sich und der Zeitpunkt, da er sie stellte, die unnatürliche Unterdrückung eines strengen Verweises, eines Gefühlsausbruchs oder einer Klage nach einem solchen Geständnis – das alles machte mich sprachlos. Er drehte sich ein wenig von dem Bücherschrank weg, ohne die Hand von dem Band zu nehmen, und wiederholte die Frage. Sein Blick wirkte, als er den meinen kreuzte, verhärmt und matt, als wäre es eine entsetzliche Qual, auf so erbärmlichen und abstoßenden Objekten zu ruhen; seine Züge hatten die natürliche Kultiviertheit und die Milde verloren und drückten statt dessen harte, finstere Gefaßtheit aus, der sich alles, was er sonst darstellte, unterordnen oder sich ihr anpassen mußte. Er schien um Jahre gealtert zu sein, seit ich die letzten verhängnisvollen Worte ausgesprochen hatte.

»Hast du mir noch mehr zu sagen?«

Bei der Wiederholung dieser furchtbaren Frage, sank ich zur Seite auf den Stuhl neben mir und verbarg das Gesicht in den Händen. Mir war selbst nicht bewußt, wie oder warum ich redete; ohne mir etwas von mir selbst oder von ihm zu erhoffen, ohne Absicht, außer der, die ganze Strafe für meinen Frevel herauszufordern und auf mich zu nehmen, gab ich nun die ganze jämmerliche Geschichte meiner Eheschließung und all der folgenden Ereignisse preis. Ich erinnere mich nicht mehr, welche Worte ich benutzt oder was ich angeführt habe, um mich zu verteidigen. Verwirrung und Beklemmung bedrängten mich immer mehr; ich redete mehr und schneller, konfuser und unüberlegter, bis mich die Stimme meines Vaters wieder zum Schweigen und zur Räson brachte. Ich glaube, ich war zum letzten und schlimmsten Part meines Bekenntnisses gekommen, als er mich unterbrach.

»Erspare mir weitere Details«, sagte er verbittert, »du hast mich genug gedemütigt – ich will nichts mehr davon hören.«

Er nahm das Buch aus dem Schrank, das er bis dahin nicht einmal losgelassen hatte, und ging damit auf den Tisch zu – er hielt einen Moment inne, bleich und schweigend –, dann schlug er die erste Seite auf und setzte sich.

Ich erkannte das Buch sofort. Es war die Familienchronik, in der die Geschichte der Familie von seinen frühesten Vorfahren bis zur Geburt seiner eigenen Kinder verzeichnet war. Die dicken, großen Seiten waren mit wunderschönen Buchmalereien nach Art der alten Handschriften verziert; die Geschichte an sich war nach den Angaben und unter Aufsicht meines Vaters niedergeschrieben worden. Die Fertigstellung dieses Buches hatte ihn Jahre der Nachforschungen und ausdauernde Arbeit gekostet. Die Geburts- und Todesdaten, die Eheschließungen und Angaben über Liegenschaften und Besitzstände, die Heldentaten in Schlachten und die persönlichen Fehden der alten normannischen Edelleute, bis zu denen er seine Abstammung zurückverfolgt hatte – das alles war feinsäuberlich auf den Blättern verzeichnet, und Darstellungen von den Lieblingswaffen der Ritter oder von den Grabsteinen derer, die in fernen Ländern den Tod gefunden hatten, schmückten die ersten Seiten. Die jüngere Familienhistorie war mit kunstvollen Miniaturporträts und Symbolen illustriert, die jedem Abschnitt vorangestellt waren und die besonderen Verdienste oder speziellen Vorlieben der Persönlichkeit aufzeigten, deren Biographie folgte. Die Seite, die meiner Mutter gewidmet war, trug einen Rand aus Veilchen – ihren Lieblingsblumen –, und die Zeilen, die ihren traurigen Tod schilderten, waren mit kleinen Sträußchen verziert.

Bedächtig und schweigend blätterte mein Vater eine Seite nach der anderen in dem Buch um – in dem er, wie ich glaube, nach der Bibel am häufigsten las –, bis er zum vorletzten beschriebenen Blatt kam. Ich wußte, daß mein Name ganz oben auf der Seite neben einem Miniaturporträt von mir als Kind zu sehen war. Darunter waren das Datum meiner Geburt, die Schulen und Colleges, in denen ich unterrichtet worden war, und der Beruf, den ich anstrebte, aufgeführt. Man hatte viel Platz für spätere Einträge gelassen. Mein Vater betrachtete die Seite wortlos – noch immer lag dieser gespenstisch ruhige Ausdruck auf seinem Gesicht. Die Drehorgel vor dem Haus war verstummt, aber der Wind rauschte noch in den Bäumen, und die Kutschen rumpelten durch die Straßen wie zuvor. Kinder spielten in einem der Nachbargärten. Ihre klaren, fröhlichen Stimmen drangen bis zu uns – eine Variation des Dankesliedes an Gott, das die Bäume in der Sommerluft sangen. Ich sah meinen Vater an, während er auf die Buchseite starrte und seine bebende Hand auf mein Porträt legte, als wollte er es aus seinem Blickfeld verdammen.

Dann begann er zu sprechen, ohne mich anzuschauen, beinahe so, als würde er mit sich selbst und nicht mit mir reden. Seine sonst so klare und sanfte Stimme klang jetzt hart und schroff, als er sich zur Ruhe und Bedachtsamkeit zwang – wie die eines Fremden.

»Ich bin heute morgen hergekommen«, hob er an, »um mir einen Bericht über deine Verfehlungen und Mißgeschicke anzuhören, und war auf schmerzliche Eröffnungen gefaßt, auf Fehltritte, die ich vielleicht niemals vergessen könnte, selbst wenn ich fest entschlossen und willens wäre, dir zu verzeihen. Aber ich war *nicht* auf diese unaussprechliche

Schande vorbereitet, die mein eigener Sohn über mich und die Meinen gebracht hat. Mir fehlen die Worte für eine Zurechtweisung oder eine Verurteilung: Der Schuldige ist in Unehre gefallen und bereits gestraft – doch nicht nur er hat unter seiner Verantwortungslosigkeit zu leiden. Die Infamie meines zweiten Sohnes hat das Geburtsrecht seines Bruders besudelt und seinen Vater ins Unglück gestürzt. Selbst der Name seiner Schwester ...«

Er verstummte schaudernd. Als er fortfuhr, ließ er den Kopf sinken, und seine Stimme war gebrochen.

»Ich sage es noch einmal – du bist weder eines Tadels noch einer Verdammung würdig, aber ich trage Verantwortung für meine beiden abwesenden Kinder und habe noch ein letztes Wort zu dir zu sagen, ehe ich meine Pflicht ihnen gegenüber erfülle. Auf dieser Seite ...« er deutete auf die Familienchronik und räusperte sich –, »auf dieser Seite ist nach dem letzten Eintrag noch Platz für zukünftige Ereignisse in deinem Leben. Hier müßte ich also, wenn ich dich noch als meinen Sohn anerkennen würde, wenn ich es für möglich halten könnte, daß du und meine Tochter weiterhin unter ein und demselben Dach leben, über eine Schande und Erniedrigung berichten, wie sie nie eine einzige Seite in diesem Buch beschmutzt hat; hier würde ein Schandfleck – deine Eheschließung und ihre Folgen – verzeichnet, der alles Reine und Erhabene, was vorher war, und alles, was nach ihm kommen wird, mit einem unauslöschlichen Makel verderben würde. Das lasse ich nicht zu. Ich habe kein Vertrauen mehr zu dir und setze keinerlei Hoffnungen in dich und deine Zukunft. Ab heute bist du für mich und für mein Haus ein Feind – es wäre der reine Hohn und eine verwerfliche Heuchelei, wenn ich dich noch meinen Sohn nennen würde; es wäre eine Beleidigung für Clara und selbst für Ralph, wenn ich dich fortan noch als mein eigen Fleisch und Blut betrachten würde. In dieser Chronik hast du keinen Platz mehr, und die Seite, die für dich reserviert war, wird für immer vernichtet. Ich wünschte bei Gott, ich könnte die Vergangenheit aus meinem Gedächtnis reißen wie die Seite aus diesem Buch!«

In diesem Moment schlug die alte französische Uhr die

volle Stunde – wie oft hatte mich meine Mutter in ihr Zimmer geholt, damit ich diesen heiteren, silberhellen Klängen lauschen konnte? In das klare, reine Glockenspiel vermischte sich ein schreckliches scharfes Geräusch, als mein Vater die Seite, die meinen Namen trug, aus der Familienchronik und in kleine Fetzen riß, die er auf den Boden warf.

Er erhob sich unvermittelt, nachdem er das Buch zugeschlagen hatte. Das Blut stieg ihm in die Wangen, und als er das Wort erneut ergriff, wurde seine Stimme immer lauter und lauter. Ich hatte beinahe den Eindruck, als würde er seiner eigenen Entschlossenheit, mich zu verstoßen, mißtrauen und im Zorn die Willensstärke suchen, die er in gemäßigterer Stimmung selbst jetzt, nach meinem Geständnis, nicht aufbringen konnte.

»Von heute an, Sir«, sagte er, »werden wir uns als Fremde begegnen. Jetzt sind Sie Mr. Sherwins Sohn – nicht meiner. Sie sind der Ehemann seiner Tochter – nicht ein Verwandter meiner Familie. Stehen Sie auf wie ich: Wir werden nie wieder in einem Raum zusammensitzen. Schreiben Sie!« Er schob Feder, Tintenfaß und Papier vor mich. »Schreiben Sie Ihre Forderungen nieder – ich werde Mittel finden, Sie zur Einhaltung einer schriftlichen Vereinbarung zu zwingen. Ich verlange von Ihnen, daß Sie sich ebenso wie Ihre Frau ein Leben lang von diesem Land fernhalten und daß Sie und Ihre Komplizen – alle – absolutes Stillschweigen bewahren. Schreiben Sie eine Summe nach Belieben auf; ich bin von Herzen gern bereit, dafür zu bezahlen, daß Sie mir nie mehr unter die Augen kommen, daß Sie Diskretion bewahren und den Namen ablegen, den Sie in Verruf gebracht haben. Mein Gott, daß ich das erleben muß! Ein Handel, damit die Schande meiner Familie nicht ans Licht kommt! Und diesen Handel muß ich mit *Ihnen* abschließen!«

Bis zu diesem Zeitpunkt hatte ich ihm zugehört, ohne auch nur mit einem Wort um Gnade für mich zu erflehen, aber die letzten Äußerungen rissen mich aus der Erstarrung. Etwas von *seinem* Stolz rührte sich in meinem Herzen und wehrte sich gegen seine erbitterte Verachtung. Ich hob den Kopf und begegnete zum erstenmal fest seinem Blick – dann schob ich die Schreibutensilien weg und stand auf, um zu gehen.

»Bleiben Sie!« schrie er. »Wollen Sie vorgeben, daß Sie mich nicht verstanden haben?«

»Ich gehe, *weil* ich Sie verstanden habe, Sir. Ich habe Ihren Zorn verdient und füge mich ohne zu murren allen Maßnahmen, die Sie über mich verhängen. Wenn Sie in meinem Verhalten Ihnen gegenüber keine Reue für meine Vergehen erkennen, wenn Sie nicht sehen, wie sehr mir die Scham und der Betrug zusetzen, und wenn Ihnen mein Schmerz kein Körnchen Mitgefühl abnötigen kann, dann habe ich, wie ich denke, zumindest das Recht, darum zu bitten, daß Ihre Verachtung schweigen und die letzten Worte, die Sie an mich richten, keine Kränkung enthalten mögen.«

»Kränkung! Nach allem, was geschehen ist, wagen *Sie* es, dieses Wort in einem solchen Ton auszusprechen? Ich sage es noch einmal – ich bestehe auf einer schriftlichen Vereinbarung, so wie ich bei einem Fremden darauf bestehen würde, daß er sich mit seiner Unterschrift zur Einhaltung der Bedingungen verpflichtet. Ich werde diese Vereinbarung in Händen halten, bevor Sie dieses Zimmer verlassen!«

»Alles, was diese menschenunwürdige Vereinbarung enthalten könnte, werde ich einhalten – und noch mehr. Aber ich bin noch nicht so tief gesunken, daß ich mich für die Erfüllung meiner Pflicht bestechen lasse. Sie mögen imstande sein, zu vergessen, daß Sie mein Vater sind, doch ich werde nie vergessen können, daß ich Ihr Sohn bin.«

»Diese Erinnerung wird Ihnen, solange ich lebe, nicht von Nutzen sein. Ich wiederhole: Ich bestehe auf einer schriftlichen Vereinbarung, und wenn sie nur dazu dient zu zeigen, daß ich auf Ihr Wort nicht mehr vertraue. Schreiben Sie – sofort! Haben Sie mich verstanden? Schreiben Sie!«

Ich rührte mich nicht von der Stelle und blieb stumm. Sein Gesicht wurde aschfahl; seine Hände zitterten wie im Krampf, und er zerknüllte den Papierbogen, als er ihn vom Tisch zu nehmen versuchte.

»Sie widersetzen sich?« stieß er hervor.

»Ich habe Ihnen bereits gesagt, Sir ...«

»Gehen Sie!« fiel er mir ins Wort und deutete auf die Tür. »Verlassen Sie mein Haus und lassen Sie sich hier nie wieder blicken – gehen Sie, nicht als Fremder, sondern als Feind! Ich glaube keiner Ihrer Versprechungen. Es gibt keine Niederträchtigkeit, die ich Ihnen nicht zutraue. Aber ich rate Ihnen und all den erbärmlichen Kreaturen, mit denen Sie sich verbündet haben, folgende Warnung zu beherzigen: Ich habe Vermögen, Macht und Einfluß, und ich werde nicht zögern, all das gegen jeden Mann und jede Frau zu verwenden, die dem guten Ruf meiner Familie zu schaden drohen. Vergessen Sie das nie, und jetzt gehen Sie mir für immer aus den Augen!«

Gerade als er das letzte Wort aussprach und ich meine Hand an die Tür legte, war ein schwacher Laut zu hören – ein Atemzug oder ein unterdrückter Aufschrei. Mein Vater erschrak und sah sich um. Etwas – ich weiß nicht, was – veranlaßte mich dazu, stehen zu bleiben. Mein Blick folgte dem seinen zu der Tapetentür.

Sie stand einen Spalt offen, dann ging sie zu, um gleich darauf weit geöffnet zu werden. Langsam und lautlos betrat Clara den Raum.

Ihr plötzliches, lautloses Erscheinen in einem solchen Moment, das Entsetzen in ihren Augen, das die gewohnte Sanftheit und Güte auslöschte, ihr bleiches Gesicht, das weiße Kleid und der schleichende, geräuschlose Gang verliehen ihr beinahe etwas Übernatürliches; es war, als würde ihr Geist und nicht Clara selbst auf uns zukommen. Als sie sich meinem Vater näherte, nannte er erstaunt ihren Namen, aber er brachte kaum mehr als ein Flüstern heraus. Sie zögerte einen Moment und blieb stehen – ich sah, wie sie zitterte, als sie den Blick meines Vaters erwiderte –, dann drehte sie sich mir zu. Das tapfere Mädchen kam zu mir! Sie nahm meine Hand, stellte sich mir zur Seite und wandte sich meinem Vater zu.

»Clara!« hauchte er erneut.

Ich spürte, wie ihre kalten, zarten Finger die meinen so fest umschlossen, daß es beinahe schmerzte. Ihre Lippen bewegten sich, aber ihre raschen, erregten Atemzüge machten die Worte unverständlich.

»Clara!« wiederholte mein Vater zum drittenmal – diesmal mit erhobener Stimme, aber er senkte sie sofort wieder, als er weitersprach. »Clara«, sagte er leise und traurig, »laß seine Hand los; du hättest nicht herkommen dürfen – bitte, laß uns allein. Du darfst seine Hand nicht halten! Er ist nicht mehr mein Sohn oder dein Bruder. Clara, hörst du mich nicht?«

»Doch, Sir, ich höre Sie, Sir«, erwiderte sie. »Möge Gott verhüten, daß meine Mutter im Himmel Sie auch hört!«

Er war auf sie zugegangen, hielt aber mitten in der Bewegung inne und wandte sich von uns ab. Wer hätte sagen können, welche Erinnerungen sein Herz erschütterten?

»So darfst du nicht sprechen, Clara«, fuhr er fort, ohne aufzusehen. »Deine Mutter …« ihm versagte die Stimme. »Kannst du immer noch seine Hand berühren nach allem, was ich gesagt habe? Ich versichere dir noch einmal, er ist es nicht wert, sich in deiner Gegenwart aufzuhalten; mein Haus ist nicht mehr sein Zuhause – muß ich dir *befehlen*, ihn loszulassen?«

Der tief verwurzelte Sinn für Gehorsam gewann die Oberhand; sie zog ihre Hand zurück, wich mir jedoch nicht von der Seite.

»Und jetzt geh, Clara«, sagte er. »Es war nicht richtig, Liebes, daß du hergekommen bist – du solltest nicht hier sein. Ich werde oben mit dir sprechen – du darfst nicht länger hierbleiben.«

Sie preßte die zitternden Hände zusammen und seufzte schwer.

»Ich kann nicht gehen, Sir«, stieß sie atemlos hervor.

»Muß ich dir zum erstenmal in deinem Leben Ungehorsam vorwerfen?« fragte er.

»Ich kann nicht gehen«, wiederholte sie im selben Tonfall, »bis Sie ihm gesagt haben, daß er sein Vergehen wiedergutmachen kann und daß Sie ihm eines Tages vergeben werden.«

»Für *sein* Vergehen gibt es weder Wiedergutmachung noch Vergebung. Clara! Hast du dich so sehr gewandelt, daß du mir in die Augen sehen und den Gehorsam verweigern kannst?«

Während er das sagte, wich er vor uns zurück.

»O nein! Nein!« Sie lief zu ihm, blieb aber auf halbem Wege stehen und sah mich ängstlich an. »Basil«, rief sie aus, »du hast nicht getan, was du mir versprochen hast; du hattest nicht genügend Geduld. Oh, Sir, wenn ich jemals Ihre Freundlichkeit verdient habe, dann, bitte, üben Sie *mir zuliebe* Nachsicht mit *ihm*! Basil! Sprich, Basil! Bitte ihn auf Knien um Vergebung. Vater, ich habe ihm versprochen, daß Sie ihm alles verzeihen werden, wenn er Sie darum bittet ... Nicht ein Wort? Kein Wort von beiden? Basil! Du gehst noch nicht – du gehst überhaupt nicht! Vergessen Sie nicht, Sir, wie gut und freundlich er immer zu *mir* war. Meine arme Mutter – ich *muß* von ihr sprechen –, er war immer der Lieblingssohn meiner armen Mutter, das haben Sie mir selbst erzählt! Und er war immer der liebste Bruder für mich; ich glaube, weil meine Mutter ihn so sehr geliebt hat. Sein erstes Vergehen! Sein erster Schmerz! Und deshalb schicken Sie ihn aus unserem Haus? Bestrafen Sie *mich*, Sir! Ich habe gefehlt wie er; als ich die lauten Stimmen hörte, habe ich in der Bibliothek gelauscht. Er geht fort! Nein, nein, nein! Basil, geh nicht!«

Sie lief zur Tür, als ich sie öffnete, und stieß sie wieder zu. Mein Vater sank, überwältigt von ihrer heftigen Reaktion, auf einen Stuhl.

»Komm – Basil, komm mit mir, und wirf dich vor ihm auf die Knie«, flüsterte sie und sah mich mit blitzenden, tränenlosen Augen an, dann schlang sie die Arme um meinen Hals und versuchte, mich von der Tür wegzuziehen. »Komm zurück, oder du bringst mich um den Verstand!« sagte sie laut und zerrte mich zu meinem Vater.

Er erhob sich augenblicklich.

»Clara«, sagte er, »ich befehle dir, ihn loszulassen!« Er kam ein paar Schritte auf mich zu. »Gehen Sie!« brüllte er. »Wenn auch nur noch eine Spur Menschlichkeit in Ihrer schurkischen Seele steckt, werden Sie mir eine weitere Szene ersparen!«

Ich flüsterte Clara ins Ohr: »Ich werde dir schreiben, Liebes – ich werde schreiben.« Dann löste ich ihre Arme von meinem Hals – sie waren schon kraftlos und schwach. Als ich durch die Tür ging, drehte ich mich noch einmal um und warf einen letzten Blick in das Zimmer.

Clara sank meinem Vater in die Arme, ihr Kopf lag an seiner Schulter, ihr Gesicht hatte noch immer den entrückten

Ausdruck, als würde kein Sterblicher mehr seinen Blick darauf richten und als würde es nie mehr ein irdisches Licht erleuchten, sondern nur noch die strahlenden Augen der Engel. Sie wurde ohnmächtig.

Mein Vater hielt sie mit einem Arm fest und tastete mit der freien Hand hastig die Wand nach dem Klingelzug ab. Seine schmerzerfüllten Augen blickten voller Liebe in das reglose, friedliche Gesicht, das dem seinen so nahe war. So sah ich meinen Vater, ehe ich die Tür schloß – im nächsten Moment verließ ich das Haus.

Ich betrat es nie mehr, und meinen Vater habe ich seither nie wiedergesehen.

4

Unter normalen Umständen sind wir kaum in der Lage zu erkennen, wie sehr sich der spirituelle – unsterbliche – Teil von uns sich selbst und sein Wahrnehmungsvermögen armseligen Objekten der vergänglichen Außenwelt verschreiben kann. In einem verwirrten Knäuel sind die dünnen Fäden am schwersten zu verfolgen. Bei der Analyse der Assoziationen und Sympathien, die das Spiel der Leidenschaften regeln, sind die einfachsten und alltäglichsten diejenigen, die wir zuletzt aufdecken. Erst wenn wir einen Schock erleben und der Verstand davor zurückschreckt – wenn sich Freude in Kummer verwandelt oder Kummer in Freude –, werden wir wirklich gewahr, welche Kleinigkeiten zu einem Auslöser und schließlich zu einem Bestandteil des geistigen Genusses oder der schlimmsten geistigen Qual werden können. Sie glichen Atomen, die der Strudel so gierig und unfehlbar in seine Mitte zieht wie die größte Masse.

Diese Erkenntnis war mir vorbehalten, als ich – nachdem ich einen Moment vor dem Haus meines Vaters verharrt hatte, heimatloser als die ärmsten Teufel, die an mir vorbeigingen, denn die hatten wenigstens eine Frau oder Verwandte, die ihnen eine Kammer für die Nacht anbieten – meine Schritte wie aus alter Gewohnheit in Richtung North Villa lenkten.

Ich ging denselben Weg, über den mich meine Wallfahrt zu immer demselben Schrein tagtäglich geführt hatte; und heute fiel mir zum erstenmal auf, daß es kaum ein Fleckchen an diesem Weg gab, das mein Herz nicht unbewußt zu einem schönen, geliebten Anblick gemacht und mit Margaret Sherwin in Verbindung gebracht hatte: hier das freundliche, vertraute Schaufenster, in dem glitzernder, billiger Schmuck ausgestellt war und das mich so oft verlockt hatte, kleine Präsente für Margaret zu kaufen; dort die belebte Straßenkreuzung, öde und bar jeden Reizes, und doch war sie mir einst strahlend schön erschienen, verzaubert durch die Märchenarchitektur meiner Träume, weil ich wußte, daß ich an dieser Stelle mehr als die Hälfte der Strecke, die mein Heim von ihrem trennte, zurückgelegt hatte. Ein Stück weiter kamen die Parkbäume in Sicht – Bäume, deren Pracht in vergangenen Zeiten kein herbstlicher Verfall und keine winterliche Kahlheit zerstören konnten, denn Margaret und ich hatten gemeinsame Spaziergänge unter diesen Bäumen unternommen. Und dann die Abzweigung zu der langen Vorstadtstraße, die in den Hollyoak Square mündete – den öden, staubigen Platz, um den meine vergangene Glückseligkeit und die vernichteten Hoffnungen ihre goldenen Illusionen gerankt hatten, wie Gläubige Juwelen um eine hölzerne Heiligenfigur rankten. Auf meinem Gang zur North Villa fielen mir viele dieser banalen Dinge auf, die jetzt genauso entehrt und ruiniert waren wie ich selbst.

Ohne zu zögern, setzte ich meinen Weg fort, ja, ich dachte nicht einmal ans Umkehren. Ich hatte versprochen, daß die Ehre meiner Familie keinesfalls unter dem Unglück leiden sollte, das über mich gekommen war, und nichts konnte mich davon abbringen, mein Wort zu halten, solange noch ein Funken Leben in mir war. Aus dieser Entschlossenheit zog ich neues Selbstvertrauen, die Zuversicht, standhaft zu bleiben und gefaßt das Urteil meines Vaters und die Verbannung zu ertragen – das gab mir die Kraft, weiter zu gehen. Ich mußte

Mr. Sherwin unbedingt sehen (vielleicht sogar die Demütigung erleiden, *ihr* zu begegnen) – mußte unter allen Umständen mit ihm sprechen, die Wahrheit aufdecken, damit er begriff, daß Drohungen und Täuschungen künftig zwecklos waren. Ich mußte das tun, und noch mehr mußte ich mich wappnen, um die Familie – zu der ich, auch wenn ich ein Ausgestoßener war, immer noch gehörte –, vor jeder Verschwörung zu schützen, die das Verbrechen oder schamlose Habgier, ob nun aus Rachedurst oder Gewinnsucht, ersinnen konnte. Eine schwere, beinahe unlösbare Aufgabe – aber nichtsdestotrotz eine Aufgabe, die erfüllt werden mußte!

Ich dachte unaufhörlich an diese Notwendigkeit, nicht nur aus Pflichtgefühl, sondern auch um einem anderen Gedanken auszuweichen, zu dem mir momentan der Mut fehlte. Das reglose, blasse Gesicht, das an der Brust meines Vaters gelegen hatte – *Clara!* –, dieses Bild bereitete mir den Kummer, der mich schwächte, rief die Sehnsucht und das Entsetzen wach, das an Verzweiflung grenzte. Ich durfte es nicht in mein Bewußtsein lassen.

Die Dienerin stand am Gartentor der North Villa – dasselbe Mädchen, das ich am ersten Tag meiner fatalen Verblendung gesprochen hatte. Sie nahm einen Brief von einem ärmlich gekleideten Mann entgegen, der in dem Augenblick wegging, da ich näher kam. Als sie mich einließ, waren ihre Verlegenheit und Überraschung so groß, daß sie mir kaum in die Augen blicken konnte und kein vernünftiges Wort herausbrachte. Erst als ich die Stufen zur Haustür hinaufging, sagte sie:

»Miss Margaret« – sie nannte sie noch immer so! – »Miss Margaret ist oben, Sir. Ich nehme an, Sie möchten …«

»Ich wünsche nicht, sie zu sehen – ich will mit Mr. Sherwin sprechen.«

Jetzt sah das Mädchen noch verwirrter aus, ja sogar verängstigt. Sie lief los und öffnete eine der Türen, die vom Flur abgingen. Ich sah, als ich eintrat, daß sie mich in ihrer Konfusion in einen falschen Raum geführt hatte. Mr. Sherwin, der sich dort aufhielt, zog hastig einen Wandschirm vor etwas, was er offenbar vor mir verbergen wollte; ich hatte nicht gesehen, was es war.

Er trat mir mit ausgestreckter Hand entgegen, doch sein rastloser Blick huschte ständig zwischen mir und dem Wandschirm hin und her.

»Sind Sie also endlich doch gekommen. Lassen Sie uns in den Salon gehen. Die Sache ist die, ich wollte Ihnen schreiben wegen ...«

Er verstummte plötzlich und ließ seinen ausgestreckten Arm sinken. Ich hatte kein Wort gesagt, aber etwas in meinen Augen und in meiner Haltung mußte ihm verraten haben, mit welcher Absicht ich gekommen war.

»Weshalb sagen Sie nichts?« fragte er nach einer Weile. »Wieso sehen Sie mich so eigenartig an? Hören Sie auf damit! Gehen wir in den Salon, dort können wir über alles reden.« Er drängte sich an mir vorbei zur Tür und öffnete sie halb.

Warum war er so erpicht darauf, mich aus dem Raum zu bringen? Wen oder was versteckte er hinter dem Wandschirm? Das Mädchen hatte gesagt, seine Tochter sei oben; das und die Tatsache, daß ich jeder Tat und jedem Wort mißtraute, das von ihm kam, bestärkte mich in meinem Entschluß, in diesem Raum zu bleiben und sein Geheimnis aufzudecken. Es war augenfällig, daß es mit mir in Zusammenhang stand.

»Nun«, setzte er hinzu und öffnete die Tür ein bißchen weiter, »wir müssen lediglich den Flur überqueren, wie Sie wissen; und ich empfange meine Besucher stets im schönsten Zimmer des Hauses.«

»Man hat mich hierher geführt«, entgegnete ich, »und ich habe weder die Zeit noch die Absicht, Ihnen von Zimmer zu Zimmer zu folgen, wie es Ihnen gefällt. Ich habe Ihnen nicht viel mitzuteilen, und das wenige werde ich Ihnen hier erklären, sofern Sie mir keine plausiblen Gründe nennen, die dagegen sprechen.«

»Ach, ja? Dazu kann ich nur eines sagen: Wir einfachen Kaufleute nennen ein solches Benehmen schlichtweg unhöflich. Ja, verdammt unhöflich – und ungehobelt, wenn Ihnen das besser gefällt.« Als er merkte, daß ich mich nicht umstimmen ließ, schloß er die Tür. Seine Gesichtsmuskeln zuckten heftig, und seine flinken, boshaften Augen blickten wieder zum Wandschirm.

»Schön«, fuhr er beleidigt und trotzig fort, »ganz, wie es Ihnen beliebt; bleiben wir hier – Sie werden sich schon bald wünschen, Sie hätten sich anders entschieden, darauf möchte ich wetten. Sie scheinen keine Eile zu haben, mich über den Grund Ihres Besuches ins Bild zu setzen, also nehme *ich* Platz. *Sie* können es halten, wie Sie wollen. Also? Machen wir es kurz – sind Sie in freundlicher Absicht hergekommen – bitten Sie mich, meine Tochter holen zu lassen, und erweisen Sie sich als Gentleman, oder nicht?«

»Sie haben mir zwei Briefe geschrieben, Mr. Sherwin …«

»Ja, und ich habe höllisch aufgepaßt, daß Sie sie auch bekommen – ich habe sie persönlich abgegeben.«

»Als Sie diese Briefe verfaßten, waren Sie entweder einer ungeheuerlichen Täuschung zum Opfer gefallen – in diesem Fall sind Sie nur zu bedauern –, oder Sie …«

»Zu bedauern! Was, zum Teufel, soll das heißen? Kein Mensch hier will Ihr Mitleid.«

»Oder Sie haben versucht, mich hinters Licht zu führen – in diesem Fall muß ich Ihnen mitteilen, daß derartige Ränke und Tücken fortan nutzlos sind. Ich weiß alles – mehr, als Sie ahnen, mehr als Ihnen, wie ich glaube, recht sein kann.«

»Oh, darauf zielen Sie also ab, wie? Bei Gott, ich habe schon so etwas geahnt, als Sie dieses Zimmer betraten. Was? Sie glauben *meinem* Kind nicht, habe ich recht? Sie wollen sich wie ein Halunke aus dem Staub machen, oder? Verdammt sei Ihre Kaltblütigkeit, zur Hölle mit Ihrem aristokratischen Gehabe und allem Drum und Dran. Sie werden sehen, ich werde mit Ihnen abrechnen. Ha, ha! Sehen Sie sich das an! Hier ist die Heiratsurkunde, die habe ich sicher in der Tasche. Sie wollen aus meinem armen Kind keine achtbare Frau machen, wie? Nur zu, sprechen Sie es schon aus … Aus dem Weg – ich gehe unverzüglich zu Ihrem Vater, um ihm reinen Wein einzuschenken; das tue ich, so wahr mein Name Sherwin ist!«

Er schlug mit der Faust auf den Tisch und sprang erregt auf. Der Wandschirm bebte ein wenig, und ein leises Rascheln war zu hören, als Sherwin drohend auf mich zuging. Er blieb abrupt stehen, fluchte und spähte über die Schulter.

»Ich rate Ihnen gut, hierzubleiben«, sagte ich. »Mein Vater hat heute morgen alles aus meinem Munde erfahren, und er hat sich von mir losgesagt – ich bin nicht mehr sein Sohn. Ich habe sein Haus für immer verlassen.«

Er wirbelte zu mir herum und starrte mich wütend und bestürzt zugleich an.

»Dann stehen Sie als Bettler vor mir!« brach es aus ihm heraus, »als Bettler, der mich mit seiner vornehmen Familie und seinen blendenden Zukunftsaussichten geködert hat! Ein Bettler, der mein Kind nicht ernähren kann ... Ja! Ich sage es noch einmal: ein Bettler, der die Stirn hat, mir ins Gesicht zu schauen und so zu reden, wie Sie es gerade getan haben. Ich schere mich keinen Deut um Sie oder Ihren Vater! Ich kenne meine Rechte; ich bin ein Engländer – Gott sei Dank! Ich kenne meine Rechte und die Rechte *meiner* Margaret, und ich werde diese Rechte durchsetzen. Ja! Sie können mich so wütend anfunkeln, wie Sie wollen – Blicke tun nicht weh. Ich bin ein ehrlicher Mann, und mein Kind ist ein anständiges Mädchen.«

Ich sah ihn mit der Verachtung an, die ich für ihn empfand; sein Zorn rief keine anderen Gefühle in mir wach. Alle erhabeneren und feineren Empfindungen schienen die Ereignisse des Morgens im Keim erstickt zu haben.

»Ich sage, *mein* Kind ist ein anständiges Mädchen«, erklärte er noch einmal und setzte sich wieder hin. »Und ich warne Sie und jeden anderen – gleichgültig, um wen es sich handelt –, ich warne alle, das Gegenteil zu behaupten. Sie haben gerade gesagt, Sie wüßten alles. Was *alles*? Nur zu! Wir klären diese Angelegenheit, bevor wir irgend etwas anderes unternehmen. Sie sagt, sie ist unschuldig, und ich sage dasselbe. Und wenn ich diesen verdammten Schurken Mannion ausfindig mache, würde ich ihn zwingen, das zu bestätigen. Was, wenn ich fragen darf, haben Sie nach all dem gegen sie vorzubringen? – gegen Ihre rechtmäßige Ehefrau? Und ich werde dafür sorgen, daß Sie sie als solche anerkennen und für sie sorgen, das verspreche ich Ihnen.«

»Ich bin nicht in Ihr Haus gekommen, um Ihnen Fragen zu stellen oder Ihre Fragen zu beantworten«, erwiderte ich. »Ich bin nur hier, um Ihnen zu sagen, daß Ihnen die erbärmlichen Lügen, die Ihre Briefe enthalten, ebenso wenig zum Vorteil gereichen werden wie die abscheulichen, dreisten Redensarten, mit denen Sie diese Lügen jetzt zu erhärten versuchen. Wie ich bereits sagte: Ich weiß alles. Ich war in diesem Hotel, ehe Ihre Tochter es verlassen hat, und ich habe aus *ihrem* und aus *seinem* Munde die schandbarsten und niederträchtigsten Worte gehört – mein Schamgefühl verbietet mir, diese Worte zu wiederholen. Was Ihre frühere Falschheit und Ihre heutigen Drohungen angeht, habe ich nur eines zu sagen: Ich will Ihre Tochter nie wieder sehen.«

»Aber Sie *werden* sie wiedersehen – ja! Und Sie werden für sie sorgen. Glauben Sie allen Ernstes, ich durchschaue Sie und Ihre abenteuerliche Geschichte nicht? Ihr Vater hat Ihnen jede weitere finanzielle Unterstützung verweigert, und jetzt wollen Sie sich bei ihm wieder lieb Kind machen, indem Sie *meiner* Tochter eine üble Sache andichten und versuchen, sie auf diese Weise loszuwerden. Aber damit kommen Sie nicht durch! Sie haben sie geheiratet, feiner Herr, und Sie werden zu Ihrem Wort stehen! Sie bilden sich doch nicht ein, daß ich Ihnen eher Glauben schenke als ihr? Es ist unerträglich: Oben in ihrem Zimmer sitzt meine Tochter – untröstlich und verzweifelt, hier liegt meine Frau ...« er senkte die Stimme, als er das sagte – »in einem Zustand, der es mir nicht erlaubt, meinen Geschäften nachzugehen. Tag für Tag verbringe ich zu Hause, um mich um sie zu kümmern. In meinem Haus gibt es nichts mehr als Tränen und Elend – es ist wie in einem Tollhaus, nur weil Sie beschlossen haben, sich wie ein Halunke aus dem Staub zu machen. Sie glauben doch nicht, daß ich das stillschweigend hinnehme? Ich werde Sie zwingen, Ihren Verpflichtungen meinem Kind gegenüber nachzukommen, und wenn sie dafür öffentlich Anklage gegen Sie erheben muß! Eine schöne Geschichte tischen Sie mir da auf, ich muß schon sagen! Wer würde glauben, daß sich eine junge Frau wie Margaret mit einem Kerl wie Mannion einläßt? Und so etwas vor Ihnen geheimhalten kann? Wer glaubt so etwas? Das würde ich wirklich gern wissen.«

»Ich glaube es.«

Die dritte Stimme, die diese Worte aussprach, war die von Mrs. Sherwin.

Aber die Frau, die jetzt hinter dem Wandschirm hervorkam, ähnelte kaum der gebrechlichen, scheuen Frau, die in der Vergangenheit so oft mein Mitleid erregt hatte. War dies dasselbe schwache, kränkelnde, gramgebeugte Wesen, das bei den unheilvollen Liebesszenen in der North Villa immer wie ein gespenstischer Schatten im Hintergrund gesessen und aufgepaßt hatte, wenn ich mit Margaret in der Abenddämmerung beisammen war?

Waren die Toten aus ihren Gräbern auferstanden? Ich blieb, ohne mich zu rühren oder ein Wort zu sagen, stehen und sah die Frau erschrocken an, als sie auf mich zukam. Sie trug ein weißes Krankenhemd – an ihr sah es aus wie ein Totengewand. Ihre Gestalt, die ich bis dahin nur gebeugt von einer vorzeitigen Altersschwäche gesehen hatte, war zur vollen Größe aufgerichtet; ihre Arme waren an die Seiten gepreßt wie die Arme eines Leichnams; das ansonsten so blasse Gesicht hatte eine aschgraue Färbung angenommen; der übliche Ausdruck – so unterwürfig, so leidend, so traurig – war verschwunden, statt dessen lag eine unheimliche Ruhe auf den verhärmten Zügen – die grausige Ruhe einer Leblosen, die vom Tode gezeichnet war. Auch in ihren gespenstisch schimmernden Augen erkannte ich den nahenden Tod.

Ihr Mann blieb ungerührt sitzen und sprach sie an, als sie mir gegenüber haltmachte. Sein Tonfall war verändert, aber ansonsten zeigte er so wenig Mitgefühl wie immer.

»Na, bitte!« begann er. »Du warst überzeugt, daß er herkommen würde, und hast dich geweigert, im Bett zu bleiben, wie es der Arzt verordnet hat, ehe du nicht mit ihm gesprochen hast. Nun, jetzt *ist* er hier. Er ist gekommen, als du geschlafen hast, und ich habe zugelassen, daß er bleibt, damit du ihn sehen kannst, sobald du wach wirst. Du kannst nicht behaupten – kein Mensch kann das –, daß ich deinen Launen und Marotten nicht nachgebe. Bitte – du hast deinen Willen durchgesetzt, und du hast gesagt, daß du ihm glaubst. Jetzt kann ich der Krankenschwester klingeln und sie bitten, dich hinaufzubringen. Du hast bekommen, was du wolltest, und wirst mich jetzt nicht mehr damit quälen, nicht wahr?«

Sie drehte langsam den Kopf und sah ihn an. Als ihn der Blick aus den glasigen Augen traf, als sich das Gesicht, aus dem das Licht des Lebens gewichen war, ihm zuwandte, fuhr sogar ihm, diesem gefühllosen Rohling, der Schreck in die Glieder. Ich beobachtete, wie er zurückzuckte – seine Wangen wurden bleich, er rückte seinen Stuhl ein Stück weg und sagte nichts mehr.

Mrs. Sherwin heftete den Blick wieder auf mich. Ihre sanfte, leise Stimme klang wie immer – es war beängstigend, diese unveränderte Stimme zu hören und gleichzeitig in dieses verfallene Gesicht zu schauen –, als sie zu sprechen begann:

»Ich sterbe. Viele Nächte sind vergangen seit dem Abend, an dem Margaret allein nach Hause kam und ich etwas, was ich als die Berührung des Todes erkannte, in meinem Herzen spürte – viele Nächte, in denen ich meine Gebete gesprochen und gedacht habe, ich hätte zum letztenmal gebetet und würde meine Augen für immer schließen und in die ewige Dunkelheit und Stille versinken. Ich habe mich bis heute an mein Leben geklammert, das immer schwächer wird seit der Nacht, in der Margaret allein zurückkam; ich konnte nicht sterben, weil ich etwas an *Ihnen* wiedergutmachen muß – aber Sie sind nicht gekommen, um mich anzuhören und mir zu vergeben. Ich war nicht würdig, meinem Schöpfer gegenüberzutreten, ohne vorher mit Ihnen gesprochen zu haben – ich weiß, daß er mich nicht zu sich nehmen wollte … ich weiß es aus einem Traum.«

Sie schwieg eine Weile und sah mich unverwandt an. Ihr Gesicht, ihre Augen – alles hatte die Ausdruckskraft verloren, nur die Stimme war ihr geblieben.

»Mein Mann fragte, wer Ihnen Glauben schenken würde«, fuhr sie schließlich fort; ihr Ton gewann mit jedem Wort an Festigkeit. »Ich antworte, daß *ich* Ihnen glaube. Ich weiß, daß Sie die Wahrheit gesagt haben. Jetzt, da das Licht vor meinen Augen verblaßt, hier, in diesem irdischen Haus des Kummers und des Leids, das ich bald verlassen muß – in Gegenwart meines Mannes und unter demselben Dach, das meine sündige Tochter beherbergt, bezeuge ich, daß Sie die Wahrheit gesagt haben. Ich, ihre Mutter, sage: Margaret Sherwin ist schuldig; sie verdient es nicht mehr, als Ihre Frau angesehen zu werden.«

Sie sprach klar und deutlich und betonte jedes Wort. Ihr Mann hatte uns verdrossen und argwöhnisch im Auge behalten, erst als der schreckliche Schuldspruch getan war, senkte er den Blick und wandte sich schweigend ab.

Er rührte sich nicht und unternahm keinen Versuch, sie zu unterbrechen, als sie erneut das Wort ergriff. Jetzt kamen ihr die Worte mühsamer über die Lippen, die Pausen zwischen den Sätzen wurden länger und länger.

»Wenn ich diesen Raum verlasse, lege ich mich auf mein Sterbelager. Die letzten Worte, die ich in dieser Welt ausspreche, werden meinem Mann gelten, und ich werde versuchen, ihn zu einem Sinneswandel zu bewegen. Er muß erkennen, daß Sie die Wahrheit sagen. Ich war schwach ...« ein bittersüßer, trauriger Tonfall färbte diese Worte –, »ich war erbärmlich schwach mein Leben lang. Das Unglück, der Schmerz und die schweren Enttäuschungen, die ich in meiner Jugend erlebte, haben mir großes Leid zugefügt, und ich habe mich nie wieder davon erholt. Ich habe immer in Angst gelebt und an mir selbst gezweifelt; und das hat mich dazu gebracht, mich gegen *Sie* zu versündigen. Vergeben Sie mir, bevor ich sterbe! Ich argwöhnte die Missetat, die sich anbahnte – ich ahnte, daß Schande über uns kommt – sie konnten ihr Vorhaben vor den Blicken anderer verbergen, aber ich durchschaute sie von Anfang an – und dennoch habe ich Sie nicht gewarnt, wie ich es hätte tun müssen! *Dieser Mann* hat eine teuflische Macht über mich! In seiner Gegenwart überlief mich immer ein Schauer, und ich ängstigte mich vor ihm, wie ich mich als kleines Kind vor der Dunkelheit geängstigt habe. Mein Leben bestand nur aus Furcht – Furcht vor *ihm*; Furcht vor meinem Mann und sogar vor meiner Tochter; noch schlimmer – ich fürchtete mich vor meinen eigenen Gedanken und davor, *Ihnen* meine Entdeckung anzuvertrauen, wie ich es hätte tun müssen. Ich versuchte zu sprechen, doch Sie waren zu großherzig, um mich zu verstehen – ich hatte Angst davor, meinem Verdacht Glauben zu schenken, lange nachdem es kein bloßer Verdacht mehr, sondern Gewißheit war. Es war eine unerträgliche Qual! – Oh, was für ein Elend, das bis heute anhält!«

Ihre Stimme erstarb zu einem schwachen, atemlosen Murmeln. Sie rang um Fassung und wiederholte flüsternd:

»Vergeben Sie mir, bevor ich sterbe! Ich habe eine schreckliche Buße für meine Verfehlung getan: Ich habe gegen die Unschuld meines eigenen Kindes Zeugnis abgelegt. Mein eigenes Kind! Ich wage es nicht, Gott um seinen Segen für sie zu bitten, wenn man sie zu meinem Totenbett bringt! Vergeben Sie mir – vergeben Sie mir, bevor ich sterbe!«

Sie ergriff meine Hand und preßte sie an ihre kalten Lippen. Tränen traten mir in die Augen, als ich versuchte, zu ihr zu sprechen.

»Keine Tränen für *mich*!« murmelte sie leise. »Basil! – erlaube mir, daß ich dich so nenne, wie deine Mutter dich nennen würde, wenn sie noch am Leben wäre – Basil! bete, daß mir in der erhabenen Ewigkeit, in die ich bald eingehen werde, dieselbe Vergebung zuteil wird, die du mir schenkst. Und für *sie*? Oh, wer wird für *sie* beten, wenn ich nicht mehr bin?«

Dies waren die letzten Worte, die ich von ihr hörte. Sie war zu erschöpft, um weiter zu sprechen, obwohl sie zum Schluß nicht mehr als ein gehauchtes Flüstern hervorgebracht hatte. Sie versuchte erneut, meine Hand zu nehmen und mir mit einer Geste zum letztenmal Lebewohl zu wünschen. Aber selbst dazu fehlte ihr jetzt die Kraft. Ihre Hand streckte sich meiner entgegen, hielt zitternd inne und fiel an ihre Seite; die Finger waren wie im Krampf gekrümmt. Sie schwankte, und ich streckte die Arme aus, um sie zu stützen, als sie in sich zusammensank.

Ihr Mann sprang verärgert auf und nahm sie mir ab. Als mein Blick den seinen kreuzte, merkte ich, daß seine düstere Selbstbeherrschung triumphierender Bosheit gewichen war. »Wenn Sie sich bis morgen nicht eines anderen besonnen haben …« Er verstummte, dann wandte er sich ab, ohne den Satz zu beenden, und brachte seine Frau zur Tür.

Als sie mir noch einmal das Gesicht zuwandte, glaubte ich, einen warmherzigen Schimmer in ihren starren Augen zu erkennen, deren Blick auf mir ruhte. Für einen Moment meinte ich, den alten nachsichtigen, traurigen Ausdruck zu sehen, an den ich mich so gut erinnerte. Führte mich meine Einbildungskraft in die Irre? Oder hatte ihre sanfte Seele mit einem letzten Aufflackern für immer Abschied von mir genommen? Sie war von *mir* gegangen, bevor ich mich vergewissern konnte.

Später erzählte man mir, wie sie gestorben war.

Den Rest des Tages und die Nacht über lag sie stumm im Bett, aber das Leben war noch nicht von ihr gewichen. Auch am Morgen flatterte ihr schwacher Pulsschlag noch. Während sich der Tag dahinschleppte, verabreichten die Ärzte Stimulanzien und beobachteten sie voller Staunen, denn sie hatten bereits zwölf Stunden zuvor prophezeit, daß sie der Tod jeden Moment ereilen würde. Als sie Mr. Sherwin diese Prognose mitteilten, war sein Verhalten für alle unverständlich. Er weigerte sich trotzig zu glauben, daß ihr Leben in Gefahr war, und beschuldigte jeden, der von ihrem Tod sprach, aufs gröbste, ihm vorwerfen zu wollen, sie schlecht behandelt zu haben und die Ursache ihrer Krankheit zu sein; er verteidigte sich vor allen, die in ihre Nähe kamen – auch vor den Dienstboten –, damit, daß er ihrer fixen Idee, mich bei meinem Besuch sehen zu wollen, mit Nachsicht entsprochen und sich geduldig mitangehört habe, wie sie (so drückte er es aus) bei dem Gespräch mit mir irregeredet habe. Die Ärzte mutmaßten, daß ihn das schlechte Gewissen plagte, und verbaten sich entrüstet weitere Vorhaltungen. Alle im Haus, ausgenommen seine Tochter, in deren Zimmer er sich oft aufhielt, mieden ihn.

Kurz vor Mittag, am zweiten Tag, verschafften die verabreichten Medikamente Mrs. Sherwin ein wenig Erleichterung; sie war kräftig genug, um darum zu bitten, ihren Mann allein sprechen zu können. Diese Worte und ihre Verfassung straften seine Behauptung, sie sei geistig umnachtet, Lügen – alle, die sie versorgten und pflegten, machten die Beobachtung, daß sie, wann immer sie genügend Kraft hatte, sich zu äußern, niemals auch nur im mindesten irre redete. Ihr Mann verließ das Krankenzimmer in noch gereizterer Stimmung, noch mißtrauischer gegen alle, die das Wort an ihn richteten oder ihn ansahen; er suchte unverzüglich seine Tochter auf und schickte sie allein an die Bettstatt ihrer Mutter. Nach nur wenigen Minuten stürzte Margaret, blaß und in hellster Aufregung, aus dem Krankenzimmer, mit der Erklärung, sie habe sich so eigenartige, so schockierende Dinge anhören müssen, daß sie den Raum nicht mehr betreten würde oder könne, bis es ihrer Mutter besserging. Besser! Vater und Tochter stimmten in diesem Punkt überein – beide waren überzeugt, daß sie nicht im Sterben lag, sondern nur nicht mehr ganz bei Sinnen war.

Am Nachmittag ordneten die Ärzte an, daß Mrs. Sherwin weder von ihrem Mann noch von ihrer Tochter ohne ausdrückliche Erlaubnis besucht werden durfte. Diese Maßnahme war nötig, wollte man ihr die Ruhe und den Frieden in ihren letzten Momenten erhalten. Als der Tag zur Neige ging, fiel Mrs. Sherwin wieder in den Zustand der Bewußtlosigkeit: Das letzte Flämmchen des Lebens war noch nicht ausgelöscht, aber es flackerte kaum mehr. Bis in den späten Abend lag sie mit friedlich geschlossenen Augen da, ihre Atemzüge waren zu sacht, als daß man sie hätte hören können. Als es ganz dunkel war und die Kerze im Krankenzimmer angezündet wurde, hob die Dienerin, die bei der Sterbenden Wache hielt, die Bettvorhänge an, um nach ihrer Herrin zu sehen, die, obwohl sie die Augen nach wie vor geschlossen hatte, lächelte. Die Dienerin drehte sich um und winkte die Krankenschwester heran. Als die beiden Frauen das nächste Mal den Vorhang hoben, war Mrs. Sherwin tot.

Lassen Sie mich zu dem Tag meines letzten Besuches in der North Villa zurückkommen. Es gibt noch einiges zu berichten, ehe meine Geschichte zum darauffolgenden Morgen übergehen kann.

Nachdem sich die Tür geschlossen hatte – ich wußte, daß ich Mrs. Sherwin zum letztenmal in dieser Welt gesehen hatte –, blieb ich ein paar Minuten allein in dem Raum, bis ich meine Fassung wiedererlangt hatte und aufbrechen konnte. Als ich den Pfad entlang zum Gartentor ging, lief mir die Dienerin nach, der ich schon beim Eintreten begegnet war, und flehte mich an zu warten, weil sie mit mir sprechen wolle.

Ich blieb stehen, und das Mädchen brach in Tränen aus. »Ich fürchte, ich habe etwas Unrechtes getan«, schluchzte sie, »und das in diesen schrecklichen Tagen, in denen unsere Herrin im Sterben liegt! Bitte, Sir, ich *muß* mit Ihnen darüber reden.«

Ich ließ ihr Zeit, bis sie sich beruhigt hatte, dann erkundigte ich mich, was sie mir zu sagen hatte.

»Ich glaube, Sie haben den Mann gesehen, der mir einen Brief ausgehändigt hat, Sir«, erwiderte sie, »gerade, als Sie vorhin hier ankamen.«

»Ja, ich habe ihn gesehen.«

»Dieser Brief war für Miss Margaret bestimmt, Sir, und ich sollte niemandem etwas davon sagen; und ... und es war nicht der erste, den ich für sie entgegengenommen habe. Vor Wochen, Sir, kam derselbe Mann schon einmal mit einem Brief hierher, und er hat mir Geld gegeben, damit ich niemandem außer Miss Margaret davon erzähle – und damals, Sir, hat er gewartet; und sie hat mir eine Antwort für ihn mitgegeben, aber auch davon sollte niemand etwas merken. Und jetzt ist da dieser zweite Brief; ich weiß nicht, von wem er kommt, aber ich habe ihn ihr bis jetzt noch nicht gebracht. Ich wollte den Brief erst Ihnen zeigen, Sir, und habe gewartet, bis Sie herauskommen, weil ...«

»Weshalb, Susan? – sagen Sie mir offen und ehrlich, warum.«

»Ich hoffe, Sie nehmen es mir nicht übel, Sir, wenn ich sage, daß ich schon lange bei dieser Familie lebe, und mir ist nicht entgangen, wie Sie und Miss Margaret zueinander gestanden haben und daß vor einiger Zeit etwas zwischen Ihnen beiden vorgefallen sein muß. Deshalb, Sir, kam es mir falsch und unredlich vor – nachdem ich Ihnen erst geholfen habe, mit ihr zusammenzukommen –, ihr Briefe von einem Fremden zu geben, von dem Sie nichts wissen. Das könnten schlechte

Briefe sein. Ich möchte ganz bestimmt nichts Respektloses sagen oder etwas tun, was mir nicht zusteht, aber ...«

»Nur zu, Susan – reden Sie frei und offen wie immer.«

»Nun, Sir, Miss Margaret ist ganz verändert, seit dieser Nacht, in der sie allein nach Hause kam und uns alle in Angst und Schrecken versetzt hat. Sie schließt sich in ihr Zimmer ein und will mit niemandem sprechen außer mit ihrem Vater; ihr scheint gleichgültig zu sein, was um sie herum geschieht. Und manchmal, wenn ich sie bediene, sieht sie mich so komisch an, daß ich beinahe Angst habe, mit ihr im selben Zimmer zu sein. Ich habe nie gehört, daß sie Ihren Namen genannt hat, Sir, und ich fürchte, ihr spukt etwas im Kopf herum, woran sie gar nicht denken dürfte. Der Kerl, der die Briefe bringt, ist richtig heruntergekommen und schäbig – würden Sie sich diesen Umschlag mal ansehen und mir sagen, ob es richtig ist, ihn zu Miss Margaret hinaufzubringen?«

Sie hielt mir den Brief hin. Ich zögerte, bevor ich einen Blick darauf warf.

»O Sir, bitte, bitte, nehmen Sie ihn!« sagte das Mädchen ernst. »Es war falsch von mir, daß ich ihr den ersten gegeben habe, aber ich darf nicht wieder etwas Unrechtes tun, wenn meine arme Herrin in diesem Haus im Sterben liegt. Sir, ich darf in einer so schrecklichen Zeit kein Geheimnis bewahren, das ein schlechtes Geheimnis sein könnte. Ich könnte mich abends nicht in mein Bett legen, wenn der Tod ins Haus schleicht und ich nicht gebeichtet hätte, was ich getan habe. Meine arme Herrin war immer so freundlich und gut zu uns Bediensteten – besser, als wir es verdient haben.«

Das gutherzige Mädchen weinte bitterlich und hielt mir wieder den Brief hin. Diesmal nahm ich ihn entgegen und sah mir die Adresse an.

Obwohl ich die Handschrift nicht zuordnen konnte, kam mir etwas an den unregelmäßigen Schriftzügen bekannt vor. War es möglich, daß ich sie schon einmal irgendwo gesehen hatte? Ich überlegte, aber mein Gedächtnis war nach den Ereignissen dieses Tages ebenso erschöpft wie mein Gemüt. Ich bemühte mich vergebens und gab den Brief zurück.

»Ich weiß genauso wenig wie Sie, Susan.«

»Aber soll ich ihn nach oben bringen, Sir? Sagen Sie mir nur das.«

»Es steht *mir* nicht zu, das zu bestimmen, Susan. Mein Interesse an dem, was sie ... was Ihre junge Herrin in Empfang nimmt, hat ein Ende.«

»Es tut mir sehr leid, das zu hören, Sir – sehr, sehr leid. Aber was würden Sie mir raten?«

»Zeigen Sie mir den Brief noch einmal.«

Auch beim zweiten Blick kam mir die Schrift vage vertraut vor, ohne daß ich hätte sagen können, wo ich sie schon einmal gesehen hatte. Ich gab Susan den Brief zurück.

»Ich achte Ihre Bedenken, Susan, aber ich bin nicht die richtige Person, sie auszuräumen oder sie gutzuheißen. Warum wenden Sie sich mit dieser Frage nicht an Ihren Brotherrn?«

»Das wage ich nicht, Sir; das würde ich mich im Leben nicht getrauen. In letzter Zeit ist er strenger und gereizter denn je; wenn ich mit ihm so sprechen würde wie mit Ihnen, ich glaube, dann würde er mich töten.« Sie zögerte und fuhr dann gefaßter fort: »Na, jedenfalls habe ich *Ihnen* Bescheid gesagt, Sir, und das erleichtert mich ein bißchen; und ... und ich gebe ihr diesmal noch den Brief, aber ich werde keinen weiteren mehr entgegennehmen, wenn der Bote wieder auftaucht, es sei denn, er kann mir eine glaubhafte Erklärung für den Schriftverkehr abgeben.«

Sie knickste, verabschiedete sich betrübt und sorgenvoll von mir und kehrte mit dem Brief in der Hand zum Haus zurück. Hätte ich in diesem Augenblick doch geahnt, wer den Brief geschrieben hatte! Und hätte ich gewußt, was er enthielt!

Ich verließ den Hollyoak Square und ging auf die Wiesen und Felder in der Ferne zu. Es war seltsam, aber diese fremde Handschrift beschäftigte mich noch immer – ausgerechnet eine solche Banalität nahm in einer Zeit wie dieser, in der Lage, in der ich mich befand, mein ganzes Denken in Anspruch. Ich blieb abseits vom Fußweg an einem einsamen Fleckchen inmitten der Felder stehen. Das Sonnenlicht schmerzte mir in den Augen, und ich schirmte sie mit der Hand ab. Genau in diesem Moment blitzte die verlorene Erinnerung so lebhaft in meinem Geist auf, daß ich beinahe erschrocken zusammenzuckte. Die Schrift auf dem Umschlag, den mir das Mädchen vor der North Villa gezeigt hatte, war dieselbe wie auf dem Brief, der vergessen und ungeöffnet in meiner Tasche steckte – der Brief, den mir der Diener am Morgen überreicht hatte, als ich die Halle durchquerte, um ins Zimmer meines Vaters zu gehen.

Ich holte den Brief hervor, öffnete ihn mit zittrigen Händen und suchte auf den vielen, eng beschriebenen Seiten nach der Unterschrift.

Sie lautete: »ROBERT MANNION.«

5

Mannion! Ich wäre niemals auf den Gedanken gekommen, daß die Nachricht, die man mir in der North Villa gezeigt hatte, von ihm stammen könnte. Und dennoch – die Heimlichkeit, mit der der Brief abgegeben worden war, die Empfängerin, an die er gerichtet war, das Mysteriöse, das mit diesem Schreiben – sogar nach Ansicht der Dienerin – zusammenhing, all das deutete auf die Lösung hin, die ich unbegreiflicherweise nicht sofort gefunden hatte. Ich hatte zugelassen, daß ein Brief, der vermutlich den Beweis ihrer Schuld enthielt, unter meinen Augen an Margaret Sherwin weitergeleitet wurde! Wie konnte ich nur so verblendet gewesen sein? Mein verworrenes Erinnerungsvermögen und meine träge, lustlose Auffassungsgabe waren die Antwort auf diese Frage.

»Robert Mannion!« Ich konnte den Blick nicht von diesem Namenszug wenden. Ich hielt die vielen vollgeschriebenen Seiten noch immer in der Hand und zögerte, sie zu lesen. Etwas von dem Entsetzen, das die Präsenz des Mannes wachrufen würde, durchdrang mich beim Anblick des Briefes, und dieser Brief war an *mich* adressiert! Gerade er, von allen Männern, war derjenige, der mit Sicherheit die Rachetat, die ich mit eigenen Händen ausgeübt hatte, vergelten würde. Vielleicht fand ich in diesen Zeilen düstere Hinweise auf seine und meine Zukunft. Und Andeutungen auf Margaret! Konnte er so viel schreiben, ohne *sie* zu erwähnen? Ohne das Geheimnis zu lüften, das die Motive für ihr Verbrechen noch immer verschleierte? Ich blätterte zur ersten Seite, entschlossen, den Brief zu lesen.

Er begann ohne Anrede:

St. Helen's Hospital

Möglicherweise schauen Sie die Unterschrift an, wenn Sie diesen Brief erhalten, und sind versucht, ihn zu zerreißen und ungelesen wegzuwerfen. Ich rate Ihnen, zu lesen, was ich geschrieben habe, und die Bedeutung dieses Schreibens selbst einzuschätzen, wenn Sie können. Vernichten Sie meinetwegen die Seiten, nachdem Sie sie gelesen haben – dann haben sie ihren Zweck erfüllt.

Wissen Sie, wo ich bin und wie sehr ich leide? Ich bin Patient in diesem Hospital, für den Rest meines Lebens grausam entstellt – durch Ihre Tat. Wenn ich den Tag meiner Entlassung kennen würde, hätte ich gewartet, um Ihnen das, was ich nun schreibe, persönlich zu sagen – aber das ist noch ungewiß. Kurz vor meiner vollständigen Genesung erlitt ich einen Rückfall.

Sie werden Ihr schlechtes Gewissen, falls Sie es denn haben, beruhigen, indem Sie sagen, daß ich den Tod durch Ihre Hand verdient hätte. Ich werde Ihnen als Antwort darauf erklären, was Sie verdienen und was Sie durch meine Hand empfangen werden.

Aber zuerst setze ich voraus, daß meine Vermutung zutrifft und das Wissen um die Schuld Ihrer Frau Sie zu dem Angriff auf mich getrieben hat. Ich bin mir durchaus bewußt, daß sie sich selbst als unschuldig dargestellt hat und daß ihr Vater diese Erklärung akzeptiert und unterstützt. Wenn Sie diesen Brief in Händen halten (meine Verletzungen zwingen mich, mir vierzehn Tage Zeit zu lassen, um ihn zu verfassen), werde ich Maßnahmen ergriffen haben, die eine weitere Verschwiegenheit meinerseits unnötig machen. Deshalb haben Sie hier, falls es Ihnen hilft, mein Geständnis: Sie ist schuldig, hat sich freiwillig schuldig gemacht, auch wenn sie noch so sehr das Gegenteil beteuern mag. Sie können mir das und alles, was ich Ihnen weiterhin schreibe, getrost glauben. Die Täuschungen zwischen uns haben ein Ende.

Ich habe gesagt, daß Margaret Sherwin sich schuldig gemacht hat. Warum? Welchen geheimnisvollen Einfluß übe ich auf sie aus?

Um Ihnen verständlich zu machen, was ich Ihnen jetzt mitzuteilen habe, wird es nötig, von mir selbst und meinem früheren Leben zu erzählen. Morgen werde ich diese Aufgabe erfüllen – heute kann ich weder die Feder länger halten noch das Papier sehen. Wenn Sie mein Gesicht hier, wo ich jetzt liege, sehen könnten, wüßten Sie, warum.

Als wir uns zum erstenmal in der North Villa begegneten, fiel mir bereits nach fünf Minuten in Ihrer Gesellschaft Ihre Neugier, was meine Person betrifft, auf, und ich wurde gewahr, daß Sie vom ersten Augenblick an Zweifel hegten, ob ich für eine solche Stellung, wie ich sie in Mr. Sherwins Geschäft bekleidete, geboren und erzogen worden war. Da Sie – wie ich wußte – weder von meinem Arbeitgeber noch von seiner Familie nähere Angaben über mich bekommen konnten, versuchten Sie verschiedentlich, unsere Bekanntschaft zu vertiefen, um mich dazu zu bringen, mich Ihnen gegenüber zu öffnen; und Sie gaben die Versuche, mein Geheimnis – welches es auch sein mochte – zu ergründen, erst nach unserem Gespräch in meinem Haus am Abend des Unwetters auf. Ich war entschlossen, an diesem Abend Ihre Neugier zu dämpfen und gleichzeitig Ihr Vertrauen zu gewinnen; und ich hatte Erfolg. Als Sie sich vor meiner Haustür von mir verabschiedeten, ahnten Sie nicht, daß Sie Ihre Hand und Ihre Freundschaft einem Mann gaben, der – lange bevor Sie Margaret Sherwin kennenlernten – das Recht ererbt hat, der Feind Ihres Vaters und all seiner Nachkommen zu sein.

Überrascht Sie diese Eröffnung? Lesen Sie weiter, und Sie werden alles verstehen.

Ich bin der Sohn eines Gentlemans. Die Mittel meines Vaters waren sehr beschränkt, und seine Familie war nicht so alt wie Ihre. Nichtsdestotrotz war er im wahrsten Sinne des Wortes ein Gentleman; das wußte er, und dieses Wissen war sein Ruin. Er war ein schwacher, freundlicher, unbekümmerter Mann; ein Mann, der alles Konventionelle verehrte und die großen Klassenunterschiede respektierte. Er beschloß, wie ein Gentleman zu leben und den Beschäftigungen eines Gentlemans – einem Beruf, der nichts mit dem Handelsgewerbe zu tun hatte – nachzugehen. Er scheiterte, und er brachte es nicht fertig, seinen Prinzipien zu folgen und wie ein Gentleman Hunger zu leiden. Er starb den Tod eines Verbrechers und hinterließ mir nichts außer dem Namen, der mich als Sohn eines Verbrechers auswies.

Als er noch ein junger Mann war, machte er Bekanntschaft mit einem gutsituierten, wohlhabenden Gentleman aus einer sehr vornehmen Familie. Er zog das Interesse dieses Gentlemans auf sich, zumindest bildete er sich das ein und betrachtete ihn als Gönner, der ihm zu seinem Glück und zu einem Posten in der Regierung (zur damaligen Zeit gab es viele Ämter und Posten), der frei wurde, verhelfen würde. Im festen und törichten Vertrauen darauf lebte er weit über seine Verhältnisse – genoß die Gesellschaft der Reichen, ohne den Mut zu haben, sie sich als armer Mann zunutze zu machen. Es war die alte Geschichte: Schulden und Verbindlichkeiten aller Art belasteten ihn schwer – die Gläubiger gewährten ihm keinen Aufschub – ihm drohten öffentliche Bloßstellung und der totale Ruin – die Aussicht auf ein Regierungsamt war unrealistischer denn je.

Trotzdem glaubte er noch fest daran, die gewünschte Stellung zu bekommen, und er betrachtete sie als seine Rettung. Er vertraute auf die Hilfsbereitschaft seines Gönners und rechnete damit, daß er sich möglichst rasch für ihn einsetzen würde. Vielleicht hatte dieser Gönner seinen eigenen politischen Einfluß überschätzt; vielleicht war mein Vater zu optimistisch gewesen und hatte eine Höflichkeitsfloskel als festes Versprechen mißverstanden. Wie auch immer: Die Gerichtsvollzieher kamen eines Morgens in sein Haus – ein Posten bei der Regierung und jede andere Anstellung waren unerreichbar wie immer –, um ihn ins Gefängnis zu bringen und alles, was er besaß, zu pfänden, sogar das Bett, in dem meine Mutter (die zu dieser Zeit ernsthaft erkrankt war) lag. Das ganze Gebäude von falschem Wohlstand, das er errichtet hatte, damit ihn die Welt respektierte, drohte in einem einzigen schmachvollen Augenblick einzustürzen. Mein Vater hatte nicht die Courage, das zuzulassen, und versuchte, das Unheil mit einem Verbrechen abzuwenden.

Er fälschte eine Bürgschaft, die ihm noch einmal Kredit verschaffte. Der Name, den er unter diese Bürgschaft setzte, war der seines Gönners. Als er das tat, glaubte er – wie alle Männer, die ein Verbrechen begehen –, daß er die besten Chancen hatte, den Konsequenzen seiner Tat zu entgehen. Er erwartete, daß er die lang er-

sehnte Stellung doch noch erlangen würde und den Betrag zurückzahlen könnte, ehe man die Bürgschaft dem angeblichen Bürgen vorlegte. Zudem rechnete er sicher mit der Hinterlassenschaft eines reichen Verwandten, der schon sehr alt und so krank war, daß der Tod jeden Augenblick eintreten konnte. Falls beide Möglichkeiten fehlschlugen (und sie schlugen fehl), gab es immer noch eine dritte – die Möglichkeit, daß sein Gönner eher die Schulden begleichen würde, als ihn vor Gericht zu bringen. In der damaligen Zeit wurde man wegen Betrugs und Fälschung[17] *gehängt. Mein Vater hielt es für ausgeschlossen, daß ein Mann, an dessen Tisch er gesessen und dessen Verwandte und Freunde er mit seinen Talenten unterhalten hatte, Beweise gegen ihn vorlegen würde, die ihn an den Galgen brachten.*

Er irrte sich. Der wohlhabende Gönner hatte, was Anstand und Ehre betraf, eherne Grundsätze, die keine Nachsicht mit Versuchungen und Schwäche zuließen; noch dazu war er beseelt von hochtrabenden Vorstellungen seiner Verantwortung als Mitglied einer gesetzgebenden Körperschaft (er gehörte dem Parlament an) und den Gesetzen dieses Landes gegenüber. Er ging also vor Gericht und sagte gegen den bereits Inhaftierten aus; der wurde für schuldig befunden und zum Tode verurteilt.

Dann, als es zu spät war, besann sich der erbarmungslose Mann endlich doch noch, Gnade vor Recht ergehen zu lassen, setzte sich überall für eine Strafmilderung ein und plädierte für lebenslange Verbannung. Seine Gesuche wurden abschlägig beschieden; selbst ein Aufschub der Vollstreckung wurde abgelehnt. Zum festgesetzten Zeitpunkt starb mein Vater am Galgen durch die Hand des Henkers.

Kam Ihnen, während Sie diesen Abschnitt meines Briefes lasen, ein Verdacht, wer der hochwohlgeborene Gentleman war, der mit seiner Aussage meinen Vater an den Galgen gebracht hat? Falls nicht, werde ich es Ihnen sagen. Der Gentleman war Ihr Vater. *Jetzt werden Sie sich nicht mehr fragen, woher ich mir das Recht nehme, sein Feind zu sein und der aller, die vom selben Geblüt sind wie er.*

Der schreckliche Tod ihres Mannes und der Schock raubten meiner Mutter den Verstand. Nach der Hinrichtung lebte sie noch ein paar Monate, aber sie kam nie wieder zu Sinnen. Ich war ihr einziges Kind; und ich wurde mittellos und als Sohn eines Vaters, der den

Tod durch den Strang gefunden hatte, und einer Mutter, die in einem öffentlichen Irrenhaus gestorben war, ins Leben geschickt.

Mehr über mich morgen – mein Brief wird lang, und ich muß oft Pausen machen, wie jetzt.

Also: Ich trat mit dem Brandzeichen des Henkers auf mir ins Leben – die Schande der Eltern befleckte den Ruf des Sohnes. Wohin ich auch ging, welche Freunde ich auch hatte, was für Bekanntschaften ich auch schloß – die Leute wußten, wie mein Vater gestorben war, und sie zeigten mir, daß sie es wußten. Nicht so sehr, indem sie mich mieden oder anstarrten (hinterhältig, wie die menschliche Natur ist, taten das nur wenige), sondern indem sie mich mit übertriebenem Mitgefühl beleidigten oder sich eifrig bemühten, Unwissen über das Schicksal meines Vaters vorzutäuschen. Das Galgenzeichen stand mir auf der Stirn, aber sie waren wohlwollend blind. Die Verrufenheit des Galgens war mein Erbe, aber sie waren so großzügig, darüber hinwegzusehen. Das war schwer zur ertragen. Doch ich war willensstark – schon damals, als mein Gemüt aufbrausend und meine Empfindungen jung waren –, deshalb ertrug ich es.

Meine einzige Schwäche war die Schwäche meines Vaters – die Vorstellung, daß ich in einen höheren Stand geboren wurde und daß es der Sinn meines Lebens ist, mich dementsprechend einzurichten. Mein Stand! Ich kämpfte jahrelang mit der ganzen Welt darum, ehe ich darauf kam, daß der höchste aller Stände der ist, den sich ein Mann selbst erschafft, und der niedrigste der, den andere für ihn errichten.

Ihr Vater schrieb mir und bot mir seinen Beistand an – seinen Beistand, nachdem er mich vernichtet hatte! Beistand für das Kind aus den Händen, die den Strick um den Hals seines Vaters geknüpft hatten! Ich schickte ihm seinen Brief zurück. Er weiß, daß ich sein Feind, der Feind seiner Kinder und Kindeskinder bin, solange ich lebe. Ich habe nie wieder etwas von ihm gehört.

Ich war fest überzeugt, daß ich meinen Weg machen und die Schande ausmerzen könnte; der Stolz auf meine Integrität bestärkte mich in dem Entschluß, den Kampf mit dem Unglück offen und ehrlich zu führen, deshalb schreckte ich zunächst auch davor zurück, meine Eltern zu verleugnen oder den Namen meines Vaters abzule-

gen. Ich baute auf meinen Charakter, auf meinen Verstand und meine Ausdauer und versuchte es in einem Beruf nach dem anderen, doch bei jedem Anlauf erlitt ich Schiffbruch. Welchen Weg ich auch einschlug, immer stand der Galgen als unüberwindliches Hindernis zwischen mir und dem Glück, zwischen mir und einer Anstellung, zwischen mir und meinen Kollegen. Ich war krankhaft empfindlich in diesem Punkt. Die kleinste Anspielung auf das Schicksal meines Vaters, egal wie vage oder zufällig, ließ mir das Blut in den Adern erstarren. Ich sah in jedem Blick und im Verhalten meiner Mitmenschen nur noch offene Beleidigungen, demütigendes Mitgefühl oder erzwungene Nachsicht. Ich brach mit alten Freunden und versuchte es mit neuen; ich suchte mir neue Betätigungsfelder und knüpfte neue Verbindungen in Bereichen, in denen die Schande meines Vaters meiner Ansicht nach nicht bekannt war. Aber wo ich mich auch immer hinwandte, die alte Wunde wurde jedesmal neu aufgerissen, meist in dem Augenblick, in dem ich mir selbst vormachte, daß sie endgültig geheilt sei. Damals hatte ich noch ein empfindsames Herz – es sollte noch einige Zeit dauern, bis es sich in Stein verwandelte und nichts mehr fühlte. In diesen Tagen konnten Fehlschläge und Erniedrigung mir die Tränen in die Augen treiben: Diese Epoche in meinem Leben hat sich meinem Gedächtnis eingeprägt als die Epoche, in der ich weinen konnte.

Schließlich gab ich mich geschlagen und kehrte dem Unglück den Rücken, dem ich so lange die Stirn geboten hatte. Ich verließ die Gegend, in der man mich kannte, und nahm den Namen eines verstorbenen Schulfreundes an. Einige Zeit ging alles gut, aber der Fluch, der den Tod meines Vaters mit sich gebracht hatte, verfolgte mich, obwohl ich das nicht sofort erkannte. Da ich in verschiedenen Anstellungen – in Berufen, die wohlgemerkt eines Gentlemans würdig waren – nach anfänglichem Erfolg gescheitert war, wurde ich Hilfslehrer in einer Schule. Dort deckte jemand – wer, weiß ich bis heute nicht – auf, daß ich einen falschen Namen benutzte, und meine wahre Identität wurde bekannt. Ein anonymer Feind bewerkstelligte die Bloßstellung. Schon etliche Tage hatte ich gefühlt, daß mich alle in der Schule anders als vorher behandelten. Der Grund dafür wurde offenbar – zuerst gab es Getuschel, dann wurden derbe Späße darüber gemacht, während ich im Hof die Schüler beaufsichtigte. Im ersten Zorn schlug ich den unverschämtesten und ältesten der Jungen und verletzte ihn ernsthaft. Die Eltern hörten von dem Vorfall und drohten mir mit einer Anklage; alles war in Aufruhr. Ich mußte meine Stellung aufgeben und mich bei Nacht und Nebel davonschleichen, sonst hätte der Mob den Sohn des Verbrechers aus der Gemeinde geprügelt.

Ich kehrte nach London zurück, nahm wieder einen anderen Namen an und versuchte es als letzte Möglichkeit, mich vor dem Hungertod zu bewahren, mit dem Schreiben. Ich machte eine Lehre als Lohnschreiber der untersten Kategorie. Da ich wußte, daß ich Talente hatte, die mich weiterbringen könnten, bemühte ich mich, ein eigenes Werk zu verfassen und so zu zeigen, was ich konnte. Aber wegen meiner Lebenserfahrungen war ich nicht fähig, meine Gedanken in gefällige Worte zu kleiden: Ich konnte bittere Wahrheiten nur mit bitteren Worten wiedergeben; ich enttarnte schonungslos Heuchelei und Scheinheiligkeit; ich sah die verderbte Seite vieler Honoratioren und berichtete, was ich sah – kurz gesagt, ich nannte die Dinge beim Namen, und kein Verleger wollte etwas mit mir zu tun haben. Also blieb ich Schreiberling bei einer drittklassigen Zeitung; mit Übersetzungen aus dem Französischen und Deutschen und Plagiaten von verstorbenen Autoren lieferte ich vollendeteren Schriftstellern, als ich einer war, Rohmaterial für ihre Werke. Dieses Leben bot einen Vorteil, der mich für die große Not und Armut sowie für die bitteren Enttäuschungen entschädigte: Ich konnte meine Identität geheimhalten. Mein Leumund war nicht mehr wichtig: Niemand kümmerte sich darum, wer ich war, kein Mensch stellte Fragen über meine Vergangenheit. Das Galgenzeichen war endlich ausgelöscht!

Während ich vom Abfall der Literatur lebte, lernte ich eine leidlich wohlhabende Frau aus gutem Hause kennen, deren Sympathien oder Neugier ich geweckt hatte. Sie und ihre Eltern nahmen mich freundlich auf – wie einen Gentleman, der bessere Tage erlebt hatte, und wie einen Schriftsteller, den die Öffentlichkeit verkannte. Wie es mir gelang, ihr Vertrauen und ihre Wertschätzung zu gewinnen, ohne meine wahre Herkunft zu offenbaren, muß hier nicht geschildert werden. Daß es mir glückte, werden Sie sich leicht vorstellen können, wenn ich Ihnen sage, daß die junge Dame, von der hier die Rede ist, mit der vollsten Zustimmung ihres Vaters einwilligte, meine Frau zu werden.

Der Tag der Hochzeit wurde festgesetzt. Ich glaubte, ich hätte alle riskanten Fragen geschickt pariert, aber ich irrte mich. Ein Verwandter der Familie, den ich nie zuvor gesehen hatte, kam kurz vor der Hochzeit in die Stadt. Schon als man uns miteinander bekannt machte, empfanden wir eine wechselseitige Abneigung. Er war ein gewiefter, resoluter Mann von Welt und stellte insgeheim Nachforschungen über mich an – er erfuhr in wenigen Tagen mehr über mich als seine Familie in mehreren Monaten. Der Zufall kam ihm sehr zu Hilfe – alles, buchstäblich alles wurde aufgedeckt, und ich wurde voller Verachtung aus dem Haus gejagt. Konnte eine achtbare Dame einen Mann (gleichgültig, wie würdig er in ihren Augen auch sein mochte) heiraten, dessen Vater gehängt worden war, dessen Mutter in einem Irrenhaus gestorben war, der unter falschem Namen lebte und der aus einer vortrefflichen, ländlichen Gemeinde vertrieben worden war, weil er einen harmlosen Schuljungen körperlich gezüchtigt hatte? Unmöglich!

Mit diesem Ereignis endete mein langer Kampf mit der Welt.

Ich sah das Leben von einer ganz neuen Seite und setzte mir neue Ziele. Das ursprüngliche Bestreben, mein Geburtsrecht trotz der Not und der Schande zurückzugewinnen und meinen Namen von der Freveltat meines Vater reinzuwaschen, gab es nicht mehr. Früher hatte mir dieser Ehrgeiz – ob ich mich als Lohnschreiber, als reisender Porträtmaler oder als Hilfslehrer in einer Schule betätigte – zugeflüstert: So tief du auch gesunken bist, so finster und schmutzig deine Umgebung jetzt auch ist, du bist auf dem Weg, der nach oben und ins helle Licht der Sonne führt; du schindest dich nicht ab, um Reichtümer für einen anderen Mann anzuhäufen; du bist unabhängig, selbstbewußt und arbeitest für dich selbst; die kühnen Ambitionen, die mir einst Ratgeber waren, erstarben in meinem Inneren. Die starke, unnachgiebige Gesinnung wurde von stärkeren und noch unnachgiebigeren Kräften niedergerungen: von Niedertracht und Bedürfnissen.

Ich schrieb an einen gutsituierten Mann mit Charakter; er war ein Freund aus alten Tagen, der zwar wie andere den Umgang mit mir eingestellt hatte, aber anders als sie aufrichtig bekümmert darüber gewesen war. Ich schrieb ihm und bat ihn um ein ungestörtes Treffen bei Nacht. Ich war zu zerlumpt, um sein Haus zu betreten, und noch zu empfindsam (selbst wenn ich zu ihm gegangen und eingelassen worden wäre), um die Begegnung mit anderen Menschen, die entweder meinen Vater kannten oder wußten, wie er gestorben war, zu riskieren. Ich wünschte, meinen ehemaligen Freund unbeobachtet von anderen zu sprechen, und machte ihm einen entsprechenden Vorschlag. Er ging darauf ein.

Als wir uns trafen, sagte ich zu ihm: Ich möchte Sie um einen letzten Gefallen bitten. Als wir uns vor Jahren trennten, hegte ich hochtrabende Hoffnungen und war unerschrocken und entschlossen; mittlerweile haben sich sowohl meine Hoffnungen als auch meine Entschlossenheit erschöpft. Damals glaubte ich, ich könnte mich nicht nur über mein Unglück hinwegsetzen, sondern dieses Unglück als Triebkraft für meinen Aufstieg nutzen. Sie sagten mir, ich sei zu aufbrausend und krankhaft empfindlich, sobald auch nur im entferntesten die Sprache auf den Tod meines Vaters kam, und die harte unverdiente Prüfung und die Enttäuschung hätten mich grimmig und wankelmütig gemacht. Das mochte damals der Wahrheit entsprochen haben, aber ich habe mich verändert: Stolz und Ehrgeiz haben mir nichts als Pein und Qualen gebracht, und beides ist verkümmert. Ich trachte nur noch nach einem einförmigen Leben im verborgenen, in dem die Gedanken und der Geist abgetötet werden. Helfen Sie mir, ein solches Leben zu führen. Erst bitte ich Sie als Bettler, mir von Ihrem Überfluß anständige Kleidung zu geben, so daß ich das Tageslicht nicht mehr scheuen muß. Als nächstes bitte ich Sie, mir zu einer Anstellung zu verhelfen, die mir mein täglich Brot und Obdach sichert sowie ein, zwei Stunden Einsamkeit am Abend. Sie haben großen Einfluß, und Sie wissen, daß ich ein ehrlicher Mann bin. Sie können mir keine zu niedrige und unbedeutende Stellung aussuchen; lassen Sie mich so tief hinuntersteigen, daß ich nicht mehr den Blicken der Welt, in der ich gelebt habe, ausgesetzt bin; lassen Sie mich unter Leute gehen, denen es wichtig ist, daß ich ehrliche Arbeit leiste, und die nichts sonst über mich wissen wollen. Bieten Sie mir ein Versteck, in dem ich mich und meine Geschichte für immer verbergen kann, und unternehmen Sie danach nie wieder den Versuch, mich zu sehen oder Verbindung mit mir aufzunehmen. Falls frühere Freunde zufällig nach mir fragen sollten, erzählen Sie Ihnen, ich sei gestorben oder ins Ausland gegangen. Es ist am klügsten, ein Leben wie ein Haustier zu führen: Ich möchte wie sie meinem Herrn dienen für Nahrung, Obdach und die Freiheit, hin und wieder in der Sonne schlafen zu dürfen, ohne als lästiges Subjekt oder Störenfried angesehen und fortgejagt zu werden. Glauben Sie an diesen Entschluß? – Es ist meine letzte Möglichkeit.

Er glaubte daran, und er bot mir, worum ich ihn anflehte. Durch seine Vermittlung und Empfehlung trat ich in die Dienste von Mr. Sherwin …

Hier muß ich für heute Schluß machen. Morgen werde ich zu den Enthüllungen kommen, die von entscheidendem Interesse für Sie sind. Sind Sie überrascht, daß ich, Ihr Feind in jeder nur erdenklichen Hinsicht, Ihnen alle Geheimnisse meines früheren Lebens in diesem Brief preisgebe? Ich habe das getan, weil ich möchte, daß unser Kampf von meiner *Seite aus ein offener Kampf ist, weil ich mir wünsche, daß Sie genau wissen, was Sie von einem Mann wie mir, der ein Leben wie ich geführt hat, zu erwarten haben. Ich verfolgte einen Zweck mit meinen Täuschungen, als ich Sie im unklaren gelassen habe – und jetzt verfolge ich wieder einen Zweck mit meiner Offenheit, mit der ich Ihnen alles enthülle.*

Ich begann in Mr. Sherwins Kontor als der niedrigste aller Angestellten. Sowohl der Master als auch die anderen Männer beobachteten mich zuerst voller Argwohn. Das, was ich über mich selbst erzählte, war immer dasselbe – einfach und glaubhaft. Ich war mit den bestmöglichen Empfehlungen zu Mr. Sherwin gekommen, und ich wurde ihnen gerecht. Die Umstände waren günstig für mich, und mein immer gleichbleibendes Verhalten und die Beständigkeit in meiner Arbeit taten bald ihre Wirkung – allmählich ließen die Neugier und das Interesse an meiner Person nach, und ich konnte in Frieden meiner Beschäftigung nachgehen. Der Freund, der mir den Posten verschafft hatte, bewahrte mein Geheimnis, wie ich ihn gebeten hatte; keiner der Menschen, die ich vorher gekannt hatte, keiner der unbarmherzigen Gegner oder halbherzigen Freunde – nicht einer von ihnen ahnte, daß ich im Hinterzimmer eines Tuchladens Zuflucht gefunden hatte. Zum erstenmal in meinem Leben hatte ich das Gefühl, daß das Unglück meines Vaters mein, ganz allein mein Geheimnis war, daß ich künftig sicher vor weiteren Bloßstellungen sein konnte.

In kürzester Zeit wurde ich Leiter des Kontors. Ich kam rasch dahinter, daß mein neuer Herr neben seiner nach außen zur Schau gestellten Achtbarkeit noch andere Charakterzüge hatte. Schlicht ausgedrückt: Ich erkannte den Narren, den Tyrannen und den Feigling in ihm. Es gab nur eines, womit man seine kriecherischen Sympathien wecken konnte: Man mußte ihn vor Ausgaben bewahren oder ihm zu Profiten verhelfen, dann war er von Herzen dankbar. Mir gelang beides. Sein Bürovorsteher hatte ihn betrogen, ich kam ihm auf die Schliche und schlug die angebotenen Bestechungsgelder aus, mit denen er sich mein Stillschweigen sichern wollte. Statt dessen erstattete ich Mr. Sherwin Bericht über den Betrug. Damit gewann ich sein Vertrauen und erhielt die Stelle des Bürovorstehers. In dieser Position sann ich auf Mittel und Wege, um das Geschäft meines Arbeitgebers, der selbst nie auf solche Gedanken gekommen wäre, zu vergrößern und seine Gewinne ohne nennenswertes Risiko zu steigern. Das verschaffte mir seine höchste Bewunderung, eine Erhöhung meines Salärs und einen festen Platz im Kreise seiner Familie. Meine Pläne waren aufgegangen: Ich hatte genügend Geld und Freizeit und führte eine Existenz im verborgenen, genau wie ich es mir vorgenommen hatte.

Aber mein Leben verlief dennoch nicht vollkommen zufriedenstellend. Als ich Margaret Sherwin zum erstenmal sah, stand sie gerade auf der Schwelle von der Kindheit zur Jugend. Ich bemerkte das Versprechen auf zukünftige Schönheit in ihrem Gesicht und in ihrer Gestalt, und insgeheim faßte ich den Entschluß, den Sie später zu durchkreuzen versuchten, den ich aber dessen ungeachtet ausgeführt habe und, Ihnen zum Trotz, weiterhin ausführen werde.

Die Gedanken, denen dieser Entschluß entsprang, rieten mir zu größerer Besonnenheit, als Sie ahnen.

»Die besten Jahre meines Lebens sind unwiderruflich vergeudet«, sagte ich mir. »Not, Demütigungen und Unglück sind mir seit meiner Jugend auf Schritt und Tritt gefolgt, und von all den angenehmen Köstlichkeiten, mit denen sich andere Männer ihr Dasein versüßen, habe ich keine einzige jemals genossen. Ich werde erfahren, was Glück bedeutet, bevor ich sterbe, und dieses Mädchen wird es mir schenken. Sie wird zur vollen Reife heranwachsen für mich*: Ich werde ihre Zuneigung unmerklich auf mich lenken, solange sie noch jung und leicht zu beeindrucken ist, und wenn die Zeit gekommen ist und ich mich ihr erkläre, wird sie – obwohl ich mehr als dop-*

pelt so alt wie sie sein werde, obwohl ich abhängig bin von ihrem Vater, der mir mein täglich Brot zur Verfügung stellt, und ihre Eltern und ein möglicher Liebhaber Widerspruch einlegen – an meine Seite kommen, aus freien Stücken ihre Hand in meine legen und mir überallhin folgen, wohin ich gehe – als meine Frau, als meine Geliebte, als meine Dienerin, ganz wie ich es wünsche.

Das war mein Plan. Um ihn auszuführen, hatte ich Zeit und Gelegenheit genug; und ich nutzte meine Vorteile beständig und umsichtig, Stunde um Stunde, Tag um Tag, Jahr um Jahr. Der Vater des Mädchens hegte nicht einen einzigen Moment Verdacht. Abgesehen davon, daß er einen Mann meines Alters für ungefährlich hielt, beurteilte er mich nach seinen armseligen finanziellen Maßstäben und hielt mich für ein Musterbeispiel an Rechtschaffenheit. Ein Mann, der ihn vor Betrug bewahrt und der sein Geschäft konsolidiert und zu einem der größten in der Branche gemacht hatte, der am Morgen der erste und am Abend der letzte im Kontor war, der niemals auch nur einen einzigen Tag um Urlaub gebeten und nie gefehlt hatte – ein solcher Mann war sittlich und geistig unfehlbar, bewundernswert und in jeder Beziehung vertrauenswürdig.

Sein Vertrauen zu mir kannte keine Grenzen. Er war unsicher und ängstlich, wenn ich nicht zur Stelle war, um ihn in den einfachsten Angelegenheiten zu beraten. Ich war der erste, dem er seine hochtrabenden Ambitionen, die er mit seiner Tochter verwirklichen wollte, mitteilte – er erzählte mir von seinem Bestreben, sie weit über ihrem Stand zu verheiraten, und von seiner unsinnigen Entscheidung, sie in dieser unseriösen, neumodischen Schule erziehen zu lassen. Ich hintertrieb seine Pläne nach außen hin in nichts, doch im geheimen wirkte ich ihnen in jeder Beziehung entgegen. Je mehr ich meinen Einfluß auf Margaret verstärkte, um so zufriedener war er. Er freute sich, wenn sie ständig von mir und unseren Privatstunden sprach, wenn sie Abend für Abend zu mir ging, um neue Dinge zu lernen und Beschäftigungen für die Freizeit zu finden. Er argwöhnte, daß ich ein Gentleman von Geburt sei; man hätte ihm gesagt, daß ich ein gepflegtes Englisch spreche; er war überzeugt, daß ich eine erstklassige Erziehung genossen hätte – ich war beinahe so gut für Margaret wie die feine Gesellschaft! Als sie älter wurde und diese neumodische Schule, in der die Mädchen lediglich lernten, andere über ihre wahre Herkunft zu täuschen, besuchte, wie ihr

Vater es wünschte,wurde mein Angebot, ihr in den Ferien Nachhilfestunden zu geben und ihre Fortschritte zu überprüfen, wenn sie jeden zweiten Sonntag nach Hause kam, mit unterwürfiger Dankbarkeit quittiert. Unter Freunden erklärte Mr. Sherwin zu dieser Zeit, er beschäftige mich beinahe für einen Hungerlohn, in Wirklichkeit sei ich aber tausend Pfund im Jahr wert.

Doch es gab ein Familienmitglied, dem ich und meine Absichten von Anfang an verdächtig vorkamen. Mrs. Sherwin – die schwache, verängstigte, kranke Frau, deren Meinung niemand beachtete, deren Wesen niemand verstand – Mrs. Sherwin war von allen, die im Haus wohnten oder zu Besuch hinkamen, die einzige, deren Blicke, Worte und Benehmen mich ständig auf der Hut sein ließen. Schon bei unserem ersten Zusammentreffen mißtraute sie mir wie ich ihr, und später beobachtete sie mich bei jeder Begegnung mit Argusaugen. Dieser gegenseitige Argwohn, diese Feindseligkeit zwischen uns, fand niemals offen Ausdruck, ließ aber auch keinen Moment nach. Meine Chancen, unentdeckt zu bleiben, gründeten sich demnach nicht so sehr auf meine eigene Vorsicht und auf die vollkommene Selbstbeherrschung, was meinen Gesichtsausdruck und mein Verhalten in kritischen Situationen betraf, sondern ebensosehr auf ihr mangelndes Selbstvertrauen und ihre Furchtsamkeit, auf ihre Hilflosigkeit, die sie ins Haus verbannte, und das Bedürfnis, sich die Zuneigung ihres Mannes und den Respekt ihrer Tochter zu erhalten, und auf die Kraft des Abscheus – zu Zeiten auch der nackten Angst –, den meine Gegenwart ihr einflößte.

Die Zeit verstrich, Margaret wurde älter, und ihre Schönheit in den Gesichtszügen und der Gestalt kam der Vollkommenheit näher, als ich es vorausgesehen hatte. Aber weder ihr Geist noch ihre Veranlagung konnte mit der äußerlichen Schönheit Schritt halten. Ich studierte sie mit derselben geduldigen, scharfsinnigen Beobachtungsgabe, die mir die Lebenserfahrung zur Gewohnheit gemacht hat und mit der ich jeden Menschen, mit dem ich in Verbindung kam, studierte. Wie gesagt, ich beobachtete sie eingehend und befand sie als absolut unwert – selbst des Sklavendaseins, für das ich sie vorgesehen hatte, war sie nicht würdig.

Sie hatte weder Herz noch Verstand im gehobenen Sinne des Wortes. Sie wurde schlicht von Instinkten bestimmt – von den meisten der häßlichen Instinkte eines Tieres, aber nicht von den guten.

Die wesentliche Kraft, die sie leitete, war Falschheit. Ich bin niemals einem menschlichen Wesen begegnet, das von Natur aus so arglistig und so untauglich zur Offenheit und Ehrlichkeit ist wie sie – selbst in den banalsten Situationen täuschte sie ihre Mitmenschen. Die beste Ausbildung hätte dieses Laster niemals gänzlich ausmerzen können, und die Erziehung, die sie tatsächlich genossen hat – eine Ausbildung, die mehr Wert auf den äußeren Schein legte als auf das Sein –, verstärkte die Hinterlist und Tücke sogar noch. Jeder hat schon von jungen Mädchen gelesen – manch einer kennt sogar selbst eines –, die sich außergewöhnlicher Betrügereien schuldig gemacht oder die infamsten falschen Anschuldigungen erhoben haben; ihr Hauptmotiv ist die schiere Freude an Intrigen und Falschheit. Margaret Sherwin gehörte zu diesen Charakteren.

Sie war leidenschaftlich, aber ihr mangelte es an den Attributen, die meistens mit starken Empfindungen einhergehen: Ihr fehlten die Willenskraft und ein scharfer Verstand. Sie war eigensinnig, aber nicht beständig. Wenn man auf die richtige Weise an ihre Eitelkeit appellierte, konnte man sie dazu bringen, Dinge zu tun, von denen sie Minuten zuvor behauptet hatte, sie würde sie nie im Leben tun. Was ihren Verstand anging, so war sie nicht klüger als ein durchschnittlich begabtes Schulmädchen. Sie hatte das Talent, gewisse Dinge auswendig zu lernen und sich manches zu merken, aber sie verstand kaum, was sie sich einprägte, und entwickelte nie ein echtes Gefühl dafür. Wenn ich nicht eigene Interessen mit dem Unterricht verfolgt hätte, dann hätte ich gleich in der ersten Stunde, die ich ihr gegeben hatte, die Bücher für immer geschlossen und sie als dummes Ding abgeschrieben.

Obwohl ich so viel Schlechtes in ihrem Charakter entdeckte, verlor ich niemals mein eigentliches Ziel aus den Augen; mein Plan war schon zu weit gediehen, bevor ich sie richtig kennenlernte. Außerdem – was für eine Rolle spielte ihre Falschheit schon für mich? *– Ich durchschaute sie. Und ihre starken Leidenschaften? Ich konnte sie kontrollieren. Ihr Eigensinn? – Ich konnte ihn brechen. Ihr armseliger Verstand? – Ich scherte mich nicht darum, ob sie klug war oder nicht. Ich wollte Jugend und Schönheit; sie war jung und schön, und sie gehörte mir, dessen war ich ganz sicher.*

Ja – ganz sicher. Ihre auffallende Erscheinung, ihre vorgetäuschte Kultiviertheit, ihre angeblich guten Manieren blendeten alle, nur nicht mich – von allen Menschen in ihrer Umgebung war ich der einzige, der wirklich wußte, wer sie war, und darin lag hauptsächlich das Geheimnis meines Einflusses, den ich auf sie ausübte. Ich fürchtete keine Rivalen. Ihr Vater, der sich von seinen ehrgeizigen Hoffnungen leiten ließ, hielt die meisten jungen Männer ihrer Gesellschaftsschicht fern von seinem Haus; die wenigen, die dennoch vorsprachen, konnten mir nicht gefährlich werden; sie waren nicht imstande, Gefühle oder gar echte Liebe in ihr zu wecken. Ihre Mutter beobachtete mich noch immer, und noch immer konnte sie nichts erkennen, aber sie blieb argwöhnisch und zitterte nach wie vor in meiner Gegenwart. Monate vergingen in völliger Monotonie, Jahr folgte auf Jahr; und ich wartete geduldig auf den rechten Augenblick, ohne in meiner Vorsicht nachzulassen. Nichts ereignete sich, nichts schwächte meinen Einfluß in der North Villa bis zu dem Tag, an dem Margaret die Schule verließ und für immer nach Hause kam.

Gerade zu der Zeit, die ich eben beschrieben habe, machten es gewisse geschäftliche Transaktionen von höchster Bedeutung erforderlich, daß Mr. Sherwin oder eine Person seines Vertrauens nach Lyon reiste. Da er im stillen seinen eigenen Fähigkeiten mißtraute, versuchte er mich zu der Fahrt nach Frankreich zu überreden, indem er deutlich machte, daß diese Reise eine angenehme Abwechslung für mich sei und ich auf diese Weise Bekanntschaft mit seinen wohlhabenden Geschäftspartnern, den französischen Tuchherstellern, schließen könne. Nach einiger Überlegung nahm ich das Angebot an.

Ich hatte Margaret gegenüber nie erwähnt, was ich mit ihr vorhatte, aber sie wußte es dennoch sehr genau, dessen war ich mir sicher – sie selbst hatte mir Hinweise darauf gegeben, die kein Mann mißverstehen konnte. Aus Gründen, die in Kürze deutlich werden, beschloß ich, mich ihr erst nach meiner Rückkehr aus Lyon zu erklären. Mein persönlicher Plan war, mich bei Mr. Sherwins Geschäftspartnern um eine Anstellung in ihrem Hause zu bemühen. Wenn ich Margaret meinen Antrag machte, mußte ich in der Lage sein, rasch zu handeln, darüber war ich mir im klaren; genausogut wußte ich, daß ihr Vater, wenn er entdeckte, daß ich ihn bei der Erziehung seiner Tochter nur um meinetwillen unterstützt hatte, zum Äußersten fähig war und daß wir in ein fremdes Land fliehen mußten; und natürlich war mir bewußt, daß ich für unseren Lebensunterhalt sorgen mußte, sobald wir im Ausland waren. Zwar hatte ich Geld gespart – jedes Jahr beinahe zwei Drittel meines gesamten Verdienstes –, aber das reichte nicht für zwei. Demzufolge verließ ich England, um ebenso meine eigenen Interessen wie die meines Arbeitgebers zu verfolgen; und ich war zuversichtlich, daß meine kurze Abwesenheit, das Ergebnis, das ich mit jahrelanger Beeinflussung bei Margaret erzielt hatte, nicht schwächen würde. Die folgenden Ereignisse zeigten, daß ich, so vorsichtig und berechnend ich auch gewesen war, den Zufall, der gegen mich sein konnte, nicht bedacht hatte. Im Grunde hätte ich auf alles vorbereitet sein müssen, da ich Margarets Eitelkeit und Falschheit durch und durch kannte.

Nun, ich hielt mich einige Zeit in Lyon auf, hatte die Geschäfte meines Arbeitgebers getätigt (ich vertrat seine finanziellen Interessen ehrlich und zuverlässig bis ins kleinste, wie es meine Pflicht war) und meine privaten Angelegenheiten sicher geregelt. Ich freute mich auf meine Rückkehr und dachte mit einem Glücksgefühl, das mir gänzlich neu war, an das Erreichen meines Zieles, an den einzigartigen Triumph in einem langen Leben der Erniedrigungen und des Unglücks, als ein Brief von Mr. Sherwin eintraf. Er machte mir Mitteilung von Ihrer heimlichen Hochzeit und den ungewöhnlichen Bedingungen, die in gegenseitigem Einvernehmen ausgehandelt worden waren.

Ich war nicht allein im Raum, als ich den Brief las, aber meine Haltung verriet nichts von dem inneren Aufruhr. Meine Hand zitterte nicht, als ich die Seiten wieder zusammenfaltete; ich hielt die geschäftlichen Verabredungen, die ich getroffen hatte, auf die Minute pünktlich ein und erfüllte jede auch noch so kleine Pflicht absolut gewissenhaft. Nie hatte ich mir die abendlichen Mußestunden redlicher verdient als an diesem Tag.

Am Spätnachmittag verließ ich die Stadt und ging, bis ich eine einsame Stelle am Ufer des großen Flusses erreichte, der sich in der Nähe von Lyon befindet. Dort zog ich den Brief erneut hervor und las ihn ein zweites Mal langsam durch – hier brauchte ich mich nicht zu beherrschen, weil kein Mensch in der Nähe war. Ich las Ihren Namen in beinahe jeder geschriebenen Zeile, und ich wußte, daß der Mann, der sich während meiner Abwesenheit zwischen mich und mein Glück gedrängt hatte – der Mann, der mich mit seiner jugendlichen Überheblichkeit, mit seinem Stand und seinem Vermögen um den lang ersehnten Lohn für zwanzig Jahre Elend gebracht hatte, gerade in dem Augenblick, in dem ich meine Hände ausstreckte, um danach zu fassen –, der Sohn des ehrenhaften und hochwohlgeborenen Gentlemans war, der meinen Vater an den Galgen gebracht und mich für immer zum Ausgestoßenen meiner gesellschaftlichen Kreise gemacht hatte.

Die Sonne ging unter, als ich von dem Brief aufschaute; rosafarbenes Licht blitzte auf den lebhaften Wellen des Flusses auf; die Vögel schwangen sich in die entfernten Bäume, und die geisterhafte Stille senkte sich feierlich über die Erde, als der erste Gedanke an die Vergeltung, die ich an Vater und Sohn verüben würde, heftig in meinem Herzen aufloderte. Der Rachedurst regte sich wie neues Leben in mir und flüsterte mir im Geiste zu: Warte, hab Geduld; beide sind in deiner Gewalt; du kannst jetzt den Namen des Vaters besudeln, wie er deinen besudelt hat – du kannst dem Sohn einen Strich durch die Rechnung machen, wie er dir einen Strich durch die Rechnung gemacht hat.

In den wenigen Minuten, in denen ich, nachdem ich den Brief zu Ende gelesen hatte, an diesem einsamen Platz verweilte, ersann ich den Plan, für dessen Ausführung ich ein Jahr aufwenden sollte. Ich schmiedete das Komplott gegen Sie und Ihren Vater, von dem lediglich eine Hälfte durch den Zufall, der Sie zu Ihrer Entdeckung geführt hat, in die Tat umgesetzt wurde. Damals glaubte ich wie heute, daß ich Ihnen beiden als verwundeter Mann gegenüber stehe, der das Recht hat, sich selbst zu verteidigen und Sie seinerseits zu verwunden. Für Ihre Vorstellungen mag das gottlos und schlecht sein, aber für mich, der ein Leben lang gelitten hat, sind die modernen Binsenweisheiten nichts anderes als Goldene Kälber, die die Gesellschaft im Angesicht der großen Wahrheit dreist verehrt – wie die Juden des Altertums.

Lassen Sie uns nach England zurückkehren.

Haben Sie am Abend unserer ersten Begegnung beobachtet, daß Margaret ungewöhnlich nervös und aufgeregt war, bevor ich ins

Haus kam? In dem Moment, in dem mein Blick auf sie fiel, entdeckte ich eine Veränderung. Haben Sie bemerkt, daß ich es vermied, mit ihr zu sprechen oder sie anzusehen? Ich hatte Angst davor. Ich erkannte, daß mit meiner Rückkehr auch der alte Einfluß, den ich auf sie hatte, wieder auflebte, und ich glaubte, daß sie, obwohl sie eine herzlose Heuchlerin war, Ihnen – selbst wenn die Leidenschaft Sie blind gemacht hatte – unbewußt alles verraten könnte, sobald ich mich ihr zu sehr zuwendete. Und ihrer Mutter auch! Wie scharf mich ihre Mutter von dem Moment an, da ich eingetreten war, beobachtete!

Später, während Sie sich redlich Mühe gaben, die Geschichte meines früheren Lebens aufzudecken, entlockte ich Margaret vorsichtig alles, was ich in Erfahrung bringen wollte. Ich sage ›vorsichtig‹, aber dieses Wort drückt nur unzureichend die Behutsamkeit und Langmut aus, die ich in dieser Zeit an den Tag legte. Ich setzte mich niemals ihrer Willkür aus, ich wagte es nicht, sie zu kränken, zu ängstigen oder sie gegen mich aufzubringen, andererseits versäumte ich keine Gelegenheit, sie zu den alten, vertrauten Gewohnheiten zurückzuführen; und, was das wichtigste war, ich bot ihrer Mutter keine Chance, mein Geheimnis zu lüften. Folgendes ist eine Zusammenfassung dessen, was ich Stück für Stück bei meinen heimlichen Nachforschungen in vielen Wochen in Erfahrung gebracht habe.

Margaret fühlte sich in ihrer Eitelkeit gekränkt, und ihre Erwartungen wurden enttäuscht, als ich nach Lyon abreiste, ohne mich herzlicher von ihr zu verabschieden als von jeder beliebigen Frau, die ich als bloße Freundin betrachtete. Daß sie wahre Liebe für mich empfinden könnte, habe ich niemals geglaubt, und ich werde es auch nie glauben, doch ich habe praktische Fähigkeiten und die Willensstärke, die mich offensichtlich den meisten Menschen überlegen macht und den Frauen Respekt und Bewunderung abnötigt. Soweit es ihre Gefühle, Instinkte und ihren Stolz betraf, hatte ich sie für mich eingenommen, aber mehr empfand sie nicht für mich – weil sie nicht mehr empfinden konnte. Ich führe mit Bedacht den Stolz als eines ihrer Motive an. Sie war stolz darauf, daß ich ihr seit Jahren Aufmerksamkeit zollte, weil sie sich einbildete, daß ich – der mehr oder weniger jeden in ihrer Umgebung beherrschte – mich durch mein Interesse ihrer Willkür ausgeliefert hätte. Die Art meiner

Abreise aus England zeigte ihr jedoch allzu deutlich, daß sie ihren Einfluß auf mich falsch eingeschätzt hatte und daß ich derjenige war, der Macht auf sie – wie auch auf alle anderen – ausübte. Das verletzte ihre Eitelkeit, wie ich bereits erwähnte.

Sie hatten Ihre erste Begegnung mit ihr, als die Wunde noch ganz frisch war; Ihre Aufmerksamkeiten gaben Margarets Selbsteinschätzung ganz neue Nahrung. Sie müssen deutlich erkannt haben, daß Ihr Antrag die ehrgeizigsten Erwartungen ihres Vaters bei weitem übertroffen hat. Kein anderer Mann hätte sie in eine vornehmere Gesellschaftsschicht erheben können. Sie wußte das, und deshalb hat sie Sie geheiratet – sie heiratete Sie wegen Ihres Standes, wegen Ihres Namens, wegen Ihrer großartigen Freunde und Verbindungen, wegen des Familienvermögens, wegen der Kutschen und der prächtigen Häuser – kurz wegen allem, nur nicht um Ihrer selbst willen.

Trotz der Verlockungen der Jugend, des Wohlstandes und der gehobenen Kreise, die Ihre Offerte versprachen, ging sie zunächst (ich brachte sie dazu, das einzugestehen) mit Widerwillen und voller Zweifel auf Ihren Antrag ein, weil sie an mich dachte. Aber sie bezwang diese Gefühle rasch – vielmehr redete sie sich das ein; und das war meine letzte und beste Chance, die alten Empfindungen wieder zum Leben zu erwecken. Ich hatte ein ganzes Jahr für diese Aufgabe Zeit, und ich spürte, daß meine Mühen letztendlich von Erfolg gekrönt sein würden.

Allerdings hatten Sie enorme Vorzüge: Sie waren mir gesellschaftlich weit überlegen, Sie hatten die volle Zustimmung von Margarets Vater, und Sie waren mit ihr verheiratet. Wenn Margaret Sie um Ihrer selbst willen geliebt hätte, wenn Margaret Sie für etwas anderes als aus Eigeninteresse – aus gemeiner Gier, rücksichtsloser Eitelkeit – geliebt hätte, wäre jeder meiner Versuche, sie zurückzugewinnen von vornherein zum Scheitern verurteilt gewesen. Doch auch ohnedies, und obwohl sie sich aus reiner Berechnung an Sie gebunden hatte, wäre ich machtlos gewesen, wenn Sie sich auf die Bedingung, ein Jahr nach der Eheschließung zu warten, gar nicht erst eingelassen oder diese Vereinbarung nicht eingehalten hätten; Sie hätten wissen müssen, daß ein Mann in den Augen einer Frau nicht unehrenhaft handelt, wenn er ein Versprechen ihretwegen bricht. Aber Sie hielten sich getreulich an die Abmachungen und Bedingungen und gaben sich mit einer sittsamen Liebesbeziehung zufrieden, wie man es von Ihnen verlangt hatte. Und gerade diese Zuverlässigkeit brachte Sie unter meine Gewalt. Ein Mädchen mit reinem Herzen hätte Sie für Ihr Verhalten noch tausendmal mehr geliebt – aber Margaret Sherwin hatte kein reines Herz, sie war kein sittsames Mädchen: Ich habe sie durchschaut und kenne ihr Wesen.

Demnach standen die Chancen also eher gegen mich, doch Sie haben die Ihren nicht genutzt. Für mich *sprach meine unendliche Geduld; abgesehen vom gesellschaftlichen Stand und Alter konnte ich ebenso viele persönliche Vorzüge aufweisen wie Sie: den Einfluß, den ich lange Jahre ausgeübt hatte, die Freiheit, vertrauten Umgang mit ihr zu pflegen, und, was schwerer als alles andere wog, diese nie schwankende Zielstrebigkeit, die nur dem drängenden Bedürfnis nach Rache entspringt. Als Sie Zuflucht vor dem Unwetter unter meinem Dach suchten, lotete ich zunächst Ihren Charakter gründlich aus, um herauszufinden, in welchen Punkten ich auf der Hut vor Ihnen sein mußte. Wenn Ihr Vater an diesem Abend bei Ihnen gewesen wäre und ich die Macht gehabt hätte, die Gewalt der Blitze und des Donners heraufzubeschwören, dann hätte ich in einem Augenblick, in dem der Sturm am heftigsten tobte, das Zauberwort gesprochen und dem Gewitter befohlen, mein Haus und alle, die sich darin aufhielten, zu zermalmen und die Fehde ein für allemal zu beenden. Der Wind, der Hagel und die Blitze machten mich rasend, und ich verwünschte Sie und Ihren Vater so sehr, daß ich meine Gedanken beinahe preisgegeben hätte, als wir uns vor meiner Tür voneinander verabschiedeten und der Blitz zwischen uns kam.*

Wie ich Ihr Vertrauen gewann, wissen Sie; und Sie wissen auch, wie ich es einrichtete, daß Sie mich als heimlichen Verbündeten betrachteten, der Ihnen zu Privilegien mit Margaret verhalf, die Ihnen ihr Vater auf Ihre Bitte hin sicher verweigert hätte. Auf diese Weise wendete ich von vornherein jeden Verdacht, den Sie gegen mich hätten hegen können, von mir ab; und den Rest konnte ich getrost Ihrer Vernarrtheit in Margaret überlassen. Mit Ihnen hatte ich leichtes Spiel – bei ihr hatte ich mit einigen Schwierigkeiten zu kämpfen, aber ich überwand sie. Ihr fatales Einverständnis, dieses Probejahr abzuwarten, gab mir Waffen in die Hand, die ich skrupellos gegen Sie einsetzte. Ich kann mir gut vorstellen, wie entrüstet und entsetzt Sie wären, wenn ich hier schildern würde, auf welche Weise ich Ihre Position, in die Sie Ihre Einwilligung in Mr. Sherwins Bedingungen gebracht hatte, ausnutzte. Dieses Geständnis erspare ich Ihnen – es wäre jetzt auch zwecklos. Halten Sie mich für wen oder was Sie wollen; prangern Sie ruhig mein Verhalten an – meine Rechtfertigung ist immer dieselbe. Ich war ein verwundeter Mann, Sie waren der Angreifer; ich verhalf mir zu meinem Recht, indem ich mir den Besitz zurückholte, den Sie mir geraubt hatten, und jedes Mittel, das mich zum Ziel brachte, war erlaubt.

Aber der Erfolg, den ich verbuchen konnte, nützte mir wenig, da Sie eine übermächtige Anziehungskraft ausübten. Ob Margaret Sie verachtete oder nicht – Sie waren mir überlegen, denn Sie konnten eine feine Lady aus ihr machen. Diese Tatsache stachelte ihren Ehrgeiz an, den ich trotz der Macht, die ich seit ihrer Kindheit über sie hatte, nicht zerstören konnte und der die Hauptquelle ihrer selbstsüchtigen Zuneigung zu Ihnen war. Ich machte niemals den Versuch, etwas dagegen zu unternehmen.

Ich unterbreitete ihr einen Vorschlag, sobald sie willens war, mir zuzuhören und geheimzuhalten, was sie gehört hatte; mein Plan ließ ihr die Freiheit, alle gesellschaftlichen Vorteile zu genießen, die Ihre Verbindung zu ihr boten – die Freiheit, in einer Kutsche zu fahren und in das Geschäft ihres Vaters zu gehen (das war einer ihrer größten Wünsche!) als neue Kundin, die seine Kontakte zur Aristokratie verstärkt – die Freiheit, sogar ein anerkanntes Mitglied Ihrer Familie zu werden, für den Fall, daß man Ihnen die überstürzte Eheschließung verzieh. Ihre Leichtgläubigkeit begünstigte die Ausführung meines Plans. Ich nehme Abstand davon, genauer zu erklären, wie ich ihn in die Tat umsetzte und welche Absichten ich eigentlich verfolgte, denn daß Sie uns nach der Party folgten und alles entdeckten, hat mein Vorhaben zunichte gemacht und zwingt mich, es fallenzulassen. An dieser Stelle möchte ich lediglich sagen, daß ich Ihren Vater ebenso wie Sie bedroht hätte und daß Margaret anfangs davor zurückgeschreckt ist – nicht weil sie entsetzt über meinen Vorschlag war, sondern weil sie Angst davor hatte, entdeckt zu werden. Allmählich beschwichtigte ich ihre Ängste – ganz vorsichtig und behutsam, da ich bis vor kurzem, fast bis zum Ende Ihres Probejahres, nicht sicher sein konnte, ob sie auf meinen Vorschlag eingehen würde.

Während des ganzen Jahres verdächtigten Sie uns niemals, obwohl Sie täglich Besuche in der North Villa machten! Und doch hätten, wären Sie auch nur eine Spur weniger betört von Margaret gewesen, die vielen deutlichen Warnsignale, die sie trotz ihrer Falschheit und ich trotz meiner Vorsicht aussandten, Ihren Argwohn wecken müssen. Ihre unvermittelten Stimmungsschwankungen, ihre gereizte, mürrische Wortkargheit im einen Moment, die kapriziöse Fröhlichkeit im nächsten – das alles zeigte sich manchmal auch in Ihrer Gegenwart. Jede dieser Launen hatte ihre Bedeutung, obwohl Sie das nicht erkennen konnten. Manchmal drückte sich darin die Angst vor Entdeckung aus, manchmal die Furcht vor mir, einmal waren sie auf versteckte Verachtung zurückzuführen, ein anderes Mal auf die Leidenschaften, die die Vorstellung von der bevorstehenden Freveltat hervorrief, dann wieder auf die Erinnerung an Offenbarungen, die ich gerade gemacht hatte, oder auf die Erwartung weiterer Enthüllungen, die ich noch machen würde. Es gab Zeiten, in denen jeder Schritt, den ich meinem Ziel näher kam, einen leichten und dennoch vielsagenden Niederschlag in ihrem Verhalten und in ihrer Ausdrucksweise fand, wären Sie nur imstande gewesen, die Zeichen richtig zu deuten! Mein erster Versuch, den alten Einfluß auf sie erneut geltend zu machen, meine ersten Worte, mit denen ich Sie in ihren Augen herabsetzte, mein erstes erfolgreiches Plädoyer für meine und gegen Ihre Sache, mein erster Appell an ihre Leidenschaften, die ich nur allzugut zu wecken verstand, mein erster Vorstoß, ihr den Plan darzulegen, den ich allein in dem fremden Land am Ufer des großen Flusses entwickelt hatte – all diese einzelnen Schritte und die allmähliche Annäherung an das Ziel, das zu erreichen ich mir geschworen hatte, deuteten sich in Margarets Benehmen an, so vollkommen ihr Talent für Täuschung und Betrug auch war und so meisterhaft sie es auch beherrschte, dieses Talent gegen Sie einzusetzen.

Erinnern Sie sich, wie elend Margaret bei Ihrer Rückkehr von dem Aufenthalt auf dem Land ausgesehen hat und welch kranken Eindruck ich gemacht habe? Wir führten während Ihrer Abwesenheit etliche Gespräche, in denen ich deutliche Worte verwendete, die sogar in Jezabels oder Messalinas[18] *Gesicht Spuren hinterlassen hätten. Haben Sie vergessen, wie oft ich in den letzten Tagen Ihres Wartejahres jäh den Raum verließ, nachdem Sie mich eingeladen hatten, Ihnen und Margaret bei der Abendlektüre Gesellschaft zu leisten? Mein Vorwand war immer plötzliches Unwohlsein; und es war Unwohlsein, wenn auch kein körperliches. Je mehr die Zeit voranschritt, desto mehr ließ meine Überzeugung nach, daß ich weiterhin Vorsicht walten lassen und Geduld bewahren konnte. Bei Ihnen allerdings konnte ich nach wie vor sicher sein – vielmehr trieb mich Mrs. Sherwin jedesmal aus dem Zimmer. Vor dem verhängnisvollen Blick dieser Frau scheute ich zurück, als die letzten Tage näher rückten – ich, der ihrem Argwohn getrotzt hatte und monatelang auf der Hut vor ihrer rastlosen, stillen, tödlichen Wachsamkeit gewesen war, zeigte Schwäche, als es dem Ende entgegenging. Ich wußte, daß sie ein- oder zweimal sonderbare Worte an Sie gerichtet hatte, und ich fürchtete, daß ihr konfuses, unzusammenhängendes Gefasel im letzten Moment doch noch einen erkennbaren Sinn ergeben könnte. Das war nicht der Fall; eine instinktive Angst hat Margaret bis zum Schluß die Zunge gelähmt. Möglicherweise hätten Sie ihr, selbst wenn sie ihre Befürchtungen offen ausgesprochen hätte, auch nicht geglaubt; sie wären sich selbst und Ihrem Vertrauen zu Margaret treu geblieben. Als Feind, der ich für Sie bin und bis zum Tage Ihres Todes sein werde, möchte ich Ihnen dennoch in diesem Punkt Gerechtigkeit widerfahren lassen: Ihre Liebe zu diesem Mädchen war eine Liebe, die selbst die reinste und die edelste aller Frauen nicht gänzlich verdient hätte.*

Mein Brief ist beinahe vollendet: Meine Rückschau ist zu Ende. Ich bin an dem Tag angelangt, an dem sich die Ereignisse, die Sie ebenso gut kennen wie ich, überstürzten. Der Zufall führte Sie zu der Entdeckung, andernfalls wären Sie vielleicht für Monate, vielleicht ganz und gar ahnungslos geblieben, bis ich aus eigenem Antrieb die Karten aufgedeckt hätte. Ich sage ausdrücklich: Zufall, da ich mich von Anfang bis zum Schluß keiner dritten Person anvertraut habe. Was Sie wissen, haben Sie nur durch Zufall erfahren.

Es bestand die Wahrscheinlichkeit, daß Sie beobachten, wie ich Margaret zur festgesetzten Zeit in die North Villa zurückbringe, genau wie ich sie abgeholt hatte. Ich hatte keine Angst, daß sie Ihnen begegnet. Aber genug von ihr! Ich werde Verfügungen für ihre Zukunft treffen, wie ich es vor Jahren beschlossen habe, gleichgül-

tig, wie betroffen sie sein wird, wenn sie die häßlichen Entstellungen zum erstenmal sieht, die Sie mir mit Ihrem Angriff beigebracht haben. Genug, sage ich, von den Sherwins – Vater, Mutter und Tochter – Ihr Schicksal ist nicht mit ihnen, *sondern mit* mir *verbunden.*

Frohlocken Sie immer noch, daß Sie mich bis zur Unkenntlichkeit entstellt und mir ein Gesicht gegeben haben, das jedes menschliche Wesen, das mich ansieht, mit Abscheu erfüllt? Triumphieren Sie, wenn Sie an die Greueltat zurückdenken, wie Sie triumphiert haben, als Sie sie begingen und glaubten, Sie würden meine Zukunft mit Margaret zerstören, wenn Sie meine Identität als Mann zerstören? Ich sage Ihnen, daß Ihre Tage des Triumphes in der Stunde vorbei sind, in der ich dieses Hospital verlasse, dann beginnen Ihre Tage der Sühne, die erst enden werden, wenn einer von uns den Tod findet. Sie – der vornehme, gebildete Gentleman – werden leben und wünschen, Sie hätten mich wie ein Rohling getötet; und Ihr Vater wird sich dasselbe wünschen.

Versuche ich, Sie mit den grimmigen Worten eines Prahlers oder Maulhelden einzuschüchtern? Stellen Sie mich auf die Probe, blicken Sie zurück und erkennen Sie, worauf ich, seit ich hier bin, verzichtet habe, nur um mein Ziel weiter verfolgen zu können. Ein Wort von mir, eine Antwort auf die Fragen, mit denen ich Tag für Tag gepeinigt wurde, hätte Sie wegen tätlichen Angriffs vor ein Strafgericht gebracht – wegen eines besonders brutalen Angriffs, der sogar in diesem Land, wo rohe Handgemenge zwischen Gefangenen und Hütern des Gesetzes an der Tagesordnung sind, die Gemüter aufschrecken würde. Der Name Ihres Vaters würde öffentlich in einem Atemzug mit dieser schändlichen Tat genannt werden, wenn ich gesprochen hätte, aber ich habe geschwiegen. Ich hielt alles geheim, weil die Rache für mich nicht befriedigend wäre, wenn Sie und Ihre Familie (eine wohlhabende, vornehme Familie, die sich bis dahin nie etwas zuschulden kommen ließ und allgemeine Sympathien genießt) in einen armseligen Skandal verwickelt wären, nach dem in wenigen Tagen kein Hahn mehr kräht – es ist nicht mein Stil, mir mein Recht von einem Richter zusprechen zu lassen, vor dem ich womöglich wie ein Bettler meine körperlichen Verletzungen zur Schau stellen und wie ein Feigling meine Niederlage eingestehen müßte. Ich habe eine lebenslange Vergeltung im Sinn, und weder die

Gesetze noch die Gesetzgeber sind mächtig genug, eine solche Strafe zu vollziehen oder zu verhindern; es wird sein wie die Vergeltung, die Kain für immer gezeichnet hat (auch ich werde Ihnen das Kainsmal aufdrücken) und ihm sein Leben zur Hölle gemacht hat (wie ich Ihnen Ihr Leben zur Hölle machen werde).

Wie? Erinnern Sie sich an meinen Werdegang, und glauben Sie mir, daß ich Ihnen ein Dasein bescheren werde, wie ich es gehabt habe. So wie die Hinrichtung meines Vaters meine *Existenz in Mitleidenschaft gezogen hat, so werden sich die Ereignisse der Nacht, in der Sie mir gefolgt sind, auf Sie auswirken. Ihr Vater wird zusehen, wie Sie das Leben führen, zu dem mich seine Aussage gegen meinen Vater verdammt hat – er wird zusehen, wie das Verderben und das Unheil an Ihnen haftet, wohin Sie sich auch wenden. Die Infamie, mit der ich Sie zu verfolgen entschlossen bin, wird Ihre eigene Infamie sein, von der Sie sich nicht mehr befreien können, weil Sie mich und die Frau, die Sie entehrt hat, nie mehr abschütteln können. Sie mögen Ihr Heim und England verlassen, Sie mögen sich neue Freunde suchen und eine neue Beschäftigung finden, Jahre um Jahre könnten vergehen – und Sie werden uns dennoch nicht entkommen. Aber Sie werden nie wissen, wann wir in Ihrer Nähe oder wann wir weit weg von Ihnen sind, wann wir bereit sind, uns Ihnen zu zeigen, oder wann wir uns Ihren Blicken entziehen. Mein entstelltes Gesicht und Margarets Schönheit werden Sie durch die ganze Welt verfolgen. Das schreckliche Geheimnis Ihrer Schande und der Brutalität, mit der Sie sie gerächt haben, wird durch seltsame Kanäle sickern, in nebelhafter Gestalt, auf gewundenen, unbestimmten Pfaden; es wird sich ständig in einer anderen Form zeigen, sich durch Ihren Widerstand nicht aufhalten lassen und immer dasselbe Ziel anstreben – Ihre Isolation als gebrandmarkter Mann in jeder neuen Umgebung, in jeder neuen Gemeinde, in der Sie Zuflucht suchen mögen.*

Nennen Sie das Wahnsinn der Bosheit und der Rachsucht? Es ist die einzige Beschäftigung, zu der ich nach der Verstümmelung durch Sie noch fähig bin, und ich akzeptiere sie als Werk, das meiner Entstellung würdig ist. Die Aussicht darauf, zu beobachten, wie Sie diese lebenslange Hetzjagd ertragen, bei der Sie nie ganz zur Strecke gebracht werden, wie lange Sie sich der langsam, aber sicher wirkenden giftigen Atmosphäre widersetzen können, die eine geschickte Zunge, die niemals zum Schweigen gebracht werden kann, und eine bedrohliche Existenz, der Sie niemals entfliehen können, um Sie herum verbreiten und jedesmal aufs neue das verfluchte Geheimnis enthüllen, das Sie so verzweifelt zu verbergen suchen – diese Aussicht ist die Verheißung auf unbeschreibliche Freuden, und schon allein bei dem Gedanken daran siedet das Blut in meinen Adern. Nachts, in den dunklen, stillen Stunden, in denen das menschliche Elend, das mich hier umgibt, meinen Schlaf belastet, suchen mich im Traum Prophezeiungen auf grauenvolle Dinge heim, die sich zwischen uns drängen, und peinigen meinen Geist. In diesen Stunden weiß ich – und das Wissen jagt mir eisige Schauer über den Rücken –, daß es noch ein anderes Motiv außer Rache gibt, etwas weniger Weltliches, weniger Greifbares, das mich auf schreckliche, geradezu übersinnliche Weise dazu drängt, mein Leben mit dem Ihren zu verketten, das mir das Gefühl gibt, mit dem Fluch, Ihnen auf Schritt und Tritt folgen zu müssen, belegt oder das Werkzeug des Schicksals zu sein, das Ihnen bestimmt war, lange bevor wir uns begegneten – des Schicksals, das besiegelt war, noch ehe der Henker unsere Väter voneinander trennte, das wir, Sie und ich, erfüllen werden. Wer kann schon sagen, wie oder wann?

Hüten Sie sich davor, sich in Sicherheit zu wiegen, meine Worte zu verschmähen und als Drohungen eines Verrückten abzutun, der in seinem Wahn davon träumt, die unwahrscheinlichsten Verbrechen zu begehen. In diesem Brief habe ich Sie immer wieder darauf hingewiesen, was Sie erwartet, weil ich Sie nicht unvorbereitet angreifen möchte, wie Sie es mit mir getan haben. Es wird mir ein Vergnügen sein, Sie zu ruinieren, während Sie mir offenen Widerstand leisten. Ich gebe Ihnen eine Chance, wie die Jäger dem Wild eine Chance geben, wenn sie es aufstöbern, bevor sie es erlegen. Ich warne Sie, schöpfen Sie keine falschen Hoffnungen in dem Glauben, meine Fähigkeiten seien eingeschränkt oder meine Vorsätze seien zu phantastisch – falsch, weil eine solche Hoffnung lediglich Verzweiflung in einem anderen Gewand wäre.

Ich hab's vollbracht. Die Zeit ist nicht mehr fern, in der meine Worte zu Taten werden. Die Ärzte in einem öffentlichen Hospital heilen ihre Patienten rasch – wir sehen uns bald wieder!

ROBERT MANNION

»Wir sehen uns bald wieder!«

Wie? Wo? Ich sah mir noch einmal die letzte Seite des Briefes an. Aber meine Gedanken schweiften ab; ich sprang von einem Absatz zum anderen; je länger ich las, um so weniger verstand ich die Bedeutung der Sätze, ja sogar die einfachsten Worte waren mir unbegreiflich.

Von der ersten Zeile bis zur letzten hatte der Brief keinen richtigen Eindruck auf mich gemacht. Ich war so erschöpft von den Ereignissen des Tages, daß selbst die ersten Abschnitte von Mannions Enthüllungen, die die Verbindung zwischen meinem und seinem Vater und die schreckliche Art ihrer Trennung aufdeckten, nicht mehr in mir hervorriefen als ein vorübergehendes Erstaunen. Ich entsann mich nur, daß dieser Vorfall zu Hause niemals in meiner Gegenwart erwähnt worden war, nur ein- oder zweimal machte ein alter Diener, als er über Dinge, die sich vor meiner Geburt zugetragen hatten, eine vage Andeutung, die ich damals kaum beachtete. Ich dachte kurz und ohne großes Interesse über das Schicksal von Mannions Vater nach, dann las ich weiter. Abgesehen von den Passagen, in denen Margarets wirklicher Charakter aufgezeigt und die Ursprünge und Entwicklung von Mannions infamem Plan geschildert wurden, beeindruckte mich noch nichts so in diesem Brief, wie es später der Fall war, als ich ihn ein zweites Mal durchlas. Die Lethargie, in die ich gefallen war, schien die Lethargie des Todes zu sein.

Ich versuchte, meine Gedanken zu klären und mich auf andere Dinge zu konzentrieren – ohne Erfolg. Alles, was ich an diesem Tag gehört oder gesehen hatte, wiederholte sich immer undurchsichtiger und verworrener in meinem Geist. Ich war nicht imstande, für die Gegenwart, geschweige denn für die Zukunft einen Plan zu formen. Ich wußte weder, wie ich Mr. Sherwins letzter Drohung, er wolle mich zwingen, seine betrügerische Tochter anzuerkennen, begegnen sollte, noch wie ich mich gegen die lebenslange Feindschaft wappnen konnte, die mir Mannion angekündigt hatte. Ein Gefühl von Furcht und Angst, dessen Ursache ich nicht genau ergründen konnte, stahl sich heimlich, aber unaufhaltsam in mein Herz. Das forschende Tageslicht bereitete mir Grauen, die Einsamkeit des Ortes, an den ich mich zurückgezogen hatte, wurde mir unheimlich – ich sehnte mich nach Menschen, danach, dort zu leben, wo sie waren – ich sehnte mich nach dem geschäftigen Treiben von London.

Der Abend nahte, als ich eine der großen Straßen erreichte. Im Vorbeigehen sah ich ein paar Bewohner eines Hauses in der milden Abendluft am offenen Fenster sitzen, und zum ersten Mal an diesem Tag beschäftigte mich der Gedanke, wo ich in dieser Nacht mein Haupt niederlegen sollte. Ich hatte kein Zuhause mehr. Freunde, die mich gern bei sich aufnehmen würden, hätte es genug gegeben, aber dann hätte ich ihnen meine Misere schildern und ihre Ursache erklären müssen; und ich war fest entschlossen, mit niemandem darüber zu reden, wie ich es meinem Vater versichert hatte. Den letzten Trost fand ich in der Überzeugung, daß ich an diesem Entschluß unter allen Umständen festhalten und mein Geheimnis bewahren würde, koste es, was es wolle.

Also dachte ich nicht mehr an den Beistand oder das Mitgefühl irgendeines Freundes. Als Fremder war ich aus meinem Haus geschickt worden, und als Fremder würde ich mich durchs Leben schlagen müssen, bis ich gelernt hatte, mein Elend durch meine eigene Kraft und Standhaftigkeit zu bezwingen. Mit diesem Gedanken sah ich mich nach dem ersten Obdach um, das mir Fremde gegen Bezahlung bieten konnten – je bescheidener, um so besser.

Ich befand mich im ärmsten Teil der großen Straße, inmitten von schäbigen Läden und heruntergekommenen Häusern. Es war nicht schwierig, hier ein Zimmer zu finden. Ich nahm das erste, das ich mir ansah, und wich Fragen nach meinem Namen und Referenzen aus, indem ich die Miete für eine Woche im voraus bezahlte. Dann bezog ich die kleine Kammer, die ich in Zukunft – vielleicht für sehr lange Zeit! – als mein Heim anzusehen gezwungen war.

Heim! Dieses eine schlichte Wort rief eine teure, traurige Erinnerung wach. Ein schwacher Lichtstrahl durchdrang die Dunkelheit, die sich um meine Seele verdichtete, und gab mir das Versprechen auf den Morgen – das Strahlen des stillen

Gesichts, auf das mein Blick zum letztenmal gefallen war, als es an der Brust meines Vater geruht hatte.

Clara! Mit meinen Abschiedsworten an sie, als ich ihre zärtlichen Arme, die mich für immer zu Hause halten wollten, von meinem Hals löste, hatte ich ein Versprechen gegeben, das ich noch nicht eingelöst hatte. Ich zitterte bange, als ich an die Lage meiner Schwester dachte: ahnungslos, wohin mich meine Schritte führen würden, nachdem ich das Haus verlassen hatte; in Angst, daß mich meine Verzweiflung zum Äußersten treiben könnte; unwissend, ob sie mich jemals wiedersah – es war schrecklich, sich vorzustellen, unter welcher Ungewißheit sie wahrscheinlich gerade in diesem Augenblick meinetwegen litt. Mein Versprechen, ihr zu schreiben, war von allen Versprechen das wichtigste und das erste, das erfüllt werden mußte.

Mein Brief war kurz. Ich teilte ihr die Adresse des Hauses mit, in dem ich wohnte (wohl wissend, daß nur positive Neuigkeiten ihre Ängste wirksam beschwichtigen konnten), bat sie, mir zurückzuschreiben und mir Neuigkeiten – die besten, die sie mir bieten konnte – über sie zu berichten, flehte sie an, an meine Geduld und meinen Mut zu glauben, den ich auch im größten Unglück nicht zu verlieren gedachte, und versicherte ihr, daß ich, was immer auch geschah, niemals die Hoffnung aufgeben würde, sie eines Tages wiederzusehen. Die Gefahren, die auf mich lauerten, das Unrecht und die Kränkungen, die zu erdulden ich verdammt sein mochte, erwähnte ich nicht. Ich hatte mir fest vorgenommen, ihr diese Tatsachen auf jeden Fall zu verschweigen. Sie hatte um meinetwillen schon mehr gelitten, als ich mir vorzustellen wagte!

Ich schickte ihr den Brief durch einen Boten, um sicherzugehen, daß sie ihn so rasch wie möglich in Händen hielt. Als ich die wenigen Zeilen niederschrieb, konnte ich nicht ahnen, welch ernste Folgen sie nach sich ziehen würden. Wenn ich an den nächsten Tag und die Ereignisse dachte, die er mir bringen mochte, fragte ich mich nicht, wessen Stimme mich begrüßen und wessen Hand sich mir hilfreich entgegenstrecken würde.

6

Es war noch früh am Morgen, als ein lautes Klopfen an der Haustür ertönte und ich die Wirtin einem Hausmädchen zurufen hörte: »Ein Herr – er möchte den Gentleman sprechen, der gestern abend angekommen ist.« In dem Moment, in dem diese Worte an mein Ohr drangen, fiel mir der Brief wieder ein – hatte mich Mannion in meinem Schlupfwinkel aufgespürt? Noch während mir der Gedanke durch den Kopf ging, öffnete sich die Tür, und der Besucher trat ein.

Ich sah ihn in sprachlosem Staunen an. Es war mein Bruder! Es war Ralph höchstpersönlich, der in mein Zimmer kam!

»Basil, wie geht es dir?« sagte er in seiner sorglosen, jovialen Art.

»Ralph! Du in England? Du bist hier!«

»Ich bin gestern aus Italien zurückgekommen. Basil, wie schrecklich du dich verändert hast! Ich erkenne dich kaum wieder.«

Sein Tonfall wechselte bei den letzten Worten. Der sorgenvolle, bestürzte Blick, mit dem er mich fixierte, ging mir zu Herzen. Ich dachte an unsere gemeinsamen Ferien, als wir noch Kinder waren, an Ralphs ausgelassene Art, an seine übermütigen Jungenstreiche auf meine Kosten, an das feste Band zwischen uns, das aus seiner Kraft und meiner Schwäche geknüpft war, an meine passive und seine aktive Natur – ich registrierte, wie wenig *er* sich seit damals verändert hatte, und mir wurde bewußt wie nie zuvor, was für einen erbärmlichen Anblick ich selbst bot. Die Scham und Trauer über meine Verbannung von zu Hause überkamen mich aufs neue, als ich das freundliche, vertraute Gesicht vor mir sah. Ich hatte große Mühe, die Fassung zu bewahren, und versuchte, ihn fröhlich willkommen zu heißen, aber die Anstrengung überforderte mich. Ich wandte den Kopf ab, als ich ihm die Hand schüttelte. Wie damals als Schuljunge wollte ich ihm nicht zeigen, daß ich den Tränen nahe war.

»Basil, Basil! Was machst du da? Das nutzt doch nichts.

Sieh mich an und hör mir zu. Ich habe Clara versprochen, dir aus der Klemme zu helfen, und ich werde mein Versprechen halten. Hol dir einen Stuhl und gib mir ein Zündholz. Ich setze mich auf dein Bett, rauche eine Zigarre, und wir unterhalten uns ausführlich.«

Während er sich eine Zigarre anzündete, musterte ich ihn eingehender als zuvor. Obwohl er sich benahm wie immer und sich sein Gesicht den unbekümmerten, leichtfertigen Ausdruck aus alten Tagen bewahrte hatte, entdeckte ich jetzt doch einige Abweichungen. Seine Gesichtszüge waren derber geworden – das ausschweifende Leben hatte Spuren hinterlassen. Seine einst magere, agile, muskulöse Gestalt war voller geworden; er war ziemlich nachlässig gekleidet, und im Gegensatz zu früher trug er heute kein einziges Schmuckstück mehr. Ralph war vorzeitig zu einem Mann mittleren Alters gereift, seit ich ihn das letzte Mal gesehen hatte.

»Nun«, begann er, »zunächst ein Wort über meine Rückkehr. Tatsache ist, daß die morganatische Mrs. Ralph ...« so bezeichnete er seine Mätresse –, »England sehen wollte, und ich war es leid, mich im Ausland aufzuhalten. Deshalb brachte ich sie hierher, und wir haben vor, ein ruhiges Leben in der Gegend von Brompton zu führen. Diese Frau war meine Rettung – du mußt zu uns kommen und sie kennenlernen. Sie hat mich vom Glücksspiel abgebracht; ich war kurz davor, vor die Hunde zu gehen, als sie in mein Leben trat und mich auf einen anderen Weg führte – aber darüber weißt du natürlich alles. Nun, wir sind gestern nachmittag in London eingetroffen; am Abend ließ ich sie im Hotel zurück und meldete mich zu Hause zurück. Das erste, was ich dort zu Ohren bekam, war, daß du die Rolle, die mir ursprünglich zustand, übernommen hast und jetzt das schwarze Schaf der Familie bist. Keine Sorge, Basil, ich mache mich nicht lustig über dich. Ich bin hier, um etwas für dich zu tun. Kümmere dich nicht um mein Gerede – ich habe nie im Leben etwas wirklich ernst genommen, und das wird wohl immer so bleiben.«

Er hielt inne, um die Asche von seiner Zigarre abzuklopfen und sich auf meinem Bett behaglicher einzurichten, dann fuhr er fort:

»Ich hatte das Pech, meinen Vater bei mehr als einer Gelegenheit empört und verletzt zu erleben, aber ich habe ihn nie so gefährlich ruhig und ernst gesehen wie gestern abend, als er mir von dir erzählte. Ich erinnere mich noch gut, wie er aussah und sprach, als er mich erwischte, wenn ich meine Schandflecke, die die so kostbaren Seiten seiner Familienchronik zu verschandeln drohten, zu vertuschen versuchten, doch seine Stimmung damals war nichts im Vergleich zu der von jetzt. Ich kann dir eines sagen, Basil – wenn ich an das glauben würde (was ich nicht tue), was die Dichter ein gebrochenes Herz nennen, dann müßte ich fast befürchten, daß *er* ein gebrochenes Herz hat. Ich merkte, daß es keinen Sinn hatte, jetzt schon ein gutes Wort für dich einzulegen, deshalb saß ich ganz still da und hörte ihm zu, bis er mich für den Abend entließ. Als nächstes ging ich nach oben, um Clara zu sehen. Ich gebe dir mein Wort, sie war in einer noch schlimmeren Verfassung. Clara ging mit deinem Brief in der Hand in ihrem Zimmer auf und ab ... Reich mir doch bitte mal die Zündhölzer, meine Zigarre ist ausgegangen. Manche Männer sind imstande, zur gleichen Zeit zu reden und zu rauchen – mir ist das noch nie gelungen.

Du weißt so gut wie ich«, fuhr er fort, nachdem er seine Zigarre erneut entzündet hatte, »daß Clara ihre Gefühle gewöhnlich nicht offen zeigt. Ich hielt sie deswegen immer eher für teilnahmslos und kühl, aber sobald ich den Kopf durch ihre Tür steckte, mußte ich feststellen, daß ich in diesem Punkt ein ebenso großer Narr gewesen war wie in den meisten anderen. Basil, der Schrei, den Clara ausstieß, als sie mich sah, und der Ausdruck in ihren Augen, als sie von dir sprach, haben mir regelrecht Angst eingejagt. Ich kann nicht gut beschreiben oder schildern, und ich hasse Schilderungen von anderen (meistens aus ebendiesem Grund), deshalb versage ich es mir, dir zu erzählen, was sie sagte und tat. Nur soviel sei gesagt: Das Gespräch endete damit, daß ich ihr versprach, gleich heute morgen als erstes hierherzukommen und dir aus der Patsche zu helfen. Kurz – ich habe ihr alles versprochen, worum sie mich bat. Und jetzt bin ich hier und bereit, mich um deine Angelegenheiten zu kümmern, ehe ich mich meinen eigenen widme. Meine zauberhafte Lebenspartnerin sitzt im Hotel, halb in Raserei verfallen, weil ich nicht mit ihr auf Quartiersuche bin, aber Clara hat oberste Priorität, ihr gilt mein erster Gedanke. Jemand muß ja der artige Junge in unserer Familie sein, und da du jetzt auf diese Rolle verzichtet hast, versuche ich mich zur Abwechslung darin!«

»Ralph! Ralph! Wie kannst du Claras Namen in einem Atemzug mit dem dieser Frau nennen? Hast du Clara beruhigen können, ging es ihr besser, als du sie verlassen hast? Um Gottes willen, bleib in dieser Sache ernst, so ernst wie du nur sein kannst!«

»Sachte, Basil! *Doucement mon ami!** Sie *war* ruhiger, als ich ging. Mein Versprechen hat aus ihr beinahe wieder die alte gemacht. Und was deinen Vorwurf betrifft, daß ich Clara und Mrs. Ralph in einem Atemzug nenne – ich habe soviel geredet und geraucht, daß ich keine Atemzüge mehr übrig hatte, um mich zweitklassigen Tugenden zu widmen. Das ist ein unwiderlegbarer Grund, falls du einen hören willst! Und jetzt laß uns über die Angelegenheit sprechen, die mich hierhergeführt hat. Ich will dich nicht quälen, indem ich die üble Geschichte noch einmal in deiner Gegenwart von Anfang bis Ende wiederhole, trotzdem muß ich mich vergewissern, ob ich alles richtig verstanden habe, sonst kann ich dir nicht helfen. Mein Vater blieb in manchen Punkten ein bißchen vage. Er hat viel – mehr als genug – über die Konsequenzen für die Familie geredet und darüber, wie sehr er sich grämt und daß er sich für immer von dir losgesagt hat. Kurz – er hat über alles gesprochen, nur nicht über die Sache an sich oder über das, was uns ins Haus steht. Eben das will und *muß* ich erfahren. Laß mich mit ein paar Worten wiederholen, was er mir gestern abend berichtet hat.«

»Nur zu, Ralph – rede, wie es dir gefällt.«

»Sehr gut. Zuallererst sagte man mir, daß du Gefallen an der Tochter eines Geschäftsbesitzers gefunden hast – daraus kann ich dir keinen Vorwurf machen; Ich selbst habe sehr angenehme Stunden mit den Ladies von den Ladentischen

* Sachte, mein Freund! (Anmerkung des Übersetzers)

verbracht. Aber soweit ich es verstanden habe, hast du dieses Mädchen tatsächlich geheiratet! Ich will ja nicht allzu streng zu dir sein, alter Junge, aber das war eine beispiellose Tollheit, die wohl eher einem Irren von Bedlam ansteht als meinem Bruder! Ich bin nicht ganz sicher, ob ich jemals verstanden habe, was Tugendhaftigkeit ist, doch wenn *das* tugendhaftes Verhalten ist ... aber, aber – sieh mich nicht so entgeistert an. Genug von der Hochzeit. Laß uns fortfahren. Also, du hast das Mädchen zu deiner Frau gemacht und arglos der Bedingung zugestimmt, ein Jahr auf sie zu warten (das ist auch tugendhaft, nehme ich an!). Und am Ende dieser Wartezeit ... wende dich nicht von mir ab, Basil! Ich mag ein Lump sein, aber ich bin nicht so niederträchtig, daß ich darüber Witze mache – weder in deinem Beisein noch hinter deinem Rücken. Ich übergehe diesen Teil der Geschichte, wenn es dir recht ist, und stelle dir nur ein oder zwei Fragen. Verstehst du, Vater konnte oder wollte nicht offen über das Schlimmste in dieser Angelegenheit sprechen, und du kennst ihn gut genug, um zu wissen, warum. Aber jemand muß ein wenig deutlicher werden, oder mir sind die Hände gebunden. Was ist mit diesem Mann? Du hast ihn gefunden? Bist du in seine Nähe gekommen?«

Ich erzählte meinem Bruder von dem Kampf mit Mannion.

Er hörte sich mit der diebischen Freude eines Schuljungen an, daß ich ein Meisterstück, wie er es voller Zufriedenheit nannte, vollbracht hatte. Er sprang vom Bett und ergriff meine beiden Hände; sein Gesicht strahlte, seine Augen funkelten. »Glückwunsch, Basil! Laß mich dir zum erstenmal in meinem Leben richtig die Hand schütteln – das ist eine Genugtuung für alles. Trotzdem – noch ein Wort zu diesem Burschen: Wo ist er jetzt?«

»Im Hospital.«

Ralph lachte herzlich und ließ sich wieder aufs Bett fallen. Mir fiel Mannions Brief wieder ein, und ich schauderte bei dem Gedanken daran.

»Die nächste Frage betrifft das Mädchen«, sagte mein Bruder. »Was wurde aus ihr? Wo war sie während deiner Krankheit?«

»Im Haus ihres Vaters, und dort ist sie noch.«

»Ah, ja! Ich verstehe – die alte Geschichte; sie ist natürlich unschuldig. Und ihr Vater stärkt ihr den Rücken, wie? Auch das ist eine ganz alte Geschichte. Jetzt ist mir allerdings klar, mit welchen Schwierigkeiten wir es zu tun haben; man droht uns, die Sache öffentlich zu machen, wenn du sie nicht als rechtmäßige Frau anerkennst. Warte! Gibt es außer dir Zeugen, die gegen sie sprechen, oder irgendwelche Beweise?«

»Ich habe einen Brief, einen langen Brief von ihrem Komplizen, der ein Eingeständnis seiner und ihrer Schuld enthält.«

»Sie wird dieses Eingeständnis sicher eine Verschwörung nennen. Es nützt uns nichts, es sei denn, wir gehen vor Gericht, aber das können wir nicht wagen. Wir müssen die Sache um jeden Preis vertuschen, oder es wird den Tod für unseren Vater bedeuten. Hierbei geht es um Geld, genau wie ich es vermutet hatte. Mr. und Miss Ladenbesitzer haben uns eine Menge Stillschweigen anzubieten, und wir müssen es ihnen abkaufen. Warst du schon bei ihnen, um den Preis auszuhandeln und das Geschäft abzuschließen, Basil?«

»Ich war gestern in ihrem Haus.«

»Ist es zu fassen? Und mit wem hast du gesprochen? Mit dem Vater? Bist du handelseinig mit Mr. Ladenbesitzer geworden?«

»Er benahm sich abscheulich: Seine Ausdrucksweise war die eines Rohlings …«

»Um so besser. Mit solchen Männern wird man am leichtesten fertig. Wenn er einen Wutanfall in *meiner* Gegenwart bekommt, verbürge ich mich im voraus dafür, daß wir Erfolg haben. Aber das Ende – wie endete diese Unterredung?«

»Wie sie begann – mit Drohungen von seiner Seite und Duldsamkeit auf meiner.«

»Ah! Wir werden sehen, wie ihm *meine* Duldsamkeit gefällt. Er wird herausfinden, daß sie sich erheblich von der deinen unterscheidet. Wieviel Geld hast du ihm geboten, Basil?«

»Ich habe ihm gar kein Angebot gemacht. Es traten Umstände ein, die es mir unmöglich machten, auch nur daran zu denken. Ich hatte vor, heute noch einmal hinzugehen; und wenn Geld ihn zum Schweigen bringt und meine Familie davor bewahren kann, die Schande, die über *mich* gekommen ist, mit mir teilen zu müssen, dann übergebe ich ihm mit Freuden das Geld, das ich besitze – das kleine Erbe, das mir unsere Mutter hinterlassen hat.«

»Willst du damit sagen, du hast nicht mehr als dieses kümmerliche bißchen? Und du beabsichtigst tatsächlich, darauf zu verzichten, und willst ohne einen Penny in die Welt ziehen? Soll das heißen, daß Vater dich ohne finanzielle Mittel verstoßen hat – in dem Durcheinander, in dem du steckst? Zum Henker! Alles, was recht ist! Er war streng genug zu dir, das weiß ich, aber er kann dich doch nicht eiskalt in den Ruin treiben.«

»Er hat mir Geld angeboten, aber mit derart verächtlichen und kränkenden Worten, daß ich lieber gestorben wäre, als es anzunehmen. Ich erklärte ihm, ich würde auch ohne seine Unterstützung dafür sorgen, daß er und seine Familie von den Folgen meiner Misere verschont bleibt – auch wenn ich mein eigenes Glück und meine Ehre dafür opfern muß. Und ich werde noch heute dieses Opfer bringen. Der Verlust des wenigen, was mir noch geblieben ist, ist dabei bei weitem nicht das schlimmste. Möglicherweise wird er, erst wenn es zu spät ist, einsehen, daß er zu Unrecht an mir gezweifelt hat, aber er wird es einsehen.«

»Mit Verlaub, Basil, aber das ist eine beinahe ebenso große Narretei wie deine Heirat. Ich respektiere, daß du deinen Prinzipien unabhängig von materiellen Überlegungen treu bist, alter Junge, doch solange ich lebe, werde ich dafür sorgen, daß du dich nicht grundlos ruinierst – Prinzipien hin oder her! Jetzt hör mir zu. Vergiß nicht, daß Vater im Zorn zu dir gesprochen hat. Du hast seinen Stolz mit Füßen getreten – das gefällt keinem Mann und unserem Vater am wenigsten. Und was dein spärliches Vermögen angeht – es ist nicht einmal ein Viertel dessen, was nötig ist, um die gierigen Mäuler dieser Leute zu stopfen. Sie wissen, daß unsere Familie sehr vermögend ist, und sie werden entsprechende Forderungen stellen. Jedes andere Opfer – selbst das Mädchen wieder aufzunehmen (abgesehen davon, daß du das nicht über dich bringen würdest) –, hätte nicht den geringsten Zweck. Hier kann uns nur Geld weiterbringen – eine Summe, die geschickt in Raten aufgeteilt und nur dann ausbezahlt wird, wenn unsere Bedingungen strikt eingehalten werden. Nun, ich bin genau der richtige Mann, der einen solchen Handel abschließen kann, und ich habe das Geld – vielmehr, mein Vater hat es, was jedoch auf dasselbe hinausläuft. Schreib mir den Namen der Kerls und seine Adresse auf; wir haben keine Zeit zu verschwenden – ich mache mich unverzüglich auf den Weg zu ihm.«

»Ralph, ich kann nicht zulassen, daß du Vater um etwas bittest, worum ich ihn selbst nicht bitten würde.«

»Gib mir den Namen und die Adresse, oder du verdirbst mir für den Rest meines Lebens die gute Laune. Dein Eigensinn kann bei *mir* nichts ausrichten, Basil – das war schon in der Schule so, und daran hat sich bis heute nichts geändert. Ich werde Vater um Geld für mich selbst bitten und davon so viel, wie ich für richtig halte, für deine Interessen aufwenden. Er wird mir jetzt, da ich mich zum guten Jungen gewandelt habe, alles geben, was ich will. Ich stehe bei niemandem mehr in der Kreide, seit meine letzten Schulden beglichen wurden – dank Mrs. Ralph, die die geschäftstüchtigste Frau der Welt ist. Übrigens, wenn du sie kennenlernst, sei nicht überrascht, daß sie älter als ich ist. Oh! Das ist die Adresse, ja? Hollyoak Square? Wo, zum Teufel, ist das? Na, egal, ich nehme eine Droschke und überlasse es dem Kutscher, den Platz zu finden. Kopf hoch, mein Junge, und warte hier, bis ich zurück bin. Ich werde dir Neuigkeiten über Mr. und Miss Ladenbesitzer bringen, die du kaum erwartest. *Au revoir*, alter Junge – *au revoir.*«

Er verließ das Zimmer so stürmisch, wie er es betreten hatte. Erst im nachhinein fiel mir ein, daß ich ihn von Mrs. Sherwins verhängnisvoller Krankheit in Kenntnis hätte setzen sollen. Möglicherweise lag sie im Sterben – oder war bereits tot –, wenn er das Haus erreichte. Ich lief zum Fenster, um ihn zurückzurufen, aber es war zu spät. Ralph war bereits verschollen.

Selbst wenn ihm in der North Villa Einlaß gewährt wurde,

würde er Erfolg haben? Ich war nicht imstande, die Chancen einzuschätzen. Sein unerwarteter Besuch, die eigenartige Mischung aus Mitgefühl und Leichtfertigkeit in seiner Haltung mir gegenüber, aus Weltgewandtheit und jugendlichem Übermut in seiner Ausdrucksweise – das alles verwirrte mich jetzt während seiner Abwesenheit ebensosehr wie zuvor in seiner Gegenwart. Meine Gedanken schweiften unmerklich von Ralph und seiner Mission, die er um meinetwillen auf sich genommen hatte, ab zu einer Person, die dazu bestimmt zu sein schien, sich künftig in all meinen einsamen Stunden finster und bedrohlich in mein Bewußtsein zu stehlen. Das Unheil, das Mannion in seinem Brief ankündigte, warf seine Schatten voraus: Das schreckliche Bekenntnis von Unglück und Verbrechen, diese ungeheuerliche Erklärung lebenslanger Feindschaft taten bereits ihre Wirkung, betäubten meine Sinne und verdüsterten mein Herz.

Ich breitete den Brief vor mir aus und las noch einmal die Drohungen, mit denen er endete. Eine Frage nach der anderen ging mir jetzt durch den Kopf: Wie konnte ich mich gegen die Rachsucht dieses Ruchlosen wehren, Wie konnte ich ihr entkommen? Wie dem grausig entstellten Gesicht entfliehen, das mir im geheimen erscheinen würde? Wie die Zunge des Dämons zum Schweigen bringen oder das Gift unschädlich machen, das er Tropfen für Tropfen in mein Leben träufeln wollte? Wann würde ich zum erstenmal dieser rachsüchtigen Kreatur ins Antlitz blicken? Wo sollte diese erste Begegnung stattfinden? Im Haus oder auf der Straße? Zu welcher Zeit würde sie an meine Seite huschen – bei Tag oder bei Nacht? Sollte ich Ralph den Brief zeigen? – Nein, das wäre zwecklos. Was würde ein Ratschlag oder der Beistand, den er mir in seiner verwegenen Kühnheit bieten konnte, gegen einen Feind ausrichten, der die grimmige Wachsamkeit einer Bestie und die berechnende Niedertracht eines gebildeten Mannes in sich vereinte?

Als mir dieser letzte Gedanke in den Sinn kam, faltete ich hastig den Brief zusammen und beschloß (ach, welch nutzloser Vorsatz!), ihn nie wieder aus dem Kuvert zu nehmen. Beinahe im selben Augenblick hörte ich ein Klopfen an der Haustür. Konnte Ralph schon zurückgekehrt sein? Unmöglich! Zudem klang das Klopfen anders als seines – es war gerade laut genug, daß ich es in meinem Zimmer wahrnehmen konnte.

Mannion? Aber würde er sich mir auf diese Weise nähern? offen, direkt, am hellichten Tag, durch eine belebte Straße?

Leichtfüßige, rasche Schritte auf der Treppe – mein Herz raste; ich sprang auf. Es waren dieselben Schritte, auf die ich während meiner Krankheit gelauscht und die ich voller Liebe vernommen hatte. Ich lief zur Tür und riß sie auf. Mein Gefühl hatte mich nicht getäuscht! Es war meine Schwester!

»Basil!« rief sie aus, noch ehe ich ein Wort herausbrachte. »War Ralph bei dir?«

»Ja, Liebes – ja.«

»Wohin ist er gegangen? Was hat er für dich getan? Er hat mir versprochen ...«

»Und er hat sein Versprechen großmütig eingehalten, Clara. Er ist unterwegs, um mir zu helfen.«

»Gott sei Dank! Gott sei Dank!«

Sie sank atemlos auf einen Stuhl. Oh, der Schmerz, sie in einem solchen Augenblick und so verändert zu sehen! – diese trüben, matten Augen, die Angst und der Kummer, die ihr strahlendes, junges Gesicht überschatteten!

»Ich sollte lieber offen zu dir sein«, sagte sie – mein Gesichtsausdruck verriet ihr offenbar, wie ich fühlte. »Dich in dieser seltsamen Umgebung zu sehen, nach allem, was gestern geschehen ist, mein heimliches Kommen und die Angst, daß Vater es herausfinden könnte – es schmerzt mich, dich und mich in einer solchen Lage zu wissen. Aber wir wollen uns nicht beklagen, solange ich hin und wieder herkommen kann, um dich zu sehen. Wir wollen nur an die Zukunft denken. Was für eine Gnade, was für ein Glück, daß Ralph zurückgekehrt ist! Wir haben ihm immer unrecht getan; er ist viel liebenswürdiger und gütiger, als wir immer dachten. Aber, Basil, wie erschöpft und elend du aussiehst! Hast du Ralph nicht alles erzählt? Bist du in Gefahr?«

»Nein Clara – nein, wirklich nicht!«

»Gräm dich nicht zu sehr über das, was gestern vorgefallen ist! Versuch, diese schreckliche Trennung und alles, was sie mit sich gebracht hat, zu vergessen. Vater hat seither nicht mehr darüber gesprochen – er hat mir lediglich gesagt, daß ich nicht mehr über deine Verfehlungen und dein Unglück wissen muß als das wenige – das kleine bißchen –, das ich mit angehört habe. Und ich habe beschlossen, nicht darüber nachzudenken und keine Fragen zu stellen. Aber ich habe eine Hoffnung, Basil – sie ist noch weit davon entfernt, in Erfüllung zu gehen –, aber es ist eine Hoffnung. Ahnst du, was es ist?«

»Deine Hoffnung ist in der Tat weit davon entfernt, sich zu erfüllen, Clara, wenn du dir einen Sinneswandel von Vater ersehnst.«

»Schsch! Sag das nicht; ich weiß es besser. Etwas ist vorgefallen, schon gestern abend – eine winzige Kleinigkeit, aber sie reichte aus, um mir zu zeigen, daß er schon jetzt voller Trauer und nicht mehr im Zorn an dich denkt.«

»Ich wünschte, ich könnte dir glauben, Liebes, aber meine Erinnerung an gestern …«

»Vertrau nicht auf deine Erinnerung; denk nicht mehr daran! Ich werde dir erzählen, was geschehen ist. Einige Zeit nachdem du gegangen warst und ich mich in meinem Zimmer ein wenig erholt hatte, ging ich hinunter, um Vater zu sehen – ich war nach allem, was vorgefallen war, zu verängstigt und elend, um allein zu sein. Er war nicht in seinem Zimmer, als ich eintrat. Ich sah mich um und entdeckte die Stücke *deiner* Seite aus der Familienchronik auf dem Boden, und das Miniaturporträt von dir als Kind lag unter all den anderen Schnipseln. Es war unversehrt. Ich hob es auf, Basil, und legte es auf den Tisch, an den Platz, wo er immer sitzt; mein kleines Medaillon mit deiner Locke legte ich daneben, so daß er sehen mußte, daß das Porträt nicht von einem der Dienstboten aufgehoben und auf den Tisch gelegt worden war. Dann sammelte ich die anderen Stücke der Seite ein und nahm sie mit, weil ich es für besser hielt, wenn er sie nicht mehr sieht. Gerade als ich die Tür passiert hatte, die in die Bibliothek führt, und dabei war, sie zu schließen, hörte ich, wie er sein Arbeitszimmer von der Halle aus betrat. Er kam herein und ging zum Tisch. Er hatte mir den Rücken zugewandt, so daß ich ihn heimlich beobachten konnte. Er betrachtete die Miniatur eingehend, hielt sie in der Hand und stand eine ganze Weile reglos da; dann seufzte er – oh, wie herzzerreißend dieses Seufzen war! – und holte das Porträt unserer lieben Mutter aus einer der Schubladen. Er öffnete das Kästchen, in dem er es aufbewahrt, und legte deines zu ihrem – ganz vorsichtig und behutsam. Ich hätte nicht an mich halten können, wenn ich noch mehr gesehen hätte. Ich lief hinauf in mein Zimmer, und kurz darauf kam er mit meinem Medaillon zu mir. Er gab es mir zurück und sagte bloß: ›Das hast du auf meinem Tisch liegen gelassen, Clara.‹ Aber wenn du sein Gesicht in diesem Augenblick gesehen hättest, würdest du auch wie ich die Hoffnung hegen, daß mit der Zeit doch noch alles wieder gut wird.«

»Und ich *werde* mit dir hoffen, Clara, wenn auch aus keinem anderen Grund als aus Dankbarkeit zu dir.«

»Bevor ich das Haus verließ«, fuhr sie nach kurzem Schweigen fort, »dachte ich daran, wie einsam du dich fühlen mußt an diesem seltsamen Ort – ich kann nur selten herkommen und wenn, dann nur in aller Heimlichkeit und indem ich ein Vergehen verübe, das, wenn Vater davon erfahren sollte ... aber davon wollen wir nicht sprechen! Ich dachte an deine einsamen Stunden hier und habe dir einen alten, vergessenen Gefährten mitgebracht, der dir Gesellschaft leisten und deine Gedanken von deinem Unglück ablenken soll. Sieh her, Basil! Willst du deinen alten Freund nicht willkommen heißen?«

Sie überreichte mir zusammengerollte Manuskriptblätter und bemühte sich, ihr reizendes Lächeln aus früheren Tagen auf ihr Gesicht zu zaubern, obwohl ihr dicke Tränen in den Augen standen. Ich löste das Band, das die Rolle zusammenhielt, und warf einen Blick auf die Schrift – ich sah seit langem zum erstenmal wieder die ersten Kapitel meines unvollendeten Romans vor mir! Ich betrachtete die geduldig und mühsam beschriebenen Seiten – vertraute Relikte meiner frühesten und besten Ambitionen, die ich um der Liebe willen aufgegeben hatte –, ein aufrichtiges Dokument der stillen, edlen Freuden, die ich für immer verloren hatte! Oh, was hätte ich für eine Gedankenblüte aus dem Traumgarten der glücklichen Vergangenheit gegeben!

»Ich habe mehr auf diese beschriebenen Seiten achtgegeben, nachdem du sie beiseite geschoben hast, als auf alles andere, was ich besitze«, sagte Clara. »Ich dachte immer, daß die Zeit kommen wird, in der du zu der Beschäftigung zurückkehren kannst, die dir einst das größte Vergnügen war, und – oh, welche Freude hat es mir bereitet, deine Fortschritte zu beobachten! Diese Zeit ist jetzt gekommen. Ich bin sicher, Basil, daß dir dein Buch mehr helfen wird als alles andere, geduldig auf glücklichere Tage zu warten. Dieser Ort muß sehr eigentümlich und einsam für dich sein, aber der Anblick dieser Seiten und meine gelegentlichen Besuche (wenn ich kommen kann), werden dir ein wenig das Gefühl geben, zu Hause zu sein. Dieses Zimmer ist nicht – nicht sehr ...«

Sie verstummte plötzlich. Ich sah, wie ihre Lippen bebten und ihre Augen trüb wurden, während sie sich umschaute. Als ich versuchte, die Dankbarkeit zum Ausdruck zu bringen, die ich fühlte, wandte sie sich schnell ab und beschäftigte sich damit, das schäbige Mobiliar anders zu arrangieren, die grellen Nippessachen auf dem Kaminsims ordentlich aufzustellen, die Löcher in den zerschlissenen Vorhängen zu verdecken und die geschmacklose Unbehaglichkeit meines jämmerlichen kleinen Zimmers, so weit sie konnte, zu mildern. Sie war noch in diese Aufgabe vertieft, als die Kirchturmuhr die volle Stunde schlug – die Glockenschläge ermahnten sie, nicht länger zu bleiben.

»Ich muß gehen«, sagte sie, »es ist schon später, als ich dachte. Mach dir keine Sorgen darüber, wie ich nach Hause komme: Die alte Martha ist mit mir hier, sie wartet unten, um mich zurückzubegleiten (du weißt, daß wir ihr vertrauen können). Schreib mir, so oft du kannst; ich werde durch Ralph jeden Tag von dir hören, aber ich hätte dennoch gern ab und zu einen Brief von dir. Lieber, sei so tapfer und geduldig, wie du es dir von *mir* wünschst; und ich werde nicht verzweifeln. Verrate Ralph nicht, daß ich hier war – es könnte ihn wütend machen. Ich werde bei der nächsten Gelegenheit wiederkommen. Leb wohl, Basil! Wir wollen versuchen, uns frohen Mutes und in der Hoffnung auf bessere Tage zu trennen. Lebe wohl, Lieber – leb wohl für kurze Zeit.«

Beinahe hätte sie die Selbstbeherrschung verloren, als sie mich küßte und zur Tür ging. Sie gab mir ein Zeichen, ihr nicht die Treppe hinunter zufolgen, und eilte ohne einen Blick zurück hinaus.

Es war gut, daß sie ihren Aufbruch nicht länger hinausgezögert hatte, sonst wäre der Besuch kein Geheimnis geblieben. Sie war erst ein paar Minuten weg – die wunderbaren, tröstlichen Auswirkungen ihrer Anwesenheit bewegten noch mein Herz –, und ich betrachtete wehmütig die einst so kostbaren Seiten des Manuskriptes, das sie für mich aufbewahrt hatte, als Ralph aus der North Villa zurückkehrte. Ich hörte, wie er die knarrenden Holzstufen eher hinaufsprang, als daß er rannte. Dann stürzte er ungestümer denn je in mein Zimmer.

»Sehr gut!« sagte er und ließ sich wie vorher aufs Bett fallen. »Wir können Mr. Ladenbesitzer um jeden beliebigen Preis kaufen – wir brauchen ihm gar nichts zu geben, wenn wir knauserig sein wollen. Seine unschuldige Tochter hat das beste Geständnis abgelegt, und das gerade zur rechten Zeit. Basil, mein Junge, sie hat das Haus ihres Vaters verlassen!«

»Was soll das heißen?«

»Sie ist durchgebrannt – ins Hospital.«

»Mannion!«

»Ja, Mannion. Ich habe den Brief, den er ihr geschrieben hat. Er beweist ihre Schuld, auch wenn der Vater zunächst das Gegenteil behauptete – aber damit hat er bei mir nicht das geringste erreicht! Aber laß mich von vorn anfangen und dir alles erzählen. Zum Henker, Basil, du siehst aus, als hätte ich schlechte und keine guten Nachrichten für dich!«

»Kümmere dich nicht darum, wie ich aussehe, Ralph – bitte, erzähl mir alles.«

»Schön – das erste, was ich hörte, als ich zu dem Haus kam, war, daß Sherwins Frau im Sterben liegt. Das Hausmädchen meldete meinen Besuch an, aber ich dachte natürlich, man würde mich abweisen. Nicht die Spur! Ich wurde augenblicklich ins Haus gebeten, und dieser Bursche Sherwin erklärte mir als erstes, daß seine Frau lediglich krank sei und die Dienstboten übertreiben würden – und daß er selbstverständlich bereit sei, sich anzuhören, was Mr. Basils ›hochverehrter‹ Bruder (stell dir vor, er bezeichnete *mich* als ›hochverehrt‹) ihm zu sagen hätte. Der Narr war, wie du siehst, gerissen genug, es anfangs mit Höflichkeit zu versuchen. In meinem Leben ist mir noch nie ein üblerer Kerl unter die Augen gekommen! Ich habe ihn gleich richtig eingeschätzt, und in zwei Minuten hatte ich ihm unmißverständlich klargemacht, weshalb ich gekommen war.«

»Und was hat er dir geantwortet?«

»Wie ich es erwartet hatte, polterte er sofort los. Als er den zweiten Fluch ausstieß, fiel ich ihm ins Wort. ›Sir‹, sagte ich ausnehmend höflich, ›falls Sie vorhaben, aus dieser Unterredung einen Schimpf- und Fluchwettbewerb zu machen, halte ich es nur für anständig, Sie vorab zu informieren, daß Sie dabei vermutlich den kürzeren ziehen werden. Sobald das Repertoire an englischen Flüchen erschöpft ist, kann ich fließend in fünf anderen Sprachen fortfahren: Ich habe es mir zum Prinzip gemacht, Beschimpfungen unverzüglich mit Zins und Zinseszins zurückzuzahlen, und ich übertreibe nicht, wenn ich sage, daß ich in der Lage bin, Sie zu beschimpfen, daß Ihnen Hören und Sehen vergeht, sollten Sie darauf bestehen, daß ich Ihnen ein Beispiel liefere. Und jetzt – nur zu, wenn Sie fortfahren möchten, ich bin bereit, Ihnen zuzuhören.‹ Er starrte mich die ganze Zeit in hilflosem Staunen an; sobald ich geendet hatte, begann er von neuem, aber diesmal klang es eher wie eine wichtigtuerische, hochtrabende Parlamentsansprache, die er damit schloß, daß er die Heiratsurkunde aus der Tasche zog und zum fünfzigstenmal beteuerte, daß seine Tochter unschuldig sei und er dich dazu zwingen würde, sie als deine Frau anzuerkennen, und wenn er deswegen vor Gericht gehen müsse. Ich nehme an, *dir* hat er dasselbe gesagt, als du bei ihm warst?«

»Ja, fast wortwörtlich.«

»Ich hatte eine Antwort parat, bevor er die Urkunde wieder in seine Tasche stecken konnte. ›Nun, Mr. Sherwin‹, sagte ich. ›Haben Sie die Güte, mich anzuhören. Mein Vater hat einen gewissen Standesdünkel und ist in mancherlei Hinsicht sehr empfindlich – ich habe diese Eigenschaften nicht von ihm geerbt, aber ich werde zu verhindern wissen, daß Sie etwas tun, was sein Ehrgefühl verletzt. Allerdings sollten Sie erfahren, daß ich ohne sein Wissen hergekommen bin. Ich bin nicht der Botschafter meines Vaters, sondern der meines Bruders, der nicht in der Lage ist, mit Ihnen zu verhandeln, da er nicht hartherzig oder weltgewandt genug ist. Als Abgesandter meines Bruders und als Sohn, der aus Rücksicht auf die Gefühle seines Vater handelt, bin ich bereit, Ihnen regelmäßig aus meinen eigenen Mitteln einen gewissen Betrag zukommen zu lassen – die Summe wird mehr als hoch genug sein, um die Ausgaben Ihrer Tochter zu decken. Ich schlage eine vierteljährliche Auszahlung vor – im Gegenzug verpflichten Sie und Ihre Tochter sich, uns nie wieder zu belästigen, unseren Namen niemals und nirgendwo zu benutzen und die Eheschließung mit meinem Bruder, wie bis heute, auch in Zukunft unter allen Umständen geheimzuhalten. *Wir* sind von der Schuld Ihrer Tochter überzeugt – *Sie* halten sie für unschuldig. *Wir* wollen Stillschweigen kaufen, und *Sie* haben Stillschweigen anzubieten – vierteljährlich; und wenn einer von uns die Vereinbarung verletzt, haben wir beide Mittel, uns zur Wehr zu setzen – Ihnen wird es weniger Schwierigkeiten bereiten, diese Mittel einzusetzen, als uns. Das ist der Handel – ein sehr unfairer und gefährlicher für uns, ein sehr vorteilhafter und sicherer für Sie … Wie, verstehe ich das richtig? Sie wollen nicht darauf eingehen?‹ – ›Sir‹, hob er feierlich an, ›ich wäre nicht wert, als Vater bezeichnet zu werden …‹ – ›Danke‹, fiel ich ihm ins Wort, weil ich das Gefühl hatte, daß er sich in väterlichen Sentimentalitäten ergehen wollte, ›danke, ich verstehe. Wenn Sie erlauben, kommen wir dann auf die Kehrseite der Medaille zu sprechen.‹«

»Die Kehrseite? Was für eine Kehrseite, Ralph? Was hättest du sonst noch sagen können?«

»Das wirst du gleich erfahren. ›Da Sie Ihrerseits fest entschlossen sind‹, sagte ich, ›keinen Kompromiß einzugehen und meinen Bruder (und damit selbstverständlich auch seine

Familie) zwingen wollen, eine Frau anzuerkennen, an deren Verderbtheit und schuldhaftem Verhalten wir nicht den leisesten Zweifel hegen, glauben Sie, Ihr Ziel zu erreichen, indem Sie uns mit Bloßstellung drohen. Hören Sie auf, Drohungen auszustoßen! Machen Sie die Sache öffentlich! Gehen Sie augenblicklich vor Gericht, wenn Sie wollen! Lassen Sie unseren Namen in einem Zeitungsartikel veröffentlichen, in dem erwähnt wird, daß unsere Familie durch Heirat verwandtschaftliche Beziehungen mit der Tochter des Leinen- und Tuchhändlers Mr. Sherwin eingegangen ist, daß wir jedoch überzeugt sind, Miss Sherwin habe sich selbst in Schande gebracht und sich als Ehefrau unwürdig erwiesen. Tun Sie ihr das Schlimmste an – machen Sie ihre Schande in allen Einzelheiten öffentlich, wenn Sie wollen. Aber was würde Ihnen das nützen? Sie hätten Ihre Rache, zugegeben. Doch bringt Ihnen die auch nur einen halben Penny ein? Steuert Rache einen roten Heller zum Lebensunterhalt Ihrer Tochter bei? Oder bringt uns Rache dazu, Ihre Tochter in unserer Familie willkommen zu heißen? Keineswegs! Sie würden uns in die Ecke drängen, aber wir hätten nichts mehr zu befürchten, nachdem Sie uns bloßgestellt haben. Wir könnten keine Schritte mehr unternehmen außer einem ausgesprochen drastischen – wir würden vor Gericht gehen – kühn und offen vor einen Richter treten und eine Scheidung erwirken. Wir haben einen schriftlichen Beweis, von dem Sie nichts wissen, und sind in der Lage, Zeugen beizubringen, die Sie nicht mundtot machen können. Ich bin kein Advokat, aber ich wette fünfhundert zu eins (in aller Freundschaft, mein guter Sir!), daß wir unsere Scheidungsforderungen durchsetzen. Und was wären die Folgen? Wir schicken Ihnen Ihre Tochter zurück, ihr Ruf ist ruiniert, und *wir* hätten nicht mehr das geringste mit Ihnen zu tun.‹«

»Ralph! Ralph, wie konntest du ...«

»Warte – die Geschichte ist noch nicht zu Ende. Natürlich war mir klar, daß wir die Drohung mit der Scheidung nicht wahr machen können – das wäre Vaters Tod, aber ich dachte, eine kleine Einschüchterung könnte Mr. Ladenbesitzer Sherwin nicht schaden. Und ich behielt recht. Du hast noch nie einen Mann gesehen, der mehr in der Klemme saß als er. Ich blieb dabei: Schweigen und Geld oder Bloßstellung und Scheidung – ich ließ ihm die Wahl. ›Ich bestreite entschieden jede Ihrer infamen Unterstellungen‹, sagte er. – ›Das ändert nichts‹, sagte ich. – ›Ich werde zu Ihrem Vater gehen‹, sagte er. – ›Man wird Ihnen den Zutritt ins Haus verwehren‹, sagte ich. – ›Ich werde ihm schreiben‹, sagte er. – ›Er wird Ihren Brief nie empfangen‹, sagte ich. An diesem Punkt geriet die Unterhaltung ins Stocken. *Er* fing an zu stammeln, *ich* erfrischte mich mit einer Prise Schnupftabak. Offenbar wurde ihm bewußt, daß er mit seiner Methode nicht weiterkam, deshalb hörte er auf, den Selbstgerechten zu spielen und wurde zum Geschäftsmann. ›Angenommen, ich würde auf diesen abscheulichen Kompromiß eingehen, was wird dann aus meiner Tochter?‹ fragte er. – ›Genau das, was auch aus anderen Leuten wird, die ein ansehnliches Jahreseinkommen haben‹, antwortete ich. – ›Aus Liebe zu meiner Tochter, der man so schrecklich unrecht tut, bin ich geneigt, sie nach ihren Wünschen zu fragen, bevor wir irgend etwas vereinbaren – ich gehe nach oben‹, sagte er. – ›Und ich warte hier auf Sie‹, sagte ich.«

»Hat er Einwände erhoben?«

»Er nicht. Er ging hinauf und rannte nach wenigen Minuten wieder herunter. Er hatte einen Brief in der Hand und sah aus, als wäre der Teufel hinter ihm her. Auf den letzten drei oder vier Stufen geriet er ins Stolpern und faßte nach dem Geländer, dabei ließ er den Brief fallen. Er stürmte wie ein Wahnsinniger mit wutverzerrtem Gesicht in die Halle, riß seinen Hut vom Garderobenhaken und rauschte aus dem Haus. Bevor er aus der Tür war, hörte ich ihn noch sagen, daß er seine Tochter zurückholen würde, und wenn er sie in Ketten legen müßte. In seinem Zorn und in der Eile dachte er nicht daran, den Brief aufzuheben, der über das Geländer gefallen war. Ich nahm ihn an mich, ehe ich ging, weil ich ahnte, daß er ein Beweis zu deinen Gunsten sein könnte, und ich hatte recht. Lies ihn selbst, Basil; du hast moralischen und rechtlichen Anspruch auf dieses wertvolle Dokument – und hier ist es.«

Ich nahm den Brief und las folgende Worte, die Mannion im Hospital niedergeschrieben hatte:

Ich habe Deine letzte Nachricht erhalten, und es verwundert mich nicht, daß Du unter diesen Beschränkungen ungeduldig wirst. Aber, vergiß eines nicht: Wenn Du nicht das getan hättest, was ich Dir im Falle unvorhergesehener Ereignisse geraten habe – wenn Du Deinem Vater gegenüber nicht auf Deiner Unschuld beharrt und Deiner Mutter gegenüber absolutes Schweigen bewahrt hättest, wenn Du Dich nicht wie eine Märtyrerin in die Abgeschiedenheit zurückgezogen und als bedauernswertes Opfer den Namen Deines Mannes nicht mehr freiwillig in den Mund genommen hättest, dann könntest Du Dich jetzt in einer äußerst unangenehmen Lage befinden. Da ich nicht in der Lage bin, Dir zu helfen, konnte ich Dir nur beibringen, Dir selbst zu helfen. Ich habe Dir die Lektion erteilt, und Du warst klug genug, Nutzen daraus zu ziehen.

Es wird nun Zeit, meinen Plan zu ändern. Ich habe einen Rückfall erlitten, und es ist noch ungewiß, wann ich aus dem Hospital entlassen werde. Ich bezweifle, daß es das sicherste – für Dich und für mich – wäre, wenn Du weiterhin im Haus Deines Vaters auf meine Genesung wartest. Du solltest daher morgen zu mir kommen – wann immer Du ungesehen das Haus verlassen kannst. Du wirst als Besucherin eingelassen und zu meinem Bett geführt, wenn Du nach Mr. Turner fragst – diesen Namen habe ich hier im Hospital als meinen angegeben. Mit Hilfe eines Freundes außerhalb der Krankenhausmauern ist es mir gelungen, ein Quartier zu mieten, in dem Du unentdeckt wohnen kannst, bis ich entlassen werde und zu Dir komme. Du kannst mich hier zweimal in der Woche besuchen, wenn Du willst – und Du solltest es auch tun, damit Du Dich an den Anblick meiner Wunden und Narben gewöhnst. Ich habe Dir in meinem ersten Brief erklärt, in wieweit sie mich beeinträchtigen – wenn Du sie mit eigenen Augen siehst, wirst du am besten auf die künftigen Auswirkungen und auf die Hilfestellung, die Du mir wirst geben müssen, vorbereitet.

R. M.

Dies war offensichtlich der Brief, den die Dienerin in der Hand hatte, als sie mich vor der North Villa um Rat fragte; das

Datum stimmte mit dem jenes Briefes überein, den Mannion an mich geschrieben hatte. Mir fiel auf, daß der Umschlag fehlte, und ich fragte Ralph, ob er ihn hatte.

»Nein«, erwiderte er. »Sherwin hat nur den Brief, den du in Händen hältst, fallengelassen. Ich vermute, das Mädchen hat den Umschlag mitgenommen in dem Glauben, der Brief würde darin stecken. Aber das fehlende Kuvert ist nicht wichtig. Sieh her: Der Bursche hat seinen Namen ganz oben auf die Seite geschrieben – fast so, als würde es sich um eine ganz normale Korrespondenz handeln. Mit diesem Brief ist sie überführt, und mehr brauchen wir nicht bei unseren künftigen Verhandlungen mit ihrem Vater.«

»Aber, Ralph, glaubst du …«

»Ob ich glaube, daß ihr Vater sie zurückholen kann? Wenn er rechtzeitig da ist, um sie im Hospital abzufangen, dann schleppt er sie bestimmt nach Hause. Falls nicht, müssen wir, fürchte ich, mit ein paar Schwierigkeiten fertig werden. Meiner Ansicht nach stehen die Dinge folgendermaßen, Basil: Nach diesem Brief und nachdem sie durchgebrannt ist, bleibt Sherwin nichts anderes übrig, als den Mund zu halten und nie wieder zu behaupten, daß sie unschuldig ist; wir können wohl davon ausgehen, daß die Sache mit *ihm* geregelt ist. Was diesen anderen Halunken Mannion betrifft – er schreibt so, als hätte er etwas Gefährliches im Sinn. Falls er tatsächlich versuchen sollte, uns zu belästigen, werden wir ihm wieder einen Denkzettel verpassen (diesmal übernehme ich das zur Abwechslung!); *er* hat jedenfalls keine Heiratsurkunde, mit der er uns vor der Nase herumfuchteln kann. Was ist mit dir? – Du wirst mit einemmal ganz bleich!«

Ich fühlte, wie das Blut aus meinem Gesicht wich, während er redete. Es war etwas Unheimliches an dem Kontrast zwischen Ralphs argloser Einschätzung von Mannions Feindseligkeit und meinem Wissen um die Gefahr, die von diesem Mann in Wahrheit ausging. Der erste Schritt in dem Komplott, das gegen mich geschmiedet wurde, war bereits getan, als Sherwins Tochter dem Haus ihres Vater den Rücken gekehrt hatte. Sollte ich nach dieser frühen Warnung meinem Bruder den Brief zeigen, den ich von Mannion erhalten hatte? Nein!

Die Verteidigungsmaßnahmen, die Ralph gegen die angekündigte Gefahr vorschlagen und in die Tat umsetzen würde, hätten nur zur Folge, daß auch *er* in die lebenslange Verfolgung, die bis jetzt nur mir angedroht worden war, miteinbezogen würde. Als er die Bemerkung über meine plötzliche Blässe wiederholte, schob ich schnell eine physische Unpäßlichkeit vor und bat ihn, fortzufahren.

»Ich vermute, Basil«, sagte er, »die Wahrheit ist, du bist – obwohl du von dem Mädchen nichts Besseres erwarten konntest – erschüttert, weil sie diesem Mannion so dreist sogar bis ins Hospital gefolgt ist.« (Ralph hatte recht – Erschütterung und Entsetzen gehörten zu den Empfindungen, die mich bestürmten.) »Abgesehen davon sind wir, denke ich, so weit gediehen, daß wir ihr die Wahl lassen können, wie sie leben will, solange sie unseren Namen nicht benutzt. Das ist jetzt unsere größte Sorge und Schwierigkeit! Wenn Sherwin sie nicht finden kann, dann müssen *wir* sie aufspüren, andernfalls können wir niemals sicher sein, daß sie nicht als deine Frau Schulden anhäuft. Wenn ihr Vater sie zurückholt, werde ich sie schon in der North Villa zur Räson bringen; falls nicht, muß ich mit ihr dort sprechen, wo sie sich versteckt. Sie ist jetzt der einzige Dorn in unserem Fleisch, und wir müssen diesen Dorn unverzüglich mit einer goldenen Pinzette herausziehen. Verstehst du das nicht, Basil?«

»Doch, das verstehe ich, Ralph.«

»Gut. Ich werde mich entweder heute abend oder morgen in der Frühe mit Sherwin in Verbindung setzen und in Erfahrung bringen, ob seine Tochter wieder in seiner Obhut ist. Wenn nicht, müssen wir ins Hospital gehen und zusehen, was wir selbst herausfinden können. Sieh mich nicht so erschrocken und verzagt an, Basil, ich gehe ja mit. Du brauchst weder sie noch den Mann zu sehen, aber du mußt mitkommen, da ich möglicherweise gezwungen bin, dich ins Spiel zu bringen. Aber jetzt muß ich mich wirklich auf den Weg machen. Ich muß zu Mrs. Ralph (unglücklicherweise ist sie eine der sensibelsten Frauen der Welt), sonst wird sie mich durch ein Zeitungsinserat suchen. Wir werden diese Sache gemeinsam durchstehen, alter Junge – du wirst sehen. Ach, übrigens, du weißt nicht zufällig von einem kleinen, alleinstehenden Haus in Brompton, oder? Die meisten meiner alten Theaterfreunde leben dort in der Gegend – aber es muß ein alleinstehendes Haus sein! Tatsache ist, daß ich seit einiger Zeit Violine spiele (ich frage mich, was mir als nächstes noch einfällt); Mrs. Ralph begleitet mich auf dem Pianoforte, und wir sind für allzu nahe Nachbarn bestimmt eine scheußliche Plage. Du weißt von keinem freien Haus? Macht nichts, ich kann zu einem Makler oder so gehen. Clara wird noch heute abend erfahren, daß wir blendende Fortschritte gemacht haben, wenn ich nur der kostbarsten Person der Welt entwischen kann: Sie ist ein bißchen starrköpfig, aber auch eine wunderbare Frau, das versichere ich dir. Denk nur daran, daß sie mich dazu gebracht hat, Violine zu spielen und Miete für ein Haus am Stadtrand zu bezahlen! Wie tief und schnell die Männer fallen können! Leb wohl, Basil, leb wohl!«

7

Ralph erschien am nächsten Morgen nicht – der Tag verging, und ich hörte nichts – endlich, spät am Abend, wurde ein Brief von ihm abgegeben.

Durch den Brief erfuhr ich, daß mein Bruder an Mr. Sherwin geschrieben und ihn gefragt hatte, ob er seine Tochter wiederhabe. Die Antwort traf erst gegen Abend ein und war negativ – Mr. Sherwin hatte seine Tochter nicht gefunden. Sie hatte das Hospital verlassen, bevor er dort eintraf, und niemand konnte ihm sagen, wohin sie gegangen war. Seine Ausdrucksweise und sein Verhalten seien, wie er selbst zugab, derart ungestüm und hitzig gewesen, daß man ihm den Zutritt zu der Station, in der Mannion lag, verwehrt habe. Als Sherwin nach Hause kam, fand er seine Frau an der Schwelle des Todes vor, und am selben Abend verschied sie. Ralph beschrieb Sherwins Brief als den eines Mannes, der nicht mehr ganz bei Sinnen war. Er erwähnte seine Tochter nur, um mit geradezu zornigen Worten zu erklären, daß er sie vor den Verwandten seiner Frau anklagen würde, den Tod ihrer Mutter verursacht zu haben; zudem gelobte er bei allem, was ihm heilig war, nie wieder auch nur ein Wort mit seiner Tochter zu wechseln, selbst dann nicht, wenn er zusehen müßte, wie sie auf der Straße verhungerte. In einem Postskriptum kündigte mir Ralph seinen Besuch am nächsten Morgen an und erklärte, wir würden dann gemeinsam Maßnahmen ergreifen, um Sherwins Tochter in ihrem Schlupfwinkel aufzustöbern.

Jeder Satz seines Briefes enthielt einen Hinweis darauf, daß die Krisis unmittelbar bevorstand, ich hatte jedoch weder den Wunsch noch die Kraft, mich dafür zu wappnen. Die abergläubische Überzeugung, daß meine Handlungen von einem verhängnisvollen Schicksal gelenkt wurden, das kein Weitblick abwenden konnte, bestimmte immer mehr mein Denken. Von diesem Zeitpunkt an erwartete ich die Ereignisse mit Duldsamkeit und mit der hilflosen Resignation der Verzweiflung.

Mein Bruder kam pünktlich zu der verabredeten Stunde. Als er vorschlug, ich solle ihn zu dem Hospital begleiten, zögerte ich keinen Moment, seinem Wunsch nachzukommen. Wir erreichten unser Ziel, und Ralph ging zum Tor, um die ersten Erkundigungen einzuziehen.

Er sprach noch mit dem Pförtner, als sich ihnen ein Gentleman näherte, der das Hospital verlassen wollte. Ich sah, daß er meinen Bruder erkannte, und hörte Ralph ausrufen:

»Bernard! Jack Bernard! Wie kommst ausgerechnet *du* nach England?«

»Warum sollte ich nicht hier sein?« lautete die Antwort. »Ich habe vor sechs Monaten alle medizinischen Zeugnisse und Empfehlungen erhalten, die mir das *Hôtel Dieu* ausstellen kann, und einen Aufenthalt in Paris nur zum Vergnügen konnte ich mir nicht leisten. Erinnerst du dich, daß du mich bei unserer letzten Begegnung vor langer Zeit einen ›wortkargen, unbekannten Liston‹ nanntest? Nun, ich bin nach England gekommen, um aus den Niederungen der Unbekanntheit aufzusteigen und in das strahlende Licht meines

Berufsstandes zu treten. Hier gibt es jede Menge im Hospital zu tun – woanders leider nur wenig.«

»Du willst damit doch nicht sagen, daß du in *diesem* Hospital beschäftigt bist?« fragte Ralph.

»Hör mal, alter Junge, ich gehöre zum Ärztestab und bin jeden Tag meines Lebens hier.«

»Dann bist du genau der Mann, der uns Klarheit verschaffen kann. Basil, komm her – ich möchte dir einen alten Freund aus Paris vorstellen. Mr. Bernard – mein Bruder. Basil, du hast mich oft von einem jüngeren Sohn des alten Sir William Bernard sprechen hören, der es vorzieht, körperliche Gebrechen zu heilen statt Seelen, und tatsächlich darauf bestanden hat, in einem Hospital zu arbeiten, obwohl er sich ein schöneres Leben hätte machen können. Dies ist der Mann – der beste aller Ärzte und ein guter Freund.«

»Bringst du deinen Bruder hierher, damit er meinem Beispiel folgt?« wollte Mr. Bernard wissen, als er mir die Hand schüttelte.

»Eigentlich nicht, Jack! Aber wir haben tatsächlich einen Grund, hier vorzusprechen. Könntest du uns fünf Minuten deiner Zeit opfern für ein privates Gespräch? Wir möchten ein paar Dinge über einen deiner Patienten erfahren.«

Er führte uns in einen leeren Raum im Erdgeschoß des Gebäudes. »Überlaß die Sache mir«, flüsterte mir Ralph zu, als wir uns setzten. »Ich werde alles herausfinden … Nun, Bernard«, sagte er lauter, »gibt es hier einen Mann, der sich Mr. Turner nennt?«

»Bist *du* ein Freund dieses mysteriösen Patienten? Wunderbar! Die Studenten nennen ihn ›den großen Geheimnisvollen von London‹; und ich denke, die Studenten haben recht damit. Möchtest du ihn sehen? Wenn er den grünen Schirm nicht trägt, der seine Wunden verdeckt, bietet er für Laien einen wahrhaft erschreckenden Anblick, das kann ich dir sagen.«

»Nein, nein – zumindest nicht sofort; mein Bruder möchte nicht in seine Nähe kommen. Gewisse Umstände zwingen uns, Erkundigungen über diesen Mann einzuziehen. Und ich bin sicher, du wirst nicht nach diesen Umständen fragen, wenn ich dir sage, daß es in unserem Interesse liegt, sie geheimzuhalten.«

»Gewiß nicht.«

»Dann kein Wort mehr darüber. Wir sind heute hier, um möglichst viel über diesen Mr. Turner und die Leute, die ihn besucht haben, zu erfahren. War gestern eine Frau bei ihm?«

»Ja, und sie benahm sich eigenartig, soviel ich weiß. Ich war nicht da, als sie kam, aber man erzählte mir, daß sie außer sich war, als sie nach Turner gefragt hat. Man schickte sie in die Victoria-Station, in der Turner liegt; und als sie dort ankam, schien sie vor Aufregung von Sinnen zu sein – die Station ist voll, und wahrscheinlich ist sie es nicht gewöhnt, Besuche in einem Hospital zu machen. Wie auch immer – obwohl die Schwester auf das richtige Bett deutete, lief die Frau in ihrer Hast zu einem falschen.«

»Ich verstehe«, sagte Ralph, »genau wie manche Frauen in den falschen Omnibus* steigen, selbst wenn der richtige direkt vor ihnen ist.«

»Ganz recht. Nun, sie bemerkte ihren Irrtum erst (es war ziemlich dunkel in dem Raum), nachdem sie sich nah zu dem Fremden gebeugt hatte, der mit abgewandtem Gesicht dalag. Die Schwester ging zu ihr und führte sie zum richtigen Bett. Dort, so erzählte man mir, spielte sich eine andere Szene ab. Als die junge Frau das Gesicht des Patienten sah, das wirklich furchtbar entstellt ist, stand sie (wie die Schwester dachte) am Rande eines hysterischen Anfalls, aber Turner brachte sie augenblicklich zur Vernunft. Er legte die Hand auf ihren Arm und flüsterte ihr etwas zu, und obwohl sie aschfahl wurde, war sie augenblicklich ruhig. Als nächstes gab er ihr ein Stück Papier und trug ihr auf, zu der dort notierten Adresse zu gehen und erst wieder ins Hospital zu kommen, wenn sie gefaßter war. Sie ging – kein Mensch weiß, wohin.«

»Hat niemand nach ihr gefragt?«

»Doch, ein Kerl, der behauptete, er sei ihr Vater, und sich wie ein Wahnsinniger gebärdete. Er kam, etwa eine Stunde nachdem sie gegangen war, hier an und wollte sich nicht

* Siehe Anmerkung 4 im Anhang

damit zufriedengeben, als wir ihm sagten, daß wir nichts über sie wüßten (woher, zum Teufel, hätten wir etwas wissen sollen?). Er stieß so unerhörte Drohungen gegen Turner aus (den er im übrigen Manning oder so ähnlich nannte), daß wir gezwungen waren, ihm den Zugang zu ihm zu verweigern. Turner selbst gibt keinerlei Auskünfte über diese Vorfälle, aber ich vermute, daß seine Verletzungen das Resultat eines Streits mit dem Vater sind – eine ziemlich gewaltsame Auseinandersetzung, das muß ich schon sagen, wenn man sich die Konsequenzen ansieht ... verzeih, aber dein Bruder scheint sich nicht gut zu fühlen! Ich nehme an«, sagte er zu mir gewandt, »dieser Raum ist Ihnen zu eng?«

»Nein, ganz und gar nicht, wirklich. Ich habe mich nur gerade erst von einer ernsthaften Erkrankung erholt – ich bitte Sie, fahren Sie fort.«

»Es gibt nicht mehr viel zu erzählen. Der Vater zog ebenso wutentbrannt, wie er gekommen war, wieder von dannen; die Tochter war seither nicht noch einmal hier. Aber nach allem, was man mir von ihrem Auftritt hier berichtet hat, möchte ich wetten, daß sie wiederkommt. Sie muß, wenn sie Turner sehen möchte; er wird, nehme ich an, noch weitere vierzehn Tage hier bleiben. Er hat die Verschlechterung seines Zustandes selbst zu verantworten, weil er ständig Briefe schreibt; wir haben schon befürchtet, er würde eine Wundrose bekommen, aber ich denke, diese Gefahr hat er überstanden.«

»Was diese Frau angeht«, sagte Ralph, »es ist für uns von größter Wichtigkeit, in Erfahrung zu bringen, wo sie jetzt lebt. Gibt es eine Möglichkeit (wir werden gut dafür bezahlen), einen aufgeweckten Burschen anzuheuern, der ihr nach ihrem nächsten Besuch hier nach Hause folgt?«

Mr. Bernard zögerte einen Moment und dachte nach.

»Ich denke, ich kann das später mit dem Pförtner regeln«, sagte er, »vorausgesetzt, du läßt mir freie Hand, den Lohn anzubieten, den ich für nötig halte.«

»Alles, was du willst, alter Junge. Hast du eine Feder und Tinte? Ich schreibe dir die Adresse meines Bruders auf; du kannst ihm Mitteilung machen, sobald Näheres bekannt ist.«

Während Mr. Bernard in einer anderen Ecke des Raumes nach Schreibutensilien suchte, raunte Ralph mir zu:

»Wenn ich ihm *meine* Adresse gebe, könnte Mrs. Ralph den Brief sehen. Sie ist zwar die reizendste und liebenswürdigste Person der Welt, aber wenn ihr die Adresse einer Frau in die Hände fällt – eine Adresse, die man mir zukommen läßt ... du verstehst, Basil. Außerdem ist es ganz einfach für dich, mir Nachricht zu geben, sobald du von Jack hörst. Kopf hoch, mein Junge! Es ist alles gut – wir segeln mit dem Wind und der Strömung.«

Mr. Bernard brachte Feder und Tinte. Ralph schrieb meine Adresse auf, und sein Freund sagte zu mir:

»Ich hoffe, Sie halten mich nicht für aufdringlich, wenn ich – vorausgesetzt, Ihr Interesse an Turner ist nicht das eines Freundes –, Ihnen eindringlich rate, ihn sehr gut im Auge zu behalten, sobald er das Hospital verläßt. Entweder sind bereits Fälle von Wahnsinn in seiner Familie vorgekommen, oder sein Gehirn ist bei den Verletzungen in Mitleidenschaft gezogen worden. Rechtlich gesehen mag er im großen und ganzen geschäftsfähig sein, und er wird vermutlich auch in allen normalen Angelegenheiten des Lebens seine Selbstbeherrschung bewahren. Aber in moralischer Hinsicht ist er ein gefährlicher Monomane, davon bin ich überzeugt; seine Manie hängt mit einer fixen Idee zusammen, die ihn offenbar Tag und Nacht nicht losläßt. Ich würde ein Vermögen darauf verwetten, daß er einmal in einem Gefängnis oder einem Irrenhaus stirbt.«

»Und ich möchte wetten, daß wir ihn hinter Schloß und Riegel bringen, wenn er verrückt genug ist, sich mit *uns* anzulegen«, sagte Ralph. »Hier ist die Adresse. Und jetzt wollen wir deine Zeit nicht länger in Anspruch nehmen. Ich habe ein kleines Haus in Brompton gemietet, Jack – ihr, du und Basil, müßt zum Dinner kommen, sobald wir die Teppiche ausgerollt haben.«

Wir verließen den Raum. Als wir die Halle durchquerten, trat ein Gentleman vor und sprach mit Mr. Bernard.

»Das Fieber des Mannes von der Victoria-Station weist jetzt endlich auf eine Diagnose hin«, sagte er. »Heute morgen sind neue Symptome aufgetreten.«

»Und wie lautet die Diagnose?«

»Typhus der bösartigsten Art – daran kann kein Zweifel mehr bestehen. Kommen Sie, und sehen Sie sich den Patienten an.«

Ich sah, daß Mr. Bernard erschrak, und warf meinem Bruder einen raschen Blick zu. Ralph sah seinen Freund forschend an und rief aus: »Victoria-Station! Hast du nicht erwähnt, daß ...?« Er hielt inne; sein Gesichtsausdruck veränderte sich mit einemmal. Im nächsten Moment zog er Mr. Bernard zur Seite und sagte: »Ich möchte dich fragen, ob das Bett in der Victoria-Station, das von diesem Mann mit Typhus belegt ist, dasselbe Bett ist oder in der Nähe des Bettes steht ...« Den Rest des Satzes konnte ich nicht mehr verstehen, da die beiden ein Stück weggingen.

Sie unterhielten sich eine Weile im Flüsterton, dann kamen sie wieder zu mir zurück. Mr. Bernard erklärte Ralph die verschiedenen Theorien der Infektionsgefahr.

»*Meine* Ansicht ist«, sagte er, »daß eine Ansteckung durch die Lunge erfolgt; ein Atemzug von der infizierten Luft, die die erkrankte Person unmittelbar umgibt und sich etwa im Umkreis von einem Fuß verteilt, reicht aus, um die Krankheit auf den, der die Luft einatmet, zu übertragen – vorausgesetzt, es existieren bei der Person, die den Krankheitskeimen ausgesetzt ist, gewisse konstitutionelle Prädispositionen. Die Infektionsbereitschaft wird, wie wir wissen, durch seelische Erschütterung oder eine geschwächte körperliche Konstitution verstärkt. In dem Fall, über den wir gesprochen haben ...«, er sah mich an –, »sind die Chancen für eine Ansteckung genauso hoch wie gegen eine Ansteckung. Jedenfalls kann ich zu diesem Zeitpunkt keine Prognose stellen.«

»Du wirst schreiben, sobald du etwas hörst?« fragte Ralph, als er ihm die Hand schüttelte.

»Noch im selben Moment. Ich habe die Adresse deines Bruders in meiner Tasche.«

Wir verließen Mr. Bernard und das Hospital. Ralph war auf dem Rückweg ungewöhnlich wortkarg und ernst. Er verabschiedete sich kurz angebunden an der Tür meines Quartiers von mir, ohne unseren Besuch im Hospital noch einmal zu erwähnen.

Eine Woche verging, und ich hörte nichts von Mr. Bernard. Während dieser Zeit sah ich meinen Bruder nur selten; der Einzug in das neue Haus beanspruchte ihn sehr. Gegen Ende der Woche kam er zu mir, um mir mitzuteilen, daß er London für einige Tage verlassen wolle. Mein Vater hatte ihn gebeten, auf den Landsitz der Familie zu fahren und dort einige Verwaltungsangelegenheiten zu regeln. Ralph hegte noch immer die alte Abneigung gegen die Geschäftsbücher des Verwalters und Beratungen mit dem Anwalt, aber er fühlte sich unserem Vater zur Dankbarkeit verpflichtet, weil er ihn nach seiner Rückkehr nach England so freundlich empfangen hatte, und kam daher seinem Wunsch nach, auf dem Land nach dem Rechten zu sehen. Ralph schätzte, daß er nicht länger als zwei, drei Tage wegbleiben würde, doch er bat mich eindringlich, ihm unverzüglich Nachricht zu geben, falls ich Neuigkeiten aus dem Hospital hörte.

Clara stattete mir zweimal einen Besuch ab – sie hatte sich wie zuvor heimlich aus dem Haus gestohlen. Bei beiden Gelegenheiten bemühte sie sich mit liebevoller Fürsorge, mich durch ihr gutes Beispiel bei fröhlicher Stimmung zu halten und meine Hoffnungen zu stärken. Ich bemerkte mit Sorge und Angst, die ich ihr nicht ganz verhehlen konnte, daß der matte Ausdruck nicht aus ihrem Gesicht gewichen war, seit ich ihn zum erstenmal gesehen hatte. Ralph hatte aus Feingefühl davon Abstand genommen, ihre geheimen Ängste, die allzu augenscheinlich ihre Gesundheit beeinträchtigten, zu schüren, und ihr deshalb nichts von unserem Besuch im Hospital oder den Maßnahmen erzählt, die wir nach seiner Rückkehr ergriffen hatten. Ich meinerseits bewahrte dasselbe Stillschweigen über diese Dinge während unserer kurzen Gespräche. Nach ihrem letzten Besuch verabschiedete sie sich mit einer Niedergeschlagenheit von mir, die sie trotz aller Anstrengungen nicht vor mir verbergen konnte. Damals konnte ich nicht ahnen, daß ich ihre süße, reine Stimme zum letztenmal hörte, ehe ich in den Westen Englands wanderte, wo ich dies hier niederschreibe.

Am Ende der Woche – ich erinnere mich noch, daß es ein Samstag war –, verließ ich mein Quartier früh am Morgen, um über Land zu gehen und, wie ich beabsichtigte, erst am Abend zurückzukommen. Beim Aufstehen hatte mich ein schier unerträgliches Gefühl der Beklemmung befallen. Dicke Schweißperlen standen mir auf der Stirn, obwohl es an diesem Tag nicht besonders heiß war; mir fiel es von Minute zu Minute schwerer, die Luft von London zu atmen; mein Herz raste, als wollte es zerspringen; das Blut pulsierte in meinen Schläfen wie im Fieber; mein Leben schien von einer Flucht in die frische Luft und an einen von Bäumen überschatteten Ort an einem erfrischenden, plätschernden Bach abzuhängen. Also brach ich auf, ohne darauf zu achten, welche Richtung ich einschlug, und verbrachte den ganzen Tag in ländlicher Umgebung. Die Nacht brach herein, als ich nach London zurückkam.

Als mich die Dienerin ins Haus ließ, fragte ich sie, ob Briefe für mich eingetroffen seien. Sie erklärte, es sei einer abgegeben worden, kurz nachdem ich das Haus am Morgen verlassen hatte, und sie habe ihn auf meinen Tisch gelegt. Ich warf einen ersten Blick auf den Umschlag und entdeckte sofort Mr. Bernards Namen in einer Ecke. Ich riß den Brief hastig auf und las folgendes:

PERSÖNLICH Freitag

Hochverehrter Sir,
auf beiliegendem Zettel finden Sie die Adresse der jungen Lady, über die ich mit Ihrem Bruder, als wir uns im Hospital trafen, gesprochen habe. Ich bedauere, sagen zu müssen, daß die Umstände, unter denen ich von ihrem Wohnort erfahren habe, höchst betrüblicher Natur sind.

Die Arrangements, die ich auf Anraten Ihres Bruders getroffen habe, um ihren Aufenthaltsort ausfindig zu machen, haben sich als nutzlos erwiesen. Die junge Dame kam kein zweites Mal ins Hospital. Turner persönlich hat mir heute morgen ihre Adresse gegeben, und er bat mich, sie in meiner Eigenschaft als Arzt aufzusuchen, da er nur wenig Vertrauen zu dem sie behandelnden Mediziner habe.

Aus verschiedenen Gründen ist es mir keineswegs leichtgefallen, seinem Wunsch zu entsprechen, aber da ich wußte, daß Sie – oder Ihr Bruder, sollte ich wohl eher sagen – an der jungen Frau interessiert sind, beschloß ich, bei der ersten Gelegenheit, die sich mir bot, nach ihr zu sehen und mit dem behandelnden Arzt zu sprechen. Ich konnte erst am späten Nachmittag zu ihr gehen. Als ich eintraf, fand ich sie im Bett vor – sie litt an einer der schlimmsten Typhusattacken, die ich, soweit ich mich erinnere, je miterlebt habe; und ich halte es für meine Pflicht, Ihnen offen zu sagen, daß ihr Leben aufs äußerste gefährdet ist. Gleichzeitig ist es nur recht und billig, Sie davon in Kenntnis zu setzen, daß der behandelnde Kollege meine Ansicht nicht teilt – er meint, daß er gute Chancen hat, sie zu retten.

Es kann jedoch kein Zweifel bestehen, daß sie sich im Hospital mit Typhus angesteckt hat. Möglicherweise erinnern Sie sich, daß ich Ihnen erzählte, wie durcheinander und kopflos sie war, als sie die Station betrat, und daß sie zum falschen Bett lief, ehe sie die Schwester zurückhalten konnte. Der Mann, den sie irrtümlich für Turner hielt, war an einem Fieber erkrankt, dessen Ursache wir zu diesem Zeitpunkt noch nicht feststellen konnten; erst an dem Morgen, an dem Sie mit Ihrem Bruder im Hospital waren, zeigten gewisse Symptome an, daß es sich zweifelsfrei um Typhus handelte. Die Krankheit dieses Mannes muß bereits ansteckend gewesen sein, als sich die junge Frau unter dem Eindruck, er sei die Person, die sie aufsuchen wollte, nahe über ihn beugte. Obwohl sie augenblicklich zurückzuckte, als sie ihren Irrtum erkannte, hatte sie offensichtlich die Krankheitserreger eingeatmet – ihre seelische Erschütterung zu dieser Zeit in Kombination mit einer (wie ich seither erfahren habe) körperlichen Schwächung machte sie besonders anfällig für die Gefahr, der sie sich versehentlich ausgesetzt hat.

Die ersten Symptome ihrer Erkrankung zeigten sich am letzten Samstag, und nach allem, was mir berichtet wurde, kann ich keinen Fehler in der medizinischen Behandlung, die ihr zuteil wurde, erkennen. Ich blieb eine Weile an ihrem Bett und beobachtete sie. Das Delirium, das mehr oder weniger immer mit einer Typhuserkrankung einhergeht, ist in diesem Fall besonders ausgeprägt und äußert sich sowohl in Sprache als auch in Gesten. Es war unmöglich, sie zu beruhigen, obwohl man bis dahin verschiedene Mittel ausprobiert hatte. Während ich sie beobachtete, rief sie ständig Ihren

Namen und flehte inständig darum, Sie sehen zu können. Der behandelnde Arzt berichtete mir, daß sich ihre Wahnvorstellungen in den letzten vierundzwanzig Stunden unaufhörlich in diese Richtung bewegt hatten. Gelegentlich nannte sie auch andere Namen außer Ihrem – sie sprach sie voller Abscheu aus –, aber ihre Beharrlichkeit, Sie sehen zu wollen, war so bemerkenswert, daß ich nach allem, was ich gehört habe, versucht bin, Ihnen vorzuschlagen, tatsächlich zu ihr zu gehen. Möglicherweise gelingt es Ihnen, eine beruhigende Wirkung auf sie auszuüben. Falls Sie jedoch selbst eine Infektion fürchten oder aus privaten Gründen (nach denen ich weder das Recht habe noch die Neigung verspüre zu fragen) nicht gewillt sind, meinem Vorschlag Folge zu leisten, seien Sie versichert, daß Sie es keineswegs für Ihre Pflicht erachten müssen, zu ihr zu gehen. Ich kann Ihnen guten Gewissens beteuern, daß Sie nicht verpflichtet sind, diesen Besuch zu machen.

Dennoch habe ich Ihnen noch einen anderen Vorschlag zu machen, der positiver Natur ist und, wie ich überzeugt bin, Ihre Zustimmung finden wird. Die Eltern der jungen Frau oder – falls die Eltern nicht mehr am Leben sind – die nächsten Verwandten sollten von ihrer Lage in Kenntnis gesetzt werden. Vielleicht kennen Sie jemanden, der ihr nahesteht, und können ihr diesen Dienst erweisen. Sie stirbt an einem fremden Ort und unter Menschen, die sie meiden wie die Pest. Selbst wenn es nur noch darum geht, sie zu beerdigen, sollte unverzüglich ein Verwandter an ihr Krankenlager gerufen werden.

Ich werde sie morgen, am Samstag, zweimal besuchen – in der Frühe und am Abend. Falls Sie bereit sind, das Risiko einzugehen und sie zu sehen (und ich wiederhole noch einmal, daß es keinesfalls zwingend ist, daß Sie Ihren Widerwillen bekämpfen), wäre es vielleicht ratsam, wenn Sie sich mit mir unter meiner privaten Adresse in Verbindung setzen würden.

Mit freundlichen Grüßen
verbleibe ich Ihr
JOHN BERNARD

P.S.: Ich öffne meinen Brief nochmals, um Ihnen mitzuteilen, daß Turner gegen ärztlichen Rat heute das Hospital verlassen hat. Er hat bereits am vergangenen Dienstag, als er, wie ich glaube, von der ernsthaften Erkrankung der jungen Dame erfuhr, versucht sich davonzustehlen, aber damals erfaßte ihn ein derart heftiger Schwindelanfall, als er die ersten Schritte machte, daß er vor der Tür der Station zusammenbrach. Heute jedoch ist es ihm gelungen, ohne jeden Zwischenfall davonzukommen – zumindest ist dem Personal des Hospitals nichts bekannt.

Als der Brief aus meinen zitternden Händen fiel und als ich meinem Herzen die bange Frage stellte: »Habe ich, den allein schon der Gedanke, diese Frau wiederzusehen, mit Abscheu erfüllt hat, die Kraft, an ihrem Totenbett zu stehen, den Mut, sie sterben zu sehen?« – dann, und erst dann begriff ich, wie sehr mich das Leid gestärkt hatte, während ich gedemütigt worden war, und daß der Kummer wie der Schmerz die Macht hatte, einen Menschen zu läutern.

All die bitteren Erinnerungen an das Schlimme, das sie mir angetan hatte, an das Elend, in das sie mich gestürzt hatte, verloren ihren Halt in meinem Gedächtnis. Die letzten Worte, die letzte irdische Klage ihrer Mutter fiel mir wieder ein: »Oh, wer wird für *sie* beten, wenn ich nicht mehr bin?« Sie klang wie ein Murmeln in meinem Ohr, ein Murmeln, das sich mit der göttlichen Stimme vom Ölberg, die Vergebung für alle Sünden der Menschheit predigte, zu einer harmonischen Melodie vereinte.

Sie stand auf der Schwelle des Todes; sie starb unter Fremden im Fieberwahn – und der einzige Mensch von allen, die sie kannten, der einzige Mensch, dessen Anwesenheit an ihrem Bett ihr in den letzten Momenten Ruhe verschaffen und sie still und sanft dem Tod übergeben konnte, war der Mann, den sie erbarmungslos betrogen und entehrt hatte, dessen Jugend sie verdorben und dessen Hoffnungen sie für immer zerstört hatte. Das Schicksal hatte uns auf eigenartige Weise zusammengeführt – auf grausame Weise getrennt –, und es würde uns jetzt, am Ende, in einer schrecklichen Weise wieder vereinen!

Was waren schon meine Irrtümer, so schwerwiegend sie auch gewesen waren, was war schon mein Leid, so bitter es auch noch immer war? Durften sie zwischen dieser sterbenden Frau und der letzten Hoffnung stehen, ihr bewußt zu machen, daß sie im Begriff war, vor Gottes Thron zu treten? Die einzige Hilfe, die ihr menschliches Können und menschliche Barmherzigkeit jetzt noch bieten konnten, schloß die einzige Möglichkeit mit ein, daß sie sich so weit erholte, um Reue zu empfinden, bevor sie sich dem Tod ergeben mußte. Woher sollte ich wissen, ob diese unablässigen Schreie, die meinen Namen formten, nicht die letzte irdische Qual eines gepeinigten Geistes zum Ausdruck brachten und mich herbeiriefen, damit ich diesem Geist einen Tropfen Wasser reiche, um die brennende Schuld zu löschen – einen Tropfen vom Wasser des Friedens?

Ich hob Mr. Bernards Brief vom Boden auf und adressierte ihn an meinen Bruder; auf eine unbeschriebene Stelle kritzelte ich schlicht: »Ich bin zu ihr gegangen, um ihr ihre letzten Augenblicke zu erleichtern.« Bevor ich mich auf den Weg machte, schrieb ich noch an ihren Vater, um ihn an ihr Krankenlager zu rufen. Das Schuldgefühl, das seine Abwesenheit hervorrufen sollte – wenn er seine herzlosen Vorsätze ihr gegenüber nicht fallenließ –, würde weder ihn noch mich künftig in Ruhe lassen. Ich wagte nicht, daran zu denken, wie seine Antwort auf meinen Brief ausfallen würde; die Worte, die er an meinen Bruder gerichtet und mit denen er erklärt hatte, er würde sie beschuldigen, den Tod ihrer Mutter verursacht zu haben, waren mir nur allzugut im Gedächtnis geblieben; und ich hatte schon, als ich sie las, den Verdacht, daß er die Schuld seines eigenen Verhaltens der unglücklichen Verstorbenen gegenüber von sich abwälzen und seinem Kind anlasten wollte.

Nachdem ich den Brief beendet hatte, brach ich sofort zu der Adresse auf, die Mr. Bernard angegeben hatte. Ich dachte nicht an mich selbst, nicht einmal an die Gefahr, die Mannions ominöses Verschwinden aus dem Hospital, das der Arzt in seinem Postskriptum beschrieben hatte, für mich darstellte. In der übermächtigen Ruhe, in der himmlischen Gelassenheit, die meinen Geist erfaßt hatte, schien das vernichtende Feuer der Gefühle, die nur von dieser Welt waren, für immer gelöscht zu sein.

Es war elf Uhr, als ich zu dem Haus kam. Eine schmuddelige, mürrische Frau öffnete mir die Tür. »Oh! Ich nehme an, Sie sind auch ein Arzt«, brummte sie und funkelte mich düster an. »Ich wünschte, Sie wären Leichenbestatter und würden sie aus meinem Haus schaffen, ehe wir uns noch alle den Tod von ihr holen! Da! Da kommt der andere Doktor die Treppe herunter; er wird Ihnen das Zimmer zeigen – ich gehe nicht in ihre Nähe.«

Als ich ihr die Kerze aus der Hand nahm, sah ich, daß Mr. Bernard auf mich zu trat.

»Ich fürchte, Sie können nicht mehr viel ausrichten«, sagte er. »Aber ich bin froh, daß Sie gekommen sind.«

»Dann gibt es also keine Hoffnung mehr?«

»Meiner Ansicht nach nicht. Turner kam heute morgen her – ob sie ihn in ihrem Delirium erkannt hat oder nicht, vermag ich nicht zu sagen, aber ihr Zustand verschlechterte sich so sehr in seiner Gegenwart, daß ich darauf bestand, daß er sie nicht mehr sehen darf, es sei denn mit der ausdrücklichen Erlaubnis eines Arztes. Im Augenblick ist niemand bei ihr – möchten Sie sofort hinauf?«

»Spricht sie noch von mir in ihrem Fieberwahn?«

»Ja, unaufhörlich wie immer.«

»Dann bin ich bereit, an ihr Lager zu treten.«

»Bitte glauben Sie mir, daß ich nachempfinden kann, welches Opfer Sie bringen. Seit ich Ihnen geschrieben habe, hat mir vieles, was sie in ihren Phantasien äußerte ...«, er zögerte –, »ja, ich fürchte, sie hat mir mehr verraten, als Sie mich, der ich ein vergleichsweise Fremder für Sie bin, wissen lassen wollte. Dazu möchte ich nur sagen, daß mir Geheimnisse, die mir jemand auf dem Totenbett enthüllt, heilig sind und der Schweigepflicht unterliegen, genau wie für jeden anderen Vertreter meiner Profession. Und das, was ich zwangsläufig in diesem Haus gehört habe, ist mir doppelt heilig, da es einen nahen und lieben Verwandten eines meiner ältesten Freunde betrifft.« Er schwieg eine Weile und nahm meine Hand, dann fügte er hinzu: »Ich bin sicher, Sie werden sich für Heimsuchungen entlohnt fühlen, wenn Sie sich in kommenden Jahren daran erinnern, daß Ihre Anwesenheit die Kranke in den letzten Augenblicken ihres Lebens zur Ruhe kommen ließ.«

Seine mitfühlende, taktvolle Art überwältigte mich derart, daß ich keine Worte fand; ich konnte meine Dankbarkeit nur mit einem Blick ausdrücken, bevor ich ihm die Treppe hinauf folgte.

Wir betraten leise den Raum. Wieder und zum letztenmal auf dieser Welt befand ich mich in Margaret Sherwins Nähe.

Nicht einmal bei unserer letzten Begegnung hatte sie einen so jammervollen Anblick geboten wie jetzt – allein gelassen auf ihrem Totenbett. Sie hatte den Kopf abgewandt, schob mit einer gereizten Geste Strähnen ihres langen schwarzen Haars vor das Gesicht und wischte sie wieder weg und murmelte ständig meinen Namen in ihrem Fieberwahn: »Basil! Basil! Basil! Ich werde nicht aufhören, nach ihm zu rufen, bis er kommt. Basil! Basil! Wo ist er? Oh, wo, wo, wo?«

»Er ist hier«, sagte der Doktor, nahm mir die Kerze aus der Hand und hielt sie so, daß der Lichtschein auf mein Gesicht fiel. »Sehen Sie sie an und sprechen Sie mit ihr wie gewöhnlich, wenn sie sich umdreht«, flüsterte er mir zu.

Sie rührte sich nicht; noch immer gab sie diese heiseren, wilden Laute von sich – die Stimme, die einst die Musik gewesen war, die mein Herz zum Jubilieren gebracht hatte, klang jetzt so unharmonisch, daß ich erschrak. Immer hastiger und schneller murmelte sie: »Basil! Basil! Bringt ihn her! Bringt Basil zu mir!«

»Er *ist* hier«, wiederholte Mr. Bernard laut. »Sehen Sie. Sehen Sie ihn an!«

Sie zuckte herum und wischte sich das Haar aus dem Gesicht. Ich zwang mich, sie anzusehen; für einen Moment erduldete ich den Anblick des sengenden Fiebers, das ihre Wangen zeichnete, der blutunterlaufenen Augen, der verzerrten, aufgesprungenen Lippen, der ausgestreckten Hände, die sich immer wieder verkrampften – aber dieses Bild der Qual war mehr, als ich ertragen konnte. Ich wandte mich ab und schlug voller Entsetzen die Hände vors Gesicht.

»Fassen Sie sich«, raunte der Doktor. »Jetzt ist sie ruhig –

sprechen Sie mit ihr; sprechen Sie, bevor sie wieder anfängt; sagen Sie ihren Namen.«

Ihren Namen! Konnte ich ihren Namen in einem Augenblick wie diesem über die Lippen bringen?

»Schnell! Schnell!« rief Mr. Bernard. »Versuchen Sie es, solange noch Gelegenheit dazu ist.«

Ich kämpfte gegen die Erinnerungen an die Vergangenheit an und sprach mit ihr – weiß Gott, ich redete so zärtlich, fast so glücklich wie in den längst vergangenen Zeiten!

»Margaret«, sagte ich, »Margaret, du hast nach mir gerufen, und ich bin gekommen.«

Sie warf die Arme über den Kopf und stieß einen schrillen Schrei aus, der sich schrecklich in die Länge dehnte, bis er in einem Ächzen und gemurmelten Worten endete; dann wandte sie den Kopf wieder von mir ab und schob sich die Haare vors Gesicht.

»Ich fürchte, es steht schon zu schlecht um sie«, sagte der Arzt, »aber probieren Sie es weiter.«

»Margaret«, sagte ich wieder, »hast du mich vergessen? Margaret!«

Sie sah mich noch einmal an. Diesmal schien der Ausdruck in ihren teilnahmslosen Augen ein wenig sanfter zu werden, und ihre Finger krallten sich weniger heftig in die langen Strähnen. Sie lachte – ein tiefes, tonloses, schreckliches Lachen.

»Ja, ja«, sagte sie. »Ich weiß, er ist endlich gekommen; er tut mir zuliebe alles. Bring mir mein Häubchen und meinen Schal; jeder Schal ist recht – nein, bring mir den Trauerschal – das ist der beste, weil wir zum Begräbnis unserer Hochzeit gehen. Komm, Basil! Laß uns in die Kirche gehen und unsere Hochzeit rückgängig machen; dazu brauche ich dich. Wir mögen uns nicht; Robert Mannion will mich mehr als du – *er* schämt sich nicht dafür, daß mein Vater Kaufmann ist; *er* macht niemandem weis, daß er in mich verliebt ist, um mich dann trotz des Standesdünkels seiner Familie zu heiraten. Komm! Ich sage dem Geistlichen, daß er die Messe rückwärts lesen soll; das macht unsere Hochzeit ungeschehen – jeder weiß das.«

Als die letzten ungestümen Worte aus ihr heraussprudelten, rief jemand von unten nach Mr. Bernard. Er ging hinaus, kehrte aber gleich darauf wieder zurück, um mir zu sagen, daß er zu einem anderen Patienten, der plötzlich krank geworden war, gerufen wurde und sich unverzüglich zu ihm auf den Weg machen müsse.

»Der Arzt, den ich bei meinem ersten Besuch hier vorfand«, sagte er, »mußte heute abend aufs Land, weil man ihn wegen einer Operation konsultieren wollte, soviel ich weiß. Aber falls etwas passiert, ich stehe Ihnen zur Verfügung. Hier ist die Adresse des Patienten, zu dem ich jetzt gehe.« Er schrieb sie auf eine Karte. »Sie können nach mir schicken, wenn Sie mich brauchen. Ich komme ohnehin zurück, sobald ich kann, und sehe nach ihr; sie scheint schon ein wenig ruhiger zu sein, und vielleicht verbessert sich ihr Zustand noch mehr, wenn Sie bleiben. Die Nachtschwester ist unten – ich werde sie heraufschicken. Achten Sie darauf, daß das Zimmer stets gut gelüftet ist, und lassen Sie die Fenster auf wie jetzt. Atmen Sie nicht ein, wenn Sie ihr zu nahe kommen, dann brauchen Sie keine Ansteckung zu befürchten. Sehen Sie! Ihr Blick ist noch immer auf Sie geheftet. Dies ist das erste Mal, daß ich beobachte, wie sie längere Zeit in ein und dieselbe Richtung schaut. Mann könnte meinen, daß sie Sie tatsächlich erkennt. Warten Sie, bis ich zurückkomme, wenn es Ihnen möglich ist – ich bleibe keinen Moment länger weg, als es unbedingt nötig ist.«

Er eilte hinaus. Ich wandte mich dem Bett zu und bemerkte, daß sie mich immer noch ansah. Sie hatte die ganze Zeit, während Mr. Bernard mit mir gesprochen hatte, leise vor sich hin gemurmelt, und sie hörte auch nicht damit auf, als die Schwester hereinkam.

Ich war schockiert, als ich die Frau in der Tür stehen sah. Alles, was von Natur aus an ihr häßlich war, wurde durch die Merkmale, die eine gewohnheitsmäßige Säuferin kennzeichneten, doppelt abstoßend – wie der starre Blick und das rote, aufgedunsene Gesicht. Zu sehen, wie ihre Hände an dem Kissen zitterten, als sie versuchte, es aufzuschütteln, sie am Bett stehen zu sehen – einmal lüstern grinsend, dann wieder mit finsterem Blick – eine fleischgewordene Blasphemie im heiligen Gemach des Todes –, das war, als würde man die schlimmste aller grausamen Verhöhnungen, die gottloseste aller Entweihungen betrachten. Nichts, nicht einmal die tragische Einsamkeit im Angesicht der Todesqualen hätte mich mehr erschüttern können als der Anblick dieser übelriechenden, widerlichen Alten, die Entwürdigung und Ausschweifung in das Krankenzimmer brachte. Ich war entschlossen, allein am Bett zu warten, bis Mr. Bernard zurückkam.

Mit einigen Schwierigkeiten machte ich der gräßlichen Säuferin klar, daß sie wieder nach unten gehen solle und daß ich sie rufen würde, falls sie gebraucht wurde. Schließlich verstand sie, was ich von ihr wollte, und sie trottete gemächlich hinaus. Die Tür fiel hinter ihr ins Schloß, und ich war allein, um über die letzten Augenblicke der Frau zu wachen, die mich ruiniert hatte!

Ich setzte mich neben das offene Fenster, die Geräusche von draußen kündeten vom Fortschreiten der Nacht. Schritte hallten in den Straßen wider, hie und da Stimmengemurmel, mal nah, mal fern, war zu hören. Die Spelunken spien die Betrunkenen in die Gassen – die Gestrandeten einer Samstagnacht. Es war zwölf Uhr.

Der Straßenlärm – die derben Zoten und der gespenstische Frohsinn – begleitete die Stimme der sterbenden Frau, die jetzt langsamer, deutlicher, schrecklicher denn je war.

»Ich sehe ihn«, sagte sie, starrte mich mit leerem Blick an und fuhr langsam mit den Händen durch die Luft. »Ich sehe ihn! Aber er ist weit weg; er kann unser Geheimnis nicht hören, und er verdächtigt uns nicht, wie Mutter es tut. Sag das nicht mehr über ihn; mich schaudert's! Wieso siehst du mich so an? Es ist, als ob ich in Flammen stünde. Du weißt, daß ich dich mag, weil ich dich mögen *muß* – ich kann nicht anders. Du brauchst nicht zu flüstern – ich sage dir doch, er kann uns nicht hören oder sehen. Er sieht gar nichts; du machst einen Narren aus ihm, und ich mache einen Narren aus ihm. Aber vergiß nicht! Ich werde in meiner eigenen Kutsche fahren – du mußt alles geheimhalten, damit ich das tun kann! Ich *werde* mit meiner Kutsche fahren, den Weg, den mein Vater zu Fuß zu seinem Geschäft gehen muß. Es ist mir gleichgültig, ob von *meinen* Kutschenrädern Schlamm und Wasser auf ihn spritzen! Ich werde ihm all seine Wutanfälle heimzahlen. Du wirst sehen – ich gehe in seinen Laden und bestelle lauter neue Kleider! (Sei still, ich sage doch, daß er uns nicht hören kann.) Ich werde Samt tragen, wenn seine Schwester Seide trägt, und Seide, wenn sie sich mit Musselin begnügen muß. Ich bin vornehmer als sie, und ich werde prächtigere Kleider haben. *Er* weiß alles, also wirklich! Was habe ich ihm jemals verraten? Es ist gar nicht leicht, ihn immer glauben zu machen, daß ich in ihn verliebt bin, nach allem, was du mir erzählt hast. Was, wenn er uns auf die Schliche kommt? – Unvorsichtig? Ich bin nicht unvorsichtiger als du! Warum bist du nicht rechtzeitig aus Frankreich zurückgekommen, um all dem ein Ende zu setzen? Wieso hast du zugelassen, daß ich ihn heirate? Eine reizende Frau bin ich ihm gewesen, und er war mir ein schöner Ehemann! Ein Ehemann, der ein Jahr wartet! Ha, ha! Und der will ein Mann sein? Ein Ehemann, der ein Jahr wartet!«

Ich ging an ihr Bett und redete wieder mit ihr, in der Hoffnung, sie behutsam in bessere Träume zu führen. Ich weiß nicht, ob sie mich gehört hat, aber ihre wilden Phantasien wechselten zu späteren Ereignissen.

»Betten! Betten!« schrie sie, »überall Betten mit sterbenden Männern! Und in einem der Schrecklichste von allen – sieh dir den an! Das entstellte Gesicht auf dem weißen Kissen! *Sein* Gesicht? *Sein* Gesicht, das so makellos gewesen war? Niemals! Es ist das Gesicht eines Teufels, die Krallen des Satans haben es verunstaltet! Bringt mich weg! Zerrt mich hinaus! Ich kann mich vor diesem Gesicht nicht von der Stelle rühren – es ist immer vor mir – es umringt mich von allen Seiten – es versengt meine Haut! Wasser! Wasser! Taucht mich in den See, taucht mich tief unter, damit ich dieses brennende Gesicht nicht mehr sehe!«

»Ruhig, Margaret! Ruhig! Trink das, es wird dir Kühlung bringen.« Ich gab ihr von der Limonade, die auf dem Nachttisch stand.

»Ja, ja; ruhig. Wo ist Robert? Robert Mannion? Nicht hier! Dann verrate ich dir ein Geheimnis. Wenn du heute abend nach Hause kommst, Basil, und deine Gebete sprichst, dann bete um ein Unwetter mit Donner und Blitz; und bete, daß mich der Blitz trifft und Robert auch. Noch vierzehn Tage bis zu dem Fest bei meiner Tante, und in vierzehn Tagen wirst du wünschen, wir beide wären tot, also solltest du rechtzeitig darum beten. Wir werden schöne Leichen abgeben. Leg Rosen in meinen Sarg – scharlachrote Rosen, wenn du welche findest, weil sie das Symbol sind für die sündige Frau aus der Bibel[19]. Sündig? was kümmert's mich? Scharlachrot ist die kühnste Farbe der Welt. Robert wird dir und deiner Familie erzählen, wie viele Frauen so sündig sind wie ich – die Tugendhafte sündigt zu Hause und im geheimen, die Lasterhafte in aller Öffentlichkeit; das ist der einzige Unterschied, sagt er. Scharlachrote Rosen! Rosen für die Sünderin! Wirf sie zu Hunderten in meinen Sarg. Bedecke mich mit scharlachroten Rosen, begrabe mich unter ihnen; in der dunklen, stillen Straße – dort, wo eine breite Treppe zur Haustür führt – ein weißes, grausiges Gesicht, wie das von Basil, starrt mit schrecklichem Blick auf diese breite Treppe. Oh, warum bin ich ihm je begegnet? Warum habe ich ihn geheiratet? Oh, warum, warum?«

Die letzten Worte klangen langsam und rhythmisch – die grausige Verhöhnung eines Liedes, das sie uns an den Sonntagabenden in der North Villa vorgespielt hatte. Dann senkte sie ihre Stimme wieder; ihre Aussprache wurde undeutlich. Es war wie der Wechsel von finsterer Nacht zu hellem Tag, wenn man ihre schlaflosen Augen ansah und dem leisen Murmeln nach den letzten furchtbaren Worten zuhörte.

Die träge Nacht schritt voran. Die Stille zwischen den vereinzelten Geräuschen von der Straße wurde länger und länger; immer seltener waren rollende Kutschenräder in der Ferne zu hören, und nur noch ganz vereinzelt wurden Schritte Vergnügungssüchtiger laut, die nach Hause eilten. Schließlich störte nur noch der schwere Gang eines Polizisten, der seine Runden machte, die Ruhe der frühen Morgenstunde. Die Stimme vom Bett allerdings murmelte unablässig, doch jetzt in schläfrigem, trägem Tonfall; Mr. Bernard war noch nicht zurück; der Vater des sterbenden Mädchens hatte sich noch nicht blicken lassen und schien meiner schriftlichen Aufforderung, zum letztenmal an ihr Bett zu treten, nicht zu folgen.

(Noch jemand war abwesend – einer, vor dessen Annäherung das Totenbett unter allen Umständen bewahrt und rein gehalten werden mußte; einer, dessen teuflische Präsenz man fürchten mußte wie die Pest und alle Plagen. Mannion! – wo war Mannion?)

Ich saß am Fenster – dazu bestimmt zu warten, bis das Ende kam – und sah unwillkürlich in diese leeren Augen, die mich ständig beobachteten, als plötzlich Margarets Gesicht vor meinen Augen verschwand. Ich zuckte zusammen und sah mich um. Die Kerze, die ich auf der anderen Seite des Raumes aufgestellt hatte, war unbemerkt heruntergebrannt, und der Docht verglühte langsam. Ich lief hin, um eine frische Kerze, die auf dem Tisch lag, anzuzünden, aber es war zu spät. Das Flämmchen flackerte noch einmal auf und verlöschte; das Zimmer war dunkel.

Während ich auf dem Tisch nach der Zündholzschachtel tastete, wurde Margarets Stimme mit einemmal wieder lauter.

»Unschuldig! Unschuldig!« Ihr klagender Schrei durchdrang schrill die Dunkelheit. »Ich werde beschwören, daß ich unschuldig bin, und Vater wird es gewiß auch beschwören. Unschuldige Margaret! Oh, ich armes, unschuldiges Mädchen!«

Sie wiederholte diese Worte immer und immer wieder, bis all meine Sinne verwirrt zu sein schienen. Ich wußte kaum noch, welche Gegenstände ich berührte. Plötzlich hörten meine Hände wie von selbst auf zu suchen – ich hätte nicht sagen können, wieso. War eine Veränderung in dem Zimmer spürbar? War der Luftzug stärker, so, als wäre eine Tür geöffnet worden? Bewegte sich etwas? Hatte Margaret ihr Bett verlassen? – Nein! Die klagende Stimme sprach ohne Unterbrechung und war immer gleich weit von mir entfernt.

Ich setzte meine Suche nach Zündhölzern auf der Kommode fort, die in der Nähe des Fensters stand. Obwohl die dunkelsten Stunden der Nacht angebrochen waren und das Haus weit weg von den Gaslampen auf der Straße stand, fiel ein schwacher Lichtschein durch das Fenster herein. Ich drehte mich um, überblickte den Raum und glaubte, etwas Schattenhaftes auszumachen, das sich auf das Bett zubewegte.

»Bringt ihn weg!« kreischte Margaret in heller Aufregung. »Seine Hände sind auf mir – er berührt mein Gesicht und fühlt, ob ich tot bin!«

Ich lief zu ihr und stieß dabei in der Dunkelheit gegen einige Möbelstücke. Etwas huschte zwischen mir und dem Bett vorbei, als ich näher kam. Ich bildete mir ein, eine Tür leise ins Schloß fallen zu hören. Dann herrschte einen Moment vollkommene Stille. Als ich die Hände ausstreckte, berührte ich mit der Rechten den Nachttisch, und im nächsten Augenblick ertastete ich die Zündholzschachtel, die jemand dort hingelegt hatte.

Als ich eines der Hölzer aus der Schachtel nahm, wiederholte ihre Stimme dicht neben meinem Ohr:

»Seine Hände sind auf mir – er berührt mein Gesicht und fühlt, ob ich tot bin!«

Das Zündholz flammte auf. Ich ging damit zu der Kerze und sah mich um. Erst jetzt fiel mir die zweite Tür in der entfernten Zimmerecke auf. Durch die Glasscheiben in der oberen Hälfte dieser Tür fiel Licht in ein anderes Zimmer. Ich versuchte, sie zu öffnen, aber sie war versperrt, und der Raum dahinter war dunkel.

Dunkel und still. Aber versteckte sich dort nicht jemand in der Dunkelheit und Stille? Konnte noch ein Zweifel bestehen, daß sich verstohlene Schritte dem Bett genähert hatten, daß verstohlene Hände Margaret berührt hatten, solange es stockfinster gewesen war? – Zweifel? Es gab keine Zweifel in diesem oder einem anderen Punkt. Der Verdacht verdichtete sich augenblicklich zur Überzeugung und machte den Fremden, der zwischen mir und dem Bett durch die Dunkelheit gehuscht war, als den Mann kenntlich, dessen Anwesenheit ich fürchtete, dessen teuflische Präsenz das Gemach des Todes besudelte.

Er versteckte sich in diesem Haus – er wartete auf ihren letzten Atemzug, lauschte ihren letzten Worten, lauerte wahrscheinlich auf eine Gelegenheit, den Raum wieder betreten und ihn durch seine Gegenwart entweihen zu können. Ich stellte mich neben die Tür, entschlossen, ihn unter allen Umständen zurückzustoßen, sollte er noch einmal eindringen und sich dem Bett nähern wollen. Wie lange ich dort stand und die Tür zum dunklen Nebenzimmer anstarrte, weiß ich nicht, aber es mußte einige Zeit verstrichen sein, bis das Schweigen in mein Bewußtsein drang und meine Aufmerksamkeit beanspruchte. Ich drehte mich zu Margaret um, und im Nu waren alle Gedanken ausgelöscht bei dem Anblick, der sich meinen Augen bot.

Sie sah vollkommen anders aus. Ihre Hände, die bis dahin so rastlos und fahrig gewesen waren, lagen reglos auf der Bettdecke; ihre Lippen bewegten sich nicht mehr; der Gesichtsausdruck hatte sich verändert – das Fieber hatte seine Spuren hinterlassen, und dennoch wirkte sie nicht mehr fiebrig. Sie hatte die Augen fast geschlossen, ihre rasche Atmung hatte sich beruhigt. Ich fühlte ihren Puls – er flatterte unregelmäßig und schwach. Was hatte diese verblüffende Veränderung zu bedeuten? Eine Besserung? War das möglich? Während mir dieser Gedanke durch den Kopf ging, wurden all meine Sinne nur noch von ihr in Anspruch genommen – ich beobachtete eingehend ihr Gesicht, und nichts in der Welt hätte mich auch nur einen Moment von diesem Bett weglocken können.

Das erste Licht des Tages schimmerte schwach vor dem Fenster, bevor eine andere Veränderung zutage trat – bevor Margaret einen langen Seufzer ausstieß, die Augen öffnete und mich ansah. Der erste Blick war seltsam und erschreckend, denn es war der stete, bewußte Blick, den ich in vergangenen Tagen so oft an ihr gesehen hatte. Er fixierte mich nur einen kurzen Moment. Sie erkannte mich, und der erste Ausdruck von Entsetzen und Überraschung wich dem der Angst und der Scham. Sie bemühte sich vergebens, die Hände zu heben – so emsig während der ganzen Nacht, und jetzt so matt! Ein flehentliches Ächzen drang über ihre Lippen, und sie drehte den Kopf auf dem Kissen, als wollte sie ihr Gesicht vor mir verbergen.

»Oh, mein Gott! Mein Gott!« winselte sie leise. »Ich habe ihm das Herz gebrochen, und er kommt immer noch her, um gut und freundlich zu mir zu sein! Das ist schlimmer als der Tod! Ich bin zu schlecht, als daß man mir vergeben kann – laß mich allein! Laß mich allein! O Basil, laß mich allein sterben!«

Ich redete mit ihr, ließ jedoch sofort wieder davon ab – ich sprach nicht einmal ihren Namen aus. Allein meine Stimme steigerte ihr Leid zur Qual; die tiefe Verzweiflung ihrer Seele rang mit der Schwäche ihres Körpers und fand in Worten und Schreien Ausdruck, die unvorstellbar schrecklich anzuhören waren. Ich sank neben dem Bett auf die Knie; die Kraft, die mich die vergangenen Stunden aufrechterhalten hatte, verließ mich mit einemmal, und ich brach in Tränen aus, als ich um göttlichen Beistand für sie betete – es waren Tränen, die mich nicht erniedrigten, weil ich wußte, daß ich ihr verziehen hatte!

Der Tag brach an. Allmählich, als das sanfte Licht über ihr Bett flutete, als die frische Morgenbrise sanft und spielerisch die Locken ihres Haars bewegte, die auf dem Kissen lagen, gewann sie ein wenig Ruhe zurück; ihre Stimme wurde leiser, und die hektischen Bewegungen ließen nach. Aber sie wandte mir nie wieder das Gesicht zu – nicht, als die heftigen Worte der Verzweiflung leiser wurden, nicht, als ihr Flehen, ich möge sie allein und einsam sterben lassen, wie sie es verdient habe, in einem langen, klagenden Ächzen endete. Sie rang noch einmal nach Luft, und ich wartete – ich wartete lange – dann sprach ich leise mit ihr – und wartete wieder; ich hörte, daß sie noch atmete, ganz langsam – mit jeder Minute langsamer. Ich redete wieder mit ihr, diesmal lauter. Sie antwortete nicht, und sie rührte sich nicht. War sie eingeschlafen? Ich hätte es nicht sagen können. Etwas schien mich davon abzuhalten, auf die andere Seite des Bettes zu gehen und ihr Gesicht anzusehen, das halb vom Kissen verdeckt war.

Das Licht wurde rasch heller und angenehm weich, als der klare, morgendliche Sonnenschein durchs Fenster strömte. Ich hörte, wie sich rasche Schritte auf der Straße näherten; sie verstummten unter dem Fenster, und eine bekannte Stimme rief meinen Namen. Ich schaute hinaus: Mr. Bernard war endlich zurück.

»Ich konnte nicht früher kommen«, erklärte er. »Der Fall war sehr ernst, und ich hatte Angst, den Patienten allein zu lassen. Sie finden einen Schlüssel auf dem Kaminsims – werfen Sie ihn mir herunter, dann kann ich die Tür öffnen. Ehe ich gegangen bin, habe ich gebeten, den Riegel von innen nicht vorzuschieben.«

Ich befolgte seine Anweisungen. Als er das Zimmer betrat, bildete ich mir ein, eine Bewegung im Bett wahrzunehmen, und ich gab ihm ein Zeichen, leise zu sein. Er warf einen Blick auf Margaret und fragte mich ohne jede Überraschung, wann die Veränderung eingetreten war und wie. Ich erstattete ihm in aller Kürze Bericht und erkundigte mich, ob er schon einmal bei einem Fall wie ihrem eine solche Wandlung erlebt habe.

»Oft«, antwortete er. »Diese merkwürdigen Veränderungen treten häufig ein und wecken Hoffnungen, die sich niemals erfüllen. Rechnen Sie mit dem Schlimmsten – dieser Umschwung, dessen Zeuge Sie geworden sind, ist ein fatales Zeichen.«

Trotz dieser Prognose schien er ängstlich darauf bedacht zu sein, sie nicht zu wecken – er sprach ganz leise und schlich vorsichtig näher zum Bett.

Plötzlich hielt er inne, gerade als er ihr den Puls fühlen wollte, und starrte auf die Glastür – horchte aufmerksam – und sagte wie zu sich selbst: »Ich dachte, eine Bewegung in dem anderen Zimmer gehört zu haben, aber ich habe mich vermutlich geirrt; niemand im Haus kann so früh schon wach sein.« Er sah Margaret an und strich ihr sanft das Haar aus der Stirn.

»Stören Sie sie nicht«, flüsterte ich. »Sie schläft; sie schläft bestimmt.«

Er schwieg eine Weile und legte seine Hand auf ihr Herz. Dann zog er vorsichtig das Laken über ihr Gesicht.

»Ja, sie schläft«, sagte er ernst. »Sie schläft und wird nie wieder erwachen. Sie ist tot.«

Ich wandte mich schweigend ab, denn die Gedanken, die mich in diesem Moment beseelten, konnte ich keinem Menschen gegenüber aussprechen.

»Dies war ein trauriges Erlebnis für jemanden Ihres Alters«, sagte Mr. Bernard freundlich, als er sich vom Bett entfernte, »aber Sie haben es tapfer ertragen. Ich bin froh zu sehen, daß Sie unter einer so schweren Belastung die Ruhe bewahren können.«

Ruhe?

Ja! Ich war ruhig in diesem Moment, denn ich wußte, daß ich ihr vergeben hatte.

8

Am vierten Tag nach dem Morgen, an dem sie gestorben war, stand ich allein auf dem Friedhof neben dem Grab von Margaret Sherwin.

Es war mir beschieden gewesen, sie sterben zu sehen, und es war mir beschieden, ihren sterblichen Überresten die letzte Mildtätigkeit zu erweisen, die die Lebenden den Toten bieten können. Wenn ich an unserem verhängnisvollen Hochzeitstag in die Zukunft hätte blicken können oder geahnt hätte, daß das einzige Heim, das ich ihr je geben kann, ein Grab sein würde ...!

Ihr Vater hatte mir einen Brief geschrieben, den ich sofort nach der Lektüre vernichtete und den ich, hätte ich ihn noch in meinem Besitz, keinesfalls auf diesen Seiten wiedergeben würde. Es soll genügen, wenn ich erwähne, daß er ihr die Tat, mit der sie ihn um den Profit gebracht hat, welchen er aus mir und meiner Familie zu schlagen gehofft hatte, niemals verziehen hat; daß er jeden Verdacht und den Widerwillen der Verwandten seiner Frau (deren Feindschaft er aus pekuniären Gründen fürchtete) von sich abgewendet hatte, indem er, wie er es bereits angekündigt hatte, seine Tochter beschuldigte, den Tod ihrer Mutter verursacht zu haben; und daß er der Entrüstung, die er bekundete, den Anschein von Echtheit verlieh, indem er sich weigerte, ihren sterblichen Überresten die letzte Ehre zu erweisen.

Ralph kehrte nach London zurück, sobald ihn der Brief von Mr. Bernard erreichte, den ich an ihn weitergeleitet hatte. Er bot mir bei der Erfüllung der letzten Pflichten, die mir überlassen blieben, seine Hilfe an und zeigte dabei eine liebevolle Ernsthaftigkeit wie nie zuvor. Aber Mr. Bernard hatte mich bereits großzügig jeder Verantwortung enthoben, die von anderen wahrgenommen werden konnte, daher bestand bei dieser Gelegenheit kein Anlaß für mich, die Hilfsbereitschaft meines Bruders in Anspruch zu nehmen.

Ich stand allein am Grab. Mr. Bernard hatte sich von mir verabschiedet; die Totengräber und Müßiggänger, die so oft auf Friedhöfen herumlungerten, waren ebenfalls gegangen. Ich hatte keinen Grund, ihnen zu folgen – ich blieb, richtete den Blick auf die frisch aufgeworfene Erde zu meinen Füßen und dachte an die Tote.

Einige Zeit war vergangen, als mich nahende Schritte aus meinen Gedanken rissen. Ich schaute auf und sah einen Mann mit langem, weitem Umhang, einer Binde über den Augen, die die obere Hälfte seines Gesichtes verdeckte. Er schritt langsam auf mich zu und stützte sich beim Gehen auf einen Stock. Er ging direkt zum Grab und blieb mir gegenüber am Fußende stehen.

»Erkennen Sie mich wieder?« fragte er. »Erkennen Sie mich als Robert Mannion?« Als er seinen Namen nannte, hob er den Schirm hoch und sah mich an.

Der erste Anblick dieses abstoßenden Gesichtes mit der krankhaften Blässe, den häßlich entstellten Zügen, den grimmigen, boshaften Augen, die mich im grellen Sonnenschein anfunkelten und denselben zornig triumphierenden Ausdruck hatten wie in der Nacht des Unwetters, als der Blitz sein Gesicht beim Abschied kurz erhellt hatte – dieser Anblick raubte mir die Sprache und lähmte mich; ich werde ihn nie wieder aus meinem Gedächtnis löschen können. Ich kann, ich darf dieses grausige Bild nicht beschreiben – ich wage es nicht, obwohl es gerade jetzt wieder deutlich in meiner Vorstellung vor mir steht, so lebendig und furchtbar wie an dem Tag, an dem ich es zum erstenmal sah – obwohl es sich, während ich schreibe, vor meinen Augen hin und her bewegt –

obwohl es, wann immer ich von dem Papier aufsehe, um die schöne Aussicht von meinem Cottage zu bewundern, an meinem Fenster lauert, ein flüchtiger, dunkler Schatten vor dem Hintergrund der leuchtenden Erde und des Meeres und des Himmels.

»Erkennen Sie in mir Robert Mannion wieder?« wiederholte er. »Erkennen Sie jetzt, da Sie es sehen, das Werk Ihrer eigenen Hände? Oder bin ich für Sie so unkenntlich, wie es *mein* Vater für den *Ihren* gewesen wäre, hätte er ihn mit der Kapuze über dem Gesicht am Tag seiner Hinrichtung unter dem Galgen stehen sehen?«

Ich konnte immer noch nicht sprechen oder mich von der Stelle rühren. Ich konnte nur voller Entsetzen den Blick abwenden und auf den Erdboden heften.

Er rückte den Augenschirm wieder an die richtige Stelle und ergriff erneut das Wort.

»Unter dieser Erde, auf der wir jetzt stehen«, sagte er und setzte einen Fuß auf das Grab, »dort unten, wo Sie jetzt hinsehen, liegt zusammen mit dem Leichnam die einzige Kraft begraben, die eines Tages meine Gnade und Verschonung für Sie hätte bewirken können. Haben Sie an diese eine letzte Chance, die Sie verlieren, gedacht, als Sie kamen, um sie sterben zu sehen? Ich habe *Sie* beobachtet, genau wie ich Margaret beobachtet habe. Ich habe genausoviel gehört wie Sie; ich habe all das gesehen, was Sie gesehen haben; ich weiß wie Sie, wann sie gestorben ist und wie; ich habe ihre letzten Augenblicke mit Ihnen geteilt bis zum Ende. Es war meine Absicht, sie nicht aufzugeben und sie Ihnen nicht einmal auf dem Totenbett allein zu überlassen, und jetzt beabsichtige ich, Sie nicht allein an ihrem Grab stehen zu lassen, als wäre ihr Leichnam Ihr Besitz!«

Während er redete, gewann ich meine Fassung zurück. Ich konnte mich zwar nicht dazu zwingen, das zu sagen, was ich gern gesagt hätte, doch ich konnte weggehen und ihn allein lassen.

»Halt!« rief er. »Was ich noch zu sagen habe, betrifft Sie. Ich muß Ihnen hier an ihrem Grab von Angesicht zu Angesicht erklären, daß ich das, was ich Ihnen in meinem Brief aus dem

Hospital angekündigt habe, in die Tat umsetzen werde, daß ich Sie Ihr ganzes künftiges Leben für diese Entstellung ...« – er deutete auf sein Gesicht –, »und für diesen Tod sühnen lasse.« Mit diesen Worten setzte er erneut einen Fuß auf das Grab. »Wohin Sie auch gehen, dieses Gesicht wird sich niemals von Ihnen abwenden, diese Zunge, die Sie niemals, es sei denn durch ein Verbrechen, zum Schweigen bringen können, wird die abergläubische Angst vor Ihnen wecken und alle Grausamkeiten, zu denen die Menschheit fähig ist, heraufbeschwören. Das düstere Geheimnis der Nacht, in der Sie uns folgten, wird einen pestilenzartigen Gestank verbreiten, der in die Nüstern Ihrer Mitmenschen, wer immer sie auch sein mögen, steigt. Sie mögen sich hinter Ihrer Familie oder Ihren Freunden verschanzen – ich werde Sie treffen, indem ich die liebsten und tapfersten unter ihnen treffe! Jetzt, da Sie mich angehört haben, gehen Sie! Das nächste Mal, wenn wir uns wiedersehen, werden ich aus Ihrem Munde hören, daß ich meine Ankündigung wahr machen kann. Leben Sie das freie Leben, das Margaret Sherwin Ihnen durch ihren Tod beschert hat – Sie werden bald merken, daß es das Leben von Kain ist!«

Er drehte sich um und verließ die Grabstelle auf demselben Weg, den er gekommen war, aber sein schauerlicher Anblick und die Erinnerung an seine Worte verließen mich nicht. Nicht, solange ich auf dem Friedhof verweilte; nicht, als ich durch die belebten Straßen wanderte. Die dämonische grauenvolle Fratze stand mir noch vor Augen, und die haßerfüllten Worte hallten noch in meinen Ohren wider, als ich in mein Quartier zurückkehrte und Ralph in meinem Zimmer vorfand.

»Endlich bist du zurück!« sagte er. »Ich war entschlossen, hier zu warten, bis du kommst, und wenn es den ganzen Tag gedauert hätte. Ist etwas geschehen? Bist du in noch größere Schwierigkeiten geraten?«

»Nein, Ralph – nein. Was willst du mir sagen?«

»Etwas, was dich ziemlich überraschen wird, Basil: Du mußt London augenblicklich verlassen! Geh um deinet- und um aller anderen willen. Vater hat herausgefunden, daß Clara bei dir war.«

»Gütiger Himmel! Wie?«

»Das hat er mir nicht gesagt, aber er weiß es. Dir sind seine Ansichten über dich bekannt – ich überlasse es deinem Vorstellungsvermögen, wie er Claras Verhalten und ihre Besuche bei dir beurteilt.«

»Nein! nein! Sag es mir, Ralph – sag mir, wie sie sein Mißfallen trägt!«

»Es ist denkbar schlimm. Nachdem er ihr verboten hat, dieses Haus jemals wieder zu betreten, zeigt er ihr jetzt durch sein Schweigen, wie tief sie ihn verletzt hat, und das quält sie natürlich. Sie ist hin- und hergerissen zwischen dem Willen, *ihm* unbedingten Gehorsam zu leisten, und dem, was sie für ihre schwesterliche Pflicht *dir* gegenüber hält. Sie ist unglücklich von morgens bis abends. Ich wage gar nicht, daran zu denken, wo sie noch enden wird, wenn die Dinge so weitergehen, und du weißt, daß man mir nicht so leicht Angst einjagen kann. Basil, hör mich an: Es ist *deine* Sache, dem ein Ende zu setzen, und *meine* Sache, dir das klarzumachen.«

»Ich will alles tun, was du wünschst – alles, um Claras willen!«

»Dann verlaß London und beende so ihren Kampf zwischen Pflicht und Neigung. Falls du es nicht tust, ist Vater imstande, sie sofort aufs Land zu bringen, obwohl er, wie ich weiß, noch wichtige geschäftliche Angelegenheiten in London zu regeln hat. Schreib ihr einen Brief und erkläre ihr, daß du deiner Gesundheit zuliebe weggegangen bist, daß du Tapetenwechsel brauchst, um deinen Frieden zu finden – kurz, daß du weggehst, um eines Tages, wenn die Dinge besser stehen, wiederzukommen. Sag ihr nicht, wohin du gehst, und verrate es mir auch nicht, weil sie mich sicher danach fragen und es aus mir herausbekommen wird, wie du dir vorstellen kannst. Dann würde sie dir vermutlich schreiben, und Vater käme vielleicht dahinter. Sie braucht sich keine Sorgen wegen deiner Abwesenheit machen, wenn du ihr eine plausible Erklärung dafür gibst, und quält sich weniger als jetzt – das ist die eine Überlegung. Und du verfolgst ebenso deine eigenen Interessen wie die von Clara, wenn du weggehst – das ist die andere Überlegung.«

»Es geht nicht um *meine* Interessen. Clara! Ich kann nur an Clara denken!«

»Aber du *hast* Interessen und mußt an sie denken. Ich habe Vater vom Tod dieser unglücklichen Frau in Kenntnis gesetzt und ihm deine noble Haltung, während sie im Sterben lag, geschildert. Unterbrich mich nicht, Basil – sie war nobel. Ich hätte das, was du getan hast, nicht über mich gebracht! Ich merkte, daß er mehr davon betroffen war, als er zugeben wollte. Die veränderten Umstände haben einen ersten Eindruck bei ihm hinterlassen. Jetzt bleibt nur noch, diesen Eindruck zu verstärken, und du bist gerettet. Aber wenn du ihn verdirbst, indem du nach allem, was geschehen ist, hier bleibst und Clara in dem Dilemma beläßt – alter Junge, dann verspielst du deine besten Chancen. Er würde es als Trotz werten, wenn du bleibst, und als Zugeständnis an ihn, wenn du gehst.«

»Ich *werde* gehen, Ralph; du hast mich längst überzeugt, daß es notwendig ist! Ich breche morgen auf, aber wohin ...«

»Du hast den Rest des Tages Zeit, dir zu überlegen, wohin du willst. *Ich* würde ins Ausland reisen und mich amüsieren, aber deine Vorstellung von Vergnügen ist wahrscheinlich nicht die meine. Jedenfalls kann ich dir, wo immer du auch hingehst, mit Geld unter die Arme greifen, wenn du es willst; du kannst mir schreiben, nachdem du eine kleine Weile ausgehalten hast, und ich setze mich mit dir in Verbindung, sobald ich Neuigkeiten habe. Bleib nur bei deinem gegenwärtigen Entschluß, Basil, und ich verbürge mich dafür, daß du nach ein paar Monaten wieder zu Hause in deinem eigenen Arbeitszimmer sitzt.«

»Ich werde selbst verhindern, daß ich meinen Entschluß rückgängig machen kann, indem ich Clara unverzüglich schreibe und dir den Brief mitgebe, damit du ihn ihr morgen abend, wenn ich London längst den Rücken gekehrt habe, überreichen kannst.«

»So ist es recht, Basil! Das sind die Worte und Taten eines Mannes!«

Ich machte mich sofort ans Werk und erklärte meiner Schwester meine überstürzte Abreise, wie Ralph es mir geraten hatte – ich schrieb ihr schweren Herzens all das, was sie meiner Ansicht nach beruhigen und heiterer stimmen konnte, dann gab ich, ohne mir Zeit zum Nachdenken zu lassen, den Brief meinem Bruder.

»Sie bekommt ihn morgen abend«, sagte er, »und Vater wird erfahren, warum du die Stadt verlassen hast. Verlaß dich dabei wie in allem anderen ganz auf mich. Und jetzt, Basil, muß ich dir Lebewohl sagen – es sei denn, du bist in der Stimmung, heute abend zu uns zu kommen und dir mein neues Haus anzuschauen. Ah! Ich verstehe, es paßt dir im Moment nicht so recht, dann leb wohl, alter Junge! Schreib, wenn du irgend etwas brauchst – sieh zu, daß du deine Lebensgeister zurückgewinnst und deine Gesundheit wieder ganz herstellst, und zweifle nie daran, daß der Schritt, den du jetzt unternimmst, der beste für Clara und für dich selbst ist.«

Er eilte hinaus; augenscheinlich ging ihm dieser Abschied näher, als er mir zeigen wollte. Ich blieb für den Rest des Tages allein, um nachzudenken, wohin ich am nächsten Morgen meine Schritte lenken sollte.

Ich wußte, daß es das beste wäre, wenn ich England den Rücken kehren würde, aber mit einemmal überkam mich eine Sehnsucht nach meinem Heimatland, die ich nie zuvor verspürt hatte – ich hatte Heimweh nach dem Land, in dem meine Schwester lebte. Nicht ein einziges Mal wanderten meine Gedanken zu fremden Orten, während ich in aller Ruhe zu überlegen versuchte, in welche Richtung ich mich wenden sollte.

Noch während ich im Zweifel war, kamen mir die frühesten Eindrücke meiner Kindheit in den Sinn, und unter dem Einfluß dieser Erinnerungen dachte ich an Cornwall. Mein Kindermädchen war eine Frau aus Cornwall gewesen; meine ersten Phantasien und meine erste Neugier waren von der Beschreibung der kornischen Landschaft, der Bräuche und der Menschen und den Geschichten angeregt worden, mit denen mich mein Kindermädchen allzugern unterhielt. Als ich älter wurde, war es mein Traum, einmal nach Cornwall zu gehen und den wilden westlichen Landstrich zu Fuß von Hügel zu Hügel zu erforschen. Und jetzt, da kein Gedanke an eine vergnügliche Wanderschaft meine Wahl beeinflussen konnte – jetzt, da ich heimatlos und allein, unsicher, voller Trauer und in Gefahr war, erwachte der Traum aus vergangenen Tagen wieder zum Leben und wies mir den Weg zu den Felsen der kornischen Küste.

In meiner letzten Nacht in London suchte mich Mannions schauerliches Gesicht in schrecklichen Alpträumen heim – der Kummer und der Gedanke an den Morgen, der mich von Clara trennen würde, peinigten mich in den wachen Momenten. Dennoch schwankte ich nie in meinem Entschluß, London um ihretwillen zu verlassen. Als der Morgen anbrach, sammelte ich meine spärlichen Habseligkeiten zusammen, packte zwei, drei Bücher dazu und machte mich zum Aufbruch bereit.

Der Weg durch die Straßen führte mich in die Nähe meines Vaterhauses. Als ich durch die wohlbekannte Nachbarschaft ging, ließ mich meine Selbstbeherrschung so weit im Stich, daß ich innehielt und auf den Platz einbog, in der Hoffnung, Clara noch einmal zu sehen. Vorsichtig und zaghaft, als wäre ich ein Unbefugter sogar auf einem öffentlichen Trottoir, spähte ich zu dem Haus, das nicht mehr mein Heim war, und zu den Fenstern, die zum Salon und zum Schlafzimmer meiner Schwester gehörten. Sie stand nicht in der Nähe eines dieser Fenster und ging auch nicht zufällig von einem Raum zum anderen. Dennoch war ich nicht imstande, weiterzugehen. Ich dachte an die vielen Gefälligkeiten, die sie mir erwiesen hatte und die ich, so schien es mir jetzt, bis heute nie richtig geschätzt hatte, ich dachte daran, wie sehr sie meinetwegen gelitten hatte und vermutlich noch immer litt, und die Sehnsucht, sie noch einmal, wenn auch nur für einen flüchtigen Augenblick, zu sehen, hielt mich in der Nähe des Hauses, und mein Blick heftete sich vergebens auf die Fenster im ersten Stock.

Es war ein strahlender, kühler Herbstmorgen; vielleicht machte sie einen Spaziergang in der Grünanlage auf dem Platz – als ich noch zu Hause war, hatte es zu ihren Gewohnheiten gehört, sich zu dieser Stunde auf eine Bank zu setzen und zu lesen. Ich ging um das Gelände herum und hielt zwischen den Büschen nach ihr Ausschau. Ich hatte die Runde fast beendet, als eine Lady, die allein unter einem Baum saß, meine Aufmerksamkeit auf sich zog. Ich blieb stehen – schaute angestrengt in ihre Richtung – und sah, daß es Clara war.

Sie hatte das Gesicht beinahe ganz von mir abgewandt, aber ich erkannte sie an ihrem Kleid, an der Gestalt, sogar an ihrer Haltung. Sie hatte die Hände auf dem geschlossenen Buch, das sie auf ihrem Schoß hielt. Der kleine Spaniel, den ich ihr geschenkt hatte, lag zusammengerollt zu ihren Füßen und schlief. Soweit ich es aus der Ferne feststellen konnte, betrachtete sie den Hund. Als ich ein Stück zur Seite ging, weil ich ihr Gesicht besser sehen wollte, versperrten mir die Bäume die Sicht. Ich mußte mich mit dem wenigen zufriedengeben, was ich durch die Lücke in dem Blattwerk von ihr erkennen konnte. Sie anzusprechen wagte ich nicht, und ein trauriger Abschied hätte meine Entschlußkraft nur noch mehr geschwächt. Mir blieb nichts anderes übrig, als still dazustehen und sie anzuschauen – vielleicht sah ich sie zum letztenmal! –, bis sich Tränen in meinen Augen sammelten und meine Sicht trübten. Ich widerstand der Versuchung, sie wegzuwischen. Während vor meinen Augen alles verschwamm, wandte ich mich ab und verließ den Platz.

Bei den Gedanken, die mich bestürmten, als ich mich weiter und weiter von der Gegend entfernte, die einmal meine Heimat gewesen war, zwischen der Erinnerung an die vergangenen Ereignisse – von der ersten Begegnung mit Margaret Sherwin bis zu dem Tag, an dem ich an ihrem Grab gestanden hatte – und zwischen all den Überlegungen, die meinen Abschied von London begleiteten, beschlich mich zum erstenmal ein Zweifel, der mich seither nicht mehr losgelassen hatte: der Zweifel, ob Mannion nicht heimlich jedem meiner Schritte folgte.

Ich blieb instinktiv stehen und sah mich um. Viele Menschen bewegten sich in einiger Entfernung von mir, aber die Gestalt, die ich auf dem Friedhof gesehen hatte, konnte ich nirgendwo entdecken. Nach ein paar Schritten drehte ich mich wieder um – das Ergebnis war dasselbe. Danach ließ ich eine längere Zeit verstreichen, ehe ich erneut haltmachte und mich zum drittenmal umdrehte, um die belebte Straße hinter mir mit einem aufmerksamen Blick abzusuchen. Ein Stück entfernt sah ich auf der anderen Straßenseite einen Mann, der inmitten der an ihm vorbeiströmenden Menschen ganz still dastand (wie ich). Er hatte in etwa Mannions Größe, und er trug einen Umhang, wie ich ihn an Mannion gesehen hatte, als er an Margarets Grab getreten war. Mehr konnte ich nicht erkennen, ohne die Straße zu überqueren. Die vorbeifahrenden Droschken und die Fußgänger raubten mir immer wieder die Sicht.

War diese Gestalt, die immer nur kurz zu sehen war, die Gestalt von Mannion? Blieb er mir tatsächlich auf den Fersen? Als sich der Verdacht, er könnte mich allen Ernstes verfolgen, verstärkte, fiel mir die Drohung, die er auf dem Friedhof ausgestoßen hatte, plötzlich wieder ein: »Sie mögen sich hinter Ihrer Familie oder Ihren Freunden verschanzen – ich werde Sie treffen, indem ich die liebsten und tapfersten unter ihnen treffe!« Die Gedanken zwangen mich förmlich, meinen Weg ohne jedes Zögern fortzusetzen. Ich sah mich nicht wieder um, als ich weiterging, und sagte mir: »Solange er mir folgt, darf und will ich mich nicht vor ihm verbergen. Das beste an meiner Abreise ist, daß ich die zerstörerische Existenz mit mir nehme und sie auf diese Weise von meiner Familie und meinem Heim fernhalte.«

Ich wich nicht ein einziges Mal von meinem direkten Weg ab, ich beschleunigte auch nicht meine Schritte, warf auch nicht einen Blick zurück. Ich ließ London hinter mir, ohne den Versuch zu unternehmen, meine Abreise zu verschleiern, und begab mich nach Cornwall. Und obwohl ich ahnte, daß er hinter mir sein mußte, sah ich Mannion nie wieder und wußte nie, wie dicht er mir auf den Fersen war.

Zwei Monate sind seit meiner Reise vergangen, und ich weiß *heute* nicht mehr von ihm als *damals.*

TAGEBUCH

19. Oktober – Meine Rückschau ist beendet. Ich habe die Geschichte meiner Irrtümer und Mißgeschicke, der Verfehlungen, die ich begangen habe, und der Bestrafung, die ich erleide, von Anfang an bis zum gegenwärtigen Zeitpunkt wiedergegeben.

Die Seiten meines Manuskriptes (es sind viel mehr, als ich ursprünglich gedachte zu beschreiben) liegen in einem Stapel vor mir auf dem Tisch. Ich wage es nicht, sie noch einmal durchzusehen – ich wage es nicht, die Zeilen zu lesen, die meine eigene Hand aufgezeichnet hat. Es mag vieles an meiner Schreibweise geben, was der Änderung bedarf, aber ich habe nicht den Mut, diese Aufgabe zu erfüllen und die Geschichte zu überarbeiten und neu zu überdenken, wie ich es tun würde, wenn ich eine Veröffentlichung zu meinen Lebzeiten in Erwägung ziehen würde. Wenn ich nicht mehr bin, werden sich andere finden, die dieses rohe Material, das die Wahrheit wiedergibt und meine Hinterlassenschaft darstellt, zurechtfeilen und nach dem Geschmack der Zeit glätten werden.

Doch kann ich jetzt, während ich die Blätter zusammenbinde und versiegle, um das Band nie wieder mit eigener Hand zu lösen, sicher sein, daß alles, was erzählt werden muß, zu Papier gebracht ist? Nein! Solange Mannion lebt – solange ich nicht weiß, welche Veränderungen in dem Heim, aus dem ich ausgestoßen bin, vor sich gegangen sein mögen – bleibt mir die Zukunft, von der ich berichten muß wie von den Ereignissen der Vergangenheit. Was geschehen wird und einer Aufzeichnung wert ist, weiß ich nicht; welches Leid ich erdulden mag, das mir eine Fortsetzung der Arbeit unmöglich machen könnte, kann ich nicht vorhersehen. Ich setze nicht viele Hoffnungen in die Zukunft oder in mich selbst und glaube kaum, daß ich später noch die Zeit oder den Elan haben werde, aus der Erinnerung zu schreiben wie bis jetzt. Daher halte ich es für besser, die Vorkommnisse, so wie sie eintreffen, täglich zu notieren und so, so weit es geht, meine

Geschichte fortzusetzen, Fragment für Fragment, bis zum letzten Ende.

Mir erscheint es passend, am Anfang des Tagebuches, das ich zu führen beabsichtige, kurz das Leben zu schildern, das ich in der Abgeschiedenheit an der kornischen Küste führe.

Das Fischerdorf, in dem ich meine Geschichte niedergeschrieben habe, befindet sich im Süden Cornwalls, nicht mehr als fünf Meilen von Land's End entfernt. Das Cottage, das ich bewohne, ist aus rohbehauenem Granit erbaut und beherbergt unter seinem unverwüstlichen Dach nur zwei Räume. Ich besitze außer meinem Bett, einem Tisch und einem Stuhl keine Möbel. Etwa ein halbes Dutzend Fischer und ihre Familien sind meine Nachbarn. Ich verspüre weder das Bedürfnis nach Luxus noch das Bedürfnis nach Gesellschaft: Alles, was ich mir von diesem Landstrich erhofft hatte, habe ich bekommen: vollkommene Abgeschiedenheit.

Meine Ankunft rief zunächst Erstaunen und Argwohn hervor. Die Fischer von Cornwall haben sich beinahe bis zur Gänze den Aberglauben bewahrt, den ihre Vorfahren vor Jahrhunderten in Ehren gehalten hatten. Meine einfachen Nachbarn konnten nicht verstehen, warum ich keiner Arbeit und keinen Geschäften nachging, und es war ihnen nicht geheuer, daß jemand meines jugendlichen Alters derart von Erschöpfung und Niedergeschlagenheit gezeichnet war. Eine Einsamkeit wie die meine kam ihnen – besonders den Frauen – unnatürlich vor. Sie stellten mir neugierige Fragen, und meine schlichte Antwort, ich sei nach Cornwall gekommen, um in Frieden zu leben und meine Gesundheit wiederherzustellen, verblüffte sie aufs neue. Sie warteten, nachdem ich mich in dem Cottage eingerichtet hatte, Tag um Tag auf Briefe, die man mir schickte, doch es trafen keine Briefe ein – auf Freunde, die mich besuchten, aber es kamen keine Freunde an. Das machte mich in ihren Augen noch mysteriöser. Sie begannen sich alte kornische Legenden von einsamen, geheimnisvollen Menschen zu erzählen, die vor vielen Jahren in verschiedenen Teilen des Landstrichs gelebt hatten – kein Mensch wußte, woher sie gekommen waren, kein Mensch wußte, wovon sie gelebt hatten; sie waren gestorben und verschwunden, und niemand wußte, wann. Sie waren fast geneigt, mich mit diesen unheimlichen Besuchern gleichzusetzen – mich als ein der Menschheit fremdes Wesen zu betrachten, das hergekommen war, um unter einem Fluch dahinzusiechen und auf verhängnisvolle Weise mitten unter ihnen den Tod zu finden. Selbst die Person, die ich für all das, was ich benötigte, bezahlte, stellte für einen Moment in Frage, ob es dem Gesetz entspreche und ungefährlich sei, Geld von mir anzunehmen!

Diese Zweifel legten sich allmählich, die abergläubische Neugier ließ unmerklich nach. Meine armen Nachbarn gewöhnten sich an meine zurückgezogene, besinnliche und (für sie) unbegreifliche Lebensweise. Ein oder zwei Gefälligkeiten, die ich kurz nach meiner Ankunft ihren Kindern großzügig vergalt, bewirkten Wunder zu meinen Gunsten; und man bemitleidete mich eher, als daß man mir mißtraute. Wenn die Fischer einen guten Fang machten, schenkten sie mir hin und wieder einen Fisch. Vor einigen Wochen fand ich nach meinem Morgenspaziergang einen Korb mit zwei oder drei Möweneiern vor meiner Tür. Kinder hatten sie als Zierde für meine Cottagefenster dagelassen – der einzige Schmuck, den sie zu geben und den sie jemals kennengelernt hatten.

Ich kann jetzt unbeobachtet ausgehen und durch die Schlucht, in der unser Dorf liegt, zu der alten Steinkirche wandern, die einsam auf dem Hügel, umgeben von Moor, steht. Wenn Kinder zwischen den verstreuten Gräbern spielen, rennen sie nicht mehr weg, wenn sie mich auf dem Steinsarkophag am Eingang zum Friedhof sitzen sehen oder wenn ich den wehrhaften Steinturm umrunde, den längst zu Staub gewordene Hände vor Jahrhunderten errichtet haben. Meine Anwesenheit stellt für meine kleinen Nachbarn kein böses Omen mehr dar. Sie sehen nur noch kurz auf, lächeln strahlend und spielen weiter.

Vom Friedhof aus blicke ich an schönen Tagen über die Schlucht auf das Meer. Mächtige Granitfelsen überragen die Fischerhütten auf beiden Seiten; der kleine Streifen weißen Strandes, den die Klippen umschließen, schimmert im Sonnenlicht; der kleine Fluß, der durch sein Bett in den Felsen plätschert, funkelt an manchen Stellen wie ein Band aus silbernem Feuer; die dicken weißen Wolken mit ihren violetten Schatten und den hellen welligen Rändern rollen majestätisch über mich hinweg; das Kreischen der Seevögel, das endlose, klagende Murmeln der Brandung und die ferne Musik des Windes, der durch die Ritzen und Höhlen in den Felsen streift, vereinen sich einmal zu einer Melodie, dann wieder dringen die Geräusche einzeln an meine Ohren. Die Stimme und die Schönheit der Natur – Gottes Engel, die die Seele besänftigen und läutern – sprechen mit mir und berühren mich zu Zeiten wie diesen in zarter und glückverheißender Weise.

Nur wenn es regnet und sich der Wind und das Meer gleichzeitig erheben – wenn ich im Schutz einer Höhle am Abgrund stehe und die trüben Wellen und den sprühenden Gischt betrachte, spüre ich die unbekannte Gefahr, die in all ihrer entsetzlichen Ungewißheit über mir schwebt. Dann halten die Drohungen meines tödlichen Feindes meine Sinne fest in ihrem grausigen Griff. Ich sehe die düstere und gespenstische Verkörperung des Unheils, das mir auflauert, in den bizarren Nebelfetzen, die den Himmel verschleiern, sich bewegen, umherwirbeln, sich verdüstern und sich in ihrem eigenen, unheimlichen Glanz über dem aufgewühlten Wasser wieder erhellen. Dann heult das Tosen der Brecher, die auf das Riff rollen wie die Fanfaren des Jüngsten Gerichts zu mir herauf; und die Stimme des Windes, die in den Höhlen dröhnt und grollt, ist immer dieselbe donnernde Stimme des Verderbens in meinem Ohr.

Gaukeln mir nur Schwäche und Erschöpfung vor, daß Mannion mich immer im Auge hat, daß er mir überallhin heimlich folgt? Könnten andere in meiner Lage die Furcht, ständig von ihm beobachtet zu werden, abschütteln? Es ist möglich. Es mag sein, daß mich seine Verbindung mit meinen Leiden der Vergangenheit allzu leicht dazu getrieben hat, an die zerstörerische Macht zu glauben, die er sich selbst zuschreibt. Vielleicht ist auch all meine Entschlossenheit, ihm Widerstand entgegenzusetzen, betäubt – nicht so sehr durch die Angst vor seinem Erscheinen, als vielmehr durch die

Ungewißheit, zu welchem Zeitpunkt er auftaucht – nicht durch seine Drohungen an sich, als eher durch sein Zögern, sie wahr zu machen. Ich erinnere mich an das, was dieser Mann bereits getan hat, und trotz aller Vernunft glaube ich, daß er das tun wird, was er angekündigt hat. Auch wenn er wahnsinnig ist, habe ich doch keine Hoffnung, mich gegen ihn verteidigen oder ihm entkommen zu können – gleichgültig, in welche Richtung ich auch schaue.

Trotz der Ablenkung, die mir das Schreiben der vorangegangenen Geschichte gebracht hat, trotz der Erleichterung, die mein Herz findet, wenn ich an Clara denke, muß mich unmerklich die Qual der Ungewißheit und der bösen Ahnungen überkommen haben, die nun mein Leben bestimmt. Meine Schwester! Sogar in dieser selbst auferlegten Abgeschiedenheit, weit weg von ihr, habe ich Mittel und Wege gefunden, Verbindung zu etwas zu halten, was sie liebt. Der Name, den ich angenommen habe und unter dem ich leben werde, bis mir mein Vater sein Vertrauen und seine Zuneigung wiedergeschenkt hat, ist der Name eines kleinen Landgutes, das einst meiner Mutter gehört hat und nach ihrem Tod in den Besitz ihrer Tochter übergegangen ist. Selbst die ärmsten Teufel haben ihre Launen, ihre Vorlieben. Ich besitze kein Andenken an Clara, nicht einmal einen Brief. Der Name des Gutes, das ihr so teuer und ihr ganzer Stolz ist, bedeutet mir ebensoviel wie einem glücklicheren Menschen eine Locke, ein Ring oder ein anderes liebenswertes Andenken.

Ich bin von den kleinen Alltäglichkeiten meines Lebens in diesem Ort abgeschweift. Soll ich zu ihnen zurückkehren? Nicht heute; mein Kopf schmerzt, meine Hand ist matt. Falls der morgige Tag kein Ereignis bringt, das es zu schildern gilt, werde ich dort fortfahren, wo ich heute abbreche.

20. Oktober – Nachdem ich gestern die Feder aus der Hand gelegt hatte, verließ ich das Haus, um den freundschaftlichen Umgang mit meinen Nachbarn, der während meiner dreiwöchigen Arbeit an der Erzählung unterbrochen gewesen war, wieder aufzunehmen.

Auf meinem Weg zwischen den Cottages hindurch und hinauf zu der alten Kirche im Moor sah ich weniger Leute als gewöhnlich. Das Benehmen derer, denen ich zufällig begegnete, erschien mir seltsam verändert; vielleicht bildete ich es mir nur ein, aber ich glaubte, daß sie mich mieden. Eine Frau schlug die Haustür zu, als ich näher kam. Ein Fischer antwortete kaum, als ich ihm einen guten Tag wünschte, und ging weiter, ohne für ein Schwätzchen stehenzubleiben wie sonst. Ein paar Kinder, die ich auf dem Weg zur Kirche überholte, liefen vor mir davon und verständigten sich mit Gesten, die ich nicht deuten konnte. Ist der erste abergläubische Argwohn gegen mich wieder erwacht, nachdem ich gedacht habe, ihn überwunden zu haben? Oder nehmen mir meine Nachbarn übel, daß ich sie in den letzten drei Wochen vernachlässigt habe? Ich muß das morgen ergründen.

21. – Ich habe alles entdeckt! Die Wahrheit, die ich gestern eigenartigerweise nur vage vermutet habe, hat sich mir heute aufgedrängt.

Ich ging heute morgen, wie ich es mir vorgenommen hatte, aus, um herauszufinden, ob sich die Einstellung meiner Nachbarn mir gegenüber während meiner dreiwöchigen Zurückgezogenheit tatsächlich geändert hatte oder nicht. Vor dem Cottage, das meinem am nächsten steht, spielten zwei kleine Kinder, deren Zutrauen ich schon kurz nach meiner Ankunft gewonnen hatte. Ich ging zu ihnen, um mit ihnen zu sprechen, aber ihre Mutter trat aus dem Haus schnappte sich die Kinder und warf mir einen erschrockenen, erzürnten Blick zu. Ehe ich sie etwas fragen konnte, hatte sie die beiden ins Cottage gezerrt und die Tür zugemacht.

Fast im selben Moment kamen drei oder vier andere Frauen wie auf ein verabredetes Signal aus ihren Behausungen und warnten mich mit lauten, ärgerlichen Stimmen, ihnen oder ihren Kindern bloß nicht zu nahe zu kommen; dann verschwanden sie und schlugen ihre Türen zu. Noch immer ahnungslos, drehte ich mich um und ging zum Strand. Der Bursche, den ich beauftragt habe, mich mit Vorräten zu versorgen, lungerte dort herum und lehnte an einem alten Boot. Sobald er mich sah, schreckte er auf und machte sich ein paar Schritte davon, dann blieb er stehen und rief:

»Ich werde Ihnen keine Lebensmittel mehr bringen; Vater sagt, er verkauft Ihnen nichts mehr, egal was Sie bezahlen.«

Ich erkundigte mich bei dem Jungen, aus welchem Grund sein Vater das gesagt haben könnte, aber er rannte zum Dorf, ohne mir eine Antwort zu geben.

»Am besten verlassen Sie uns«, brummte eine Stimme hinter mir. »Wenn Sie nicht freiwillig gehen, werden die Leute Sie aushungern.«

Der Mann, der mich auf diese Weise ansprach, war seinerzeit einer der ersten gewesen, der sich mir gegenüber freundlich gezeigt hat, und jetzt bat ich ihn um die Erklärung, die mir sonst niemand geben wollte.

»Sie wissen gut genug, was wir meinen und warum wir wollen, daß Sie gehen«, lautete seine Erwiderung.

Ich beteuerte, daß ich gar nichts wußte, und bat ihn so ernst, mich ins Bild zu setzen, daß er stehenblieb.

»Ich werde es Ihnen sagen«, entgegnete er, »aber nicht jetzt; ich möchte nicht mit Ihnen gesehen werden.« Er warf einen Blick auf die Frauen, die sich wieder vor ihre Cottages gewagt hatten. »Gehen Sie heim und sperren Sie die Tür ab; ich komme bei Einbruch der Nacht.«

Und er kam wie versprochen. Doch als ich ihn in die Stube einlud, lehnte er ab und meinte, er würde im Freien bleiben und durch das Fenster mit mir reden. Die Verweigerung, unter mein Dach zu treten, rief mir ins Gedächtnis, daß man letzte Woche die Lebensmittel auf das Fenstersims gelegt hatte, statt sie mir wie üblich ins Haus zu bringen. Damals war ich zu sehr beschäftigt, dem Vorfall Beachtung zu schenken, aber jetzt kam er mir doch sehr merkwürdig vor.

»Wollen Sie mir weismachen, daß Sie nicht ahnen, warum wir Sie von hier weghaben wollen?« sagte der Mann und beäugte mich mißtrauisch durch das Fenster.

Ich wiederholte, daß ich mir wirklich nicht vorstellen könne, weshalb sie sich so anders verhielten oder was ich ihnen angetan haben könnte.

»Dann werde ich es Sie wissen lassen«, fuhr er fort. »Wir möchten, daß Sie von hier verschwinden, weil ...«

»Weil«, unterbrach ihn eine andere Stimme aus dem Hintergrund, die ich als die seiner Frau erkannte, »weil Sie einen Fluch über uns und unsere Häuser bringen – *weil wir wollen, daß die Gesichter unserer Kinder so bleiben, wie Gott sie geschaffen hat.*«

»Weil«, warf eine andere Frau ein, die sich dazu gesellt hatte, »Sie die Rache des Teufels über uns Christenmenschen bringen! Komm zurück, John! Es ist gefährlich für einen aufrichtigen Mann, mit ihm zu sprechen.«

Sie zerrten den Fischer mit sich weg, bevor er ein weiteres Wort sagen konnte. Ich hatte genug gehört. Die grausige Wahrheit brach sich in meinem Bewußtsein Bahn. Mannion *war* mir nach Cornwall gefolgt, und er machte seine Drohungen wortgetreu wahr!

(10 Uhr) – Ich habe meine Kerze zum letztenmal in diesem Cottage angezündet, um ein paar Zeilen in mein Tagebuch zu schreiben. Im Dorf ist alles still; ich höre keine Schritte draußen – aber kann ich sicher sein, daß Mannion nicht in diesem Augenblick in der Nähe meiner Tür lauert?

Ich muß gehen, sobald der Morgen anbricht; ich muß diesen ruhigen Schlupfwinkel verlassen, in dem ich bis heute ein so friedliches Leben geführt habe. Es besteht keine Hoffnung, daß ich mich in den Augen meiner armen Nachbarn rehabilitieren kann. Mannion hat sich ihren Aberglauben zu nutze gemacht und ihre erbarmungslose Feindseligkeit entfacht. Er hat die verborgene Grausamkeit sogar in den Herzen dieser einfachen Leute erkannt und sie geweckt – gegen mich, wie er es prophezeit hatte. Er muß sein Teufelswerk in den letzten drei Wochen begonnen haben, während ich mich hauptsächlich im Haus aufgehalten habe und er kaum Gefahr lief, mir bei meinen üblichen Spaziergängen zu begegnen. Es wäre zwecklos zu grübeln, wie er das Werk vollbracht hat; mein einziges Ziel ist jetzt, mich sofort auf den Aufbruch vorzubereiten.

(11 Uhr) – Während ich vor einer Minute meine wenigen Bücher zusammenpackte, fiel ein kleines besticktes Lesezeichen aus einem der Bände, das ich vorher nicht bemerkt hatte und das ich als ein selbstgemachtes Geschenk von Clara wiedererkannte. Jetzt habe ich doch ein Andenken an meine Schwester bei mir! So klein und unbedeutend es auch ist, ich werde es bei mir tragen als Trostspender in den Zeiten der Not und der Gefahr.

(1 Uhr) – Der Wind fegt in immer grimmigeren Böen vom Moor zu uns herunter; die Wellen schlagen schwer gegen die Felsen; der Regen trommelt gegen mein Fenster; und eine tiefe Finsternis breitet sich über den ganzen Himmel aus. Das Unwetter, das schon seit einigen Tagen drohte, braut sich rasch zusammen.

Im Dorf Treen, 22. Oktober – Die Ereignisse dieses einen Tages haben mein ganzes Leben verändert. Ich muß mich dazu zwingen, meinen Bericht sofort aufzuschreiben. Etwas warnt mich, daß ich nicht mehr in der Lage sein werde, alles zu erzählen, wenn ich auch nur bis morgen warte.

Es war noch früh am Morgen – ich denke, ungefähr sieben Uhr –, als ich die Haustür hinter mir schloß, um sie nie wieder zu öffnen. Ich traf nur ein oder zwei meiner Nachbarn, als ich das Dorf verließ. Sie wichen mir wortlos aus, um mich vorbeizulassen. Mit schwerem Herzen und so bekümmert, wie ich es mir nie hätte vorstellen können, nahm ich als Feind Abschied von Menschen, unter denen ich als Freund gelebt hatte, ließ die letzten Cottages hinter mir und stieg über den Pfad die Klippen zum Moor hinauf.

Das Unwetter hatte einige Stunden zuvor heftig getobt. Kurz nach Beginn der Morgendämmerung ließ der Wind nach, aber die Gewalt der mächtigen Meeresbrandung hatte nichts von ihrem Schrecken verloren. Die riesigen Atlantikwellen warfen sich schäumend und wütend gegeneinander und prallten an die massiven kornischen Granitfelsen. Der

Himmel war von dickem weißen Nebel verdeckt, der noch immer feucht über der Erde hängt, und vom leichten Wind, der hin und wieder aufkommt, wie gewaltige Rauchfahnen weiter getrieben wird. In dem dichten Dunst konnte man nur wenige Meter weit sehen. Ich hatte abgesehen von dem unablässigen Tosen des Meeres zu meiner Rechten nichts, was mir den Weg wies.

Ich beabsichtigte, bis zum Abend Penzance zu erreichen. Darüber hinaus hatte ich nichts geplant – noch hatte ich mir keine Gedanken gemacht, wo ich als nächstes Zuflucht suchen sollte. All meine früheren Hoffnungen, ich könnte Mannion entkommen, hatten mich für immer verlassen. Ich entdeckte keinen Hinweis darauf, daß er mir folgte. Der Nebel verdeckte alles, was hinter mir lag; das Rauschen der brodelnden See übertönte alle anderen Laute, aber ich zweifelte keinen Moment daran, daß er mich beobachtete, während ich meinen Weg fortsetzte.

Ich ging langsam, hielt mich vom Abgrund der Klippen fern, indem ich darauf achtete, daß das tosende Geräusch immer aus der gleichen Entfernung kam, und wußte, daß ich, wenn auch auf gewundenem Wege, in der richtigen Richtung vorwärtskam, solange ich die Brandung rechts von mir hörte. Der kürzere Weg durch das Moor zur Straße dahinter hätte mich bei diesem Nebel sicherlich nur in die Irre geführt.

Ich bewegte mich einige Zeit auf diese umständliche Weise vorwärts, bis mir plötzlich bewußt wurde, daß sich das Lärmen des Meeres vollkommen verändert hatte. Mit einemmal schien das Geräusch sowohl von der rechten als auch von der linken Seite zu kommen. Ich blieb stehen und blickte angestrengt durch den Nebel, aber es war zwecklos. Felsbrocken, die nur ein paar Meter entfernt von mir waren, sahen aus wie Schatten in dem dichten weißen Dampf. Ich ging noch ein Stück weiter, aber bald vernahm ich ein unheimliches Geräusch direkt unter meinen Füßen – es klang wie das zeitweilig unterbrochene Rollen eines Donners, das das Tosen des Wassers aus einiger Entfernung begleitete. Wieder machte ich halt und machte, an einen Felsen gelehnt, Rast. Nach einer Weile teilte sich der Nebel ein wenig und zog aufs Meer hinaus, aber rechts und links von mir blieb er so dicht wie zuvor. Ich ging dem helleren Himmel vor mir entgegen – der Donnerhall dröhnte lauter und lauter, es schien mir, als würde er das Herz der großen Klippe erschüttern.

Der Dunst lichtete sich noch ein bißchen mehr, und plötzlich entdeckte ich ein Seezeichen, das den Schiffen den Weg wies, auf dem höchsten Punkt der Felsen. Ich kletterte zu ihm hinauf, erkannte die leuchtend rote und weiße Farbe, in der es gestrichen war, und wußte, daß ich von der eigentlichen Küstenlinie abgekommen und auf eine der großen, felsigen Landzungen geraten war, die als natürliche Wellenbrecher in die See ragten.

Ich war schon zweimal während meines Aufenthaltes in dem Fischerdorf bis zu diesen Granitfelsen vorgedrungen und wußte jetzt, was die donnernden Laute verursachte.

Unter der Stelle, an der ich stand, fielen die Klippen jäh, beinahe senkrecht zu einem Vorsprung weiter unten ab. Im oberen Teil der Felswand tat sich ein schwarzes klaffendes Loch auf, das wie ein Tunnel in unbekannte, unergründliche Tiefen führte. Die Wellen fanden durch unterirdische Kanäle Zugang zu der Höhle, und selbst bei ruhiger See rauschte das Wasser in diesem Abgrund, aber an stürmischen Tagen war der Zorn des Meeres furchteinflößend. Die Wellen brodelten und dröhnten in ihrem Gefängnis, bis sie die massigen Klippen wie ein Erdbeben zu erschüttern schienen. Aber so hoch sie auch gegen die Wände der Schlucht schlugen, sie erreichten nie den oberen Rand. Nur eine feine Gischtwolke verriet dem Betrachter, in welch schrecklichem Aufruhr sich das Wasser in der Tiefe befand.

Sobald ich die Stelle wiedererkannte, wurde ich mir auch der Gefahren bewußt, die ich auf dem felsigen Weg, der vom Festland auf diese Landzunge führte, hinter mich gebracht hatte – ich war unversehrt an schmalen Vorsprüngen und trügerischen Schluchten vorbeigekommen, die ich im Nebel nicht hatte sehen können. Doch ich verspürte nicht die geringste Neigung, mein Glück auf dem Rückweg noch einmal auf die Probe zu stellen, solange es nicht aufgeklart hatte und ich den Weg vor mir gut sehen konnte. Es wurde langsam heller über den hohen Wellen in der Ferne, und ich beschloß, auf bessere Sicht zu warten, ehe ich es wagen wollte, das Festland zu erreichen.

Ich stieg zu einer tiefer gelegenen Felsnase hinab, um eine weniger exponierte Stelle zu finden als die neben dem Seezeichen. Während ich mich dem Abgrund näherte, übertönte das schreckliche Gebrüll der Wellen nicht nur die tosende Brandung, sondern auch die schrillen Schreie der unzähligen Seevögel, die ich aufgeschreckt hatte und die mich jetzt aufgeregt umflatterten. Nur die, die direkt über meinem Kopf waren, konnte ich noch hören. Obwohl die Felswände zu beiden Seiten des Abgrundes jäh abfielen, boten die Vorsprünge Füßen und Händen festen Halt. Ich kletterte hinunter, die morbide Sehnsucht, der Gefahr ins Auge zu sehen, die schon viele Menschen trotz ihrer Furcht an den Rand des Abgrunds gelockt hatte, führte mich ganz nah an das große, gähnende Loch. Ich spähte hinein, sah aber nur vage die schwarzen, schimmernden Wände mit den schroffen Kanten und Zacken und das lange, glatte Seegras, das in dem leeren Raum hin und her wehte. Alles andere war vom Gischt, vom brodelnden Wasser verdeckt, das in der Tiefe aufschäumte, in zischenden Wolken aus der Öffnung des Tunnels aufstieg und sich in kleinen Tröpfchen auf einem flachen, mit Seegras bewachsenen Felsen absetzte, der schräg zu der Öffnung abfiel. Allein der Anblick dieser glatten, schlüpfrigen Steinplatte und des tiefen Schlundes verursachte mir Schwindelgefühle; das Dröhnen des aufgewühlten Wassers betäubte und verwirrte mich – ich wich zurück, solange ich noch die Kraft dazu hatte, und tastete mich in horizontaler Richtung weiter. In etwa dreißig oder vierzig Meter Entfernung befand sich ein Felsvorsprung über der Meerseite. Dort bildeten die schroffen Felsen natürliche Höhlen und boten Schutz vor Wind und Wetter. In einer dieser Höhlen wollte ich abwarten, bis der Himmel klarer und die Sicht besser war.

Ich hatte gerade einen Sims nahe am Klippenrand erreicht, als sich plötzlich eine Hand auf meinen Arm legte und ihn festhielt. Trotz der Brandung in der Tiefe, des tosenden Wassers in dem Tunnel hinter mir und der kreischenden Vögel in der Luft hörte ich folgende Worte, die dicht an meinem Ohr ausgesprochen wurden:

»Geben Sie acht auf Ihr Leben. Es ist nicht an Ihnen, es wegzuwerfen – es gehört *mir*!«

Ich drehte mich um und sah Mannions Gesicht vor mir. Nichts verbarg die gräßlich entstellten Züge. Sein Auge war auf mich gerichtet, als er mit der Hand auf die Wellen, die in sechzig Meter Tiefe aufspritzten, deutete.

»Selbstmord!« sagte er bedächtig. »Ich hatte etwas Ähnliches vermutet und bin diesmal dicht hinter Ihnen geblieben, um gegen den Tod zu kämpfen, dem Sie sich übergeben wollen.«

Als ich von dem Abgrund zurückwich und Mannions Hand abschüttelte, bemerkte ich den Wahnsinn in seinem triumphierend funkelnden Auge – den Wahnsinn, vor dem man mich im Hospital gewarnt hatte.

Der Nebel hatte sich zu Wolken verdichtet, die sich teilten und ihre Gestalt vor dem schimmernden Licht dahinter von Minute zu Minute veränderten. Ich hatte diese plötzlichen Wechsel schon öfter beobachtet und wußte, daß sie besseres Wetter und ein rasches Aufklaren ankündigten.

Ich sah zum Himmel auf, und Mannion trat ein paar Schritte zurück, dann zeigte er in die Richtung des Fischerdorfes, das ich am Morgen verlassen hatte.

»Selbst in diesem abgelegenen Ort«, sagte er, »und bei diesen ungebildeten Menschen hat mein entstelltes Gesicht Zeugnis gegen Sie abgelegt. Margarets Tod ist gerächt, wie ich es vorausgesagt habe. Sie wurden aus der Gemeinschaft der armen Fischer vertrieben wie ein von Gott verfluchter Aussätziger; Sie haben das Leben als Ausgestoßener, das ich seit vielen Jahren führe, gerade erst kennengelernt. Aberglaube! – barbarischer, abscheulicher Aberglaube, den ich mir nur allzuleicht zunutze machen konnte, ist die Geißel, mit der ich Sie aus Ihrem Versteck gejagt habe. Sehen Sie mich an! Ich habe meine Stärke zurückgewonnen – ich bin nicht mehr der kranke Abschaum aus dem Hospital. Ich habe die Kraft und die Ausdauer, dorthin zu gehen, wo Sie hingehen. Ich sage Ihnen noch einmal: Wir sind fürs ganze Leben aneinandergekettet; selbst wenn ich wollte, könnte ich Sie nicht verlassen. Die schreckliche Freude, Sie durch die ganze Welt zu jagen, brennt wie Feuer in meinem Blut. Sehen Sie – sehen Sie sich die tosende Brandung an. Sie findet keine Ruhe, genau wie Sie niemals Ruhe finden werden!«

Sein Anblick, seine Anwesenheit in dieser zerklüfteten Ödnis, die krächzende Stimme, die klang wie die eines Tollwütigen, als er über meine Hilflosigkeit frohlockte, die Wellen, die gegen die Felsen peitschten, das wilde Brausen des Wassers in dem Felsenschlund, die Nebelbänke, die sich zu bizarren Gebilden zusammenballten und dicht über unseren Köpfen auf die See hinausrollten – alles, was ich sah und hörte, schien mich in Raserei zu versetzen, als Mannion seine letzten Worte äußerte. Mein Gehirn fühlte sich an, als hätte es Feuer gefangen; mein Herz war zu Eis erstarrt. Eine schauerliche Versuchung, den Teufel vor mir für immer loszuwerden und in den Abgrund zu schleudern, betäubte mein Denkvermögen. Ich spürte, wie sich ihm meine Hände – ohne meinen Willen – entgegenstreckten. Wenn ich auch nur einen Augenblick länger ausgeharrt hätte, dann hätte ich ihn oder mich selbst in die Tiefe gestürzt, aber ich wandte mich rechtzeitig ab, und ohne auf die Gefahren zu achten, floh ich über die schroffen, tückischen Felsen. Ich fiel, noch ehe ich ein paar Meter weit gekommen war, und der Schreck brachte mich wieder zu Sinnen. Ich rappelte mich auf, wagte aber immer noch nicht, zurückzuschauen und mich zu vergewissern, ob Mannion mich verfolgte, solange die Klippe hinter ihm noch in Sicht war.

Ich kletterte, dem Getöse des Wassers in dem Tunnel nach zu schließen, beinahe an derselben Stelle, an der ich abgestiegen war, die Felsen hinauf. Auf halbem Wege blieb ich auf einem breiten Plateau stehen und sah, daß ich entweder ein Stück nach rechts oder nach links gehen mußte, um leichter aufsteigen zu können. In diesem Moment lichtete sich erneut der Nebel. Ich hielt zuerst zu meiner Linken Ausschau nach Stellen, die meinen Füßen festen Halt boten, dann zu meiner Rechten, am Rand der zerklüfteten Felsen.

Im gleichen Augenblick nahm ich verschwommen Mannions Gestalt wahr, die sich schattenhaft unter mir bewegte und den Rand der glitschigen Steinplatte erreichte, die sich dem dröhnenden Schlund entgegen neigte. Das Licht, das durch die aufreißenden Nebelfetzen fiel, machte ihm offenbar bewußt, daß er sich im trüben Dunst zu nah an die gefährliche Stelle gewagt hatte. Er hielt inne – hob den Kopf und sah, daß ich ihn beobachtete – riß die Hand hoch über den Kopf und schüttelte sie drohend. Die unbedachte, heftige Gebärde wurde ihm zum Verhängnis – er schwankte – versuchte, sein Gleichgewicht zurückzugewinnen – taumelte – drehte sich halb herum und stürzte nach hinten auf die schräg abfallende Felsplatte.

Das nasse Seegras glitt ihm durch die Finger, als sie sich daran festklammern wollten. Er kämpfte fieberhaft, um sich zu Seite zu werfen und von der abschüssigen Stelle wegzukommen, nur um immer tiefer und tiefer zu rutschen. Dicht am Rand des Abgrundes sprang er auf wie ein angeschossenes Tier, gerade als sich eine gewaltige Gischtwolke über ihn ergoß. Ich hörte einen so schrillen, schauerlichen, unmenschlichen Schrei, daß das Donnern des Wassers zu verstummen schien. Der Sprühnebel setzte sich. Ich sah gerade noch zwei blutige Hände, die versuchten, sich an den schwarzen Felsen festzuklammern, als er stürzte. Die Wellen in der unergründlichen Tiefe tosten grimmig; wieder spie der Schlund eine Wolke aus, und als sie sich verflüchtigt hatte, war nichts mehr zu sehen als das gähnende schwarze Loch – nichts rührte sich auf der Steinplatte, nur das abgerissene Seegras wurde langsam von den Wassertropfen weggespült.

Der Schock nach dieser grausigen Szene muß mein Erinnerungsvermögen gelähmt haben, denn ich weiß kaum mehr, was darauf folgte. Ich entsinne mich nur noch, daß ich die Felsplatte anstarrte, mich niederkauerte, um nicht zu fallen, daß ich eine gewisse Zeitspanne alles um mich herum vergaß und daß mich das Brausen und Donnern des Wassers wieder geweckt zu haben schien. Als ich mich erhob und um mich blickte, war der Himmel über dem Meer strahlendblau und klar; die Wassertröpfchen über den Brechern schillerten in der Sonne; und vom Nebel war nichts geblieben als eine entfernte große Wolke, die einen violetten Schatten über das Festland warf.

Ich stapfte schwerfällig den Weg, den ich gekommen war, zurück. Ich war so geschwächt, daß ich am ganzen Körper zitterte und mich kaum zwingen konnte, einen Fuß vor den anderen zu setzen. Manchmal hielt ich inne und schreckte vor dem kleinsten Hindernis zurück. Dann wieder wurde ich ohne jeden Grund unsicher, ob ich die ursprüngliche Richtung beibehalten hatte, und bildete mir ein, ich würde zum Fischerdorf zurückgehen. Das schreckliche Schauspiel, das ich mit angesehen hatte, schien sich weit mehr auf meine Körperfunktionen auszuwirken als auf meine geistigen Fähigkeiten. Dennoch herrschte, während ich mich den Küstenweg entlangschleppte, eine schmerzliche Leere in meinen Gedanken – offenbar fehlte mir die Kraft, zu begreifen, daß Mannion eines entsetzlichen Todes gestorben war.

Als ich dieses Dorf erreichte, war ich so erschöpft, daß die Wirtsleute in diesem Gasthof gezwungen waren, mich zu stützen, als sie mich die Treppe hinaufführten. Selbst jetzt noch, nach ein paar Stunden Schlaf, ist das bloße Eintauchen der Feder in das Tintenfaß eine qualvolle Anstrengung für mich. Ich spüre ein eigenartiges Herzflattern; mein Gedächtnis läßt mich wieder im Stich – ich kann nicht mehr schreiben.

23. – Die schreckliche Szene, deren Zeuge ich gestern geworden bin, wirkt sich immer noch verheerend auf mich aus. Ich habe mich vergeblich bemüht, nicht an Mannions Tod zu denken, sondern an die unbelastete Zukunft, die mir dieser Tod ermöglicht. Ob in den wachen Stunden oder im Schlaf, es ist, als würde eine verhängnisvolle Macht meine Geisteskraft in dem tosenden Felsschlund gefangenhalten. Ich habe nachts in meinen Träumen wieder die fahlen, blutigen Hände gesehen, die zwischen den schwarzen Wänden in der Tiefe verschwanden. Und jetzt, in der frischen Morgenbrise am strahlendhellen Tag, finden meine Gedanken immer noch keine Ruhe. Selbst die Schönheit eines wolkenlosen Tages scheint sich nicht mehr wie früher auf mein Gemüt auszuwirken.

25. – Gestern konnte ich den ganzen Tag nicht genügend Energie aufbringen, um auch nur eine Zeile in mein Tagebuch zu schreiben. Ich scheine die Gewalt über mich selbst vollkommen verloren zu haben. Beim kleinsten Geräusch im Haus befällt mich ein Zittern, das ich nicht unterdrücken kann. Wenn jemals der Tod eines menschlichen Wesens einem anderen Erleichterung und Erlösung gebracht hat, dann hatte Mannions Tod mir eben dies beschert, und dennoch läßt das Entsetzen, alles mit angesehen zu haben, nicht nach. Nicht einmal das Wissen, vom tödlichsten und entschlossensten Feind, den ein Mann jemals hatte, befreit zu sein, kann mir helfen.

26. – Visionen – halb wachend, halb träumend – während der ganzen Nacht. Visionen von meinem letzten einsamen Abend im Fischerdorf – immer wieder von Mannion – die fahlen, blutigen Hände wirbeln in der Dunkelheit in meinem Kopf – flüchtige Bilder von zu Hause, von Clara, die mir in meinem Arbeitszimmer vorliest – der plötzliche Wechsel zu dem Raum, in dem Margaret starb – das lange, schwarze Haar vor ihrem Gesicht – dann für eine Weile Vergessen – und wieder Mannion, der neben meinem Bett auf und ab geht – sein Tod, der wie ein Traum erscheint; seine Nachtwache an meinem Bett, die mir wie die Wirklichkeit vorkommt und mich sogar geweckt hat – Clara geht auf der anderen Seite des Bettes auf und ab – Ralph steht zwischen ihnen und deutet auf mich.

27. – Ich fürchte, mein Geist ist ernsthaft in Mitleidenschaft gezogen. Er muß bereits entscheidend geschwächt gewesen sein, bevor ich die grausige Szene auf der zerklüfteten Landzunge beobachtet habe. Die Ungewißheit, in der ich seit meiner Abreise aus London gelebt habe, die ständige Anspannung und die Erschütterung, die mich beim Aufschreiben der vergangenen Ereignisse bewegt hat, haben meine Nerven offenbar wesentlich mehr angegriffen, als ich es vermutet hatte. Soll ich Ralph einen Brief zukommen lassen? Nein –

noch nicht. Er könnte den Eindruck gewinnen, daß ich ungeduldig und nicht fähig bin, meine notwendige Abwesenheit so gefaßt und entschlossen zu ertragen, wie ich sollte.

28. – Eine durchwachte Nacht – gepeinigt von der morbiden Angst, daß sich Gerüchte über mich vom Fischerdorf bis hierher ausbreiten, daß Nachforschungen über Mannions Verbleib angestellt werden und daß ich im Verdacht stehen könnte, seinen Tod herbeigeführt zu haben.

29. – Die Wirtsleute haben nach einem Arzt geschickt. Er kam heute her. Er war die Freundlichkeit in Person, trotzdem fing ich unweigerlich an zu zittern, als er mein Zimmer betrat – wurde immer konfuser, als ich versuchte, ihm zu schildern, was mir fehlt – schließlich war es mir nicht mehr möglich, auch nur ein einziges Wort verständlich auszusprechen. Er war sehr ernst, als er mich untersuchte und der Wirtin Fragen stellte. Ich glaubte, ihn sagen zu hören, daß man nach meinen Freunden schicken solle, aber ich bin mir nicht sicher.

31. – Schwächer und schwächer. In meiner Verzweiflung habe ich heute versucht, an Ralph zu schreiben, aber ich weiß nicht, wie ich den Brief formulieren soll. Die einfachsten Worte geraten in meinem Kopf durcheinander. Ich mußte aufgeben. Ich bin überrascht, daß ich noch Einträge in mein Tagebuch zustande bringe! Wenn ich nicht mehr imstande bin, die Arbeit, für die ich so viele Wochen aufgewendet habe, in irgendeiner Weise fortzusetzen, was wird dann aus mir? Werde ich den einzigen Schutz verlieren, der mich bei Verstand hält?

Schlimmer! Schlimmer! Ich habe vergessen, welcher Tag heute ist und kann es mir nicht merken, wenn sie es mir sagen – ich erinnere mich nicht einmal, wie lange ich schon ans Bett gefesselt bin. Mir ist, als würde mein Herz schwächer. Oh, wenn ich nur Clara noch einmal sehen könnte!

Der Arzt und ein fremder Mann haben meine Papiere durchgesehen.

Mein Gott! Sterbe ich? Ereilt mich der Tod, gerade wenn die Möglichkeit auf ein bißchen Glück für mein zukünftiges Leben besteht?

Clara! – Weit weg von ihr – nichts außer dem kleinen Lesezeichen, das sie mir gestickt hat – laßt es um meinen Hals, wenn ich …

Ich kann mich nicht bewegen oder atmen oder denken – wenn man mich nur zurückbringen könnte – wenn mich mein Vater jetzt so sehen könnte! Wieder Nacht – die Träume, die kommen werden – immer von zu Hause, bisweilen von dem unerprobten Heim im Himmel, aber auch von dem vertrauten Heim auf Erden …

Clara! Ich werde mit verwirrten Sinnen sterben, es sei denn, Clara – bringt ihr die Nachricht schonend bei – sie könnte sie töten …

Ihr Gesicht – so strahlend und ruhig! ihre wachsamen tränenfeuchten Augen sehen mich immerzu an – ein Licht schimmert stetig durch die bebenden Tränen. Solange das Licht leuchtet, werde ich leben: sobald es erlöscht …*

ANMERKUNG DES HERAUSGEBERS

* Hier sind noch einige Zeilen angefügt, doch die Worte sind ganz und gar unleserlich.

BRIEFE ZUM SCHLUSS

BRIEF I

VON WILLIAM PENHALE, GRUBENARBEITER IN BARTALLOCK, CORNWALL, AN SEINE FRAU IN LONDON

Meine liebe Mary,

gestern erhielt ich Deinen Brief und war glücklicher, als ich sagen kann, weil ich hörte, daß unser Liebling Susan eine so gute Stellung in London gefunden und ihre neue Herrin ins Herz geschlossen hat. Meine herzlichen Grüße an Deine Schwester und ihren Mann, und ich murre nicht wegen des Geldes, das es kostet hat, Dich mit Susan loszuschicken, damit Du auf sie achtgeben kannst. Das arme Kind ist noch zu jung, um eine solche Reise allein zu machen; und da ich gezwungen war, zu Hause zu bleiben, zu arbeiten, um die anderen Kinder zu versorgen und zurückzahlen zu können, was wir uns für die Fahrt ausgeborgt haben, warst natürlich Du die geeignete Begleitperson für Susan – ihr Wohlergehen ist uns ganz bestimmt kostbarer als Geld. Außerdem habe ich Dir, als ich Dich geheiratet und nach Cornwall mitgenommen habe, eine Reise nach London versprochen, damit Du Deine Freunde wiedersehen kannst; und jetzt ist dieses Versprechen eingelöst. Also bitte ich Dich, Dir keine Gedanken um das Geld zu machen: Ich werde in Kürze alles zurückgezahlt haben.

Ich habe einige sehr eigentümliche Neuigkeiten für Dich, Mary. Du weißt, wie schwer es war, Arbeit in der Mine zu bekommen, bevor Du weggefahren bist – so schwer, daß ich nach Deiner Abreise dachte: »Wäre es nicht besser, in Treen zum Fischen zu gehen?« Und ich ging nach Treen, und Gott sei Dank komme ich gut zurecht. Ich kann bei den meisten Arbeiten aushelfen, und der Ertrag beim Fischen war dieses Jahr sehr gut. Deshalb bin ich dabei geblieben. Und jetzt komme ich zu den Neuigkeiten.

Die Wirtin des Gasthofs hier ist, wie Du weißt, eine weitläufige Verwandte von mir. Am dritten Nachmittag nach Deiner Abreise schaute ich auf dem Weg zum Strand bei ihr vorbei, um ein paar Worte mit ihr an ihrer Tür zu wechseln, als wir einen jungen Gentleman, einen vollkommen Fremden, sahen, der auf uns zu kam. Er war sehr blaß und wirkte verstört, das fiel mir sofort auf, als er nach einem Bett fragte; und plötzlich brach er zusammen – er war so schwach und krank, daß ich helfen mußte, ihn nach oben zu bringen. Am nächsten Morgen hörte ich, daß sich sein Zustand verschlechtert hatte, und am Tag darauf dasselbe. Er hat der Wirtin einen schönen Schrecken eingejagt, weil er so unruhig war und so eigenartig mit sich selbst geredet hat, besonders nachts. Er wollte nicht sagen, was ihm zugestoßen war oder wie er heißt. Wir konnten lediglich in Erfahrung bringen, daß er eine Weile bei den Fischern weiter im Westen gewohnt hat und daß sie ihn zum Schluß nicht sehr gut behandelt haben – Schande über sie! Ich bin sicher, der junge Bursche hat ihnen nicht viel angetan, wer er auch sein mag. Das Ende vom Lied war, daß ich selbst losgegangen bin, um den Doktor für ihn zu holen, und als wir in sein Zimmer kamen, lag der arme Teufel bleich und zitternd im Bett und schaute uns an, als ob er meinen würde, wir wollten ihn ermorden. Der Doktor gab seinen Beschwerden ein paar komplizierte Namen, von denen ich nicht einmal weiß, wie man sie schreibt, aber wie's scheint, stimmt eher etwas mit seinem Kopf oder seinem Gemüt nicht als mit seinem Körper. Er muß einen ziemlichen Schrecken oder große Angst ausgestanden haben, sonst wären seine Nerven nicht so zerrüttet. Das einzige, was ihm guttun würde, meinte der Doktor, wäre, wenn ihn seine Verwandten behutsam pflegen und er bei seiner Familie Ruhe haben würde; fremde Gesichter könnten ihn noch mehr verwirren und seinen Zustand verschlimmern. Der Doktor wollte wissen, wo seine Freunde leben, aber er wollte es ihm nicht sagen, und später ging es ihm so viel schlechter, daß er überhaupt nicht mehr verständlich sprechen konnte.

Gestern abend hat er uns erschreckt. Der Doktor hörte, daß ich mich unten nach dem Jungen erkundigte, und bat mich, ihm zu helfen, den Kranken zu bewegen, damit sein Bett gemacht werden kann. Sobald ich ihn hochhob (ich bin sicher, ich habe ihn ganz sanft angefaßt), wurde er ohnmächtig. Als der Arzt sich bemühte, ihn wieder zu sich zu bringen, löste sich etwas, was aussah wie ein Stück Karton, aber hübsch mit Perlen und Seide bestickt war, von der Schnur um seinen Hals und fiel neben das Bett. Ich hob es auf, weil ich mich an die Zeit erinnerte, in der ich um Dich, Mary, warb, und noch sehr gut weiß, wie kostbar mir alles war, was Dir gehörte. Deshalb rettete ich es für ihn, da ich dachte, es könnte ein Andenken an seine Liebste sein. Als er zu sich kam, faßte er sich sofort mit seiner mageren, bleichen Hand an den Hals und sah mich so dankbar an, als ich das kleine Ding wieder an der Schnur befestigte! Als ich damit fertig war, winkte mich der Doktor in die andere Ecke des Zimmers.

»So kann es nicht weitergehen« flüsterte er. »Wenn sich nichts ändert, verliert er noch den Verstand, wenn nicht sein Leben. Ich muß seine Papiere durchsehen, vielleicht erfahre ich so, wer seine Freunde oder Verwandten sind; und Sie müssen als Zeuge dabeisein.«

Also öffnete der Doktor die kleine Tasche und nahm zuerst ein rechteckiges, versiegeltes Paket heraus, dann zwei oder drei zusammengebundene Briefe; die arme Seele sah uns die ganze Zeit an, als sehnte sie sich danach, uns daran zu hindern, die Sachen anzurühren. Der Doktor meinte, es hätte keinen Zweck, das Paket zu öffnen, weil die Adresse, die darauf stand, dieselbe war wie die auf den Briefen, und der Name paßte zu den Initialen, die in seine Wäsche gestickt waren.

»Ich bin fast sicher, daß er dort lebt oder gelebt hat, deshalb schreibe ich dorthin«, sagte der Doktor.

»Soll meine Frau den Brief überbringen, Sir?« sage ich. »Sie ist mit unserer Tochter Susan in London, und wenn seine Freunde nicht mehr unter dieser Anschrift anzutreffen sind, kann sie vielleicht herausfinden, wohin der Brief gebracht werden muß.«

»Gut, Penhale«, sagt er, »so machen wir's. Schreiben Sie an Ihre Frau und legen Sie meinen Brief zu Ihrem.«

Ich hab' gleich gemacht, was er wollte, und der andere Brief ist in diesem Umschlag – Name, Straße und Hausnummer stehen drauf.

Liebe Mary, geh sofort los und sieh zu, was Du herausfindest. Vielleicht ist der Junge in dem Haus, an das der Doktor geschrieben hat, daheim; wenn nicht, sind dort vielleicht Leute, die wissen, wo er wohnt. Geh gleich hin und laß uns umgehend wissen, ob Du Glück hattest – wir dürfen keine Zeit mehr verlieren. Wenn Du den jungen Gentleman sehen könntest, würdest Du ihn bedauern wie wir.

Der Brief ist so lang geworden, daß ich keinen Platz mehr habe, noch etwas zu schreiben. Gott segne Dich, Mary, und Gott segne unseren Liebling Susan! Gib ihr einen Kuß von ihrem Vater und vertrau auf mich

Dein Dich liebender Mann
William Penhale

BRIEF II

VON MARY PENHALE AN IHREN MANN

Liebster William,

Susan schickt hundert Küsse und die herzlichsten Grüße an Dich und ihre Brüder und Schwestern. Es geht ihr gut, und ihre Herrin ist freundlich und so liebevoll zu ihr, wie es nur sein kann. Beste Grüße auch von meiner Schwester Martha und ihrem Mann. Und jetzt, da ich alle Botschaften überbracht habe, gebe ich Dir gute Nachrichten für den armen jungen Gentleman, der so krank in Treen liegt.

Sobald ich Susan gesehen und ihr Deinen Brief vorgelesen hatte, ging ich zu dem Haus, zu dem mich der Brief des Doktors führte. So ein prachtvolles Haus, William! Ich hatte richtig Angst, an diese Tür zu klopfen. Ich nahm all meinen Mut zusammen und zog an der Klingelschnur; ein sehr dicker, großer Mann mit über und über gepudertem Kopf öffnete die Tür, fast noch bevor die Glocke anschlug. »Wenn Sie so freundlich wären, Sir«, sage ich und zeige ihm den Namen auf dem Brief des Doktors, »mir zu sagen, ob Freunde dieses Gentlemans hier leben.« – »Ganz gewiß«, sagt er, »sein Vater und seine Schwester wohnen hier. Aber weshalb möchten Sie das wissen?« – »Ich möchte, daß sie diesen Brief lesen«, sage ich. »Da steht drin, daß der junge Mann bei sehr schlechter Gesundheit ist und sich auf dem Lande aufhält.« – »Den Herrn des Hauses können Sie nicht sprechen«, sagt er, »da er wegen einer Krankheit ans Bett gefesselt ist, und auch Miss Clara geht es gar nicht gut – Sie geben den Brief am besten mir.« Gerade als er das sagte, durchquerte eine ältere Frau (die Haushälterin, wie ich später erfuhr) die Halle und erkundigte sich, was ich wollte. Nachdem ich es ihr erklärt hatte, sah sie mich erschrocken an. »Kommen Sie hier entlang, Ma'am«, sagt sie. »Sie werden Miss Clara mehr Gutes tun als all die Ärzte zusammen. Aber Sie müssen ihr die Neuigkeiten ganz behutsam beibringen, noch ehe sie den Brief liest. Bitte beschönigen Sie die Wahrheit – der Gesundheitszustand der jungen Lady ist nämlich äußerst delikat.« Wir gingen die Treppe hinauf – dieser Teppichläufer auf den Stufen! Ich fürchtete mich beinahe, darauf zu treten, nachdem ich durch die schmutzigen Straßen gegangen war. Die Haushälterin öffnete eine Tür und sagte ein paar Worte, die ich nicht hören konnte, zu der jungen Lady im Zimmer, und dann ließ sie mich ein.

O William! Sie hatte das liebreizendste, gütigste Gesicht, das ich je in meinem Leben gesehen habe. Aber sie war so blaß, und ihre Augen waren voller Traurigkeit, als sie mir anbot, Platz zu nehmen – mir wurde das Herz schwer, weil ich daran denken mußte, was ich ihr auszurichten hatte. Ich brachte zuerst kein Wort heraus, und ich nehme an, sie dachte, daß ich in Schwierigkeiten bin, denn sie bat mich, mein Anliegen erst vorzutragen, wenn es mir besserging. Das sagte sie in einem solchen Ton und mit einem solchen Blick, daß ich wie eine Närrin in Tränen ausbrach, statt das zu antworten, was ich hätte antworten sollen. Aber es hat mir gutgetan, und danach war ich imstande, ihr von ihrem Bruder zu erzählen (ich war so vorsichtig, wie ich konnte), bevor ich ihr den Brief des Doktors gab. Sie hat ihn nicht geöffnet, sie stand nur vor mir, als hätte sie sich in Stein verwandelt – sie konnte nicht weinen oder sprechen oder sich bewegen. Es hat mir solche Angst eingejagt, sie in einem so schrecklichen Zustand zu sehen, daß ich das große Haus und den Unterschied zwischen uns ganz vergaß; ich nahm sie in die Arme und brachte sie dazu, sich neben mich aufs Sofa zu setzen, genau wie ich es tun würde, wenn Susan großen Kummer hätte und ich sie trösten müßte. Na ja, ich hatte sie bald so weit, daß sie wieder mehr wie sie selbst aussah, und tröstete sie auf jede nur erdenkliche Art. Sie legte den Kopf an meine Schulter, und ich umarmte und küßte sie (ohne auch nur ein einziges Mal daran zu denken, daß ich eine hochwohlgeborene Lady und eine Fremde küßte); endlich kamen die Tränen, das erleichterte sie. Sobald sie sprechen konnte, dankte sie Gott, daß man ihren Bruder gefunden hatte und daß er bei freundlichen Leuten war. Sie hatte nicht die Courage, den Brief des Doktors zu lesen, und bat mich, es zu tun. Obwohl er einen sehr schlechten Bericht über den jungen Gentleman abgibt, schreibt er auch, daß Fürsorge, eine gute Pflege von Freunden und ein Transport von dem fremden Ort in sein eigenes Heim Wunder an ihm bewirken würden. Als ich zu dieser Stelle im Brief kam, sprang sie auf und bat mich, ihn ihr zu geben. Dann fragte sie mich, wann ich nach Cornwall zurückfahre, und ich sagte: »So bald wie möglich.« (Es ist wirklich an der Zeit, daß ich nach Hause komme, William.) »Warten Sie, bitte warten Sie, bis ich diesen Brief meinem Vater gezeigt habe!« sagte sie und rannte mit dem Brief in der Hand hinaus.

Nach einiger Zeit kam sie mit gerötetem Gesicht wieder; sie sah ganz anders aus als vorher und sagte, ich hätte mehr zum Glück der Familie beigetragen, weil ich mit dem Brief zu ihr kam, als sie mir jemals danken könnte. Ein Gentleman folgte ihr – er war ihr ältester Bruder (sagte sie); der angenehmste, lebhafteste Gentleman, den ich je gesehen habe. Er schüttelte mir die Hand, als würde er mich schon ein Leben lang kennen, und erklärte mir, daß ich die erste Person sei, die Gutes in einer Familie bewirkt hat, indem sie einen Brief mit schlechten Nachrichten mitbrachte. Er fragte mich, ob ich bereit sei, am nächsten Morgen mit ihm, der jungen Lady und einem Freund, der Doktor ist, nach Cornwall zu fahren. Ich hatte schon daran gedacht, daß ich den Abschied von der armen Susan noch am selben Tag hinter mich bringen muß, deshalb sagte ich: »Ja.« Danach wollten sie mich nicht gehen lassen, ehe ich etwas zu essen und zu trinken hatte; und die liebe, gute junge Lady wollte alles über Susan und dich und die anderen Kinder wissen, und wo ich wohne, gerade als würde sie uns kennen wie Nachbarn. Das arme Ding! Sie war so aufgeregt wegen der Reise, daß der Gentleman alle Hände voll zu tun hatte, sie zu beruhigen und davon abzuhalten, in Lachen oder Weinen auszubrechen – offenbar war sie in letzter Zeit anfällig für derartige Zustände. Schließlich ließen sie mich gehen, und ich ging zu Susan und blieb, solange ich konnte, ehe ich ihr Lebewohl sagte. Sie hat den Abschied tapfer ertragen – armes, liebes Kind! Gott im Himmel segne sie, und ich bin sicher, das tut er, weil keine Mutter jemals eine bessere Tochter hatte.

Mein lieber Mann, ich fürchte, dieser Brief ist sehr schlecht geschrieben, aber mir stehen Tränen in den Augen, wenn ich an Susan denke, und ich fühle mich so müde und durcheinander nach allem, was passiert ist. Wir brechen morgen sehr früh in einer Kutsche auf, die dann auf die Eisenbahn geladen wird. Stell Dir vor, ich fahre in einer vornehmen Kutsche mit hochgestellten Persönlichkeiten! – Willie und Nancy und die anderen Kinder werden Augen machen! Ich werde fast so schnell in Treen ankommen wie dieser Brief, aber ich dachte, ich muß doch schreiben, daß du die guten Neuigkeiten so früh wie möglich erhältst und dem jungen Gentleman davon erzählen kannst. Ich bin sicher, daß es ihm gleich besser geht, wenn er hört, daß sein Bruder und seine Schwester unterwegs sind, um ihn nach Hause zu holen.

Ich kann nicht mehr schreiben, lieber William, ich bin so müde. Nur noch so viel: Ich sehne mich danach, Dich und die Kleinen wiederzusehen, und bin

Deine Dich liebende und ergebene Frau
Mary Penhale

BRIEF III

AN MR. JOHN BERNARD VOM VERFASSER DER BEILIEGENDEN AUTOBIOGRAPHIE

[Dieser Brief ist neun Jahre später datiert als die vorangegangenen.]

Lanreath Cottage, Breconshire

Lieber Freund,

Ihr letzter Brief läßt Zweifel daran ahnen, ob ich mich noch an die Umstände erinnere, unter denen ich Ihnen vor mehr als acht Jahren ein Versprechen gab. Sie irren sich: Nicht einer dieser Umstände ist meinem Gedächtnis entfallen. Um Ihnen das zu beweisen, werde ich sie hier rekapitulieren. Sie werden anerkennen, denke ich, daß ich nichts vergessen habe.

Nach meinem Transport von Cornwall (wie könnte ich jemals den Augenblick vergessen, als ich Clara und Ralph zum erstenmal neben meinem Bett sah!), als die Nervenkrankheit, unter der ich so lange gelitten hatte, der liebevollen Pflege meiner Familie – und Ihrem ärztlichen Können – nicht mehr länger standhalten konnte, war einer meiner ersten Wünsche, Ihnen meine Wertschätzung und meine Dankbarkeit für die Anstrengungen, die Sie mir zuliebe auf sich genommen haben, zu erweisen, indem ich Ihnen dasselbe Vertrauen entgegenbrachte wie meinen nächsten und liebsten Verwandten. Seit unserem ersten Zusammentreffen im Hospital haben Sie mir während des Elends, an dem mein Gemüt und mein Körper schwer zu tragen hatten, unschätzbare Dienste mit dem Feingefühl und der Selbstaufopferung eines wahren Freundes geleistet. Daher hielt ich es nur für recht und billig, daß Sie erfahren, welche schweren Prüfungen mich in den Zustand versetzt hatten, in dem Sie mich vorfanden, als Sie meinen Bruder und meine Schwester nach Cornwall begleiteten – ich verspürte diesen Wunsch von ganzem Herzen und legte daher die von mir niedergeschriebene

Geschichte meines Irrtums und seiner schrecklichen Folgen zur Durchsicht in Ihre Hände. Ihnen mündlich alles, was geschehen war, zu erzählen, hätte mich damals überfordert, und selbst nach all den Jahren, die seither vergangen sind, wäre es mehr, als ich vollbringen könnte.

Nachdem Sie die Geschichte gelesen hatten, drängten Sie mich, als Sie mir das Manuskript zurückgaben, eine Veröffentlichung zu meinen Lebzeiten zu gestatten. Ich erkannte die rechtschaffenen Gründe für diese Empfehlung, erklärte Ihnen jedoch, daß mich ein Hindernis, das ich zu respektieren gezwungen war, daran hinderte, Ihrem Rat zu folgen. Solange mein Vater lebte, konnte ich unmöglich ein Manuskript, in dem er (aus welchem außergewöhnlichem Anlaß auch immer) als ein Vater geschildert wird, der sich in bitterem Zorn von seinem Sohn lossagt, der Öffentlichkeit zugänglich machen. Ich durfte nicht zulassen, daß Fremden Ereignisse, über die wir nie wieder gesprochen haben, in Form einer gedruckten Erzählung vorliegen, die auch ihm in die Hände hätte fallen können. Sie respektierten seinerzeit meine Bedenken, wie ich mich erinnere, und versprachen für den Fall, daß ich vor meinem Vater sterbe, mein Manuskript nicht zu veröffentlichen, solange er lebt. Als Sie sich dazu verpflichteten, hatten Sie sich ausbedungen – und ich sagte zu –, daß ich Ihre Argumente, sollte ich meinen Vater überleben, noch einmal neu überdenke. So lautete mein Versprechen, und dies waren die Umstände, unter denen ich es abgegeben habe. Sie werden zugeben, daß mein Gedächtnis besser ist, als Sie es für möglich gehalten haben.

Und jetzt haben Sie mir geschrieben, um mich an *meinen* Teil unserer Abmachung zu erinnern, nachdem Sie sich mit Ihrem gewohnten Feingefühl zurückgehalten haben, bis mehr als sechs Monate nach dem Tod meines Vaters verstrichen sind. Sie haben gut daran getan. Ich hatte Zeit, den Trost zu empfinden, den mir die Erinnerung daran bot, daß meine Gegenwart in den letzten Jahren das Leben meines Vaters angenehmer gemacht, der Lauf der Natur seinen Tod herbeigeführt hat und daß ich ihm nie Anlaß gegeben habe, die vollkommene und liebevolle Versöhnung zu bereuen, die wir, sobald wir nach meiner Heimkehr ungehindert miteinander sprechen konnten, herbeigeführt haben.

Noch habe ich Ihre Frage nicht beantwortet: Bin ich jetzt bereit, die Veröffentlichung meiner Erzählung zu gestatten, vorausgesetzt, alle Namen und Orte bleiben verschlüsselt und niemand, außer Ihnen, Ralph und Clara erfährt, daß ich der Verfasser meiner eigenen Geschichte bin? Ich antworte: Ja, ich bin dazu bereit. In wenigen Tagen werde ich Ihnen das Manuskript durch einen zuverlässigen Boten zusenden. Weder mein Bruder noch meine Schwester erheben Einwände, solange die Bedingungen, die ich erwähnte, eingehalten werden, und ich zögere nicht, ihr Einverständnis zu akzeptieren. Ich habe die Unbeständigkeit in Ralphs Charakter nicht beschönigt, aber die brüderliche Liebenswürdigkeit und die mannhafte Großzügigkeit, die sein Wesen bestimmen, sind, wie ich hoffe, in meiner Erzählung so deutlich erkennbar wie in Wirklichkeit. Und Clara, die liebe Clara! – alles, was ich über sie gesagt habe, kann ich nur als unzureichend und unwürdig bedauern, denn Clara ist und bleibt die großmütigste Person, die meine Feder – oder die jedes anderen – jemals beschrieben hat!

Eine Schwierigkeit allerdings bleibt noch: Wie soll ich die Seiten, die ich im Begriff bin, an Sie abzuschicken, schließen? Meine Geschichte hat keinen richtigen Schluß, wie es einem Roman zukäme. Der Frieden, der uns allen nach Mühen und Plagen beschert wird – mir im Leben, anderen oft nur im Grab! –, ist das Ende, das diese Autobiographie abschließen muß: ein stilles, natürliches, ereignisloses Ende, aber vielleicht dennoch nicht ohne Wert oder eine Lehre. Wäre es passend, wenn ich mich um des Effektes willen hinsetze und einen Schluß *erfinde* – mit Fiktion beende, was mit der Wahrheit begann und bis hierhin Wahrheit geblieben ist? Sowohl im Interesse der Kunst als auch im Interesse der Wirklichkeit bestimmt nicht!

Was noch nach meinem letzten Eintrag in mein Tagebuch zu erzählen bleibt, wird in der einfachsten und daher in der besten Form in den Briefen von William und Mary Penhale ausgedrückt, die ich zu diesem Schreiben beilege. Als ich noch einmal nach Cornwall fuhr, um den guten Bergarbeiter und seine Frau zu besuchen und mir letztendliche Klarheit über die Vergangenheit zu verschaffen, fand ich heraus, daß sie die Briefe, die sie geschrieben hatten, während ich krank in Treen lag, noch immer aufbewahrten. Ich bat sie um die Erlaubnis, die beiden Dokumente zu kopieren, um den Inhalt zu nutzen und die Lücken in meiner Geschichte zu füllen. Sie gaben mir sofort ihre Zustimmung und erzählten mir, daß sie alle Briefe, die sie sich nach ihrer Hochzeit geschrieben haben, ebenso sorgsam aufhoben wie die, die sie sich vorher geschickt hatten, als Beweis, daß sich ihre erste Liebe bis heute unverändert erhalten hat. Gleichzeitig baten sie mich mit ernsthafter Bescheidenheit, ihren einfachen Schreibstil zu verfeinern und die Briefe, wie sie sich ausdrückten, lesbar zu machen. Sie können sich bestimmt vorstellen, daß mir das widerstrebt, und Sie werden, dessen bin ich sicher, mit mir übereinstimmen, daß beide Briefe wortwörtlich so abgedruckt werden sollten, wie ich sie abgeschrieben habe.

Nachdem ich die Fortsetzung meiner Geschichte bis zu meiner Heimkehr sichergestellt habe, möchte ich noch ein oder zwei Worte darüber verlieren, wie die Autobiographie für die Drucklegung vorbereitet werden sollte. Selbst jetzt noch kann ich mich nicht dazu entschließen, das Manuskript selbst durchzusehen, und ich überlasse es anderen, die notwendigen Korrekturen vorzunehmen – unter einer Bedingung: Keine der Passagen, in denen ich Ereignisse schildere oder Charaktere beschreibe, soll abgemildert oder gestrichen werden. Ich bin mir durchaus bewußt, daß einige Leser dazu neigen, die Wirklichkeit als unwahrscheinlich abzutun, solange sie nicht selbst Zeugen dieser Wirklichkeit geworden sind, und gerade deswegen bin ich fest entschlossen, keine Zugeständnisse an die zu erwartenden Ungläubigen und Zweifler zuzulassen. Was ich geschrieben habe, ist die Wahrheit, und so soll es bleiben – kompromißlos. Mein Stil mag verbessert werden, so viel Sie wollen, aber lassen Sie die Ereignisse und Charaktere, die der Realität entsprechen, real bleiben.

Was die noch lebenden Personen betrifft, mit denen ich

Verbindung hatte, so kann ich nicht sagen, ob der Leser sie wiederzuerkennen vermag. Der Mann, den ich unter dem Namen Sherwin beschrieben habe, ist, glaube ich, noch am Leben und wohnt derzeit in Frankreich, wohin er sich kurz nach den letzten in der Autobiographie erwähnten Begebenheiten zurückgezogen hat. Sein Assistent hatte das Geschäft nach einem neuen System geleitet, das Sherwin, als er auf sich allein gestellt war, nicht mehr durchführen konnte. Seine Angelegenheiten liefen schlecht, eine ernste geschäftliche Krise war die Folge, und er war unfähig, sie zu meistern. Er machte bankrott und sicherte sich auf betrügerische Weise aus den Ruinen seines einstigen Besitzes so viel Kapital, daß er seinen Lebensunterhalt bestreiten kann. Vor ein paar Jahren hörte ich durch Zufall, daß er auch noch in der fremden Stadt, in der er jetzt wohnt, als Mann bekannt ist, der unverdientermaßen unter Unglücksfällen zu leiden hatte, die sich in seiner Familie zugetragen haben, und daß er sein Elend mit beispielhafter Frömmigkeit und Resignation erträgt.

Auf diejenigen, die einst mit ihm verwandtschaftlich verbunden waren und nicht mehr am Leben sind, muß und kann ich nicht mehr zu sprechen kommen. Ich schrecke nach wie vor voller Entsetzen davor zurück, an diesen Teil der trüben Vergangenheit zu denken. Es gibt zwei Namen, die mir seit Jahren nicht mehr über die Lippen gekommen sind und die ich in diesem Leben nie wieder aussprechen werde. Die Dunkelheit des Todes hüllt sie ein – eine Dunkelheit, von der ich für immer den Blick abwende.

Abwende – aber worauf fällt mein Blick? Auf die Zukunft? Sie ist noch immer vage und undeutlich. Meine Gedanken sind auf die Gegenwart fixiert, auf die Zufriedenheit, die keine Sehnsucht trübt.

In den letzten fünf Monaten habe ich mit Clara gelebt – hier auf dem kleinen Landsitz, der früher unserer Mutter gehört hat und jetzt in ihrem Besitz ist. Lange vor Vaters Tod sprachen wir oft im großen Landhaus von zukünftigen Tagen, die wir gemeinsam verbringen könnten, und malten uns aus, daß wir wie jetzt an diesem Ort leben würden. Obwohl wir dieses Haus möglicherweise oft für eine gewisse Zeitspanne verlassen werden, werden wir Lanreath Cottage immer als unser Heim betrachten. Die Jahre der Zurückgezogenheit, die ich nach meiner Genesung auf dem Herrensitz meiner Familie verbrachte, haben in mir nicht ein einziges Mal den Wunsch geweckt, in die betriebsame Welt zurückzukehren. Ralph, der jetzt das Oberhaupt der Familie ist, mit seinen neuen Pflichten auch ein neues Verständnis für seine Stellung entwickelt und sich von vielen Gewohnheiten losgesagt hat, die ihn einst begeisterten und herabsetzten, hat mir geschrieben und mir die größtmögliche finanzielle Unterstützung angeboten, sollte ich ins öffentliche Leben treten. Aber ich hege keine derartigen Absichten; ich bin entschlossen, ein Leben in Abgeschiedenheit und in Frieden zu führen. Ich habe zuviel gelitten, ich bin zu sehr verletzt worden, um mich bei den Herren der Ambitionen einzureihen und mir den Weg nach oben zu erkämpfen. Der Ruhm und der Glanz, die ich mir früher für mich gewünscht habe, würden mich jetzt blenden und vernichten. Die Schrecken, die ich erdulden mußte, haben ihre Spuren in meinem Wesen hinterlassen, und meine Lebensziele sind nicht mehr dieselben. Der Weg, den die Gipfelstürmer gehen, ist nicht *mein* Weg; meine Zukunftshoffnungen verweilen bei meiner gegenwärtigen Glückseligkeit im schattigen Tal der Ruhe.

Dies ist keine Ruhe, die keine Pflichten kennt und keinen Nutzen bringt, keine Ruhe, die Gedanken nicht veredeln und Zuneigung nicht noch reiner machen könnte. Den Armen und Unwissenden in meiner Umgebung zu helfen, den Weg für Freude und Überfluß zu ebnen, wo Schmerz und Not zu lange Stolpersteine waren, mit jedem Tag mehr das Leben zu führen, das der schwesterlichen Liebe würdig ist, die niemals nachläßt, niemals schwankt und in diesem letzten Zufluchtsort, meinem geliebten Zuhause, über mich wacht – das sind die Ziele, die einzigen Ziele, an denen ich noch festhalte. Möge ich leben, um sie zu erreichen, dann hat mir das Leben alles beschert, worum ich bitten kann!

Ich werde meinen Brief jetzt schließen. Ich habe Ihnen all das Material, das ich für den Schluß der Autobiographie bieten kann, beigelegt und die einzigen Anweisungen, die ich bei einer Veröffentlichung berücksichtigt sehen möchte, gegeben. Präsentieren Sie mein Werk den Lesern in jeder Form und zu jeder Zeit, die Sie für passend halten. Darüber, wie es die Öffentlichkeit aufnehmen wird, möchte ich nicht spekulieren. Mir genügt es zu wissen, daß es mit all seinen Mängeln ein aufrichtiger Bericht wahrer Begebenheiten ist. Ich werde keine falsche Scham empfinden, wenn es ein Fehlschlag, und keinen falschen Stolz, wenn es ein Erfolg wird.

Falls Sie noch weitere Auskünfte von mir brauchen oder ich vergessen haben sollte, Ihnen etwas Wichtiges mitzuteilen, schreiben Sie mir – oder, weit besser, kommen Sie her und fragen Sie mich persönlich all das, was Sie wissen möchten. Kommen Sie und beurteilen Sie selbst das Leben, das ich jetzt führe, indem Sie sich ansehen, wie es wirklich ist. Auch wenn es nur für ein paar Tage sein kann, unterbrechen Sie Ihr tätiges, nützliches Dasein, Ihr ruhmreiches, ehrenvolles Wirken lange genug, um einen erholsamen Urlaub in unserem Cottage zu genießen. Dies ist Claras Einladung ebenso wie meine. Sie wird niemals vergessen (als ob ich es könnte!), was Sie für mich getan haben und was ich Ihrer Freundschaft zu verdanken habe – sie wird niemals müde (selbst wenn ich es versäumen würde!), Ihnen zu zeigen, daß wir uns bemühen, uns Ihrer Freundschaft wert zu erweisen. Kommen Sie, und besuchen Sie *sie* und *mich* – Sie werden meine Schwester sehen, wie sie in alten Zeiten war! Ich erinnere mich, was Sie über Clara sagten, als wir uns das letztemal trafen, und ich glaube, Sie werden genauso glücklich sein wie ich, daß sie wieder zu ihrem früheren Wesen zurückgefunden hat.

Bis dahin leben Sie wohl! Urteilen Sie nicht vorschnell über meine Motive, auf einem zurückgezogenen Leben zu bestehen, das ich so viele Jahre genossen habe. Glauben Sie nicht, daß das Unglück mein Herz kalt gemacht oder mein Gemüt abgestumpft hat. Das überstandene Leid mag mich verändert haben, aber es hat mich nicht verdorben. Es hat meinen Geist dauerhaft gestärkt; es hat mir vieles klargemacht, was mir vorher schwach bewußt gewesen ist; es hat mir Aufgaben gezeigt, denen ich mein Dasein widmen möchte und die von anderen Stimmen als der des Ruhmes gutgeheißen werden; es hat mich gelehrt, die kühnsten Ambitionen anzustreben, die über das kleine irdische Dasein hinaus wirken! Sind meine Ziele, die ich anstrebe, etwa nicht ehrgeizig genug? – Bernard! Was immer wir Gutes tun können in dieser Welt, mit unseren Gefühlen und unseren Fähigkeiten, geht uns in die Ewigkeit voran als menschliches Loblied auf Gott. Inmitten der tausend und abertausend Töne, die sich zu dieser Melodie zusammenschließen, sind diejenigen, die *hier* am lautesten und großartigsten klingen, die Klänge, die am süßesten und reinsten den Ewigen Thron erreichen und die sich am harmonischsten in den Chor der Engel fügen! Stellen Sie Ihrem eigenen Herzen die Frage – und sagen Sie dann, ob nicht ein abgeschiedenes Leben – selbst ein Leben wie meines – durch ein dauerhaftes Streben und edle Ziele auch ein würdevolles Leben sein kann.

Ich habe es vollbracht. Der stille Sommerabend hat sich über mich gesenkt, während ich Ihnen geschrieben habe; und Claras Stimme – jetzt wieder die glückliche Stimme aus den glücklichen alten Zeiten – ruft mich in den Garten, damit ich den Sonnenuntergang über dem entfernten See bewundere. Noch einmal – leben Sie wohl!

ENDE

Anmerkungen des Herausgebers zum Romantext

1 Vauxhall Gardens war neben Ranelagh der bedeutendste Vergnügungsgarten Londons, in dem sich Bürgertum und Adel amüsierten, bei Maskenbällen, Feuerwerken, Konzert – oder eben bei Ballonfahrten (die erste in Vauxhall Gardens fand 1835 statt). Der Park war 1660 eröffnet worden und wurde 1859 geschlossen.

2 In der englischen und deutschen Literatur jener Zeit firmieren französische Romane als Inbegriff des Leichtsinns und der Laszivität – als hätte Flaubert nie Anfeindungen zur Darstellung des Ehebruchs in seinem Roman ›Madame Bovary‹ (1856) durchlitten. Collins' Landsmann und Zeitgenosse Anthony Trollope benutzte französischen Lektürestoff gezielt zur Hervorhebung liederlicher Eigenschaften, so etwa bei der Figur des Maurice Maule in ›Phineas Redux‹ oder des Burgo Fitzgerald in ›Can you forgive her?‹

3 Auch wenn die Hauptfigur nicht mit dem Autor, Basil also nicht mit Wilkie Collins gleichzusetzen ist, gibt es natürlich Parallelen zwischen ihnen: Wilkie Collins hatte 1850 seinen ersten Roman herausgebracht, ein historisches Epos, das ebenfalls aufwendige Recherchen erforderte: ›Antonina, The Fall of Rome‹.

4 Von Pferden gezogene sogenannte ›omnibuses‹, wie es sie in Paris schon früher gegeben hatte, sind erstmals für das Jahr 1829 in London belegt. Sie setzten sich schnell als Beförderungsmittel durch.

5 Dieser Spazierstock – ›the Malacca cane‹ – wurde aus der Palme *Calamus rotang* angefertigt.

6 Göttliche Wesen aus der griechischen Mythologie, die mit unwiderstehlichem betörendem Gesang begabt sind.

7 Das Shakespeares ›Two Gentlemen of Verona‹ (III Akt, 1. Szene, Vers 146 f.) entlehnte Zitat lautet im Original:
›Hope is lover's staff; walk hence with that
And manage it against despairing thoughts.‹

8 Victoria (1819–1901), Königin von Großbritannien und Irland 1837–1901; folgte ihrem Onkel Wilhelm IV.; seit 1840 vermählt mit Albert von Sachsen-Coburg-Gotha, von diesem auch geschickt beraten. Während ihrer Regierungszeit erlebten die Mittel- und Oberschichten eine beispiellose wirtschaftliche Blütezeit (Viktorianisches Zeitalter): Die Königin handhabte die konstitutionelle Monarchie eigenwillig und selbstbewußt und stand den Premierministern Palmerston und Gladstone sehr reserviert gegenüber.

9 Chiffoniere sind Schränke mit aufklappbarer Schreibplatte; Tonbridge-Spielzeug ist mehrfarbig bemaltes Holzspielzeug, das in dem Städtchen Tonbridge Wells hergestellt wurde.

10 Zu diesem Ort hatte Wilkie Collins eine besondere Beziehung: Im Sommer 1851 wohnte hier sein Bruder Charley gemeinsam mit Holman Hunt und dem Maler Millais in einem Landhaus.

11 ›Mrs S.‹ – mit dieser Abkürzung drückt der Hausherr seine Verachtung für seine Gemahlin aus. Die Charakterisierung der (scheinbar?) geistig verwirrten Mrs. Sherwin, die Behandlung, die sie durch den Ehemann erfährt, deuten aus heutiger Sicht an die berühmte Anne Catherick in Collins' Roman ›The Women in White (1859)‹ voraus.

12 Battle Abbey liegt auf dem Hügel Senlac, wo im elften Jahrhundert Wilhelm der Eroberer die Sachsen schlug. Vor der Schlacht hatte Wilhelm versprochen, auf dem Hügel, auf dem sich die Sachsen verschanzt hatten, eine Abtei zu errichten, falls er den Sieg davontragen würde. Dieses Versprechen löste er nach seinem Sieg ein.

13 Zum Elysium gehörend, in der griechischen Mythologie das Land der Seligen in der Unterwelt.

14 Fackelträger – Fackelträger wurden im alten London dafür bezahlt, daß sie Fußgängern im Dunkeln den Weg erleuchteten; seit aber 1807 in Pall Mall Gaslampen errichtet wurden, nahm die Zahl der Fackelträger stetig ab.

15 Sovereign – britische Goldmünze im Wert von 20 Shilling

16 Im englischen Originaltext heißt es: ›The road which had been

recently *macadamised*‹ – ein Ausdruck, der kaum adäquat zu übersetzen ist, weil er auf John McAdam (1756–1836) anspielt, der eine bestimmte Methode der Straßenasphaltierung entwickelt hatte.

17 Bis zum Jahre 1835 stand in England auf Betrug die Todesstrafe.

18 Jezabel oder Isebel, im Alten Testament die Gemahlin des Ahab und im Widerstreit mit der prophetischen Partei, welche die Alleinverehrung Jahves forderte. Jezabel wurde von Jehu getötet und später zu einem Symbol der Frauen, die Abgöttern dienen.
Valeria Messalina lebte im ersten Jahrhundert nach Christus in Rom und war mit Kaiser Claudius verheiratet, den sie völlig beherrschte und dem sie Octavia, die erste Frau Neros, und Britannicus gebar. Ihr Name wurde zum Inbegriff für Intrigen und Ausschweifungen.

19 Offenbarung 17, 1–6

Wilkie Collins
BASILS LIEBE
»Ein gotisches Experiment«

1. Der Dämon der Botschaft

»Was hat des guten Wilkies Genius zu Grab getragen?
Ein Dämon, flüsternd: Wilkie, Du mußt eine Botschaft haben!«[1]

Dieser im Zusammenhang mit Wilkie Collins oft zitierte Zweizeiler Swinburnes ist auf das Spätwerk des Schriftstellers gemünzt. Wahr ist, daß Collins mit seinem berühmten Roman *Der Monddiamant* aus dem Jahre 1868 den Zenit seiner Schöpferkraft überschritten hatte, was sicher zum großen Teil auf seine schwer angeschlagene Gesundheit zurückzuführen ist. Von 1862 an litt er bis zu seinem Tode im Jahre 1889 unter starken Schmerzen und stand fast ständig unter dem Einfluß von Opium.

Collins selbst hat nie verhehlt, daß ihm vordringlich daran lag, sein Publikum zu unterhalten: »Ich bin bloß ein alter Bursche, der gerne Geschichten erzählt, sonst nichts.«[2] Sein Motto lautete: ›Bring sie zum Lachen, bring sie zum Weinen, versetze sie in Spannung.‹[3]

Falsch an Swinburnes Aussage ist jedoch die implizite Behauptung, daß Collins' Frühwerk bar jeder Botschaft sei. Von der Literaturwissenschaft früh abgestempelt als Verfasser unbedeutender, wenn auch erfolgreicher ›Trivialromane‹, mangelte es viele Jahrzehnte lang an ernsthafter wissenschaftlicher Beschäftigung mit Wilkie Collins' Werk.

1 »What brought good Wilkie's genius nigh perdition?
Some demon whispered – Wilkie, have a mission.«
A. Ch. Swinburne in: *Studies in Prose and Poetry,* London 1894, S. 126

2 So zitiert in: Kenneth Robinson, *Wilkie Collins,* Westport-Connecticut, 1951, S. 307

3 »Make them laugh, make them cry, make them wait.« So zitiert in: Robert Ashley, *Wilkie Collins,* London, 1974, S. 89

Hinzu kam, daß Collins stets im Schatten seines Freundes Charles Dickens stand. Wenn man seiner gedachte, dann höchstens im Vergleich zu jenem überragenden Romancier des viktorianischen Zeitalters, und Hauptaugenmerk wurde dabei stets nur auf die beiden Romane gelegt, mit denen Collins kurzfristig Weltruhm erlangte: *Die Frau in Weiß*, entstanden in den Jahren 1859 und 1860, und der bereits erwähnte *Monddiamant.*[4]

Erst Mitte des zwanzigsten Jahrhunderts begann man sich ernsthaft mit dem Autor und seinem Werk auseinanderzusetzen und entdeckte, im Gegensatz zu dem, was Swinburne uns gerne glauben machen möchte, unter der Oberfläche seiner Erzählungen eine unaufdringliche Botschaft, die eine Neubewertung dringend nötig erscheinen läßt. Dies gilt nicht nur für die beiden Meisterwerke *Der Monddiamant* und *Die Frau in Weiß*, sondern auch für die weniger bekannten, früherenErzählungen wie den hier vorliegenden Roman *Basils Liebe.*[5] An ihm lassen sich interessante Aspekte aufzeigen, die nicht nur dieses oft mißachtete Werk in ein neues Licht rücken, sondern auch dem Autor zu neuem Ansehen verhelfen könnten.

2. Ein typischer Engländer

»William Wilkie Collins (1824 – 1889) war ein typischer Engländer: das heißt, er wurde in London geboren als Sohn einer schottischen Mutter und eines Vaters schottisch-irischer Abstammung mit langer englischer Ahnenreihe; er verbrachte sein fünfundsechzig Jahre währendes Leben hauptsächlich in Marylebone – beziehungsweise in unmittelbarer Nähe davon – und ließ keine Gelegenheit aus, sein

4 The Woman in White: Erste Übertragung ins Deutsche: *Die Frau in Weiß, 1862*
The Moonstone: Erste Übertragung ins Deutsche: *Der Mondstein, 1869*

5 Basil, erstmals 1852 erschienen, von Wilkie Collins 1862 noch einmal stark überarbeitet und neu veröffentlicht. Der vorliegenden Übersetzung liegt diese spätere, überarbeitete Fassung zugrunde.

Vaterland zu verunglimpfen und Frankreich dagegen als leuchtendes Beispiel hinzustellen. Collins besaß die dem Engländer typische Sentimentalität, gepaart mit dem typisch englischen Mangel an Geschmack; die typisch englische überbordende Phantasie, gepaart mit dem typisch englischen nüchternen Geschäftssinn; die unbestimmte Neigung der Engländer zur Demokratie (in der Theorie), gepaart mit dem feinen Gespür für soziale Unterschiede (in der Praxis). Er zeigte den typischen Einsatz der Engländer für die Sache der Frauen, gepaart mit der ebenso typischen Abneigung gegenüber allzu selbstbewußten Vertreterinnen des weiblichen Geschlechts; und er besaß nicht zuletzt jenes typisch englische Talent, modernes Melodrama mit überkommener Tradition zu paaren, jenes Talent, das den englischen Detektivroman zu etwas ganz Besonderem gemacht hat.«[6]

Selten wurde in der Literaturgeschichte auf so knappem Raum so viel Zutreffendes über einen Schriftsteller gesagt wie in diesem Abschnitt, mit dem die bekannte Kriminalromanautorin Dorothy L. Sayers ihre bedauerlicherweise niemals vollendete Biographie über Wilkie Collins eröffnet. Alle angesprochenen ›typisch englischen‹ Elemente lassen sich in jedem der Werke Collins' aufspüren, auch in dem hier vorliegenden Roman *Basils Liebe*. Vor allem zwei der Begriffe, die in obigem Zitat auftauchen, werden immer wieder in Zusammenhang mit Wilkie Collins gebraucht: Melodrama und Detektivroman. Collins gilt sowohl als einer der Begründer des englischen Detektivromans wie auch als einer der wichtigsten Vertreter des sogenannten melodramatischen *Sensationsromans*.

Wilkie Collins' schriftstellerisches Leben war geprägt von seiner engen Freundschaft und Zusammenarbeit mit Charles Dickens. Dickens selbst bezeichnete Collins als einen ›seiner besten Freunde‹[7]. Die beiden Schriftsteller lernten sich 1851

6 Dorothy Sayers, Wilkie Collins, *A Critical and Biographical Study*, Toledo, 1977. Die Übersetzung dieses wie aller folgender Zitate aus dem Englischen stammen vom Verfasser.

7 Vgl. John Forster, *The Life of Charles Dickens*, London, 1874, S. 52. Vgl.

kennen, in dem Jahr, als Collins als Anwalt zugelassen wurde, eine Berufung, der er allerdings nie nachging, denn sein Interesse galt von früh auf eher der Literatur und Malerei. Bereits 1848, im Alter von 24 Jahren, veröffentlichte er die Biographie seines Vaters: *Memoirs of the Life of William Collins.* William Collins war ein bekannter Landschaftsmaler und vererbte sein Talent auf den Sohn, der sich anfangs tatsächlich intensiv der Malerei widmete und 1849 sogar in der Royal Academy ausstellte. Der junge Collins besuchte Privatschulen, arbeitete (ungern) im Teeimportgeschäft und studierte (ebenfalls ungern) Jura. 1850 veröffentlichte er seinen ersten Roman, *Antonina, or the Fall of Rome.* Trotz offensichtlicher Schwächen im Handlungsaufbau lobte das *Gentleman's Magazine* den Roman bei seinem Erscheinen als ein Werk, das ein ›klares und deutliches Bild liefert ... von den Hintergründen, die letztendlich zum Untergang des römischen Imperiums führten.‹

Von 1855 an gehörte Collins zum festen Mitarbeiterstab von Dickens' Zeitschrift *Household Words.* Dem breiten Publikum bekannt wurde er allerdings erst gegen Ende der 50er Jahre, als er *Die Frau in Weiß* veröffentlichte, einen Roman, dessen Erfolg sogar den der Romane Dickens' in den Schatten stellte. Mit der genialen Handlungskonstruktion und Erzählweise schien Collins Dickens sogar überflügelt zu haben. Er war plötzlich zum Rivalen geworden – was Dickens anspornte und sicherlich entscheidend zu der ausgeklügelten Handlung des bald darauf veröffentlichten Romans *Große Erwartungen* beigetragen hat. Es ist dies nur ein Beispiel für die geradezu symbiotische Phase in der Beziehung der beiden Schriftsteller, die sich das nächste Jahrzehnt hindurch entwickelte.[8] Es wäre auf jeden Fall eine sehr grobe Verein-

auch: Alan Horsman, *The Victorian Novel,* Oxford, 1990, S.208: »Er (Collins) ist sehr anregend und greift ausgesprochen schnell auf, was man ihm sagt.«

8 Dickens' langjährige Beschäftigung mit Themen, welche die Macht des Schicksals und die Errungenschaften der Freiheit betreffen und die in dem Roman *Unser gemeinsamer Freund* (1864-65) gipfelte, beein-

fachung, zu behaupten, daß Dickens nur den jüngeren Collins beeinflußt habe. *Edwin Drood,* Dickens' leider nie vollendeter »Kriminalroman«, ist sicherlich nicht zuletzt auch ein Versuch, Collins auf dem Felde jener Gattung zu schlagen, als deren Vater er heutzutage allgemein gilt: dem des britischen Detektivromans. Collins' diesbezüglicher Ruf gründet sich, wie bereits weiter oben erwähnt, hauptsächlich auf den Roman *Der Monddiamant,* dessen Erzählweise (mehrere Erzähler treten nacheinander wie in einem Zeugenstand auf) und Konstruktion (alles Geschehen kreist um ein Verbrechen und dessen Aufklärung und ist diesen Themen untergeordnet) richtungsweisend für ein ganzes Genre wurden. Autorinnen wie Dorothy Sayers zählen Collins zu ihren literarischen Vorfahren, und diese Aspekte seines Werkes wurden im Zuge der Aufwertung der Kriminalliteratur ab Mitte der 80er Jahre dieses Jahrhunderts auch hier in Deutschland ausgiebig gewürdigt.

Ein näherer Blick in Collins' unbekanntere Werke wie das vorliegende *Basils Liebe* zeigt jedoch, daß sein Einfluß auf die Literatur des 20. Jahrhunderts möglicherweise größer ist, als bisher angenommen. Autorinnen der neo-romantischen Bewegung, wie zum Beispiel die Amerikanerin Joyce Carol Oates, verdanken Wilkie Collins mindestens ebensoviel wie die Autoren des goldenen Zeitalters der Kriminalliteratur in den dreißiger Jahren.

3. *Basils Liebe* – ein ›gotisches Experiment‹

»Man kann die Geschichte der Literatur als einen Wechsel von klassischen und romantischen Perioden erklären, Zeiten, in denen der von der Gesellschaft her gesehene Mensch das Bewußtsein von der Vernünftigkeit der Dinge, den Intellekt, den Begriff, die Erfahrung, die Form und das Maß in den Vor-

flußte wiederum offensichtlich Romane wie Collins' *Armadale,* das kurz danach (1864 – 66) veröffentlicht wurde und um ähnliche Themen kreist.

dergrund stellt, und Epochen, in denen der Mensch sich vornehmlich als Einzelwesen versteht und das Wesen der Welt im Irrationalen, Übernatürlichen und Unbewußten, in der Phantasie und in der Idee, im Übersteigen der gemessenen Form zu erfassen bestrebt ist.«[9]

Wie jede Verallgemeinerung ist auch diese mit Vorsicht zu genießen. Gute Literatur ist immer grenzüberschreitend. In der Mitte des 19. Jahrhunderts wurde in England eine Literaturgattung populär, der man den Namen ›*sensational novel*‹, Sensationsroman, gab. Es würde Schwierigkeiten bereiten, sie in obiges Schema einzuordnen, denn ihr hervorstechendstes Merkmal ist gerade eine Verbindung von Romantik und Realismus, die Verbindung zwischen dem Möglichen und dem Unwahrscheinlichen.[10]

Die Blütezeit des Sensationsromans beginnt um das Jahr 1860. Ähnlich wie die Schreiberlinge der Sensationspresse bedienen sich die Autoren oft reißerischer Themen, greifen ein Ereignis auf, das ihre Zeitgenossen gerade erregt oder erregt hat, und verarbeiten dieses (oder ein ähnliches) in einem Roman – was natürlich grundsätzlich noch nichts über die literarische Qualität dieses Romans aussagt. Hier werden also grausige, oft unglaubwürdige, sensationsheischende Ereignisse verarbeitet, die nicht selten ein dunkles Geheimnis in sich bergen, das es zu enträtseln gilt. Aus dieser Mischung aus Geheimnis, Spannung und Verbrechen entsteht schließlich der Detektivroman und der Thriller.

Eine ähnliche Mischung findet sich jedoch bereits in der

9 E. Standop/ E. Mertner, *Englische Literaturgeschichte*, Heidelberg, 1976, S. 402

10 »Gerade darin unterscheidet sich das Genre des Sensationsromans: … Es verbindet ohne Rücksicht Romantik und Realismus miteinander, also traditionsgemäß jene beiden gegensätzlichen Strömungen der literarischen Wahrnehmung der Welt … Das Feld, das sich der Autor von Sensationsliteratur auswählt, liegt irgendwo zwischen dem Möglichen und dem Unwahrscheinlichen, idealerweise an deren Schnittstelle.« Winifred Hughes in: *The Manica in the Cellar: Sensation Novels of the 1860s*, Princeton, New Jersey, 1980, S.16

Gattung der *gothic novel*, die als Teil der romantischen Bewegung gegen Ende des 18., Anfang des 19. Jahrhunderts in England entstanden ist.[11]

Im engen historischen Sinn wird die Blütezeit der *gothic novel* zwischen den Jahren 1764, dem Erscheinungsjahr von Horace Walpoles *The Castle of Otranto*, und 1820 gesehen, dem Jahr, in dem Charles Robert Maturins *Melmoth The Wanderer* veröffentlicht wurde. Hauptwerke der Gattung sind Romane wie Anne Radcliffes *The Mysteries of Udolpho* (1794), William Beckfords *Vathek* (1786), Matthew Lewis' *The Monk* (1796), Clara Reeves *The Old English Baron* (1778) und der wohl heute noch populärste: Mary Shelleys *Frankenstein* (1818). Bekannte Autoren in Amerika sind Charles Brockden Brown, Nathaniel Hawthorne und Edgar Allan Poe, herausragendster Autor in Deutschland ist zweifellos E.T.A. Hoffmann.

Eine der großen Gemeinsamkeiten zwischen der Romantik und der *gothic novel* liegt zweifellos in der ihnen zugrunde liegenden Auflehnung gegen die kühle Rationalität des Neoklassizismus im augustäischen Zeitalter. In den Vordergrund tritt das Interesse an der Emotionalität und Phantasie des Menschen. ›Zielscheibe‹ der Literatur werden die Gefühle des Lesers, nicht so sehr sein Verstand. Der *gothic novel* geht es – wie dem Sensationsroman – darum, den Leser emotional am Geschehen zu beteiligen. Im Unterschied zum Beispiel zur sentimentalen Literatur der romantischen Bewegung erweckt die *gothic novel* jedoch ein ganz eigenes Gefühl: das der Beklemmung. Der englische Schlüsselbegriff lautet *fear*: die Angst, die Bedrohung, der Schrecken.

Auf den ersten Blick scheint ein Roman wie *Basils Liebe* weit von einem Genre entfernt, das Romane wie Shelleys

11 Ich verwende im folgenden weiterhin den Begriff *gothic novel.* Die naheliegendste deutsche Übertragung wäre *Schauerroman,* ein Begriff, den der heutige Leser, geprägt von schlechten Verfilmungen z.B. eines *Frankenstein,* jedoch allzuleicht mit Horrorroman gleichsetzt. Die *gothic novel* darf jedoch nicht mit Horror gleichgesetzt werden, wie wir im folgenden sehen.

Frankenstein hervorgebracht hat. Dennoch nennt Collins selbst seinen Roman ein ›gothic experiment‹[12], ein ›gotisches Experiment‹, und eine genauere Analyse zeigt, daß er darin zahlreiche Elemente der *gothic novel* verarbeitet hat, die von großer Bedeutung für die Botschaft der Geschichte sind.

3.1. Die ›gotische Maschinerie‹

In fast all seinen Romanen ist Collins wie die Autoren der *gothic novel* bemüht, eine Atmosphäre der Beklemmung, des drohenden Unheils und des Schreckens zu erwecken. So auch in *Basils Liebe.* Schon auf den ersten Seiten des Romans wird dies deutlich, wenn der Erzähler von einem ›...ever lurking fiend ...‹ spricht.

Es muß jedoch deutlich zwischen zwei Arten von *fear,* von ›gotischem Schrecken‹, unterschieden werden. Die englischen Bezeichnungen für diese Kategorien lauten ›*terror*‹ und ›*horror*‹, die an dieser Stelle der Einfachheit halber mit den deutschen Begriffen ›Seelenqual‹ und ›Horror‹ gleichgesetzt werden. Die Übergänge zwischen beiden Begriffen – das wird gerade bei Autoren wie Edgar Allen Poe deutlich – sind oft fließend. Sowohl Seelenqual als auch Horror können einen äußeren Anlaß haben, und beide wirken sich auf das Innenleben einer Person aus. Horror bezieht sich jedoch eher auf den hinlänglich bekannten äußeren Apparat der Romane, die sogenannte ›gotische Maschinerie‹: Schauplätze wie nächtliche Friedhöfe, einsame Burgen, Ruinen und Häuser mit all ihren dunklen Gängen, Verliesen und Geheimzimmern; auch der unheimliche Schurke, der ausführlich von den verschiedensten Mord- und Folterwerkzeugen Gebrauch macht.

Zudem spielen die meisten Romane des Genres in der Vergangenheit – wie zum Beispiel Walpoles *Castle of Otranto*, dessen Handlung im Mittelalter angesiedelt ist –, und die *gothic novel* ist von daher durchaus als eine Spielart des historischen Romans zu verstehen. Eine düstere, lange zurückliegende Zeit

12 Im Untertitel zur ersten Ausgabe.

wird wieder zum Leben erweckt, in der ritterliche Helden gegen das Böse kämpfen. Anders als in den historischen Romanen eines Sir Walter Scott liegt die Betonung hier jedoch nicht auf historischer Genauigkeit, sondern allein auf der Schaffung einer entsprechend düsteren, schauerlichen Atmosphäre.

Collins' Roman *Basils Liebe,* die Geschichte eines Mannes, der zwischen zwei Frauen – Margaret und Clara – hin und her gerissen ist, verzichtet auf solche Schauplätze und auf übermenschliche Protagonisten. Bei seinem Erscheinen machte er vor allem durch seinen Kontrast zwischen der ›gewaltreichen, aufwühlenden Handlung‹ und den ›unspektakulären, alltäglichen Schauplätzen‹ auf sich aufmerksam[13], und in diesem Kontrast ist Collins' erstes Experiment mit dem Genre der *gothic novel* zu sehen. Denn er schildert nicht etwa weit zurückliegende, an entlegenen Orten spielende Ereignisse, sondern Geschehnisse aus dem Alltagsleben seiner viktorianischen Zeitgenossen. In der Widmung der ursprünglichen Fassung betonte Collins: ›Je mehr Aktuelles ich als Grundlage für den Text sammeln konnte, um so sicherer war ich, daß die Botschaft, die aus diesem Text erwachsen sollte, wahr und von Bedeutung sein würde.‹ Unter dem ›Aktuellen‹ faßt Collins dabei ›das Realistische, das Mögliche und das Mittelständische‹ zusammen.[14]

Dieses Streben nach Realismus war auf der einen Seite eine allgemeine Zeitströmung und bedingte sicherlich das damalige Florieren historischer Romane, eine Gattung, die ja ebenfalls Fakten (in diesem Falle: historische) mit Fiktion verbindet.[15] Der Versuch, Realismus und Fiktion miteinander zu

13 So zitiert in einer zeitgenössischen Besprechung in der Zeitschrift *Bentley's Miscellany.*

14 Wilkie Collins, Letter of Dedication, in Basil, London, 1852, S. XXXV – XXXVI

15 Selbst nach Sir Walter Scotts Tod florierte dieses Genre, an dem sich die unterschiedlichsten Autoren versuchten: von Eliza Lynn Linton (*Azeth the Egyptian,* 1847) bis George Eliot (*Romola,* 1862-63). Das Magazin *Blackwood's* behauptete in seiner Septemberausgabe 1845:

verbinden, entspringt aber auch Collins' persönlichem Hintergrund: Schließlich war er als Journalist tätig, für den das Recherchieren und Schildern von Fakten zum grundlegenden Handwerk gehörte, und er hatte bereits eine auf Tatsachen beruhende Biographie, die seines Vaters, geschrieben. Und sicherlich ist es kein Zufall, daß *Antonina*, sein erster Roman, ein historischer Roman ist. Bereits hier macht er im Vorwort deutlich, welch hohen Stellenwert er dem Realismus einräumt, indem er sein Streben nach historischer Genauigkeit hervorhebt und von den ›exakten Daten in Bezug auf Zeit, Ort und Umständen‹ redet. Doch Collins beschränkt sich bereits in diesem Roman nicht auf die bloße Wiedergabe historischer Ereignisse. Die Interpretation dieser Ereignisse wird von Collins nämlich so abgeändert, daß sie das breite Lesepublikum des 19. Jahrhunderts ansprechen. So werden zum Beispiel aus den in Italien einfallenden Goten die Hoffnungsträger einer unterdrückten ›römischen Mittelklasse‹.[16]

In *Basils Liebe*, seinem zweiten Roman, ist der Ansatz, Fakten und Fiktion, Realismus und gewisse Elemente der Schauerromantik miteinander zu verbinden, ein ganz anderer. Hier sind nicht nur die *Interpretationen* der Ereignisse auf die Lesegewohnheiten und Lebensumstände seiner Zeitgenossen zugeschnitten. Hier sind die Schauplätze und Personen selbst zeitgenössisch, realistisch, viktorianisch, mittelständisch. Mit ihrer Hilfe versucht Collins, eine Atmosphäre der Beklemmung zu schaffen. Und natürlich gibt es auch in diesem Roman

›Historische Romane gründen auf der einzig soliden Basis, die es für das erzählerische Ideal (gemeint ist die Phantasie) gibt: der Realität.‹ Stimmen, die gegen diese doch recht simplifizierende Sicht der Realität laut wurden, waren unpopulär. Kritiker und Leser schätzten die Verbindung von Fiktion und Fakten, erzählerischem Talent und historischer Gelehrsamkeit.

16 An anderer Stelle wies Collins offen darauf hin, daß ein Schriftsteller die Fakten gerne der Fiktion anpaßt. In seinem Nachwort zu der 1874 erschienenen Novelle *The Dead Alive* betont er: ›Was auf den ersten Blick aussieht, als wäre es tatsächlich geschehen, erweist sich in neun von zehn Fällen als Erfindung des Autors.‹

einige Elemente der ›Horror‹ erzeugenden gotischen Maschinerie: dunkle Straßen und Gassen, in denen zwielichtige Schatten wandeln; man vergleiche nur die Stelle, als Basil seinem Widersacher Mannion vor dem Hotel auflauert, in dem dieser und Margaret ihn betrogen haben (eine Schlüsselszene des Buches). Diese Horror erzeugende Maschinerie spielt jedoch nur eine untergeordnete Rolle. Viel wichtiger für den Roman ist die zweite Kategorie des ›gotischen Schreckens‹: die Seelenqual.

3.2. Die Qualen der Seele

Edgar Allan Poes berühmte Geschichten haben den Ausdruck ›*terror of the soul*‹ in der ganzen Welt bekannt gemacht, ein Ausdruck, der schon auf lexikalischer Ebene zeigt, worauf sich dieser Schrecken bezieht: auf die Seele. Gemeint ist der ›innere Schrecken‹, der im Charakter, in der Imagination der Figuren angelegt ist und dem man letztendlich durch keine Flucht entkommen kann. Wie in einem Alptraum ist man zur Bewegungsunfähigkeit verdammt: ›Schrecken und Ängste ohne die Möglichkeit, ihnen zu entkommen, sind die Hauptthemen der *gothic novel*.‹[17] Darum kreisen Themenkomplexe wie Schuld, Sühne, Rache, Liebe und Sex, welche oft einander bedingen. Der deutsche Untertitel von *Basils Liebe* weist bereits darauf hin, um welch starke Emotionen es in diesem Roman geht: *Der Roman einer großen Obsession* – nicht etwa einer großen Liebe, sondern einer *Besessenheit*. Die Hauptfiguren sind alle in ein Gewirr von heftigen emotionalen Widersprüchen verwickelt, die in ihrem Charakter selbst angelegt sind und die ihr Handeln bestimmen. Eine Quintessenz der *gothic novel* wird auch hier, in *Basils Liebe*, deutlich: ›Man ist sich selbst die Hölle.‹[18]

17 Mario Praz in: Brendan Hennessy, *The Gothic Novel*, Harlow, Essex, 1978, S. 17

18 ›Hell is oneself.‹ William Beckford, *Vathek*, London, 1786; vgl. auch Mark Chadourne in: B. Hennessy, a. a.O., S. 17f

Das psychologische Interesse an der Einzelperson und ihrem Gefühlsleben ist charakteristisch für die *gothic novel:* ›Eines ihrer vordringlichsten Anliegen – obwohl selten diskutiert – ist ein psychologisches Interesse. Schon in ihrem frühsten Stadium (1764, als Walpoles *Castle of Otranto* erschien) legt das Genre Wert auf die Schilderung mentaler Prozesse.‹[19]

›Unter der Oberfläche der Fiktion verbirgt sich ein Experimentieren mit den grundlegenden menschlichen Bedürfnissen, eine Erforschung des nebulösen Reiches des Unterbewußten.‹[20]

Lange vor Freud werden damit Vorgänge des Unbewußten für die Interpretation des menschlichen Verhaltens wichtig. Wichtig für diese Interpretation sind in der *gothic novel* – wie in der Psychoanalyse – Träume, Visionen und Rauschzustände:

»Das Interesse an nicht-rationalen Erfahrungen ... nahm viele Formen an. Einige Schriftsteller wandten sich nach außen, auf der Suche nach einer spirituellen Realität; andere wandten sich nach innen und erkundeten die Psyche des Menschen als Einzelperson und als Teil einer sozialen Gruppe. Ein Feld von besonderem Interesse war das der Träume ...«[21]

Allein für die Entstehung mancher *gothic novel* waren Träume entscheidend. Walpoles *Castle of Otranto* soll seinen Ursprung gar in einem Traum gehabt haben.[22]

19 Robert Hume: *Gothic Versus Romantic: A Revaluation of the Gothic Novel,* in PMLA, Vol. 84, 1969, S. 282 – 290

20 E. MacAndrew: *The Gothic Tradition in Fiction,* New York, 1979, S. 8

21 C. Lamont: *The Romantic Period,* in: Pat Rogers: *The Oxford Illustrated History of English Literature,* London, 1987, S. 313

22 Auch der durch Drogen herbeigeführte Rausch hat für die Entstehungsgeschichte mancher *gothic novel* seine Bedeutung: 1816 kamen in einer Villa am Genfer See Percy und Mary Shelly, George Gordon Byron und Dr. John Polidori zusammen. Die Folge von Nächten im Drogenrausch und unter dem Einfluß von deutschen Geistergeschichten waren u. a. Werke wie Shelleys *Frankenstein* und Polidoris *The Vampire.*

Aber auch innerhalb der Romane spielen sie eine große Rolle. Die Gewissensbisse Frankensteins nach der Erschaffung des Homunculus drücken sich in seinen Träumen aus:

»Träume, von denen ich so lange Zeit gezehrt und in denen ich Frieden und Ruhe gefunden hatte, wurden nun zu meiner Hölle.«[23]

Traumdeutung und Symbolik schaffen in der *gothic novel* eine ganz eigenartige Atmosphäre. Die Protagonisten – und mit ihnen die Leser – können oft nicht mehr zwischen Traum und Realität unterscheiden. Die Geschichten erhalten dadurch eine Doppelbödigkeit, die verschiedenste Interpretationen zuläßt und das Genre über das Niveau des reinen Unterhaltungsromans hinaushebt: »Gerade weil die Geschichten Traum und doch nicht Traum waren, wurden sie zu einer Entdeckungsreise in den menschlichen Geist. (...) Auf diese Art veranlaßt uns die Struktur der Geschichten, Träume als wichtige Bestandteile der Realität zu akzeptieren, und legt nahe, daß die Bilder des Unterbewußten uns entscheidende Erkenntnisse über unser Leben vermitteln können.«[24]

Auch in Wilkie Collins' Werken spielen Träume und Rauschzustände immer wieder eine große Rolle. Die Beklemmung, das drohende Unheil, das unbehagliche Gefühl, das Collins stets zu schaffen bemüht war, erwuchs in seinem Roman *Armadale* (1864 – 1866) zum Beispiel aus der Annahme, daß Träume die Zukunft vorausschauen können und die menschliche Willensfreiheit eine Illusion sei. In *Der Monddiamant* wird der Diebstahl von einem unter Opiumeinfluß stehenden Schlafwandler begangen.

23 Mary Shelley, *Frankenstein – Or the Modern Prometheus*, Wordsworth Editions, Ware, 1993, S. 53 Vorausdeutende Träume wie z.b. Lorenzos Traum zu Beginn von Matthew Lewis' *The Monk* gehören ebenso zum festen Bestandteil des Genres. Auch das Übernatürliche kann – wie z.B. das Erscheinen des Teufels in Melmoths letztem Traum in Charles Maturins' *Melmoth the Wanderer* – über Träume Einstieg in den Roman halten.

24 E. MacAndrew: a. a. O., S. 195 ff

Und auch in *Basils Liebe* nehmen Träume eine Schlüsselfunktion ein. So begegnen Basil gleich zu Beginn des Romans im Traum zwei Frauen, wie sie unterschiedlicher nicht sein können. Die eine ist schwarzhaarig und mysteriös, die andere blond und eine Lichtgestalt:

»... her robe was white, and pure, and glistening. Her face was illuminated with a light ... and her footsteps ... left a long track of brightness, that sparkled far behind her, like the track of the stars, when the winter night is clear and cold.«

Die blonde Frau winkt Basil zu sich, doch die Schwarzhaarige lenkt ihn ab:

»Meanwhile, the woman from the dark wood still approached ... her eyes were lustrous and fascinating, as the eyes of a serpent .... Her lips were parted with a languid smile; and she drew back the long hair, which lay over her cheeks, her neck, her bosom, as I was gazing on her .... I touched her hand, and in an instant the touch ran through me like fire ... I was drawn along in the arms of the dark woman, with my blood burning and my breath failing me, until we entered the secret recesses that lay amid the unfathomable depths of trees. There she encircled me in the folds of her dusky robe ... I had forgotten the woman of the fair hills ...«

Hier, in diesem mit voller Absicht stereotypen Kontrast, wird der ganze Konflikt, die ganze Zerrissenheit Basils bereits angedeutet. Seine gequälte Seele offenbart sich dem Leser gleich zu Beginn. Dieser ist sich der Symbolik bewußt und ahnt die Bedeutung der Bilder für den weiteren Verlauf der Geschichte, erkennt in den Traumgestalten die beiden weiblichen Hauptfiguren Clara und Margaret.

Immer wieder verfallen die Protagonisten in diesem Roman an zentraler Stelle in einen Zustand, in dem ihr Bewußtsein fast gänzlich ausgeschaltet ist: Basil befindet sich nach der Attacke auf Mannion in einem Schockzustand, der ihn in ein wirres Delirium versetzt und ihm Visionen von Mannion und Margaret beschert: »... each laid a talon on my shoulder, each raised a veil which was one hideous net-work of twining worms. I saw through the ghastly corruption of their faces the look that told me who they were – the monstrous inquities incarnate in monstrous forms; the fiend-souls made visible in fiend-shapes.«

Auch an dieser Stelle ist das Vokabular eindeutig der *gothic novel* entnommen, ebenso wie die Symbolik eindeutig ist: Hier, in Basils Delirium, enthüllen Margaret und Mannion ihre wahren Gesichter.

Wie in der *gothic novel* liefern Träume also auch in diesem Roman wichtige Einblicke in die Bewußtseinszustände der Figuren. Mit ihrer Hilfe erkennen die Protagonisten wichtige Aspekte der Realität und ihrer Persönlichkeit. Dies führt letztendlich dazu, daß sie sich selbst besser verstehen lernen. So sagt Basil am Ende: »I have traced the history of my errors and misfortunes, of the wrong I have done and the punishment I have suffered for it.« Basil erkennt, daß er Opfer und Täter zugleich ist, daß es eine eindeutige Trennung zwischen Gut und Böse nicht gibt – womit wir erneut bei einem zentralen Thema der *gothic novel* wären.

3.3. Das Böse und die moralische Zweideutigkeit

Ein weiterer wichtiger Aspekt, der im Interesse der *gothic novel* liegt und den zu erforschen sie sich zum Ziel gesetzt hat, ist das sogenannte ›Böse‹. Dieses Böse manifestiert sich hauptsächlich in der Figur des sogenannten ›*gothic villain*‹, einer meist schillernden, vielschichtigen Figur, die mit dem deutschen Begriff ›Schurke‹ nur unzureichend gekennzeichnet ist.

Charles Rycroft behauptet in seiner im *Psychoanalytic Quaterly* erschienenen Studie über die Detektivliteratur, daß die ideale Detektivgeschichte jene wäre, in der der Held am Ende entdeckt, daß er selbst der Täter ist.[25] Die Verschmelzung von

[25] Charles Rycroft, *A Detective Story: Psychoanalytic Observations*, Psychoanalytic Quaterly 26, 1957, S. 242. Rycroft übersieht dabei, daß bereits der erste englische Detektivroman, Wilkie Collins *Der Monddiamant*, eben diesen Ausgang hat: Franklin Blake, einer der Detektive und Erzähler des Romans, entdeckt am Ende, daß er selbst der Dieb

Täter und Opfer, Gut und Böse, Held und Schurke ist allerdings keine Errungenschaft, die wir von der Detektivliteratur zu erwarten brauchen.

Anhand der Entwicklung der *gothic novel* läßt sich eine solche Verschmelzung nämlich bereits eindeutig aufzeigen: Die Renaissance glaubte noch an die Möglichkeit einer strikten Trennung von Gut und Böse. Auch die frühen Romane der Schauerromantik zeigen in großen Teilen noch diese Schwarzweißmalerei. Im Verlauf des späten 18. und frühen 19. Jahrhunderts verengte sich jedoch die Kluft zwischen den beiden moralischen Werten. Die Schurken der späten *gothic novels* sind starke, anziehende Charaktere, die wie Shelleys Frankenstein und Maturins Melmoth im Bereich des moralisch Zweideutigen anzusiedeln sind. Wir begegnen ihnen auch mit positiven Gefühlen, zumindest mit Mitleid und Verständnis, da sie teilweise Versuchungen unterliegen, denen auch wir nicht gewachsen wären. In der Blütezeit der Romantik kommt es schließlich sogar zu einer Verschmelzung von Gut und Böse.[26]

Auch Wilkie Collins hat in *Basils Liebe* auf symbolischer Ebene eine solche Verschmelzung herbeigeführt: Für Basil manifestiert sich das Böse zunächst in der Gestalt seines Rivalen Mannion, der sogar mit Hilfe der Trickkiste der ›gotischen Maschinerie‹ beschrieben wird. Nachdem Basil und Mannion sich zum erstenmal allein unterhalten haben, heißt es: ›A flash of lightning … gave such a hideously livid hue, such a spectral look of ghastliness and distortion to his (Mannions) features, that he absolutely seemed to be glaring and grinning … like a fiend, in the one instant of its duration.‹ Vorher war Mannions Gesicht stets eine unbewegte, beinahe ausdruckslose Maske.

Mannion ist Basils Widerpart, mit dem er sich vergleicht,

ist, der den Diamanten aus dem Schlafzimmer Rachels entwendet hat – ohne allerdings etwas davon zu ahnen, da sein Rivale ihn mit Hilfe eines ›Schlaftrunks‹ in einen Rauschzustand versetzt hatte.

26 Z. B.: William Blake: *The Marriage of Heaven and Hell*, 1790-93, oder Lord Byron: *Cain, a mystery*, 1821

an dem er sich mißt, den er beneidet und den er verdammt. Auch hier zeigt sich Basils Zerrissenheit, seine Seelenqual. Dorothy Goldman betont in ihrem Vorwort zur Penguin-Ausgabe des Romans die auffälligen Gemeinsamkeiten und ebenso auffälligen Unterschiede in den Verhaltensweisen der beiden Männer gegenüber den beiden Frauen und kommt zu dem Schluß:

»Es ist, als würde Margaret nur von einem hofiert beziehungsweise verführt werden, als wären Mannion und Basil ein und dieselbe Person, als bildeten sie einen einzelnen Protagonisten, der zur Liebe unfähig ist, ob nun romantischer oder sexueller Natur. Mannion ist der sich sexuell bewußte und sexuell aktive Part, Basil der sentimentale und passive, welcher Sexualität als anstößig empfindet und mit Schuldgefühlen reagiert.«[27] Mannion ist nach dieser Interpretation nur eine Manifestation der unterdrückten Gefühle Basils. Und auf dieser symbolischen Ebene steht Basil natürlich als Stellvertreter für den Menschen des Viktorianischen Zeitalters in England, das mit seinen strikten moralischen Grundsätzen das freie Ausleben von Liebe und Sexualität unterdrückte und mit seiner Bigotterie harte Anforderungen an die Psyche von Collins' Zeitgenossen stellte.

All dies wird von Collins an keiner Stelle explizit zum Ausdruck gebracht, doch unter der Oberfläche des Romans verbirgt sich ein ernstzunehmendes Anliegen des Autors, das als ein »subversiver Versuch angesehen werden kann, die unterdrückten sexuellen Spannungen in der viktorianischen Gesellschaft zu enthüllen. (…) In diesem Roman untermauert ein neues Element die Verbindung [von Realismus und phantastischen Elementen]: In Form des gewöhnlichen, alltäglichen Verbrechens fand Collins ein Beispiel für die Durchdringung der feinen Gesellschaft durch das Fremdartige und Gewalttätige, und indem er dies in seine Romane einbaute, schuf er eine Atmosphäre von beunruhigender moralischer

27 Dorothy Goldman, Introduction to Wilkie Collins' *Basil*, Oxford / New York, 1994, S. XIV f. Ebenso können Margaret und Clara als verschiedene Aspekte ein und derselben Frau verstanden werden.

Zweideutigkeit, mit der er die Scheinheiligkeit der viktorianischen Gesellschaft entlarvte.«[28]

Den erhobenen Zeigefinger wird der Leser jedoch nirgendwo im Text zu sehen bekommen. Collins beschreibt mehr, als daß er erklärt oder Lösungen anbietet. Und auch dies ist wiederum ein kennzeichnendes Element der *gothic novel*: »In ihrer ausgeprägtesten Form behauptet die romantische Literatur, daß es eindeutige Antworten gibt, wohingegen die *gothic novel* nur unlösbare moralische und emotionale Zweideutigkeit feststellt.«[29]

Diese moralischen und emotionalen Zweideutigkeiten sind tragendes Element der Handlung in *Basils Liebe,* ein Roman, der auf seiner symbolischen Ebene nichts anderes als eine beklemmende Analyse psychosexuellen Verhaltens in der viktorianischen Gesellschaft darstellt.

4. Das gotische Experiment und seine Folgen

Collins' ›gotisches Experiment‹ bestand also darin, daß er wie die Autoren der *gothic novel* sein Hauptaugenmerk auf die psychologische Ausleuchtung des Innenlebens seiner Figuren richtete, die Emotionalität und Irrationalität des menschlichen Verhaltens betonte und dabei bestrebt war, ein Gefühl der Beklemmung und des Unbehagens hervorzurufen. Er verzichtet dabei auf den typischen äußeren Apparat der *gothic novel,* die sogenannte ›gotische Maschinerie‹, oder benutzt sie nur am Rande. Sein Roman spielt im viktorianischen England, seine ›Helden‹ sind alltägliche Menschen mit alltäglichen Problemen, Zeitgenossen seiner Leser.

Collins bedient sich jedoch aller anderen Elemente der *gothic novel* – die, wenn man so will, einen »inneren, symbolischen Apparat« bilden –, um die Seelenqualen aufzuzeigen, unter denen seine Protagonisten zu leiden haben, Qualen, die in ihrem Charakter begründet liegen. Der ganze Roman

28 Vgl. Dorothy Goldman, a. a. O., S. XI
29 Hume, Robert, a. a. O., S. 290

gewinnt dadurch eine symbolische Bedeutung. Unter der Oberfläche des Erzählten verbirgt sich eine psychologisch fundierte Analyse unterdrückter sexueller Probleme – eine Analyse, die die Bigotterie der viktorianischen Moralvorstellungen erst einmal nur konstatiert, aber dadurch, daß sie wie die *gothic novel* ein Gefühl der Beklemmung und des Unbehagens hervorruft, also den »gotischen Schrecken« weckt, sich zu einer eindeutigen Anklage auswächst.

Damit rückt *Basils Liebe* in die Nähe von Romanen, wie sie in unserem Jahrhundert zum Beispiel von der Amerikanerin Joyce Carol Oates geschrieben werden. Auch sie verbindet einen realistischen Stil mit Elementen des sogenannten ›*neo-gothic*‹, sowohl in Romanen wie *Bellefleur (1980)* und *Die Schwestern von Bloodsmoor (1982)* als auch in zahlreichen ihrer Kurzgeschichten. Im *Oxford Companion to English Literature*, herausgegeben von Margaret Drabble, heißt es über Oates: »Ihre Romane, die oft extreme menschliche Gefühlszustände und Gewalt darstellen, bestehen aus einer Mischung realistischer Elemente und Elementen der *gothic novel*.«[30] Eine Beschreibung, die auch auf den vorliegenden Roman von Wilkie Collins zutrifft. Wenn man die *gothic novel* nicht als eine zwischen 1764 und 1820 abgeschlossene Erscheinung ansieht, sondern als eine der Entwicklung unterworfene Literaturgattung, so stellt *Basils Liebe*, Collins' gotisches Experiment, ein Bindeglied zwischen so unterschiedlichen Autoren wie Horace Walpole und Joyce Carol Oates dar.[31]

30 Margaret Drabble (Hrsg.), *The Oxford Companion to English Literature*, Oxford, 1985, S. 708

31 Auch Werke wie E. Brontës *Wuthering Heights* oder Melvilles *Moby Dick* würden eine solche Weiterentwicklung des Genres darstellen. Robert Humes Artikel *Gothic versus Romantic, a. a. O.* liegt eine solche Auffassung zugrunde. Der Canon der zu berücksichtigenden Autoren umfaßt dann auch Schriftsteller des 20. Jahrhunderts wie z. B. Truman Capote und Carson McCullers (vgl. Irving Malin: *New American Gothic*, Carbondale, 1962, oder S. Pinsker: *Isaac Bashevis Singer and Joyce Carol Oates: Some versions of Gothic*, in: *Southern Review, 9:4*, 1973, S. 895-908

Dies ergibt ganz neue Ansatzpunkte für die Bewertung des Romans und seines Stellenwertes in der Literaturgeschichte.

Als *Basils Liebe* 1852 erschien, fiel es bei der Kritik durch, die mit Thema und Aufbau des Romans nichts anfangen konnte und sich angesichts vieler Szenen schockiert zeigte. Kam der Roman zu früh für Collins' Zeitgenossen, gewohnt an die herkömmliche Form der *gothic novel* und selbst noch verfangen im restriktiven Netzwerk viktorianischer Moralvorstellungen?

Heute dagegen übersieht man leicht die symbolische Bedeutung der Geschichte, sieht nur den ›trivialen Liebesroman‹ eines ›unbedeutenderen viktorianischen Sensationsschreiberlings‹. Womit sich – diesmal ungewollt – wieder eine Gemeinsamkeit zwischen Collins und den Autoren der *gothic novel* ergibt: Auch diese hatten stets um ihr Ansehen zu kämpfen. Schon damals wurde von vielen Kritikern, angefangen von Coleridge und Jane Austen,[32] die symbolische Ebene der Romane nicht genügend berücksichtigt. So einfach, wie man es sich gerne machen möchte, sollte das Urteil jedoch nicht gefällt werden, weder über die *gothic novel* noch über Wilkie Collins' gotisches Experiment. Ob ihm dieses geglückt ist, vermag vielleicht erst der heutige Leser mit dem nötigen Abstand zu entscheiden.

Stefan Bauer

32 Vgl. Samuel Taylor Coleridge in *Miscellaneous Criticism*, London, 1968, S. 220-223. Jane Austens Roman *Northanger Abbey*, erst 1818 posthum erschienen, stellt im Grunde eine Parodie auf die *gothic novel* dar.

Band 13 935

Fabio Pittorru

Die Rache der Kupplerin

Deutsche Erstveröffentlichung

Anno Domini 1497: Das Rom des mächtigen Geschlechts der Borgia ist einzigartig auf der Welt. Schillernd und korrupt, gläubig und grausam, mystisch und obszön. Hier bewegt sich Biagio Bonaccorsi, der von Kardinal Cesare Borgia den Auftrag erhalten hat, den Mörder seines Bruders Giovanni zu finden: Diesen hatte man tot im Tiber aufgefunden, von elf Dolchstichen durchbohrt.
Etliche kommen als Mörder in Frage: der machthungrige Cesare Borgia selbst, die eifersüchtige Schwester Lucrezia, aber auch die einflußreichen Familien der Sforza und der Orsini.
Seine Recherchen führen Bonaccorsi in die Welt der Dirnen und Kupplerinnen, die jeden kennen und um so manches düstere Geheimnis wissen. So auch, daß Giovanni Borgia einer Verschwörung gewaltigen Ausmaßes auf der Spur war …

BASTEI LÜBBE

Sie erhalten diesen Band im Buchhandel, bei Ihrem Zeitschriftenhändler sowie im Bahnhofsbuchhandel.